검은머리 미군 대원수 4

명원(命元) 대체역사 소설

Eugene Kim

일러두기

· 이 책은 문피아, 네이버시리즈에서 연재된 《검은머리 미군 대원수》를 바탕으로 편집, 제작되었습니다.
· 단행본, 일간지 이름은 《 》로, 노래 제목, 영화, 방송국, 글의 소제목 등은 〈 〉로 표기했습니다.
· 전화, 라디오 등 전파 매체를 통한 대사는 '―'로, 편지 등 문자 매체를 통한 대사는 '[ ]'로 표기했습니다.
· 인명 및 지명은 일부 표준어로 등재됐거나 용례가 존재할 경우를 제외하고 모두 연재본의 표기를 따랐습니다.
· 내지에 삽입된 지도는 웹소설 연재본에 삽입된 지도를 단행본 인쇄방식에 맞게 편집부에서 재편집했습니다.

1장
어둠에 맞서는 법 I

어둠에 맞서는 법 1

거의 모든 미국인들은 1932년도 달력을 증오하고 있었다. 11월 8일. 미합중국 대통령 선거일. 산타를 기다리는 아이들이야 당연히 12월 25일을 기다리겠지만, 어른들은 하나같이 11월 8일이 빨리 오기만을 염원했다.

"우·우·우·우·우!!"

"밀크 킬러 후버는 사라져라!!"

"후버는 얼른 꺼져라!!"

"후버야, FDR에게 투표해 주라! 그럼 이 나라 최초로 만장일치 선거가 될 거 같은데?! 응?"

이미 선거는 의미가 없었다. 모두가 알고 있었다. 이번 선거는 민주당의, 프랭클린 루즈벨트의 역사에 길이 남을 대승리가 되리라는 사실을. 사실상 패전처리 투수로 끌려 나온 후버의 인형과 조각상이 심심하면 불타오르고, 신문 기사는 날마다 후버 정권의 밑바닥을 나날이 새롭게 갱신했다.

알래스카에서 화산이 폭발한 것도 후버의 탓이며, 〈Star—Spangled Banner〉를 공식 국가로 제정한 건 후버를 놀리는 노래를 그만 부르게 하기 위한 음모였으며, 벨기에 대사관 정문 앞이 반질반질해진 것은 술이 땡기는 후버가 하도 대사관을 뻔질나게 드나들기 때문이었다.

루즈벨트는 4년 전의 민주당 후보와는 달리 가톨릭도 아니었으며, 금주법 폐지를 당당하게 들고 나왔으며, 뉴욕 주지사로서 대공황에 맞서 싸우는 투사 이미지도 등에 업고 있었다.

"이제 새 대통령의 시대가 오겠군요."

"후버가 당선될 리는 없으니까요. 하하."

10년이 넘도록 설움 가득한 야당 생활을 한 민주당에 어떻게 딸랑거려야 할까를 모든 기업인들이 고민하던 와중, 한 호텔의 회의실. 김유신은 싱글벙글 웃으며 두툼한 종이 뭉치를 맞은편에 앉은 백인 남자에게 내밀었다.

"이번에 저희가 준비 중인 신사업입니다."

"저번에 말씀해주신 미스터 뱅(Mr. Bang)의 플랜입니까?"

"그렇지요. 몇 년 전에 구상 단계일 때부터 말씀드렸던 그겁니다. 저희로서는 귀사에서 긍정적인 의견을 보인다면 당연히 합작을 하고 싶은 바람입니다."

남자는 건네받은 서류를 팔랑거리며 빠르게 훑어보았다.

"60분짜리 극장용 애니메이션이라. 사실 저도 장편을 제작하고 싶다는 생각은 항상 있었습니다만, 이걸 외주로 제작하시겠다는 발상은 참……."

"미친 것 같지요?"

유신은 저도 황당한지 연신 키득거렸다.

"하지만 사장님, 저희에게 자사 주식을 혹 더 매각할 생각은 있으십니까? 조금만 더 확보하면 50.1% 가질 수 있을 것 같은데."

"그건 힘들겠군요. 저는 제 자식 같은 창작물도, 제 회사도 절대 넘겨드릴 수 없거든요."

"그렇지요? 저희도 무척 아쉽긴 하지만 어쩌겠습니까. 방 선생님이 무조건 귀사와 작업해야만 승산이 있다고 주장하시는걸요."

인수합병 이야기를 듣자마자 얼음장처럼 싸늘해진 남자의 얼굴은, 방 선생이라는 한마디를 듣자마자 다시 봄날 햇살을 쬔 것처럼 흐물흐물해졌다.

"인제 그만 그 보물단지처럼 꽁꽁 싸매고 계신 미스터 뱅을 저희한테도 좀 보여주시면 안 되겠습니까?"

남자, 월트 디즈니(Walt Elias Disney)는 콧수염을 마구 비비며 짜증 섞인 목소리로 말했지만, 유신은 그 모습을 보며 더욱 미소를 지었다. 눈앞의 남자가 얼마나 피도 눈물도 없는 사업가던가. 물론 이 바닥에서 피와 눈물을 가진 사업가가 있으면 남들이 채가기 전에 유신 본인이 직접 얼른 맷돌에 처넣어 마지막 한 방울까지 쪽쪽 빨아먹겠지만 말이다.

"제가 만난다고 그분을 해치기라도 할 것 같습니까? 그냥 궁금해서 이럽니다. 이제 보여주신 이 프로젝트대로 협업을 하게 되면……."

"그땐 물론 직접 뵙고, 서로 이야기도 나누셔야지요."

"하. 미녀도 아니고 남자 하나 보겠다고 서명해야 할 판이라니."

"남자 하나 보고 싶어서가 아니죠. 세계 최초의 장편 애니메이션이라는 타이틀도 걸려 있습니다."

"솔직히 말씀드리자면, 이런 판에 저희가 낄 수 있다니 정말 가슴 벅차오르는군요. 가장 어려울 때 손을 내밀어 주신 것만으로도 이미 큰 도움을 받았는데 이젠 영화가 아니라 애니메이션을 중장편으로 제작하신다니……."

"저희는 된다고 확신하고 있습니다. 또한 신비로운 마법이나 거대한 용 같은 것을 관객들에게 보여주려면 영화는 한계가 있다고 생각하고요."

경기가 나아지기는커녕 오히려 더 암울해지면서, 불황에도 굴하지 않던 것 같던 종이쪼가리 장사에도 점점 위험 신호가 보이기 시작했다. 짝퉁이야 늘상 벌어지는 일이니 그렇다 쳐도, 이제 룰만 어설프게 카피하거나 자신들만의 독창성이 있다고 주장하는 새로운 카드 게임이 본격적으로 시중에 나타나기 시작했다.

물론 절대다수는 답 없는 폐품이었다. 그리고 나머지의 대부분은 딱히 플레이할 이유가 없는 것들이 대부분이었다. 여태껏 시중에 존재했던 다른 상품들과 달리, 이 게임이라는 상품은 같이 플레이할 사람이 얼마나 있느냐가 굉장히 크나큰 영향을 끼치는 물건이었으니까.

하지만 모래사장에서도 잘 뒤져보면 바늘은 몰라도 동전 하나쯤은 찾을 수 있듯, 몇몇 제품은 어느새 유의미한 성과를 거두고 있었다.

"몇몇 큰 기업에서 본격적으로 새로운 상품을 개발 중이라던데, 극장에 떡하니 원조가 걸려버리면 그 친구들은 전부 끝장이겠군요."

"경쟁은 좋은 겁니다, 허허. 실제로 카드 게임만 전문적으로 취급하는 매장이 생기고 있다지 않습니까? 신규 경쟁자는 언제나 환영입니다."

"그 매장에서 대회를 주최한다는 명목으로 제법 많은 지원금을 지급하고 계신다고 알고 있는데……."

"저희는 종이 쪼가리를 팔아먹는 게 아닙니다. 아이들에겐 꿈과 희망, 어른들에겐 승리에 대한 욕망과 약간의 투자가치, 그리고 게임이라는 관심사를 공유하는 커뮤니티를 손안에 넣는 게 궁극적인 목표지요."

원 소스 멀티 유즈, 혹은 미디어믹스라는 개념이 아직 희박한 시대. 영상화야말로 모든 경쟁자를 나락에 처박고 세 살 아이를 여든까지 충성 고객으로 만들기 위한 이정표였다. 형 유진의 의견으로 시작한 만화책 사업은 괜찮긴 했지만, 그게 끝이었다. 대놓고 말해 파이가 너무 작았다. 그러면 당연히, 파이를 늘려야지.

미국인의 모토가 프런티어 정신이라고 했던가. 하지만 조선인 역시 개척이라면 꿀리지 않는다. 그 어떤 황무지든 꾸역꾸역 개간해 기어이 벼를 재배하는 민족이 조선인 아닌가?

방구석에 방정환을 모셔 두고 삼시 세끼 규칙적 식사와 규칙적 운동으로 철저히 글을 쥐어짜내야 하던 시절은 이제 끝났다. 설정 전담 팀, 밸런스 전담 팀 등 대규모로 조직화, 규격화된 기업 내에서 이야기를 '생산'해내고 방 선생은 최종 컨펌 정도만 하는 단계로까지 도약했다. 마치 과거 가내수

공업에 의지하던 세상이 산업혁명으로 천지개벽한 것과 닮지 않았나. 이 기세를 이어나갈 수만 있다면, 헐리우드의 문도 조만간 열리리라.

월트 디즈니와의 미팅을 끝낸 후에도 유신은 쉴 수 없었다. 방금 전 미팅이 성장을 위한 디딤판이었다면, 이제 정리를 해야 할 사업도 있는 법.

"우보크를 정리할 때가 온 것 같습니다."

"FDR이 금주법 폐지를 공약으로 내세웠으니까요. 하지만 금주법이 끝나기 무섭게 셔터를 내리면 너무 티가 나지 않겠습니까?"

"우리 가게에서 술 마신 놈들이 한둘입니까? 오히려 그놈들도 자신들의 치부가 조용히 사라져주길 원할 겁니다."

D.C.에 한번 방문해서 다시 돈다발을 뿌릴 때가 왔다. 괜히 번잡스럽게 구느니, 아예 타이밍 맞춰서 싹 철거하는 편이 낫겠지. 우보크의 문을 닫는다고 해서 부동산이 뿅 하고 사라지는 것도 아니다. 뭐라도 잘 써먹으면 돈이 될 터.

그렇게 내심 흐뭇해하던 유신은 뒤를 잇는 유일한의 말에 머리가 절로 아파졌다.

"그럼 임정은 어떻게 합니까?"

"임정에는 양조장 정리하라고 이전부터 말했잖습니까."

"그분들이 납득할까요?"

"앞으로 매상이 안 나올 게 빤한데 납득이고 자시고가 어디 있습니까? 어차피 우리와의 연결고리는 더 줄여야 해요."

후버 정권 말기부터 경고해 왔으니 진작 정리했어야지. 거기다 언제 입을 싹 씻었나? 먹고살라고 다른 수익 창출 수단도 대주지 않았나.

예를 들자면, 어째선지 저어언혀 모르겠지만 얼마 전 포드 트랙터 공장에서 일하던 아시아인 몇이 갑자기 야반도주하는 불행한 사건이 있었다. 그 사람들이 어쩐지 샌프란시스코에서 중국행 밀항선에 탄 것 같기도 하지만, 설마 임정에서 트랙터를 만들 것도 아니고 무슨 문제가 있겠나?

착한 어른은 위험한 짓을 하지 않는 법이니, 저런 일이 일어난 이상 임정과의 관계는 가능한 한 멀어 보일수록 좋을 것이라 생각하고 있었다.

"캘리포니아 분위기는 좀 어떻습니까?"

"자선 행사나 무료 급식 등을 제법 진행한 탓에 저희에겐 무척 호의적입니다."

대공황은 마치 김씨 가문이 샌프란시스코와 캘리포니아에서 영원토록 대대손손 해먹으라고 하늘이 내려주신 이벤트 같았다. 매일 아침 묻지도 따지지도 않고 시민들을 대상으로 무료 배급을 시작한 지도 1년이 훌쩍 넘었고, 흑, 백, 황을 가리지 않고 식판을 들고 길게 선 줄은 이제 새로운 일상이 되었다.

다른 건 모르겠고 그 돈 먹는 하마 같은 군수산업만 싹 정리해버리면 참좋으련만… 그랬다간 본말전도겠지. 유신은 결국 요즘 자신의 머리를 가장 아프게 하는 용건을 꺼내 들었다.

"형이 얼마 전에 유럽에서 편지를 보냈는데… 무기 수출 판로를 조금 더 키울 수 있겠다고 하더군요."

"매출이 늘어나면 좋은 일 아니겠습니까?"

"베트남에 기관단총을 팔자고 하더군요."

유일한은 잠시 고개를 갸웃했다.

"프랑스는 이미 자체적인 기관단총을 생산하고 있지 않습니까?"

"프랑스 말고, 베트남요."

"…베트남 독립운동 세력 말씀이십니까?"

유신은 대답 대신 조용히 고개만 끄덕였다.

"그, 임정이 상해의 프랑스 조계에 얹혀 있는데도 말입니까?"

"우리 형이 어디 언제는 그런 거 생각하는 인간이었습니까?"

도대체 유럽에서 무슨 미치광이 같은 영감을 받았길래 저딴 아이디어가 튀어나온단 말인가. 정말 지루할 틈이라곤 없는 인생이었다.

* * *

아편 전쟁 이후, 중국 대륙은 무수한 열강들의 침탈로 넝마주이가 되어 있었다. 일신의 안녕과 부, 권력을 지킬 수 있는 수단은 오직 힘뿐이었고, 사방에 깔린 군벌들은 독립적인 영주로 행세하며 저마다의 이해득실에 따라 뭉쳤다 흩어졌다를 반복했다.

그런 군벌들에게 만주사변과 상해사변은 무척이나 충격적인 일이었다. 모든 저항을 뭉개버리는 강철의 기갑집단 앞에 벌레처럼 으깨지던 만주의 봉천군벌. 그 어떤 군대도 막아낼 수 없을 것 같던 일본군을 일시적으로나마 성공적으로 저지한 상해의 방어선. 군벌들이라고 머리가 텅텅 빈 건 절대 아니었기 때문에, 이들은 얼마 지나지 않아 모두가 비슷비슷한 결론을 내릴 수 있었다.

"어차피 전술이고 나발이고 없는 도토리 키재기 싸움에선 총알 많이 뿌리는 쪽이 이긴다!"

"아직도 칼이 무기인 놈들은 전부 기관단총으로 교체해!"

"전차! 전차를 확보해야 해!"

"허리가 휘어져도 일단 전차부대를 창설해야 해! 대금? 대금은 따서 갚으면 되고!"

기관단총은 그렇다 치더라도, 전차가 어디 하늘에서 떨어지겠는가? 하지만 옆집의 웬수가 전차부대를 먼저 만들어 쳐들어온다면 꼼짝없이 망할 판 아닌가. 죽이 되든 밥이 되든 일단 전차부대를 갖추고 봐야 했다. 그렇게 전차를 찾아 드넓은 대륙을 헤매던 소행성 CHI-612의 어린 군벌들은 상해에서 어떤 여우를 만나게 되었다.

"부탁이 있는데, 전차 한 대만 팔아주시오."

"하하, 잘 오셨습니다! 저희 대한민국 임시정부는 그 어떤 서구 열강과 비교해도 결코 꿀리지 않는 기술력을 갖고 있습니다. 무려 포오드사에서 전차 개발에 종사하던 전직 엔지니어들을 갖고 있어, 동양 최고의 전차를 취급할 수 있으며……."

그리고 박사 학위까지 가진 그 여우는, 돈을 위해서라면 뭐든 팔아치울 수 있는 훌륭한 인품의 소유자였다.

어둠에 맞서는 법 2

일본제국 경성. 조선미쓰비시—포오드트랙터회사 경성공장은 오늘도 뜨겁게 성업 중이었다.

"이 많은 트랙터를 다 어디에 파는 겁니까?"

"당연히 중국에 팔지. 거기 사람이 얼만데."

"헤이, You, 킴!"

"예, 예예. 부르셨습니까?"

"Ssibal. 이따위로, Work, 누가 시켰습니까? Your Mother?"

역시 남의 나라 왔으면 역시 욕부터 배워야지. 양키 놈들이 혀 굴려 가며 욕하는 걸 듣고 있으니 참으로 격세지감이다. 역시 민도라는 게 괜히 있는 게 아니다. 아무리 노력해도 조센징이 할 수 있는 일엔 결국 한계가 있는 법. 그러니 조센징에게 가르침을 내릴 시간이 있으면 차라리……

"헤이, 이시무라 상."

"하, 하잇!!"

"You도 똑같습니다. 이래서야 강철 관짝입니다. 언더스탠?"

보통 조선에 있는 공장이라 하면 당연히 전문지식을 가진 일본인 기술

자들이 조선인 단순 노동자를 부려먹는 형태였지만, 이곳에서는 얼굴 벌겋고 눈알 퍼런 코쟁이들이 상전이고 일본인이나 조선인이나 평등한 아랫것들일 뿐이었다.

다만 차이가 있다면, 코쟁이들은 최소한 싹수가 보인다 싶으면 일본인이건 조선인이건 가리지 않고 기술을 알려준다는 것 정도. 이들이 만든 전차는 일본제국 육군의 엄격한 테스트를 거쳐 차곡차곡 일본 육군과 새롭게 건국된 만주국 육군에 납품되고 있었으며, 민수용 트랙터는 대부분 황해를 건너 중국으로 팔려나가고 있었다. 물론 일본 육군 내에서도 이 회사의 독특한 영업방침은 많은 이슈가 되었었다.

"다들 제정신이신 겝니까? 황국에서 생산된 전차를 지나인들이 사들이고 있는데!"

"무슨 소릴 하는지 이해할 수 없군요. 지나인들이 구매하고 있는 건 어디까지나 농업용 트랙터입니다."

"그걸 개조해서 포탑을 얹으면 고스란히 전차잖소! 황군의 가상 적국이 전차를 보유할 수 있다고!"

"하지만 공황 때문에 우리는 사전에 약정한 전차 물량을 구매해주지 못하고 있습니다. 업체 측에서는 '계약도 이행 못 하면서 먹고살려는 호구지책조차 막으면 사업을 접겠다.'라고 하는데……."

"끄응!"

약속을 지키지 못한 자들은 그저 입을 닫치고 있을 수밖에. 이렇게 팔려나간 트랙터가 상해에 입항하면.

"여기와 저기를 뜯어내고 포탑을 올리면 전차 한 대가 나오는 겁니다. 어떻습니까, 전차 만들기 참 쉽죠?"

"이러면 결과적으로 왜놈들의 물건을 사는 격이 아니오?"

새롭게 중화민국 육군의 기갑전력을 책임질 전차의 꼬락서니를 본 장개석의 입에서 절로 탄식이 나왔지만, 이승만은 유유자적 그 자체였다.

"물론 중원 땅에서 자체 제작을 해도 상관은 없습니다. 하지만… 일제와 중국제 중에서 어떤 차체에 병사들을 넣고 싶으십니까?"

"끙……."

"솔직히 말씀드리자면, 염석산(閻錫山옌시산, 산서군벌 수장) 같은 인물은 자기 동네에 전차 공장을 설립해 차체부터 전부 자체 생산을 시도하고 있습니다. 저희 역시 거기에 약간의 '자문'을 도와드리고 있지요."

하지만 전차와 같은 고급 기술의 총아가 윗대가리가 좀 하자고 한다고 뚝딱뚝딱 튀어나오겠는가? 사실 이승만 자신조차 이 상황에 대해서 이해하는 걸 포기한 지 오래이니, 장개석의 저 반응도 이해해줘야 하리라.

'미국의 돈과 기술력으로 일본이 조선에다 지은 공장에서 생산된 트랙터가 상해에서 개조를 거쳐 중국에 전차로 납품된다니. 이게 대체 무슨 짓거리냐. 어쨌건 우리 주머니엔 뙤놈들 돈이 들어오니 하긴 하겠다만… 정말 괜찮을까?'

일본군도 일본군이다. 이걸 그놈들이 용납했다는 게 더 신기하지 않은가? 미국물 먹을 만큼 먹었다고 자평하고, 세상에서 가장 눈 트인 사람 중 하나라고 자부하던 이승만도 감당할 수 없을 정도로 자본주의란 참으로 복잡하고도 기괴했다. 그렇게 간신히 장개석을 설득해 이 거대한 비즈니스를 이어나가던 대한민국 임시정부 대통령 우남 이승만은 집무실에 돌아오자마자 얼굴을 찌푸려려 했다.

"선거라니? 대체 무슨 수로?"

조선 왕가의 피를 타고난 동시에 대통령이자 외교관인 그가 몸소 천한 군벌들을 만나 세일즈를 하고 있는 마당에 선거라니, 이게 가당키나 한 일이란 말인가?

"한번 말이나 들어 봅시다. 조선으로 건너가서 유세라도 할까? 아니면 왜놈들에게 투표소를 만들어 달라 읍소를 해야 하나? 혹시… 지금 내각제로 개헌이라도 하겠다는 거요?"

"이보게, 우남. 아무리 임시정부라지만 대통령의 임기가 정해져 있지 않은 것부터 말이 안 되잖아!"

"나라를 되찾으면 그때 선거를 하자니까?!"

이 모지리 같은 놈들. 하나로 뭉쳐야 할 시기에 겨우 대가리 좀 되고 싶다고 이렇게 소란들이란 말인가. 백범과 같은 사람들은 자신의 가슴속에 오직 조국과 민족이 있을 뿐 권력욕이라곤 한 점도 없다는 걸 알고 있지만, 돼지 눈에는 돼지만 보인다고 이 못난 것들은 이 우남 이승만이 꼭 자신들처럼 권력에 미쳐서 10년 넘게 대통령 자리에 앉아 있는 줄 알고 있었다.

하지만 국가와 민족의 큰 어른이 되려면 저런 못난이들도 다 품고 가야 하는 법.

"그래서, 선거를 만약 한다 치고 대통령이 바뀌면?"

"'바뀌면?' 이라니."

"내가 사랑하는 제자 김유진이가 물심양면으로 후원해주는 게 이만저만이 아니라는 걸 다들 알잖나. 설마 내가 뒷방 늙은이가 되고도 그 친구가 예예 하면서 도와줄 줄 아나?"

"아니, 민족 독립을 위한 일에……"

"예끼 이 사람들아. 상해에 와서 광복군 원수를 하라는 둥, 미국 시민권이 있으니 저의가 의심된다는 둥 별별 소릴 다 늘어놓던 사람들이 인제 와서 그러나?"

임정 인사들의 입이 합죽이가 된 것을 보며 그는 속이 좀 풀리는 듯했다. 물론 그때 난리를 친 사람들의 대부분은 지금 도망치거나 장강 밑바닥에 있을 빨갱이들이지만, 이승만은 '전쟁영웅 김유진의 둘도 없는 협력자'로 자신을 이미지메이킹해 임정을 꽉 붙잡고 있었다.

"도산도 우성도 그때 일로 크게 실망했는데. 허, 참. 물에 빠진 사람 건져주니 보따리 내놓으라는 것도 아니고. 선거? 그래, 하자고. 나는 불출마하고 미국으로 돌아가지."

"어허, 왜 이러시나!"

물론 그가 아는 김유진이라면 임정에서의 영향력을 유지하기 위해서라면 무슨 짓이든 할 수 있는 극악무도한 고양 놈이지만… 반대로 말하면 이승만 그 자신이 임정을 잡고있는 한 건들 일도 없다는 것 아닌가?

"이번엔 내가 한번 물어보세. 대관절 양조장은 왜 아직 처분하지 않은 겐가?"

"지금 멀쩡히 돈 잘 벌리고 있는 걸 우리가 왜 김유진 장군 말만 듣고 처분해야 하는가?"

"이, 이 답답한 양반들이 진짜! 나는 거기서 손 뗄 테니 어디 당신들이 마음대로 해보시오!"

한 2년에서 3년 뒤면 양조장 사업에 관여했던 자들은 전부 실각하겠구만. 밥을 먹지 않아도 배가 든든한 느낌이었다.

* * *

1933년 2월. 마침내 지긋지긋한 휴가 중 업무를 끝낸 나는 프랑스로 돌아왔다. 이탈리아와 그리스, 스페인과 포르투갈 여행은 모조리 물 건너갔다. 억울해 미칠 것 같아. 정신나갈것같애정신나갈것같애정신나갈것같애점심나가서먹을것같애!

아니, 사실 자백하자면 별로 정신 나갈 것 같진 않다. 히틀러와 스탈린을 만나고 나서 이제 정신적으로 뭐랄까… 독재자 트라우마가 생겨버렸거든. 만약에 무솔리니나 살라자르, 프랑코 같은 인간들이 나한테 또 이상한 헛소리를 해대면 정말 살기 피곤해질 것 같다. 만약 그런 일이 있으면 또 보나마나 국무부에서 '친해지길 바라 시즌 2' 같은 거 하지 않겠냐고. 따라서 전부 생략이다. 안 가요, 안 가. 이젠 공식행사도 다 끝냈으니 정말 관광에만 초점을 맞출 테다.

…라고 생각하기가 무섭게, 나는 또 미팅과 접견의 연속으로 시간을 보내야만 했다.

"오랜만에 뵙습니다, 킨 장군."

"오오타 총영사님이 아니십니까? 프랑스엔 어떻게?"

"하하. 포르투갈 대사로 재직하다가 이제 소련 대사로 발령이 났습니다. 가는 길에 장군께서 계시는데 당연히 제가 찾아뵈어야지요."

아니, 당신이 그러니까 왜 날 찾아오냐고요. 정말 얼굴도장만 찍고 싶었을 리가 있나. 틀림없이 용건이 있겠지.

술을 주거니 받거니 하며 한참 서로 여태까지 살아왔던 이야기를 나누기를 몇 시간. 슬슬 그도 입이 아픈지 본론에 들어갔다.

"킨 장군께서 많은 도움을 베풀어주신 덕택에 황국의 건아들이 무척 많이 미국으로 건너갔습니다."

"저도 공짜로 베푼 일은 아니니 별로 신경 안 쓰셔도 됩니다."

"그것 말고도 장군께서 도와주신 일이 한둘이 아니잖습니까. 황국을 대표할 순 없겠지만, 진심으로 장군껜 감사의 마음을 품고 있습니다."

"허허. 감사합니다."

"그래서 말입니다만."

오오타는 술잔을 살짝 내려놓으려 했지만, 팔이 마음대로 움직이지 않는지 딱 하는 소리가 요란하게 울려 퍼졌다.

"언제까지 이 관계가 유지될 수 있겠습니까?"

"…저는 계속 이 관계가 유지되면 좋겠습니다."

"그 말씀은, 황국에 문제가 있기 때문에 이 관계가 파탄 날 거란 뜻이군요."

잘 알고 있네. 만주사변과 상해사변으로 이미 일본의 폭주는 확정되었다. 여기서 얌전해질 수는 없겠지. 저놈들도 대공황 불닭맛을 보고 위장이 다 뒤집어졌으니 뭐라도 처먹고 싶을 테니까.

내가 답하지 않자, 그는 조바심이 들었는지 더욱 목소리를 높였다.

"처음 장군과 거래를 했을 때 그 말씀을 하셨지요. 서로 적대하는 관계일수록 오히려 협력을 이룰 수 있다고."

"그랬지요."

"일미 양국의 관계가 파탄 난다면 이 얼마나 불행한 일입니까. 장군께서 부디 양국의 가교가 되어주시지 않겠습니까?"

그거 무리. 이미 만주 침략부터 엄청나게 어그로를 땡겼잖아. 거기에 상해사변은 또 뭐고. 물론 지금이야 세계의 언론사들이 '닛뽄 스고이!', '일본이 동아시아의 질서를 지키고 있어요!', '혼란을 일으킨 중국이 아무튼 나빠!' 하면서 친일 기조를 이어가고 있다지만, 그건 순전히 대공황 와중에 일본 쟤들 미쳤대요, 하고 기사를 내는 순간 진짜 전쟁 위기가 와서 그런 거다.

몸 다 풀고 공황 끝나는 순간 일본은 대가를 치러야 한다. 하지만 원 역사에 아주 잘 나와 있지만, 일본은 대가를 치른다는 선택 대신 콧수염과 손잡고 세계정복의 길로 나아간다는 막장 루트를 골랐다. 그 결과는 당연히 성부 트루먼과 성자 르메이의 이름으로 팻—맨이고. 내가 미쳤다고 양국의 가교 역할을 하겠냐.

"하나만 물어봅시다."

"예!"

"일본은 중국에 대한 모든 욕심을 접고 한반도와 만주에 만족하며 살 수 있겠습니까?"

내 돌직구에 그는 일단 침묵을 택했다.

"어렵겠지요?"

"…그 '모든 욕심'이라는 말에 함축된 뜻을 잘 모르겠군요. 경제적인 이권마저 포기한다는 건 조금."

"그냥 군사적 침략 이야기만 합시다. 또 중국에 군대를 끌고 쳐들어가지 않는다는 보장 있습니까?"

오오타는 물론이라며 뺑카를 당당히 치는 대신 이번에도 침묵을 택했다. 좋아. 이 사람은 그래도 믿을 만하겠어. 일본 육군이 말을 들으면 그게 일본 육군인가. 이미 만주사변조차 제 놈들 꼴리는 대로 미친개처럼 달려든 전쟁이다.

"모르겠습니다……."

"일본이 만에 하나 중국에 대한 욕심을 드러내는 순간, 미국인들은 결코 일본을 좌시하지 않을 겁니다. 이건 경고입니다."

그리고 그날이 오면, 친일 인사로 취급당하지 않기 위해서라도 난 가장 격렬한 반일 투사로 프레임 잡을 거고. 쪽바리들 변호해주다가 가족들과 같이 수용소에 끌려가는 미래 따위 저얼대 사절이다.

"어려운 일이군요. 다들 말은 하지 않지만, 황국의 미래가 지나에 있다는 생각은 아마 모든 신민들의 가슴속에 있을 겁니다."

"그러면 결국 충돌은 피할 수 없겠군요."

내 단언에 오오타의 얼굴엔 먹구름이 끼었다. 열심히 고민해 봐라. 솔직히 내가 잘못한 게 뭐 하나 있기나 한가? 전부 쪽바리들이 스스로 고른 길이지.

물론 마지막까지 돈은 좀 벌고.

어둠에 맞서는 법 3

유럽에서의 마지막 날을 앞두고, 우리 가족은 바닷가를 산책하며 한가로이 시간을 보냈다.

"당신, 헨리랑 이야기는 잘했어?"

"아니, 솔직히 나도 억울한 게. 진짜로. 내가 어디 가고 싶어서 갔어? 나라에서 가라고 하니까 갔지?"

"제발 애한테 그렇게 말하지는 않았다고 해줘."

"…그렇게는 말 안 했지. 나도 염치가 있는데. 그런데 이제 쟤도 다 컸는데… 아야, 아야야. 아야!"

헨리가 벌써 만으로 열여섯이다. 한국식으로 계산하면 열여덟, 대충 고2쯤 될 나이겠네. 그러니까 나랏일한다고 바쁜 이 애비가 생일날 좀 자리를 비웠어도 이해해주지 않을까? 결국 나는 도로시에게 옆구리를 쥐어뜯긴 뒤 슬그머니 헨리에게 다가갔다.

"어이, 우리 장남."

"저리 가요. 셜리 깨잖아요."

"어… 그, 그래……."

사춘기도 다 끝날 나이 아니니? 새근새근 잠든 우리 막내를 등에 업은 채 새초롬하게 날 밀어내는 모습이 마치 유신일 닮은 것 같다. 아니, 아빠는 난데 왜 삼촌을 닮아가는 거야. 나는 널 그런 점순이로 키운 적 없다!

야구단을 만들려 했던 우리 부부의 야망은 안타깝게도 실패로 돌아갈 듯했다. 셜리 태어날 때도 이 시대 기준으로는 노산이어서 얼마나 간 떨어질 뻔했는데. 다섯째는 무리고, 그냥 2남 2녀로 끝이다, 끝.

"아빠."

"응?"

"대체 왜 저랑 셜리랑 띠동갑 넘게 나이 차이가… 아뇨, 아무것도 아녜요."

말 다 해놓고 뭐가 아무것도 아니란 거냐. 그 뭐시냐, 그만큼 엄마 아빠가 사이좋고 행복하게 지낸다는 뜻으로 이해해주지 않으련?

슬슬 내 키에 근접해 가는 아들을 보고 있자니 참 감회가 새롭다. 죽어라 일하고 여기저기 쏘다니기 바빴다. 내게 걸린 게 어디 한두 개던가. 온 세계를 무대로 무수히 많은 일을 저지르고 또 대응하다 보니 어느새 아이들은 무럭무럭 커버렸다.

"대학은 갈 생각이니?"

"언제부터 그런 거 궁금해하셨다고 그래요."

아, 아니. 무슨 소리냐. 그렇게 말하면 꼭 내가 바깥일한다고 너희한테 관심 없었던 것 같잖니.

"내가 관심이 없긴 왜 없어. 네가 부러뜨린 애들 코뼈 값은 다 누가 물어 줬다고 생각해?"

"밀러 아저씨요."

"밀러 씨한테 부탁한 게 이 아빠란다."

암만 생각해도 내가 아니라 유신이 닮았어. 따박따박 말대꾸하는 것 좀 봐. 가정교육을 대체 어떻게 받았으면… 내 잘못이 맞구나.

"가족끼리 여행 한번 가자고 기껏 유럽까지 와놓고 일하러 가시는 건 좀 그렇지 않나요?"

"너도 짜증 나지? 이 아빠도 굉장히 열받았단다. 그러니까 너는 절대 군인 같은 거 하지 마렴. 높으신 분이 까라고 하면 까야 하는 세계 최악의 직업이니까."

"할 생각 없어요."

그래. 하지 마라. 인생 2회차인 나도 웨스트포인트에서 통곡의 벽을 맞봤는데, 네가 가면 얼마나 더 고통이겠니. 헨리가 만약 학교 졸업하고 웨스트포인트에 간다 치면 34학번쯤 되나? 그러면 38년에 소위를 달 거고, 39년엔 제2차 세계대전이 터진다. 41년엔 진주만이고. 나는 절대 소위 단 햇병아리 헨리가 태평양 정글에서 잽스랑 치고받는 꼬라지나, 북아프리카에서 티거랑 싸우는 꼬라지는 보고 싶지가 않다. 기껏 키운 애 잡을 일 있나.

"그래. 군은 안 간다니 다행이고, 그럼 진로는 생각해 봤니?"

"비행기요."

"뭐?!"

네 엄마도 외할아버지도 비행기라고 하면 질색팔색인 걸 애가 아나 모르나. 내가 항공대로 가서 미래의 공군 원수로 말뚝 박을 기회가 있었음에도 우리 장인어른의 샷건이 무서워서 포기했었는데.

"타보니까 재밌던데요."

"누가? 누가 태워줬어? 응?"

"아빠 없는 동안 아빠 친구라는 아저씨들이 많아요. 그 아놀드 아저씨라거나, 맥 뭐시기……."

뒷골. 내 뒷골!

"근데 조종은 별로 제 취향이 아니구요. 공대 가서 기술 공부를 하고 싶어요."

"그래. 그거면 뭐. 아빠는 손재주가 딸려서 엔지니어들 하는 일은 잘 모르겠지만, 그쪽에 관심이 있으면 열심히 해보렴."

뭔가 어색어색하다. 참 어색해. 후. 빨리 돌아가서 나도 내 부모님을 좀 만나 뵙든가 해야지. 거 되게 힘드네, 자식 대하기.

"아빠 그거 알아요?"

"어떤 거 말이니?"

"앨리스 남자친구 있어요. 나도 없는데."

"뭐? 어떤 놈팽이가 우리 애를 꼬드겼어? 다리 몽둥이를 확 그냥……."

"뻥인데."

아닌 것 같은데! 그 웃음은 대체 뭐야! 이제 아들놈까지 날 놀려 먹는구나. 아이고오, 아이고. 나날이 실추되는 가장의 권위. 이게 다 D.C.에서 휴가 나온 군인을 원격 조종하려는 관료놈들 때문이다. 돌아가서 어디 두고 보자. 날 부려먹은 대가는 아주 쪽쪽 짜먹어줄 테니까.

* * *

1933년 3월 4일 토요일. 워싱턴 D.C. 미 국회의사당. 거대한 비구름이 대지를 모조리 뒤덮고, 섬뜩할 정도로 차가운 봄비가 모두의 코트를 축축하게 적시던 날. 햇빛 한 점 들어오지 않는 저 거대한 먹구름은 절대 그냥 자연현상으로 보이지 않았다. 그들이 맞선 최악의 시련, 대공황을 상징하는 듯한 저 구름 앞에서 인간의 노력은 과연 큰 의미가 있을까.

모두는 그렇게 침울한 기운을 애써 숨기며 새로운 대통령을 맞이했다. 후버의 시대가 끝나고 프랭클린 루즈벨트의 시대가 왔지만, 이미 사람들은 무기력과 절망에 서서히 익숙해져 가고 있었다. 하지만 루즈벨트는 고린도 전서 제13장을 펼친 성경 앞에서, 그 누구보다 당당하고 힘 있게 취임 선서를 해나가고 있었다. 겨우 보름 전에 총에 맞아 암살당할 뻔한 사람이라고는 믿기 어려울 정도의 배포였다.

"지금이야말로 진실을, 있는 그대로의 진실을 솔직담백하게 자인할 때입니다. 우리가 처한 시련을 결코 겁낼 필요가 없습니다. 이 나라는 여지껏 그래 왔듯 잘 견뎌낼 것이며, 부활하고, 번영할 것입니다. 우리가 두려워해야 할 것은 단 하나, 두려움 그 자체뿐입니다. 후퇴를 전진으로 바꾸기 위해 필요한 노력을 마비시키는 이름도 없고, 비이성적이며, 근거도 없는 두려움 말입니다. 미합중국의 어두운 순간마다, 우리는 솔직하고 활기찬 지도력으로 위기를 극복하는 데 필요한 국민의 이해와 지지를 얻곤 했습니다. 저는 이 위기의 순간에, 여러분들이 다시 한번 그런 지지를 보내주시리라 확신하고 있습니다!"

"FDR!! FDR!!"

그는 후버와 선을 그었고, '후버적인' 것들을 모두 쓰레기통에 처넣은 후 완전히 새로운 시도를 하겠노라 천명했다. 새롭게 취임한 FDR은 바로 다음 날부터 곧장 파멸 직전에 몰린 은행을 되살리기 위한 프로젝트에 돌입했고.

— 저는 미국 시민 여러분들과 몇 분간 은행업에 관해 이야기를 나누고 싶습니다. 은행업의 구조에 대해 이해하고 있는 얼마 되지 않는 사람들 말고, 통장과 수표를 위해서 은행을 이용하고 있는 훨씬 많은 여러분 말입니다.

1933년 3월 12일 밤 10시. 루즈벨트는 단 13분 42초짜리 짧은 라디오 방송으로 솔직담백하게 은행의 상황과, '부디 예금을 인출하지 말아주시고 우리를 믿어 달라.'라는 내용의 이야기를 전국에 송출했다.

그리고 2주 뒤. 인출되었던 현금의 절반이 도로 입금되었다. 이렇게 후세에 노변담화(Fireside chats)로 알려질 소통을 통해 루즈벨트는 대공황과의 첫 싸움에서 승리를 거두었다. 쓰러진 채 움직이지 못하고 있는 거인을 되살릴 수 있을지 아직 아무도 확신할 수 없었으나, 적어도 이번에 등판한 타자는 뭔가 다르다는 희망은 얻을 수 있었다.

참으로 이 킹갓루즈벨트 나으리의 위대함에 고개를 들 수가 없겠지만, 문제는 미국을 살리기 위해서는 미군을 파괴해야 한다는 이분의 그 어마어마한 신념이었다.

"오랜만이군, 킴."

"아이고, 우리 맥아더 의원님 아니십니까! 신수가 훤하십니다그려!"

"쓸데없는 이야기 하지 말고 이 사람아. 이제 후배님이라고도 못 부르겠군그래?"

"말도 안 되는 소리 하지 마십쇼. 한번 웨스트포인트는 영원한 웨스트포인트 아닙니까, 허허."

나는 몇 시간에 걸쳐 영국, 프랑스, 독일, 소련을 오가며 열심히 가정의 평화와 국가의 부름을 동시에 수행하기 위해 지옥 같은 일정을 보냈던 사연을 쭉 읊었고, 맥아더는 가만히 쓴웃음을 지은 채 내 이야기를 들었다.

"자네는 어떻게 보나?"

"뭘 말입니까."

"그 새로운 지도자들. 히틀러와 스탈린 말일세."

"독일산 독재자는 제가 메시아라고 착각하고 있는 정신착란성 미치광이 콧수염이고, 소련산 독재자는 오직 자신만이 저 거대한 공산 국가를 통제할 수 있으며 세상만물을 전부 컨트롤할 수 있다고 믿는 자아비대형 미치광이 콧수염이죠."

"결국 둘 다 미친놈이란 소리 아닌가?"

나는 고개를 짤랑짤랑 내저었다.

"히틀러가 훨씬 위험하죠. 그 새낀 분명히 전쟁을 일으킬 겁니다. 스탈린은 음… 기회가 오기 전까지는 잠잠할 새끼고, 히틀러는 기회를 잡기 위해 세상 곳곳에 불을 지를 새끼입니다."

쪽바리들이 떠받드는 전국시대 인물들이 불현듯 생각나네. 울지 않는 새를 울게 하기 위해 도요토미 히데요시는 별 쇼를 다 하는 놈이고, 도쿠가와 이에야스는 올 때까지 기다린다고 하던가. 전자는 히틀러, 후자는 스탈린이라고 하면 그럴듯하잖아.

"그런데 미안해서 어쩌나."

맥아더는 한숨을 푸욱 내쉬더니 담배 파이프를 물었다.

"우리 신임 대통령께서는 다시 한번 군축을 단행할 생각이네."

"그야… 어쩔 수 없지요. 사실 전 세계 경제가 망해버린 이상 전쟁 위기는 한풀 꺾인 셈 아닙니까."

"엄청난 규모가 될 걸세. 절반 정도 날려버린다고 보면 돼."

시발, 어디 사는 보라색 반갈죽 좋아하는 빌런인가. 미군의 절반이 먼지가 되게 생겼잖아.

그런데도 막을 수 없을 정도로 미국 경제는 개판이었다.

"까라면 까야지요. 저야 어차피 일개 중령 아닙니까?"

"앞으로는 아니겠지. 들은 이야기 없나?"

"저 미국 돌아오자마자 총장님, 아니, 의원님 먼저 만나고 있는 거 아시죠?"

"자네 곧 대령 단다고 하더군. 이제 슬슬 진급할 때도 됐지."

그래? 정말? 리얼리? 역시. 내 휴가를 바쳐 가며 일한 보람이 있어. 미합중국, 감사합니다! 저의 노고를 인정해 주셨군요!

"혹시 제 보직 이야긴 들은 거 있으십니까?"

"그야 물론이지. 아직 전쟁부 내에 내 친구들이 얼마나 많이 남아 있는데. 전차 개발 쪽으로 간다 하더군."

입맛이 뚝 떨어졌다.

"전차요?"

"그럼. 자네 같은 인물을 왜 놀리겠나?"

"아니, 군축한다면서요."

"그렇지."

"그럼 무기 개발 같은 예산이 가장 먼저 날아가지 않겠습니까?"

맥아더는 대답하지 않고 묵묵히 술만 들이켰다. 그 꼬라지야말로 가장 완벽한 대답이었다. 이거 완전히 폭탄 떠넘기기잖아.

"저, 그 보직 거부할 수는 없을지."

"이제 그만 포기하게. 기갑병과 가야지."

"전 보병! 곧 죽어도 보병이란 말입니다!"

"그냥 포기해! 전차의 아버지가 기갑 병과가 아니라는 것부터 애초에 웃음거리라는 생각은 안 드나?"

"그러는 선배님도 공병 가라는 거 다 씹고 빠득빠득 보병 남아 있었잖습니까!"

"내가 공병 역사를 새로 쓰지는 않았으니까!"

아아아아악! 이건 억울해! 억울하다고!

"자네 친구들이 다 죽어가고 있네."

"누가 제 친굽니까."

"패튼과 채피 말이야."

그, 죄송한데 그분들은 제 친구라기보단 암덩어리들인데요. 걔들은 돌리와 도트처럼 귀여운 친구들이 아니라 그냥 지옥에서 올라온 비글과 슈나우저라고.

"뭐, 그거야 난 잘 모르겠네. 자네도 알다시피 내가 이제 군인이 아니잖나? 내 군복을 벗긴 자네가 책임져야지."

"누, 누, 누가 군복을 벗겼다고! 혼자 멋대로 마이크 들고 입 털어서 대통령을 날려버린 양반이 누군데!"

"자세한 건 마셜 그 친구랑 이야기하게. 나는 캔자스를 재건하기 위해 뼛가루가 갈리도록 일해야 한다고. 아 그래, 자네 혹시 캔자스 낙농업에 투자할 생각 없나?"

내가 미쳤다고 거기 투자를 하겠냐… 라고 말하고 싶었지만, 도로시와 장인어른의 고향에 통 신경을 안 썼으니 이제 뭐라도 해주긴 해야겠단 생각이 불현듯 들었다.

"으음. 제가 도울 수 있는 일이 뭐가 있을까요?"

"루이지애나처럼 캔자스도 US MILK를 주 정부가 인수했었지. US MILK 설립엔 자네가 제법 많은 공헌을 했다고 들었는데, 혹시 좋은 방안 있겠나?"

저는 군인이지 사업가가 아닌데요. 우유 팔아먹는 법? 그런 게 어디서 뚝딱 나오냐고. 차라리 시금치 팔아먹는 법이면 또 모르겠다. 그러고 보니 뽀빠이가 세상에 나왔던가? 매일같이 자라나는 어린이들에게 '근육과 미녀를 얻고 싶으면 우유를 마시고 유진 킴의 딱지를 사면 된단다!' 하고 세뇌빔이라도…….

"어……?"

"뭔가 있나?"

"그, 제 동생이 하는 사업 중에 만화라는 게 있는데요."

"그냥 자네가 하는 사업이라 해도 되네."

"아무튼! 그러니까 말입니다!"

슈퍼맨과 배트맨이 언제 나오나 하염없이 기다리기엔 좀 지쳤다.

어둠에 맞서는 법 4

캔자스를 구원해 줄 슈퍼히어로의 탄생엔 당연히 시간이 필요했다. 내가 이런 말 하기도 약간 양심의 가책이 들지만… 유럽에서 돌아오기 무섭게 무슨 여행 기념품도 아니고 냅다 일감을 툭 던져줬다가 샷건에 맞아 벌집이 되는 최후를 맞이한다면 얼마나 어이없는 죽음이겠냔 말이지.

만화 출판사는 이미 갖고 있다. 지금도 열심히 카드 게임 세계관을 배경으로 한 각종 만화를 마구 찍어내며 코어 팬덤과 어린이 고객님들을 열심히 공략 중이지. 아직 만화책에 한정판 카드를 봉입한다든가 하는 악랄한 유통 전략은 취하지 않았다. 이 대공황에 소비를 강제하는 프로모션을 전개해봤자 큰 의미가 없어 보였기 때문이다.

하지만 우유는 어떨까? 우유는 생필품이다. 마치 한국인이 쌀을 사는 것처럼 숨을 쉬듯 당연하고, 이걸 줄인다는 건 상상도 할 수 없다. 그러니 어차피 소비할 우유를, 이왕이면 다홍치마라고 우리 캔자스주 US MILK 브랜드 우유를 구매하게 하는 거라면 프로모션이 조금 의미가 있겠지.

"일단 시간이 필요합니다."

"그래, 뭐든 좋네. 커티스 전 의원님이 많이 도와주곤 있지만, 하늘의 재앙을 인간이 극복하기란 참으로 지난한 일일세. 무엇이든 좋으니 자네 도움을 기다리지.”

“그리고 그, US MILK를 국유화? 주유화? 같은 것을 한 곳이 한 곳 더 있잖습니까.”

“그렇지. 루이지애나라네. 그걸 관철한 휴이 롱(Huey Pierce Long Jr.) 주지사가 작년에 상원의원으로 갈아탔었지. 사실 새로 당선된 주지사도 롱의 꼭두각시라네.”

“그 사람과 협동할 순 없겠습니까?”

US MILK라는 상표를 버리기엔 너무 아깝다. 이걸 그대로 쓸 수 있냐 없냐로 틀림없이 크나큰 차이가 벌어질 듯한데, 우리만 남은 게 아니라 저 루이지애나에도 US MILK가 남아 있다지 않나.

“롱? 그 빨갱이 새끼랑?”

맥아더는 고개를 저으려다가 뚝 멈추었다.

“꼭 필요한가?”

“협력하고 말고에 따라 차이가 클 것 같네요.”

“그럼 해야지. 악마와도 손잡을 수 있는데 까짓 빨갱이쯤이야.”

오, 정치 공부 그동안 많이 하셨나 보군. 천하의 맥아더 입에서 저런 말이 다 나오다니. 맥아더에게 불길하기 짝이 없는 기갑으로의 초대 이야기를 듣고 난 후, 나는 도무지 가만히 있을 수 없어 곧장 마셜을 찾아갔다.

“오랜만이군. 연 단위로 놀고, 거 팔자도 참 좋아.”

“놀기는요. 나랏일하고 왔습니다, 나랏일! 그것보단 오늘따라 계급장이 더욱 반질반질해 보입니다요?”

마셜은 우유원정군 사태가 마무리되기 무섭게 대령 계급장을 달았었다. 아무리 미 육군이 군축으로 너덜너덜해져 팔다리 다 잘린 상태가 됐다곤 하지만, 육군참모총장이 대통령에게 정면으로 뻐큐를 내미는 항명을 저지르고 모든 보고가 거짓이었노라 바닥을 뒹굴었으니 책임질 사람은 필요하지 않겠나.

그 결과 여러 사람이 군법재판에 회부되어 쫓겨났고, 불명예전역 당하진 않았지만 눈치껏 옷을 벗은 자도 그 수가 제법 되었다. 여기에 더해서 '싫은데, 에베벱.' 정신의 나라답게, 퇴역장병 처우가 이게 뭐냐고 홧김에 전역 신청서를 던진 노장들 또한 그 수가 제법 되었다.

그 결과, 우리의 위대한 노예주 마셜 주인님은 살아남은 승리자가 되어 대령을 달게 된 것이다! 경쟁자가 전부 자기장에 불타 죽고 맛있게 치킨을 뜯게 된 존버맨인가.

"무혐의 처분받자마자 1년 넘게 유럽으로 도망친 녀석에게 그런 말 듣기는 싫네."

"허허. 도망이라니요. 제가 남아 있었으면 훨씬 모양 이상해졌을 텐데요?"

"그래서 내가 혼은 안 냈잖나."

옙. 자비를 베풀어 주셔서 감사합니다.

"실은 말일세, 조만간 준장 진급이 예정되어 있다네."

"예? 준장이요? 세상에, 그럼 기념품 사 온 게 너무 싸구려인데. 더 고급진 걸로다가……."

"내가 선물 좀 받고 이걸 말했겠나. 그런 선물보다 다른 게 필요하네."

"뭡니까, 그게."

천하의 마셜이 필요한 게 있다니 보통 물건은 아니겠지. 아마 우리 집안 소유의 기업과 관계되어 있을 확률이 크다. 정치 쪽은 마셜이 잘 모를 테니 빼고, 뭔가 신형 항공기나 아니면 신형 상륙보트 쪽에 전달할 무언가가 있겠지. 그렇다면…….

"뭐긴 뭔가. 자네지."

…예? 뭐라고요? 혹시, 혹시 이 양반. 에드거 후버와 비슷한 성적 취향이 있었나? 마셜이 남자를 탐했다는 괴상한 이야기는 들은 적도 없는데?

"드디어 자네보다 내 계급이 더 높아졌다네, 유진 킴 대령."

앗.

"그러니, 당연히 미합중국 육군 최고의 뺀질이인 자네의 근로 의욕을 불어넣어줘야 하지 않겠나?"

내가 착각했다. 그래, 이 인간이 내 등짝을 탐할 리가 없지. 이 사람은 그냥… 그냥 내가 정시퇴근하는 꼬라지를 보기 싫었던 거다. 실로 악덕상사의 표본 아닌가.

"열심히 하려고만 하면 얼마든지 잘할 수 있는 녀석이 천날만날 이상한 짓거리나 하면서 탱자탱자 놀고 있는 꼴을 보고 있으면 얼마나 속이 끓어오르는 줄 아나?"

"논다뇨. 오해입니다. 저는 매일마다 국가와 국민을 위한 우국충정으로 불타올라 열심히 일했는데."

"거짓말하지 마, 이 사기꾼아. 내가 자네를 어디 하루 이틀 봤나? 자네랑 같이 일하는 사람이 옥상에서 뛰어내렸다거나, 총기를 난사했다거나, 술집에서 통곡했다거나 하는 이야기가 전혀 들리지 않는 걸 봐서 자네가 농땡이를 치고 있다는 게 뻔하네."

이게 또 무슨 폭언이야. 그렇게 따지면 내가 무슨 호환 마마 같은 무언가 같잖아!

"이제 알았나? 어디 자네가 멀쩡하게 일을 한 적이 얼마나 있다고. 뭔갈 때려 부수거나 거하게 한판 뛰어야 유진 킴이 일한 거지."

"억울… 합니다……."

"억울했으면 아이젠하워 그 친구처럼 얌전히 일했어야지."

마셜은 오늘 내 영혼을 탈곡하기로 작정한 것처럼 굴었다. 마침내 오래도록 염원하던 반지를 찾은 골룸처럼, 혹은 최고의 노예를 마침내 구입한 악덕 노예주가 딱 저 모습일까?

"아이크는 일 좀 잘하고 있습니까?"

"그 친구야 진국 아닌가. 성실하지, 머리 잘 돌아가지, 사람 잘 상대하지."

모시던 참모총장인 맥아더가 그토록 화려한 쥐불놀이 끝에 실로 비범한 방식으로 군복을 벗었음에도, 아이크는 그대로 부관 자리에 앉아 새 참모총장을 모시면서… 개처럼 고생하고 있다고 들었다. 마셜이 저렇게 호평한다는 것 자체가 아이크의 일복이 터졌다는 뜻 아니겠나.

"그런데 왜 저를 그리 뚫어져라 바라보고 계십니까."

"요즘 육군의 최대 화두가 예산 감축 아닌가. 그런데 내 눈앞에 의회 증언대에 서 가면서 전차를 지켜낸 인물이 있으니 한번 쳐다봤지."

그렇게 뚫어져라 바라봐도 예산 안 나옵니다. 저는 맷돌도 아니고 약탕기도 아니라구요!

"어떤가, 다시 한번 자네가 나서보는 건……?"

"저 더 이상 나대면 진짜로 정치군인 됩니다. 예전에도 한번 욕 처먹었어요."

"그런가? 하긴, 의회 상대하는 게 썩 좋은 일은 아니지. 아쉽구먼."

쿨리지는 내가 독일에 있을 적에 세상을 떠났지만, 그가 남긴 경고는 내 머릿속에서 지금도 가끔씩 제멋대로 리플레이되곤 했었다. 확실히 내 인생에서 가장 쫄리던 때가 그때지. 쿨리지에 비하면 후버는 삼류 달건이에 불과했다고.

나는 그쯤에서 화제를 돌려 유럽 이야기를 슬슬 풀었다. 나는 이번에도 어김없이 필사적으로 목에 핏대를 세워 가며 히틀러와 스탈린을 욕했고, 내 이야기를 가만히 듣던 마셜은 심각한 얼굴이 되었다.

"자네가 말했던 2번째 세계대전이 점점 다가오고 있군. 그자가 전쟁을 일으키리라 보나?"

"하나 더 있지요. 일본."

"'독일과 일본이 기존 질서를 파괴하고 새로운 질서를 구축하기 위해 온 세상을 불태울 전쟁을 일으킨다.'라. 참 소름 끼치는 이야기야."

어색한 침묵이 방 안을 가득 메웠다. 그야 결국 이야기가 돌고 돌아… 또 빌어먹을 예산 이야기로 되돌아왔으니까. 다카포인가 그건가. 도돌이표가 끝나질 않네.

"내가… 참모총장님껜 이미 차량화와 기계화가 곧 핵심이 되리라 몇 번이고 말씀드렸고, 그분의 동의 또한 얻었네."

"그건 그나마 다행인 일이군요."

"하지만 연구개발에서 문제가……."

"연구개발은 걱정하실 필요 없습니다."

나는 손을 내저었다. 연구개발은 굉장히 중요한 요소긴 한데.

"일본이 대신 해주고 있거든요."

"…그건 또 무슨 소린가?"

"저랑은 아무 관련 없지만, 저어기 일본에 전차를 만드는 조선미쓰비시인가 뭔가 하는 회사가 있습니다. 거기가 열심히 전차 연구를 하고 있는데. 흐흐흐흐!"

거기 연구원들이고 엔지니어고 핵심은 전부 코쟁이들이라고. 물론 미국인은 생각보다 그리 많지 않고 유럽 출신들이 제법 많으며, 현지에서 교육 중인 동양계 친구들도 하나둘씩 늘어나고 있다. 중요한 건, 거기서 입수한 여러 데이터값이 고스란히 샌프란시스코와 디트로이트의 누구 책상 앞으로 착착 배달되고 있다는 사실.

"이게 바로 누이 좋고 매부 좋고 아니겠습니까!"

"미친놈……."

어째서 욕을 먹는진 모르겠지만, 결국 나는 기갑 병과가 될 팔자인 듯했다.

* * *

미합중국 육군 실험 기계화 사단본부. 기어이 와버리고 말았다. 이 저주

받을 곳에.

유진 킴 대령이라고 불리는 건 기분 째지는 일이었지만, 내 블링블링한 보병 병과 마크가 있던 자리에 이 못생긴 기갑 병과 마크가 박힌 건 너무나 슬픈 일이었다. 어차피 로켄바흐 장군도 떠났고, 이 소년소녀가장 신세의 병과를 먹여 살릴 수 있는 건 나와 채피 정도다. 패튼은… 패튼이니까 도움을 기대해선 안 되겠지.

그러니 가장 먼저 이 흉측하게 생긴 병과 도안을 그린 놈부터 찾아내야겠다. 그놈이 바로 독일의 간첩이 틀림없다. 당장 내가 샌프란시스코 금문교에 매달아 놓고 총살할 테다. 그다음엔 전쟁부로 가서…….

"왔는가, 후배님!!"

"왔나 이 굼벵아!! 기다리다 좆 떨어지겠다!!"

씨발. 나이 마흔은 진작 넘긴 아저씨들이 제발 그러지 말라고요.

저 멀리서 씨근덕대면서 달려온 패튼과 채피는 그대로 날 번쩍 들어 모가지와 양다리를 부여잡고는 어디론가 날 끌고 갔다. 아니, 언제부터 인디언으로 전업하셨습니까, 두 분?

"빌어먹을. 이러다 정말 미쳐버릴 것 같아."

"하하. 사람 얼굴 보자마자 하는 말이 미치겠단 말입니까?"

"당연하지! 네가 싸지른 이 똥덩어리를 보라고!"

패튼은 양손을 번쩍 치켜들고 저 드넓은 평야를 가리켰다.

"기병 놈들도! 보병 놈들도! 하나같이 이 가엾고 딱한 기갑의 미래에 대해 관심이 없다네! 죄다 우리 내장을 뜯어먹으려는 구울 새끼들뿐이지!"

"거 표현 하고는……."

"그나마 제1기병사단 친구들이 기계화에 관심이 있어서 그쪽이랑 협력 중이지. 그거 외엔 개판이야."

이 망아지들은 너무나 자연스럽게 안주머니에서 힙플라스크를 꺼내더니 연신 벌컥벌컥 무언가를 들이켰고, 알싸한 위스키 내음이 솔솔 풍겨 나왔다.

"대낮부터 뭡니까?"

"한잔할래?"

"안 합니다! 빨리, 그래서 그 망할 시제품 전차는 어딨습니까?"

나는 입이 댓 발은 나온 돌리와 도트를 끌고 간신히 정비창으로 향했고…….

"오, 씨발. 이게 뭐야."

"친애하는 드럼 각하의 혜안이지."

"우린 이제 망했어. 안 될 거야 아마."

어째서… 전차에 포탑이 두 개야? 아예 백화점을 차리지 그래?

어둠에 맞서는 법 5

전차는 기본적으로 무한궤도로 굴러다니며, 철갑을 둘렀고, 한 문의 주포를 매단 하나의 포탑이 빙글빙글 돌아가며 적에게 뿌뿌뽐 포를 쏜다. 이게 진리다. 하지만 이 진리를 터득하기 위해, 제1차 세계대전 때부터 전간기에 이르기까지 무수히 많은 엔지니어들과 개발자, 이론가들은 헤딩을 해야 했다.

다포탑은 사실 쉽고 빠른 선택지다. 360도 포탑을 돌리는 것보단 그냥 여러 개를 붙이는 게 더 편하다. 주포도 종류별로 크고 굵은 대보병용과 가늘고 강한 대전차용 하나씩 달면 얼마나 편하겠어. 거기에 기관총도 사방에 붙이면 아주 행복해 죽겠네, 죽겠어.

하지만 포탑 하나당 포수와 장전수 하나씩, 두 사람이 붙어줘야 한다는 걸 고려해 보면 다포탑이란 게 얼마나 비효율적인지 금방 깨달을 수 있다. 전차에 백화점을 차리느니 그냥 전차 두 대를 같이 쓰는 게 훨씬 나은 셈이다.

물론 현시점에서 기술력이 허접하기 때문에 저런 끔찍한 물건들이 튀어나오는 거지만…….

M2A2

"대체 이건 누구 발상이랍니까?"

"몰라."

"주포는 어디에 팔아먹고 저 못생긴 기관총만 두 자루 덜렁 달려 있는 거죠?"

"몰라."

"왜 두 포탑이 서로의 사격각을 서로 방해하는 거죠?"

"몰라."

"그럼 아는 건 뭐 있어요."

"우리가 좆됐다는 사실을 알고 있지."

채피는 도저히 눈 뜨고 못 보겠던지 탄식하며 연신 술을 들이켰고, 패튼은 말을 하려고 뭐라 입을 달싹이다 그냥 다물기에 급급했다. 나도 한 잔 줘, 시발.

차라리 M3 '리' 전차 같은 게 훨씬 낫다.

이 친구도 다포탑으로 분류되긴 하지만, 얘는 두툼하고 강력한 75mm

M3 Lee

주포를 감당할 포탑이 없어서 그냥 차체에 처박고 본 물건이다. 포탑이 없
으면 쏘기 불편하지만, 주포가 약하면 쏴도 데미지를 박아 넣을 수 없다고.
망리니 뭐니 후대 사람들이 놀린다 해도 '쏴도 적 못 잡는 전차 탈래? 아니
면 쏘기 불편한 전차 탈래?'라고 물어보면 그 사람들도 백이면 백 얌전히
M3에 탈걸?

　아무튼 다시 정신줄을 되돌려서.

　"이거밖에 없습니까?"

　"이 친구는 경전차(Light Tank) 후보야. 기관총으로 적 보병을 제압하는
용도지."

　"차라리 소달구지에 기관총을 싣고 다녀도 이거보단 나을 것 같은데요."

　"그나마 중형전차(Medium Tank)는 우리 의견을 관철할 수 있었네. 한번
볼 텐가?"

　내 눈에 흙이 들어가기 전엔 저딴 걸 대량생산하는 일은 없으리라 굳게

다짐하면서, 나는 다음 전차 시제품을 구경하러 갔다.

"이건 그나마 낫네요."

얘까지 다포탑이었으면 난 죽음을 택했겠지만, 적어도 일단 겉모양새는 봐줄 만했다.

"37mm 대전차포에, 360도 회전포탑. 적당한 속력에 적당한 장갑. 무난 무난함 그 자체지."

"아직 더 발전시켜야겠지만요."

"그야 당연하지."

그나마 불행 중 다행인 점이 있다면, 이 끔찍한 흉물들은 우리 포드 트랙터 컴퍼니에서 만든 게 아니라 정부 주도로 제작했단 점이다. 만약 나한테서 월급 받아 가는 엔지니어들이 이딴 걸 제안했다면 내가 그 불필요한 머리통을 과녁판 대신 써줄 용의가 충분하다. 채피는 울먹울먹하며 "제발 이딴 걸 우리 부대에 납품받는 일만큼은 막아 주게."라는 유언 비스무리한 말을 남기며 자신의 부대인 제1기병사단으로 떠났다.

아니, 내가 1년 좀 자리 비웠다고 어떻게 이 지랄이 날 수 있지? 대체 어떻게?

* * *

"어디서부터 이야기해야 하나."

"처음부터지요."

"나야 하던 일 늘 똑같았지. 멍청한 애새끼들 엉덩이 걷어 차주고, 훈련시키고, 전차 필드 테스트하고, 보고서 써서 올리고."

이 인간이 서류작업을 해? 나는 잠시 믿을 수가 없어 눈만 끔뻑거렸지만 알아서 납득했다. 패튼이란 인간은 그냥 미친 개가 아니다. 미쳐도 될 때랑 사려야 할 때를 구분했다가 '아, 여기선 미쳐도 옷 벗을 일까진 안 가겠구나!' 싶을 때만 미치는 참으로 신묘하고도 사람 빡치게 만드는 개념의 소유 자니까.

"그런데 경제가 좆망해버렸지! 갑자기 군축이다 뭐다 하면서 안 그래도 전차에 넣을 기름값도 빠듯한 살림살이가 아주 개박살이 나버렸네! 이게 말이 되는 일인가?!"

"예에… 어쩔 수 없지요."

"어쩔 수 없다니! 이러다 전쟁이 터지면 어찌 되겠나! 합중국의 적들이 막강한 전차로 무장하고 쳐들어오는데 우리 아이들은 저 끔찍하고 엿같은 오물 같은 물건을 타야 한다고 생각해 보게! 합중국의 미래와 장병들의 무사귀환을 위해서라면 지금 당장! 더 많은 예산이 필요하단 말일세!"

이것 보라. 제 편할 때만 갑자기 말이 청산유수잖아. 짜증 난다. 이 인간을 서류 지옥의 늪에 처박아버리고 싶다. 한 3년쯤 목화밭의 흑인 노예처럼 속세와 단절돼서 서류만 처리하다 보면 혹시 이 태어날 시기를 잘못 고른 중세 기사도 훌륭한 사회인으로 거듭날지도 모르잖아. 이거야말로 한 사람을 구원하는 지름길이 아닐까?

비뚤어진 장 발장을 새 사람으로 거듭나게 하는 데에 신부님의 도움이 필요했듯, 패튼을 사람 만들려면 신부님에 버금갈 정도의 인격자인 이 유진 킴의 도움이 필요한 게 틀림없다. 우선 이놈의 머리통을 갈길 은촛대부터…….

"내 말 듣고 있나 후배님?!"

"아, 예예."

"그래! 그러니까 말이야! 우리가 지속적으로 주장하던 기동전, 기병 역할을 대신할 강력한 창끝 부대로서의 전차 대신 또 그놈의 참호전용 토치카 논리가 튀어나오던 걸세!"

아니, 참호전용 토치카면 애초에 경전차가 아니라 중전차(Heavy Tank)가 나와야 하잖아.

"그… 영국제 마크 전차 같은 그런 거 말입니까?"

"그랬으면 차라리 논리에 일관성이라도 있지. 그건 돈 없으니까 못 만든다더군. 이게 실화인가? 내가 지금 꿈을 꾸는 것 같다네! 이런 시발!"

좋아. 대충 상황은 이해했다. 더 자세하고 내밀한 사정은 워싱턴 D.C.에 찾아가야 알 수 있겠지만 지금 여기서 알 만한 건 이 정도겠지.

얼마 후, 나는 패튼을 동반한 채 디트로이트로 향했다. 저번 전차 논쟁때 내가 의회 출석까지 해가면서 푸닥거리를 한 덕택에, 포드를 비롯한 군수업체들은 연구개발에 있어서는 충분한 자율성을 얻을 수 있었다.

물론 수출 같은 짓은 그놈의 고립주의 때문에 엄두도 못 냈지만, 그 장벽을 피하기 위해 당장 조선미쓰비시 같은 희한한 짓거릴 하고 있잖아? 크리스티(Christie)만 해도 소련에 전차 팔아먹었다고. 이거 아주 빨갱이 아냐 빨갱이.

내가 요즘 느끼는 건데, 규제가 있다고 거기에 굴복하는 건 삼류다. 수단과 방법을 가리지 않고 규제를 피해야 참된 일류 강도 귀족이라 할 수 있다. 그런 점에서 일단 대강의 미래를 얼추 아는 나도 있고, 일본에서 열심히 굴려주는 실전 데이터까지 있는 포드사는 그걸 토대로 더욱 좋은 전차를 개발할 수 있을 텐데… 좋은 물건을 만드는 거랑 그걸 팔아먹는 건 또 전혀 다른 이야기라서 말이지.

진짜 만에 하나 견제랍시고 [충격적인 군납 비리! 킴 대령, 혈세로 자신의 회사에서 제작한 전차 대량 구매!] 같은 기사 뜨는 날엔, 마 그때는 깡패가 되는 거야.

"아니, 킴 대령님 아니십니까!"

"오늘은 주주가 아니라 군인 자격으로 왔습니다. 준비 중인 프로토타입 좀 볼 수 있겠습니까?"

"예예, 저희는 설계를 다시 진행 중에 있으며……."

"예. 그 점은 감안하겠으니 우선 실물부터 보여주시죠."

우리는 곧장 시험 운행장으로 향했고, 실물을 본 패튼의 입가가 헤벌쭉해졌다.

"호오, 제법이군."

"일단 겉모양은 합격인 것 같네요."

그래. 이게 이차지. 이제 좀 봐줄 만한 게 나오고 있어.

"일본 육군의 평가에 따르면, 어떤 환경에서도 빠르게 전장을 돌파하여 적의 방어선을 신속히 무너뜨릴 수 있는 점. 그리고 각종 방어시설을 무력화하여 보병의 진격을 보조하는 점에서 전차가 가장 유용하다고 합니다. 저희 또한 이 점을 감안하여……."

"잠깐."

내가 무어라 말하기도 전에 패튼이 옆에 있던 직원에게 다가가 말했다.

"그건 저 만주 벌판에서 마적들이랑 뛰노는 잽스들의 이야기 아니오?"

"네? 예, 그렇습니다."

"앞으로 우리가 상대해야 할 적은 멕시칸 타코들이 아니란 말이야! 적도 당연히 전차를 보유하고 있다고 가정해야 하고, 그 전차를 때려부술 상황이 와야 할지도 모르는데?"

"대전차용을 상정한 전차는 또 별도로 개발해야 하는데… 과연 그게 큰 의미가 있을지요? 일단 판매 수량이 적지 않겠습니까."

기업 논리에 충실한 대답이었다. 지금은 21세기처럼 하나의 주포로 적 벙커 제압용 고폭탄과 전차 격파용 철갑탄을 골라 가며 뿜뿜 쏴댈 수 있는 시기가 아니니 결국 용도 분리가 되는 편이고…….

나는 결정을 내려야 했다.

"대전차전에 집중하는 편이 좋겠군요."

"대령님의 의견을 말씀해주시면 제가 경영진에게 전달토록 하겠습니다."

"그야 대보병전용 전차는 아마 육군 조병창에서 납품할 것 같거든요."

그는 군말 없이 고개를 끄덕였다. 그래, 이게 기업 논리지. 구구절절 설명 더 해서 뭐 해?

* * *

"진! 오랜만이야!"

"신수가 훤해졌구만. 응, 정말… 훤… 해졌어……."

어째서 우리 착한 아이크의 머리가 점점 훤해지고 있을까? 내가 녀석의 머리를 연신 힐끗거리자 그놈의 안색이 점점 어두워졌다.

"한 대 맞고 싶어?"

"죄송합니다."

"조만간 기다려. 네 머리카락은 멀쩡할 것 같애?"

"옛날 조선인들은 Sang—Too라는 헤어스타일을 했는데 말야, 머리를 자르지 않고 땋는 방식이었거든? 그 말인즉슨 조선엔 대머리가 없었단 뜻이지."

"그딴 게 이딨이! 불공평해!"

"노랭이로 사는 것도 억울한데 머리카락까지 사라지면 얼마나 더 억울하겠어?"

믿거나 말거나지만, 적어도 아이크는 진심으로 믿는 듯했다. 1930년대엔 쿵푸의 신비든 오컬트든 뭐든 다 믿던 시대였으니까. 사실 21세기에 음이온이 어쩌고 게르마늄 맥반석 전자파 차단 달걀이 어쩌고를 믿는 걸 보면 딱히 바뀐 것 같진 않네.

"아무튼, 부임하자마자 다시 이 마굴로 달려온 걸 보니 상황이 별로 좋지 않은 모양이네."

"대체 드럼 그 새끼 왜 전차에 시비를 턴 거야?!"

"어… 어쨌거나 지금 전차의 핵심은 보병 보조잖아."

"그러면 중전차 뽑으라고 해. 그 괴상한 트윈 좆대가리는 집어치우고!"

불쌍한 아이크에게 성질내서 뭐 하겠냐마는, 솔직히 저 꼬라질 보고 있으니 울화통이 터질 것만 같다. 기술력 문제는 내가 어떻게 할 수 없지만, 적어도 한정된 기술 범위 안에서 구현할 수만 있다면 저런 재앙덩어리는 좀 피하고 싶다고.

"이왕 기갑병과로 말뚝 박혀버린 몸이니까 내가 앞으로 전차 개발은 진두지휘하고 싶은데, 어떻게 생각해?"

"전차 공장도 가진 놈이 개발을 주도하겠다고 하면 제법 문제가 커질 것 같은데."

"야. 너도 한번 그 흉측한 물건을 보고 와서 말해. 내가 어지간하면 손 안 대겠는데, 진짜 세금 낭비가 뭔지 보여주고 있다니까?"

"실은 그 문제도 있지."

아이크는 한숨만 푹푹 내쉬더니 말했다.

"코너 장군도 기계화를 강력하게 주장하고 있긴 한데, 예산이 없어. 이미 이 이야긴 몇 번이고 들었겠지?"

"그렇지. 그거 모르는 사람이 지금 군부에 어디 있겠어."

"이런 말 하긴 정말 미안하지만, 지금 항공부터 시작해서 온 사방에 돈 달라고 입 쩍쩍 벌리는 부서가 사방에 깔려 있어. 드럼이 제안했던 그 괴상한 물건은… 단가가 가장 싸서 통과됐거든?"

대포 대신 기관총 두 자루 달아놓으면 당연히 싸지지! 나는 맹렬히 당겨오는 뒷골을 부여잡은 채 의자에 대충 주저앉았다. 미군은 원래 쇼미더머니의 군대 아니었어? 왜 항상 이렇게 거지처럼 살아야 해?

2장
어둠에 맞서는 법 II

어둠에 맞서는 법 6

아이크와 잡담을 나눈 뒤, 나는 육군참모총장 코너 장군과 잠시 차 한잔할 기회를 얻었다.

"자네가 킴이군? 이야기 많이 들었네."

"감사합니다, 총장님."

"그래. 파나마에 있을 적에 아이크 저 친구를 만났는데 말야, 입만 열면 자네 얘기를 해서 귀에 딱지가 앉는 줄 알았다네. 하하!"

"총장님?"

"'진이 말입니다, 그 새끼가요, 그 자식이~' 하면서 맨날 떠들어대는데 누가 들으면 애인이나 아들로 오해하지 않을까 걱정될 정도였다네! 크하하!"

아이크의 얼굴이 새빨간 당근처럼 변해가고 있다. 불쌍한 녀석. 남들은 부끄러우면 이마까지 빨개지곤 하는데 이제 너는 정수리까지 빨개지는구나. 문어숙회가 땡기는걸. 생각해 보니 문어를 통 못 먹어봤어. 아무튼 불쌍한 아이크를 빨리 인간 문어에서 탈출시켜줘야 한다. 이 시기에 머리카락 심는 기술이 있을 리도 없으니, 가발 회사를 하나 차려야 하나?

나는 전차 건으로 하늘처럼 높은 참모총장과 직접 이야기를 나눴지만 크게 달라질 바는 없었다.

"전차 문제에 관해서는 나를 비롯한 상층부 역시 지대한 관심을 갖고 있네."

"그렇다면 다행입니다."

"하지만 지금 육군은 돈 먹는 하마 프로젝트가 너무 많네. 당장 신형 소총 도입을 놓고 전쟁의 ㅈ도 모르는 의원 놈들이 무어라 떠들고 있는지 아는가? 스프링필드 소총이면 충분한데 왜 또 새 총을 도입해야 하냐고 아우성일세."

한국이나 미국이나, 낡았든 어쨌든 아무튼 제 역할 해주면 장땡 아니냐는 마인드는 윗사람 공통 성향이었다. 당장 내가 전생에 군 생활할 때도 1944년 US ARMY 마크가 찍혀 있는 노르망디 물맛 나는 수통을 들고 있던 병사가 있었는걸? 아직 60년 묵은 소총을 쓰는 건 아니니 참 다행이다, 다행이야.

"더 좋은 총기, 더 좋은 탄약, 더 좋은 전차, 더 좋은 트럭, 더 좋은 항공기… 그래, 모두 필요하지. 하지만 돈은 없네."

"그렇다면 예산의 범주 안에서 가장 효율적인 개발 방안을 찾을 테니, 개발 권한을 일임해주시면 감사하겠습니다."

"그래도 그건 좀……."

"애초에 실험 기계화 사단의 존재 이유가 무엇입니까? 실험적인 장비의 개발과 도입이잖습니까. 깔끔하게 제가 책임지겠습니다."

"진!!"

아이크가 기겁을 했지만 나는 물러서지 않았다. 결국 군바리들도 크게 보면 공무원들이고, 예로부터 공무원끼리 아가리 배틀이 나면 결국 '책임진다'는 말을 꺼낸 놈이 이기는 게 국룰 아닌가?

"자네가 책임을 질 필요는 없네. 다만 군수업체와의 유착 문제로 필시 자네가 공격을 당할 텐데… 괜찮겠나?"

"육군 조병창이 얼마나 무능한지를 이번에 똑똑히 알았습니다. 유착이고 나발이고 저는 우리 애들 저딴 강철 관짝에 못 태웁니다."

내가 이렇게까지 말하자 코너 장군은 고개를 끄덕였다. 이 양반이 술에 술 탄 듯, 물에 물 탄 듯하는 사람이라는 이야긴 익히 들었거든.

"그럼 자네 원하는 대로 해보게."

그래. 진작 이러셨어야지.

* * *

권한을 얻었으니 그다음 해야 할 일은 원인분석이다. 나는 곧장 저 끔찍한 이중 기관총 포탑을 내놓은 사악한 독일 간첩을 만나러 참모차장실로 향했다.

벌컥!!

"누가 선약도 없이 함부로 내 문을… 킴?"

"…드럼 장군님 맞습니까?"

"그럼. 밖에 걸린 내 명패 못 봤는가?"

이 사람이 이렇게 생겼던가? 나는 다시 한번 문에 붙은 '휴 A. 드럼'이라는 이름과 지금 의자에 앉아 있는 사람을 번갈아 바라보았다.

"킴 대령, 왔으면 그냥 얌전히 앉게."

"많이… 바뀌신 것, 같습니다?"

"거기서 한 번만 더 내 이마가 넓어졌단 이야길 지껄이는 날엔 총 맞을 각오 해야 할 걸세."

그래. 피도 눈물도 없는 정치와 통수 인생 외길의 드럼조차, 유전자의 지엄한 명령을 거부할 순 없었던 것이다.

하지만 바뀐 건 그것만이 아니었다. 전반적으로 눈은 퀭해지고, 얼굴은 마르다 못해 피골이 상접해져 있고, 늘 반짝반짝 각 잡고 광내던 군복은 눈에 띄게 후줄근해져 있는 것이… 폐인?

"커피?"

"감사히 마시겠습니다."

"흥. 실험 기계화 사단을 맡게 됐다지? 보나마나 전차 때문에 찾아왔겠군."

부관이 커피를 내어주기도 전에 드럼이 곧장 용건을 때려맞혔다.

"맞습니다."

"왜 그딴 걸 만들었냐고 지금 이 참모차장에게 찾아와서 따지는 겐가?"

"따지는 것은 아니고, 제가 아는 영명하신 드럼 장군님께서 이런 걸 만든 데엔 어떤 곡절이 있는 게 아닌가 하여……."

"곡절? 고오옥저어얼? 그래, 당연히 있지!"

드럼이 테이블을 탕 두드리며 한탄했다.

"맥아더, 그 새낀 대체 뭐였지?"

"네?"

"맥아더는 총장 자리에 앉은 뒤로 줄곧 기계화와 차량화를 외쳤네. 세부적인 사안에선 차이가 있지만, 나 또한 그 기조 자체에는 동의하는 바였네."

"그렇지요."

"대체 맥아더는 어떻게 그 미치광이들 한가운데에서 전차 개발해야 하니 돈 더 달라는 말을 할 수 있었던 거지? 그게 사람인가?"

드럼은 온몸을 비틀며 PTSD에 발작하는 사람처럼 허우적거렸다. 이 인간이 맥아더를 옹호하는 날이 오다니, 합중국 의회의 어둠은 대체 얼마나 깊은 걸까. 아무리 정치질 고수니 뭐니 해도 그 '정치'를 생업으로 하는 인간들 수백 명에게 조리돌림 당하는 건 어지간한 멘탈로는 힘들겠지.

"적 참호까지 아군 보병을 안전하게 배달할 수 있는 강력한 중전차가 필요하다고 역설했더니 대답이 뭐였는 줄 아는가?"

"뭐였습니까?"

"중전차는 수송이 어려울 테니, 그냥 전쟁 나면 현지에서 제작한 전차를 구입하자더군. 어차피 합중국 본토에 누가 쳐들어올 것도 아닐 테니까."

커피잔을 든 드럼의 손이 달달달 떨리고, 내 머리도 달달달 떨렸다. 하긴 1차대전 때도 미군은 영국과 프랑스에서 대포 받아서 싸웠으니까… 는 개뿔이! 이열, 상상도 못 한 발상 보게! 가슴이 웅장해지다 못해 내 가슴팍을 째고 에일리언이 튀어나올 것 같아, 미친놈들아.

"그건 그렇다 쳐도, 경전차의 그 포탑은 조금 무리수가……."

"내가 제안한 게 아냐. 중전차 개발이 기각된 시점에서 난 전차에 개입할 마음이 싹 사라졌단 말일세. 미 육군에 다포탑성애자들이 이리 많은 줄 나도 미처 몰랐다네."

아니, 참모차장이란 인간이 그딴 말 너무 당당하게 하지 말라고. 네 사심 채우려고 전차 개발하는 것 같잖아. 틀림없이 저 괴이한 다포탑 전차에 대해 따지러 왔건만, 정작 와서는 한참 동안 드럼의 장탄식을 들으며 우쭈쭈를 해줘야만 했다.

"아, 그러고 보니 자네."

"예, 차장님."

"마셜이랑 너무 친하게 지내는 것 아닌가?"

이제 슬슬 일어나려는데 이건 또 무슨 소리야. 나는 황망해지다 못해 짜증이 나려는 정신줄을 애써 가다듬으며 천천히 입을 열었다.

"무슨 말씀이십니까?"

"자네랑 마셜이랑은 경쟁 관계잖나."

점입가경. 이 정도 개소리면 그 정성을 봐서라도 좀 들어줘야 하지 않겠나. 나는 떨떠름한 티를 안 내려고 노력해야 했다.

"아마 차기 참모총장은 내가 하겠지."

"물론이지요."

정말? 그럴까?

"물론 코너 장군이 대놓고 마셜을 끌어당겨주고 있긴 하지. 하지만 마셜을 지지하는 건 대부분 영관급이니 아직 힘이 부족하고 고위 장성들은 다들 날 지지하고 있어. 이런 상황에서 아무리 코너의 지지가 있더라도 다음 참모총장은 내 차지겠지."

딱히 틀린 말은 아니긴 한데, 어차피 참모총장은 결국 대통령이 결정하는 거잖아. 과연 그 사람 잘 보는 FDR이 이 얄팍한 드럼을 선택할까? 잘 모르겠으니 나는 그냥 입을 다물었다.

"그럼 차차기를 놓고 경쟁해야 하는데, 차차기면 이제 슬슬 자네도 물망에 오를 때 아닌가."

"저는 당장 나이대도 한참 뒤처지지 않습니까."

"맥아더가 쉰에 참모총장을 달았지. 그리고 귀관은 그 맥아더랑 같이 전장을 돌아다녔고. 당장 지난 대전쟁 때 마셜은 대령이었는데 귀관은 별 달았잖나."

드럼은 마치 뱀이 쉿쉿거리듯 내 귀에 대고 속삭였다.

"육군 최고의 풍운아가 참모총장 정도는 욕심내 봐야지. 다 자네를 위해서 하는 말이니 이제부터라도 경력 관리 좀 하게."

나? 내가 참모총장? 육군참모총장 유진 킴이라. 사기 칠 때나 언급했지 사실 전혀 감이 안 온다. 나는 귀신에 홀린 듯이 전쟁부를 떠나야 했다.

* * *

"왔나? 왜 정신 어디 갔다 팔아먹은 것처럼 멍해져 있나 후배님!"

"아아, 예. D.C.에 정신 좀 팔아먹고 왔습니다."

나는 시끄럽게 왱알앵알대는 패튼을 대충 밀치며 내 자리에 착석했다.

"일단 저 못생긴 쌍좆대가리는 치웁니다."

"좋아!!"

패튼이 주먹을 꽉 쥐는 모습을 보니 일단 한 건 해결하긴 했다.

"제가 곧장 디트로이트에 연락할 겁니다. 앞으로 미 육군의 부대에 채용할 경전차와 중형전차의 소요를 다시 한번 확인해서 포드사와 육군 조병창에 가이드라인 보내주시면 됩니다."

"중전차는?"

"돈 많이 먹는다고 난리 쳐서 포기해야 했습니다."

내 잘못 아냐. 얻는 게 있으면 포기도 해야지.

"경전차랑 중형전차는 어디서 쓰지? 보병?"

"별도의 기갑부대, 혹은 기병용으로 쓸 겁니다. 아, 그리고 중형전차에 50mm나 75mm 단포신 달고 보병 지원 가능한 파생형도 미리 연구해 봅시다."

"좋아. 이제 좀 뭐가 제대로 돌아가겠군! 역시 골통이 텅텅 빈 놈들 상대하려면 후배님이 필요했다니까! 내 당장 준비해서 제리들이건 토미들이건 전부 찢어버릴 수 있는 세계 최강의 똥꼬후비개를 만들어주지!"

나날이 창의적으로 업그레이드되어 가는 저 표현력에 정말 경의를 표한다. 대단도 하셔라.

"그래서, 왜 그렇게 멍해져 있지?"

"드럼이 저 보고 참모총장할 준비 안 하냐는데요."

춤을 출 것처럼 두둠칫 두둠칫거리던 패튼의 동작이 일순간 딱 멈췄다.

"참모총장?"

"네."

"후배님이?"

"선배님이 봤을 때도 좀 아닌 것 같습니까?"

"무슨 소린가. 자네 정도면 충분히 참모총장 자리를 욕심낼 만한 인재지."

패튼이 방금 전과는 다르게 고함도 지르지 않고 발광도 안 하고 평온하게 말하니 더더욱 불길하다. 이상타. 방금 술 마시지도 않았는데 뭐지?

"하지만 말일세!"

패튼이 있는 힘껏 테이블을 내리쳤다. 오늘따라 왜 이리 책상 두들기는 사람들이 많아?

"정말 만족스럽겠나? 물론 참모총장 자리가 영광된 자리라는 건 내 알고 있네! 하지만 우리 사랑스러운 전차를 이끌고 합중국을 위협하는 적들의 대갈통을 따기로 약속했잖나!"

아냐. 아냐 미친놈아. 난 그딴 약속 한 적 없어. 저리 가, 무서워.

"참모총장이 되면 전쟁영웅은 될 수가 없다네! 가슴을 두근거리게 하는 엔진 소리를 들으며 벌판을 내달리고, 적들의 비명을 자장가 삼아 피의 축제를 벌였는데도 모두에게 존경받을 수 있는 절호의 기회를 잃는단 말일세!"

요즘 들어 혹시 이 인간 제정신 아닐까, 라고 생각했던 내가 우스워질 정도였다. 정말 패튼이라는 인간은 미친놈이 확실하다.

"이 절호의 기회를 포기하겠다고?!"

"듣고 보니 더더욱 포기하고 싶어지는데요."

"무슨 소린가 그게."

패튼은 씨근덕거리며 연신 발을 굴렀다.

"자네와 나는 동류야! 후방에서 서류 매만지는 일을 하느니 차라리 총질하러 최전방에 기어나가는 새끼들이지!"

"아닌데요! 아닌데요! 저는 그런 싸이코 아닌데요!"

"숙명을 거부하지 말게! 우리 같은 인간들이 사람 대우 받을 일이 전쟁 말고 어디 있겠나!"

"헛소리 그만하고 빨리 일이나 하러 가십쇼."

"내 말 명심하게! 참모총장과 전쟁터 중 하나 고르라 하면 자네는 백이면 백 전쟁터를 고를 인간이니까!"

저 망할 인간은 마지막까지 저주를 퍼부으며 총총 사라졌다. 아, 피곤해 죽겠네.

하지만 딱히 패튼의 말이 틀리진 않다. 내가 참모총장? 마셜을 제치고? 미쳤습니까 휴먼? 참모총장은 마셜같이 숨만 쉬면서 백만대군의 보급과 편성을 해낼 수 인간이 하는 거지, 내 적성에 맞는 일은 아니다.

그리고, 내 목표에 도달하려면 당연히 전쟁터로 나가야. 물론 애들을 내버려 두고 전쟁터로 가는 게 참 찝찝하긴 하지만, 2차대전이 터질 때쯤엔 나도 최전방에서 놀진 않을 것 같으니 별문제는 없을 거다. 달력을 뒤적이며 앞으로의 스케줄을 생각하던 나는, 큼지막하게 온갖 색으로 색칠된 날짜 하나를 발견했다.

"부관?"

"예, 대령님."

"조만간 1주일 정도 휴가 쓸 테니까 미리 알아 두십쇼."

"알겠습니다. 사유는 혹시……."

"제 아버지 칠순 잔치요."

이번엔 좀 뻑적지근하게 좀 치러야 불속성 효자는 좀 면하지. 하지만 예가 과하면 비례가 된다고 선현께서 일찍이 말씀하셨던가? 효도를 실천하기 위한 삼형제의 소소한 계획이 중첩된 결과.

[Celebration for US - Korea Relationship]

[竹軒 金尙俊 先生 古稀宴]

"안녕하십니까, 부통령 가너라고 합니다. 아메리칸드림의 산증인인 어르신의 칠순을 축하드리고자……."

"허허. 잘 오셨습니다. 부디 푹 놀다 가십시오."

"안녕하십니까, 윌리엄 듀보이스입니다. 흑인들의 권리 향상에 항상 신경 써주셔서 감사드리며……."

"어우, 아닙니다. 근면성실하게 땀 흘려 일하는 흑인분들 덕택에 자식놈들 회사가 나날이 번창하고 있습니다."

"안녕하십니까, 유통업을 하고 있는 찰스 루치아노(Charles Luciano)입니다. 저희 사업에 언제나 큰 도움을 주셔서……."

"그렇습니까? 도움이 되었다니 다행입니다. 허허. 차린 게 많지 않지만 많이 들고 가십시오."

이 끝없는 인사들의 행렬을 보고 있자니 슬슬 두려움이 밀려왔다.

"유신아."

"…왜 형."

"너 대체 저 마피아 새끼는 왜 불렀어."

"형은 부통령은 왜 불렀어."

"난 저 사람이 올 줄 몰랐어."

"나도 깡패 두목이 올 줄 몰랐어."

우리 둘의 탄식을 뒤로한 채, 아버지는 연신 너털웃음을 터뜨리며 손님들을 환대하고 있었다. 아무래도 우리 형제는 계속 불효자로 남아 있어야 할 팔자 같았다.

어둠에 맞서는 법 7

[竹軒 金尙俊 先生 古稀宴]

캘리포니아 곳곳은 축제 분위기였다. 우리 삼형제의 의견은 참으로 드물게 만장일치를 맛보았는데, 그도 그럴 것이 아버지도 벌써 칠순 아닌가. 과연 아버지 팔순 잔치를 치를 수 있을까? 이건 우리가 어찌할 수 있는 바가 아니라 오직 하늘만이 정할 일이니, 적어도 칠순만큼은 최대한 으리으리하게 진행해 보자… 고 결의를 다졌었다.

"오늘이 무슨 날입니까? 웬일로 무료 급식에 닭죽이 다 나오는 겁니까."

"샌프란시스코의 미스터 킴이 일흔 살이 됐다고 그 자식들이 자선 행사를 더 크게 진행하고 있어요."

"아시안들이 효를 중시한다더니 그 말이 맞나 보군요."

예로부터 조선에서 잔치가 열리면 소와 돼지를 잡고 대문을 활짝 열어 동네 사람들에게 술과 고기를 그득그득 대접했다고 한다. 그러니 샌프란시스코와 캘리포니아에 이름 떨치는 김씨 가문의 경사에 어찌 창고를 아낄 수 있으랴?

해 뜰 무렵 진행되던 무료 급식의 반찬 퀄리티가 수직상승한 것은 물론,

해가 지고 나선 너도나도 할 것 없이 곳곳에서 바비큐를 굽고 통돼지를 빙글빙글 돌리며 술잔이 온 거리를 나뒹굴었다.

"금주법은 어쩌고. 술 마셔도 되는 건가 이거?"

"동양인들은 61세와 70세 생일에 매우 큰 의미를 부여한다더군. 따지고 보면 이것도 하나의 전통 의례란 거지."

"그래도……."

"아, 그냥 마시게 이 사람아."

"술을 줘도 지랄이야! 술의 가치도 모르는 녀석은 썩 꺼져!"

몇 년 만에 술을 맛본 사람들은 죄다 반쯤 미쳐버렸고, 도로는 흥에 겨워 악기를 들고 뛰쳐나온 사람들과 춤추는 행인들로 인산인해가 되었다. 사람들은 이제 금주법에 넌더리를 내고 있었고, FDR이 금주법 폐지를 핵심 공약으로 들고나온 만큼 조만간 폐지되리라 생각하고도 있었다.

시장과 주지사 또한 이 거대한 축제로 승화해버린 생일잔치에 참석하였으니, 누구도 입을 열진 않았으나 미묘한 암묵적 동의가 깔린 채 곳곳에선 술판이 벌어졌다.

"수고들 많으십니다. 커피 한 잔씩 받으세요."

"…뭡니까?"

"축제 때도 쉬지 않고 일하시는 경찰분들께 커피랑 먹을거리 정도를 꼭 돌리라고 어르신께서 신신당부하셔서요. 한 잔씩들 받아 주세요."

"감사합니다, 허허. 저희까지 챙겨주시는 건 역시 킴 집안뿐이군요."

펑! 퍼어엉! 펑펑!!

"와아!!"

"불꽃이다!"

"홀리 쉿, 대체 몇 발을 쏴대고 있는 거지?"

"장관이 따로 없군."

축제의 불꽃은 꺼질 줄 모르고 맹렬히 타들어 가고 있었다.

*　*　*

"아버지."

"어이쿠, 우리 합중국과 조선의 영웅 오셨는가."

"그런 말 하지 마세요. 손발 오그라든다구요."

"허허허."

아버지의 겉모습에서 더 이상 조선의 향은 거의 느껴지지 않는다. 깔끔하게 커트해 정돈한 머리카락에서 귀티 나는 정장, 번쩍이는 구두와 금 시곗줄에 이르기까지. 갓과 도포 차려입던 선비는 이제 완벽하게 합중국 시민으로 바뀌어 있었다.

"며늘아가가 참 고생이 많아. 이 녀석이 워낙 천방지축이라서 말이지."

"가끔 저도 깜짝깜짝 놀랄 때가 있다니까요."

"그럴 땐 그냥 엉덩이를 걷어 차버려. 원래 집 바깥이랑 집안 법도는 다른 법이니까 밖에서 하던 대로 헛짓하면 내버려 두질 마."

"아버지!"

가장의 권위… 대체 어디……. 나는 아버지의 말을 자르기 위해 얼른 손자 손녀들의 등을 떠밀었다.

"자자. 여기 장손 왔습니다, 장손."

"어이쿠! 우리 현리 왔구나. 유진아, 우리 손주 조선말은 할 줄 아니?"

"네, 할아버지. 집에서도 곧잘 씁니다."

"대학은? 혹시 웨스트포인트 갈 생각이더냐?"

"아닙니다. 근방에 있는 적당한 공대로 진학할 생각이에요."

아버지는 우리 듬직한 헨리의 모습을 보고 활짝 웃음을 지으셨다.

"장하다, 장해. 너는 네 하고 싶은 일을 찾아야지. 네 애비는 신경 쓸 필요 없다."

"거 누가 들으면 제가 자식 앞길 막는 줄 알겠습니다."

"너는 네 이름값이란 걸 좀 생각하고 살아야 해! 충무공 자손들이 괜히 묻지도 따지지도 않고 무관으로 끌려간 줄 아느냐, 이 무신경한 놈아? 저놈은 내 나이가 되어도 아마 애새끼 같을 거야."

그렇게 말씀하시면 제가 구제불능의 인간 같잖아요. 내가 옆에서 입을 삐죽대건 말건, 아버지는 오랜만에 만나는 손자들에게 궁금한 것이 너무나도 많은 모양이었다.

"그래서, 근방에 있는 곳이면 어디더냐?"

"여러모로 알아보고 있습니다. 매사추세츠 공대로 갈까 하는데……."

"이 할애비 사는 근방으로 올 생각은 없더냐? 날씨 좋고 물 맑은 로스앤젤레스 근처에도 공대가 하나 있지. 우리 집안이 거기에 후원도 제법 했고 동양인도 꽤 있는 편이란다."

"네……."

"애 좀 놔주세요. 하고 싶은 일 하라고 한 지 5분도 안 지났어요."

"인석아. 그거랑 그건 다른 거야. 우리 김가의 장손이 아시아인과 어울리지 않으면 그것도 문제 아니더냐."

이랬다가 저랬다가 왔다 갔다… 우리 아들 새 되게 생겼네. 아버지, 나중에 그건 제가 말할 테니 이제 딴 애기들 좀 봅시다!

"어이쿠, 미안하다 얘들아. 장손을 보니까 이 할애비가 할 말이 길어졌어요. 혹시 맛있는 거 먹고 싶니?"

"네에에."

"옳지. 그래, 여기 까까 사 먹을 돈 좀……."

"아버지. 넣어 놔요, 넣어 놔."

"우리 손주들 사탕 사 먹을 돈 좀 쥐여주겠다는 게 그리도 싫으냐?! 유신이랑 유인이는 하루가 멀다하고 손자 손녀 데리고 오는데? 이 불효막심한 놈. 쪽바리 명치에 주먹만 잘 꽂는 게 아니라 애비 가슴팍에 못도 참 잘 꽂아."

"예예. 제가 잘못했습니다. 얘들아, 할아버지가 용돈 주신대. 얼른 받아서 아빠은행에 맡기자?"

"시러요오."

"아빠은행은 예금만 되고 인출 못 해."

뉘 자식들 아니랄까 봐 돈에 대한 저 강렬한 의지 좀 봐. 그러니까 애들 중 한 명 이름은 샬럿으로 하는 게 맞았다니까?

"애들 나이가 어떻게 되더냐? 하도 애들을 못 봐서 이제 나이도 가물가물하구나."

"앨리스가 21년 4월생. 아버지 그때 엄마랑 같이 동부 오셨었잖아요."

"그래, 그랬지. 그때 사돈댁 만났었구나. 옳거니."

"제임스가 26년, 셜리가 30년. 자자, 손주들 한번 안아 보시고."

샌프란시스코에 온 지 얼마 되지도 않았는데 벌써 전투 한번 거하게 치른 느낌이다. 캉브레 때보다 더한 포위망이야 정말.

나는 도로시와 아이들에게서 잠시 떨어져 손님들이 흥겹게 리듬을 타고 있는 만찬회장으로 걸어 나왔다. 내가 나오자마자 일제히 모두가 고개를 돌리더니, 사방에서 눈치와 탐색이 이어졌다. 다들 아주 피라냐가 따로 없어. 먹고살려면 저렇게 해야 하는구나.

"안녕하십니까, 대령님. 아버님의 칠순을 진심으로 축하드립니다!"

"하하. 감사합니다. 제 부친은 혹시 뵈셨는지요? 아직 못 뵈셨다면 저랑 같이 가시겠습니까?"

"방금 인사드렸습니다. 무척 정정하시더군요. 하하."

이런 가식 어린 멘트를 좀 쳐주고, '나는 너를 기억하고 있다.'라는 메시지를 전달하는 행사가 얼마나 중요한지는 굳이 일일이 설명하지 않아도 되겠지. 아무리 우리의 효심이 뻐렁쳐도 결국 세상사는 전부 비즈니스로 귀결되더라고. 내가 붙들려 있는 사이, 저 멀리서 메기 대왕처럼 한 남자가 천천히 다가왔다.

"처음 뵙습니다, 킴 대령."

"반갑습니다, 부통령 각하. 이렇게 자리를 빛내 주셔서 정말 몸 둘 바를 모르겠습니다."

그래, 시발. 시발!! 당신은 왜 왔어. 난 당신 부른 적 없다고!

원래 세상엔 그 뭐시냐, 오고 가는 가식적인 멘트라는 게 있는 법이다. 그래서 나도 참으로 가식적으로 그냥 백악관 비서한테 초대장 던져 준 거라고. 당연히 뉴딜 정책의 성공을 위해 불철주야 일하고 있는 백악관은 초대해줘서 고맙다, 마음이라도 받겠다 어쩌구저쩌구하면서 마치 결혼식장 화환처럼 약간의 성의를 표하고 나와 아버지는 그걸 장식해놓으며 으쓱으쓱하면 된다. 이게 끝이다.

근데 생각해 보니, 백악관엔 이런 용도로 쓰라고 의전용 토템이 하나 있지 않은가. 다시 한번 뻐큐를 날리고 토템 자리를 거절한 우리 장인어른의 판단에 경의를 표한다.

"제 친구 한 명이 초대장을 못 받았다며 무척 아쉬워하더군요."

"그렇습니까? 초대장이 없어도 참석 가능한데, 저희가 미처 배려를 못 해드렸군요. 혹시 누군지 알려주신다면 제가 한번 찾아뵙겠습니다."

"그렇소? 그럼 시간 나실 때 허스트 캐슬(Hearst Castle)로 찾아가시구려."

허스트라. 신문왕께서 저번에도 그렇고 꽤 관심이 많은 모양이지. 생각해 보니 허스트 그 양반도 캘리포니아의 임금님이라 할 수 있겠는데, 설마 우리가 자신이랑 동급이라 생각해서 뿔난 건가? 절대 김씨 집안이 허스트와 비빌 정도는 아닐 텐데. 애초에 나도 모르는 사이에 《더 선》을 통한 협력 관계가 구축되어 있던 모양이니 차라리 그쪽에 더 가까우리라.

이후에도 사람들은 쉴 새 없이 들락거렸고, 나는 열심히 인사를 하고, 악수도 나누고, 잡담을 하고, 응대도 했다. 참으로 훌륭한 노동자 아닌가. 이제 그만 쉬고 싶다. 진짜로.

* * *

"오랜만에 다들 이렇게 모이니 반갑기 그지없습니다. 이 자리에서만큼은 제 얼굴을 봐서라도 다들 싸우지 말아주셨으면 하는 바람입니다, 허허."

"물론이지요. 어르신께서 고희를 맞이하신 날에 저희가 싸우긴 왜 싸웁니까?"

"그렇습니다. 염려 붙들어 매시지요."

캘리포니아를 위시한 미합중국 서부 전역에 걸쳐 사는 아시아인들. 하지만 그렇게 '아시아인'이라고 대뜸 싸잡을 수 있는 건 백인들뿐, 그 민족 구성은 복잡다단하기 그지없었다. 민족 구성에 따라 중국계, 일본계, 조선계, 류큐계. 여기서 중국계는 화북이네 화남이네 하며 출신 지역 따라 갈리고 일본계는 관서와 관동으로 또 갈린다. 거기에 정착한 지역에 따라 샌프란시스코계, 로스앤젤레스계, 하와이계니 하며 또 가지가 갈라지고.

기독교 신앙을 받아들이느냐, 합중국에 충성을 맹세하고 완전히 뼈를 묻기로 결심하느냐와 같은 핵심 사안들까지 엮이고 나면 아시아인이라는 단일 집단은 사실 멀리서 봤을 때만 존재하는 거대한 모자이크라는 사실을 쉽게 알 수 있었다.

"다들 불편하겠지만, 이 늙은이가 조금 쓴소리를 하겠습니다."

"저흰 언제나 어르신의 고언을 경청할 준비가 되어 있습니다."

"이미 여러분들 정도 되는 사람들이면 다 아시겠지만, 얼마 전 일본계와 류큐계 젊은이 몇 명이… '불행한 사고'로 세상을 떴습니다. 감히 국법을 어기고 밀주를 탐하다가 메탄올 먹고 죽었으니 그것참 어디에서 떠들기도 민망한 일이지요."

곳곳에서 혀 차는 소리가 들리고, 몇몇 인사들은 푹 고개를 숙였다.

"까놓고 말합시다. 그 젊은이들은 이미 FBI의 감시 대상이었어요. 연방 정부가 그 젊은이들을 위험시했으니 몸 성히 살긴 글렀다 이 말입니다."

"죄송합니다, 어르신. 애들을 잘못 가르쳐서……."

"어쩔 수 있겠소? 젊은것들이 빨간 물이 드는 거야 그렇다 쳐도, 해방이네 혁명이네 외치는 순간부터는 읍참마속의 결단을 내려야지."

김상준은 시가의 맛을 음미하며 연기 자욱한 천장을 올려다보았다. 나이 일흔이면 이제 뒷방에서 저승차사 기다릴 준비를 하는 게 상례건만, 어째서 점점 해야 할 일이 늘어난단 말인가? 조선 개화의 역군이 되겠노라 태평양을 건넌지도 너무나 오랜 세월이 지났다. 조선 개화의 꿈은 어느새 합중국에서의 조선인 지위 향상으로 바뀌었고, 이제는 합중국의 아시아인 권리라는 훨씬 거대한 담론을 놓고 뙤놈과 쪽바리들과 이야기를 주고받고 있었다.

세상만사는 참으로 요지경이었다.

어둠에 맞서는 법 8

"이 늙은이는 보잘것없는 촌부에 불과하지만, 그래도 여지껏 살아오면서 보고 들은 가락이 있어 당부 하나만 하겠습니다."

"예, 어르신."

"이 나라는 WASP의 것입니다. 아일랜드계가 얼마나 멸시받는지, 이탈리아계가 저번 대통령 암살 미수 사건 이후 또 얼마나 범죄종족 취급받는지 우린 실시간으로 보고 있습니다."

모두가 대답조차 못 하고 그의 말을 가만히 귀담아들었다.

"그리고 우리에게는 굉장히 모욕적인 일이지만, 저들 WASP는 전혀 우리의 정체성을 인정해줄 의사가 없습니다. 아무리 우리가 목이 터져라 중국계다 일본계다 떠들어도, 우리는 언제나 황인이라는 한 카테고리에 묶여 그놈의 화(禍)를 몰고 올 장래의 재앙 취급받을 뿐입니다."

"……."

"그러니, 우리의 의사와 관계없이 우리는 공동운명체가 되었습니다. 일본계 빨갱이의 역적모의로 다음 날 화교 식당이 불타오를 수 있고, 조선계 미치광이 살인마의 난동으로 류큐계가 린치를 당할 수 있기 때문입니다."

"어르신의 말이 옳습니다."

"뭉쳐야만 살 수 있습니다. 흩어지면 떨어져 나간 자들만 죽는 게 아닙니다. 다 같이 죽습니다. 고향의 풍습? 우리의 뿌리? 몰라도 이 땅에서 사는데 아무 지장 없습니다. 먹고사는 문제는 아니지만 하면 즐겁고 마음이 편안해지는 일을 일컬어 '취미'라고 합니다. 취미생활은 여가시간에나 합시다. 더 빨리 저들에게 녹아들수록 더 빨리 황화론의 굴레를 벗을 수 있으니까요."

김상준은 시가를 커팅해 갈무리하며 일장 연설을 끝냈다. 늘상 느끼는 일이지만, 도대체 전생에 무슨 죄를 지었길래 말년에 빨리빨리 관짝에 들어가지도 못한 채 자신도 안 믿을 헛소리를 지껄이는 신세가 되었나 싶었다. 도산 선생이 남아 있었다면 아마 기겁을 하지 않았을까.

이게 다 저 못난 아들놈이 너무 잘나서 그렇다. 호랑이의 등을 부여잡고 저 멀리멀리 달려나가니 좋았던 것도 옛말이고, 이제 옛말에 이르는 기호지세가 되었으니 그저 죽으나 사나 더더욱 끝없이 달릴 뿐이었다.

그런 그의 회한을 아는지 모르는지, 장내에 있던 여러 유력 인사들이 서로 주거니 받거니 하루빨리 탈아입미(脫亞入美)하자며 서로를 북돋아주는 모양새가 참으로 볼 만하였다.

"자자. 서론이 너무 길었습니다. 드십시다! 아시안의 미래를 이끌어 나가려면 많이들 자셔야 합니다!"

"어르신, 오래오래 무병장수하시고 저희의 방패가 되어주십시오!"

"어르신의 장수를 위하여!"

"위하여!"

문이 활짝 열리고 저편에서 대기 중이던 온갖 진수성찬이 다시금 식탁을 가득 채웠다. 김상준은 음식을 나르던 사람 중 한 사람을 자못 유심히 바라보았지만, 그 모습을 눈치챈 사람은 아무도 없었다.

* * *

　담배 좀 피우겠다는 핑계로 저 무시무시한 인(人)의 장벽에서 빠져나온 나는 니코틴을 빨러 멀리멀리, 최대한 으슥하고 사람 눈에 보이지 않는 곳에 짱박혀서야 숨을 돌릴 수 있었다. 나는 그냥 일개 군바리지 도라에몽도, 제갈량도 아니다. 날 붙잡고 힝잉 잘 먹고 잘살고 싶어요 맛 좋은 사업 아이템 없나요 하고 매달려봐야 진짜 없다고!

　솔직히 아무리 나랑 유신이가 나막신 같은 대가리를 맞대고 계산해 봐도 우리 집안 파워는 어느 정도 거품이 끼어 있단 말이지. 여기저기 깔린 돈 먹는 하마를 딱지 찍어내서 하루하루 밥 먹여주는 형국인데. 괜히 내가 미디어와 콘텐츠 그룹으로의 재편을 모색하고 있는 게 아니다.

　그렇게 투덜거리고 있을 무렵, 일부러 이 구석에까지 걸음해서 짱박혀 있는데도 불구하고 누군가 날 보고 어슬렁어슬렁 걸어오는 게 아닌가.

　"저기… 불 좀 있습니까? 성냥 한 개비만 좀 빌리겠습니다."

　"후, 그러십쇼."

　딴 데 좀 가 달라고 말하기엔 이 유진 킴의 인품이 워낙 좋아서 말이지. 불만 주면 꺼지겠거니 속으로 이를 갈면서 성냥에 불을 붙였다.

　"감사합니다."

　"예에."

　불을 붙여 보니 남자는 이번 잔치에 잔뜩 투입된 급사 중 한 명인 모양이었다. 아니, 내가 기껏 남들 놀 때 일한다고 수당도 더 얹어 줬는데 지금 이 먼 곳까지 담배를 빨러 나왔다고? 갑자기 속이 끓었다. 내가 나중에 푸닥거리를 한번…….

　"부친께서 아시안들의 융화를 위해 굉장히 노력하시더군."

　이 목소리. 헛웃음이 나오려는 것을 애써 억눌렀다. 이 미친놈이 진짜.

　"공사가 다망하신 분께서 지금 뭐 하십니까?"

"아르바이트요."

〈체험 삶의 현장〉이 아니고? 왜 따까리가 아니라 당신이 직접 여기 행차 하셨냐고요, 시바. 미 동부에서 정 반대편인 이 서부까지 유니콘 타고 온 급사, 아니 에드거 후버는 온몸의 관절을 우드득거리며 투덜거렸다.

"동양교육발전기금."

"문제 있습니까?"

"폭압적인 식민 지배를 받으며 살던 피 끓는 지식인들이 자유로운 아메리카로 건너오면 보통 뭘 공부하는지 압니까."

나는 대답하지 않았지만, 후버는 가래침을 바닥에 탁 뱉으며 중얼거리듯 말했다.

"잘 알잖소. 마르크스와 레닌을 공부하지. 그래서 내가 직접 온 거고."

"거참 이상한 곳에서 시비를 거시네. 빨갱이는 자연발생하는 겁니다. 아리스토텔레스도 구더기, 벼룩, 빨갱이는 흙먼지에서 샘솟는다고 적어 놨다고요, 이 사람아. 그걸 지금 내 탓을 하면 어떻게 하라고."

"웨스트포인트 교육과정이 이제 보니 정말 개차반이군."

서로 뻘소리를 하긴 했지만, 서로서로 해야 할 이야기는 다 했다. 초보도 아니고 이 정도면 의견교환 충분히 했지 뭐.

"아무쪼록, 앞으로도 지금처럼 문제없이 관리만 잘해주면 더 바랄 게 없겠소."

"관리라니, 자유의 나라에서 대체 젊은이들이 책 읽는 걸 어떻게 관리하란 말입니까?"

"그러게 말이오. 난 이만 가보겠소. 농땡이를 너무 오래 부렸군."

D.C.로 돌아가는 게 아니라 또 그 급사일 하겠다고? 미쳤어?

"그럼. 당신한테서 임금을 받을 수 있는 절호의 기회를 어찌 놓치겠소?"

후버는 킬킬거리며 연회장으로 돌아갔다. 저 인간한테도 일당 줘야 한다니 돈 아깝네 진짜.

* * *

연회는 하루로 끝나지 않았다. 저 머나먼 동부에서부터 찾아온 각계각층의 손님들이 한둘이 아닌데 어떻게 그냥 보낼 수 있겠나. 이미 손님들끼리도 서로 분주히 오가며 저마다 비즈니스를 논의한다고 바빴다. 그러니까, 이 깐깐한 물개가 찾아온 건 전혀 예상 밖의 일이었단 소리다.

"좀 늦었소. 부친 생일을 축하드리오."

"이렇게 찾아오실 줄은 몰랐는데요. 소장 진급 축하드립니다. 이제 제독님이시군요?"

"별로 기분 좋지는 않구려. 모펫(William A. Moffett) 제독께서 순직한 결과가 내 진급이니 말이오. 갑자기 항공국 국장이라니, 솔직히 내 능력에 비해 버겁소."

후우. 그냥 좋게좋게 넘어가 주면 어디가 덧나.

USS 아크론(Akron)이던가. 비행선 추락 사고로 해군 쪽은 분위기가 별로 안 좋다고 듣긴 했었다. 비행선 추락 사고라고 하니 갑자기 빌리 미첼도 떠오르고, 그 무시무시하던 쿨리지의 시선도 떠오르고… 트라우마가 저 가슴속에서 슬그머니 떠오르는 느낌이다. 킹의 눈매가 매서워진다. 정신 차리자.

"애도를 표합니다."

"고맙소."

"조금 전까지 포커를 치고 있었는데, 혹시 끼시렵니까? 다들 알아둬서 손해가 될 일 없는 분들입니다."

"그러지요."

그래, 정말이다. 나도 2차대전을 개운하게 맞이하기 위해 새로 준비할 아이템이 좀 있었거든.

킹을 달고 트럼프가 돌아가던 테이블에 오자, 시가 하나씩을 입에 물고 있던 아저씨들이 고개를 까닥이며 인사를 했다.

"바로 치시렵니까?"

"잠깐 돌아가는 모습 좀 구경하지요."

그러시든가. 검고 빨간 트럼프가 정신없이 테이블 이곳저곳을 날아다니길 몇 초. 이제 칩이 날아다닐 시간이다. 하지만 지금 이 자리에 있는 사람 중 손패에 관심이 있는 사람은 그리 많지 않았다. 이깟 칩 몇 푼보다 훨씬 큰 비즈니스를 논하고 있거든.

"킴 대령은 부동산에 별로 관심이 없소?"

"부동산에 관심 없는 사람이 어디 있습니까? 근데 제 주변에 플로리다에서 대가리 깨져 본 사람이 한둘이 아니어서요. 쫄리지요 아무래도."

"플로리다보다 훨씬 안정적이오. 네바다주 사막 한가운데에 개발 프로젝트가 진행 중이거든. 향락과 도박의 도시를 하나 올리려는 계획인데……."

"아아, 그거 말이지요. 유신이가 하고 있을 겁니다. 300."

"시작부터 거 세게 부르시네."

"킴 대령 초장에 지르는 건 전부 구라라고 보면 된다 들었습니다. 300 받고 300 더."

아니, 그게 벌써 소문이 다 퍼졌다고? 억울해 죽겠다. 그렇게 몇 판을 돌자 내 앞에 있던 칩은 어느새 절반 이하로 줄어들었고, 장내에 있던 사람들은 내 옆에서 가만히 뚫어져라 내 패만 구경하고 있는 킹에게로 쏠렸다.

"거기 옆에 분은 누구십니까?"

"해군의 높으신 분입니다. 안면 터서 나쁠 일은 없을 겁니다."

"호, 그렇군요. 여기 있는 사람들은 다들 서부에서 배나 비행기 만지는 놈들입니다. 친하게 지냈으면 좋겠군요."

"기회가 있을 때 종종 뵈면 좋겠습니다."

다시 패가 돌았고, 이번 대화 주제는 다들 죽는다는 곡소리였다.

"뉴딜이다 뭐다 하는데, 동부 놈들만 먹고살고 우린 죽는 거 아닙니까

이거."

"루즈벨트 그놈 순 빨갱이라니까. 사람 살리는 것도 좋지만, 지금 우리같이 거대한 인프라를 보유한 기업이 다 뒈져버리고 나면 그 사람들 일자리는 어떡하란 겁니까?"

"동부 놈들이 민주당에 그렇게 기름칠을 한다는데."

"민주당 당사 문턱이 맨해튼 새끼들 개기름으로 맨들맨들해졌단 소린 들었습니다그려."

결국 이들의 이야기는 대동소이했다. 우리도 일감 좀 받으면 좋겠다는 것. 하지만 이 서슬 퍼런 군축 시즌에 대관절 무슨 군함이 뚝딱 나오겠나? 결국 어떤 식으로든 군비 증강이지만 군비 증강 같지 않은 모양새를 만들어야 나랏돈을 빼먹을 수 있다. 그게 핵심 포인트지.

"제독님, 이제 슬슬 판에 끼시겠습니까?"

"그러지요. 다음 판부터 저도 주십시오."

킹이 입에 시가를 물었고, 새 게임이 시작되었다.

"체크."

"끼자마자 체크가 뭡니까 대체."

"군축이잖소. 대통령 각하께서 내 지갑을 체크해버리신 덕분에."

이 양반 혓바닥도 어지간히 날카롭단 말야.

"예전에 저희, 필리핀 이야기 나눴던 거 기억하십니까?"

"기억하지요."

"제 사견에 불과합니다만, 각종 수송용 보트와 수송선이 제법 많이 필요할 것 같습니다. 아시다시피 육군용 무기는 그렇다 쳐도 배는 필요하다고 순풍순풍 나오는 게 아니잖습니까. 징발도 한계가 있고."

"그렇지요."

"그러니 미리미리 건조를 좀 해놓으면, 여기 계신 분들이 조선소를 놀릴 일도 없고 육군과 해군 모두 행복해지지 않을까요?"

킹은 손패를 탁 바닥에 내려놓으며 술을 한 모금 마셨다.

"그건 절 붙들고 할 말이 아니라 의회에 가셔서 말하셔야 할 듯한데."

"아, 해군 측 의견이 궁금해서 말이지요. 혹시 장차전에 대비한 새 수송선 건조 계획은 있습니까?"

"이것저것 궁리야 다들 하고 있습니다. 예산안만 통과된다면 말이지요."

"그럼 이런 건 어떻습니까."

이게 내 본론이지.

"나라 전체에 돈이 돌게 한다는 뉴딜의 의의에 맞추어, 수송선을 발주합니다."

"그리고?"

"하지만 돈 쓰기 싫어하는 의회가 얌전히 발주해 줄 리가 없지요. 그러니 나라와 특수한 계약을 하는 겁니다. 예를 들자면 음, '10년 내로 전쟁이 나면 나라에서 해당 선박을 사들인다.'라는 조건부 발주 계약을 체결하고, 대충… 10% 정도 선금을 받는 겁니다."

"무슨 소린지 감이 잘 안 오지만 일단 들어나 보겠소."

"그리고 만약 전쟁이 나면, 나라에서 남은 90%의 대금을 치르고 배를 군용으로 가져갑니다."

"전쟁이 안 나면?"

"그건 그거대로 좋은 거지요. 합중국은 약간의 투자로 보험을 드는 격이고, 조선소는 일감이 생기고."

몇몇 사람들이 고개를 갸웃하며 질문을 던졌다. 건조 원가에 대한 이야기라거나, 전쟁이 안 터졌을 때 건조된 수송선의 주인과 용처에 대한 이야기라거나……. 근데 나는 경영자도 아니고 물개도 아니라고. 그냥 막연한 계획만 던지는데 그렇게 꼬치꼬치 캐물으시면 곤란해요.

"적당한 이윤만 보장된다면, 저희 집안에서 지급보증을 설 용의가 있습니다."

하지만 한 가지는 확실하다. 전쟁은 터지고, 수송선은 미칠 듯이 급해지고, 판을 짤 수만 있으면 무조건 딴다. 그러니까 제발 똑똑한 여러분이 머리 굴려서 세부 계획 좀 짜주시면 안 될까요?

어둠에 맞서는 법 9

며칠 후. 나는 염라대왕을 만나는 기분으로 유신이 앞에 나아갔다.

"그래서, 그, 우리가 국가와 조선업체 사이에서 지급보증을 서주고 대신 약간의 차익을 먹자고? 내가 이해가 잘 안 되는데?"

"나야 정확한 방법은 모르지. 하지만 아무튼 배는 만들어야 한다니까?"

"이게 말이야 방구야……."

유일한 선생은 영문을 모르겠다는 듯 눈만 껌뻑이고 있고, 유신이는 연신 한숨만 푹푹 내쉰다. 다들 그러시니까 제가 진짜 죽을죄를 지은 것 같네요.

"정리해볼게. 형은 그러니까… 10년 내로 터진다고 확신하는 거지?"

"응."

"그리고 그 전쟁에서 수송선이 엄청 많이 필요하고?"

"그렇지. 이제 네가 좀 내 말을 알아듣는구나."

"그러니까 군바리 입장으로서 배가 많이 있어야겠는데, 나랏돈 빼먹기는 힘들고, 이거로 어떻게 돈벌이할 구멍 없을까를 생각해 본 거지?"

"그래! 바로 그거! 크으, 역시 동생 잘 두니 아주 듬직해!"

드디어 나의 완벽한 기획을 이해해주는 이를 만났으니 물고기가 물을 떠나 살 수 없음이 이와 같음이로다. 경사로세, 경사로세! 하지만 그 물께서는 더더욱 이마 주름을 깊게깊게 만들고 계셨으니.

"배도 뽑으면서 돈도 벌 방법은 그러면?"

"내가 대강의 방식을 가이드해 줬으니 그건 니가 생각해내야지."

"이 인간을 확 죽여버릴까 보다!"

"차, 참으십쇼! 참아요!!"

사, 살려줘. 잘못했어. 죄송합니다! 다시 자리에 앉은 유신이는 머리를 싸매며 나를 노려보았다.

"무조건 터져?"

"그럼."

"어디랑 어디?"

"독일이 팽창할 테고, 일본도 아시아를 통째로 집어삼키려 들겠지."

"합중국이 참전하지 않는다 해도 수송선 자체의 수요가 어마어마해지겠네? 그 말인즉슨 민간에 팔아치우면 된다는 뜻이고."

"조선도 전쟁에 휘말린다는 말씀이십니까."

우리 형제의 병신과 머저리짓을 감상하며 좌절하고 있던 유일이 역시 전쟁 이야기가 나오자 무척 진중한 표정으로 돌아왔다.

여기서 좔좔 2차대전사를 읊는 것은 딱히 의미가 없으니, 적당히 추론 가능한 선에서 썰을 풀어 볼까. 어차피 나만 유일하게 제2차 세계대전을 생각하고 있는 것도 아니니까. 중요한 건 유신이 말마따나 충분한 양의 수송선을 확보하는 것. 전시 징발이야 당연히 하는 것이지만, 국제 해상무역이 가면 갈수록 더 얼어붙고 있어 딱히 수송선의 추가수요가 없는 이 대공황 시즌에 억지로 배를 더 찍어내려면 당연히 특단의 대책이 필요하다. 그래서 고심 끝에 제안한 것이 저번 자리에서 던졌던 그 방안이고.

"우리끼리 대가리 맞대봐야 소용이 없겠네. 우리는 화물선 원가가 얼마인지도 모르잖아."

"그건 그렇네."

"지급보증을 대체 우리가 어떻게 나서? 형이 예언 기똥차게 한 거랑 돈을 내줄 능력은 전혀 다른 거라고. 다른 금융업계랑 조인트해야지 이건."

그 이후로도 마구 혼났다. 현실의 벽은 참으로 높구나. 한창 잔소리의 폭풍이 몰아친 이후, 목이 타는지 물을 벌컥이던 유신이가 대강 이야기를 매듭지었다.

"아무튼 전쟁 발발이 확실하다는 전제하에서 움직이면 돈 벌 구멍이야 여기저기 있지. 당장 형이 개발하던 그 상륙용 보트도 끼워 팔면 되겠고."

"그래?"

"당연하지. 이런 거대한 판을 우리가 어떻게 해보려는 것 자체가 넌센스라고. 모건, 록펠러 뭐 이런 친구들이 D.C.를 들락거려야 좀 굴러가지. 일단 상공인 협의회 이름으로 주지사랑 의원들한테 푸시 좀 하면서 차근차근 준비해보자고."

"그, 그러렴……"

동생아 미안. 들어도 무슨 소린지 잘 이해가 안 가. 그치만 내가 종심작전이니 화력터널이니 떠들어도 너도 모르잖니? 대충 서로의 분야를 존중해 주는 우애 깊은 형제로 남자꾸나. 농담이 아니라 수송수단 확보는 미합중국의 전력 투사에 최우선 핵심이 되는 부분이다. 돈은 부차적인 문제지.

만약 투자실패로 우리 집안이 쫄딱 망한다 쳐도, 후손들에게 물려줄 타임캡슐 하나 만들어서 안에다 '1990년이 되기 전까지 일본 증시와 부동산에 몰빵해두렴. 그거 팔고 남은 돈은 작고 부드러운 창문회사랑 빡빡머리 마약쟁이 잡스 씨의 사과농장에 박아두고.'라고 메시지 적어두면 자기들이 알아서 재벌물 한 편 쓰면서 날아오르지 않겠어? 그게 아니라도 내 노년에 최후의 군인 연금과 보험금 싹싹 긁어모아 맥도날드에만 올인해도 손자 손녀 까까 사 먹을 돈은 원 없이 벌겠다.

나는 아무튼 수송선이 준비된다는데 만족을 느끼며 자리에서 일어나려 했다.

따르르릉!

"잠시만 있어 봐. 같이 나가자. 예, 유신 킴입니다."

통화는 1분도 채 걸리지 않았고, 유신이의 얼굴은 점차 흙빛이 되어 갔다. 잠시 후 수화기를 내려놓은 동생의 얼굴은 그 어느 때보다 딱딱하게 굳어 있었다.

"이야기는 나중에 해야 할 것 같은데. 아무래도 가볼 곳이 생겼어."

"어디?"

"캔자스."

* * *

"아빠!"

"장인어른!"

캘리포니아에서 캔자스로 허겁지겁 달려온 우리를 맞이한 것은 침대에 누워 안경까지 쓴 채 한가로이 신문을 읽고 있던 커티스 전 의원이었다.

"거참. 바쁜 사람들이 떼로 몰려오게 했으니 내가 참 민폐를 끼쳤군."

"화장실에서 쓰러졌다면서요! 민폐가 아니라 푹 쉬셔야지!"

"내 몸은 내가 더 잘 알아. 걱정하지 말고, 온 김에 뜨끈한 스튜나 좀 먹고 가게. 사위도 저번에 먹었을 때 좋아했잖나."

저번에 보았을 때와 달리, 장인어른의 몰골은 형편없어져 있었다. 후버 행정부 4년은 찰스 커티스란 인간에게 있어서 지옥이나 마찬가지였으니까. 고립무원의 처지. 백악관의 파상공세. 그 자신이 자랑거리로 삼던 치적들이 부정부패의 온상으로 몰려 토막 나고, 온갖 비난과 모욕의 십자포화에 일방적으로 얻어맞고.

우유원정군은 간신히 봉합되었으나 그게 끝이었다. 무엇 하나 마음 편히 완벽하게 해결되지 않았다. 그동안 몰아친 사상 초유의 자연재해 더스트 볼은 캔자스를 폐허로 만들었다. 나였다면 골백번은 신을 저주하면서 이걸 지금 나더러 어쩌라는 거냐고 고래고래 하늘을 향해 가운뎃손가락을 치켜들었겠지만, 장인어른은 이제 해탈한 것인지 득도한 것인지 허허로이 웃고만 있었다.

잠시 손자 손녀들의 재롱을 감상하던 장인어른은 나를 돌아보며 말했다.

"자네가 왔으니 가만히 있기 좀이 쑤시는구만. 담배나 한 대 피울 텐가?"

"아빠! 가만히 있으라니까?"

"식전에 담배 연기를 미리 위장에 좀 넣어줘야 '아, 밥이 들어오는갑다.' 하고 위장이 준비를 하는 법이야. 너는 오랜만에 와서 아빠한테 고함이나 치고, 에잉. 사위가 참 고생이 많아. 저리 펄펄 뛰는 애를 맡겨서……."

"얼른 가시지요. 부축해 드릴까요?"

"됐네. 지팡이 있어."

내 말에 정색하며 옆에 있던 지팡이를 쥔 그는 느릿느릿하게 계단을 내려가기 시작했다. 한 걸음. 또 한 걸음. 여태껏 잘 걸어 다녔다는 듯, 그는 느리지만 확고하게 헛디디지 않고 계단을 모두 밟고 집에서 빠져나왔다. 간 떨어질라, 진짜.

"기껏 여기까지 왔으니, 온 김에 노인네 말벗이나 좀 하다 가게나."

"그러지요. 오늘 하루 자고 가겠습니다. 애들도 그걸 더 좋아할 테구요."

장인어른을 캔자스에서 만날 때면 항상 둘이서 앉곤 했던 그루터기를 찾은 우리는 거기에 앉아 나란히 연기를 뻑뻑 피워댔다.

"맥아더 의원은 이제 곧잘 하더군."

그렇게 말없이 하늘만 보길 한참. 입에서 담배를 치운 장인어른이 문득 툭 던지듯 입을 열었다.

"그렇습니까? 그 양반이 군인 외의 다른 직업에 적응하다니 참 다행입니다."

"싹싹하고, 대인관계 원만하고, 자신이 어떤 일을 하고 있는지 널리 알리는 데 굉장히 능해. 지역구 정치인으로서 1등 자질이지."

"아, 그거 잘했죠. 멕시코 원정 때 공보 담당이었거든요."

원 역사 태평양 전쟁에선 무수히 많은 상관들과 부하들의 저주를 샀던 그 언론플레이 능력이 여기선 빛을 발하는구나. 이게 바로 적성 찾기인가 그거구마잉.

"정권이 바뀌었지만 그렇다고 해서 폐허가 된 농가가 벌떡 일어날 수는 없지. 그런 점에서 온갖 시시콜콜한 일에 신명 나게 나팔을 불어대면서 뭔가 바뀌고 있다, 더 나아지고 있다며 희망을 불어넣어 주는 사람이 의원이니… 적어도 주민들이 절망하지는 않더군."

"에이, 무슨 말씀이십니까. 장인어른께서 그동안 지역구에 해놓은 게 많으니 약간만 맥아더 선배가 이빨 쳐도 다 괜찮아 보이는 거 아니겠습니까."

"아부하고는."

"아부라니요. 허허. 저는 한평생 진실만 말하고 산 사람입니다."

장인어른은 어이가 없는지 피식 웃으며 슬며시 고개를 돌렸다. 저러니까 괜히 삐질 것 같네. 사위의 도덕건전한 마음씨를 비웃다니 정말 너무해.

"이제 내 할 일은 다 끝났네."

"무슨 되도 않는 소리를 그리 당당하게 하십니까. 정계 은퇴했다고 인생 끝난 것도 아니잖습니까? 정 적적하시면 저희 집에서 잠시 머물러 있는 건 어떻습니까."

"자네 집?"

"예. 손자 손녀 재롱도 좀 보시고, D.C.에 계시면 그래도 아는 사람들이나 조언해 줄 일이라도 있지 않겠습니까. 없어진 거래야 의원직뿐이지 어르신 법률가 자격이 없어진 것도 아니구요."

"허어."

원래 정년 퇴임한 사람은 급속도로 늙어버린다고 한다. 할 일이 없어진 사람들이 으레 그렇듯, 빨리빨리 새로운 일거리를 만들어서 늘그막에 심심할 일 없도록 하는 게 최고의 노후 대책 아니겠나? 비록 장인어른이 맥아더에게 뒤를 맡기고 은퇴했다지만 공화당이 통째로 관짝에 박힌 것도 아니다. 오히려 포스트 후버가 될 줄 알았던 사람이 저렇게 사라져버리니 벙쪄버렸지.

그러니 적당히 우리 장인어른이 얼굴 좀 팔아주면서 다음 대선을 기약하자고 다독여주기만 해도 아마 당의 원로 대접 팍팍 받으면서 설움도 좀 풀 수 있을 거다. 이게 누이 좋고 매부 좋고지.

"뭐, 그것도 나쁘지는 않겠구만."

"나쁘지 않은 게 아니라 좋은 거 아닙니까? 어르신 아들딸들 다 캔자스로 달려올 예정이잖습니까. 한 번씩 얼굴 다 보고 저희랑 같이 D.C. 가시죠."

"내 몸 상태 좀 보고 생각해 보겠네. 나 대신 무거운 짐을 진 맥아더 의원이랑도 한번 이야기해보고, 우리 지역구 사람들도 한 번씩 얼굴도장 찍어줘야 하고."

"그런 분이 그렇게 침대에 누워 계셨습니까."

"원래 정치인은 가끔 빈자리를 보여줘야 아, 저 새끼가 세금 도둑이 아니라 필요한 놈이었구나 하고 사람들이 깨닫는 법이야."

역시 보통 짬밥이 아냐. 무슨 말을 해도 다 카운터를 당하네.

"그러는 자네야말로 항상 빈자리만 보여준 악질 정치인 아닌가."

"전 정치인이 아니라 군인인데요."

"원래 다 그래. 당연히 출마할 거라 생각한 거물이 자꾸 출마는 안 하고 꼼지락거리고 있으면 어느 순간 다들 숨넘어간다고. 나나 포드 회장이나 아주 숨이 콱콱 막혀서 죽을 뻔했거든."

"정말로 전 안 합니다."

"알아. 포기했네. 자네는 굳이 정치인 같은 거 안 해도 잘 알아서 할 테니 보채지 않겠네."

장인어른은 눈을 지그시 감았다.

"잠깐 사위 이야기 듣고 혹했었는데 말야, 역시 D.C.로 가는 건 조금 어렵겠어."

"네?"

"여기, 캔자스의 집으로 찾아올 사람이 있어서 기다리고 있었거든. 조만간 오기로 했는데 도통 소식이 없어."

"그… D.C.로 찾아오라고 하면 안 되겠습니까?"

어차피 이 집을 팔 것도 아니고 관리하려면 사람 써야 하는데, 손님 오면 안내해 달라고 하면 되지. 뭐가 그리 어려울 게 있나. 하지만 어르신은 나이를 먹어서 그런가 요지부동이었다. 늙으면 고집만 세진다더니 진짜.

"음, 온 것 같구만."

"오긴 누가 왔단 말씀이십니까, 여긴 저희밖에 없는데요."

"내 부인이 오기로 했었거든. 뒷일은 사위에게 맡기겠네."

부인? 장모님 말씀이십니까? 이제 어르신 치매가 오셨나. 장모님께서 돌아가신 지가 언제 적 이야긴데 뜬금없이 장모님 이야길 꺼내고 있으십니까.

나는 꽁초를 밟아 끈 후 뒤돌아서 커티스 의원을 보았다.

"날씨도 쌀쌀한데 이만 일어서십시다."

"……."

"어르신, 여기서 주무시면 입 돌아가요. 이제 가십시다."

"……."

"뜨끈한 스튜 먹고 다시 일해야지요. 제가 이번에 끝내주는 사업 아이템을 또 들고 왔는데 같이 의논, 의논 좀, 그러니까. 어르신?"

장인어른은 일어서지 않았다. 나는 바닥에 주저앉았다.

3장
피와 강철의 시대 I

피와 강철의 시대 1

1936년 7월. 캘리포니아 교외. 흑인 운전수가 모는 차 한 대가 교외 한 가운데, 거대한 철조망 벽을 둘러친 연구단지 안에 진입했다. 굳건한 감시를 뒤로하고 차량은 한참을 더 안으로 들어가, 가장 삼엄한 경계가 이루어지고 있는 건물 한켠에 도착해서야 멈추어 섰다.

'San—FranKo'. 캘리포니아에서 열 손가락 안에 드는 굴지의 그룹이 보유한 은밀한 연구단지. 차가 정지하기 무섭게 뒷좌석에 타 있던 한 청년이 쏙 튀어나와 곧장 안으로 들어갔다.

"안녕하세요오."

"어? 여긴 어쩐 일이니. 학교는?"

"어찌 자유로운 합중국 시민이 학교라는 굴레에만 갇혀 있을 수 있겠습니까."

저 집안 식구들은 물에 빠져도 죄다 입만 동동 뜨지 않을까. 샌—프랑코 항공기술실증팀에서 일하는 사람이라면 누구나 한 번쯤은 해볼 법한 발칙한 생각을 떠올리던 엔지니어들은 슬며시 고개를 돌려 다시 자신들의 본업으로 돌아갔고, 한 사람만이 헨리의 옆에 붙어 말상대가 되었다.

포드사의 항공기 부문을 인수한 뒤, 유신 킴은 생산 설비 대부분을 싸그리 매각하고 연구개발에 필요한 부문만을 남겨 놓았다. 생산성이 우수하지도 않고, 신기종을 빠르게 판매하여 항공기 시장에서 버틸 수도 없다. 따라서 R&D에만 전념하겠다는 결단과 뒤이은 막대한 투자로 회사의 개발 역량은 나날이 우상향 그래프를 그리고 있었다.

하지만 시간이 흐르면 흐를수록 임직원들의 마음은 불편해져 갔다.

"개발은 좀 어떤가요?"

"네 아버지가 가끔 와서 훈수 두고 갈 때마다 야근이지. 진짜 고용주만 아니었어도."

"하, 하하. 이해해주세요. 들인 돈이 워낙 많아서 그래요."

"그래도 갑자기 엔진을 교체하라는 건 좀 심한 거 아니냐? 새로 받은 엔진, 영 불안정하던데."

헨리는 그 '엔진' 때문에 벌어진 일을 회상하며 잠시 몸을 부르르 떨었다.

"그거 안 걸렸죠?"

"응? 누구한테?"

"에젤 아저씨요. 여기 그 엔진 있는 거 알면 에젤 아저씨가 총 들고 올걸요."

"제에길. 또 훔쳐 온 거야? 아무튼 이건 못 써먹어. 군용으로 적합하지가 않다고. 이딴 맛탱이 간 심장을 달고 비행기를 날렸다간 얼마 날지도 못하고 추락할 게다."

"제가 한번 타보면 안 될까요?"

"그냥 내가 자살을 하고 말지 그렇겐 안 되겠단다."

헨리가 몇 번 더 붙어서 통사정을 해보았으나 그들은 요지부동이었다. 100시간을 못 버티고 뻗어버리기 일쑤인 엔진이 탑재된 실험기에 사장님 아들을 태운다고? 리볼버에 여섯 발을 장전한 뒤 러시안룰렛을 하는 게 차라리 나을 것 같은데. 한창 실랑이를 하던 헨리는 결국 포기하는 대신, 문제의 그 엔진을 구경해보겠노라 했고 직원들은 그것마저 막을 순 없었다.

"자, 이거다."

"아버지가 이 엔진에 꽤 신경을 쓰시는 것 같던데 말이죠."

"솔직히… 나는 잘 모르겠다. 쩝. 롤스로이스가 엔진을 잘 만든다 쳐도 포드가 절대 꿀리지가 않거든?"

"네네 그렇지요. 아저씨들도 포드에서 내로라하던 기술자들인 거 저도 아버지도 잘 알고 있어요."

"그래. 내 사견을 조금 말하자면, 이 엔진은 구려. 구리다고. 회장님, 킴 회장님 말고 옛날 포드 회장님이 봤으면 가장 엿같다고 씹어돌릴 물건이지."

대량 생산하기 까다로운 설계. 포드에 몸을 담았던 사람들치고 이런 물건을 좋아할 사람은 없었다. 유진 킴도 이 점에선 아주 아들이라 해도 믿을 정도로 판박이여서, 입만 열면 떠드는 지론이 '한 대의 개쩌는 슈퍼병기 뽑느니 그냥 적당히 괜찮은 무기 열 대를 찍고 말겠다.'였다. 그리고 헨리 역시 이 의견에 공감했었고.

그런데 왜 포드와 킴의 철학과 상반되는 이 엔진에 그리 집착하는 걸까?

"가끔… 아버지가 잘 이해 안 될 때가 있어요."

"그분이 종종이라도 이해될 때가 있다니, 피는 못 속이겠네."

"아니. 틀림없이 아버지의 그 지식수준이라거나 관심사는 저도 잘 알고 있거든요? 근데 가끔 이해할 수 없는 부분에서 '직관'이 튀어나와요. 꼭 꿈에 천사라도 튀어나와서 미래의 답안을 알려주는 것처럼."

"악마가 아니고?"

"악마는 찢고 죽이니까 꿈에 나올 일이 없대요."

그러니까 저 엔진도 사실 뭔가 괜찮은 물건이 아닐까? 물론 그렇게 생각했다가 몇 번 쫄딱 말아먹은 적도 있었기에 아버지의 그 직관을 100% 신뢰하지는 않았다.

"저거, 이름은 뭐예요?"

"멀린. 롤스로이스 멀린 엔진이라고 부르더구나."

"마법사일지 사기꾼일진 까봐야 알겠네요."

"그러게 말이다."

* * *

같은 시각, 지구 반대편. 일본제국 도쿄 내각 회의실. 숨이 턱턱 막힐 것
만 같은 험악한 분위기. 벽면에 걸린 거대한 지도 곳곳엔 각종 기호와 도식
이 박혀 있었고, 그 반대편에 붙은 대형 도표와 몇 가지 통계수치는 제국의
정치가와 관료들에게 아주 명징한 몇 가지 진실을 알려주고 있었다. 하지만
진실을 아는 것과 받아들이는 건 전혀 별개의 문제.

"이게 지금 상식선에서 받아들일 수 있는 이야기인가?"

야마나시 한조 총리대신은 자못 신경질적인 태도로 자신을 바라보는 고
관대작들을 향해 고함을 버럭 질러댔다.

"저도 모르겠군요. 이럴 거면 저는 그냥 때려치우고 낙향하고 싶은데, 이
제 그만 놔주지 않겠습니까? 다들 좀 그… 아메리카나 유럽으로 건너가서
뇌 검진을 받아 보는 게 어떨지?"

다카하시 고레키요(高橋是清) 대장대신 또한 지긋지긋하다는 듯 폭언을
퍼부었으나, 그를 제외한 나머지 내각 핵심 인사들은 요지부동이었다.

"지나 현지의 모든 첩보를 종합하였을 때, 황국은 현재 존망의 갈림길에
서 있습니다."

육군대신 미나미 지로(南次郎)는 두툼한 서류를 팔랑팔랑 넘기며 지극히
사무적인 어투로 말했다.

"작년, 역적들의 반란으로 도쿄가 불타는 동안 지나의 장개석은 그 어

느 때보다 의욕적으로 대륙을 장악하기 위해 움직였습니다."

"크흠!"

"…해군을 책망하고자 하는 말은 아니었습니다. 다시 본론으로 돌아와서, 장개석은 이제 거의 모든 군벌을 무릎 꿇렸고 수차례에 걸친 초공(剿共) 작전으로 빨갱이들의 세 또한 크게 꺾었습니다. 이게 가능했던 이유엔 여러 가지가 있겠으나 무엇보다 도드라지는 요인, 그건 바로……."

"전차겠지."

총리대신의 중얼거림에 그는 고개를 끄덕였다.

"장개석이 자신의 정치생명을 걸어가며 확충하였고 독일의 장성들이 단련시킨 기갑부대입니다. 이를 막을 수 있는 군벌은 그 어디에도 없다는 게 저희의 중론입니다. 아니, 과연 황군이 그들을 이길 수 있을지도 의문입니다."

"육군대신! 황국을 지탱하는 육군을 대표하는 분이 그런 패배주의적인 사고방식에 물들면 어찌한단 말이오!"

"장개석은 지금 이 순간에도 끊임없이 전차를 찍어내고 있습니다. 내년, 아니 올해 말쯤이면 더 이상 황군은 기갑 우위를 누리지 못하게 됩니다. 사령관."

관동군 사령관 스기야마 하지메(杉山元)는 당장이라도 칼로 머리통을 쪼개려 들 것 같은 육군대신의 기세에 더 입을 놀리는 대신 얌전히 자리에 앉았다.

드넓은 만주 벌판에서의 전차전. 더 이상 황군이 우위를 점하지 못하는 상태에서, 오직 국부군의 숨통을 단번에 끊어버리기 위한 기갑부대에 모든 걸 걸었던 황군이 전차전에서 패배해버리면 만주고 조선이고 모조리 게워내는 수밖에 없다. 유신 이래의 대업이 모두 무너지는 셈이다.

"지금이 황군이 국부군을 상대로 승리를 자신할 수 있는 마지막 시기입니다. 당장 진격 명령을 내려주십시오. 장개석의 기갑부대가 전멸하는 모습을 전 세계에 보여주어야 합니다. 이게 화북을 병탄하고 대동아 공영을 실현할 유일한 방책입니다!"

"하지만 말이지, 대장대신이 몇 번이고 이야기했지만 글쎄, 전비가 모자라지 않겠나. 지나가 얼마나 넓은데."

"만주국 개발 사업이 대대적으로 진행된 관계로, 최대 2년 정도 작전을 진행한다면 국력의 심대한 손상을 피하면서 향후의 성장 동력도 얻을 수 있을 듯합니다."

상공대신의 말에 점차 퇴로가 막히는 느낌이 들었다. 빌어먹을 재벌 놈들. 공황 극복과 육군의 정국 주도라는 두 마리 토끼를 모두 잡기 위해 일본은 만주국 개발에 모든 것을 걸었다. 조선을 사실상 해군이 경영하도록 내어줘 가며 소련식 강력한 개발 정책을 펼친 결과는 서서히 그 성과를 드러내고 있었지만, 이제는 화북을 먹어야 한다는 압박이 국내 곳곳에서 모습을 드러내고 있었다.

"외무대신의 의견은 어떠한가."

"이탈리아의 무솔리니는 에티오피아를 병합하였습니다. 대전쟁의 승전국이라면 약간의 군사 활동 정도는 용납될 수 있다는 방증으로……."

"나는 외무대신에게 물었네! 야, 니가 관동군 사령관이면 다야? 너 육사 몇 기야!"

"죄, 죄송합니다."

"대가리에 피도 안 마른 새끼가… 외무대신?"

육사 선후배 간의 훈훈한 모습을 보고 있던 외무대신은 고개를 다시 서류로 떨구었다.

"곧 독일 베를린에서 올림픽이 개최될 예정입니다. 우리가 무력을 사용한다면 올림픽을 준비 중인 히틀러 총통의 체면이 상하지 않겠습니까."

"흥, 그놈은 친중파요. 중국의 군비 확장을 물심양면으로 도와주고 있지 않소? 대체 제국의 건아 중 몇 명이 독일제 무기에 죽어나갈지 원."

"하지만 총통은 우리에게도 줄곧 우호적인 제스처를 취하고 있습니다. 구태여 그를 적으로 돌릴 이유가 없어 보입니다."

외무대신은 그 뒤에 덧붙였다.

"또한 조만간 미국에서 대통령 선거가 있을 예정입니다. 큰 이변이 없다면 현 대통령인 루즈벨트가 당선되겠지요. 하지만 정권 교체 기간 동안 미국이 움직이기는 어려우리라 예상합니다."

"미국, 미국이라… 미국엔 그가 있지."

야마나시의 말에 좌중은 모두 침묵했다. 잠시 후, 외무대신이 손수건으로 이마를 살짝 훔치며 다시 입을 열었다.

"킨 장군은 이미 몇 년 전부터 사적인 자리에서 저희에게 자신의 의견을 알려 왔습니다."

"뭐라고."

"만약 중국을 본격적으로 집어삼키려 한다면 일미 공조와 킨 장군과의 모든 협력관계는 끝나고, 양국 모두 불행해질 수밖에 없다… 고 하였습니다."

"건방진!"

"이건 협박입니다!"

대체 누가 누구를 협박한다는 것인지 도무지 알 수 없었으나, 장내의 군부 인사들은 너 나 할 것 없이 모두가 씨근덕거리며 유진 킴의 오만한 언사를 규탄했다.

"일찍이 황국에 킨 장군이 왔을 적에 그를 만난 적이 있었지. 그는 지극히 올곧은 사무라이였으며 명백히 일본에 호감을 품고 있는 친일 인사였소."

"고작 한 사람에 대한 호감으로 대업을 그르치시면 안 됩니다."

"내 말은 가능한 한 미국과의 관계가 나빠지는 것을 피하자는 뜻이지. 어떻게 방법이 없겠나."

그 순간, 문이 벌컥 열리고 한 사람이 숨을 연신 쌔액쌔액 들이쉬었다.

"무슨 일이냐?"

"과, 관동군이, 관동군이 중국군과 충돌했습니다. 상황이 심상치 않습니다. 교전이 일어났다고……."

"그게 대체 무슨 소리야! 교전이 왜 일어나!! 각하, 제가 지시한 일이 아닙니다!"

"관동군 사령관인 당신이 지시한 일이 아니면, 장졸들이 제멋대로 중국군을 공격했다고 할 셈인가! 야! 휘하 병력 관리 대체 어떻게 한 거야? 너 대체 뭐 하고 다닌 거야!"

제국 꼭대기, 수뇌부의 의지와 전혀 무관하게 대일본제국이라는 폭주열차는 이미 탈선하여 목적지조차 알 수 없는 어딘가로 달려나가고 있었다.

피와 강철의 시대 2

　지나주둔군 제1보병연대장 무다구치 렌야(牟田口廉也) 대좌는 벳푸 온천처럼 등에서 맹렬히 샘솟고 있는 식은땀을 느끼며 담배 한 개비를 입에 물었다.

　'씨발, 좆됐다.'

　제대로 좆됐다. 그냥 좆된 것도 아니다. 매우, 매우매우. 군생활의 위기 수준이 아니라 생명의 위기를 느낄 정도로 좆됐다. 배를 갈라야 하나?

　모름지기 제국의 육군 장교라면 그 어느 때든지 평정심을 유지해야 한다. 하급자에게 촐싹대거나 쫄아버린 모습을 보일 수는 없는 법. 따라서 무다구치는 겉으로는 최대한 아무렇지도 않게, 어찌 보면 오만해보이기까지 하는 모습으로 물었다.

　"이치키(一木清直) 소좌."

　"예, 옛!"

　"한밤중에 총성이 들렸지. 우리는 안 쐈어. 그러니 당연히 지나 놈들이 쐈겠지."

　"맞습니다."

"그래서 다급히 점호를 했더니 한 명이 없다고, 지나군에게 변을 당한 게 틀림없다고 귀관이 보고를 올렸지."

"그, 그렇습니다."

"그런데 죽은 줄 알았던 우리 병사가, 되돌아왔다?"

"정확히는, 20분 만에 복귀했는데, 확인이 제때 이루어지지 않아서 그만."

무다구치는 당장 '이 미친놈아!'라고 버럭 고함을 지르면서 재떨이로 저 놈의 머리통을 깨고 싶었지만 그건 영 위엄 있는 연대장의 처신 같지 않아 참았다.

"이보게."

"옙."

"일중(日中) 우호 관계를 귀관이 무너뜨렸으니 이 크나큰 책임을 무슨 수로 감당하겠나? 돌아가서 배 가를 준비나 하는 게 옳지 않겠나."

이치키 소좌는 듣다 듣다 어처구니가 없어졌다. 병사 하나가 없어졌던 건 자신의 관리 소홀이라 치자. 하지만 그걸 듣고는 광분해서 중국군을 상대로 무력도발을 감행한 건 무다구치 연대장 본인의 결정 아닌가? 상식적인 인간이 취할 태도인가? 하지만 바로 앞에서 눈을 부라리는 연대장 앞에서 일개 대대장이 할 수 있는 일은 그리 많지 않았다.

털썩!

"연대장님, 죽을죄를 지었습니다. 하, 할복만은!"

"…지은 죄를 씻고 공을 세울 수 있다면, 하겠는가?"

"물론입니다! 무엇이든 하겠습니다!"

"좋아. 그럼 당장 복귀해서, 저 지나 놈들을 싹 쓸어버릴 채비를 하게."

지금 뭐라는 거지, 이 사람. 소좌의 당혹감을 눈치챈 무다구치는 그에게 다가가 슬며시 이야기보따리를 풀어헤쳤다.

"여기서 아무 일도 일어나지 않고 '모든 게 오해였다.'로 끝나게 되면 당연히 우리가 책임을 져야 하네. 하지만 전쟁이 일어난다면 우리는 지나의 음모를 격퇴하고 제국의 위신을 드높인 영웅으로 거듭날 수 있겠지."

"그, 그, 그렇습니다. 그 말이 참으로 옳습니다!"

"그래. 그러니까 당장 공격 준비해. 얼른!"

어떻게 개고생을 해서 대좌까지 올라왔는데, 겨우 이런 일로 나가리되고 싶진 않았다. 나도 별 좀 달아보자, 시발.

* * *

관동군 사령관 스기야마 하지메가 비행기에 타 허겁지겁 도쿄에서 돌아온 뒤, 얼른 회의를 소집… 같은 일은 유감스럽게도 일어나지 않았다.

"사령관님. 곧바로 회의를 소집하시겠습니까?"

"으음, 비행기를 타고 왔더니 속이 영 불편하군. 시간도 늦었으니 이거… 일단 오늘은 쉬고 내일 오전에 이야기하세나."

"…알겠습니다."

하늘 같은 사령관께서 불편하신데 억지로 회의를 열 필요는 없지요, 암요. 지금 저 중원에서는 전투가 벌어지고 있지만 뭐어… 하루 좀 판단이 늦는다고 무슨 일 있겠는가?

스기야마 또한 난처하기 그지없었다.

'참모장의 얼굴을 어떻게 보지?'

도쿄로 가기 직전, 그는 큰소리를 떵떵 치면서 반드시 중국을 공격해 화북 일대에 욱일승천기를 휘날리겠노라 장담했었다. 국내외 돌아가는 정세를 가만히 관조하고 있자니 화북 병탄은 필수불가결한 일. 그렇다면 국력을 집중하여 육성한 관동군이 그 힘을 써서 나라에 이바지하는 것이 옳은 일 아니겠는가.

하지만 총리와 육군대신을 설득하기는커녕 욕만 실컷 퍼먹고 왔다. 그 자리에서 살아남기 위해 절대 사건을 키우지 않겠노라고, 잘 수습하겠노라 다짐까지 해야 했다. 브리핑이 열리면 부하들이 까마귀 떼처럼 날아들어 그를 연신 쪼아댈 텐데, 어쩌나. 이미 스기야마를 모실 만큼 모신 부관은 어째서인진 모르겠지만 그의 심기가 영 불편하다는 것을 쉽게 알아차렸고, 늘 그랬던 것처럼 착실히 점수 따기에 열중했다.

"속이 불편하시면 활명수 하나 드시겠습니까?"

"오, 챙겨왔나? 놀라운 식견이야. 육군의 장래가 참으로 밝군그래."

이렇게 서로 훈훈하게 주거니 받거니를 하며 하루가 지나고, 다음 날 숙취에 가득 찌들어 온몸에서 술 냄새를 풀풀 풍기는 스기야마를 상석에 앉힌 채 관동군의 긴급 브리핑이 시작되었다.

"지나주둔군 제1연대는 중국군의 무력도발에 단호히 대응하였으며, 여기에 그치지 않고 불측한 의사를 지속적으로 드러내던 이들을 상대로 제국의 위신을 지켰습니다."

"그거 아주 잘된 일이군. 그래서?"

"하지만 1개 연대로는 계속되는 저들의 책동을 저지하기에 충분한 전력이 아니었으며, 사령관님께서 부재하시는 동안 부득이하게 제가 증원을 지시하였습니다."

"증원? 어디를 움직였지?"

"전차 제1사단을 보냈습니다."

참모장 도조 히데키의 말에 그는 잠시 이맛살을 찌푸렸다. 안 그래도 바로 직전 도쿄행에서 대장대신의 분노를 면전에서 빤히 봤잖은가. 아무리 하늘 아래 두려운 건 오직 선배와 윗선뿐인 육군의 포 스타라지만 돈 만지는 대장대신도 무섭긴 매한가지였다. 한 번 움직일 때마다 돈 먹는다고 잔소리를 바가지로 얻어먹는 게 기갑부대인데, 그걸 사단급을 통째로 보내?

물론 채신머리없이 돈돈돈 했다간 위엄이 없으므로 그는 다른 방향의 이야기를 꺼냈다.

"지나인들에게 너무 과격한 메시지를 전달하지 않겠나?"

"제1연대는 이미 대대급으로 추정되는 적 기갑부대와 교전하였으며, 성공적으로 이를 격퇴하였다고 합니다."

"아무리 지나군이라지만 기갑부대를 물리치다니. 거기 지휘관이 누구인가?"

"무다구치 렌야 대좌입니다."

"아아, 그 친구. 내가 그 친구랑 안면이 없는 것도 아니고, 뭐어, 이해했네. 우리의 단호한 의지를 보였으니까 충분하겠군."

그렇게 어물쩡 브리핑을 끝내려는 스기야마의 모습에, 도조는 더욱 목청을 드높일 수밖에 없었다.

"사령관님. 본국은 현지 상황을 잘 이해하고 있습니까?"

"아, 어어, 물론이지. 내가 잘 말씀드렸네."

"그렇다면 지금 이대로 멈춰서는 안 됩니다. 이미 몽골에서도 중국인들의 폭거에 저항하고자 하는 의기 있는 청년들이 결집했습니다. 지금 여기서 우리가 그들의 기대를 배신한다면, 몽골인들은 더 이상 황국의 진의를 믿지 못할 게 분명합니다."

"결단을 내려주십시오!!"

"지나인들이 감히 황국을 무시했습니다! 본때를 보여줘야 합니다!"

"여기서 머뭇거리면 우리의 미래는 없습니다!!"

이 녀석들, 입으로는 제국의 영광이니 위신이니 맹렬히 떠들고 있지만 실제로는 그냥 전공과 승진에 미친 직장인들 아닌가. 스기야마 자신도 저러던 시절이 있었던 만큼 저들의 머릿속은 너무나 빤히 보였다. 진급하기가 하늘의 별 따기보다 어려워진 지금. 관동군에 있을 때 빨리 전공을 세워야 한다.

어제 술을 마시며 심심풀이 삼아 읽긴 했어도, 보고서 정도는 전부 확인하였다. 무다구치가 적 전차대대를 격파해? 그거, 탱켓(Tankette) 몇 대에 불과하잖아. 애초에 국부군이 무슨 깡으로 전차를 황군과의 접경지대에 배치하겠나.

이놈의 군대는 어찌 된 영문인지 무엇 하나 말 그대로 받아들여서는 절대 커뮤니케이션이 제대로 되지 않았다. 현실을 현실 그대로 말했다간 곧장 책임을 추궁당하기 십상이니 항상 돌려돌려 말하고, 듣는 사람도 속에 품고 있는 함의를 맹렬히 생각해야만 했다. 전국시대냐?

이 모든 복잡한 상념을 뒤로하고, 스기야마는 관동군 사령관으로서 위엄을 갖추었다.

"공세를 개시하게."

솔직히, 육군대신 자리가 탐나는 건 어쩔 수 없었다.

* * *

"일본군이 병력을 증원했습니다."

"몽고 괴뢰군이 야포와 중화기, 거기에 장갑차로 무장해 남하를 준비 중입니다."

"조선과 만주 일대의 군대가 대대적으로 움직이고 있습니다."

"모든 양상이 전면전을 가리키고 있습니다. 일단 일본과 대화를 해보심이 어떻겠습니까? 아군이 일본과 정면 승부를 벌이기엔 시일이 더 필요합니다."

어째서 지금이란 말인가. 아니, 반대다. 지금 장개석이 이렇게 골머리를 썩이는 것 자체가 일본군이 제대로 찔렀다는 증거 아닌가.

"그동안 우리가 군벌들을 다스리고 정예 병력을 육성한 것은 모두 이날을 위해서였습니다. 즉시 항일의 기치를 드높이고 저 빌어먹을 왜놈들과 일전을 벌여야 합니다!"

"못 이긴다니까요? 아직 더 시간이 필요합니다!"

"그럼, 이기지도 못할 군을 육성한다고 그 모든 경제 개발이 후순위로 밀려야 했습니까? 고작 그 빌어먹을 유언비어 때문에 쇳덩어리만 줄창 사들여야 했단 말입니까!"

"날뛰는 군벌들을 제압하려면 어쩔 수 없던 일이외다."

장내는 어김없이 서로의 책임을 힐난하는 자리로 변질되었다. 중화민국은 늘 그랬다. 각지에 할거하는 군벌들, 거상들, 매국노들, 세계만방의 열강들까지. 누구 하나 드넓은 중원이 단일 권력으로 뭉치는 것을 바라지 않았다.

장개석은 따라서 결정을 내려야만 했다. 조금만 더 참기로.

"일단, 협상부터 합시다. 모든 외교적 노력을 기울여 일본과의 전면전만큼 피해 봅시다."

"군은 동원하지 않습니까?"

"…고문단장의 의견은 어떻습니까."

장내의 시선은 이 자리에 있는 외국인, 폰 팔켄하우젠(von Falkenhausen) 독일 군사고문단장에게로 향했다.

"일본군은 극동에서 상대할 적수가 없는 군대이고, 중화민국은 일본을 산업 역량에서 결코 따라잡을 수 없습니다."

"몇 년을 군사 조련에 투자했는데 아직 이길 수 없단 말입니까?"

"맨파워에서는 당연히 일본이 중국을 뛰어넘을 수 없습니다. 하지만 현대전은 단순한 머릿수 싸움이 아닌 무장과 보급의 싸움입니다. 국부군은 그럴 여력이 부족하지요."

팔켄하우젠은 중화민국의 국력을 상회하는 무리한 기계화보다는 강력한 방어선을 건설하는 데 집중하는 것이 옳다는 의견을 꾸준히 제안했었다. 하지만 그로서는 이해하기 힘든 여러 정치적 사안 때문에 국부군의 기계화는 오히려 더 박차가 가해졌다.

"그 빌어먹을 유언비어는 대체 누가 퍼뜨린 건지."

"그 '전차 1만 대의 나라' 말씀이십니까?"

"그렇소. 천자국은 만승지국(萬乘之國)이요 제후는 천승(千乘)이라."

일본에서 시작된 해괴한 이야기. '옛말에 천자의 나라는 모름지기 전차 1만 대를 가져야 했다. 따라서 천황 폐하께서 가호하는 대일본제국에는 더 많은 전차가 필요하다!'. 그냥 가져다 붙이기식의 웃기지도 않는 논리가 바다를 건너 드넓은 대륙에 상륙하자, 일이 이상하게 변하기 시작했다.

'이 전차라는 것이, 원래 아시아에서 유래된 것이거든요?'

'아시아의 영웅 김 장군께서 옛 중화의 병거(兵車)에서 본떠 고안하였으니 전차는 중화의 귀물이라 할 수 있지요.'

웃기지도 않는 명분. 정신이 혼미해지는 군비경쟁.

"왜놈들의 수법이란 항상 간악하기 짝이 없지요. 어쩌겠습니까? 저 빌어먹을 군벌 놈들보다 우리 전차의 수효가 적을 순 없잖습니까."

힘에 부치는 기계화로 중국의 등을 떠밀 의도였다면 아주 제대로 적중했다. 태평양 건너편, 전차 몇 대 좀 더 팔아먹고 싶었던 어떤 재앙의 주둥아리가 이 사실을 알게 된다면 머리를 감싸쥘 일이었지만 아직 그는 아무것도 모르고 있었다.

"협상이 불발 난다면, 사방에 흩어진 모든 전차를 긁어모아 일본과 단 한 번의 거대한 회전을 치릅시다."

역량은 기대할 수 없으나, 수효는 어마어마하다. 딱 한 번. 딱 한 번만 이기면 어떻게든 답이 나올지도 모른다. 장개석은 애써 현실을 외면하며 말했다.

피와 강철의 시대 3

1936년 7월 말. 샌프란시스코.

"일본군과 중국군이 페킹(북경) 일대에서 무력 충돌했다지?"

"그렇다더군요."

"그런데 자네는 왜 여기에 있나?"

"갑자기 왜요?"

"전쟁부로 안 가고 왜 여기에 있냐고! 콜록, 콜록."

이, 이 밉살맞은 인간이 진짜! 왜 미 육군엔 고맙다는 말을 못 하는 인간들이 이렇게 많은 건지 모르겠다. 바쁜 사람이 시간 쪼개서 문병 오면 속이 배배 꼬이는 배배꼬인슈타인증후군이라도 퍼졌냐고. 하지만 이 유진 킴은 나쁜 어른들을 어르고 달래서 일 시키는 데엔 이골이 난 몸이다. 게다가 상대는 마셜 농장의 악덕 노예주. 후우, 참자 참아.

나쁜 놈들. 갑자기 이가 빠드득 갈린다. 패튼과 채피라는 두 테크노 바바리안을 데리고도 어찌어찌 용케도 일을 하는 내 모습을 본 높으신 분들은 내 공로를 치하하기는커녕 오히려 전담 사육사로 묶어버렸다. 이게 사람이 할 짓인가? 응?

나도 입이 삐죽 튀어나오는 건 어쩔 수가 없었다.

"기껏 아프다고 해서 찾아왔는데 이렇게 박대하기 있습니까?"

"나는 내일이면 퇴원인데 무슨 소린가. 올 거면 더 일찍 오든가."

이게 정녕 내일모레 환갑을 맞이하는 인간의 입에서 나올 말 꼬락서니인가? 삐진 거지? 이거 삐진 거 맞지? 나이 마흔이 넘어 새치를 감당 못 하게 된 대령과 내일모레 환갑 찍는 흰머리 준장의 채신머리없는 삐죽이 대결에 내 정신이 아득해졌다. 이게 가십성 언론에 보도되는 날엔 내 사회적 위신이 온데간데없이 뽕 사라진다고.

결국 여기서 조금 더 어른스러운 모습을 보이는 건 역시 전생 따져서 나잇살 조금 더 먹은 내가 될 수밖에 없었다.

"지금 극동만 문제가 아닙니다. 온 세상이 모조리 불타오르고 있지요."

"…세계대전. 나는 그 말을 들은 이래로 단 한 번도 잊어버린 적 없다네."

마셜은 눈앞에 세계전도가 펼쳐진 것처럼 바닥의 이불 이곳저곳을 탁탁 두드렸다.

"스페인에서는 쿠데타… 아니지, 내전이 터졌고. 아프리카는 이미 이탈리아와 에티오피아가 흘린 피가 철철 흘러내리고 있네. 이제 동아시아마저 전쟁의 불꽃이 타오르기 시작했으니 이게 어찌 '세계대전'이 아니겠나."

"서곡일 뿐이지요. 아직은."

적어도 우리 둘 모두 앞으로 벌어질 일을 부정하는 사람들은 아니다.

"독일이 진짜지요."

"독일이겠지."

히틀러는 아주 착실하게 세계를 불태울 준비를 하고 있었다. 베르사유 조약 파기와 재군비 선언. 그리고 베르사유 조약에 의거해 비무장지대로 지정되어 있던 프랑스—독일 국경 라인란트 지방의 재무장까지. 이게 미쳐버린 세상의 오프닝에 불과하다는 게 참으로 아찔했다.

"본격적으로 독일이 세계를 상대로 싸우려면 시간이 더 필요하겠지. 하지만 동아시아는 이미 불타오르기 시작했어. 자네는 앞으로를 어떻게 보는가?"

저, 저요? 이미 원 역사랑 너무 뒤틀어져서 내가 뭐라 할 것도 없는데? 내가 무슨 역사만 전문적으로 공부한 학자도 아닌 얼치기라지만, 중국과 일본의 존망을 건 두근두근 대전차전 같은 건 들어본 적 한 번도 없다! 왜? 왜 도대체 양국이 목숨 걸고 전차에 몰빵한 거야? 나 때문일 리는 없다. 정말이다. 나는 어디까지나 포오드 정신에 입각해 약간 부지런히 세일즈했을 뿐이라고.

대충 알겠다. 이게 다 도조 히데키, 그 빡빡이 때문이다. 그 새끼가 자꾸 편지 보내서 귀찮게 해서라고. 어느 날 '전차를 더 사고 싶은데 탱알못들이 자꾸 시비를 겁니다. 혹시 저놈들 입을 다물게 해줄 끝내주는 문구가 없을까요?'라길래 별생각 없이 '옛날 중국엔 오직 황제만이 전차를 가득 보유할 수 있었다면서요? 이런 거로 언론플레이나 해보시는 건?' 하고 답을 해준 적이 있었다. 그런데 그 결과가 동아시아 천명대전(Feat. 포드사)이 저딴 걸로 벌어질 줄 누가 알았겠냐고. 역시 이 미친 세상에서 상식으로 대응한 게 실수였다. 그러니 이제 원 역사 지식 이런 건 고이 접어 나빌레라하고, 지극히 단순하게 접근하는 수밖에 없었다.

"중국군이 어떻게 이기겠습니까."

"수효에서는 월등하다고 들었네만."

"농담이시죠? 전차 간의 싸움은 약해빠진 잡놈들이 떼로 달려든다고 이길 수 있는 게 아닙니다."

셔먼 3대로 티거 전차를 상대하는 몇 년 뒤 이야기가 아니다. 기관총 한 자루 달고 있는 탱켓 3대로 37mm 대전차포를 단 중형전차를 상대한다는데 승산이 있어? 미친 소리. 쏴도 이빨이 안 들어가는데 어떻게 이기겠다고. 절대 이길 수 없다.

전차의 주포를 굉장히 나이브하게 티어로 분류한다면, 37mm, 57mm, 75mm, 90mm로 분류할 수 있다. 본격적으로 유럽 전선이 열릴 때만 되어도 이미 37mm는 퇴물이다. 하지만 '전차가 왜 적 전차랑 싸우지?'라는 이야기가 아직도 진지한 담론으로 떠오르는 지금 이 시점에서, 적 전차를 교전 대상으로 잡느냐만 따져도 이 시점에선 후하게 평가해서 선진적이라 할 수 있다고.

"중국군이 얼기설기 끌어모은 탱켓들을 다 배제하고, 손발 서로 안 맞는 군벌들의 몇 대 안 되는 체구 좀 있는 전차 배제하고 남는 건……."

"국부군 제200사단."

"…저보다 아시아 더 잘 아시는 거 아닙니까?"

"나도 중국에 파병 나간 적 있다네. 그쪽에 완전히 까막눈은 아냐."

그건 또 그렇네. 아니, 그게 벌써 몇 년 전인데. 그렇게 많은 일을 하면서 동아시아 사정까지 조사하는 마셜 당신은 도당체……. 차 떼고 포 떼고 유효 전력으로만 비교한다면, 결국 관동군 전차 제1사단과 국부군 제200사단 사이에 벌어질 영혼의 대결. 양쪽 다 영혼까지 끌어모아 아득바득 만들어낸 기갑사단이란 점에서 처절함이 배가된다.

우스운 일이지만 관동군 전차 제1사단과 국부군 제200사단이 보유한 주력 전차는 차체가 같다. 둘 다 조선미쓰비시—포오드 트랙터회사에서 찍어낸 형제자매거든! 다만 차이가 있다면, 국부군이 보유한 최고의 전차는 우리가 팔아먹은 그 차체 위에 독일제 50mm 주포를 올렸다고 들었다. 하지만 보조 전력 측면에서 따져보면 일본제국이 국운을 걸고 키운 관동군과 잡스럽기 짝이 없는 국부군… 으음… 이건 틀렸다.

"여기서 승부를 거는 건 하책입니다. 중국은 이길 수가 없지요."

"하지만 지금 중국군 주력은 북상하고 있지."

"정치는 어쩔 수 없으니까요."

북경 일대 화북을 모조리 삼키는 데 성공하면 일제 대승리. 정확히는,

일본이 자제할 줄 알고 장개석도 안구의 습기를 닦은 채 패배를 인정하면 일본의 승리다. 장개석이 평화 따위는 없다고 외치며 지옥의 항전을 선언하거나 일본이 일본해서 대륙 정복의 야욕을 불태우면… 미래는 모르는 일이지.

"아무튼 지금은 태평양 건너 생각보다는 본인 몸조리나 잘하시구요. 별일 없으니 다행입니다."

"나보단 자네나 몸 관리 잘하게. 운동 좀 하고. 승마도 요즘 별로 안 한다면서?"

"저 기갑입니다, 기갑. 제가 어떻게 엔진 달린 철마가 아니라 살아 펄떡이는 짐승을 타고 다니겠습니까?"

"입만 살아서는."

우리 아버지도 저렇게 잔소리를 하진 않는데 참 징글징글하다. 저게 마셜이지.

나는 병실을 나와 운전수가 기다리는 차 뒷좌석에 올라탔다. 지금 가족들은 전부 샌프란시스코의 아버지 집에 들어갔고, 나는 팔자에도 없이 이 나이에 기러기 아빠가 되어 있었다. 얼마 전 받은 편지 때문에.

어느 날 새벽, 늘 그렇듯 신문이나 읽을 겸 어슬렁어슬렁 앞마당에 나온 나는 우체통에 꽂힌 편지 한 통을 열어보았다. 봉투에는 그 어떠한 소인도 찍혀 있지 않았다. 우체부를 통해 온 것이 아니라 누군가 직접 가져와서 꽂아 놓고 갔다는 뜻.

봉투 안에 들어 있던 것은 뜬금없는 공문서였다. 그것도 남의 나라. 하지만 원래 영어 불어 스페인어 다 할 줄 알면 알파벳 쓰는 나라 놈들 문화권은 대강 통밥으로 때려 맞출 수는 있는 법. 게다가 고유명사나 숫자 같은 건 뻔하니, 사전 좀 뒤적이면 금방 읽어볼 수 있었다.

내용은 간단했다.

[사망 진단서

성명 : 빌헬름 폰 그로덱

사인 : 후두부 및 늑골 골절, 폐, 소장, 대장, 비장 파열 등.]

몇십 년 만에 다시 접한 이름은 섬뜩했다. 사망 일시로 보아 '장검의 밤 (Nacht der langen Messer)' 때 나치 놈들이 죽여버린 게 틀림없다. 그러면 이게 왜 대관절 내 집 우체통에 꽂혀 있겠나?

나는 그날부로 당장 도로시가 무어라 말하든 싹 무시한 채 일가족을 모조리 샌프란시스코로 이사 보냈다. 미친 콧수염이 이따위 지랄맞은 경고를 보내는데도 모른 척할 수는 없었으니까. 애들 목숨으로 도박할 수 있는 애비가 이 세상에 어디 있겠나.

후버는 곧장 수사에 착수해 우리 집 우체통에 그 '편지'를 꽂아 넣은 놈을 찾아냈고, 정말 물은 답을 알고 있는지 깊은 탐구의 시간을 가졌다고 한다. 하지만 당연하게도 그놈은 그냥 돈 몇 푼 받고 부탁받은 따까리에 불과했고 후버는 독일 간첩을 싹 소탕하겠다며 벼르고 있었다. 제발 부탁인데 빨리 좀 잡아줘. 가족의 품으로 돌아가고 싶다고 힝잉.

하지만 부모님 집에 들어가자마자 나는 손님이 기다리고 있다는 응접실로 안내당했다.

"이제 왔나?"

"어, 오, 오랜만이네? 밥은 먹었고?"

"디트로이트에 있던 롤스로이스사 엔진 어디 갔어. 네가 가져갔다며!"

"자, 잠깐. 거기엔 깊은 오해가 있는 것 같은데!"

억울하다. 진짜로 살짝만 뜯어보고 다시 원위치시켜 두려 했거든? 요즘 들어 내 기억력이 슬슬 감퇴되고 있단 느낌이 든다. 원래도 그랬지만, 원 역사와 많이 멀어져서 그런지 확실히 대박이라고 생각했던 게 아닐 때가 종종 있었다.

물론 〈슈퍼맨〉은 대박이었다. 숨만 쉬어도 돈이 벌린다는 게 어떤 건지 아주 잘 알았거든. 캔자스에서 팔려나가는 US MILK 버터와 치즈에 슈퍼맨 캐릭터를 박아 넣게 된 맥아더도 요즘 입이 째져라 웃고 있다고.

근데 롤스로이스 멀린 엔진은 틀린 것 같다. 저거 명품 엔진 아니었나? 순 폐급이던데. 혹시 멀린 엔진이 아니라 멀록 엔진이었는데 잘못 듣고 왔나? 하지만 지금 급한 건 내 머리통을 골프공 대신 써먹으려 하는 에젤의 분노를 가라앉히는 일이었다.

"진정해. 지, 진정하고 들어봐. 끝내주는 사업 아이템이 있다고. 지금 중국이랑 일본이 한 판 붙은 거 들었지? 거기 전차를……."

"그래, 그 건도 있었네. 중립법 위반 때문에 내가 의회 청문회에 나가게 생긴 건 아냐? 너 오늘 잘 걸렸다. 오늘이야말로 우보크에 네 위패가 걸릴 날이다. 내 손에 어디 한번 죽어봐라."

"내, 내가 도와줄게! 진짜로! 내가 D.C. 돌아가서 대통령 만나기로 했거든? 내가 마르고 닳도록 떠들어서 별일 없게 해줄게!"

스스로 불러온 재앙에 짓눌려 탄식은 하늘에 드리운다고 누가 말했던가? 내 잘못도 없는데 자연재해가 찾아오다니, 이건 진짜 억울하다. 진짜로.

* * *

콰아앙!!

북경 인근에서 벌어진 천지를 뒤흔드는 대전투. 양군을 합쳐 800대가 넘는 전차가 동원된 이 세기의 대전투를 참관하기 위해 전 세계의 관전무관들과 기자들이 달려오는 것은 당연지사였고.

"탱켓은 큰 의미가 없어 보이는군요."

"국부군이 승리하려면 다수 보유한 탱켓으로 일본군 보병대를 상대하고, 그동안 저 50mm 주포를 탑재한 25식 전차가 일본군 중추를 타격해야 했습니다."

"하지만 역시 중국의 군사적 역량이 못 미치는군요."

"중국 시장에서 일본의 우위를 조금 더 인정해줘야 할까요?"

"너무 많은 것을 요구하지만 않는다면 그들의 권리를 존중해주는 건 어쩔 수 없겠지요."

이미 열강의 관전무관단은 얼추 알 수 있었다. 이곳은 이미 도살장이나 마찬가지다. 일본군은 과감하게 진격해 북경 일대의 주둔군을 쓸어버린 후 방어선을 구축했고, 치밀한 축성을 끝낸 후 남경에서 달려온 적과 교전하게 되었다. 이래도 못 이기면 일본은 열강 딱지를 떼야 하는 법.

"이, 이럴 수는 없다. 이럴 수는 없어!!"

"후퇴! 장개석 그 새끼를 위해 죽어줄 수는 없다! 전력을 보존해!"

"이 싸움으로 장개석은 실각이 틀림없어. 왕후장상이 어디 따로 있더냐?"

갖은 위압으로 억지로 끌고 온 군벌들은 순식간에 바스러져 후방을 향해 전속 전진했다. 건곤일척의 승부를 결정 짓기 위한 보름간의 화북대전. 중화민국의 제200사단은 소멸했고, 화북은 고철 가득한 무주공산으로 화했다.

고증입니다

1938년 우한 전투 직전 국민혁명군

중국 국민당 군대의 정식 명칭은 국민혁명군이며, 국민당 정부 군대라는 의미인 국부군으로도 불리었습니다. 북경은 이 당시 북평(北平, 베이핑)으로 불렸으나 가독성을 위해 본 작품에서는 모두 북경으로 칭하겠습니다.

피와 강철의 시대 4

[황국, 다시 한번 대승리!]

[북경에 휘날리는 제국의 위엄!]

[대동아의 화합을 가로막던 지나 비적의 최후!]

온 거리에 호외가 뿌려졌고, 승전이라는 열병에 달아올라버린 도쿄에서 얼굴이 상기되어 있지 않은 사람을 찾아보기도 힘들었다. 그러니까, 내각 각료들 같은 사람들 말이다.

"대체, 대체 왜 관동군이 남하한 거야!!"

"그, 그것은 저도 잘……."

"그걸 아는 게 당신의 역할 아니오!"

"상황이 이리되었으니 물러설 수도 없게 되었습니다. 화북 일대의 친일 인사를 규합하여 대동아의 공영에 협조토록 해야 합니다."

"열강들이 가만히 있을까요?"

"우리가 압도적인 힘의 우위를 보여준 이상, 백인 놈들도 나서긴 어렵겠지요."

"독일의 히틀러 총통이 우리와 지나 사이에서 중재를 하겠다고 제안했습니다."

"나라에 돈이 없습니다. 군비를 증강시키느니 그냥 제 배를 째주시지요."

"지금 황국의 아들들에게 밥을 주기 싫단 말이오? 그깟 돈 때문에?!"

"입은 비뚤어져도 말은 똑바로 합시다. 밥? 탄약과 기름을 화북에 처발라버렸지 않소! 내가 군축해야 한다고 말한 지 몇 달이 지났다고!"

내각 회의장이 아니라 도떼기시장처럼 변해버린 이 꼬라지를 가만히 바라보면서, 야마나시 한조 총리대신은 치솟아 오르는 두통에 머리만 꾹꾹 눌러대고 있었다.

'이게 나라냐?'

작년, 해군이 주도하고 육군 소장파가 동조하는 천지개벽의 기이한 쿠데타 시도로 현직 총리와 육군대신을 비롯한 고관대작들이 줄줄이 피살당했다. 그 혼란 속에서 어어 하다 보니 이상하게도 강약약강 그 자체, 처세술만 몸에 익은 부패사범 야마나시 그 자신이 총리가 되긴 했지만… 애초에 정치질은 알아도 정치는 모르는 그로서는 이 상황을 타개할 비전도 능력도 없었다.

지금도 마찬가지다. 입 달린 놈들이 무슨 아기새처럼 짹짹대면서 자기주장을 열심히 늘어놓고 있긴 한데, 이 총리대신이란 자리에 앉아 있으니 도저히 선택을 할 수가 없었다. 옛날 같았으면 가장 자신에게 이득이 되는 선택지 하나를 붙들고 그걸 달성해내려고 온갖 정치공학과 음모를 짰을 텐데… 총리라는 자리는 수성하는 입장이지 공격하는 입장이 아니었다.

따라서 그는 최대한 보수적으로 접근하기로 결심했다.

"관동군의 고삐를 좀 더 쥡시다. 제 놈들이 뭐길래 눈깔이 확 돌아서는 설쳐댄단 말이오?"

"맞습니다. 위아래 구분도 못 하는 건방진 새끼들을 좀 조아 놔야지요."

"그렇지. 문책… 은 할 수 없지만 경고는 해야겠소. 그리고 화북 분리 공작에 좀 더 박차를 가하는 선에서 정리합시다."

저 드넓은 화북을 제국의 경제권에 편입시킬 수만 있다면, 적어도 10년은 이 나라도 안정적으로 굴러갈 수 있으리라. 사실 경제는 쥐뿔도 모르겠지만 아무튼 관료들이 그렇게 말하니 믿어야 어쩌겠는가. 퇴청해 관저로 돌아오는 동안에도 육군대신은 끈덕지게 달라붙었고, 기어이 자신의 관용차에까지 탑승해 그를 귀찮게 만들었다.

"정말 출병 안 하실 겁니까?"

"하고 싶어? 대장대신 눈깔 돌아간 거 봤는데도?"

"우리 밑에 애들도 눈깔이 돌아갔습니다. 농담 아닙니다, 각하. 저는 시라카와(白川義則)처럼 자다가 침대에서 끌려 나와 칼 맞고 뒈지긴 싫단 말입니다."

"죽기 싫어서 전쟁을 하자고?"

"그럼 죽을 겁니까?"

"나는 벽에 똥칠할 때까지 살걸세. 진급에 환장해서 저러는 거니까, 복지나군을 신설해서 보직을 늘려주면 다 해결되겠지."

"과연 각하십니다."

서로 공치사를 늘어놓으며 신나게 똥꼬를 핥으며 총리 관저에 도착하자, 집 앞에 웬 잡상인들이 죽치고 앉아 있었다.

"멀리 떨어져! 물러서란 말이다!!"

"총리대신 각하!"

"각하!! 저희의 우국충정에 부디 귀를 기울여주십시오!"

"차 세우게."

차림새와 얼굴을 대강 보아하니 사관생도들이 틀림없었기에, 야마나시는 차에서 내려 그들에게 다가갔다.

"무슨 일들인가."

"각하! 대륙이 황국의 보호를 바라는데 어찌하여 출병에 관한 이야기가 전혀 없는 겁니까!"

"장개석이 도쿄로 찾아와 천황 폐하께 고개 숙여 용서를 빌어야만 합니다! 각하께서 엄히 그의 죄를 추궁하십시오!"

뭐지, 이 새끼들. 요즘 육사에서는 애들 짬밥에 아편이라도 섞어서 배식해주나? 야마나시는 일평생을 정치질로 살아온 인생이었다. 그리고 정치질을 하려면 입으로는 개소리를 지껄여도 머릿속은 언제나 냉철해야 했다. 그런 그에게, 이 핏덩이들이 꽤액꽤액대는 소리는 도저히 정치적 마인드로 해석할 수 없는 귀신 들린 울부짖음 그 자체였다.

"이놈들이! 지금 머리에 피도 안 마른 놈들이 상명하복은 어디다 팔아먹고 감히 총리대신 각하 앞에서 목청을 드높이느냐!"

"가, 각하! 소인들의 우국충정을 부디 헤아려 주시옵소서!"

"퇴학당하기 싫으면 당장 썩 꺼져라!"

"아니면 설마, 장개석이한테서 뇌물을 받고 그의 비루한 지나 정부를 살려주기로 했다는 소문이 사실이란 말입니까?"

외계인들은 그렇게 저들끼리 알아들을 수 없는 말을 지껄이더니.

푸욱!!

"커, 커어……."

"사, 사격 개시!"

"쏘지 마! 쏘지 마! 총리대신 각하께선 아직……."

"천황 폐하 만세!!"

"장개석에게 나라를 팔아먹은 변절자에겐 죽음도 사치다!!"

야마나시는 천천히 바닥에 쓰러지면서 깨달았다. 이 머저리들. 나라를 이끌어나가야 할 동량들까지 그럴듯한 선전문구에 세뇌당하다니. 생도들이 머저리가 된 것을 보아하니 이미 교관들도 죄다 그 나물에 그 밥이겠지.

이 나라는 글렀다. 패망하는 그 순간까지, 이 철부지들은 끝없이 폭주하리라.

* * *

워싱턴 D.C. 전쟁부.

"일본군이 상해에 상륙했습니다."

"관동군의 2개 기갑여단이 추가로 남하하고 있습니다."

"아무리 봐도 신정권의 목표가 고작 화북 괴뢰화로 끝날 것 같지가 않습니다. 명백히… 전 중국의 병탄을 노리는 것이 아닐까 하고."

일본이 일본했다. 이건 역사의 억지력 같은 멍청한 개념이 아니라, 그냥 일본제국이라는 나라가 아시아의 맹주를 자처하는 이상 벌어질 수밖에 없는 필연이다. 이미 조선이나 대만, 류큐에서 신나게 2등 신민들을 노예처럼 부려먹으며 그 단꿀을 쪽쪽 골수까지 빨아먹었던 친구들이 저 거대한 중국 대륙을 쳐다보면서 무슨 생각을 했겠나. 설마 꼬꼬마 동산의 전파 뚱땡이들처럼 다 함께 손잡고 아이 좋아라도 외치겠나?

역사가 제법 달라지기도 했으니 혹시 일본에 자제력이라는 게 생겨서 화북만 처먹고 행복하게 아시아의 맹주로 남는 건 아닌가 했었지만, 혹시나가 역시나. 기우에 불과했다.

"정치가들이 결정할 일이겠지만, 아직 우리 육군이 나설 일은 딱히 없어 보이는군."

"천진이 점령되었다는데 그곳에 주둔 중이던 우리 15연대는 어떻게 되겠습니까?"

"일본군은 천진의 조계지를 존중해 줄 모양이더군. 특별한 이유가 없으니 군이 움직일 필요는 없겠지."

화북대전으로 전쟁이 끝날 줄 알았는데, 모두의 예상을 뒤엎고 본격적으로 불이 타오르기 시작했다. 이러면 사실 군바리들 입장에선 딱히 할 일이 없다. 이제 의회와 백악관에서 결정을 내리고, 무력을 사용하기로 했다면 그제서야 일거리가 생기는 거지. 고로 지금 논의할 일이라곤…….

"1기갑여단장?"

"예, 총장님."

그래 한번 물어봅시다. 어째서 일개 대령이 이 자리에 끌려 나와 있는 거죠?

"뭘 그렇게 눈알만 데룩데룩 굴리고 있나. 전 세계에서 가장 전차에 빠삭한 사람이 당연히 일을 해야지."

"저는 아무것도 모르는 무지한⋯⋯."

"솔직히 말해서, 어디 디트로이트 같은 곳의 종신 병기국 국장으로 박아 버리고 싶은 마음이 굴뚝같네."

S⋯T⋯A⋯Y⋯ 그러면 제 무식이 뽀록납니다⋯ 그러지 말아 주세요⋯⋯.

"그 북경 인근에서 벌어진 전차전에서 우리가 채택할 만한 전훈은 어떤 게 있겠나? 아, 물론 우리도 보고서를 받긴 받았네. 하지만 귀관의 의견도 궁금하단 말이지."

왜 자꾸 저를 벼랑 아래로 밀어버리려 하십니까. 이 보고서 만들어서 올린 사람들이랑 다른 의견을 냈다간 그 사람들이 날 원수 취급할 거 아냐. 혹시 제가 맥아더랑 친하다고 이러는 겁니까? 제가 쇼몽파는 아니더라도 마셜 주인님과는 꽤 친분이 있거든요? 살려주세요 제발.

"보고서의 내용과 크게 상이한 점은 없어 보입니다. 육군 내에서도 많은 반발이 있었지만, 제가 지속적으로 주장한 바와 같이 탱켓은 전면전 상황에서 어떠한 전술적 가치도 없다는 것이 이번에 입증되었습니다."

"크흠!"

"멕시코 마적 떼를 물리치는 덴 탱켓만한 게 없단 말이오, 킴 대령!"

"그야 그렇지요. 하지만 적을 타코 친구들로 잡는다면 애초에 탱켓이 아니라 기병으로도 충분하잖습니까. 왜 피 같은 예산으로 치안 유지 외엔 쓸 곳이 없는 탱켓을 찍어야겠습니까."

차라리 오토바이를 굴리고 말겠다. 탱켓이라니, 그런 예쁜 쓰레기는 절대 사절이다.

"이번 전투로 드러났지만, 적 기갑부대를 효과적으로 막아낼 수 있는 것은 결국 아군 기갑부대입니다. 공격자가 올 수밖에 없는 곳에 방어자가 대전차전 준비를 해놓는다면 여타 다른 수단을 고려할 수 있겠으나, 가장 손쉽고 빠른 방안은 역시 전차로 전차를 잡는 겁니다."

"보병 병과가 별로 좋아하지 않겠는걸?"

"섞어야지요. 아군 보병을 지원할 수 있는 단포신과 적 전차를 잡을 수 있는 장포신 모두가 필요합니다."

"또 돈 달라는 소리 아닌가. 난 이제 의회가 무섭네그려."

그럼 왜 나보고 말을 하라고 했어! 군바리가 입 열면 예산 달란 소리밖에 더 나오겠냐고! 나는 당장이라도 하극상 저지르고 싶다는 거무튀튀한 분노를 애써 삭이며, 보고서에 적힌 한 부분을 톡톡 두들겼다.

"국부군 제200사단에 일부 도입된 신병기, 25식 전차에 주목해주시기 바랍니다."

"흐음."

"차체는 이미 다들 익히 아실 물건이지만, 주목해야 할 부분은 바로 주포입니다. 독일제 50mm 장포신형."

이제 본격적으로 입을 털 시간이다. 친애하는 쪽바리들이 너무나 다행스럽게도 대륙에 기어들어 갔으니, 이제 끝없는 인민의 파도에 전력을 꼬라박을 일만 남았다. 옛말에 러시아랑 중국엔 쳐들어가는 거 아니랬다. 모름지기 러시아에 가면 얼어죽은 동태가 되고, 중국에 가면 중국인이 되는 법.

조선미쓰비시의 엔지니어들은 북경까지 찾아가서 피해를 분석하고, 노획한 적 병기를 들고 와 뜯어보고, 각종 장갑에 쏴보면서 주포 해석에 열을 올리고 있었다. 그리고 대주주이자 협력사인 동시에 기술을 제공해주는 포드사가 이를 열람하는 건 너무나 당연한 일.

히틀러가 열심히 나치 독일의 우수한 인적자원을 갈아 넣어 만들었을

120

저 50mm 주포에 대한 데이터가 샘플째로 바다를 건너고 있으니 이 얼마나 행복한 일인가? 콧수염 새끼가 베풀어준 은혜에 가슴이 먹먹해진다.

이제 무리해서 스페인 내전에 전차를 보낼 필요도 없다. 대강이나마 미래를 아는 내가 있고 핵심 기술까지 입수했으니, 부지런히 에젤을 쪼아서 연구개발에만 매진하면 아마 개전 때까지는 무난하겠지.

좋아, 완벽해. 사업도 순풍 가득. 연구개발도 이 정도면 행복 그 자체. 더 이상 내게 두려울 건 없었다.

* * *

"혹시 중국에 파견을 갈 의향이 있소?"

"제가 혹시 각하께 지은 죄가 많습니까?"

"아니, 그런 건 아니지만, 중국 국민당에서 은밀한 요청이 들어왔기에 일단 귀관의 의견을 여쭤보는 겁니다."

"제가 머리통에 총을 맞아서 못 간다고 해주시면 안 될까요?"

"잘 알겠소. 그러면 혹시 스페인에……."

"그냥 절 쏴버리시죠."

"별도 곧장 달아드리리다."

알프스 소녀 하이디도 휠체어 탄 철부지 클라라가 재잘재잘거리니 절벽에서 휠체어째로 밀어버리지 않았던가. 대통령이고 나발이고 던져버리는 수가 있다.

안 가. 안 가!

피와 강철의 시대 5

루즈벨트 대통령은 정치인으로서 이미 정점에 서 있었다. 그냥 대통령이 됐다는 레벨이 아니다. 당장 이번 민주당 전당대회에선 구구절절 경선 같은 거 치르지 않고 만장일치로 루즈벨트―가너 세트메뉴를 대선 후보로 추대했고, 대공황에 맞서는 '민주주의적' 대통령으로서 그의 인지도와 지지도는 하늘을 찔렀다.

"원래 군인들은 해외 파병 가고 싶어서 안달 나지 않습니까? 저는 해군쪽 일을 주로 했었지만, 육군도 크게 다르지 않다 들었습니다."

"그야 그렇지만, 무엇이든 상도덕이라는 게 있기 마련입니다. 죄송합니다만 각하께서 또 지신 것 같군요."

내가 손패에 있던 카드 몇 장을 내려놓자 위대한 대통령 각하의 포커페이스가 와지끈하고 무너져내렸다.

"이 빌어먹을 똥겜 같으니! 이게 게임이야? 이딴 게임을 만든 범죄자를 합중국에서 추방해야 하지 않겠습니까? 예?"

"기자들이 들으면 굉장히 싱글벙글하겠군요."

"미합중국 헌법이 제게 부여한 신성한 권한에 따라, 이 사악한 게임의 제작자를 스페인으로 보내버리면 파시스트들도 복장이 터져 죽어버리지 않겠습니까?"

아니오? 그 파시스트의 꼭대기에 있는 어떤 마약 중독 돼지가 이미 신명 나게 팔아먹고 있습니다. 캐피탈리즘은 파시즘보다 더 위대하단 말이지요.

카드 쪼가리가 이리저리 깔려있는 테이블을 멍하니 바라보던 루즈벨트가 툭 던지듯 내뱉었다.

"먹구름이 몰려오고 있습니다."

"그렇지요."

"합중국 시민들은 늘 평화를 원했습니다. 유럽의 전쟁 따위 관심 없고 그냥 돈이나 벌고 싶다 이거지요."

당연한 말씀을 하고 있네.

"하지만 지난 전쟁과 달리 우리는 부외자에 끼지 못할 겁니다. 우리 당의 의원들조차 스페인 정부가 소련의 사주를 받는 빨갱이라고 생각하고 있지만, 저는 빨갱이여도 좋으니 그 정권이 존속하는 편이 낫지 않을까 생각합니다."

그래서 스페인이냐. 하지만 명분이 없을 텐데. 아, 그래서 나야? 또 그놈의 전차 팔아먹는다는 핑계? 서류상으로 전역 처리시킨 뒤 포드사 취직시켜서 영업사원으로 스페인에 보내겠다는 루즈벨트의 야망이 손에 잡힐 듯 훤히 보인다. 정치인들이 세상의 모든 사람을 툴로 써먹으려 드는 건 직업병이구만 아주.

"저 가면 죽을걸요."

"독일과 소련에 모두 안면을 텄으니 혼란 속의 스페인에서도 무적 아니겠습니까?"

"독일 콧수염 씨가 이제 저를 굉장히 싫어하거든요."

공식 보고서는 당연히 얌전하게 썼지. '약간의 언쟁'이라거나 '각성을 촉구', '재회를 기원' 같은 지극히 사무적인 표현을 빌려서. 하지만 내 입에서 날것 그대로 '서로 쌍욕함'이라거나 '군부 쿠데타를 권유', '머리통을 날려주마' 같은 진실 가득 함유된 이야기를 죽 들은 루즈벨트의 반응은 점점 더 뒤틀려가고 있었다. 살려주세요 대마왕님. 저는 그냥 까라면 까길래 휴가까지 불태우며 찾아간 일개 따까리에 불과합니다!

마침내 우리 집에 날아온 협박성 다분한 괴문서까지 다 떠들고 나자, 그는 한숨을 푹 내쉬었다.

"스페인엔 보낼 수 없겠군요."

"그렇지요?"

"그럼 중국……."

"절 시체 포대에 담아서 보내시든가 하십쇼. 죽어도 안 갑니다."

"이번에도 결국, 지난 대전쟁처럼 온 세계가 불타고 나서 뒤늦게 우리가 참전하게 되겠군요."

어쩔 수 없다. 이 나라는 독재 국가가 아니다. 그 어떤 대통령보다 강고한 지지를 얻고 있는 루즈벨트조차 시민의 뜻을 존중해야 하는 민주국가. 국민 여론을 확 바꿀 결정적 계기가 터지지 않는 이상, 전쟁은 불가능하다.

"전쟁 이야기는 이쯤 합시다. 최대한 평화가 지속될 수 있도록 열심히 노력할 테니, 진은 음… 빨리 별 좀 다십시오. 그래야 더 부려먹을 것 아닙니까."

"부려먹겠다니. 너무 솔직한 것 아닙니까?"

마셜은 자기더러 노예주니 악덕 상사라고 불러대면 정색을 하면서 얼마나 자신도 고생을 하고 있는지, 어쩔 수 없는 일이었네 하면서 해명을 하기 급급했었다. 하지만 이 백악관의 대노예주께서는 단 한마디로 내 툴툴거림을 틀어막았다.

"꼬와요? 그럼 군복 벗고 금배지 달면 됩니다. 우리의 친구 더그처럼."

"하, 진짜."

"예전에 했던 이야기 기억나지요? 장인께서 돌아가신 지도 제법 오랜 시

124

간이 흘렀으니 공화당에 지킬 의리도 끝나지 않았습니까. 내가 아는 진은 절대 고립주의를 사랑하는 공화당과 한편이 될 수가 없는데."

"남부 딕시들과도 한편이 될 수 없지요."

내가 어떻게 공화당이랑 헤어지겠냐. 미우나 고우나 그래도 링컨을 시조로 하는 공화당인데. 하지만 루즈벨트는 코웃음 쳤다.

"이제 그것도 옛말입니다. 애초에 민주당이 몇십 년 동안 집권에 실패한 이유가 바로 그 남부 촌놈들만 물고 빨아줬기 때문인데, 왜 그놈들을 끝까지 붙들고 있어야 한단 말입니까?"

"이거, 지지자를 너무 개돼지 취급하는 이야기 아닌가요."

"상관없습니다. 어차피 마지막까지 내가 싫어서 온갖 협잡을 다 하던 놈들이니, 싹 다 버릴 겁니다."

1936년, 루즈벨트는 민주당의 운명을 가를 중대한 개혁에 성공했다.

[민주당의 대통령 후보로 선출되기 위해서는 전체 2/3의 득표를 해야 한다.]

과반이 아니라 2/3. 66.6%. 민주당이 딕시들만 드글드글한 당에서 여러 정치세력들이 혼재된 당으로 변모한 지는 제법 오래되었으나, 여전히 테이블보 뒤집어쓰고 십자가와 깜둥이 불태우기를 레포츠의 일종으로 아는 남부 꼴통들의 표를 다 끌어모으면 1/3 채우는 건 우습지도 않았다.

바로 저 룰 때문에, 민주당 대선 후보들은 항상 남부 친구들을 '배려'해 줘야만 했다. 하지만 4년 전에도 저 망할 족쇄에 붙들려 정치적 타협을 해야만 했던 루즈벨트는 마침내 족쇄를 부숴버렸고, 더더욱 민주당을 좌향좌 시킬 수 있었다.

"서부 캘리포니아 일대의 진보 지지자들을 싹 민주당의 새 표밭으로 만들고 싶은데, 이미 희대의 포퓰리스트가 떡하니 지방 정계에 웅크리고 있더군요."

"하, 하하하."

포퓰리스트라니 말이 좀 심하시네. 나는 어디까지나 일자리 마련해주고, 공공사업에 한 손 거들고, 배식 좀 해주고, 애들 학비 대주고, 좆돼서 활활 불타는 부실채권 좀 수습해주고, 어… 어… 아무튼 이것저것 좀 손댄 대신 아시안치고 좀 더 넓은 정치적 입지를 다졌을 뿐이라고. 이걸 '인민주의자'라고 싸잡아버리면 어쩌란 말인가. 빨갱이 같잖아.

"각하께서 도와주신 덕택에 서해안 일대의 조선소가 신나게 돌아가고 있잖습니까."

"그렇지요. 제가 의회를 설득해서 수송선 건조에 착수했지요. 그런데 그렇게 돈을 풀었는데도 노동자들이 공화당을 찍으면 제가 좀 답답하지 않겠습니까?"

"크흠흠! 그건 장차전을 대비한, 어디까지나 군사적 목적에서 제안드린 겁니다."

"대통령을 상대로 거짓을 고하다니 참으로 불순하시군요. 그러니 빨리 민주당 입당하시라니까. 조선 사업 확 축소하기 전에 처신 잘하라고."

이쯤 되면 이게 대통령인지 함바집 때려 부수는 깡패인지 구분이 안 간다. 국민 여러분, 여러분은 속고 있습니다! 하지만 이 남자, 조만간 있을 대선에서 낙선하리란 걱정은 눈곱만큼도 하지 않고 있었다. 전미를 속여넘긴 사악한 정치인은 그렇게 다시 자기 손패에 집중하기 시작했다.

내가 내 카드에 손장난하고 있다는 사실은 다행히 걸리지 않았다.

* * *

1936년 8월. 비가 퍼붓고 있었다.

"비 오는데 이걸 어쩌죠."

"어쩌긴. 비 온다고 전쟁 안 하냐?"

미 육군 제2군의 역사적인 기동훈련이 시작되었다. 그 짠돌이 미군이 2

만 4천 명의 대규모 병력을 동원하고, 각종 트럭과 중장비 또한 모조리 기름 만땅으로 채웠으며, 각종 민가와 공공시설을 모조리 징발했다. 정말 제대로 해보자는 의지가 충만하니 직업군인으로서 감격의 눈물이 줄줄 나올 것만 같다.

이 훈련에 차출된 장교들은 하나같이 육군에서 기대받는 친구들이다. 평소에 맡은 부대가 아닌 다른 부대를 맡게 되어 약간의 혼란이 벌어지긴 했지만, 어차피 미군에선 밥 먹듯 벌어지는 일이니까 뭐. 하지만 제대로 하는 건 제대로 하는 거고, 중대한 문제가 발생해버렸다.

"비가 와서 애들이 다 퍼졌는데 정작 밥차가 안 온단 말입니다!"

"나도 알아. 시발, 애들 밥을 짜른다고? 이거 훈련 아니야? 언제부터 실전으로 바뀐 거냐고!"

하지 저 자식이. 이제 저게 다 컸다고 내 앞에서 고함을 지르고 있네. 촌동네 한가운데 있는 한 헛간을 징발해 여단본부를 차린 우리는 가스등의 어렴풋한 불빛에 의지해 지도와 타임 테이블을 확인했다. 이만한 대규모 훈련을 하면 원래 다 세상 그렇듯 가라로 하는 법 아닌가? 하지만 이게 뭔가. 와야 할 밥차가 안 오는 걸 보니 틀림없이 중간에 짤린 거다. 자기들이 전갈부대도 아니고 지금 뭐 하자는 거야, 진짜 어금니 깨물고 하려고?

훈련에서는 어느 정도 룰과 매너라는 걸 갖추기 마련인데, 장병들의 편의 같은 문제가 아니라 여기서 개털린 쪽은 사실상 군 생활 좆되기 때문이다. 만천하에 무능하다고 찍히는 셈인데 옷 벗는 일만 남는 셈이거든. 그러나 놀랍게도.

"마셔어어어얼!! 내 밥차를 돌려내라!!!"

"아우구스투스입니까? 그거 따라 하려면 마셜이 아니라 수송대를 탓해야 하는 거 아시죠?"

"내가 그 정도로 무식하진 않아."

대항군의 마셜은 수단과 방법을 가리지 않기로 결심한 모양이었다.

"하지."

"뭡니까?"

"배가 고파지니 슬슬 흉폭해지는데, 이걸 어쩌지?"

"전차를 끌고 적의 밥집도 털면 되지 않을까요."

"상대가 천하의 마셜인데?"

"그럼 가면 안 되죠. 죽빵을 날렸으니 화가 나서 총 맞은 멧돼지처럼 달려들 거라 생각하고 진지공사에 들어갔을 겁니다. 백 퍼센트."

그렇지. 그게 그 변태 영감의 수법이지. 그렇지만 말야.

"비가 이렇게 오는데 진지공사를 해?"

"마셜이면 시키지 않을까요."

"병사들 대다수가 주방위군이잖아."

"조지 마셜이 그런 거 신경 쓸 사람이었으면 이미 참모총장 달지 않았을까요?"

"그러네."

아, 갑갑해. 그러면 다른 카드를 뽑아 들어야지.

"맥나니한테 손바닥 좀 비벼서 항공정찰 요청해보자고."

"다시 말씀드리지만 지금 비 오고 있습니다."

"아씨, 그래서 비 오면 전쟁 안 하냐고! '우천 시 항공정찰 가능성에 대한 연구'로 예쁘게 각 잡아서 육항대 예산 따낼 수 있도록 내가 비벼본다고 해. 그 새끼 무조건 한다. 사령부는 내가 설득해 볼게."

"그러지요. 그다음엔요?"

"채피 불러. 우리 밥차가 대관절 어디에 있는지는 찾아봐야 할 거 아냐."

개같은 거. 아직까지 미군엔 똥별이 득실거린다. 만약 마셜이 원하는 게 쓸데없이 숨 쉬면서 월급 루팡해 가는 똥별 하나 대가리를 커팅하고 싶은 거라면 내 기꺼이 동참할 마음이 있다.

근데 문제는, 그 똥별이랑 같이 내 커리어도 같이 커팅당할 것 같단 말이지. 하는 수 있나. 할 수 있는 데까진 비벼봐야지.

"내가 억울해서 빨리 별 달아야지."

"미친 짓은 제발 자제해주세요. 또 또라이짓에 저까지 엮이면 진짜 상관이고 나발이고 같이 죽는 겁니다."

"네에."

하지 저거, 이번엔 진심이었다. 아미앵 한복판에서 총질하던 게 어지간히 PTSD로 남아있나 보다.

쿠르르릉!

이제 천둥소리까지 요란하다. 거참 날씨 한번 끝내주네.

"훈련 일시 중단하진 않겠습니까?"

"…그런데 말이야."

"또또또! 또 그 표정! 또 무슨 미친 짓거리를 하려고 그러십니까?"

"마셜이 진지공사를 시켰다 치자고. 그런데 우리 일선 병사들이 과연 얌전히 삽질을 할까?"

"…반반이겠죠?"

"그럼 이 비를 뚫고 진지에 냅다 전차대대를 처박으면 과연 축성이 끝나 있을까, 아니면 얼치기 상태일까?"

"패튼 대대장 부르겠습니다."

"신형 전차가 빗길에 퍼지지 않기만 빌어보자고."

마셜도 한번 노예반란에 처맞아 봐야지.

4장

피와 강철의 시대 II

피와 강철의 시대 6

제2군 사령관 찰스 킬번(Charles Evans Kilbourne Jr.) 소장은 훈련 진행 상황을 검토하며 입을 열었다.

"마셜 준장이 무척 신났는데?"

"그러게 말입니다."

'레드'와 '블루'로 나뉜 이번 기동훈련에서, 레드는 공격해 들어가야 하고 블루는 이를 막아야 한다. 하지만 레드가 조금 꼼지락거리기 무섭게 블루는 대뜸 밥줄을 잘라버렸다. 어차피 넉 달 뒤면 정년 채우고 옷 벗는 킬번으로서는 이번 훈련으로 유종의 미를 좀 거두고 싶다는 생각도 들었고, 무엇보다 세상에 싸움 구경만큼 재미있는 것도 없었다.

"크로머(Leon Benjamin Kromer) 소장."

"예에."

"어떻게 보십니까? 내가 봤을 땐, 마셜이 일종의… 시위를 하는 게 아닌가 싶은데."

"마셜 준장 역시 기계화를 강력히 지지하는 입장이지요. 제 생각엔 트럭 좀 더 사달라고 으름장 놓는 듯하군요."

기병감 크로머는 애초에 채피의 강력한 후원자 중 한 명으로, 그 누구보다 기병의 기계화야말로 앞으로 기병 병과가 살아남을 방향이라 확신하고 있었다. 크로머 역시 군 생활이 1년 좀 넘게 남았다. 그가 퇴역하기 전에 기병의 체질 개선을 끝내놓고 싶었지만, 보수적인 인사들과 예산 부족이라는 내우외환 속에서 이를 끝낼 가능성은 그리 높지 않았다. 그는 쓴웃음을 지으며 훈련 통제관들의 보고서를 읽어 내려갔다.

"마셜 준장이 털어버린 보급부대를 보면 마차만 골라서 털었습니다. 차량은 쏙 빼놓고, 거기에 기름 싣고 달리는 보급도 빼놓고, 교묘하게 애들 밥차만 짤랐단 말이지요."

"마음껏 달려와서 실컷 때려보라는 의도다?"

"그 밥을 수령해야 했을 부대를 보시면 견적 나오지 않습니까."

킬번 역시 보고서를 보고는 씨익 미소를 지었다.

"미 육군 최고의 미친개들을 레드 팀에 모아 놨으니, 돌파력 하나는 끝내주겠군요."

"밥까지 굶겼으니 오죽하겠습니까?"

이번 기동훈련엔 여러 목적이 있었다. 대중들에게 미래 전쟁과 각종 병기를 선보여 조금이라도 예산을 더 받아내고픈 눈물겨운 전쟁부의 의지. 오대호를 끼고 있는 미시간을 배경으로 육해공을 모두 전장 삼아 각종 시뮬레이션을 모조리 해보고 싶은 참모들의 의지. 과연 저 전차라는 물건이 그들이 알고 있는 지난 유럽의 참호전을 얼마나 바꾸었을지 확인해보고 싶은 노장들의 의지.

그런 점에서 레드 팀의 인선은 실로 완벽했다.

"킴 대령이 있으니 편하긴 편합니다. 이놈의 군대엔 혈압 관리에 도움이 안 되는 인간들이 너무 많아요."

"킴 대령도 충분히 혈압을 올리는 부류 아닙니까?"

"처음엔 그래도 사람처럼 굽니다. 수틀리면 미친개가 돼서 그렇지. 패튼처럼 다짜고짜 책상부터 엎고 보는 것보단……."

"아아. 패튼 중령이 찾아와 행패를 부렸다고 들었습니다만."

"'행패'까지는 아닙니다. 훈련에 끼고 싶다며 그냥 제 사무실에 24시간 뻗대고 드러누워 있었지요."

"24시간이요?"

"다음 날 출근했는데 그 자세 그대로 눈에 핏발 가득한 채 기다리고 있더군요. 동양의 참선이 어쩌고 하던데."

"소름 돋네."

웨스트포인트 짬밥에 아편이라도 섞여 났나. 우리 땐 안 그랬는데, 20세기에 졸업한 애들은 어째 가면 갈수록 미친놈들의 숫자가 늘어나는 느낌이었다. 내일모레 은퇴할 노인네들은 이야기가 그즈음 되자 아예 의자에 푹 몸을 기댄 채 잡담 모드로 몸과 마음을 전환시켰다.

"기병 병과도 이상한 놈들 많기로 유명했는데, 거기서 가장 돌아버린 놈들만 기갑으로 건너가다 보니 거참. 로켄바흐 소장 퇴역한 뒤로 킴 대령이 애들 붙잡고 있긴 하지만."

"걔가 제일 돌아버린 놈인데요, 뭘."

"그러니까요. 마셜이 얼마나 맹수 조련을 잘할지나 한번 구경해봅시다."

참모총장 자리에 욕심이 있다면 미 육군의 황소들을 다룰 투우 스킬을 증명해야지. 그런 점에서 드럼은 낙제였다. 정치적 협잡에 능하긴 한데, 저런 또라이들을 품을 능력이 될까라고 묻는다면 고개를 갸우뚱할 수밖에 없으니까.

두 늙은이는 나만 아니면 된다는 생각에 빵긋빵긋 미소를 지었다.

* * *

패튼은 거울을 보며 옷매무새를 가다듬었다. 배가 고프다. 굉장히 고프다. 꼬불쳐 둔 육포를 하루 만에 다 먹게 될 줄은 생각도 못 했다. 별로 좋지 못한 일이다. 위스키는 제법 챙겨 두긴 했지만 말이다.

1933년. 패튼과 채피가 온갖 지랄발광을 다 했지만 끝끝내 그 흉측한 쌍두대가리가 M2라는 제식명칭을 받고 정식 생산에 착수하려는 찰나. 미 육군에서 가장 깽판과 협잡, 땡깡과 타협, 공갈과 애걸에 탁월한 사나이가 개입하면서 모든 것이 엎어졌다.

패튼의 뇌에 전혀 인지되지 않는 '의회'라거나 '군산복합체' 같은 여러 복잡한 기관들이 엮여 한바탕 판데모니엄을 구성한 결과, 순식간에 포드사의 시제차량 FT-3이 몇 번의 테스트를 거쳐 미합중국의 M2 경전차로 채택되었다.

그리고 그 여세를 몰아 경전차에서 약간 어레인지된 M2 중형전차까지 채택이 완료되었으니, 그가 지나친 곳에는 항상 폐허뿐이라는 전쟁부의 농담이 다시 한번 회자되는 것은 참으로 당연한 일이었다.

"우리 예쁜이들 어디 탈난 곳은 없나?!"

"멀쩡합니다! 예전 것보다 훨씬 믿음직한데요?"

"신뢰성이 높다 이거지? 좋아, 아주 좋아!"

새로운 전차는 물론 마음에 들지 않는 부분도 있었지만, 적어도 하나의 크고 우람한 주포를 달고 있다는 점에서 패튼의 마음을 완벽하게 사로잡았다. 대전차전을 상정하고 뽑은 37mm 주포. 거기에 처음부터 더 큰 주포로 업건할 걸 염두에 두고 설계한 차체. 비스듬한 정면 장갑까지. 모든 게 좋았다.

실험 기계화 사단에 있을 당시, 킴은 전차 구경 늘리기에 환장해 입만 열면 '37mm는 안 돼! 부족해! 부족하다고!' 를 중얼중얼거리며 자나 깨나 업건, 업건 노래를 불러댔었다. 이미 제리 놈들의 50mm를 뜯어보고 있단 이야길 들었었는데, 그거로는 얼마나 더 강렬하게 적들의 직장 너머 전립선을 자극할 수 있을지 상상해 보노라면 절로 가슴이 두근두근해졌다.

"8월에 햇볕 다 받고 있으니 안이 더워 뒤질 것 같습니다. 어떻게 안 될까요?"

"원래 전차가 다 그렇지. 쇳덩어리 안에 들어가 놓고서 안 덥길 바라냐!"

"그래도 이건 좀……."

"바깥도 덥긴 마찬가지야!"

그렇게 윽박지른 패튼이었지만 머릿속에 냉방 또는 환기 시설이 필요, 라고 박아 놓는 걸 잊지는 않았다.

"점검 다 끝났나!"

"예, 대대장님!"

"기름도 빵빵하냐!!"

"예, 대대장님!"

"그러면 가자! 우리의 밥을 뺏어간 식빵 도둑들의 내장으로 소시지를 담가버리자! 그놈들이 오줌을 지린 만큼 맥주를 쏠 것이요, 똥을 지린 만큼 칠면조를 쏘겠다! 전부 죽여라!!"

"우와아아아!!"

천둥, 번개를 동반한 장대비가 내리고 있었지만 그런 건 전혀 관계없었다. 오히려 더 좋다. 그 어떤 진흙탕도 이 위엄 넘치는 강철의 살인기계를 막을 수 없다는 사실을 탱알못 무지렁이들에게 각인시키기엔 최적의 조건 아닌가. 게다가 천둥소리와 빗소리가 웅장한 엔진 소리를 어느 정도 감춰줄 것을 고려하면 상황은 최고였다.

"통제관! 통제관들 다 어디 갔나!"

"예, 예예. 이제 출발하십니까?"

"그렇소. 거기 잘 적어 두시구려! 이 개쩌는 강철 군마들이 친애하는 마셜을 치루 환자로 만들어 줄 테니까!"

"하, 하하하……."

그리고 몇 시간 후.

"이 상황을 대관절 뭐라고 적어 놓으면 될까요?"

"보이는 그대로 적으면 되겠네. 블루 팀이 뒤를 따여 치루가 터졌다고 적으면 될 것 같은데."

이번 기동훈련은 아무리 봐도 개판이었다.

* * *

미시간의 탁 트인 평야에서 벌이는 행복 기동전! 아무리 마셜이 열심히 야전 축성을 하고, 참호를 파고, 대전차포와 야포를 숨겨 놓고 백날 쇼를 해봐라. 이 사통팔달 뻥뻥 뚫린 드넓은 평야에서 무슨 수로 전차부대를 막나.

하필 미시간을 선정한 것부터 의미심장하다. 미시간주에서 가장 큰 도시가 뭔 줄 아나? 디트로이트다, 디트로이트. 누가 봐도 장비 손망실될 정도로만 안 굴리면 곧장 디트로이트 병기창에 처넣고 다시 수리하겠다는 마음가짐. 아이고, 감사합니다.

"이… 이 못난 사람 같으니."

"스릴 넘치지 않았습니까?"

"됐네. 한 대 때려주고 싶구만."

"제 밥을 뺏어 가놓고도 아무 일 없길 바라신 건 아니겠지요?"

마셜의 이마에 주름살 한 겹이 더 늘어난 것 같다. 내 밥을 뺏어간 대가로는 딱 적당한 듯하니 이 정도로 참기로 했다.

우리의 훈련은 의외로 싱겁게 끝나버렸다. 마셜의 블루 팀은 당연히 반격 준비를 갖추고 있었지만, 비가 내리는 와중에 맥나니는 요청받은 대로 아득바득 정찰기를 띄워 진지의 대강을 파악하는 데 성공했다.

그리고 곧장 가장 약해 보이는 부분에 패튼이 전차를 들이박았고, 기병대를 끌고 달려나간 채피가 블루 팀의 지원군을 붙들고 있는 동안 마셜은 사망 판정 딱지 수십 장을 받아야만 했다.

마셜을 붙잡거나 전사시켰으면 더더욱 개꿀잼이었겠지만, 블루 팀에 있던 리지웨이가 채피의 기병대를 말 그대로 갈아버린 후 마셜을 구출해 전사 판정은 아쉽게 놓쳤다. 하지만 나이 잡술 대로 잡순 마셜이 비 오는 날 진흙탕을 뚫고 도망치는 꼬라지를 연출했으니 어우, 배부르다 배불러!

하지만 훈련은 항상 그 뒤의 사후강평이 중요한 법. 거지새끼 미 육군 아니랄까 봐, 며칠간 필드에서 조금 깔짝였다고 온갖 문제점이 도출되고 있었다.

"더 많은 수송수단이 필요합니다. 트럭, 더 많은 트럭이 필요합니다."

"기병의 기계화는 필수적으로 보입니다. 공세에는 도움이 되었지만 수세에 몰리는 순간 그대로 무너졌습니다."

"저희가 상정한 것보다 더 많은 탄약이 필요합니다. 야포와 항공기는 실제 포탄, 폭탄을 적재하지 않았음에도 탄약 수송 소요를 감당하기 어려웠습니다. 실전에서는……."

"전차는 여전히 결함 병기입니다. 도대체 몇 대가 고장 난 겁니까?"

"그래서 그 전차에 뚝배기 안 깨졌죠?"

"킴 대령! 자네가 팔아먹은 전차가 저따위로 길바닥에 퍼져 있는데 혹시 뒷구멍으로 너무 많이 빼먹어서 그런 거 아닌가?!"

"흠. 그렇군요. 제가 너무 처먹어서 결함 병기를 납품하다니 너무너무 무시무시한 일이네요. 같은 시간 전투에 돌입했던 일본군 전차보다 고장률이 절반밖에 안 되는데 그 와중에 돈도 빼먹을 수 있다니, 포드사 너무 굉장하군요."

이 시벌롬들이 어디서 나한테 시비를 걸고 있어. 확 그냥 하인즈 케찹으로 만들어버릴라. 2차대전에 원래 이렇게 기계의 신뢰성이 부족했던가? 뭔가 더 신박한 아이디어가 없을까? 하지만 아이디어가 있었으면 진작에 포드나 다른 곳에서 비싼 연봉 받아먹고 일하는 엔지니어들이 도입을 했겠지.

내가 좀 깔짝댄다고 갑자기 기계 성능이 마구 치솟을 리가 없잖은가.

"패튼 중령은 직접 전투 기동을 해본바, 소감이 어떻습니까?"

"어, 으음……."

저거 말을 못 하는 게 아니다. 앞에 별들이 가득 있으니 나름대로 입조심하려고 단어 선택하는 중이다. 패튼은 잠시 망설이더니, 최대한 절제된 단어를 골라 문장을 만들어냈다.

"비전투소모에 관해서는 앞으로도 지속적인 연구가 필요해 보이며, 준비가 된 적 진지를 상대로 공세를 펼 경우에 대해서도……."

뭔가. 뭔가 신박한 방법. 물론 방법이 있긴 있다. 그냥 돈을 존나게 떡칠하는 거지. 당장 지난 1차대전 때 어떻게 했는가. 하도 잘 퍼지니까 그냥 미친놈처럼 '아, 이건 1회용이다. 1회용이다!'하고 자가최면 걸면서 굴리지 않았는가.

그러니 셔먼도 마찬가지다. 존나 많은 셔먼을 뽑아서 1인당 한 세 대쯤 할당해줄 수 있으면 된다. 그러면 살아서 돌아온 친구들에게 곧장 새 차를 쥐여주고 다시 전쟁터로 보낼 수 있겠지… 이게 말이야 방구야?

"현장에서의 응급수리는 현재로서 어려워 보입니다. 기능고장 중 상당수는 엔진 또는 변속기의 문제인데, 이를 해결하기 위해서는……."

"그거 두 개 그냥 합칠 수는 없습니까?"

내 뜬금없는 말에 갑자기 시선이 훅 몰렸다. 아니, 왜들 그래. 나 미친 방언 자주 하는 거 다들 알면서. 그러니까, 파워팩 좀 도입해보자고. 안 되면 말고.

피와 강철의 시대 7

탱크라는 병기는 근본적으로 글러먹은 물건이다. 10톤을 가뿐히 넘는 거대한 철판덩어리 위에 대포를 올려놓고 뿜뿜 쏴대면서 온갖 험지를 전력으로 달린다니. 보통의 자동차도 몇 달, 몇 년 타고 다니면 고장이 나는데 지독한 전장 환경에서 몇 배의 무게를 감당해야 하는 전차는 참 잘도 굴러다니겠다.

그 결과 전차는 필연적으로 엔진과 변속기가 항상 학대받게 되고, 가장 잘 뻗는 것도 저 둘이다. 따라서 미래에 등장하게 되는 개념이 바로 파워팩으로, 엔진과 변속기를 세트메뉴로 묶어 문제가 생기면 바로바로 새 팩으로 교체한다는 발상이다.

즉, 딱히 어려운 물건은 아니다. 보통 파워팩이란 단어를 많이 들어봤을 흙퍼 전차 파워팩 이슈는 파워팩에 들어가는 엔진과 변속기 개별 품질에 관한 문제지, '합쳐 보는 거 어때?'라고 던졌을 때 '아니요. 뚱인데요.'라는 답변이 나올 가능성은 그리 높아 보이지 않았다.

어… 아마도 그렇겠지. 진짜로 불가능에 도전하는 기술 문제면 개발진들이 나한테 샷건을 쏘러 달려올 테니까 그때 취소하면 된다. 여태까지 쭉 그랬거든.

"통계를 내봤을 때 이 둘만 갈아치우면 다시 멀쩡히 전투에 참여할 확률이 제일 높잖습니까?"

"그건 그렇지."

"발상은 획기적이지만, 자세한 건 전문가의 의견을 들어봐야겠군."

"무엇보다 비용이 또 추가로 들어가지 않겠나?"

들켰네. 지금 돈 조금 더 쓰는 걸 문제로 생각하십니까? 돈으로 장병들의 목숨을 쓸 수 있는 이 중대한 사안에서 또오 예산 이야기가 나오다니!

"어디가 전장이 될지는 모르겠지만, 대서양이든 태평양이든 아군은 드넓은 대양을 건너서 전투를 치러야 할 가능성이 매우 높습니다."

"그렇네만."

"그렇다면 단순히 많이 생산해내는 것보다, 전차 한 대 한 대를 얼마나 오랫동안 굴릴 수 있느냐가 전장에서 희비를 가를 가능성이 높습니다."

수송선의 숫자, 그 수송선을 소화할 항구의 설비, 하역 후 전장으로 보내기까지의 수송능력, 그리고 가장 중요한 전차를 직접 몰 병사들까지. 많이 찍어내는 거야 천조국이면 당연히 할 수 있다. 하지만 일선까지의 신속배송은 또 다른 문제니까.

"그러니 검토만 어떻게 좀 부탁드리겠습니다."

"뭐어, 나쁠 건 없겠지. 전쟁부로 돌아가서 논의해 보겠네."

크로머 소장이 날 째려본다. 일거리 또 늘려줬다고 입이 닷 발은 나온 것 보소. 망할 노인네. 일하기 싫으면 빨리 전역을 하든가.

그 뒤로도 논의는 계속되었다.

"진창길에서 트럭의 운반 능력은 다소… 아니, 꽤 저하되었습니다."

"기갑부대가 적의 후방까지 돌파를 하기 위해서는 최전방까지 보급부대가 따라와 줘야 합니다. 일부 인사들은 우마(牛馬)를 트럭으로 대체하여 각종 보급소요 문제를 해결할 수 있다고 주장하였으나, 보시다시피 이 미시간에서조차 이 모양이면 전장에서의 꼬라지는 빤히 견적이 나올 것 같습니……."

이 미친놈이 말본새 보소. 입 좀 조심하라고. 내가 패튼의 발을 지그시 밟자 그가 재빨리 입을 다물었다.

'말조심.'

내가 슬쩍 입만 벙긋거리며 그렇게 말하자, 패튼은 잠시 무언가를 생각하더니 3초 후에 자기도 벙긋거렸다.

'네가?'

네가? 네가?? 지금 '네가 말조심하라고 말할 처지냐?'라는 거지? 와, 살다 살다 패튼한테 저런 소리까지 듣고. 난 끝났다. 인간으로서 끝나버렸어. 당장 멱살을 붙잡고 결투를 신청하고 싶지만, 패튼이 내 손에 죽어버리면 제2차 세계대전을 어찌 헤쳐나간단 말인가. 좀 더 어른스러운 내가 참아야지.

"흠흠. 따라서, 저는 다시 한번 하프트랙(Half-Track. 반궤도차량)의 대량 도입을 건의하는 바입니다."

"이거야 원. 돈 먹을 일만 가득하군."

"하지만 기갑부대를 돌파의 핵심으로 사용한다면, 어떤 식으로든 수송 수단을 마련해 줄 필요는 있습니다. 현용 트럭은 보병부대로 돌리고, 기갑부대를 위한 하프트랙을 어느 정도 갖추면 될 듯하군요."

"이 시국에 또 돈 이야기를 꺼내면 총장님이 살려둘 것 같지가 않은데."

아 아무튼 필요하다고요! 사줘! 사줘어어! 기갑 꺼야! 기갑 꺼야, 빼애애액!! 세 살배기 땡깡 부리기의 품격과 지식 함유 버전으로 강력한 어필을 계속한 결과, 크로머 소장의 눈두덩이에 짙은 피로를 새기며 회의는 대강 마무리되었다.

하지만 이 정도는 해줘야 하지 않겠나? 아무리 생각해도 36년도에 독일 애들이 50mm 주포를 뽑은 기억이 없다. 좀 더 이전에 나오는 무기 아닌가,

이거? 어차피 참전할 때가 오면 세계 최대의 공장 아메리카가 무한한 물량을 쏟아낼 것은 당연한 일. 그때 조금이라도 더 좋은 아이템을 뽑아야, 한 명이라도 덜 죽을 텐데.

그렇게 기동훈련이 끝난 후, 천날만날 조용할 날이라고는 없는 전쟁부가 다시 시끄러워지기 시작했다.

* * *

훈련이 끝나고 얼마 뒤. 나는 호출을 받고 전쟁부로 출두했다.

"룰룰루, 룰룰루, 슈파, 슈파슈파슈파, 우렁찬 엔진소리~"

이제 늙어서 그런가. 돈 벌 궁리는 안 떠오르고 이런 것만 불쑥불쑥 생각난다. 아니, 얘들은 확실히 내 세대가 아니란 말야. 내가 어려서 조류 5남매를 보고 자랄 정도로 노땅은 아니었는데, 이제 드문드문 생각나는 건 이런 뜬금없는 것들이란 말이지.

〈슈퍼맨〉이 대박을 쳤으니 아직 좀 더 기다려야 한다. 슈퍼히어로 시장이 더 레드 오션으로 바뀌면 히어로 팀을 내세워 또 한 번 거하게 수금을 하고, 거기서 이제 거대 로봇이라거나 거대 병기 같은 걸 타고 다니는 전대물로 뻗어나가면서 완구를 팔아먹으면 완벽해. 이거로 김씨 집안은 대대손손, 아니 최소 30년은 어린이의 친구이자 어른 지갑의 기생충으로 먹고살 수 있다.

원래 사람의 뇌라는 게 참으로 신비해서, 한번 뻘생각을 하기 시작하면 일은 손에 안 잡히고 온갖 개드립과 망상이 유한양행 버드나무 상표처럼 풍성하게 뻗어나간다. 그렇게 달러 가득한 미래를 그리던 내게, 전쟁부 건물 한가운데에서의 암습 시도는 너무나 뜬금없는 일이었다.

"읍, 읍?! 읍읍! 으읍!!"

뒤에서 문이 벌컥 하고 열리더니 누군가 내 목을 휘감았다.

순식간에 두 팔과 두 다리가 붙들린 나는 그대로 억센 손길에 끌려가 영문도 모른 채 의자에 꽁꽁 묶인 포로 신세가 되었다. 히틀러인가? 아니, 그놈이 아무리 미쳐도 전쟁부에서 타국 장교를 암살한다고? 이런 세상에……

"유진 킴."

"어? 어어? 아이크?"

"닥쳐."

사악한 습격자들의 정체. 그건 바로 아이젠하워와 브래들리였다! 세상에 맙소사.

"대체 왜, 히틀러가 얼마 주든?!"

"무슨 소리야."

"돈이라면 얼마든지 있다! 모, 목숨만 살려줘! 내가 아는 모든 군사 기밀을 술술 불 테니 부디 목숨만은!"

"네가 미친놈인 건 알고 있었지만, 이 정도로 미친 줄은 몰랐었는데."

"살려주게 아이크! 내가 차도 대접하지 않았나! 아니, 대체 왜들 이래. 내가 뭐 잘못한 거 있어? 내가 꼬박꼬박 편지도 보내고, 선물도 보내주고! 갑자기 왜들 이래?"

"너 말야."

내가 마구 몸을 들썩거리며 밧줄을 풀려고 용을 쓰자, 더더욱 머리가 반질반질해져 이제 모근이라곤 보이지 않게 된 아이크가 조용히 내 곁에 다가왔다.

"진."

오마르조차 입을 꽉 다물고 내려보는 가운데, 아이크가 사신처럼 음산하게 속삭였다.

"대통령이랑 카드게임하면서 손장난은 왜 했냐."

죽을죄를 지었습니다.

* * *

유진 킴이 붙잡혀 심문당하기 며칠 전, 폭스 코너 미 육군참모총장은 백악관에 출두했다.

"차 한 잔 드세요."

"감사합니다."

그는 루즈벨트를 대하기 어려웠다. 사실 이 세상에 대통령을 편하게 대할 수 있는 사람이 과연 몇 명이나 있겠냐마는, 아무튼 이제 더 이상 백악관에 들어올 일이 없다는 사실만이 늙은 그의 멘탈을 책임져 주고 있었다. 영부인께 몸소 차를 대접받은 그는 마침내 용건을 꺼내 들 수 있었다.

"편히 말씀하시지요. 물러나고 싶단 말씀은 종전부터 전쟁부 장관을 통해 들었습니다."

"저는 너무나 급박한 시국에 급박하게 총장이라는 막중한 직무를 맡게 되었고, 너무 오래 이 자리에 있었습니다."

그는 취임하자마자 후버의 우유원정군 사태, 맥아더의 항명이라는 미합중국 역사상 초유의 사건을 정리해야 했다. 이것만으로도 보통 사람이었다면 전쟁부 옥상에서 뛰어내릴 정도로 끔찍한 일이었지만, 그 뒤로도 끝없이 이어지는 군축 압력을 이기지 못하고 훨씬 육군을 감축해야만 했다.

바로 그 육군을 반신불수로 만든 장본인인 루즈벨트를 바라보며, 코너는 딱딱하게 말했다.

"아시아와 유럽 양쪽에서 모두 전운이 감돌고 있습니다. 지금 제가 이 자리에서 물러나야 새로운 사람이 전쟁을 준비할 수 있으리라 생각합니다."

"이 나라도 휘말리리라 여기시는군요."

"군부 인사 중 이 분위기를 느끼지 못할 사람은 없을 겁니다."

답답했다. 이 끔찍한 공황에 군비를 축소하는 건 당연한 일이지만, 타국이 무시무시한 속도로 군비 증강에 열을 올리고 있을 때 우리만 넋 놓고 있을 순 없잖은가. 그런 모든 상념을 억지로 가슴속에 욱여넣으며, 그는 의례적인 말만을 늘어놓았다.

"이제 더 젊은 인재들이 앞으로의 미 육군을 책임질 겁니다. 곧 퇴역을 맞이하는 이 늙은이는 마지막 소일이나 하다가 집으로 돌아가겠습니다."

"내가 군축으로 우리 총장님을 너무 괴롭힌 것 같아 마음이 참… 그렇군요. 참으로 고생 많으셨습니다."

다음 참모총장 인선과 관련하여 한창 이야기를 나눈 두 사람은 이제 잡담으로 화제를 바꾸었다.

"혹시 눈여겨볼 만한 군부의 인재가 있습니까? 차기는 정해졌으니, 차차기라거나."

"차차기면 역시 가장 먼저 떠올릴 수 있는 건 조지 마셜 준장이지요. 각하께서 혹 진급 대상자 리스트를 보셨는지 모르겠지만, 이번에 소장 진급이 예정되어 있습니다."

"들었습니다. 퍼싱 장군이 내게 직접 연락을 해서 미합중국 육군을 책임질 수 있는 인재라고 강변하더군요. 장군 또한 마찬가지 의견이십니까?"

"물론입니다."

퍼싱, 코너, 마셜. 지난 대전쟁 이후 서로 밀어주고 끌어주는 파벌이라지만, 특별히 부정부패가 있다거나 논란이 될 문제가 터지지도 않았으니 크게 신경 쓸 부분은 아닌 듯했다.

"또 다른 인물은요?"

"한때 제 부관으로 있었던 아이젠하워 대령이 무척 유능합니다."

"맥아더 총장, 아니, 맥아더 의원도 그 사람을 호평했었지요. 염두에 두고 있겠습니다."

그 뒤로도 코너의 입에선 몇몇 사람의 이름이 거론되었지만, 루즈벨트가 궁금해했던 사람의 이름은 언급되지 않았다.

"킴 대령에 대해선 어떻게 보십니까? 퍼싱 장군이 마셜과 함께 언급했었거든요."

"아미앵의 영웅 말입니까. 걸물이지요."

"가장 유명한 미국 군인 중 한 명일 텐데, 이름이 언급되지 않아 조금 궁금했습니다."

코너는 두 손가락을 쭉 폈다.

"두 가지 이유가 있습니다. 첫 번째로는 역시 인종적인 문제입니다."

"아직도 인종 문제입니까?"

"각하께서 듣고 싶은 이름들은 다 차기 참모총장이나 전쟁부 장관 같은 군의 중추를 맡을 사람들 아닙니까. 그의 능력과 별개로, 그가 군의 정점에 가게 되면 편협한 인사들의 음해가 줄을 이을 겁니다."

그 부분은 당연히 그도 생각하고 있던 일이니, 루즈벨트는 선선히 고개를 끄덕였다.

"일리가 있군요. 다음은 뭡니까?"

"각하께선 킴을 통제하실 수 있겠습니까?"

"자세한 이야길 듣고 싶군요."

"킴은… 음… 굉장히 정치적이지요. 각하께서 군부에도 말 통하는 정치인이 있길 원한다면 킴은 좋은 선택지가 될 수 있습니다. 하지만 말이 통하는 것과 그 말을 들어주는 건 전혀 다른 이야기입니다."

'제 꼴리는 대로 할지 모른다.'라는 말을 애써 조심스럽게 풀어서 말해 본 코너였지만, FDR이란 사람은 그런 배려를 푹 찌르는 걸 즐기는 악취미가 있는 남자였다.

"문민통제를 무시하고 꼴리는 대로 설칠지 모른단 뜻입니까?"

"아니, 그 친구가 나쁜 뜻이 있어서 그런 건 아닙니다. 하지만 서른도 안 된 나이로 온 세계를 위협하던 독일군을 때려 부순 천재 아닙니까. 자신이 옳다는 주관이 굉장히 뚜렷한 인물이라서……."

"군사 지식도 없는 정치인들의 비합리적 명령에 반발할지 모른단 뜻이 군요."

"아니, 그렇게 말하시면 제가 애먼 친구의 앞길을 막는 것처럼 들리잖습니까."

"하하하. 원래 천재라는 인종들이 다 그렇지요. 이해합니다. 그래서 킴은 이번 진급 대상에 포함되어 있습니까?"

"예. 준장 진급이 예정되어 있습니다."

이마에 맺힌 땀을 훔치며 코너가 답하자, 루즈벨트의 입엔 완연한 미소가 맺혔다.

"허. 벌써 준장이라니."

"1918년에도 준장이었으니까요. 능력은 의심할 여지가 없습니다."

"하긴 그건 그렇습니다. 얼마 전에 저랑 카드게임을 한 적이 있는데 말입니다, 제가 게임 못하는 좆밥이라고 좀 놀렸더니 손장난을 하지 뭡니까? 제가 홧김에 뭐라 했더니 또 그 뒤로는 일부러 져주던데……."

"켁! 켁켁! 콜록, 콜록콜록!! 컥!!"

"괜찮소? 등을 좀 두드려 드릴까요?"

"괜찮습니다! 괜찮습니다. 콜록!"

이 미친 새끼. 밥 처먹고 얌전히 집에나 있을 것이지, 도대체 퇴근 후에 무슨 짓을 하고 돌아다니는 거야? 코너는 더더욱 빨리 참모총장 같은 가시방석에서 내려오고 싶어졌다. 또라이들이 즐비한 이 미군은 노인네가 감당하기엔 심장에 너무 좋지 않았다.

피와 강철의 시대 8

"재물도 군사 기밀도 모두 주겠다! 살려만 다오!"

"한 번만 더 딴소리하면 이대로 허드슨강에 던져버린다. 그딴 거 말고 왜 그랬는지 해명을 하라고."

'자꾸 놀리길래 꼴받아서⋯⋯.' 라고 대답하면 아이크와 오마르가 나를 저기 구석에 보이는 캐비닛에 처넣을 것 같다. 근데 저게 진실인데 어쩌지.

이제 이 두 녀석도 코끼리를 삼킨 보아뱀을 보지 못하고 모자만 보는 차가운 도시의 어른이 되어버렸다. 어찌 참새가 대붕의 뜻을 쉽게 헤아릴 수 있으리요? 그러니 어쩔 수 없이 약간⋯ 이 친구들이 이해할 수 있도록 양념을 쳐야 할 것 같다.

"나랑 우리 대통령 각하랑 말이지, 야약간의 그, 친분이 있는 사이? 뭐 그렇거든?"

"그게 말이 되냐?"

"아니, 진짜로. 우리 처형이 옛날에, 한 20년 전쯤에 소개해줬다고. 그 양반 해군 차관이던 시절부터 어! 저번에도 같이 밥 먹고! 싸우나도 같이 가고! 다 했어!"

온천에서 만났으니 대충 사우나 갔다고 치자고.

아무튼 의자에 묶인 채 필사적으로 변명을 늘어놓고 있자니, 아이크는 여전히 뜨뜻미지근한 눈빛이었지만 오마르의 동정심은 자극하는 데 성공한 모양이었다. 같은 대머리들인데 하나는 심술궂고 하나는 착하다니. 몇 가닥 안 남은 머리를 대하는 태도만 보아도 성품이 엿보이지 않는가. 아이크 저거 그 희미한 회색 머리카락에 포마드 발랐네. 백날 이리저리 빗질해서 최대한 저 황무지를 커버하려고 하는데 황무지는 뭔 짓을 해도 황무지야.

"왜 자꾸 내 정수리를 빤히 보는 거냐. 이걸 확 그냥 허드슨강에 처넣고 싶은데……."

"진정, 진정해."

한숨을 푹 내쉰 아이크가 밧줄을 풀어줬고, 나는 마침내 생명의 위협에서 벗어날 수 있었다. 자유의 맛은 참으로 달달하구나. 역시 악은 선을 이길 수 없으며, 정의는 언제나 빛을 본다는 사실이 이렇게 또 증명되었다.

"너 그러면, 육군에 예산 좀 더 달라고 할 수는 없냐?"

"미쳤어? 오히려 반대지. '예산을 더 깎을 건데 육군 장교들에게 잘 말해주세요.' 같은 소리 안 들으면 다행이라고. 가진 파워가 천지 차인데."

"그러냐. 너, 진급한다는데 빽 쓴 거 아니지?"

"내가 진급을 한다고?"

오, 오, 오. 오우야. 세상에나 진급이라니. 별이라니! 내가 별이라니!! 거의 20년 만에 다시 별로 돌아왔다. 미쳤다. 이 기나긴 인고의 세월을 지나, 마침내 '장군님' 소리를 들을 수 있게 되었다. 아버지 어머니, 들으셨습니까. 드디어 제가 원 스타입니다. 입신양명! 입신양며어어엉! 빼에에엑! 아시안이! 장성이라고! 씨팔!

신나서 오두방정을 떨려고 했지만 앞에 있는 이 두 놈의 시선이 무서워 자제하기로 했다. 빨리 좀 가라. 혼자 있고 싶다고.

"이 자식들. 형이 진급을 한다는데 으리으리하게 상 좀 차려놓고 축하하는 못 해줄망정 사람을 납치하고."

"내가 너보다 연상이거든?"

"얘는 꼭 매를 벌어."

진급이라. 진급 이야기를 듣는 순간, 사실 나도 갑자기 싸한 기분이 드는 것이 위험하다는 생각이 고개를 살풋 들기 시작했다. 내가 친분을 다졌던 대통령은 하딩 한 명이지만, 하딩이 대통령이던 시절 나는 거대한 군 계급 사회의 저어어어 밑바닥 바이샤나 수드라 같은 존재여서 오히려 별일이 없었다. 하지만 이제 조만간 별까지 단다?

올해, 그러니까 1936년에 준장이 되면 본격적으로 제2차 세계대전이 터지는 39년에 소장이 안 된다는 보장이 없다. 그리고 소장이면… 참모총장에 임명될 만한 커트라인 안으로 들어가고. 참모총장 자리에 욕심이 안 나면 직업군인이 아니다. 근데 어… 2차대전 기간 동안 참모총장이요? 저는 전쟁영웅이 되고 싶은데?

원 역사에서 마셜은 끊임없이 필드 나가고 싶다고 눈물 없이는 볼 수 없는 요청과 탄원을 날려댔지만, 미합중국 최강의 노예주 FDR은 그런 마셜을 '하하. 당신이 바로 내가 찾던 궁극의 노예 관리직인데 어딜 가.'라며 일축하고는 7년 내내 마셜을 알차게 참모총장으로 쥐어짜먹었다.

근데 정말정말 재수가 없으면, 가장 적성에 맞는 마셜 대신 나처럼 무능한 사람을 참모총장 자리에 꽂을 수도 있는 일 아닌가. 물론 FDR이란 사람은 절대 게임하면서 밑장 좀 뺐다고 보복하려 들 정도로 졸렬한 놈은 아니다. 아니지, 아이크가 알게 된 걸 보면 이미 충분히 졸렬하긴 한 것 같다. 아무튼 야전 대신 전쟁부의 지박령이 될 수는 없는 일.

내가 약속 잡아둔 게 좀 많다. 신나는 잽스 토벌도 해야 하고, 미친 콧수염이랑 베를린에서 미팅도 해야 하고. 그런데 내가 전쟁부에 묶이면 이 모든 약속을 어기게 되는 일 아닌가. 그럴 수는 없다. 아시안은 약속의 중요성을 잘 아는 민족이라고.

"아무튼! 너희들이 생각하는 정치인과의 야합 그런 건 정말 없으니까 설레발 좀 그만 쳐."

"그래. 안 그래도 총장님이 나한테만 이야기해 준 거야. 네 이야기 좀 들어보라고."

얘기를 듣고 싶었으면 얌전히 찾아와서 물어보라고. 사람을 의자에 묶지 말고. 내가 고라니도 아니고 도망치겠어 설마?

그리고 아니나 다를까. 인사명령 시즌의 폭풍이 본격적으로 상륙했다.

* * *

원래라면 대선이 끝난 후, 정권의 의향에 따라 군부를 재조립하는 것이 순리에 맞겠지. 하지만 루즈벨트의 재선은 해가 동쪽에서 뜨는 것만큼 너무 자명한 일이었고, 가면 갈수록 커져 가는 전쟁 위협에 각국의 정치가들은 너 나 할 것 없이 서서히 빌드업을 깔아두기 시작했다.

베를린에서는 히틀러가 완전히 부활한 독일제국의 위엄을 과시했다. 일본군은 무주공산이 된 화북을 휩쓸었으며, 상해에 추가로 상륙한 후 남경을 목표로 맹공을 퍼부었다. 누가 보더라도 일본은 화북만 먹고 끝내려는 움직임이 아니었다. 일본은 더 많은 것을 원했고, 전통적으로 '모두가 공유하는 맛집'으로 간주되던 중국에 대한 욕심은 이 세상에서 가장 욕심 많은 제국주의 국가들을 자극했다.

그 결과,

[프랑스, 중화민국에 대대적 무기 수출 계약!]

[영국령 버마와 중국 운남성을 잇는 도로 개설 시작]

일본이 순순히 중국을 통째로 처먹는 꼬라지 만큼은 용납하지 않았으므로, 영국과 프랑스가 장개석의 후원자로 등판했다. 그러니 중국의 공동

맛집화에 그 누구보다 앞장서던 미국의 심정은 어떻겠나? 아주아주 급하지. 하지만 고립주의 정신이 팽배한 국민정서 때문에 개입도 못 하고 아주 발만 동동 구르고 있는 게 지금의 상황이었다. 그리하여 후임 참모총장으로 기병실장 출신 말린 크레이그(Malin Craig) 장군이 임명되었는데.

"뭐라구요?"

"진짭니까?"

"육군의 앞날이 어떻게 되려고."

"끝났어. 이제 마셜 농장이 육군을 지배하게 될 거라고. 뭐 하냐 노예들아. 얼른 목화 안 따고."

"이… 이 녀석들이!!"

부들부들 떠는 것처럼 보이지만, 실은 기뻐서 날뛰고 싶은 거 애서 참는 중인 거 다 압니다.

조지 마셜 소장. 다음 보직은 미합중국 육군참모차장. 저 위풍당당한 모습을 보라. 수백만 미군을 한 손에 쥐고 호령할 지존의 풍모가 보이지 않는가?

"오마르. 아이크도 의자에 한 번쯤 묶여 봐야 하지 않을까?"

"꺼져. 꺼지라고 이 자식들아! 오마르! 저 자식 말 좀 듣지 마!"

"하긴, 너도 배 아프지만 이 자식도 좀 그렇네. 동기사랑 나라사랑은 어디 팔아먹고 말야."

"너도 진급했잖아!"

"싸움이야? 나도 끼어야지!"

의자에 묶여 읍읍대고 있는 드와이트 아이젠하워 대령, 다음 보직은 미 육군 제2군 참모장. 오마르 브래들리 대령, 전쟁부 작전참모. 제임스 밴플리트 대령, 제6사단 제2보병연대장. 6사단은 6군단 예하이고, 6군단은 제2군 예하 편성되어 있으니 결과적으로 제2군에 친구들이 참 가득해졌다.

이거 파벌놀음 하는 거 아니냐고 시비 걸릴 것 같긴 한데… 이미 마셜의 시대가 오고 있는데 누가 뭐라고 하겠나. 생각해 보니 애들, 나랑 같이 아미앵에서부터 뫼즈—아르곤까지 설쳤으니 전쟁부 인사계통에 눈깔이란 게 있다면 픽 안 받는 게 이상하네?

그리고 이 몸, 유진 킴 준장. 신설 기갑군(Armored Force) 사령관 취임 확정. 도대체 윗선에서 무슨 이야기가 오갔는지 감이 오지 않지만, 사실상 전차에 대해서는 전권을 위임받았다. ROC, 개발, 도입, 배치, 훈련, 유지보수까지.

그동안 틈틈이 개지랄한 결과물이 이렇게 떡고물로 돌아오는 건가? 이거 생각 없이 다 처먹다가 군납비리로 내 목을 따이는 거 아닐까? 생각보다 파이가 너무 크니 솔직히 당황스럽다. 내가 기대한 건 이 정도가 아니었다고. 이건… 이건 혼자 먹으면 탈 난다. 어떡하든 누구랑 갈라 먹으라는 압력이 느껴진다.

어쩔 수 없다. 포드 회장님에게는 참 죄송한 일이지만, 차기 수송용 트럭 도입 건에서는 한발 물러서는 수밖에. 저것까지 포드사가 처먹은 닷지에 줬다가는 진짜 의회에 끌려 나가 조리돌림 당할 것 같다고. 약한 나는 그런 꼴을 당했다간 살아남지 못할걸?

콰앙!

"다들 여기 있었나!"

"어이쿠, 눈부셔라! 귀하신 분들이 여기 모여 계신단 소리 듣고 왔습니다."

으음, 미친개 듀오가 찾아왔다. 내가 부르긴 했지만 몰골을 보니 괜히 불렀나 싶네. 패튼과 채피는 이미 얼굴이 벌게진 것이 술깨나 마시고 온 모양새였다. 마셜이 뒤로 주춤주춤 물러서는 것처럼 보이는 건 착시현상이 틀림없다.

"이제 기갑의 시대가 왔어! 내가, 내가 여한이 없네. 개같은 새끼들. 백날 말을 처해도 들어 처먹질 않던 놈들이 드디어 각 잡고 전차 전력을 확충하려는 모양이야."

"그래서 은퇴하시게요? 일 더 하셔야지."

"당연하지! 제기랄, 오늘 같은 날 마셔야지. 마셔야 하고말고."

"끄어어렁어읅읅!! 아옳옳읅읅!!"

패튼은 이제 휴먼의 언어마저 잊어버린 모양이다. 저걸 과연 아직도 사람으로 인정해 줘야 하는가? 합중국의 어둠은 너무나 깊구나.

"여러분들도 다 이번에 잘 풀렸다고 들었습니다! 이것 참, 다들 신수가 훤하시네그려! 하하!"

"감사합니다. 대령님도 이번 진급 축하드립니다."

"나야 뭐, 우리 잘나신 킴 준장 꽉 붙잡고 올라가는 거지! 어우, 정말 개자식이야. 저 자식 없을 때 내가 목이 터져라 왈왈 짖어댔을 때 얼마나 힘들었는지 알아요? 내가 그때!"

제임스를 붙잡고 한참이나 자기가 얼마나 깊고 어두운 시간을 보냈는지 반쯤 울먹거리며 신세를 한탄하던 채피는 취객이 다들 그러하듯, 갑자기 뜬금없는 이야길 꺼냈다.

"그러고 보니 밴플리트 양반, 그, 연대장으로 취임하지?"

"예. 6사단 2연대로 갑니다."

"제2군이구만. 저기 저 민머리 친구가 거기 참모장이고?"

"아이크요? 네. 그렇지요."

"고생이 많겠구만 자네들. 어우, 내가 제2군으로 안 가서 얼마나 다행인지 몰라."

뭐지? 제2군으로 가는 친구들이 채피의 말에 귀를 쫑긋거리기 시작하던 찰나.

"제2군 사령관에 드럼 그 새끼가 내정됐거든. 좆 빠지게 고생들 하라고! 하하하하하!"

휴, 드럼이 제2군 사령관이라고? 그것참 다행이다.

"크, 크크크, 크크크크크."

"웃지 마 시발."

"동양에 전해져 내려오는 사주팔자라고 점치는 스킬이 있는데 말야, 너는 아무래도 귀하신 분들을 모시는 팔자를 타고난 것 같어?"

"웃지 말라고 씨발!!"

와장창!

꽐라가 된 패튼이 술병을 잔뜩 쌓아놓은 테이블 위에 쓰러지고, 아이크는 내 멱살을 붙잡고 내동댕이치고, 그래도 나는 제2군 소속 아님. 크헤헤헤!

피와 강철의 시대 9

　미합중국 육군 신생 기갑군 사령관. 뭔진 잘 몰라도 '기갑'에 '사령관'이라니 가슴이 웅장해지지 않는가? 실은 나도 그렇다. 기갑군 사령관에 취임한 뒤 정신없이 쏟아지는 일을 부여잡고 씨름하던 나는 민심 관리차 시간을 쪼개 일리노이주, 시카고로 향해야 했다. 아마 전미에서 가장 나를 싫어하는 곳이 있다면 그곳은 바로 시카고가 확실했으니까.

　"록 아일랜드 병기창(Rock Island Arsenal)에 오신 것을 환영합니다, 킴 장군."

　"하하. 반갑습니다."

　록 아일랜드는 미 육군이 요구하는 각종 전쟁병기를 연구, 개발, 생산하는 핵심 중의 핵심. 그러니까… 내 손에 단칼에 날아가버린 그 다포탑 전차도 여기서 개발한 물건이었다. 애초에 그런 끔찍한 혼종이 나온 것은 당연히 주문을 개떡같이 넣었기 때문이지만, 어쨌거나 자신들이 개발한 물건을 단숨에 쳐내고 또오오 포드사의 배를 불려준 나를 이 사람들이 좋게 볼 이유가 전혀 없잖나. 하지만 공은 공이고 사는 사니까, 딱히 별문제는 없지 않을까 하고…….

"허허허. 사실 여기까지 오실 줄은 몰랐습니다. 전차가 필요하시면 포드 사에 주문하시면 되잖습니까? 여긴 킴 장군처럼 시대의 흐름을 읽을 줄 아 는 분은 없어서요."

별문제 많네! 저 사감 가득 담긴 표정 좀 보라지!

"제가 제 주머니를 빵빵하게 만들고 싶어서 포드사랑 붙어먹었다고 생 각하십니까?"

"붙어먹었다고까지 말하진 않았습니다만……."

"우리 솔직해집시다. 나랏돈 받고 연구개발했으면 포드사도 저런 물건 못 뽑았을 거 아닙니까. 서로서로 분야가 다른 셈 치지요."

세금과 예산으로 굴러가는 공공기관. 자본과 이익으로 굴러가는 사기 업. 애초에 환경 자체가 너무 다른데 어쩌겠나. 20년대에 1년에 1대 시험용 차량 만들 수 있는 예산 받고도 꾸역꾸역 전차 개발하던 사람들이다. 그 근 성엔 경의를 표해야지.

"저는 최대한 빨리 75mm 주포를 탑재한 전차의 개발을 끝냈으면 합 니다."

"75mm라면 이미 있지 않습니까? 대전차용 장포신 말씀이십니까? 이제 50mm를 뜯어보고 있는 것으로 알고 있는데, 75mm요?"

"예. 상황이 급해졌습니다."

이제 슬슬 불안한 느낌이 들었다. 어쩌면 많은 것이 바뀐 결과, 원 역사 와 타임 테이블 자체가 바뀐 게 아닐까? 베를린 올림픽이 끝나기 무섭게 오 스트리아에서는 불온한 움직임이 보이고 있었고, 중국에서는 끝내 남경 대 학살이 일어났다. 나는 1939년에 독일이 폴란드를 침공하고, 41년 12월에 진주만이 터져 미국이 참전하리라는 전제를 깔아놓고 있었다. 하지만 전쟁 자체가 더 빨리 터진다면 이야기가 다르지.

"저희가 무얼 하면 되겠습니까?"

"병기국에서 M1897을 기반으로 전차포를 개발하고 있고, 차체는 포드사에서 개발하고 있습니다."

"그럼 저희가 딱히 할 게 없는 듯한데요. 포탑을 개발해 달란 말씀이신지."

"아뇨. 만약 개발 일정이 딜레이될 경우를 감안해서… 긴급히 사용하거나 타 국가에 판매할 수 있는 75mm 주포 탑재 전차가 필요합니다. 지금 당장 뽑아버릴 수 있는 놈으로요."

원 역사에서도 미 육군은 비슷한 딜레마에 처했다. 아무튼 당장 쳐들어오는 적 전차에 끝내주는 75mm 화력을 퍼부어줄 수 있는… 그걸 위해 약간 덜 급한 것들을 사아아알짝 포기한 카와이한 전차. 원 역사에선 그 전차를 M3 '리' 전차라고 불렀다. 어쩌겠어. 난 당장 75mm가 탐난다고.

우리가 도입하긴 좀 그렇고, 영국과 프랑스에 팔아먹어야지. 돈 냄새가 살살 나는데 어쩔 수 없잖아?

* * *

스페인 내전은 이미 국제전의 양상으로 바뀌고 있었다. 현대 대한민국 사람들에겐 어찌 보면 익숙해 보이는, 국제전의 성격이 짙게 배어 있는 동족상잔. 이 미국 땅에 앉아 있는 내가 스페인의 정치사정을 얼마나 잘 알겠는가. 내가 구독하는 신문들의 보도 논지는 자신들 주인님의 의향에 따라 두 갈래로 극명하게 나뉘어 있었다.

무능하고 부패한 왕가와 이에 야합하는 군부, 가톨릭교회에 맞서 공화 혁명이 일어났으나, 공화국 정부의 정통성을 부정하고 다시 스페인을 제 뜻대로 주무르려는 우익 파시스트들이 공화국에 대항해 반란을 일으켰다는 보도.

스페인에 공산 혁명을 일으키기 위해 빨갱이들이 날로 세력을 불리고 있으며, 이미 공화국은 겉치레에 불과하여 사실상 유대―볼셰비키들이 나라를 집어삼켰기에 자유를 수호하기 위한 '국민군'의 성전이 일어났다는 보도.

진실은… 중간 어드메겠지. 어차피 진실은 중요한 게 아니다. 진실에 관심이 있는 인간이면 나라 세금으로 먹고살면 안 되는 법. 내가 가장 주목하고 있는 부분은 좌익과 우익 세력 각각에 쏟아지고 있는 국제사회의 지원, 사실상의 파병이었다.

독일, 이탈리아, 포르투갈은 프랑코(Franco)의 국민군을 팍팍 밀어주며 의용병이라는 허울 아래 병력을 제공해주었다. 이에 반해 공화국은 세계 곳곳의 피 끓는 청춘들과 빨갱이, 자유주의자들이 주축이 되어 자원입대가 줄을 잇고 있었으나 국가 차원에서 지원해주는 곳은 소련이 사실상 전부였다. 소련의 지원을 받았으니 빨갱이 논란이 더 커진 것은 덤이고. 그 결과, 스페인을 배경으로 소련제 전차와 독일, 이탈리아제 전차가 맹렬히 격돌하는 진풍경이 벌어졌다.

"지금 스페인에서 굴러다니는 전차는 대충 1.5선급이라고 보면 될 겁니다."

"1선이면 1선이고 2선이면 2선이지."

"지금 스페인에서 굴러다니는 그 전차를 때려잡을 수 있는 전차를 각국이 개발하고 있을 테니까요. 우리는 그 개발 중인 전차를 잡을 수 있어야 합니다."

그래서 75mm가 필요하다. 내가 요즘 무슨 쾌지나 칭칭 나네처럼 돌림노래를 내내 불러대고 있지만 어쩌겠는가. 진짜, 진짜 필요하다고!

내가 해야 할 일은 끔찍하게 많았고, 새 전차를 뽑는 일은 병기국, 기갑실부터 시작해서 보병 병과라거나 교리 관련 논의라거나 돈 대주는 의회라거나… 아무튼 끝없는 협의와 논쟁과 멱살잡이의 연속이었다. 그렇다고 일에만 전념할 수 있는 환경이냐? 그럴 리가 있나.

"초대에 응해줘서… 고맙네."

"뭘요."

"이제 퇴물이 됐는데도 불러낸다고 나오다니. 믿을 수 없구만. 제정신인가?"

"퇴물이라니 거참. 제2군 사령관이 어딜 봐서 퇴물입니까? 그리고 기껏 시간 내서 나왔는데 제정신이냐는 건 또 무슨 말입니까. 참나."

어느 날 저녁. 나는 하얗게 불타 재만 남은 드럼과 만나 저녁을 같이 먹었다. 호두까기 인형처럼 기계적으로 팔과 턱을 움직여 끼익끼익 스테이크를 씹어 삼키는 모습을 보니 괜히 짜증이 차올랐다. 감히 신성한 고기를 저토록 무신경하게 먹다니. 이 핏물과 육즙에 대한 감사의 마음은커녕 어찌 신성모독을 저지를 수가 있단 말인가?

"크레이그 장군이 총장이 된 게 그렇게 배가 아프십니까. 제2군 사령관이면 충분히 기대받는 입지 아닌지?"

"자네는 잘 모르겠지만 말일세, 내가 군 생활을 시작한 이래로 단 한 번도 개같은 웨스트포인트 인맥의 벽을 넘어선 적이 없네."

톡 찔러봤는데 드럼의 반응이 예사롭지 않았다.

"퍼싱 장군이 좋게 봐주지 않았다면 난 진작에 저기 어디 해안포대에 처박혀서 군 생활 끝났겠지. 알겠나? 마셜은 그래도 버지니아 군사대학이라도 나왔지, 나는 애비 덕택에 입대했다는 소릴 몇 번이나 들었는지 모르겠군그래."

으음. 사실 나야 웨스트포인트 인맥의 정점에 선 놈 중 한 명이다 보니 드럼과는 다소 거리가 있긴 했다. 내가 잠시 생각에 잠긴 동안에도 그의 푸념은 계속되었다.

"자네는 좋겠구만. 소원대로 그 전차를 마음껏 다룰 수 있을 테니."

"'마음대로'라구요? 입은 비뚤어져도 말은 똑바로 해야죠. '의회 님이 내려주신 예산의 범위 내에서 타 부서의 동의를 얻는 한 마음대로.'라고 정확히 말씀해주시기 바랍니다."

"그야 다른 부서도 다 하는 일 아닌가. 이래서 잘난 새끼들은 짜증 난단 말이지. 적당히 좀 하게, 적당히."

지금 이 순간만큼은 무능한 꼰대가 아닌, 칼바람 쌩쌩 부는 비정한 조직체계의 세계에서 비—웨스트포인트 출신으로 아득바득 소장까지 진급한 연륜이 엿보이는 드럼이었다. 사실 소장이면 사실상 미 육군 계급체계의 정점이다. 우리 위대한 미합중국 육군은 중장과 대장 계급은 안 키운다고.

지난 제1차 세계대전 때 부랴부랴 중장, 대장 계급에 사람들을 채워넣긴 했었다. 하지만 종전 이후 퍼싱 빼고는 전부, 내가 준장에서 중위로 돌아갔듯 소장 이하로 원복했다. 그러니 4성장군 보직인 육군참모총장이 되지 않는 이상은 소장 계급이 정점이자 종점인 셈이다.

"어차피 기병 출신 참모총장이 기용되고 자네에게 파격적인 권한을 준 시점에서 이미 자네는 이겼어. 자네 세상이라고."

"으음… 글쎄요. 저는 소수인종 패널티가 붙을 것 같은데."

"하나를 얻었으면 하나는 포기해야지. 너무 다 해먹으려 들다간 탈 나네."

"이제 슬슬 본론이나 말씀해주시지요. 설마 저한테 훈화말씀을 해주고 싶다거나, 아니면 그냥 푸념을 늘어놓고 싶었던 건 아닐 텐데요."

드럼 같은 양반이 절대 심심하니 밥 먹자고 사람을 불러낼 리가 없잖아? 칼질을 멈춘 그가 나를 응시했다.

"보병 병과를 너무 적으로 돌리지 말게. 자네도 명색이 보병 출신이잖나."

"딱히 적으로 돌리려는 생각은 없었는데 말이죠."

"그럼 중전차(Heavy Tank), 보병전차는 왜 개발 계획이 전혀 없는 거지?"

어… 필요를 딱히 못 느껴서?

이 전간기에 전차 교리에 큰 영향을 미친 영국의 경우 전차를 보병전차와 순항전차(또는 기병전차)로 분류하고, 보병전차는 느린 떡장 중전차를 개발하고 순항전차는 빠른 경전차를 찍으려 했다. 그치만 영국과 달리 미국은 셈법이 약간 복잡한데, 일단 대서양 건너편으로 중전차를 보낸다는 게 아무리 생각해도 내 계산엔 수지가 안 맞는단 말야. 그래서 중전차 소요는 그냥 셔면에 장갑 더 발라서 점보 셔면으로 충당하려 했는데… 이런 말을 했다간 드럼은 물론이고 보병 병과가 대대적으로 반발하려나.

어쩔 수 없다. 에젤의 바짓가랑이를 붙잡고 매달려야지. 적당히 시제품 좀 뽑고 '개발하려고 노력하고 있습니다.'라는 시그널만 쏴주다가 2차대전이 터지면 슬그머니 파묻어버리면 그 시점에서 뭐 어쩌겠는가. 크, 역시 난 똑똑해. 편—안하다.

"저로서는 우선 제대로 된 중형전차를 개발한 후에 파생형으로 중전차 개발에 들어가려고 생각하고 있습니다. 예산이 부족하다는 사실은 잘 알고 계시잖습니까."

"그 점은 나도 이해하네. 하지만 페이퍼플랜 정도는 나올 수 있는 일 아닌가."

드럼은 아마, 차기 육참총장 자리를 노리고 있을 터. 그렇게 정치적으로 생각해보노라면, 지금 내 앞에 와서 이렇게 보병을 위한 전차를 내놓으라고 외치는 건 보병 병과의 지지를 규합하고자 하는 액션이라고 봐야 한다. 하지만 드럼 자신이 말하지 않았는가? 나도 슬슬 총장 후보에 도전할 만한 커리어라고. 오히려 경쟁자를 키워줄 수도 있는 일 아닌가, 이거. 나는 이제 구태여 돌려 말하지 않았다.

"총장 안 하실 겁니까? 절 도와주시는 이유가 뭡니까."

원하는 게 있으면 똑바로 말씀하셔야죠, 드럼 나으리. 그는 아무렇지도 않다는 듯 말했다.

"하고 싶으니까 자네 편을 들지."

"예?"

"자네, 참모총장 자리에 별로 관심 없잖나."

아뇨, 저 관심 많은데요.

"정말? 전쟁터로 가고 싶은 게 아니고 참모총장을 하고 싶다 이건가. 아닌 것 같은데. 내가 기필코 자네를 야전으로 보내줄 테니 날 밀어주는 게 어떤가?"

아씨, 이건 좀 고민되네. 마셜 농장의 서류노예 루트를 피할 수 있다는 악마의 속삭임은 너무 달달했다.

피와 강철의 시대 10

"참으로 아쉽지만, 제가 끼어들 판이 아닌 것 같군요."

예상대로 드럼의 얼굴이 와락 일그러졌다.

"나랑 장난하나? 그냥 못 도와주겠다고 말하면 될 것을 뭘 그리 구질구질하게 말을 돌리나. 자네가 언제부터 낄 데랑 못 낄 데를 구분했다고."

아씨, 드럼 주제에 그렇게 팩트 꽂지 말라고. 갑자기 할 말이 궁해지잖아.

"그, 그 뭐시냐, 참모총장 자리는 엄연히 정치권과의 협의를 통해 대통령이 정할 문제라서······."

"그건 내가 알아서 할 테니 그냥 자네는 날 지지해주면 되네."

"소장님의 방안대로 중전차를 개발하기에는 시간과 예산이 부족한지라······."

"포드사가 페이퍼플랜 하나 마련하지 않았다고? 그러면 내가 다른 군수기업의 손을 잡고 독자적인 보병전차 계획안을 올려보내도 되겠군그래."

내가 우물쭈물하자 드럼은 기세를 몰아 어떤 뾰족머리 변호사처럼 신나게 날 난타했다. 으음. 이 양반도 풍둔 주둥아리술 하나로 지옥 같은 관료제 피라미드의 밑바닥에서부터 기어 올라온 몸인데, 그동안 너무 삽질만 해대는 모습만 보다 보니 너무 안일하게 대한 모양이다.

"내가 그렇게 무능해 보이나?"

'네.'라는 말이 목구멍까지 올라왔다가 간신히 가라앉았다.

"그건 아니고……."

"그러면?"

오늘 무조건 대답을 듣고 가겠다는 굳건한 의지. 인기남의 인생이란 정말 피곤하구만. 내가 드럼의 입장이라고 가정해 봐도, 확실히 절박하긴 하다.

드럼의 나이를 따져보면 1943년에 정년을 맞이한다. 일찌감치 승진해 군 중추부에 있던 어드밴티지도 마셜이 치고 올라오면서 사라졌고, 심지어 마셜 또한 쇼몽파에 속하는 데다 퍼싱의 신임까지 얻고 있고, 드럼과 친분이 있던 자들은 대부분 드럼보다 먼저 정년을 맞이하고 있다. 코너에게 밀리고 크레이그에게 밀린 끝에 어느새 마지막 기회만 남은 셈이다. 내 지지가 많이 급하긴 하구만.

하지만 그건 그거고. 다음 참모총장이면 제2차 세계대전을 지휘할 전시 사령탑인데… 그걸 드럼이 한다구예? 에바쎄반데. 할 수야 있다. 그래. 할 수는 있지. 근데 왜 마셜이라는 소하와 제갈량급 SSS급 참모총장을 냅두고 스탯 미지수에 성품까지 졸렬한 드럼을 밀어주겠는가? 드럼을 참모총장에 앉혀서 어마어마한 부귀영화를 누릴 수 있으면 또 모르겠는데 그것도 아니고. 그러니 유감스럽지만 드럼 씨는 저희와 함께하실 수 없게 되었습니다. 흑흑.

이제 어떻게 거절해야 할까. 뭔가, 뭔가, 드럼이 듣고 납득할 만한 핑곗거리가 없나? 내 뇌가 생각을 마무리 짓기도 전에, 척수반사적으로 내 혓바닥이 꿈틀거리기 시작했다.

"저, 찍혔걸랑요."

"뭐? 누구한테?"

"대통령한테……."

"지금 나랑 장난치나."

"아니, 진짠데요."

나는 10분에 걸쳐 상세하게 '대통령이랑 카드게임할 때 밑장 빼다 걸려서 건방진 미친놈으로 찍힌 Ssul'을 풀기 시작했고.

"자네 대통령과 사적으로 만나나?"

"으으음……."

"뭐? 뭐라고?!"

처음엔 흥미 가득해 보이던 드럼은 내 이야기가 끝날 때쯤 되자 마치 코로나 확진자랑 마주 앉아 밥 한 끼 먹은 것마냥 황급히 자리에서 벌떡 일어났다.

"내가 미쳤지. 미친놈이랑 일해보려 했던 내가 미쳤어."

"아니, 그 정도까진……."

"저리 가. 광증 옮을라. 나중에 이야기하지. 급한 일이 있어서 이만."

허겁지겁 돌아가는 드럼의 중얼거림이 내 귓전에 스쳐 지나갔다.

후우, 저래서야 어찌 패튼 같은 인간들을 다룰 수 있겠는고? 오늘의 일은 능히 옛날 춘추전국의 유세객들이 세 치 혀로 일구어낸 무수한 업적에 비견할 수 있으니, 이 유진 킴의 명성이 또 천지를 울리겠구나… 는 개뿔!

그렇습니다. 나는 망했습니다… 이제부턴 정말 마셜 코인뿐이야…….

* * *

드럼의 끈적끈적한 접근을 이 한 몸 롸끈하게 불살라 물리친 것은 좋다. 근데 내가 무슨 수나라 백만대군 물리치려고 청야전술 하는 것도 아니고, 언제까지 이런 임시방편으로 버틸 순 없는데. 아이고 머리야.

내가 탈진한 채 드럼의 마수에서 벗어나자, 오늘 무슨 나쁜놈들 면담 특

집이라도 찍는지 또 다른 인간이 내 시야에 잡혔다. 오늘만큼은 안 된다. 인성이 뒤틀린 인간은 하루에 한 명만 상대해야 한다고.

"왜 사람을 봐놓고 슬쩍 가려 합니까."

"아아니, 여긴 어쩐 일이십니까?"

"다 티 나니까 그냥 따라오시지. 기다리는 사람이 좀 많으니."

에드거 후버의 서늘한 시선에 나는 쫄 수밖에 없었다. 이 양반이 열심히 일해야 사랑하는 가족의 품으로 돌아갈 게 아닌가. 홀애비 냄새 풀풀 나는 관사는 이제 지겹다고. 그렇게 끌려간 곳은 정부 청사의 한 회의실.

"다 온 것 같군요. 회의를 시작하겠습니다."

나비의 날갯짓만으로도 지구 반대편에 폭풍을 일으킬 수 있다고 한다. 그러면 수십 년에 걸쳐 온갖 깽판을 친 유진 킴의 날갯짓은 대체 얼마나 역사를 바꿨겠나.

"우선 FBI가 뒤쫓고 있는 일련의 독일 간첩 및 친독 세력에 대해 간략한 보고를 올리겠습니다. 자세한 사항은 배포한 보고서를 참조해주시기 바랍니다."

후버의 건조한 목소리가 장내를 채웠다. 도무지 영문을 모르겠지만, 처음엔 악성 사생팬처럼 들러붙으며 자꾸 '구국의 결단' 같은 개소릴 해대던 히틀러는 이제 도리어 내 모가지를 따고 싶어 하는 희한한 꼬락서니였다. 누가 세계구급 싸이코 아니랄까 봐 이해가 불가능한 인간이다. 내 황당한 기분은 둘째치고, 타국 수반의 쿠데타 권유와 협박이라는 이 전대미문의 사태에 미합중국 행정부 역시 무언가 반응을 해야 했다.

그 결과 국내 수사를 전담하는 FBI와 법무부, 그리고 해외 첩보를 전담하는 국무부가 동시에 움직이는 진풍경이 벌어졌다. 실제로 이 자리엔 후버뿐만 아니라 법무부와 국무부 관료들도 자리해 있었으니.

"또한 합중국의 외교 정책에 영향을 미치는 것을 목표로 하는 이주민 단체의 동향에 대하여……."

"단언컨대 가장 주의를 기울여야 할 자들은 일본계로 추정하고 있습니다."

"일본 이민자들은 교회에 십일조를 바치듯이 일본군을 위한 군자금을 모금하여 본국으로 보내고 있습니다. 이들을 잠재적인 간첩으로 간주해야 할지 여부에 대해 더욱 심도 있는 논의가 필요합니다."

원래 부처 간 협력이 어려운 이유는 밥그릇 싸움도 있지만 선례의 문제도 있는 법인데, 한번 협력과 공조가 시작되면 이러한 장벽도 낮아지는 법. 그 결과 국내의 타국 간첩에 대한 경계와 감시 역시 더욱 커졌다.

그래서 내가 이 자리에 끌려오게 된 거지. 히틀러도 만나봤고, 생명의 위협도 느꼈고, 일본의 수뇌부도 만나봤고, 서부 아시아계에 폭넓은 인맥을 가지고 있고… 군부와는 아무 관계 없이, 그냥 내가 여기 출석할 수밖에 없었다.

"남경에서 벌어진 끔찍한 학살극에 대해 국제연맹에서 규탄 결의안을 발의했지만, 일본은 연맹 탈퇴로 응답했습니다. 이 시점에서 우리는 일본제국의 저의를 재평가해야 할 것 같습니다만… 킴 장군은 어떻게 보십니까?"

"군부의 입장을 저에게 물어보시는 건지요?"

"아닙니다. 아메리칸드림을 거머쥔 이민 2세대 아시아계 미국인의 의견을 듣고 싶습니다."

크으, 이게 바로 사회적 인정이란 건가. 어깨가 괜시리 들썩인다. 솔직히 내가 보통 잘난 게 아니잖은가. 물론 미래지식 치트빨이긴 하지만 그런 건 잠시 넣어두자.

내 주변에 있는 사람들은 나를 떠받들며 '스게엣, 유진 킴 대단해에엣!'해주는 대신 미친놈이라거나 노예라거나 제갈량의 비단주머니라거나, 아무튼 제대로 된 대우를 안 해준다. 하지만 이렇게라도 자존감을 수급할 수 있으니 얼마나 좋은 일이냐고.

그런 인정과 별개로, 지금 법무부 사람들의 분위기를 보아하니 행정명령

9066의 냄새가 솔솔 풍긴다. 일본계, 하와이는 예외로 치고 본토에서 거주 중인 일본계의 행동이 의심을 살 만한 건 사실이다. 실제로 황국의 승리를 위해 사보타주나 그 이상의 헛짓거리를 할 사람도 없진 않을 테고.

그런데 귀에 걸면 귀걸이고 코에 걸면 코걸이라고, 중국계가 국민당을 후원하는 것과 조선계가 임정을 후원하는 것도 똑같은 논리에 걸릴 수 있단 말이지. 선례가 생기면 골치 아파진다고. 당장 2차대전이 끝나면 매카시즘의 시대가 오는데.

"일본제국의 사상적 근간엔 대동아공영, 다시 말해 일본이 맹주가 되어 전 아시아를 괴뢰화하겠다는 방침이 깔려 있습니다."

나는 대강 생각을 정리했다.

"하지만… 결국 이건 군부와 의회의 의견을 들어볼 수밖에 없을 듯하네요."

"어째서지요?"

"일본의 사상을 교정해 줄 방법은 오직 전쟁뿐이니까요."

내 즉답에 법무부 관료의 입이 오므라들었다. 일개 관료가 논할 문제는 절대 아니지. 한동안 공허하기 그지없는 논의를 주고받은 후 회의는 파했고, 관사로 돌아가려는 내게 후버가 따라붙었다.

"어째서 조금 더 강경하게 주장하지 않는 거요?"

"뭘 말입니까."

"전쟁 말이오!"

"지금 저더러 문민통제의 원칙을 씹으라고 권유하시는 겁니까?"

네가 책임질 것도 아니면서 말이지.

"그러면, 독일과 일본이 명백히 세계를 상대로 한판 붙어볼 모양새인데 뻔히 미래를 내다보는 사람이 방관만 하고 있겠단 뜻인가?"

"방관까진 아니고… 예전에 제가 포장 좀 해달라고 부탁드린 사람 하나 있잖습니까?"

"그놈? 나는 못 미더운데."

"가짜 신분, 그러니까… 딱지팔이로 위장해서 유럽에 던져놓으면 모양새가 볼 만할 겁니다."

히틀러도 아직 직접적으로 암살자를 보낸 건 아니니, 나도 적당한 선에서 기르는 개 한 마리 풀어놓으면 쌤쌤이 아니겠나.

후버는 잠시 생각하더니 고개를 끄덕이며 말했다.

"독일은 모르겠지만, 일본 쪽은 당신이 똑바로 챙기시오."

"물론이지요. 나 좀 가족의 품에 돌아가게 빨리 독일 간첩이나 잡아 달라고요."

서로가 서로의 등에 채찍질을 하니 행복해 죽을 것 같다. 빌어먹을.

* * *

뉴욕의 낡은 주택가엔 한 남자가 살고 있었다. 가난이 지긋지긋했던 남자는 아메리칸드림을 품고 미합중국으로 건너왔고, 다양한 일을 하며 견문을 넓혔다. 오랫동안 열심히 일한 남자는 마침내 자신의 사업에 도전했고, 마침내 아메리칸드림을 거머쥘 수 있었다. 오, 자유의 나라여!

하지만 운명은 그를 배신했다.

"저는, 저는 억울합니다!"

이민자, 그것도 이탈리아계라는 사실은 그에게 풀려날 수 없는 족쇄였다. 그는 버려졌고, 그를 떠받들던 세상의 여론과 주변 사람들은 어느새 그를 매도하기 급급했다. 그에게 남은 것은 차가운 창살뿐. 그렇게 그는 오랜 세월, 억울함을 곱씹으며 옥살이를 해야만 했다. 그뿐만이 아니다. 형기를 채워 풀려났으면 사회로 복귀하는 것이 당연한 일이건만, 어찌 된 영문인지 비정한 세상은 그를 자유의 몸으로 놓아주지 않았다.

"출소하셨군요."

"누, 누구십니까? 당신들?"

"저희가 누군진 알 필요 없습니다. 얌전히 따라오십시오."

그렇게 그는 검은 코트 입은 무리들에게 반강제로 끌려갔고, 뉴욕에 오게 되었다.

"당신에겐 선택지가 있습니다."

"머, 멋대로 끌고 와서는 선택지가 있다고 하면 어쩌란 말입니까."

"듣기나 하십시오. 이대로 추방되어 고향인 이탈리아로 꺼지거나, 아니면 여기서 우릴 위해 일하면 됩니다."

"당신네들은 누구고 내가 무슨 일을 해야……."

"그건 알 필요 없습니다."

저 불룩한 주머니. 아무리 봐도 고향에 돌아가겠다고 하면 저 주머니 안에 있는 자그마한 쇳덩어리가 그를 향해 불을 뿜을 것만 같았다. 말이 선택지지, 답이 정해진 강요에 불과했다.

"여기 있겠습니다."

"잘 생각하셨습니다. 앞으로 귀하께서는 '사업 아이템'을 열심히 고안해 주시면 됩니다."

"예?"

"귀하의 놀라운 사업 수완에 저 높으신 분들이 큰 인상을 받았습니다. 각종 경제, 금융, 시사 등을 공부할 수 있도록 저희가 지원해드릴 테니, 저번에 했던 것처럼 멋진 비즈니스 모델을 개발해 주십시오."

"아, 알겠습니다."

그렇게 오랜 시간이 흘렀다. 오직 저 검은 코트 놈들을 위해 온갖 사업 모델을 고안하고, 현실성이 없다며 반려당하고, 때로는 더욱 모델을 심화하라는 지시를 받고… 그리고 오늘.

"고생하셨습니다."

"예?"

"그동안 열심히 고안했던 사업 아이템을 들고 유럽으로 가시면, 저희가 그 사업을 물심양면으로 후원하겠습니다."

"하지만……."

"여기, 약소하지만 군자금을 준비했습니다."

그들이 내민 작은 꾸러미를 풀어보니, 안에는 각종 금붙이와 보석이 들어 있었다.

"이, 이거면, 사업이 아니라 그냥 내 한 몸 건사할 수 있을 것 같소만."

"그러면 저희와 다시 만나게 되겠지요. 그땐 지금 같은 기회도 없을 겁니다."

"…사업을 해도 죽긴 매한가지 아니오?"

"완벽하게 신분을 세탁해서, 원하는 곳에서 유유자적 행복한 말년을 즐길 수 있도록 준비해 드리지요."

이런 날이 올 줄 알고 있었다. 바로 이런 일을 시키려고 자신을 붙들었을 테니까. 남자, 찰스 폰지는 힘없이 고개를 끄덕였다.

1920년쯤의 찰스 폰지

찰스 폰지는 '폰지 사기'의 원조 격 인물로, 예전에 잠시 언급된 적이 있습니다. 폰지는 해외 답신용 우편요금 면제가 목적인 국제반신권을 발행할 때 이탈리아 반신권을 미국에서 달러로 환매 시 차액이 발생하는 것을 알고 묘수를 떠올렸습니다. 그는 45일 내에 50%, 90일 내에 100% 수익을 약속하며 투자자를 끌어모았고, 점점 더 많은 투자자들이 모여들었고……

5장
기병의 종말

멋진 구세계 1

후버가 강제로 유럽으로 보내버린 찰스 폰지는 딱지 판매를 주력으로 하는 우리 집안의 캐시카우, 샌—프랑코 출판사 중부유럽 지사장으로 위장 취업했다. 원래 지사장으로 발령 난 사람은 까밀로 콘티라는 남자였는데, 사악한 심성의 전직 사기꾼 폰지는 우연한 기회로 얻게 된 그의 신분을 도용하게 된다. 그 후 콘티인 척하고 지사장 자리에 취임한 그는 이탈리아와 오스트리아에서 딱지팔이 사업을 하게 되는데, 동시에 이탈리아 파시스트들과 독일 나치 고관들을 상대로 제 버릇 못 고치고 사기를 치게 되는 것… 이 우리의 심플한 시나리오였다.

물론 콘티라는 남자는 처음부터 존재하지도 않았다. 후버가 만들어낸 서류상의 허깨비일 뿐.

이탈리아에선 루치아노의 알선을 받은 현지인… 시발, 뻔하지. 마피아 친구들의 도움을 받아 잘 정착할 예정이다. 만약 헛짓하면 그놈 머리통에 총알을 심는 것도 개들의 역할이고. 이거로 뭐 대단한 타격을 줄 수 있을 거라 생각하진 않는다. 아직 전쟁이 난 것도 아닌데 대단한 타격을 줘버리거나 유럽 경제를 쑥밭으로 만들면 그게 더 문제 아닌가. 그냥 약간의… 분풀이 정도지.

그 사기꾼의 운명은 이제 내 알 바 아니니, 이제 다시 책상에 넘실대기 시작한 각종 일감을 해결할 차례였다. 드럼의 이야기를 굳이 되새김질하지 않더라도, 육군에서 절대적인 비중을 차지하고 있는 보병 병과는 굉장히 전차를 탐내는 상태다. 1차대전의 전훈에서 그들도 학습이란 걸 했다. 전차를 끼고 적 참호선으로 가는 것과 그렇지 않은 경우의 비교 대조가 너무 흰하지 않은가.

그런데 내가 봤을 때, 이제 더 이상 지난 대전쟁과 같은 기나긴 참호전은 존재하지 않는다. 오히려 독일군과 일본군이 보유하고 있을 강력한 기갑 집단을 격파하는 게 앞으로 미군 기갑부대가 해야 할 제1 임무가 되겠지. 거기다 포병 병과 역시 불만이 팽배하다. 자기네를 위한 크고 아름다운 모터 달린 부릉부릉도 내놔라 이거지.

그러면 기병 병과는 조용한가? 미쳤나. 애초에 새 참모총장인 말린 크레이그부터 기병 출신이다. 나를 기갑군 사령관에 앉힌 이유도 아마 기병부대를 기갑부대로 재편하는 데 의견이 일치해서일 테고. 기병 병과의 밥그릇을 어느 정도 챙겨줘야 하는 건 필연이다.

전권을 잡게 된 건 좋은데, 육군 삼대 병과의 밥그릇을 내가 결정해야한다. 미치겠네. 그 누구도 물러서진 않을 텐데.

"여긴 어쩐 일로 오셨습니까?"

"당연히 기갑군 사령관님께 잘 보이려고 왔지요."

내 사무실 문턱이 닳아 없어지도록 손님들이 끝없이 몰려오는 건 지극히 당연한 결과. 부관이 가져다준 커피잔을 입에 대며, 오랜만에 얼굴을 마주하게 된 맥네어 대령이 입을 열었다.

"너무 그렇게 경계하시니 이거, 상처받는데요. 레번워스에서 저한테 빚진 게 좀 있으실 텐데."

"경계라니요, 허허. 오해입니다."

당연히 경계해야지.

맥네어는 마셜과 함께 미 육군의 뼈대를 잡아 무시무시한 벌크업을 해 낸 일등공신 중 한 명이지만, 그와 동시에 포병 병과에서 잔뼈가 굵은 장교 이기도 하다. 그런 그가 괜히 왔겠는가? 당연히 포병 내에서 '네가 그놈이 랑 안면이 있으니 잘 좀 얘기해보지그래?'라는 이야길 듣고 여기로 쫄래쫄 래 왔겠지.

그리고 그는 내 예상과 별반 다르지 않은 이야기를 꺼냈다.

"옛날 레번워스에서 저한테 해주던 이야기 기억하십니까?"

"엔진 달린 야포 이야기겠지요."

"예. 당연히 그거지요. 아직 관심 있으십니까?"

자주포에 관심이 왜 없겠어. 그런데 한 가지 문제가 있다면, 아직 우리 전 차들의 심장이 그렇게 막 튼튼하지가 않을 것 같은데. 막말로 두돈반 같은 트럭 뒤칸에다 야포를 싣고 '이것이 바로 자주포다!'라고 못 할 게 어디 있 겠나. 하지만 그랬다간 전장의 신이어야 할 포병이 전장의 병신이 될 판이라 고.

"제가 생각하는 자주포는 신속한 기동과 일정 수준의 방호력을 보유해 야 하며, 이를 위해선 반드시 전차의 차체에 포를 탑재한 형태여야 합니다."

"저도 동의합니다."

"그런데 으음… 제가 엔지니어가 아니다 보니, 과연 현재 우리 육군이 채 택한 M2 전차의 차체에 야포를 달았을 때, 과연 잘 굴러갈 수 있을지 모르 겠군요. 적어도 화력지원을 할 거면 240mm는 무리여도 155mm는 올릴 수 있어야 하지 않겠습니까."

"무슨 말씀이신지 잘 이해했습니다."

역시 맥네어야. 합리와 이성을 가지고 이야기하면 들어주는구…….

"하지만 어쩌겠습니까. 이대로 있다간 포병이 핫바지가 될까 다들 노심 초사하고 있는데요."

아니, 이 양반까지 왜 이래.

"까놓고 이야기하겠습니다. 새로 편성할 기갑사단에서 포병의 몫은 어느 정도로 잡아놓고 계시는지?"

"그건 제가 정할 일이 아니라, 참모총장님부터 시작해서 육군의 여러 높으신 분들의 고견을 경청해야 할 일 아닙니까."

"입에 침 좀 바르고 말씀하세요. 본인 마음에 안 들면 으르렁 왈왈 캥캥 짖어대서 아득바득 자기주장 관철시키실 것 아닙니까?"

"허허허허. 그럴 리가요."

시발. 미군은 이게 문제야. 그놈이 그놈이고 한 다리 건너면 죄다 같은 부대였다거나 선후배라거나 엮여 있으니, 나 정도 짬 먹은 놈들끼리 만나면 뭘 할 수 있는 게 없네.

"혹시나 해서 말씀드리자면, 전차에 포가 달렸으니 포병화력이 필요 없다는 미친 생각은 전혀 하고 있지 않습니다. 오히려 무조건, 무조건 단 한 문이라도 좋으니 더 많은 포를 끌고 나가고 싶지요."

"그렇군요. 좋은 의견 감사드립니다."

"오히려 제가 잘 부탁드려야겠군요. 거, 아시다시피 보병 병과의 몇몇 분들은 아직도 잘 응집된 기갑부대 같은 건 필요 없다고 생각하지 않으십니까?"

맥네어랑 이야기하면 이상하게 나만 실컷 떠드는 기분이란 말이지. 저것도 참 재주야. 맥네어를 떠나보낸 뒤, 나는 커피잔을 정리하고 다시 내 데스크에 착석했다. 이제 좀 내 서류를 볼 수 있겠지. 이런 내 가련한 마음을 아는지 모르는지, 부관이 쪼르르 달려와 고개를 숙였다.

"장군님, 죄송하지만 긴급한 면담을 청하는 분이 있는데……."

"제가 오늘까지 끝내야 할 서류작업이 있어서, 용건 확인한 뒤에 급한 거 아니면 내일 오전에 들어도 괜찮은지 확인 좀 해줘요."

부관은 고개를 숙이며 사무실에서 나갔다. 그리고 1분도 지나지 않아.

쾅쾅쾅쾅쾅쾅!!!

"이봐, 후배님! 이제 별 달았다고 얼굴도 못 보고! 아이고오!! 아이고!! 귀한 분 얼굴 좀 보여주라아아아!!"

굳이 부관 다시 안 와도 되겠네. 기차화통을 삶아 잡순 분이 육군에 둘이나 있겠어? 일 안 해, 개 같은 거 진짜. 나는 양손으로 얼굴을 가린 채 피눈물을 주룩주룩 흘려댔다. 아직 왕관을 머리에 올리지도 못했는데 무게가 너무 무겁다.

"나는 이제 지쳤어요 땡벌~ 나는 이제 지쳤어요 땡벌~ 혼자서는 이 밤이 느무느무~ 으흐흑!!"

이가 바득바득 갈린다. 이 홀애비 냄새 그득그득한 관사에 돌아올 때마다, 독수공방하는 내 침대를 볼 때마다 빨리 엿같은 콧수염의 수급을 따고 싶다는 욕망이 치솟아 오른다.

그나마 내가 가진 건 돈뿐이다 보니, 집안 살림살이 도와줄 사람 몇을 고용해 어두컴컴 불빛 없는 집에 들어올 일은 없었다. 진짜 온기라곤 없이 싸늘한 집이었으면 기러기 아빠의 설움에 울며 잠들었을 게 뻔하다.

하지만 옛말에 정승집 개가 죽어도 조문을 온다고 그랬던가. 진짜 원스타가 정승 자리라도 되는지, 무슨 놈의 집에 손님이 끝도 없이 오고 있었다. 오늘도 집에 간다고 끝이 아니다. 새로운 일거리가 떡하니 응접실에 앉아 있었으니 말이다.

"킨 장군, 이렇게 뵙게 되어 영광입니다."

"누구십니까?"

"예, 저는 일전에 연락드렸던 사이토 히로시(斎藤博) 대사라고 합니다."

일본 대사관? 물론 예전에 한번 연하장을 받긴 했었다. 하지만 찾아뵙겠다느니 어쩌느니 하는 거 다 의례적 멘트잖아? 세상에 어느 누가 일본인이 연하장에 적어놓은 말을 일일이 생각하고 있어. 그리고 쪽바리들이 남경을 피바다로 만든 이 타이밍에 일본 대사 찾아와? 어디서 썩은내가 솔솔 풍기는데.

"흠, 먼저 귀국에 있었던 비극에 심심한 유감을 표하겠습니다. 야마나시 총리대신께선 저와 함께 대지진의 재앙이 닥친 도쿄에서 한 몸 불사르시던 충의지사셨는데……."

"감사합니다. 총리대신께서 비명에 가시긴 하셨으나, 황국의 미래를 생각하는 충의지사들이 많으니 편히 극락왕생하셨을 겁니다."

내가 이렇게 립서비스를 던져주자 그의 안색이 꽤 펴졌다. 벌써 펴지면 안 될 것 같은데, 미안해서 어쩌나.

우리는 한참 동안 기나긴 서론을 떠들어댔고, 나는 조선미쓰비시─포오드 트랙터로 벌어들이는 이득, 스페인 내전, 아시아인에 대한 인종주의적 시각 등 다채로운 떡밥을 열심히 던져 가며 열심히 핥짝핥짝을 해줬다. 이제 외교관을 상대로 지치지 않고 용비어천가를 불러댈 수 있으니 이걸 성장이라고 해야 하나, 타락이라고 해야 하나. 우리가 자세를 고쳐잡은 것은 한참 시간이 흘러 찻잔이 싸늘하게 식은 뒤였다.

"오늘 이렇게 찾아뵙게 된 것은, 일찍이 일미 우호선린에 앞장서주셨던 킹 장군께서 다시 한번 두 나라의 가교가 되어주셨으면 하는 바람에서입니다."

"두 나라의 가교라. 그거 좋지요. 그런데 저는 별 볼 일 없는 일개 군인에 불과한지라, 큰 도움이 되어드리진 못할 것 같습니다."

"허허. 겸양치 않으셔도 됩니다. 아주 사소한 도움이어도 황국엔 크나큰 조력이 되니까요."

"아니, 아무리 생각해도 제가 도와드린 게 없는걸요. 지난 일본행은 어디까지나 군인으로서 임무를 수행한 것일 뿐입니다."

"어디 일본행만 있습니까? 이민법만 해도 저희가 큰 도움을 받았잖습니까."

기다렸다. 제발 이민법 이야길 꺼내 달라고 몇 시간 동안 빙빙 이야기를 돌리고 또 돌렸으니까. 이게 무슨 빠찡꼬도 아니고.

"이민법이요? 제가 뭘 도왔단 말씀이신지?"

"실례합니다. 말이 잘못 나왔군요."

"아, 궁금해서 그렇습니다. 제가 이민법에 도움을 줬다니… 빼도 박도 못할 군인의 정치 개입 아닙니까."

실컷 하하호호 웃다가 갑자기 정색하니 우리 대사님도 황당하겠지. 내가 몇 시간 동안 간이고 쓸개고 다 빼줄 것처럼 황인종 만만세를 외치며 친일의 냄새를 솔솔 풍긴 이유가 뭐겠나. 다 이민법 이야길 듣고 싶어서였다.

벌써 10년도 더 지난 옛날 옛적 이야기지만, 당시 샌프란시스코 총영사였던 오오타와 나는 적대적 공생에 합의하고 첫 작업으로 이민법 저지에 착수했었다. 그리고 그때 못 박아둔 것이, 이 오묘한 '협력'은 오직 유진 킴과 오오타라는 두 사람 사이의 구두 계약이지 절대 어떤 단체나 조직, 국가의 문제가 아니란 점이었고. 그러니 사이토 대사는 이걸 언급해선 안 됐다. 내가 호의적인 태도를 보이면서도 자꾸 본론만 꺼내려 하면 뒤로 슬금슬금 물러서니 한마디 던진 건데, 갑자기 통수를 처맞으니 눈앞에 별이 번쩍이시겠지. 내가 별은 맞긴 하지만 말이야.

"혹시 오오타 씨에게서 무언가 전해 들으셨습니까?"

"아닙니다, 전혀 그런 일은 없었습니다. 제가 킴 장군을 워낙 존경하다 보니, 당연히 아시아인의 권익을 위해 무언가 한 손 보태셨을 거라 멋대로 예단하고 말았습니다. 오해의 소지가 있는 말을 꺼낸 점, 사죄드리겠습니다. 다시는 이런 불찰이 없도록 각별히 주의하겠습니다."

이야. 이걸 이렇게 빠져나간다고? 실화냐? 그 와중에 또 은근히 날 멕이는 것 보소. 이 정도는 할 줄 알아야 일국의 대사 클라스란 건가? 그러면 괜히 입씨름으로 이기려 하지 말고 조금 돌아가야지.

"그렇군요. 당시 저로서는 아무것도 모르던 일개 무부(武夫)에 지나지 않아 오오타 총영사에게 기댄 바가 컸습니다. 조선인과 일본인이라는 장벽을 넘어서서 아시아인의 연대가 가능하다는 걸 그분께 배웠지요."

"그렇습니까? 이런 미담이 널리 퍼져야 하지 않을까 싶은데……."

"괜한 부담을 드리기는 싫군요. 하하. 장성까지 오른 지금, 가끔 그분이 문득문득 생각나곤 합니다."

오오타 불러. 나랑 은밀한 협상을 하고 싶으면 전담 창구 직원 쓰란 말이다. 이 정도로 눈치를 줬는데 못 알아먹으면 외교관 실격이다. 내가 오오타의 체면과 입지 양측 모두를 세워줬으니 당연히 오오타는 보답을 해야겠지?

그런데 어차피 일본은 이미 군부가 다 해 처먹게 된 지 오래다. 오오타가 아니라 외무대신이 달려나와도 뾰족한 수는 없고, 나랑 오래 놀면 놀수록 훗날 태평양 전쟁이 터졌을 때 '해명'은 더욱 어려워지겠지. 앞으로 일본제국의 외교엔 온통 먹구름뿐인데… 도대체 몇 명이 할복을 해야 할지 감도 안 잡힌다.

결국 눈치가 빠를수록 판단도 빨라지지 않을까? 살고 싶으면 내 프락치가 될 수밖에 없다고 말이야. 그건 몇 년 뒤의 이야기고, 아무튼 지금은 호의 가득 그 자체다. 일본인은 예의와 감사를 아는 족속이잖나. 얼른 나한테 고마워해달라고.

위에서부터 M7, M12

2차대전 당시 자주포는 기존 전차의 차체나 섀시(차대)를 기반으로 제작하는 경우가 잦았습니다.

멋진 구세계 2

내가 아직 1930년대를 덜 이해한 걸까. 내가 두 번째 인생을 살게 된 지 40년이 넘었건만, 아직도 가끔 내 생각과 현실의 괴리감을 느낄 때가 있었다.

21세기를 기준으로 봤을 때, 군인들이 민간인을 수십 명, 아니 몇 명만 쏴 죽여도 대번에 종군기자들의 카메라에 붙들려 '학살'이라며 난리가 나고 전쟁의 정당성마저 흔들리는 것이 당연한 이치였다.

하지만 남경에서 시체가 바벨탑을 쌓고 피가 발목까지 차오르는 미친 대학살이 한 달이 넘는 기간 동안 자행되고 있음에도, 내 기준으로 봤을 때 그 파장은 훨씬 적었다. 파장이라고 한다면, 오히려 남경 함락 직전에 있었던 USS 파나이(Panay)호 격침 사건이 더 컸다.

일본군이 바글대는 하류를 향해 성조기를 게양한 채 무리 지어 항행하던 함선을, 백주대낮에 급강하폭격으로 격침시킨 이 놀라운 사건은 '이러다 전쟁 터지겠다.'라는 FDR 행정부의 판단으로 언론보도에 약간의 제약이 걸렸다.

그도 그럴 것이, 여전히 경제가 이 모양인데 괜히 어그로 끌려서 전쟁 터지면 진짜 답이 없잖은가. 아직 미국은 어떠한 준비도 되어 있지 않았고, 오히려 뉴딜 정책이 진행 중인데도 다시 경기가 악화되기 시작하면서 이런저런 목소리가 올라오고 있었다.

이런 상황에서 전쟁은 무리다. 결국 모두의 암묵적인 합의로, 일본군의 명백한 도발에도 불구하고 몰랐다는 변명을 받아들이고 보상금을 받는 형식으로 파나이호 사건을 마무리 지으리라 예상되고 있었다. 내 판단이 아니라 포드사 대관 담당자들의 의견이니 거의 맞다고 보면 되겠지.

물론 이게 정말 미국이 일본과의 전쟁을 두려워한다거나, 평화를 사랑하는 국가 아메리카를 의미할 리는 없다.

"잽스 놈들의 패악이 하늘을 찌르는구려."

"제 피 같은 시간을 제독님 얼굴 보는 데 써야 합니까?"

앗. 속마음이 잘못 나와버렸.

원래는 '그러게요. 우린 아무 준비도 되어 있지 않은데.' 하면서 맞장구나 쳐주려고 했는데, 간신히 휴가 내고 샌프란시스코까지 왔건만 이 성격 나쁜 아저씨 얼굴 보는 걸로 시간을 허비하니 나도 모르게 그만……. 당장 게거품을 물고 왈왈댈 것 같았던 킹 제독은 지그시 내 얼굴을 바라보기만 할 뿐이었다.

"꼬우면 오지 말라고 하던가. 난 분명히 '시간 되면' 보자고 했소만."

"이 시국에 여기까지 왔는데 뭐어, 해군 이야기 좀 듣는 것도 나쁘진 않죠. 예예."

그래, 이게 킹이지. 저 깐깐징어 페이스의 뇌를 쪼개 보면 아마 좌뇌와 우뇌에 각각 '미국', '해군' 한 글자씩만 박혀 있을 게 틀림없다. 전지적 해군 시점에서 이야기를 들을 수 있는 진귀한 기회를 날리는 것도 좀 그렇긴 하지.

"우리 해군은 자체적으로 잽스의 움직임에 대비해 여러 방면에서 첩보를 수집 중이오. 그리고 그쪽 친구들이 하는 말이… 아무리 봐도 파나이호

사건은 실수가 아니라는 것 같더군."

"실수가 아니라면요?"

"고의지."

"아니, 그런 사전적 이야기 말고요. 지금 중국을 상대로 전쟁 치르고 있는 놈들이 왜 합중국 군함을 날려버린단 말입니까?"

이건 사실 궁금해서 하는 질문은 아니다. 일본이 일본 했는데 이유가 어디 있나. 보나 마나다. 아마 일선의 똘기 넘치는 놈들이 전공을 얻고 싶다는 소박한 마인드로 저지른 일탈이거나, 아니면 '대동아공영 만세! 귀축영미는 물러가라!' 하면서 광신도의 마인드로 저지른 짓거리 아니겠나. 내가 진짜 궁금한 건, 앞으로 일본과 맞서 싸워야 할 핵심인 우리 미합중국 해군이 과연 일본이란 나라를 얼마나 이해하고 있느냐였다.

"그게 문제요. 여러 정황을 보았을 때 오인 공격으로 볼 여지가 별로 없으나, 전쟁 현황이나 국제 정세 등을 고려했을 때 일본의 이번 행동은 전혀 얻을 것 없는 폭거였소."

그리고 내 예상대로, 합리적으로 비합리성을 분석하려 했던 해군은 어메이징 재팬의 쓴맛을 보고 있는 듯했다. 그 합리성을 버려야 일본제국을 이해할 수 있다니까?

"그래서 오늘 절 보러 오신 겁니까."

"비슷하지요. 킴 장군은 자타가 공인하는 군부의 아시아 전문가잖소. 일본의 고관들과도 제법 돈독한 관계를 유지하고 있는 모양이고."

"그건 오해입니다."

"오해?"

나라에서 날 일본에 보냈으니 외교 관계를 위해 하하호호 친하게 지낸 걸 가지고 '돈독한 관계'라니. 그런 끔찍한 소리 하다가 내가 수용소에 들어가면 어쩌려고 그러십니까.

"저는 이래 봬도 조선계입니다."

"알고 있소. 일본의 식민지라는 것도."

"그런데 제가 일본과 관계가 좋다고요?"

"물론 킴 장군이 합중국 군인으로서, 예전부터 일본의 팽창을 경계해 왔다는 사실은 누구보다 내가 제일 잘 알고 있소. 하지만 아시아인들끼리의 유대관계 같은 게 있지 않소?"

"……?"

"……?"

뭐지, 이 뭔가 맞물리지 않는 이상한 대화는. 내가 지금 뭔 개소리를 듣고 있는 거야.

"아일랜드인들이 영국 좋아하는 거 보셨습니까?"

"그거랑 비슷했소? 필리핀인들은 합중국에 호의를 품고 있잖소. 난 그 비슷한 느낌으로 간주하고 있었소만."

"큰일 날 소리 하시네요. 착한 잽스는 죽은 잽스뿐이라고 생각하는 사람더러 친일이라니."

이거 갑자기 걱정되는데. 십몇 년 전부터 같이 잽스를 카와이하게 ☆ 모양으로 썰어보자고 논의해 오던 킹마저 저딴 소릴 진지하게 하는데, 나에 대해 아무것도 모르는 놈들은 진짜로 내가 친일 인사라고 생각하는 거 아닌가? 애초에 날 일본계 미국인으로 알 놈들도 왠지 한 트럭일 것 같은데.

내 이미지메이킹은 나중에 생각할 일이고, 지금은 우선 눈앞의 킹부터 해치워야지. 대일본전 전략을 위해 논의해야 할 일이 태산처럼 쌓여 있지 않나. 물론 전혀… 내 임무는 아니지만 말이다.

* * *

오오타 타메키치 외무성 차관은 저 멀리 아주 작게 보이기 시작하는 샌프란시스코의 정경을 바라보며 바닷바람을 쐬고 있었다. 이 나라가 진즉 망조가 들었다는 사실은 굳이 알려주지 않아도 잘 알고 있다. 하지만 이게 뭔가. 군바리 놈들의 패악이 이제 하늘을 찌르고 있잖은가.

대일본제국이 태초부터 문민통제와는 인연이 멀다는 사실이야 어제오늘의 일이 아니다. 하지만 여태까지 황국이 승승장구하며 아시아의 등대로 떨쳐 일어난 까닭은 오직 군과 관과 민이 합심하여 대승적 차원에서 협조해 왔기 때문 아닌가. 그게 아니라면 대체 어찌하여 이 나라가 유신 이래로 대업을 성취할 수 있었단 말인가.

하지만 지난 대지진 이후부터 군부는 완전히 미쳐버렸다. 정치인들의 문란함을 질타하던 그들은 이제 나라의 조종타를 잡고 저 멀리, 절벽만이 있는 나락으로 달려가고 있었다. 야마나시 한조 총리대신이 백주대낮에 칼 맞고 뒈지면서 한 가지 확실히 증명한 게 있었다. 그 누구도 전쟁에 토를 달면 총리를 따라 이승 하직하게 되리라는 사실. 그는 출발 직전 있었던 짧은 대담을 떠올렸다.

"어떻소? 저들 영미 돼지새끼들이 황군의 위엄 앞에 조금 움츠러들지 않겠소?"

"…다시 한번 말씀해주시겠습니까?"

"그동안 서구 열강들은 지나의 문호개방이라는 허울 좋은 명분 아래 저 광대한 중원에서 철저한 착취를 행해 왔소. 하지만 그들도 이제 현실을 깨닫게 되지 않겠소. 더 이상 아시아는 저들 백인들에게 일방적으로 수탈당하는 신세가 아니라고! 대일본제국은 대동아의 공존공영을 위해 언제든 칼을 뽑아 들 수 있는 사무라이의 나라라고!"

도조 히데키. 제국 육군의 미래이자 핵심축이라는 이야기는 제법 많이 들었었다. 그런데 그냥… 미친놈 아닌가 이거? 평생을 외교 업무에 종사한 오오타로서는 너무나 참신한 시각을 접해버린 나머지 눈이 멀어버릴 것만 같았다.

"저로서는 도조 장군께서 말씀하시는 비열한 영미가… 과연 순순히 우리의 기개를 보고 물러날지 걱정이 앞섭니다. 그들이 착취가 어마어마했다는 것은 곧 그만큼 가져간 것도 많다는 뜻 아닙니까. 자신들의 이득을 위해 무력을 꺼내 쓸 가능성은 없을까요?"

"하! 그 겁쟁이들이 무력이라니. 만만한 아프리카 토인들이나 쏴 죽이던 놈들이 전쟁을 결의할 용기는 없소. 독일의 히틀러 총통을 보시오. 단호한 의지로 라인란트를 재무장시키니 영국과 프랑스는 그저 사후 추인할 수밖에 없었소. 패배주의적인 생각은 집어넣으시길."

하지만 이가 없으면 잇몸이라는 옛말도 있지 않나. 일본제국은 예로부터 건전한 토의와 합리적 의사결정 대신, 개개인의 사사로운 인연이나 학연, 지연, 혈연을 동원해 몇 다리 거쳐 합의를 보는 나라였다. 되는 것도 안 되고 안 되는 것도 되는 이 신묘한 유연함이야말로 제국 성장의 비결인 것을.

"미국엔, 그자가 있지 않습니까."

"……."

"일전에 군부에도 전달해 드렸습니다만, 킨 장군은 만주국까진 모르겠으나 중국에서의 이권을 침해당한다면 미합중국이 가만히 있지 않을 것이라 경고했었습니다."

"나 또한 들었습니다. 하지만 킨 장군, 킨 장군 하고 떠받들어 봐야… 그냥 조센징 아니오?"

"네?"

"대전쟁이 끝난 지도 벌써 20년이 다 되어 가는데, 그때의 명장이 지금도 명장이라는 법은 없잖소. 정신력이라곤 기대할 수 없을 정도로 나태한 미군과 충의로 가득 찬 황군은 이미 그 기반부터 비교할 수 없는데."

도조는 그 이후로도 김유진을 낮잡아보는 말을 한참 떠들었지만 오오타의 귀엔 들리지 않았다. 그 누구보다 김유진의 영향을 짙게 받았다 알려져 있던 이 인간이, 갑자기 왜 이럴까?

사관생도들과 일부 위관 장교들이 일으킨 지난 음모로 고관대작들이 줄

줄이 변사체가 된 이후, 도조 히데키는 단숨에 일본 육군, 나아가 일본의 핵심 인사로 떠올랐다. 그리고 태풍의 눈이 된 그를 공격하는 가장 상투적인 문구가 '친미적'이라는 비난이었고.

요컨대 정치논리였다. 육군이 제국의 권력을 독식했으니 육군 내부의 권력투쟁에 박차가 가해졌고, 친미 매국노 어쩌고 소리는 그저 프레임에 불과했지만 처맞는 입장에선 굉장히 거슬리는 이야기. 따라서 그 공세에서 벗어날 방법이…….

'파나이호 격침. 네가 사주했나.'

얼마 전까지 관동군 참모장, 실질적인 관동군의 수장이었던 그라면 '개인적 일탈'에 등을 떠미는 건 일도 아니었겠지. 오오타는 머릿속을 정리하면서도 분주히 눈앞의 새 권력자를 향해 고개를 숙였다.

"과연! 장군의 말씀대로입니다. 제가 오늘 새로이 개안하는 듯합니다."

"허허. 공자 앞에서 문자 쓴 건 아닐지 걱정되는군. 어쨌거나, 황군은 이미 오래전부터 미국과의 일전을 염두에 두고 있었소."

"그렇습니까?"

"물론이오. 아무리 미국이 이를 갈더라도, 결국 그들은 아시아를 아시아인에게 넘기고 떠날 수밖에 없는 이방인일 뿐. 저들 또한 그 사실을 인지하고 있겠지. 안심하고 미국과의 협상을 잘 마무리 지어주시오."

도조는 슬그머니 가슴팍에 손을 넣더니, 한 장의 편지 봉투를 꺼내 테이블 위에 올려놓았다.

"이건 무엇입니까?"

"킨 장군을 만나러 간다 들었소만."

"그렇습니다."

오오타가 고개를 끄덕이자, 도조는 잠시 망설이더니 말을 이어나갔다.

"내 개인적인 서신이니, 킨 장군에게 전달해주시구려."

"알겠습니다. 혹시 그에게 무어라 전해야 할 이야기가 더 있습니까?"

"내가 할 이야기는 거기에 다 적어 놓았소."

창문으로 쏟아져 들어오는 석양빛에, 도조 히데키의 얼굴 반쪽은 짙은 음영이 져 있었다.

"무릇 명장과의 생사결은 사무라이에게 있어 영광된 일. 황국과 동아의 앞날에 비하자면 과거의 인연 따위 실낱같이 가벼운 일이오."

"……."

"기회가 된다면 가서 전하시오. 백인의 마름으로 추한 생을 이어갈 것인지, 아니면 진정한 아시아의 영웅으로 거듭날 것인지 택일하라고."

이제 샌프란시스코항의 거대한 규모가 두 눈 가득 잡히고 있었다. 과연 황국이 거인의 코털을 뽑고도 무사할 수 있을까? 정말 김유진은 20년 전의 퇴물일까? 전쟁이 터진다면… 이길 수 있을까? 오오타로서는 알 수 없는 일이었다.

멋진 구세계 3

청일 전쟁이 발발하기 약 10여 년 전인 1883년. 일본제국 육군은 미래 황군을 이끌어나갈 최고의 인재를 육성하기 위해 육군대학을 설립했다. 치열한 경쟁을 통해 육군사관학교에 입학하고, 다시 생도들 간의 경쟁으로 성적이 나뉘고, 임관 후에서도 또다시 끝없는 자리 경쟁, 고과 채점을 통해 최고로 평가받은 인재만이 들어갈 수 있는 곳. 앞으로 제국 육군이 존속하는 한 영원히 영광을 누릴 육군대학 제1기 입학생 10명이 선발되었다.

하지만 제1기 졸업생 명단을 받아 든 사람들은 하나같이 육대의 첫 출범부터 큰 파란이 일었다는 사실을 깨달았다. 10명의 인재 중 수석을 거머쥔 장교. 그는 육사 출신이 아니었다. 육군교도단(教導団), 즉 부사관으로 입대하여 전공을 세우고, 유일하게 비—육사 출신으로 육대 입학을 허락받았다.

그는 조슈(長州), 즉 야마구치현 출신도 아니었다. 일본 육군은 그 근간부터 조슈 지역 출신이 대부분이었고, 지연(地緣)으로 이어진 이 공고한 파벌의 벽은 피라미드 꼭대기로 올라가면 올라갈수록 너무나 드높았다. 이 모든 치명적인 결격 사유에도 불구하고 수석으로 육대를 졸업하여, 메이지

천황 앞에 나아가 친히 망원경을 하사받은 이. 그의 이름은 도조 히데노리(東條英敎). 끝끝내 대장 자리에 오르지 못한 채 중장으로 군복을 벗어야 했던 히데노리는 죽는 그 순간까지 조슈 파벌을 저주했고, 끊임없이 대를 이을 장남이 그의 한을 풀어주길 소망했다.

그리고 수십 년의 세월이 흘러. 도조 히데노리의 장남 도조 히데키는 그 원념과 한, 소원을 짊어진 채 명실상부한 일본제국 육군의 실세가 되었다.

"오랜만에 뵙습니다, 데라우치 대장 각하."

"각하라니요, 너무 그렇게 격식을 갖추시면 제가 곤란합니다. 도조 장군이야말로 제국의 앞날을 위해 분골쇄신하고 있지 않습니까."

이게 바로 권력의 힘. 사사로이는 선배 되는 인물이자, 야마나시를 총리대신의 자리로까지 끌어올렸던 심복인 데라우치 히사이치(寺内寿一)조차 권력 앞에선 90도로 깍듯하게 허리를 숙여야만 하지 않은가.

도조가 얼마나 조슈 출신자들을 싫어하는지는 이미 일본군 내에 모르는 사람이 없었다. 그리고 데라우치는 그 조슈 파벌의 좌장격 되는 인물이었고. 날개 꺾인 새가 된 지 오래인 조슈 파벌은 그나마 야마나시의 호의에 기대어 명맥을 이어갈 수 있었지만, 과연 새로운 실권자가 이들을 살려둘지 말지 알 수 없으니 아마 피가 바짝바짝 마를 터. 살고 싶으면 더욱 박박 기는 수밖에 없으리라.

"편히 앉으시지요. 시간이 그리 많지는 않으니까요."

도조는 어떻게든 비굴해 보이진 않으려 애쓰는 데라우치를 바라보며 곧장 본론에 들어갔다.

"저는 오래도록 관동군에서 지냈기에 본국 사정에 그리 밝지는 않습니다. 부디 장군께서 적극적으로 지도편달해 주셔서 많은 가르침을 내려주셨으면 감사하겠습니다."

"가르침이라니요… 하핫."

"지금 제국은 얼마나 더 전면전을 감수할 수 있습니까?"

데라우치의 웃음이 일순간 딱 멈추었다.

"전쟁을 지속할 생각이십니까?"

"그러면 종전할 생각이셨는지?"

"작고하신 야마나시 총리, 그리고 신임 고노에(近衛文麿) 총리 역시 더 이상 전쟁을 지속하……."

"고노에 총리와는 이미 회동했소. 전쟁은 계속될 것이외다."

역시 본토에만 있어서 그런가, 감이 꽤 흐려진 것 같다. 아직도 자신들에게 무언가 선택권이 있으리라 여기는 모양새가 참 가소롭지 않은가.

"감히 일선에서 지나인들을 상대로 용전분투하는 황국의 아들들을 무시한 채 정치꾼들끼리 제멋대로 평화를 논하다니. 이 얼마나 무책임한 일입니까?"

"아닙니다. 결코, 결코 그런 것은 아닙니다."

"어디서 새어나갔나 궁금하십니까?"

"그런 것은 아니옵고……."

모든 면에서 월등한 원정군은 중국의 거의 모든 극비 정보에 침투할 수 있었다. 저 개같은 장개석의 첩보조직 남의사 때문에 간첩 활동은 점점 어려워지고 있었지만, 그들의 통신 내용은 거의 전부 실시간으로 도청하고 있었다.

우습게도, 관동군은 중국에서의 도청 활동을 통해 본국의 외교 교섭 내용을 확인했다. 고노에 총리는 이 명명백백한 증거 앞에서 입을 열지 못했다. 백주대낮에 변사체가 될 각오로 전쟁을 매듭지을 용기 따위 없는 인간이니까.

"더 많은 군대를 상해로 파병해 주십시오. 남경을 함락한 지금이야말로 장개석과 국민당을 영원히 파멸시킬 유일한 기회입니다."

"알겠습니다."

"그리고 자랑스러운 관동군의 기갑부대는 대대적인 정비를 필요로 합니다. 이 소요 또한 확인하고 처리해 주시지요."

"물, 물론입니다. 황군의 모든 힘을 끌어모아서라도 다시 작전 수행 가능하도록 손을 써 놓겠습니다."

"명심하십시오. 대륙 정복이라는 원대한 대업이 눈앞에 있습니다."

무수한 일감을 떠안은 데라우치가 자리에서 일어난 후, 홀로 남은 도조는 조용히 찬장에 있던 술병을 꺼내 들었다.

'이제 어쩌지?'

어쩌지? 어쩌지? 어쩌지? 중국을 정복해? 무슨 수로? 농담도 참. 세 살배기 아이부터 팔순 노인까지 죄다 총 쥐여주고 중국 땅에 보내면 정복할 수 있으려나. 그렇게 해도 못 할 것 같은데.

기회가 보였다. 그래서 거머쥐었다. 그가 쥐지 않았다면, 다른 누군가가 바닥에 굴러다니는 이 황금 같은 기회를 거머쥐었을 테니까.

정복, 전공, 명예, 진급. 그들이 바라는 고기를 마음껏 줬다. 그래서 지금 선배도 총리도 벌벌 기는 권력을 얻었다. 하지만 저 흉폭한 사냥개들에게 신선한 고기를 더 이상 못 주게 되는 순간, 전임자들처럼 아마 도조 자신이 갈기갈기 찢겨져 잡아먹히게 되리라. 하지만 먹이를 주려면?

애초에 중국이라는 그 먹이는 서구 열강이라는 엄연한 주인 있는 몸 아닌가. 안 봐도 훤하다. 주인이 굉장히 화가 나 있겠지. 당장 달려와서 감히 가축을 물어뜯는 야생 일본을 쏴 죽이고 싶을 정도로.

'시간이 부족해.'

문제는 시간이다. 심혈을 기울여 키운 만주국은 이제 제국의 새로운 엔진으로서 그 역할을 다하고 있고, 그 덕택에 관동군은 화북 정복이라는 위업을 달성할 수 있었다. 그러니 앞으로 제국이 처리해야 할 가장 긴급한 사안은 당연히 새로 정복한 화북 지역을 두 번째 만주국으로 만드는 작업. 서구 열강과 최후의 일전을 치를 만한 체급을 맞추려면 이는 필수적이다.

그래, 이기면 된다. 이기면. 여태까지 일본은 모든 전쟁에서 승리해 왔잖

나. 패배의 리스크를 고려했다면 애초에 전쟁 같은 국운을 건 도박에 심취할 일도 없다. 황국은 신이 가호하는 나라니까… 는 개뿔.

죽기 싫다. 어쩌면, 잘하면 뭔가 방도가 있을지도 모른다. 사실 황국이 질 것 같다는 것도 막연한 추측 아닌가. 그동안 황군은 비약적으로 발전해 왔으니, 홈그라운드 어드밴티지를 끼고 수비적 전략을 취하면 강화(講和)를 이끌어낼 수 있을지도 모르는 일이다.

도조는 편지지를 꺼내 신중히 첫 문장을 써 내려가기 시작했다.

* * *

오오타는 샌프란시스코에 도착한 직후부터 나와 만나려고 했으나, 나는 일절 접촉을 삼가고 있었다. 꿩 대신 닭이라고 그는 우선 캘리포니아 일대의 일본계 인사들과 회동하고, 미 서부 지역 정치인들과 만나 얼굴도장도 좀 찍고, 이것저것 하면서 어떻게든 분위기를 반전시키려 용을 쓰고 있었다.

하지만 어림도 없지. 총리대신이나 천황이 달군 철판 위에서 사죄의 절을 올리는 것도 아니고 일개 외교관이 사람 몇 좀 만난다고 여론이 바뀔 리가 있나? 내가 계속 만남을 회피하자 오오타는 도조 히데키가 썼다는 편지만을 우선 전달했는데, 그 내용이 참으로 가관이었다. 편지를 읽은 나는 곧장 다음 날, 오오타와 만났다.

"오랜만에 뵙습니다."

"예, 장군. 참으로 오랜만입니다. 어쩌다 이렇게 되었는지, 외지만 떠돌아다니던 저는 도통 감이 오지 않는군요."

나는 당장이라도 눈물을 좔좔 쏟아내며 할복할 것만 같은 오오타의 면상을 노려보다 한숨을 푹 내쉬었다.

"거… 제가 저번에 뵈었을 때 진작 경고하지 않았습니까?"

"저는 일미 두 나라가 영원히 친교를 돈독히 하기를 원합니다."

"그런데 왜 우리 밥그릇을 건드리세요. 개도 밥그릇 건드리면 화를 내는데 설마 합중국의 밥그릇을 건드리고도 아무 일 없으리라 생각하셨습니까?"

이 새끼들은 진짜 행복회로의 달인들이다. 상대의 움직임을 예상하고 그에 맞추어 전략을 준비하지 않는다. 일단 자신들이 저지른 뒤에 상대가 자신들이 원하는 대로 움직이기만을 기도한다. 기도 메타도 이 정도면 수준급이야 정말. 만화를 많이 봐서 저러는 것 같은데. 만화왕국 일본의 뿌리는 어쩌면 저 행복회로에 있는 게 아닐까?

"찾으셨다기에 제가 직접 왔습니다. 허심탄회하게 터놓고 서로 조율을 해봅시다. 저도 최대한의 권한을 받아 왔으니, 장군께서 부디 두 나라 사이에 비극이 일어나지 않도록 도와주셨으면 합니다."

"흐으음."

오오타와 은밀한 합의를 맺은 지도 제법 오랜 세월이 지났다.

이 공로로 오오타는 승승장구했고, 나는 일본의 견제에서 해방되었을 뿐더러 미국 아시안 사회를 장악할 수 있었다. 열강을 적으로 돌린 상태에선 절대로 불가능한 일이지.

그리고 이제, 오래도록 기다리던 때가 왔다. 나는 일제에게서 받아먹을 건 다 받아먹었으니 거래 조건을 바꿔도 손해 볼 게 없잖아. 크헤헤.

"예전에 제가 말씀드렸지요. 겉으로는 적대하며 실제로는 협력하는 사이가 되자고."

"그랬었… 습니다."

"우리가 협력하면 공동의 이익을 거둘 수 있었습니다. 그때는 말이지요. 하지만 지금은 어떻습니까?"

이제 더 이상 내 이익이 없잖아.

"나는 당신들에게 고용된 직원도, 조국을 배신하는 간첩도 아닙니다. 귀국은 명백히 합중국의 이권을 침해하고 있으며, 귀국을 위해 노력할수록 내 입지가 위태로워집니다. 혹시 제 말에 이의 있으십니까?"

"…없습니다."

오오타는 고개를 떨구었다.

그야 입이 있어도 할 말이 없겠지. 그동안은 서로 상부상조하는 트레이드 관계였는데, 이젠 그냥 구걸하러 온 셈이니까. 그럼 이제 본격적으로 낚시질을 해볼까.

"그러니, 제가 이제 새로운 거래를 한번 제안해보겠습니다."

"무엇인지요?"

그의 눈빛이 달라졌다.

"일본제국은 저에게 내밀 카드가 없지만… 차관님은 저와 아직 거래가 가능하죠."

"지금 저더러 변절자가 되란 말씀이십니까!"

에이, 변절이라니.

"변절이라니요. 너무하시네. 폭주하는 일본에 질서와 안정을 되찾을 준비, 라고 합시다."

"아무리 제가 평화를 갈구하기 위해 찾아왔다지만 이건 모욕적이군요."

"그런데 사실, 저한테 부탁하려 했던 것도 사실상 변절하라는 소리였잖습니까."

나는 그의 대답을 기다리지 않고 편지를 툭 던졌다.

"귀하께서 제게 전달한 도조 히데키의 편지입니다."

"이걸 제가 봐도 됩니까?"

"물론 보여주면 안 되지만, 귀하께선 꼭 봐야 할 것 같습니다."

그는 잠시 고민하더니, 아주 느릿느릿하게 손을 뻗어 편지를 쥐었다.

"거기에 언급된 도조 히데타카 군은 이곳 캘리포니아에서 대학교를 다니며 헌헌장부로 자라나고 있습니다."

"그게 다 장군께서 은덕을 베푼 동양교육발전기금 덕택 아니겠습니까."

"그렇지요. 그리고 입으로는 전쟁을 외치는 분들도, 이렇게 편지를 보내 자식들 걱정에 앞장서고 계시는군요."

나는 내 책상으로 다가가 서랍을 드르륵 열어젖히고는 안에 수북이 쌓여 있던 편지를 잔뜩 꺼냈다. 마치 눈발처럼 무수히 많은 편지가 흩날리고, 그의 눈이 왕방울만 해졌다.

"이것 보십쇼. 이렇게나 많습니다. 하나같이 전부 귀국시키지 말아 달라는 이야기입니다."

"……."

"이게 일본입니다. 정확히 말하면, 동양교육발전기금의 혜택을 입은 일본 최고의 명문가와 지도층 인사들의 민낯이지요! 당신처럼 개천에서 올라온 용은 책임지고 미국에 왔는데, 전쟁의 주범들은 이렇게 살길을 챙기고 있다 그 말입니다!"

"하, 하하, 하하하하."

"너도나도 보험 하나씩은 들고 있는데, 차관님께서도 보험 하나 가입할 생각 없으십니까? 원래 보험도 젊을 때 가입해야 보험료가 저렴하거든요? 제가 우리 차관님께 특별히 좋은 상품을 추천해드리지요."

"제가 뭘 해드리길 원하십니까. 저는 결코 변절할 생각이 없습니다만."

어차피 일본군은 원래 정부 따위 개무시하고 따로 노는 게 전통이고, 정보 공유도 안 해주며, 망하는 그 순간까지 즈그들만의 영역에서 살던 놈들이다. 오오타를 간첩으로 포섭해 봐야 정보 접근엔 한계가 있다 그 말이지.

"살아남으십시오."

"예?"

"어차피 귀하께 바라는 건 딱히 없습니다. 제가 군대를 이끌고 도쿄에 입성하는 그날까지, 살아 있기만 하면 됩니다."

응. 좆본 이기는데 간첩 같은 거 필요 없어. 오히려 이긴 뒤가 문제지. 천황 숭배와 대동아공영권으로 사상 무장한 1억 광신도를 통치하려면 보통 방안으론 안 된다고.

물론 원 역사에서 맥아더가 했던 방식대로 하면 크게 다칠 일은 없다. 전쟁에 협조한 재벌들을 다시 풀어주고, 반공주의의 기치 아래 왕년의 제국주의자들도 사면해주고, 천황과 천황가에게 책임을 묻지 않는 대신 친미 막부를 건설하는 방안 말이지.

근데 난 그러기 싫거든.

"적당히 현실적인 척, 양식 있는 척 계시고. 대충 어디 제3국 같은 곳 대사로 나가서 본토엔 돌아오지 마십쇼. 나중에 전쟁 끝나면… 아시죠?"

보험료 무료. 그런데 보험금 탈 일 생기면 대박. 내가 생각해도 너무 끝내주는 조건이라, 거절하는 게 이상할 정도다 이건.

"…정말 그거면 되겠습니까?"

"아, 가능하다면 협상이 최대한 질질 끌렸으면 좋겠네요."

지금 당장 태평양 전쟁이 터지면 좀 곤란하거든. 침몰선에서 혼자 죽는다고 하면 무척 억울하겠지. 특히나 고관대작들이 전부 구명조끼 하나씩 챙기기 시작하는 모습을 봐버렸다면 더더욱 억울할 테고.

"실은, 제가 들은 게 조금 있습니다만……."

마침내 오오타의 입에서 일본제국의 내부 사정이 하나둘 튀어나오기 시작했다.

그런데 미안해서 어쩌지. 사실 도조의 편지를 제외하면, 전부 날조한 가짜거든. 내가 생각해도 난 너무 착하다니까.

멋진 구세계 4

나에겐 나름대로 안면이 있는 친구가 있다. 대충… A씨라고 하자. 이 A씨는 자기가 똑똑한 줄 안다. 보다 정확하게 표현하자면, 사회적으로 나름대로 명망도 있는 자수성가 화이트칼라들이 으레 그렇듯 자신의 머릿속에 가득한 지식이 자신의 사회생활 능력과 비례하는 줄 안다. 우리도 주변에서 흔히 그런 말 듣지 않나? 직업군인과 교사가 가장 사기 치기 쉬운 상대라고. 바로 그 이야기다. 아무튼 우리의 친구 A씨는 평생 일한 자신의 커리어가 정점에 이르기 직전, 갑자기 전 재산을 어디 한 군데에 몰빵했다.

"이거 무조건 된다니까? 너도 여기 탑승해! 내가 보증한다!"

그러고는 우리도 빨리 탑승하라고 열심히 손을 휘젓는다. 그런데, 사실 내가 회귀한 미래인이라면? 그래서 A가 몰빵했던 그 종목이 대박은커녕 휴지가 된다는 사실을 알고 있다면? 일반적인 방법으로는 이 먹물 잔뜩 먹은 A를 오링의 구렁텅이에서 건져낼 수 없고, 오직 약간의 거짓말로만 이 친구를 구할 수 있다면.

당연히 이 거짓말은 착한 일이 아니겠나. 그러니까 나는 착한 어른이다.

오오타는 내 덕택에 일제 코인에 올인했다가 패가망신하고 스미다강에 다이빙하는 대신 아메리 코인이라는 기적의 777% 떡상 코인을 저점 매수하게 되었으니 당연히 훗날 눈물을 좔좔 흘리며 이 유진 킴의 은덕에 감읍하겠지. 그렇고말고. 안 그러면 사람도 아냐. 솔직히 내가 나쁜 짓을 한 거면 천사소녀 네티도 범죄조직을 결성한 악질 범죄자인걸.

그리고 애초에 난 딱히 거짓말한 적도 없다. 어차피 일본의 고관대작들이 언젠간 내게 편지 보내서 도조 히데키처럼 자식새끼들 미국에 꽉 붙잡고 있으라고 할 텐데 뭘. 난 장막을 들추고 미래를 엿본 뒤 약간… 그들이 써서 보낼 편지를 조금 일찍 내가 먼저 만든 것뿐이다. 잘 헤아려보니 거짓말도 아니잖아 이거?

두뇌를 풀가동해 모든 면에서 논리적, 윤리적 문제를 따져봤지만 역시 만장일치로 나는 선행을 베풀었다는 결론만 나온다. 으음, 사람이 이렇게 착해도 되는 걸까. 어쩌면 나는 내 주변의 나쁜 어른들이 하지 않은 선행까지 전부 대행해주고 있는 게 아닐까?

"자네 요즘."

"예에."

"좀… 지랄이 늘어난 것 같은데."

말을 해도 곱게 할 것이지 저게 뭔가. 밤중에 콱 몽정이나 해버려라. 아재 아직 서요?

과연 아침에 설지 안 설지 의문이 드는 50대 장년 채피는 술을 벌컥이며 이해하지 못하겠다는 듯 고개를 까닥였다.

"아니, 자네 마흔이 넘지 않았나?"

"그렇지요."

"애가 넷에."

"그런데요?"

"그러면 마누라랑 떨어져서 가슴이 뻥 뚫린 해방감에 '크어어어~ 뻑예!' 하면서 행복의 댄스를 파파팟 추는 게 정상 아닌가?"

연신 혀를 차는 그를 보고 있자니 괜시리 부아가 치밀었다. 이 동물의 왕국 같은 1930년대, 아무리 '결혼 따로, 애인 따로'가 드물지 않은 시대라곤 해도 겉으로는 청교도적 윤리를 중시한다고 떠들어대잖아. 그러면 조강지처랑 하하호호 행복하게 사는 나에게 표창장이나 훈장을 줘야 하지 않겠어? 안 그래도 미친 콧수염이 무슨 짓을 할지 몰라 불안해 죽겠다고 말할 수도 없고, 거참.

그 모든 잡념을 싹싹 뚝배기 아래에 깔린 누룽지 긁듯 긁어모은 나는 그냥 냅다 던졌다.

"이제 안 선다고 질투하지 마시고 빨리 일이나 하시죠."

"안 선다니! 안 선다니! 내 주포는 완벽하다고! 당장 마당으로 나와! 결투다아아!!"

"아니, 이래 봬도 명색이 상관인데 이제 윽박지르기까지. 역시 찔려서……."

"니가 거시기에 털 나기도 전에 난 웨스트포인트에 입학해서 야수 막사 굴러다니고 있었어!"

책상을 쾅쾅 두드리고 마구 발을 구르는 모습이 마치 마운틴 자이언트가 따로 없구나. 나는 내 앞에 펼쳐져 있는 무수한 서류를 가만히 바라보다가, 문득 채피에게 궁금한 것이 생겼다.

"선배님."

"나 때는 말이야. 유리를 개박살 낸 뒤에 신입생들더러 그 위에 무릎 꿇으라 한다거나, 텐트 기둥에 원숭이처럼 매달리게 시킨다거나, 엉망으로 가시 돋친 나무판때기 위에서 빤스바람으로 미끄럼을 탄다거나, 앙? 기어이 송장 하나 치워놓고도 아주 별별 짓거릴 다했다니까?"

"선배님?"

"틀니 딱딱대는 소리 그만 떠들고 일이나 하라고? 그래서 일하고 있잖나. 쉬는 꼴을 못 봐주네 에잉!"

후, 피곤하다 피곤해. 기병 병과 마이페이스인 건 혹시 병과 종특인가?

"어, 뭔데."

"혹시 제… 평판 같은 거 들어보신 적 있습니까?"

"자네? 미친놈이지."

0.1초의 망설임도 없이 채피의 입에서 총알이 튀어나와 내 가슴팍에 박혔다. 악! 이건 정말 아프다! 죽었다…….

"아니, 평소 본인의 생각 말고 제 평판 말입니다, 평판."

"그러니까. 가슴에 손을 얹고 자네의 군생활을 한번 돌이켜보라니까? 참모총장도 아니고 별도 아닌 놈이 의회에 출석하질 않나, 하늘같이 높으신 분들 앞에서 니네 틀렸다고 바락바락 대들질 않나, 일개 참모가 상관 뒷목 잡고 쓰러지게 하질 않나……."

억울해. 진짜 억울해. 의회 출석은 내가 전차 발명에 공헌을 했으니 끌려갔던 거고, 바락바락 대든 게 아니라 합중국의 민주주의 정신에 따라 토의에 적극적으로 임한 것이고, 상관이 쓰러졌던 건 평소에 그분이 혈압이 안 좋았던 거고! 아무튼 내 잘못 아니라고!

"그 썩어 문드러진 토마토 같은 표정은 또 뭔가? 갑자기 또 왜 뜬금없이 평판 타령이고. 그냥 겸허히 자신이 또라이라는 사실을 인정하고 일이나 똑바로 해. 그딴 거 생각하고 살았으면 지금 그 나이에 별도 못 달았겠지."

"얼마 전에 제가 다른 사람한테 이야길 들었는데 말입니다. 제가 일본과 친한 사람 아니냔 질문을 들었거든요? 그 사람이 특이한 건지……."

"친한 거 아니었나?"

채피가 눈을 똥그랗게 떴다. 아니, 시발 어째서 다들!

"그러니까 왜 다들 그렇게 생각하는지 이유를 좀 듣고 싶은데 말이지요."

"허어, 이유라. 말이 왜 네 발로 달리느냐는 느낌이라 뭐라 설명하기가 그런데."

잠시 고민하던 채피가 술 한 모금을 또 마시고는 입을 열었다.

"자네, 일본에서 몇 년간 지냈었고, 아시안이고, 그 뭐냐, 일본군이 자네가 발명했던 기관단총 수입이랑 라이센스 했다면서? 자네 지갑 불룩해진 거 아닌가?"

어… 제 지갑이 약간 풍족해지긴 했는데, 그거랑 그거랑 무슨 상관이라고!

"일본에서 돈 버는 사람이면 당연히 일본이랑 친하다고 생각하지 않겠어? 그냥 내 느낌은 그런데, 이게 뭐라 해야 하나. 이유를 말해 달라고 해서 억지로 생각해낸, 그, 무슨 뜻인지 알겠지?"

"예예. 잘 알겠습니다."

결론은 그냥 내가 아시아인이니 이미지가 그렇다는 거 아냐. 이거 곤란한데. 수용소로 끌려가는 미래 따위 저어언혀 사절이라고. 물론 내가 끌려갈 가능성은 0에 수렴하리라. 하지만 내가 일본과 친하다는 의혹을 받으면 대일전 전선에 나갈 확률이 쑥쑥 줄어들지 않겠나.

'저 꼭 참전하고 싶습니다! 제게 군을 맡겨 주신다면 잽스의 모가지를 추수해 오겠습니다!'

'하하하. 저도 킴 장군께 꼭 군대를 맡기고 싶습니다만, 의회와 군부 내에서 조심스러운 의견이 많아서 말이지요. 대신 귀여운 데스크워크는 어떠실까요? 여기 워싱턴 D.C.에 따끈따끈한 일자리가 많습니다.'

'어서 와라 노예! 일해라 노예!'

아, 안 돼. 손에 잡힐 듯이 떠올라. 사탄도 한 수 접어주는 4선의 대악마 루스블로와 피도 눈물도 없는 마셜리엘 밑에서 전쟁이 끝나는 그 날까지 도장만 찍으며 고통받는 미래가 보인다. 안 돼 이런 미래는! 난 감당할 수 없어, 멈춰!

"일단 저는 저어언혀 일본과 친하지 않습니다."

"그래? 그래서, 이제 뭐 반일의 기치라도 들려고 그러나?"

"그래야겠죠. 요즘 꼴 돌아가는 모습을 보니 일본과의 관계는 악화되면 악화되지, 절대 개선되진 않을 테니까요."

악화 수준이 아니라 전쟁으로 치달으니까.

"그러면 그 사업도 다 정리해야겠네?"

"네? 비즈니스랑은 별개 아닙니까."

원 역사만 봐도 미국의 많은 기업들이 독일에 투자하거나 자회사를 세웠고, 그 독일 지사들은 하나같이 독일의 전쟁 수행에 협력했었다. 당장 그 유명한 '환타'도 코카콜라 독일지사가 독자적으로 개발한 제품이고, 미국의 자동차 회사들도 다 독일의 자동차업계에 투자했었고 이들은 열심히 나치 독일의 군사병기를 만들어냈다.

그런데 왜 내가 빼야 하지?

"그야 자네가 군인이니까."

"아."

"그러니까 지금 자네가 원하는 게, '일본이랑 난 원수지간이에요! 사이 나쁨! 나랑 친하다고 생각하지 말아 줘!' 이걸 떠들어대고 싶다는 거잖아. 그럼 당연히 사업 철수가 직빵이지!"

참으로 피눈물 나는 이야기지만, 저 정도는 해줘야 역시 사람들 인식을 바꿀 수 있겠지. 그러면, 본격적으로 사업 철수에 대한 방향을 논의해 봐야겠다.

"고맙습니다. 이제 좀 눈이 트이네요."

"고맙긴. 이제 잽스 이야기 말고 일이나 하자고."

"예예. 그럽시다. 그러니까 말입니다. 제 생각엔 깔쌈하게 기갑사단 예하에 기갑여단 두어 개 두고, 여단 밑에 연대 생략하고 그냥 전차대대 기반해서 대대 몇 개만 두는 방식이……."

"연대를 생략하자고? 파격 수준이 아니라 거의 폭거인데? 일단 이유는 들어봐야 알겠지만, 내 생각에 과연 참모본부가 승인할 배짱이 있을지 궁금하단 말이지."

"그러면 어디 보자……."

오늘도 야근 확정이다. 젠장.

* * *

파란만장한 1936년이 어느덧 저물고, 37년이 다가왔다. 모두가 예상했듯이 대통령 선거에서 다시 한번 압승한 FDR. 이로써 공화당은 대공황의 업보가 남아 있는 한 백악관에 얼씬도 못 한다는 사실을 입증해 보였다.

나는 기갑 관련 업무를 하나둘 쳐내면서 동시에 후버와 손잡고 본격적으로 서부의 아시안 사회를 완벽히 장악하기 위한 밑작업을 시작했다. 이 과정에서 피가 한 방울도 안 흐를 수는 없었다. 애초에 법률 그런 거 다 무시하고 저지르는 짓이었다. 괜히 내가 후버를 끌어들인 줄 아는가. 민간인 사찰, 감시, 미행, 폭력, 그 이상까지.

하지만 어쩌겠는가. 만약 전쟁이 터졌는데 진짜 [일본제국에 충성을 다하는 일본계 미국인! 우리의 안방을 위협하다!] 같은 헤드라인 걸리는 순간 미합중국 아시아계 사회는 통째로 파멸한다. 세계대전이라는 거대한 폭풍이 온다는 걸 알고 있는 입장에서 인권을 부르짖기엔 내 등에 실린 짐이 너무 많았다.

소련에서 대숙청의 칼날이 번뜩이고. 중국의 패망으로 종결될 줄 알았던 중일 전쟁이 바닥이 보이지 않는 거대한 수렁으로 뒤바뀌어 서서히 일본군의 피를 방울방울 빨아먹기 시작하고. 아프리카 유일의 자주국이었던 에티오피아가 멸망당하고 이탈리아 왕국의 깃발이 휘날릴 무렵.

"와아아아아아!!"

"대독일! 대독일! 대독일!"

"하일 히틀러! 하일 히틀러!"

모두가 환호하는 가운데.

"친애하는 오스트리아의 자랑스러운 게르만 민족 여러분! 도이치제국의 총통으로서, 마침내 저의 고국이 독일과 하나 되었음을 전 세계만방에 고하는 바입니다!"

안슐루스(Anschluss). 오스트리아의 수도 빈에 입성한 아돌프 히틀러는, 하켄크로이츠를 열렬히 흔들어대는 민중의 품속에서 오스트리아의 합병을 선언했다. 앞으로 몇 발자국 남지 않았다.

더 울프 오브 캠프 녹스 1

1937년 봄. 켄터키주, 포트 녹스(Fort Knox).

새로운 임지를 발령받은 한 젊은 소위는 저 멀리 보이는 건물을 보며 떨리는 가슴을 부여잡았다. 미합중국, 아니, 약간의 소란스러운 과장 곁들여 전 세계의 주목을 받는 미합중국 육군 기갑사령부가 진을 치고 있는 곳.

전차란 단순한 병기가 아니다. 구대륙처럼 인습에 얽매이지 않는 창의성, 거침없이 험지를 돌파하는 불굴의 의지, 강철과 같은 개척정신을 보여주는 아메리칸 스피릿의 정수라 할 수 있다. 기행의 나라 영국인들이 쓸데없이 덩치만 큰 '육상전함'에 집착할 때 합중국이 이루어낸 이 놀라운 성과를 보라.

그리고 저 포트 녹스에 앉아 있을 누군가와 그와 함께하는 사람들이야말로, 세계 육군의 첨단 트렌드를 선도하는 이들이었다. 그리고 이제 그 대열에 그도 포함되었다는 사실이 가슴을 두방망이질 쳤다. 소위가 웨스트포인트에서 청춘을 태울 무렵, 영화 〈326 전차군단〉이 공전절후의 히트를 쳤었다. '이 영화는 실화에 기반하였습니다.'라는 문구를 보고 피가 끓어오르지 않으면 어찌 자랑스러운 사관생도라 할 수 있겠는가.

그리고 그중에서 앞으로 기갑 병과에 뼈를 묻겠노라 다짐하는 사람이 나타나는 것도 별로 이상한 일은 아니었다. 탱크 장난감을 사달라고 바닥을 데굴데굴 구르며 있는 힘껏 울어재껴대는 남자애들이나 참호 바닥을 데굴데굴 구르는 사관생도들이나 어차피 정신 수준은 거기서 거기인 법이니까. 물론 소위 또한 그 결심 직후부터 지긋지긋하게 설득과 회유를 당했었다.

'기갑 병과에 미래가 있을까?'

'아니, 미래는 있어도 보직은 있을까? 잠깐 반짝하는 신병기에 불과하다면 군생활 좋날 텐데?'

하지만 그는 꿋꿋했다. 전차는 충분히 인생을 걸만한 마스터피스였으니까. 그리고 인사명령을 받는 순간, 그는 환희에 가득 찼다.

"자네가 새로 배속받은 킴 장군의 전속부관이로군."

"그렇습니다!!"

"얼마나 오래 버틸지 두고 보지. 흠, 혹시 못 버티겠다 싶으면 언제든 나한테 달려오게나. 전쟁부에 새 친구를 보내달라고 요청해야 하거든."

"그럴 리 없습니다!!"

"하. 지켜보지. 따라오게."

그렇게 인사참모의 뒤를 따라 사령관 집무실로 향한 그는 잠시 후 희한한 사운드를 접했다.

와지끈!

쾅! 쾅쾅쾅!

쿵!

"참모님. 안에, 소리가."

"아. 괜찮아. 늘 있는 일이거든."

똑똑!

"장군님?"

쾅! 쾅쾅쾅쾅! 쾅!

문 저편에선 대답 대신 무어라무어라 하는 고함소리만 들렸다. 소위는 힐끗 문 앞에 붙은 팻말을 다시 확인했고, 사령관실이 맞다는 사실도 다시 확인했다. 그러면 이 소리는 대체 뭐란 말인가?

"들어가겠습니다."

하지만 참모는 3초도 채 기다리지 않고 아무렇지도 않게 벌컥 문을 열었고, 집무실 안의 뜨끈뜨끈한 열기가 탈출구를 찾아 쑤욱 빠져나와 소위의 몸을 갈겼다.

"이건 불가능해, 아니, 안 돼! 내 눈에 흙이 들어와도 안 돼!"

"안 되긴 개나발이! 안 되는 건 그 꽉 막힌 나무대가리고!"

"전차가 무거워지면 무거워질수록 지나갈 수 없는 교량이 늘어나는데, 여기서 더 무거워져?! 후배님, 기동이야말로 기병의 으뜸 가치란 말이야!"

"기동만 잘하고 싶으면 장갑차 쓰지 왜 전차를 굴리냐고!"

"장갑차랑 전차랑 같나!! 니 엉덩이에 구멍 뚫려 있다고 거기로 애 낳을 수 있나! 앙?!"

"그 더러운 궁둥짝에 맨홀 뚫린 건 독일 놈들한테 총알구멍 뚫린 선배 님이잖습니까!"

"야 이……."

뭔가, 뭔가 굉장한 이야기가 오가고 있다. 아무것도 못 들었다. 아무것도 못 들었어. 캉브레의 전설적 영웅들이 조야하고 저질스럽게 서로 중지를 치켜들고 부모 안부를 물을 리가 없잖나. 하하. 소위의 방어기제는 아주 충실히 작동했고, 방금 그 자신의 고막을 자극했던 대화내역은 모두 반대쪽 귀로 배출되었다.

"실례합니다. 새 전속부관이 배달 왔습니다."

"아, 오셨군. 선배님도 마침 잘 됐으니 인사나 하시죠."

"험험, 그러지."

서로 욕지거리를 해대던 사람들이 순식간에 손을 내리고 표정을 가다듬은 채 그에게로 다가왔다. 육군 장교의 복장을 단정히 차려입은 동양인. 원래 군인들은 빨리 얼굴이 삭는 편인데, 이 사람은 혼자 노화가 비껴가는 것 같다. 반쯤 하얗게 센 머리칼만 아니었다면 아부 반쯤 섞어서 20대 후반 같다고 말할 수도 있겠지. '제복'과 '동양인'이라는 조합은 너무나 이질적으로 느껴지지만, 그 어색함이야말로 눈앞의 이 사람이 얼마나 전인미답의 길을 걸어왔는지 증명한다.

유진 킴. 캉브레, 아미앵, 생미이엘, 그리고 뫼즈—아르곤. 20대에 별을 거머쥔 희대의 예언자가 눈앞에 있었다.

"처음 뵙겠습니다! 저는……."

"아아. 각 잡지 말고. 매번 신고받을 때마다 불편하다고. 귀관은 이름이 뭔가?"

인사참모가 신상명세가 담긴 파일을 킴 준장에게 넘기는 동안, 그는 우렁차게 자신의 이름을 외쳤다.

"크레이튼 윌리엄스 에이브럼스 주니어(Creighton Williams Abrams Jr.)입니다!"

"…에이브럼스?"

"그렇습니다!"

킴 준장은 잠시 넘겨받은 신상명세를 뚫어져라 보더니, 이내 다가와서는 오른손을 내밀었다.

"기갑군 사령부에 온 걸 환영하네. 생긴 걸 보니 딱 기갑 병과 하게 생겼구만."

"감사합니다!"

"기갑 병과 하게 생겼다는 건 또 뭔가?"

"이렇게 생긴 거요."

옆에서 띠꺼운 표정으로 물을 벌컥벌컥 마시고 있는 저 사람은 안 봐도 알겠다. 미 육군 최고의 미친개 중 한 명이라는 패튼 중령이 틀림없었다. 하필 첫날부터 패튼을 만나다니. 운수도 사납지. 하지만 기갑 병과, 그것도 기갑군 사령부에 발령받은 이상 어차피 피할 수도 없다. 지금 좋은 인상을 남겨야……

호다닥 자신의 자리로 달려간 킴 준장은 서랍에서 손거울 하나를 꺼내와서는 득의양양하게 슥 내밀었다.

"자, 보이십니까?"

"뭐? 내 얼굴?"

"길가의 개똥이라도 씹은 것마냥 잔뜩 찡그린, 성깔 더러운 인간 하나가 보이지 않습니까?"

"이 자식이 그냥!"

이게… 이게 그 캉브레의 영웅들 노는 모습인가. 얼마 전 졸업한 웨스트 포인트에서 멍청이들 놀던 거랑 별반 차이도 없는 것 같은데? 에이브럼스의 머릿속에서 거대한 지진이 일어나며 열심히 쌓아 올린 상상의 탑이 폭발사산했다.

"새로 오신 분 사람 하나 붙여서 기지 안내 좀 시켜주시고요. 본격적인 업무랑 인수인계는 내일부터 진행하면 되겠네요."

"알겠습니다. 그럼 나가 보겠습니다."

"예, 고생하시기 바랍니다."

참모의 손짓에 에이브럼스는 허둥지둥 그의 뒤를 졸졸 따라 나왔고, 문을 닫으려고 집무실 문고리를 잡았다. 그리고 바로 그 순간.

"그러니까!! 전차가 무거워지면 교량을 못 지나가는데! 험지돌파가 특기인 병과가 강을 못 지나가면!!!"

"적이랑 마주하면 죄다 폭죽처럼 삐유우웅하고 터져나갈 전차를 찍어내자고요? 차라리 장갑차는 싼 맛에 굴리기라도 하지! 교량이 문제면 교량 확보나 도하 담당할 공병대를 죄다 트럭에 태워서……."

"빨리 안 오고 무엇 하나? 얼른 갑시다."

"아! 옙!"

"저기에선 총소리가 들려도 신경 쓰지 말고."

"넵."

소위는 다시 쾅쾅 소리가 울려 퍼지는 집무실을 못 본 체했다. 오자마자 여기에서의 룰 하나를 배웠다.

* * *

"결혼했나?"

"네, 졸업하고 곧장 결혼했습니다."

"그래? 에이브럼스 부인이 앞으로 날 저주할 일이 많겠군. 주일에 예배볼 때 나를 위해 기도 좀 팍팍 올려주게."

인수인계와 함께 본격적으로 킴 장군을 모시게 된 첫날, 장군의 첫 질문은 참으로 의미심장했다. 그리고 곧장 그날 당일부터 왜 저렇게 말했는지 알게 되었고.

"장군님, 23시인데 퇴근 안 하시는지요?"

"퇴근은 무슨. 귀관이나 빨리 들어가게."

어떻게 업무 첫날에 당당하게 퇴근할 수 있겠나. 아무리 그래도 그건 아닌 것 같았다.

"나는 기다리는 사람이라곤 하나도 없는 불쌍한 중년이라 일 좀 더하다 가도 돼. 신혼이 왜 이 시간까지 남아 있어? 눈치 좀 그만 보고 썩 가."

"그, 그럼 들어가 보겠습니다."

"그래. 가기 전에 커피 한 잔만 좀 타주고."

기갑군 사령부는 만성적인 인력 부족 상태였다. 그 탓에 썩 많지 않은 수의 포트 녹스 장교들은 항상 커피를 물처럼 마셔댔고, 사무실은 항상 너구리 굴처럼 담배 연기가 자욱하니 깔려 있었다.

그리고 최종 결재자이자 이 모든 거대한 행정 작업의 정점에 있는 킴 준장은 주말 따위 없이, 바위 굴리는 시시포스처럼 펜과 타자기를 두들겨댔다. 아미앵의 영웅은 온데간데없고 이곳에 있는 건 오직 초췌한 공무원뿐이었다. 하지만 다시 며칠이 지나, 에이브럼스 소위는 킴 준장의 업무가 단순한 데스크워크뿐만이 아니라는 사실 또한 배울 수 있었다.

"장군님. 금일 뵙기로 한 레슬리 맥네어 준장님께서 도착하셨습니다."

"으으으!! 또 날 괴롭히러 왔구만. 오늘은 또 무슨 희한얄궂은 이야기를 하려고 오셨나."

킴 장군이 미숙한 흑인들을 이끌고 기적을 써 내려간 불패의 지휘관으로 그 명성을 떨쳤다고 한다면, 맥네어 장군 역시 대전쟁 때 그 능력을 인정받아 대위에서 준장까지 수직 상승한 육군의 능력자 아닌가. 그런 맥네어 장군을 무슨 일수 뜯으러 온 달건이처럼 여기는 모습을 보고 있자니, 일개 소위에 불과한 그는 괜히 뒷골이 뜨뜻미지근했다.

"킴 준장."

"오랜만이군요. 어깨의 별이 참으로 영롱합니다! 다시 한번 축하드립니다."

영웅과 영웅의 만남이라니. 둘 중 누가 참모총장이 되어도 전혀 이상하지가 않다. 그러나 기껏 이 켄터키까지 걸음한 맥네어 장군은 누구 아들이 결혼했네, 누구는 새장가를 들었네 하며 실컷 잡담만 늘어놓는 것이 아닌가.

"그러고 보니, 킴 장군은 신병기에 항상 관심이 많았었지요?"

"뭐, 그 정도까진 아닙니다. 안 그래도 얼마 전에 기사도 하나 났잖습니까, 비리가 어쩌네 하면서. 자제해야지요."

피식. '자제'라는 단어를 듣자마자 맥네어는 우습지도 않다는 듯 얼굴 가득 비웃음을 머금었다.

"흠. 언제부터 그런 거 신경 쓰셨다고 그러십니까. 언제였지요? 해병대차기 상륙주정(上陸舟艇) 사업 때 킴 장군이 우보크에서 뿌린 돈이 제가 알기로……."

"어허! 전 아무것도 모릅니다!"

"그그, 누구더라. 히긴스(Andrew Jackson Higgins) 씨였던가요? 확 일본에 팔아버린다고 난동부렸던. 그분 킴 장군 밑에서 일하는 분 아니던가요?"

"한때 잠깐 안면을 트긴 했지요. 동생이 보트에 좀 관심이 있어서. 그런데 그게 끝입니다. 저랑 딱히 별 관계도 없고, 클린 그 자체인데요. 혹시 이제 짬밥이 질려서 검찰로 전업하십니까? 갑자기 왜 옛이야기를 꺼내시는지?"

"제가 요즘 포격 관측용으로 오토자이로(Auto-Gyro, 헬기와 유사한 항공기)에 꽂혀서 말이지요. 어떻습니까. 제 개인적 연구로는 제법 미래가 창창해 보이던데."

그렇게 두 장성은 구렁이 담 넘듯 그 오토자이로라는 신무기에 대해 입이 부르트도록 떠들어댔고, 커피잔을 두 번 더 리필하고 담배꽁초의 둔덕 하나를 만든 뒤에야 비로소 정적이 찾아왔다.

소파에 몸을 완전히 젖힌 채 천장을 지그시 응시하던 맥네어가 툭 던지듯 폭탄발언을 내뱉은 건 그때였다.

"신편할 기갑부대에, 4.2인치 박격포를 트럭에 실어서 활용할 계획이 있다고 들었습니다."

"예? 예, 그러려고요. 최전방의 전차부대에 즉각적으로 연막을 차장해 줄 수 있다면 얼마나 효율적이겠습니까?"

"흐음. 그렇겠군요."

어둠을 헤치고 역을 떠나려는 기차가 연기를 힘차게 뿜어내듯, 맥네어의 입에서도 담배연기가 솟구쳤다.

"하지만 잘 알고 계시겠지요? 박격포도 포(砲)입니다. 당연히 우리 포병 병과가 컨트롤할 대상이란 뜻이지요."

"아, 제발. 오토자이로는 얼어죽을. 이거 이야기하러 왔구만!"

"흐흐흐."

"이러지 좀 맙시다. 지금 무슨 제가 155mm 야포를 바랬습니까, 105mm를 바랬습니까. 꼴랑 그 코딱지만 한 박격포를 뺏어가겠다구요? 벼룩의 간을 빼먹어! 아니, 내 간 빼먹어! 내 가아아안!!"

얼굴이 시뻘게진 킴 장군이 고함을 버럭버럭 질렀지만 맥네어는 유유자적 그 자체였고, 킴이 최연소 현역 장성의 명예 따위 내팽개치고 애걸까지 했는데도 결국 돌아오는 것은 피도 눈물도 없는 사채꾼 맥네어의 압류 딱지뿐이었다. 그가 떠난 후, 소파에 벌러덩 누워 맥네어를 연신 저주하던 킴은 완전히 얼어붙어 직립 자세를 취하고 있던 자신의 부관에게로 시선을 옮겼다.

"부관?"

"옙!"

"밖에 나가서 소금 좀 뿌리게."

"소금 말씀이십니까?"

"사탄이나 마귀를 막는 조선의 전통 풍습일세. 굵직한 왕소금으로 팍팍 뿌려!"

까라면 까야 하는 법. 명령을 수행하기 위해 집무실을 나서려던 에이브럼스의 등 뒤로 장군님의 갈라지는 목소리가 들렸다.

"봤지? 내가 이렇게 산다."

가슴이 찢어질 것만 같았다.

* * *

특급 허리케인 '맥네어' 상륙 이틀 뒤.

"안녕하십니까, 킴 준장."

"반갑습니다. 화학 쪽에선 또 어쩐 일로……."

"거두절미하고 본론으로 들어가지요. 미 육군이 보유 중인 M1 박격포는 오직 연막탄을 발사하는 용도로만 사용될 예정입니다. 훗날 어찌 될진 모르겠지만 현재로선 그렇단 말이지요."

그놈의 평화가 뭐길래. 의회 놈들은 가끔 보고 있노라면 온갖 비상식적인 일을 시민의 뜻이랍시고 저지르곤 했다. 왜 기껏 박격포를 만들어 놓고 포탄을 안 쏜단 말인가? 이래서야 박격포가 아니라 연막살포기 아닌가.

"예에, 뭐. 잘 알고 있습니다. 저는 해당 박격포를 공격용으로 사용할 의사가 없으며, 어디까지나 연막 차장용으로 간주하고 있습니다."

"그러면 이야기가 빠르겠군요. 모든 화학적 작용제는 저희 화학 병과가 전담하며, 연막탄 또한 화학적 작용제입니다. 그러니 킴 준장이 준비하고 있는 기갑 편제에서 박격포는 저희와 별도의 협의를 거쳐야 할 것으로 보입니다."

"…박격포에 관해서라면 포병 친구들이 자기네 관할이라고 하던데 말이지요."

"그딴 놈들 말은 무시하시오! 그건 우리 거야! 우리 거라고!!"

"논쟁을 하든 결투를 하든 내 알 바 아냐! 당신들끼리 박격포 엄마 누군지 결정해서 오란 말입니다! 썩 나가! 나가서 솔로몬이나 만나고 오라고!!"

장군이라는 건 굉장히 어려운 일이 틀림없었다. 에이브럼스 자신이 꿈꾸고 준비하던 군생활은 나이값 못하는 아저씨들이 벌이는 질척질척하고 추잡한 땡깡이 아니었는데.

"부관, 에이브럼스 소위?"

"예, 장군님!"

"당장 내 관사로 가서 위스키 한 병만 좀 가져오게."

그는 도저히 그 명령을 거역할 수 없었다.

고증입니다

롤스로이스 장갑차

본문에서 언급되는 장갑차는 위와 같은 '철판 두꺼운 차'에 가깝습니다. 절대 21세기의 장갑차가 아닙니다.

크레이튼 에이브럼스는 오늘날 미군의 주력전차 M1 '에이브럼스'에 그 이름을 남겼습니다.

더 울프 오브 캠프 녹스 2

40대의 젊은 나이에 별을 달고 동시에 아무리 신생이라곤 하지만 한 병과의 수장이 된 인물이 결코 범상할 리가 없다. 물론 곁에서 보고 있노라면 가끔 존경심에 회의감이 들 때도 있긴 했지만, 킴 장군이 일을 처리하는 모습을 바로 곁에서 보고 있는 에이브럼스 소위가 꽤 자주 하는 생각이 있었다.

보는 시야가 아예 다른 것 같다.

패튼 중령이 활화산 같은 에너지를 망토처럼 두르고 있다고 하면, 킴 준장은 자신의 예측에 대한 무한한 확신을 갑옷처럼 둘둘 말고 있었다. 미래를 보고 오기라도 한 듯한 그 무한한 자신감이 저 고속진급의 원천이 아닐까.

"소위, 왜 죽상인가?"

"괜찮으십니까? 어제 퇴근도 안 하신 것 같은데."

"집에 갔다 왔네. 가서 잠깐 씻고 왔지."

"개라도 한 마리 기르시는 게 어떻습니까? 강아지 귀엽습니다, 강아지."

"내가 밥 주고 산책시킬 시간이 어딨어."

그렇게라도 퇴근을 하란 뜻이건만. 에이브럼스의 안구가 촉촉해졌다.

"이 빌어먹을 지옥불대륙 같으니. 김치맨은 어쩔 수 없는 종자들인가? 야근이 종특이야?"라고 이해하기 어려운 말을 중얼거리던 킴은 오늘의 업무를 시작할 준비를 끝냈다.

"자네는 뭐 딱히 할 일 없지?"

"예."

"그럼 자네도 어디 대충 꼽사리 껴서 앉아 있게. 공부는 해야 하니까."

오늘 오전, 킴 준장의 일은 바로 전차 학교 특강. 새 노예를 키워내겠다는 유진 킴의 야망이 활활 불타고 있었다.

내 새끼들.

도로시.

엄마.

못난 동생들.

보고 싶어…….

이러다 죽는다. 진짜 죽어! 어째서 인생 2회차인데 유유자적 개꿀 인생 대신 지옥불반도식 크런치 모드를 살아야 하냐고! 하지만 어쩔 수 없다. 적어도 오늘까진 버텨야 한다.

지금 기갑의 미래는 참으로 암담했다. 보병부대에 배속되어 있던 전차, 그리고 기병부대에 배속되어 있던 전차 모두를 넘겨받는 데 성공했고 일부 기병부대는 이제 기갑부대로 전환 절차를 밟고 있다. 여기까진 나도 축배를 들었었다.

하지만, 대공황이라는 환경과 시대적 변화, 그리고 너무나 작은 미 육군이 콜라보를 이루자 재앙의 징조가 보이기 시작했다. 안 그래도 일선에서 뛰고 있는 패튼이 얼마 전에 탄식을 했었다.

"개병신 짬통 꼬라지 같으니."

"또 뭐가, 뭐가 문제라서 그리 뿔이 나셨습니까? 제발 일거리 좀 그만 주세요."

"정말 급한 문제야. 어차피 해결도 못 할 일이니까 닥치고 그냥 듣기나 해."

"후우… 뭐죠?"

"부사관들. 걔들은 이제 감당 못 해. 못 해먹겠다 이거지."

"…어, 음, 음… 그분들 입장이 이해가 안 되진 않네요."

안 그래도 군대에 돈 쓰기 싫어하는 미합중국이 대공황까지 맞았다.

"기병? 그 나팔 불고 기마돌격하는 그거요?"

"그런 쓰잘데기없는 병과도 세금을 타 먹고 있습니까? 아직 서부에 잡을 인디언이 남아 있나?"

"걔들 말만 군인이지 올림픽 나가고, 폴로나 하는 한량들 아냐!"

설상가상으로, 기병은 미합중국 육군 병과 중에서 가장 이미지가 개차반이었다. 어지간한 집안이라면 최소한 자동차 한 대씩은 장만하던 시대, 기술과 과학을 끝없이 칭송하던 시대에 과거의 추억 같은 기병은 오히려 조롱거리였으니까.

그 결과, 장교를 안 뽑는다. 우리가 기갑부대를 편성하기도 전에, 이미 기병부대는 만성적인 장교 부족에 시달리고 있었다. 괜히 기병대가 열정적으로 기계화, 기갑으로의 변신에 찬동한 게 아니다. 기병들은 존폐의 위기, 수십 년 전 마부들이 했던 것과 똑같은 고민에 내몰려 있었다.

아무튼 여론에 누구보다 민감한 의원 나리들은 기병 병과 TO에 짜게 굴었고, 그래도 부대는 굴려야 하니 그 결과 부사관들의 역할이 더더욱 커졌다. 한국군으로 치면 중대, 대대급에 장교가 하도 없으니 행보관과 주임원사가 위관급 장교가 해야 할 일 일부를 떠안게 된 셈이다.

나쁘진 않았다. 부사관들은 자기 부대에서 잔뼈가 굵은 인물들이고, 정식 장교 교육을 받지는 못했지만 대신 짬에서 우러나오는 바이브라는 게 있으니까.

"내 밑에 있던 부사관들이랑 어제 술 한잔했는데 말야… 울더라고."

이 이야기를 꺼낼 때 패튼은 입맛이 쓰다는 듯 시가를 쉴 새 없이 태웠다.

"자기는 무식해서 변속기 정비네 뭐네 백날 교범 읽어봐야 모르겠다고. 까라면 까는 것도 알아야 까지 모르는데 어떻게 까냐고 막 울더라고. 부대가 개판이야."

"시간이 해결해 주겠지요. 저도 뾰족한 수는 없습니다."

하루아침에 기병부대가 기갑부대로 바뀌고, 정든 말을 뺏기고 대신 M2 전차를 지급받았으며, 마구간 대신 정비창이 샘솟고 주둔지마저 낯선 켄터키로 바뀌었다. 관습과 경험에 의지하던 부사관들은 거의 모든 무기를 압수당한 셈이다.

그러니, 내 최우선 목표 중 하나는 기갑으로 병과 전환한 장교들의 머릿속에 빨리빨리 새 지식을 처박는 일이었다. 기갑 병과 TO의 확대는 롯데 우승 같은 꿈속의 꿈이니 일단 기도만 하고 있자. 내가 강의실에 들어오자 소란스럽던 장내가 싹 조용해졌다.

"제가 누군진 다 알죠? 그러니 경례니 뭐니 다 생략하고, 바로 강의부터 들어가겠습니다."

이 전차 학교도 문제다. 보병전차와 기병전차가 분리되어 있던 만큼, 보병 쪽도 독자적인 전차 교육 커리큘럼을 갖고 있었다. 그런데 이번에 기갑군이 신설되면서 그게 붕 떠버렸고.

빌어먹을, 어째 자꾸 머리에 해야 할 일만 마구 떠오르네. 지금 당장 할 일이나 똑바로 해야지.

"미리 안내드린 대로, 기갑군 창설 직전에 있었던 제2군의 지난 기동훈련을 복기해보도록 하겠습니다. 이 자리엔 지난 훈련에 참여했던 분들도 많으니 좋은 의견이 많이 나오면 좋겠군요."

침묵. 반응이라곤 없네……. 아니지, 원 스타가 앞에 나와서 떠들고 있는데 쟤들 지금 허리 펴고 안 풀어지려고 용쓰고 있겠네. 차라리 빨리빨리 진행이나 하는 편이 쟤들한테도 낫겠다.

"미시간에서 시행했던 제2군 기동훈련에서, 기갑여단은 적이 구축한 진지를 무너뜨리고 성공적인 작전을 수행할 수 있었습니다. 정찰, 산발적 교전, 집중과 돌파, 추격까지. 2년 전에 있었던 훈련과 무엇이 달라졌기에 이토록 큰 성과를 거둘 수 있었을까요?"

사방에서 삐약이들이 손을 번쩍 들었다. 역시, 눈치 좀 본다고 그랬던 거지 다들 열의가 넘치는구만.

"말해보세요."

"신형 M2 전차가 대대적으로 도입되었습니다."

"물론 그것도 있지요. 그럼 다시 묻겠습니다. 왜! 왜 M2로 바꿨더니 이렇게 우수한 전과를 선보일 수 있었습니까?"

"더 빨라져서?"

"무전기가 도움이 되었습니다."

"그렇습니다! 여러 원인이 있겠지만, 저는 가장 중요한 것을 꼽으라면 무전기를 첫 번째로 놓겠습니다."

역시. 아직 미군엔 희망이 있어. 그리핀도르에 5점 주고 싶네.

"무전기! 더 많은 무전기! 통신이야말로 1+1을 2가 아닌 11로 만들 수 있는 수단입니다. 갑갑한 철판에 감금당해 있는 전차병들을 죄수가 아닌 병사로 만들 수단은 오직 무전기뿐입니다."

깃발 그거 나도 휘둘러봐서 안다. 안 보여, 시발.

나는 온갖 개지랄을 해 가며 내가 지휘할 때 있었던 일들, 문제점, 각종 일화를 죽죽 읊어주었다. 무전기야말로 신이다. 꼬우면 전령 써서 부대 통제해 보든가.

"다음으로 고려해야 할 점은 어떤 게 있을까요?"

"기갑여단에 중대장으로 배속되었습니다. 제 경험으로는 보병이 보다 더 필요했던 것 같습니다."

전차 따로 보병 따로는 확실히 효과가 훨씬 줄어든다. 둘을 잘 스까야 최선의 결과가 나오지. 전문용어로 보전협동. 하지만 액셀 신나게 밟으며 험지를 주파하는 전차와 총 들고 군장 메고 두 다리로 뚜벅뚜벅 걸어 다니는 뚜벅이들의 속도 차이 때문에, 말만 쉽지 참 어려운 일이다.

"보전협동 중요하지요. 저 또한 더 많은 보병부대가 전차를 엄호해줄 수 있도록 노력하고 있습니다. 하지만 지난 훈련에서 본 바와 같이, 보병이 탑승한 트럭이 전차의 기동을 따라오지 못하는 경우가 잦습니다. 훈련에서도 이런 문제가 발생하는데 실전은 어떻겠습니까?"

나는 분필로 큼지막하게 트럭에 탄 땅개 친구들을 그린 뒤 힘차게 X표를 쳤다.

"이런 문제를 극복하기 위해, 지금도 높으신 분들께 하프트랙을 사달라고 힘껏 졸라대고 있습니다. 그때까지 기다려주시기 바랍니다."

"하지만 최소한 편제라도 미리 잡아서 배속시키면 안 되겠습니까?"

"그건 또 복잡한 일이어서 말이지요."

그 '복잡한 일'을 애들이 알았다간 자라나는 노… 꿈나무들이 마음에 큰 상처를 받을 것만 같아 자세한 이야기는 생략했다.

1시간에 걸쳐 나는 목이 다 갈라지도록 이 친구들에게 최대한 급한 것들만 머리에 때려 박고자 노력했고, 미래의 꿈나무들 역시 보는 이가 흐뭇해질 정도로 열심히 노력하는 모습이 역력했다.

그 따뜻한 마음을 품에 끌어안은 채, 나는 오늘도 내 서류 처리 시간을 빼앗는 악의 무리들을 물리치러 나아가야만 했다. 그나마 오늘은 아는 사람 얼굴을 봐서 다행인가 싶기도 한데, 내가 맥네어에게 명치를 얻어맞고 깨달은 건 아는 놈이 더하다는 불변의 진리였다. 설마, 설마 오늘도 통수를 맞진 않겠지. 난 그렇게 생각하며 오늘의 손님을 맞이했다.

"오랜만이군, 후배님."

"반갑습니다, 맥아더 의원님! 이 머나먼 켄터키까지 오신 것을 진심으로 환영합니다."

"우리 사이에 언제까지 그리 딱딱하게 부를 텐가? 그냥 '더그'라고 부르게."

"하, 하하하……."

정치인 다 되셨네 진짜. 미합중국 육군 역사상 가장 똑똑한 인물을 일렬로 줄 세우면 항상 제일 앞에서 맴돌 사람답게, 그는 훌륭한 교사의 가르침을 스펀지가 물 빨아들이듯 완벽하게 체화할 수 있었다. 비정한 의사당 패싸움에서 결코 꿀리지 않고 노련미를 보이는 맥아더 의원 나리의 모습에서, 나는 때때로 장인어른의 그림자가 비쳐 보이곤 했다. 괜히 코가 시큰거리네.

민주주의의 수호자 더글라스 맥아더 의원은 하원의원 경력도 없이 그대로 상원에 입성했지만, 그의 당내 영향력은 날로 커져만 가고 있었다. 명예훈장 수훈자네 뭐네 하는 거 다 젖혀두고, 공화당이 워낙 개박살이 난 탓이다.

작년 대선, 523 대 8로 FDR 압승. 상원, 민주당 76석에 공화당 16석. 하원, 민주당 340석에 공화당 80석.

공화당은 이제 정당도 아니다. 이게 과연 6년 전까지만 해도 집권 여당이었던 당의 꼬라지란 말인가? 10년 전에는 민주당이 역적당이고 오직 공화당만이 영원토록 미국의 여당일 것만 같았는데, 정치란 정말 굉장하다. 그러니 캔자스에 떡하니 알박고 버티고 있는 맥아더는 순식간에 공화당의 중진급 인사가 되었다. 아마 FDR은 나를 통해서 맥아더도 영입해 오고 싶은 것 아닐까 하는 생각도 드는데.

그나저나 오늘 맥아더는 처음 보는 분을 한 명 데리고 왔다. 내 의아함을 눈치챈 듯, 그는 곧장 그를 소개시켜 주었다.

"오늘은, 여기, 우리 캔자스의 하원의원이신 윌리엄 램버슨(William Purnell Lambertson) 의원을 모시고 왔네."

"만나서 반갑습니다. 아미앵의 영웅을 이렇게 뵈니 감개가 무량합니다."

"기갑군 사령관을 맡고 있는 유진 킴 준장입니다. 모시게 되어 진심으로 영광입니다."

하원의원은 또 왜? 나 진짜 정치에 손 뗐다니까요. 아니, 내가 정치하고 싶었으면 애초에 장인어른 대신 내가 상원의원 출마를 하든가! 아니면 캘리포니아에 출마를 했지! 내 의아함에 답하려는 듯, 곧장 그 의원 나리께서 용건을 말해주셨다.

"다름이 아니라… 기갑군이 확대되면서, 다른 곳에 주둔하고 있는 부대를 흡수하고 있잖소?"

"예, 그렇습니다."

"우리 지역구에 포트 라일리(Fort Riley)라고 있는데 말입니다, 주민들이 전부 거기 사는 군인들을 상대로 해서 생계를 유지하고 있어요."

아, 알아버렸다. 도망치고 싶다. 그냥 듣기 싫어.

"그런데 이번에 제가 듣기로, 포트 라일리에 주둔 중인 제13기병연대를 이곳 포트 녹스의 기갑군으로 재배치한다고 들었습니다. 이렇게 갑작스럽게 이들을 다 데려가 버리면 참 곤란해져요! 어떻게 좀, 13기병연대 말고 다른 부대의 편입을 고려할 순 없겠습니까?"

"……."

"생전 커티스 의원과도 내가 절친한 사이였어요. 내가 28년에 당선된 이후로 지금 쭉 여기서 하원의원을 하고 있는데, 부탁입니다. 어떻게 좀……."

나는 대답 대신 맥아더를 마구 째려봤고, 맥아더도 민망한지 슬그머니 눈을 아래로 내리깔았다. 이따가 두고 봅시다. 내가 흠씬 패줄 거야. 이 끓어오르는 분노를 내공으로 바꿀 수 있다면 육십갑자 동방삭이 되고도 남았다. 정말, 정말 스타의 일이라는 건 지옥이 따로 없구나.

나는 앞에서 애걸하고 있는 하원의원 나리의 말을 듣는 둥 마는 둥 하면서, 아무래도 집에 귀여운 댕댕이 한 마리라도 들여놔야겠단 생각만 계속했다. 치유, 치유가 필요해. 상처를 치료해줄 사람 어디 없나…….

* * *

[K 장군은 무척 탐욕스럽고 돈을 밝히는데, 모 외국의 사주를 받고 군기밀을 팔아먹는 중이라 카더라.]

[K 장군은 영관 시절부터 호색한으로 악명 높았는데, D.C.에서 만든 사생아가 1개 소대라 카더라.]

[K 장군이 켄터키에 부임한 이래 마을의 처녀들이 두려움에 밤잠을 못 이룬다는데, 뒤에서 갱단을 부리는 탓에 항의도 제대로 못 하고 있다 카더라.]

[K 장군이 아시아의 모 국가에 필리핀을 팔아먹기로 약조하고 막대한 재물을 보장받았다카더라. 아님 말고.]

"이게 웬 찌라십니까? K가 뉘신지는 모르겠는데 일부만 진실이어도 천하의 개쌍놈이 따로 없네요. 당장 오함마로 머리를 깨고 싶은데."

"그래?"

맥아더는 그 육군 마크가 번듯하게 새겨진 파이프 담배를 입에서 떼고는 슥 날 가리켰다.

"저기 책상에 대가리 박게."

"…저요?"

"그럼, K가 Kim이지 누구겠나."

"아니, 아니, 아니아니아니! 시발! 내가 왜! 필리핀은 뭐고 호색은 또 뭐야!"

아나스타시오나 도로시가 이딴 망할 찌라시를 봤다간 날 그로텍보다 더

232

끔찍하게 죽여버릴 것 같은데.

"누굽니까. 아니, 애초에 이거 누가 믿겠습니까? 너무 허무맹랑해서 원……."

"정말 그렇게 생각하나?"

"아뇨. 아니 땐 굴뚝에 연기 나겠냐고 생각할 사람들도 있겠죠."

와. 그동안 선동과 날조를 하기만 했지 당해 본 적은 없었는데, 이거 진짜 미치고 팔짝 뛰겠네.

"그래서, 출처는 혹시 아십니까?"

"기병대."

네? 드럼이 아니고요? 순간적인 상황변화를 받아들이지 못한 내 머리에 블루스크린이 켜졌다.

더 울프 오브 포트 녹스 3

크로머 기병감은 요즘 흡연량이 부쩍 늘었다는 사실을 자각하고 있었다. 아니, 담배뿐이겠는가. 술도 늘었다.

'어쩌다 이 자리에 앉아서는.'

기병의 시대는 끝났다. 아니, 보다 정확하게 말해 말의 시대는 끝났다.

조지 워싱턴과 건국의 아버지들이 독립을 위해 싸우던 시절부터 기병이란 병과는 항상 전장에서의 가치를 입증해야만 했다. 그리고 독립 전쟁 때도, 남북 전쟁 때도 기병은 훌륭히 존재가치를 증명해냈다.

하지만 지난 대전쟁에선 입증에 실패했다. 참호전이라는 기이한 전쟁 양상. 기병을 위한 공간 따위는 존재하지 않았고, 보병도 기병도 기관총 앞에서 평등하게 죽어나갔다. 그 결과 존폐의 위기에 봉착하게 되었고, 기병 병과는 두 토막으로 찢어졌다.

'이제 승마기병은 시대에 도태되었다. 우리는 기계화를 통해 새로이 거듭나야 한다!'

'웃기는 소리 하지 마라. 아직 말의 시대는 끝나지 않았다. 1마일도 못 가서 퍼지기 일쑤인 신뢰성 없는 고철덩어리에 타고 전장에 나가라고?'

두 파벌의 충돌은 첨예했다. 여기에 전차를 오롯이 자신들의 것으로 챙기고픈 보병 병과의 의지, 그리고 그 뒤에 있는 퍼싱과 쇼몽파까지 끼얹어지니 혼란은 더더욱 커졌다. 그러나 그때.

'전차는 합중국의 자랑거리입니다!'

'합중국의 상징을 외세에 팔아먹으려는 매국노들!'

'진짜로 우리 전차가 개쩌는 물건이라니까요? 진짜, 진짜로! 엄마라도 걸어야 믿으실 겁니까?!'

의사당을 가득 채운 의원들 앞에서, 단 한 발자국도 물러서지 않고 싸운 미친놈이 있었다.

'미 육군이 나아갈 길은 오직 하나! 차량화! 그리고 기계화!'

'결코 포기해서는 안 됩니다! 예산이 없다 해서 나비가 애벌레로 돌아갈 수는 없습니다!'

그 미친놈의 저항을 시작으로 선각자를 자처하는 자들이 뭉치면서, 분위기가 반전되었다.

군 핵심의 맥아더, 코너. 보병의 킴, 마셜, 아이젠하워. 기병의 채피와 패튼. 포병의 맥네어와 데버스(Jacob Loucks Devers) 등. 육군 요소요소에서 기계화를 부르짖는 자들이 나타나고, 이들이 수십 년간 참모총장 자리를 사실상 독점하게 되면서 미 육군의 기계화는 부정할 수 없는 현실이 되었다.

육군의 진로가 정해졌으니, 이제 다시 기병은 선택을 해야 했다.

'저 쇳덩이는 결코 뜨거운 피를 가진 우리의 전우를 대체할 수 없습니다!'

원리주의자들.

'굳이 선택을 해야 합니까? 승마기병과 기계화기병 모두 일장일단이 있습니다. 지금의 승마기병에 기갑을 추가하면 될 일 아닙니까.'

온건파들.

'말의 시대는 끝났습니다. 그 고삐는 갖다 버리고 스패너나 쥐십시오.'

강경파들.

현실과 유리된 원리주의자들이 빠르게 밀려나고, 온건파와 강경파들이 알력 싸움을 벌일 때 즈음 크로머 소장이 기병감 자리에 앉았다.

합중국 의회, 그리고 전쟁부에서도 기병이라는 육군의 거대한 축을 두고 벌어지는 이 투쟁을 주목하고 있었고, 기병 출신인 말린 크레이그를 참모총장에 임명하는 것으로 이 지지부진한 논쟁을 빨리 매듭지으라는 그들의 의지를 분명히 밝혔다. 하지만 상황은 기대처럼 매끄럽게 흘러가지 않았다.

"소장님. 죄송하게 됐습니다."

"…이건 항명이야."

"항명이라니요? 죄송하지만 딱히 항명까진 아닌 것 같습니다."

준장 존 놀스 헤르(John Knowles Herr) 제1기병사단장은 자못 당당하게 외치며 어깨를 으쓱였다.

"참모총장께서 어째서 기갑을 별도의 병과로 분리하셨겠습니까? 그 못생긴 쇳덩어리들로부터 기병을 보호하기 위함입니다."

"그건 자네 생각이지. 내 생각엔 도저히 자네와 같은 사람들을 전부 설득할 수 없어서 기갑을 별도로 분리하지 않았나 싶거든."

끔찍한 관료제 피라미드, 그리고 반쯤 의도적인 군정과 군령의 분리를 노린 체계 탓에 기병감은 일선 지휘관에 대한 통제력이 크지 않았다. 그리고 헤르 준장은 이를 통해 제1기병사단을 자신과 승마기병을 위한 하나의 독립된 왕국으로 만들었다.

별도의 간부 교육과정. 제식무기로 폐지한 기병도의 재채용. 단호한 기계화 거부 및 기계화 기병연대로의 장교 전출 거부, 기계화론자에 대한 보복성 인사까지.

"그만 인정하게. 자네도 지난 제2군의 훈련을 참관하지 않았나?"

"예. 제 두 눈으로 똑똑히 봤지요. 그 쇳덩어리가 심심하면 퍼지는 장면

을요. 지휘관들은 하나같이 기름이 언제 동날까 발을 동동 구르고, 말은 얼마든지 지나갈 수 있는 작은 강 하나 못 건너고, 제대로 된 보병 엄호조차 못 받는 그 추태를 직접 봤지요!"

"그래서 채피가 지휘하던 기병대가 화력에 압도당했나 보군."

"그 배신자에게 승마기병을 맡기니 대강대강 훈련에 임한 거 아닙니까! 그놈이 이제 말에 대해 뭘 압니까!"

제2군 사령관 킬번 그 영감탱이나 크로머나 채피나 다 똑같은 것들이다. 채피에게 승마기병을 맡겨? 승마기병의 무능을 도드라지게 만들려는 술책이 빤하지 않나. 명백히 짜고 치는 판이었다. 전장에서 말의 입지를 집요하게 흔들었던 마셜도 기계화론자 아닌가. 말린 크레이그 참모총장은 도무지 진전되지 않던 기병의 기계화와 더욱 심각해지는 기병 병과 내부의 분란을 해결하기 위해 기갑 병과의 독립이라는 카드를 빼 들었었다.

하지만 이제 승마기병 존치론자들, 그리고 확실하게 편을 고르지 못하고 있던 자들은 남이 되어 버린 기갑 병과를 향해 손가락질했다. 배신자라고.

"저희가 특별히 기갑에 반대하는 건 아닙니다."

"그러면?"

"딱 하나만 약속해주시면 됩니다. 기계화기병 한 명이 늘어날 때마다 승마기병도 한 명이 늘어나는 거죠."

"미친 소리군. 예산이 어디 있다고?"

"그걸 보장해주지 않는다면 단 한 명의 승마기병도 그 쇳덩어리에 태울 수 없습니다."

더럽고 아니꼬워서 때려치워야겠다. 이딴 하극상 겪자고 이 자리에 앉은 게 아니었다. 무슨 부귀영화를 누리겠다고 바지사장 같은 이 기병감을 해먹고 있단 말인가. 그가 막 쌍욕을 퍼부으려는 찰나, 둘만이 있던 접견실에 부관이 들어왔다.

"실례합니다."

"무슨 일인가?"

"지금 장군들이 중요한 이야기 나누는 중인 게 보이지 않나! 어딜 함부로 들어오고 있어!"

욕지거리를 들은 부관은 헤르 준장을 향해 다가와 허리를 굽혔다.

"죄송합니다, 장군님. 하지만 전쟁부에서 전화가 왔습니다."

"전쟁부에서?"

"예. 기다리고 있습니다."

"알겠네."

헤르 준장은 자리를 옮겨 수화기를 들었다.

"예, 제1기병사단장입니다."

— 오랜만이오, 헤르 준장. 이렇게 목소리를 들으니 반갑구려.

"드럼 소장……?"

— 오, 내 목소리는 잊어먹지 않았나 보군. 요즘 하도 입에 거품을 물고 날뛰길래 혹시 기억력도 감퇴했나 싶었지.

"왜 D.C.에 있소? 제1군 사령관이면 몰라도 제2군 사령관이……."

그의 말은 수화기 저편에서 들리는 드럼의 웃음소리에 묻혀버렸다.

— 내가 가면 안 될 곳에 있는 것도 아닌데 섭섭하네. 이래 봬도 당신이 불쌍해서 이렇게 전화까지 걸어줬는데.

"말 빙빙 돌리지 말고 용건이나 말하시오."

— 조금 전 의회에서 기병부대의 기계화가 잘 진행되고 있는지 한번 '확인'을 하겠다고 전쟁부에 통보했소. 으음… 잘 되고 있는지 난 잘 모르겠네. 뭐 요컨대, 조금 빡센 감사가 예정되어 있다 그거요. 무섭지, 우리 의원 나리들. 나도 당해 봐서 아는데…….

"알려줘서 참 고맙소. 그럼 먼저 끊겠소."

탕!

신경질적으로 수화기를 내려놓은 헤르 준장은 잠시 멍해졌다.

의회? 전쟁부도 아니고 갑자기 의회의 확인은 또 무슨 소리지? 이런 게 원래 있었나?

그의 머리가 복잡해졌다. 일단 D.C.로 돌아가야 상황을 파악할 수 있었다.

* * *

"키히히히히힛!"

"크헤헤헤헤헤!!"

쨍 하는 소리와 함께 두 개의 잔이 맑고 고운 소리를 뱉어냈다. 으음, 온 세상을 울리는 참으로 맑고 고운 소리야.

"역시 제가 진정 믿을 분은 오직 드럼 장군님뿐입니다!"

"이 사람아. 내 똥꼬 다 헐겠으니 그만 좀 하게. 어차피 마셜한테도 똑같이 했겠지?"

이제 좀 머리가 잘 돌아가시네. 당연히 마셜이랑도 이미 붙어먹었지요. 기존에 보병부대가 보유하고 있던 전차가 모조리 기갑 병과 몫으로 넘어가게 되었다. 여기까진 신설 병과가 생겼으니 그러려니 하자.

직접적인 통제권을 잃는 대신 더 많은 전차가 보병사단 밑에 배속되리라는 약속을 받았는데, 기병 놈들이 기계화로 전환할 기미가 보이지 않으니 이 약속도 당연히 세월아 네월아 하며 딜레이되고 있었다. 그 결과, 보병 친구들은 기병을 먼저 나게 두들겨 패는 데 협조해주기로 했다. 저놈들을 가만히 내버려 두면 재편은 꿈도 못 꾸겠다고 생각하게 된 것이다.

"어쨌거나 분명히 약속하지. 내가 참모총장이 되면 기병 병과 자체를 싹 밀어버릴 거야. 기계화가 싫으면 보병이나 되라지. 그 사료 처먹고 똥만 싸는 짐승들을 위해서 단 1달러도 쓰지 않겠네."

"그 말똥 냄새 가득한 마구간을 지키고 싶어서 하극상이나 저지르는 놈들입니다. 구태여 유지할 필요는 없지요."

"크로머 장군이 퇴역하면서 후임자를 뽑지 않고 자연스럽게 기병실을 폐지하면 기병 병과도 끝이군. 항상 시비나 걸던 말박이 놈들이 사라지면 보병 쪽에서도 아주 축제가 열리겠어."

기갑으로 전환되는 일부를 제외하고, 각종 기병연대, 기병여단이 전부 부대명만 '기병' 붙인 채 싸그리 보병부대로 전환된다면 보병 병과 밥그릇이 대체 몇 개가 늘어나겠나. 아니 가만히 있어도 밥그릇이 복사가 된다니까?? 밥그릇이 복사가 된다고!

기병 병과 내에서 벌어지는 희대의 병림픽을 강 건너 불구경하던 우리 똘똘이 야심가 드럼 장군은 지지율을 올릴 수 있는 이 절호의 기회를 결코 놓치지 않았다.

"아, 걱정 말게. 당연히 기갑이 챙길 거 챙겨야지! 우리 킴 장군 하고 싶은 거 다 해!"

"크하하하! 이 은혜, 한 마리 연어 되어 반드시 갚겠습니다!"

의회? 의회를 움직이는 방법이야 식은 죽 먹기, 케이크 한 조각 먹기, 어린애 팔 비틀기지.

[과학의 시대에 퇴보하는 군바리들!]

[미 육군, 총 대신 마상 돌격으로 퇴화하다!]

[기병도(刀) 못 잃어, 말 못 잃어! 미군 기병대의 다음 목표는 판금갑옷?!]

우아하게 커피 한 잔의 향기를 즐기며 신문과 함께 아침을 즐기던 성실 납세자들에겐 참 미안하지만, 이런 엿같은 헤드라인이 신문 1면에 대문짝만하게 박혔다. 당연히 행동력 넘치는 납세자들은 자신의 지역구 의원들에게 욕을 갈겼고, 영문도 모르고 욕을 처먹은 의원들은 잔뜩 성이 나서 전쟁부를 털었다. 정말 모범적인 내리갈굼의 사례야.

이제 기병대가 털릴 일만 남았다. 아디오스. 헤르 준장이 저렇게 폭주한데는 크레이그 총장도 책임을 피할 수 없다. 그도 오래 버티지는 못하겠지. 그가 물러나게 되면 당연히 신임 참모총장 자리를 둔 싸움이 훨씬 앞당겨진다.

"그런데 하나 궁금한 게 있네."

"무엇인지요?"

"윗대가리들은 그렇다 치고… 말단들은 어떻게 하려고 그러나?"

몰라. 미합중국이 언제부터 그런 거 세심하게 따지는 나라였다고. 어차피 보병이야 기본 중의 기본이다. 기갑에 적응할 자신이 없으면 보병 병과로 넘어갈 테고, 자신이 있으면 기갑 병과 마크 달겠지.

"말단들은 오히려 저한테 고마워해야지요."

"어째서?"

"그 잘난 말이랑 같이 전장에서 비참하게 죽지 않게 해줬잖습니까. 보병으로 전쟁터 가는 게 생존률은 훨씬 높을걸요?"

"자네는… 전쟁을 확신하고 있군."

"예. 솔직히 시간도 돈도 모자란 데 자꾸 헛짓거리나 하고 있으니 다 쏴 죽여버리고 싶네요."

드럼은 내 말을 듣고 잠시 고민하는 듯한 기색이었다. 군인으로서, 전장으로 나아가 목숨을 걸어야 하는 직업에 종사하는 사람으로서 전쟁이란 말은 참으로 이율배반적 감정을 느끼게 한다.

두려움, 그리고 환희. 일찍이 미서 전쟁이라는 혼란 속에서 처음 두각을 드러내고, 1차 세계대전을 통해 지금의 입지를 굳힌 드럼조차 전쟁이란 단어에 담긴 무게 앞에선 쉽사리 입을 떼지 못하는가.

"혹시 말일세."

"네."

"참모총장 대신 원정군 사령관은 어떨까? 퍼싱 원수처럼."

안 돼. 그러지 마. 내가 잘못했어. 제발. 제발! STAY……

6장
우리 시대의 평화

우리 시대의 평화 1

1937년 9월. 소련—일본령 조선—만주국 삼국의 국경이 얽힌 곳. 두만강, 장고봉 일대.

콰아아앙!

인간의 존엄성을 포기하고 두 발 대신 네 발로 기어 올라가야 할 가파른 고지. 위에서부터 쏟아지는 기관총탄의 뜨거운 불세례. 신에게 닿고자 바벨탑을 쌓아 올리려는 우매한 인간을 징벌하려는 듯 연신 내려치는 포탄의 충격. 그 모든 것들을 감수한 채 일본군은 정상을 향해 달음박질쳤다.

"돌격! 돌격해라!"

"황국의 영광을 위해 싸워라! 돌격!"

"덴노 헤이카 반자아아아아아이!"

소련군이 진을 치고 다가올 적을 상대하기 위해 만반의 준비를 갖춘 고지대. 그곳을 탈환하기 위해 일본제국 육군 제19보병사단이 공세를 개시했다.

"상황은?"

"감히 비준된 국경을 무시하고 천황 폐하의 신성한 영토인 장고봉 일대를 무단 월경, 점거한 빨갱이 무리들을 쓸어버리기 위해 황국의 건아들이 용맹히 분투 중입니다.”

아무것도 모르겠단 소릴 저렇게 길게 할 수도 있구만. 참모장의 보고에 사단장은 속으로 ‘씨발, 넌 아는 게 뭐가 있냐’라고 당장 군홧발로 쪼인트를 까고 싶단 생각을 애써 삼키며 고개를 끄덕였다. 운이 좋아 관동군에 배속된 놈들이 전공을 세워 신나게 출세하고 있을 때, 운이 없어 조선군(조선 주둔 일본군)에 배속되었다는 이유만으로 손가락만 빨아야 했다. 물론 저 윗선끼리 무언가 거래를 했는지 조선군 소속 사단들도 이제 지나 전선에 투입되어 전공을 쌓긴 시작했지만… 그게 19사단은 아니잖은가? 그러던 와중 소련 놈들이 국경분쟁을 일으켰단 소식은 그야말로 가뭄의 단비와도 같았고.

“로스케 놈들의 이번 도발은 필시 황국을 업신여겨서 벌어진 일이 틀림없다. 우리가 조용히 넘어가려고 한다면 그놈들은 더더욱 기세가 오르겠지.”

“그렇습니다!”

“사단장님의 말씀이 참으로 옳습니다!!”

“그러니, 소련의 예봉을 꺾는 의미에서라도 저놈들에게 황국의 야마토 정신이 무엇인가를 똑똑히 보여줘야 한다! 전 병력을 동원해서라도 놈들을 장고봉에서 몰아내도록!”

“예!!”

인사 프로필 이력란에 ‘소련군 격퇴’가 적히면 얼마나 진급 심사 때 강렬하겠나. 심사 회의장이 절로 눈에 보이는 듯하지 않은가?

‘호오, 이 친구 보십쇼.’

‘역시. 도적 떼나 마찬가지인 지나 놈들 좀 때려잡은 것과 소련군을 상대한 건 비교할 수가 없죠.’

‘볼 필요도 없겠군요. 진급! 진급!!’

그리고, 쓰리 스타! 크아아아. 취한다! 나이 처먹을 대로 처먹은 아저씨의 입술이 헤 벌어지고 콧구멍이 벌름벌름거렸지만, 이 자리에서 그 추태를 보고 무어라 하는 사람은 아무도 없었다. 참모장, 연대장, 참모부 참모부터 부관에 이르기까지. 전부 다 똑같은 상판대기였으니까.

[대본영에서의 지시사항.

제19보병사단은 추가적인 소련군의 도발에 대비하여 준전시태세에 들어갈 것. 장고봉 일대를 근거지로 하여 황국의 영토를 더욱 침범할 때에 한하여 전수방어에 나설 것.

천황 폐하 어지(御旨) 사항.

절대 황군이 선제공격하는 일이 없도록 할 것.]

도쿄에서 날아온 지시사항은 아무도 관심을 갖지 않았다. 원래 현장을 모르는 펜대쟁이들이 헛소리하는 일이야 어제오늘 일이 아니잖은가. 물론 폐하의 명을 거역한다는 사실은 아주, 아주 조금 찔리는 감이 없잖아 있었지만… 그건 전부 폐하의 곁에 있는 간신배들의 날조가 틀림없었다. 예로부터 전장에 나선 장수는 임금의 명도 무시할 수 있는 법. 폐하께선 필시 우리가 전공을 세우는 걸 더욱 마음속으로 바라고 계실 게 틀림없었다.

아무렴. 그렇고말고.

같은 시각. 소비에트 연방 극동군관구.

"이게 뭐야! 이게 뭐냐고!"

"죄, 죄송합니다 동지."

"일본군은 절대 공세 못 한다며! 중국에 정신 팔려서 우릴 건들 여력은 없다며!!"

극동군관구 사령관 바실리 블류헤르 원수는 미칠 것만 같은 기분이었다. 드넓은 소련 땅 전체를 피로 물들이던 스탈린의 대숙청이 정점을 찍고, 마침내 붉은 군대 또한 그 망나니의 타깃이 되었다. 언제 스탈린의 광기에 휘말려 모스크바로 끌려간 후 신나는 NKVD의 고문 풀 코스를 당할지 모른다는 공포가 극동군관구 사람들의 입에서 입을 타고 은밀히 공유되었고, 마침내 사령관마저 뒤흔들었다. 살고 싶다는 간절한 욕망이 너무나 설득력 있게 다가온 것은 그때 즈음이었다.

'전시나 그에 준하는 상황이 되면 미치광이 스탈린이라도 숙청은 못 할 것이다.'

'일본과의 국경에서 약간의 무력 충돌이나 국지전을 일으키면 된다.'

'일본군은 지금 중국 정복에 사활을 걸고 있으니, 미치지 않고서야 양면 전선이 열릴 수도 있는 일을 저지르진 못할 것.'

'결론, 일본은 우리가 톡톡 건드려도 도저히 한판 붙을 처지가 못 되니 살짝 건드리고 긴장감만 조성하자!'

이 논리정연한 아랫사람들의 헌책에 블류헤르 원수는 감동했고, 그대로 행동했다.

만주국 성립 이후, 소련과 일본 모두 장고봉 일대는 자신들의 땅이라고 입으로는 떠들어대고 있었다. 하지만 실질적으로 군을 주둔시키거나 진지를 짓는 등 서로를 자극하지 않고 그냥 비워두었다. 괜히 긁어 부스럼이니까.

하지만 숙청이 무서웠던 극동군관구는 과감하게 장고봉 일대에 소수 병력을 주둔시키고 방어진지를 건설했는데, 이걸 깨닫게 된 미친 쪽바리들은 눈이 홱 돌아갔는지 다짜고짜 1개 정규사단을 총동원해 공격해왔다.

"그런데 어째서! 어째서 일본군이 저리 완강하게 나서는 게야!"

"이럴 순 없습니다. 놈들이 미치지 않고서야 우리와 전면전이 날 수도 있는 일을……."

"혹시, 연방 내부의 상황상 절대 전쟁을 일으키진 못할 거란 확신을 갖고 있지 않은 이상."

"그거야! 저 원숭이들에게 협조하는 배신자가 있는 게 틀림없어!"

연해주 일대에 러시아인만 가득하면 좋으련만, 안타깝게도 일본인, 조선인, 중국인 등 저 누리끼리한 원숭이들의 수효 역시 결코 적지 않았다. 아니지, 저 흙 파먹고 사는 원숭이들이 내밀한 사정까지 파악하고 있진 않을 터. 그렇다면 역시 일본에 매수당한 첩자가 있다고 봐야 하는가.

지금 유럽 문제에 정신이 팔려 있을 모스크바에 이런 소식을 전했다간 그 미친 '인민의 어버이' 콧수염이 어떻게 반응할지 모르겠지만… 적어도 그를 칭찬해 줄 일은 없겠지. 그것만은 확실하다. 아무래도 그와 극동군관구의 도박은 대실패로 결론 날 듯했고, 소문만 무성한 NKVD의 축축한 지하 고문실이 그를 부르고 있었다.

지면 진짜 죽는다. 아니, 비참하게 죽기 싫으면 그냥 머리통에 권총을 쏘는 게 낫다.

"지금 동원 가능한 모든 병력을 끌어모아서 단숨에 장고봉을 친다."

일이 이렇게 꼬여버린 이상 무조건 승전보를 모스크바에 바쳐야만 살아남을 가능성이라도 있었다.

"명심해! 장고봉 내주면 너희도 나랑 같이 죽어!!"

그렇게 으름장을 놓는 것이, 그가 할 수 있는 전부였다.

같은 시각. 워싱턴 D.C., 백악관.

"내부 통계에 따르면, 경기가 다시 급속도로 침체되고 있습니다."

"오, 주여."

"공화당, 그리고 우리 당 내부의 반대파들이 다시 날뛰고 있습니다. 이대로는 내년 선거가……."

"선거는 나중의 일로 생각합시다. 선거 좀 진다고 내가 홈리스가 되진 않으니까. 하하하."

루즈벨트는 그렇게 너스레를 떨며 부하들을 달래 보려 했지만, 안타깝게도 회심의 농담으로도 그들의 굳은 표정은 풀리질 않았다. '여기선 역시 이 망할 다리 두 짝을 갖고 드립을 쳐야 분위기를 풀 수 있나.'라고 생각할 무렵.

"국내 경제 문제가 가장 급선무라는 점에는 저 또한 동의합니다만, 국제사회 역시 급변하고 있습니다."

"영국과 프랑스 대사들이 날마다 국무부 직원들을 괴롭히고 있다고 합니다. 각하, 유럽은 합중국의 도움이 필요합니다."

"절대 안 될 이야기입니다! 여기서 유럽에 개입하면 정말 각하께서 홈리스가 됩니다!"

유럽 이야길 꺼내자마자 곳곳에서 고성이 터져 나왔고 보좌관들의 얼굴은 삶은 문어처럼 빨개졌다.

"지난 대전쟁 때, 그 미친 우드로 윌슨이 전쟁을 빌미로 시민들의 권리를 짓밟았다고 느끼는 사람이 한둘이 아닙니다."

"그리고 각하께선 그때 윌슨 밑에서 해군차관이셨고요. 장담컨대 전쟁의 ㅈ자만 살짝 꺼내는 순간, 윌슨은 카이저가 되고 싶어 했는데 루즈벨트는 총통이 되고 싶어 한다고 온갖 돌림노래가 판칠 겁니다."

"젠장. 빤히 보이는 미래를 막지도 못하는 대통령 할 바엔 총통이 더 낫지 않겠나?"

"각하!!!"

"농담이야, 농담. 다리 병신은 총통 같은 거 못 하니 안심들 하게."

매번 저리 살 떨리는 이야길 조크랍시고 해대니 아랫사람이 없던 심장병도 생기지. 그들의 저주 섞인 마음을 아는지 모르는지, 루즈벨트는 서류한켠에 박힌 아돌프 히틀러 총통의 사진에다 대고 삿대질을 했다.

"저 새끼 저거 봐. 면상부터 벌써 크게 사고 칠 놈처럼 생기지 않았나."

"각하…"

"저 싹수 노란 놈이 지금 요구하는 게 체코슬로바키아던가?"

"그중에서도 주데텐란트 지역의 즉시 할양을 요구하고 있습니다."

"주데텐란트는 독일인이 많이 거주하고 있어 민족자결주의에도 어긋나지 않습니다. 이미 체코 정부는 통제력을 잃었고, 독일로의 병합을 원하는 시민들의 시위가 빗발치고 있습니… 다."

루즈벨트는 무어라 말하는 대신 방금 말한 비서의 얼굴을 빤히 바라봤고, 그는 구구절절 히틀러를 대변하는 대신 눈치껏 주둥아리를 봉했다.

"어디 보자."

휠체어를 드륵드륵 밀어 세계 전도 앞으로 간 루즈벨트는 유럽 한가운데에 박혀 있는 작은 내륙국, 체코슬로바키아를 손가락으로 가리키… 려다가 손이 닿지 않는다는 사실을 깨달았다. 그 모습을 본 보좌관과 비서들이 황급히 지도를 조금 더 밑으로 내려 다시 붙였고, 그제서야 흐뭇한 미소를 지으며 루즈벨트가 탁탁 체코슬로바키아를 손으로 두들겼다.

"히틀러가 원하는 땅이 이게 전부인가?"

"아닙니다. 그는 독일인이 주로 거주하는 모든 지역이 독일의 통치하에 있어야 한다고 주장합니다."

"하지만 그것도 옛말입니다. 현지 언론에 따르면, 히틀러는 주데텐란트만 확보한다면 앞으로 추가적인 영토 요구는 없으리라 공식 발표했다고 합니다."

"그 독일인 거주 지역이 어디어디인가?"

"프랑스의 알자스―로렌, 체코의 주데텐란트, 스위스의 일부 지방, 이탈리아의 쥐트티롤, 리투아니아의 메멜 지방, 폴란드의 단치히 일대입니다."

"그걸 다 처먹고 싶어 해? 배때기에 욕심만 가득한 새끼구만."

정치인은 모름지기 공약을 이행해야 한다. 유럽 곳곳에 흩어진 독일인의 땅을 모조리 되찾아 오겠노라 목놓아 부르짖어 독일의 독재자로 등극한 인간이, 고작 그중 하나에 불과한 주데텐란트를 돌려받는 것으로 입 닦는다고?

루즈벨트는 전혀 믿지 않았다. 하지만 그의 믿음 여부와 별개로, 그가 굴려야 할 이 나라 미합중국은 전혀 유럽에서 벌어지는 빅 이벤트에 개입할 형편도 아니고 의지도 없었다.

히틀러라. 히틀러, 히틀러.

한참 입에서 그 이상한 이름을 데굴데굴 굴려보던 그는 문득 비슷한 미치광이 하나를 떠올렸다. 독일산 미치광이와 달리 그 미국산 미치광이는 영어도 그럴듯하게 할 줄 알고, 독일산 그놈과도 만나 봤고… 따지고 보면 그의 부하 아니겠나.

"오늘 추가 스케줄 좀 정리해주게. 혹시 저녁에 뭐 있던가?"

"예. 없을 줄 아셨습니까?"

"젠장! 이건 학대야. 장애인 학대라고. 노동법 개정안을 통과시켜야 이 가혹한 노동에서 나도 쉴 틈이 생기지."

"그래서 공화당이 개정에 반대하나 보군요."

여기서 웃어줘야 하는데 도무지 웃음이 나오질 않았다.

"전쟁부에 한번 문의, 아니다. D.C에 그, 우보크 아는가?"

"우보크 모르면 독일 간첩이지요."

"거기 한번 전화해서 예약 좀 잡아보게. 장애인 VIP 방문 가능하냐고."

"알겠습니다. 혹시 누구와 만날 일정이신지요?"

"사장 나오라고 해."

좋아. 드디어 오늘의 드립에 성공했구만. 바로 이 맛이지. 어쩔 줄 몰라 하는 비서를 보며 루즈벨트는 한 손의 주먹을 불끈 쥐었다.

우리 시대의 평화 2

워싱턴 D.C.의 한 고급 주점.

한때 이곳에는 아시아인들의 전통 장례식장이 있었다. 타 인종의 문화에도 자비를 베풀 줄 아는 양식 있는 사람들만 모인 워싱턴 D.C.답게, 이들은 하얀 두건을 뒤집어쓰고 불을 지르거나 총질을 하는 대신 그들의 낯선 문화를 접하고, 이해해주고, 같이 체험하며 그들의 눈물을 닦아주곤 했다.

하지만 세월의 흐름이란 무상하기도 하여라. 몇 차례 장례를 치르던 이곳은 '더 이상 여기서 장례를 치를 사람이 없다.'라는 이유로 그 역할을 마감했고, 몇 번 소유주가 바뀐 끝에 새롭게 내부 수리 후 고급 주점으로 재오픈하였다… 는 당연히 외부에 공식적으로 떠드는 오피셜 개소리고.

원래 세상엔 유종의 미라는 것이 있고, 한국말에도 끝이 좋으면 다 좋다는 말도 있다. 이 말은 멀쩡히 일하다가도 막판에 개판 치고 나가면 남은 사람들에게 '아, 그 새긴 조까튼 새끼였어.'라고 욕을 먹고, 원래 개같이 굴던 놈도 떠날 때쯤 사람처럼 굴면 '아, 그래도 그놈이 심성이 나쁜 놈은 아니었어.'라는 소릴 들을 수 있다는 선현의 지혜가 담긴 뜻이고. 이런 선현의 지혜를 완벽하게 마스터한 이 유진 킴이 당연히 일을 어수룩하게 할 리가 없지 않나.

우보크는 '힘들 때 곁에 함께 있어 주셨던 여러분께 진심으로 감사드립니다.'라는 팻말을 마지막으로 역사 속으로 사라졌고, 몇 차례의 소유주 세탁을 거친 후 최종적으로 우리 김가의 손에 낙찰되었다. 우린 그 자리에 주점을 차렸고.

"그러니까 돌고 돌아 우보크 아니오."

"아니. 사람 설명을 어느 귀로 들으셨습니까? 우보크는 같은 건물에 있던 아시안—컬쳐—장례식장이고요, 여기는……."

"우보크가 장례식장이었다고? 젠장. 조크는 이렇게 쳐야 하는 건데. 뭐, 늘상 제 주량도 모르고 시체가 돼서 실려 나가는 놈들이 있었으니 장례식장이 맞긴 했던 것 같기도 하고."

이 우주 세상 만물을 지배하는 천조국 황상 루즈벨트께서 주점… 에이씨, 그래. 우보크에 왕림하겠다고 연락을 받았으니, 미천한 원 스타는 저 머나먼 켄터키에서 D.C.로 뭐 빠지도록 달려와야지. 저 심술 맞은 노예주를 켄터키 특산 윙봉으로 때려주고 싶지만 그랬다간 곧장 군법재판 후 총살이다. 기껏 왔으니 노가리나 좀 까다가 돌아가야지.

"진, 요즘 군은 좀 어떻습니까? 꽤 다양한 일을 하고 있다 들었는데."

"이런 비공식적인 자리에서 말씀드렸다간 제가 굉장히 처지가 난감해질 것 같단 생각은 안 드십니까?"

"내가 난감해지지 않으니 괜… 농담이오. 그러니 그렇게 진지하게 쏠까 말까 고민하진 말라고, 후. 심장 떨리는 것 좀 봐."

보나 마나 백악관의 부하들은 저 몹쓸 노예주 밑에서 심장마비 급사와 대통령 암살범 중 하나를 골라야 할 처지로 고통받고 있겠지. 여기선 역시 합중국의 전통, 참교육의 납탄이 필요한데 말야.

"어차피 별 단 놈들 중 D.C.의 양복쟁이와 친하지 않은 사람 찾긴 드물지. 귀하더러 욕할 사람들? 나랑 이렇게 만나서 술 한잔할 기회가 있다고 하면 아마 네 발로 달려나와서 내 뒷구멍을 빨려고 혀를 쭉 내밀 텐데. 그런 잔챙이들을 일일이 신경 쓰진 마시오."

"허. 정치적인 문제 같은 건 고려 안 하십니까?"

"물론이지. 난 항상 이 바퀴 달린 의자에 앉아 있어야 해서 뒷구멍을 빨릴 수가 없거든."

"푸우우웁!!"

아씨, 저 미친 드립 때문이야. 절대, 절대 내가 대통령을 독살하려고 술을 그린 미스트처럼 후욱 뿜어버린 게 아니라고. 위대한 대통령 루즈벨트는 안면에 술안개를 맞고도 아무렇지 않게 품에서 손수건을 꺼내어 슥슥 닦더니, 오늘의 첫 해맑은 미소를 지었다.

"거참 이상하군. 내 유머 센스가 이렇게 대단한데, 어째서 우리 하얀 집 식구들은 다들 이 악물고 웃지를 않지?"

매번 하는 유머가 이따위 꼬라지면 나라도 못 웃겠다!

"내가 하는 말이 변명처럼 들리겠지만, 정말로 이 합중국 시민들이란 군에 돈 쓰는 걸 죄악처럼 여기거든. 특히나 경기가 조금 나빠진다 싶으면 귀신같이 어디서들 튀어나와서 '당장 짬밥에서 베이컨 2개를 빼면 기업을 살릴 수 있다고!' 하고 꽥꽥거리지."

"이해합니다."

"그런 점에서 기병 병과를 쳐낸 건 꽤 괜찮은 선택이었소."

"하, 하하. 하하하……."

그래. 이러니까 개그를 쳐도 웃질 못하는 거야. 이제 보니 당신 업보였네. 느물느물하게 웃다가 갑자기 주가 폭락하듯 내리꽂는 공을 던져대는데 마음 편히 웃을 수가 있나. 긴장 빡 하고 턱에 힘도 주고 있어야지.

"그래서, 설마 그 이야길 하시려고 절 부르셨습니까? 푼돈 받고 개처럼 일하는 저를?"

"그건 아니고, 오늘은 동양의 신비한 예언자를 좀 만나고 싶어서."

"저 라스푸틴 아닙니다."

내가 라스푸틴 소릴 안 들으려고 얼마나 지랄부르스를 췄는데도 이런 소릴 듣다니. 물론 닮은 게 있긴 하다만 그게 예언은 아니고… 크흠흠.

"히틀러."

"그 콧수염이 골칫거리입니까? 그건 예언도 뭣도 아닌데."

"귀관의 의견이 궁금하오. 사실 그를 직접 만난 사람들은 죄다 하나같이 그가 강력한 리더이며 독일을 부흥시킬 걸물이라고 떠들기 급급했거든."

"예전에도 한번 말씀드린 것 같습니다만."

나는 술잔을 최대한 점잖게 내려놓았다. 이러다 괜히 빡쳐서 떨굴 것 같으니까.

"타국의 현역 장교더러 '구국의 결단'을 하라고 꼬드기는 새끼가 어디 있답니까?"

"그 이야긴 솔직히, 믿기가 좀……."

"사실입니다. 진짜로."

"좋습니다. 이미 아시겠지만, 오스트리아를 합병한 직후부터 독일은 주데텐란트 할양이 없으면 굉장히… 불행한 일이 닥치리라 떠들고 다니고 있지요."

내 평생. 내 평생은 저 제2차 세계대전을 준비하는 데 바쳤다. 노아는 방주 만든답시고 인생을 꼬라박았고, 그를 비웃던 놈들은 전부 홍수에 꼬르륵하고 그 자신은 살아남았다. 반면에 나는 다행스럽게도 나 혼자 방주를 만들 필요도 없었고, 미친놈이라고 손가락질받지도 않았다. 물론 나를 시기하고 질투하거나 음해하는 나쁜 놈들은 도처에 깔려 있지만 원래 아군이 있는 거랑 없는 거랑은 천지 차이니까, 내가 노아보단 약간 나은 상황이라고 봐야겠지.

하지만 홍수와는 달리, 사람의 손으로 일어날 저 거대한 재앙이 목전에 다가오자 마음이 계속 심란해지고 있었다.

256

"대통령 각하께선 어떤 이야길 듣길 원하십니까?"

"그놈이 정말 전쟁을 일으킬 것 같소?"

"물론입니다."

나는 즉답했다.

"그놈의 본질은 도박사입니다. 빈털터리가 되어 도박장에서 쫓겨나기 전까지, 끝없이 허세를 부리며 판을 키우겠죠."

"하지만 지갑이 두툼하지."

"몇 번 더 크게 따고 나면 지갑이 두툼한 정도가 아니라 테이블에 앉은 사람 중 가장 실탄 많은 놈이 되겠죠. 그땐 이제 못 막습니다."

뮌헨 협정. 체코 합병. 그리고 폴란드… 개전.

폴란드와 프랑스를 정복한 히틀러를 막으려면 어마어마한 피를 뿌려야 하지만, 지금이라면 훨씬 피를 덜 흘리고도 막을 수 있다. 루즈벨트도 거기에까지 생각이 미친 듯, 한숨 섞인 웃음을 토해냈다.

"그 말이 사실이라 가정해도, 우린 아직 도박장에 입장도 못 했소만."

"그게 문제지요."

전 세계에 전쟁을 원하는 나라는 어디에도 없었다. 심지어 일본조차! 1914년, 대전쟁이 터졌을 때 스무 살이었던 성인 남성은 보나 마나 징병되어 전쟁터로 향했으리라. 그리고 운이 좋았다면 1919년 종전과 함께 제대. 운이 나빴다면 그 이전에 팔다리 중 하나 이상을 잃고 제대. 운이 매우 나빴다면 참호선 어딘가의 개밥 신세.

살아 돌아와도, 동년배 친구들은 더 이상 모이지 못한다. 세 명 중 한 명은 돌아오지 못했으니까. 18년이 지났다. 간신히 마음을 추스르고 가정을 이룬 이들에게, 다시 전쟁이 우릴 부르고 있으니 아들들을 내놓으라고 요구한다? 영국도, 프랑스도, 독일도, 미국도 모두 전쟁만큼은 피하고 싶어 한다. 그 누구도 그 지옥을 다시 열고 싶어 하지 않는다. 하지만, 독일은 꼭대기에 군림하는 단 한 명의 콧수염의 의지가 전 국민의 의지를 짓밟을 수 있는 나라가 되었다. 이게 근본적인 문제다. 전쟁이라는 으뜸패를 제 마음대로 던질 수 있는 미친 도박사 앞에서, 영국과 프랑스는 무력하게 끌려다닐 수밖에 없는 셈이다.

우리 루즈벨트 대통령께선 히틀러의 헛짓거리를 가장 빠르게 무너뜨리는 방법이 조기 참전 혹은 외교적 압력이란 사실을 아주 잘 이해하고 있는 모양이었지만, 이쪽도 선거에 신경 써야 하는 민주주의 지도자이긴 매한가지다. 그런 짓 했다간 바로 공화당에 정권 뺏길걸.

"전쟁이 난다면 어떻게 되겠소."

"체코를 놓고 말씀이십니까?"

"그렇소."

나는 잠시 고민했다. 원 역사에서 영국과 프랑스는 히틀러의 공갈에 굴복해버렸으니 내가 참고할 답안지는 없다. 만약 전쟁이 난다면?

"베르사유 조약 파기 이후로 독일은 전쟁을 준비했고, 영국과 프랑스의 대비는 거기에 훨씬 미치지 못합니다."

"그렇겠지."

"체코는 내실이 있으나 독일의 전력을 다한 공격을 막기는 체급상의 한계가 있을 겁니다. 그러니 자연스럽게 믿음직한 동맹이 필요한데."

"없지."

체코의 이웃 국가들 폴란드, 헝가리, 루마니아. 유감스럽게도 진정 어깨를 맞대고 독일에 맞서 싸울 놈들이란 없다. 그도 그럴 것이, 지난 대전쟁 때 죄다 국경이 요동치거나 아예 새로 생긴 국가다 보니 필연적으로 국경 분쟁이 터졌기 때문이다. 독일 억제라는 대의로 뭉칠 만한 국가는 프랑스와… 소련 정도.

"결론만 요약하자면, 프랑스가 전면전을 각오하지 않는 이상 체코의 멸망은 확정적입니다."

"흠."

"하지만 프랑스인들더러 독일을 공격해야 하니 참호선에 들어가라 하면, 그 전에 대통령과 총리 모가지가 단두대에 걸리지 않을까요."

"…그렇겠지."

이렇게 따져본다면, 뮌헨 협정은 그냥 정해진 결과물이라는 결론에 도달한다. 영국과 프랑스의 정치인들이 체코슬로바키아의 안위에 신경 써 줄 이유가 없으니까. 물론 그들은 나치가 체코에서 징발한 막대한 자원, 그리고 우수한 전차 앞에서 피눈물을 뽑겠지만.

"킴 준장."

"예, 각하."

"저 바다 건너 유럽에서 만약 영국, 프랑스, 독일이 격돌하는 대전쟁이 다시 일어난다 하더라도, 우리 합중국의 참전까진 최소한 몇 년이 걸리리라 생각하오. 내 생각이 틀렸소?"

"저는 정치엔 문외한이지만, 그렇지 않겠습니까."

윌슨 역시 1차대전에 곧장 뛰어들고 싶었지만, 참전은 한참 뒤였다. 이번 전쟁 역시 마찬가지고.

"부탁이 있소."

"부탁이라뇨. 명령을 내리셔야지요."

"이건 부탁이오. 불가능하거나 하기 싫으면 머릿속에서 지워버리면 되니."

그는 유리잔에 맺힌 이슬을 바라보며 말을 이어나갔다.

"명분."

"……."

"이 나라 시민들을 전쟁터로 내밀 만큼, 강력한 명분이 필요하오."

시발 그걸 내가 어떻게 만들어. 미쳐버렸나? 아저씨 술 취했어요 벌써?

"하지만 나로서는 그런 게 뭐가 있을지 전혀 감이 오지 않소. 만들어 달란 이야긴 아니오. 그저… 같이 한번 생각해 달란 이야길 하고 싶었소."

'눈 감은 자들만 이 땅에 가득하니, 뜬 사람들끼리라도 좀 이야기해야 하지 않겠나.' 나는 그의 말에 무어라 대답할 수 없었다.

* * *

불빛이라곤 하늘의 별뿐인 한밤중. 별도로 마련된 비밀 출구를 통해 빠져나온 FDR은 조용히 차량에 올라탔다.

"몸은 좀 괜찮으십니까?"

"괜찮소. 빨리 들어갑시다. 밤공기가 쌀쌀하군."

숙련된 기사가 모는 차는 뒷좌석 VIP의 심사에 맞추어 매끄럽게 움직였고, 대통령은 차 안에서 기다리고 있던 비서에게서 서류 몇 개를 전달받았다.

"자리를 비우셨을 때 받은 급한 건들입니다."

"후. 노동법, 노동법 좀 갈고 싶군. 어차피 술 마신 놈이 지금 서류 구경해 봐야 멀쩡한 이야길 꺼내진 않을 테고, 내일 오전에 다시 보여주시게."

"알겠습니다."

한창 차창 너머 바깥을 바라보던 그는 문득 중얼거렸다.

"어두운 미래에 대한 강렬한 확신. 그리고 닥쳐올 미래에 대한 명쾌한 해답."

"네?"

"수단과 방법을 가리지 않는 과감함. 남들은 감히 엄두도 못 낼 일도 거침없이 저지르는 대범함. 사람을 설득하고 끌어모으는 언변과 품행."

"히틀러 말씀이십니까?"

비서의 물음에 그는 고개만 슥 돌려 잠시 비서를 바라보더니, 전혀 엉뚱한 말로 답했다.

"칼은 누가 잡느냐에 따라 하는 일이 바뀐다고들 하지."

우리 시대의 평화 3

파리에서 엑스포가 개최되어 전 세계인들에게 구경거리를 제공할 무렵.

[전쟁이 다가오다!]

[총통의 사자후! 주데텐란트 요구!]

[민족자결의 외침! 체코의 앞날은?!]

사람들의 얼굴에서 점점 웃음이 사그라들었다. 오스트리아를 잡아먹은 독일은 여세를 몰아 체코슬로바키아 국경에서 군사를 이리저리 움직이며 그 세를 과시했고, 열강들의 거대한 이합집산이 수면 밑에서 벌어졌다. 참으로 역설적이지만, 그 덕분에 엑스포는 더욱 호황을 맞이했다.

세계 각국의 언론은 전쟁위기라는 이 전무후무한 기삿거릴 결코 쉽게 놔주지 않았다. 얼마 지나지 않아 모든 언론은 조간, 석간 가리지 않고 지금 저 중부 유럽에서 어떤 일이 일어나고 있는지, 전쟁이 얼마나 더 가까워지고 있는지 있는 힘껏 떠들어댔다. 그리고 과거의 지평선 너머에 파묻어둔 몇십 년 전 트라우마가 재발한 사람들은, 끔찍한 미래를 떨쳐버리기 위해 마찬가지로 있는 힘껏 놀았다. 파리, 런던, 베를린 할 것 없이 연일 극장, 영화관, 술집, 무도회장이 만원을 이루었고 자동차에 올라타 버킷리스트를 채울 기세로 여행을 다니는 사람들의 숫자가 폭발했다.

그리고 이 나약한 모습이, 독일의 지배자 아돌프 히틀러 총통에게는 너무나 못마땅해 보였다.

"이제 조만간 전쟁이 일어나겠지. 나약한 프랑스와 영국은 저 베르사유 조약의 사생아, 더러운 야합의 결과물 체코슬로바키아가 지도상에서 사라지는 모습을 팔짱 끼고 구경만 할 테고."

"총통 각하의 혜안은 언제나 놀라울 따름입니다."

"프로파간다를 더욱 전개해야 하오. 어떻게 되고 있소, 괴벨스 박사?"

"체코인들이 주데텐란트의 독일 민족을 얼마나 억압하는지, 우리 독일 민족이 체코인들에게 2등 시민으로 분류당해 얼마나 끔찍한 탄압을 겪고 있는지 전 세계에 상세히 알리고 있습니다."

언론을 통한 여론전에서 체코는 이미 완패했다. 체코인·슬로바키아인·독일인·폴란드인·우크라이나인·헝가리인을 한 나라에 담아버린 이 나라는 태생부터 불완전한 혼합물이었고, 민족자결주의에 의거해 국민과 국토를 내놓으라고 덤벼드는 이웃 국가들과 대립해야 했던 탓에 외교 관계 역시 농담으로라도 좋다 할 순 없었다. 특히 독일인은 인구의 20%가 넘었고, 주데텐란트 지역에 밀집해 살았으며, 자기네 지역 정당인 '주데텐 독일당'에 몰표를 던지는 탓에 한 번은 정권까지 장악한 적이 있었다.

따라서 체코는 국가 유지를 위해 어쩔 수 없다며 독일인들에게 일부 '제약'을 걸 수밖에 없었고… 명분을 잡은 괴벨스라는 악마에게 영혼까지 탈탈 털렸다. 서구인들은 왜 체코가 독일인을 억압하게 되었는지를 묻지 않았다. 주데텐에서 벌어지는 독일인 탄압을 안타까워했고, 폭동이 일어났다는 기사를 보며 혀를 차는 것으로 끝이었다. 언론의 힘이란 이토록 막강했다.

"이번 기회에 무조건 전쟁을 일으켜야 해. 무조건."

"각하……."

"절대 영프는 개입하지 않아. 그들은 개입할 배짱도 없는 놈들이라고! 박사, 알겠소?"

가장 충성스럽다고 믿는 괴벨스마저 반응이 영 뜨뜻미지근하다. 그의 영원한 오른팔이라 믿어 의심치 않았던 괴링마저 연일 '전쟁 대신 협상으로도 얼마든지 독일은 위대해질 수 있다.'라며 나약한 모습을 보였고, 다른 누구도 아닌 독일의 군부조차 개전 준비를 하라는 히틀러의 명령에 소극적인모습을 보였다.

어째서 아무도 이 단순한 진리를 이해하지 못하지? 히틀러는 그 이유를잘 알고 있었다. 전쟁이 두렵기 때문에, 그냥 피하고 싶은 거다.

"박사."

"…예, 각하."

"게르만 민족의 가슴은 언제나 투쟁심으로 불타올라야 하오."

그는 우선, 눈앞의 이 충직한 동지의 투쟁심부터 일깨우기로 했다.

"유대—볼셰비키와의 라그나뢰크가 얼마 남지 않았소. 아리아인이 문명세계를 수호하느냐, 저 슬라브인들을 부리며 세계정복의 야욕을 불태우는유대인들이 온 세상을 암흑에 잠기게 하느냐가 코앞에 있단 말이오!"

오직 나만이 백인 문명을 지킬 수 있다. 백인 문명이란 곧 아리아인, 게르만족이 이끄는 세계다. 세계를 이끌어나가야 할 사명을 가진 게르만족은결코 투쟁을 겁내선 안 된다! 싸워야 한다. 세계를 피로 물들이는 한이 있더라도 결코 투쟁을 두려워해선 안 되는데!

어째서 이토록 나약해졌단 말인가. 위대한 지도자, 이 선지자 히틀러를그들의 머리 위에 올려놨으면 기꺼이 전장으로 향해야 하지 않는가. 그런데오늘도 흥청망청, 마치 내일이 없는 것처럼 이 야밤을 불태우고 있는 베를린 시민들의 꼬락서니를 보니 그는 부아가 차올랐다.

"다 유대인 때문이야. 유대인이 게르만의 투쟁정신에 독을 풀었어. 그들이 아리아인의 실질강건한 유전자에 나약함과 퇴폐적, 반전주의 따위를 주입하고, 지난 대전쟁에서도 우리의 등에 칼을 찔러 사람들을 움츠러들게 했지. 그 빌어먹을 놈들의 음모에 더 이상 독일 국민이 영향을 받지 않도록 더욱 우리가 독려해야 한단 말일세."

"그렇습니다. 국민들이 더욱 적개심을 불태울 수 있도록… 조치하겠습니다."

이후로도 한창 계속된 그의 장광설이 멈추고 침묵이 깔리자, 차가운 밤 공기를 타고 저 멀리서 재즈 음악소리가 들려왔다. 그리고 그 소리가 히틀러의 심사를 더욱 뒤틀어놓았다. 유대인과 더불어 인류의 기생충이라 할 수 있는 깜둥이들이 만든 저 끔찍한 음악. 배알도 없는 새끼들. 한때나마 위대한 아리아인의 땅을 저 깜둥이들이 밟았단 사실도 끔찍한데, 그놈들이 뿌리고 간 음악을 듣고 즐긴다고? 세계제국의 수도 게르마니아가 될 이 베를린에 어울리는 건 장엄한 바그너의 '아리아인' 음악이지, 저딴 퇴폐 문화가 아니건만.

그리고 흑인에 생각이 닿자, 기억의 저편에 파묻어 놓았던 누군가가 낚싯줄에 걸린 월척마냥 펄떡이며 그 거구를 드러냈다.

"…영화가 보고 싶군."

"신작 리스트를 즉시 올리겠습니다."

독일을 다스리시는 총통 각하의 여흥을 위해, 헐리우드를 비롯한 세계 각지의 영화 필름을 입수해 진상하는 것은 괴벨스가 맡은 막중한 임무 중 하나였다. 하지만 히틀러는 고개를 천천히 가로저었다.

"〈326〉이던가? 그, 캉브레를 배경으로 한 영화가 있다고 들었는데."

"〈326 전차군단〉이라면……."

"그래, 그거."

괴벨스는 쉽사리 대답하지 못했다. 개봉한 지도 시간이 꽤 지났으니 입수 자체는 크게 어렵지 않겠지만, 주인공이 주인공이잖은가. 어찌해야 할지 몸 둘 바를 모르는 그의 충신을 보며, 히틀러는 독백인 듯 아닌 듯 이야기를 꺼냈다.

"오래전, 나는 내 역할이 '북 치는 사람'이라고 생각했지. 언젠가 나타날 독일 민족의 구원자를 위해, 길을 닦는 게 내가 해야 할 일이라고 생각했지."

"각하."

"하지만 그건 내 소심함, 그리고 막중한 임무를 앞에 둔 불안감 때문이었어. 바로 내가! 이 나야말로 사실 독일 민족의 구원자였으니까!"

"그렇습니다, 총통 각하. 각하야말로 유일무이한 독일의 메시아이자 영원한 지도자십니다!"

괴벨스는 당장이라도 눈물을 쏟아낼 듯 눈을 글썽였고, 자리에서 일어난 히틀러는 팔을 마구 휘둘러대며 방 안을 서성였다.

"예수도 광야에서 사탄의 유혹을 받았다고 하지. 나 또한 잠깐 미혹에 빠졌을 뿐이야. 오직 독일 민족만이 세계를 다스릴 권한을 부여받았는데, 이 가련한 민족만이 인류 문명의 수호자라는 사실이 두려웠지! 그래서 영국이니, 미국이니. 자꾸 파시즘 동료가 있노라 프레스터 존 같은 허상을 찾았고! 거짓 선지자들에게 매혹되었지!"

이젠 명확했다. 영국인들은 같은 게르만 민족의 피를 타고나긴 했지만, 민주주의라는 유대인들의 맹독에 중독되어 후천적으로 문명 수호의 대업을 이끌 권리를 상실해버렸다.

미국? 미국은 더하다. 신대륙의 게르만족은 유대인들에게 잡아먹혀 그들의 조종을 받고 있었고, 최소한의 품위마저 잃어버린 채 누렁이, 깜둥이들과 피를 섞고 있었다.

독일. 오직 독일.

"체코 놈들에게 박해받는 동족을 구한다는 대의명분으로 전쟁을 일으키면, 이제 우리 독일인들에게도 다시 투쟁심이 불타오를 거야. 피는 못 속이는 법이거든. 지금은 두려움에 어쩔 줄 몰라 하지만, 전쟁의 북소리가 울려 퍼지면 그들은 다시 용감한 전사가 될걸세."

"각하의 혜안에 따를 뿐입니다."

"영국과 프랑스는 그 모습을 무력하게 바라만 보겠지. 그러면 폴란드를 설득할 수 있어. 독일—이탈리아—폴란드가 중부 유럽에서 파시즘으로 단결해 유대인과 최후의 전쟁을 치르고, 일본이 극동에서 새로운 전선을 열면 스탈린을 찢어 죽일 수 있어."

빨갱이에 맞서는 이 거대한 성전이 시작되면, 퇴폐 사상에 뿌리부터 썩은 영국인들도 어쩌면 개심할지도 모른다. 그렇게 게르만족의 천년왕국이 지상에 현현하게 되는 것이다!

"그러면, 영국인들과의 협상은……."

"협상은 해야지. 하지만 내 완벽한 판단에 비추어 보건대, 그들은 결코 전쟁을 일으키지 못할 거요."

정권을 잡은 지 4년이고, 나치당을 이끌게 된 지는 더더욱 긴 시간이 지났다. 토론과 합의 대신 오직 총통의 의지, 그리고 상명하복만을 중시하는 나치의 영도자로서 '충신'들에게 둘러싸여 기나긴 세월을 보낸 결과, 히틀러의 과대망상은 이미 어지간한 정신병자 못지않게 부풀어 있었다.

그 과대망상에 근거해 통치한 결과, 승승장구했다. 베르사유 조약 파기에서부터 오스트리아 합병에 이르기까지. 그에게 패배란 없었고, 정적들조차 끝없이 승리하는 그를 보며 '히틀러는 혹시 대영웅이 아닐까?' 하는 번뇌에 시달려야 했다. 이미 히틀러의 머릿속에선 열강의 거짓 성채가 무너지고 독일의 천년왕국이 건설되고 있었다.

* * *

같은 시각. 소비에트 연방, 모스크바.

"외무장관."

"예, 동지."

266

막심 리트비노프 외무장관은 그 어느 때보다 당혹스러운 기색이 역력했다.

저 빈 자리. 원래 투하체프스키 원수가 앉아 있어야 할 자리엔, 이제 스탈린의 친구인 보로실로프(Kliment Yefremovich Voroshilov)가 앉아 있었다. 투하체프스키가 사실 반동 반역도당이었다고는 하지만… 그걸 누가 믿겠나?

"참전을 위한 교섭은 어떻게 되어 가고 있소?"

"제국주의자들은 전혀 전쟁을 치러야 한다는 의지가 없습니다."

이미 알고 있었지만, 얼굴이 일그러지는 것은 어찌할 수 없었다.

"그들은 체코를 팔아치울 심산으로 보입니다."

"그토록 빨갱이라고 멸시받은 우리가 조약 준수를 위해 전쟁을 각오하고 있는데! 이 개자식들! 소국을 팔아먹어 일신의 안녕을 추구하려 해?"

지금 독일을 때려 부숴야 한다. 체코를 먹어치운다고 저놈들이 팽창 정책을 멈출 리가 없다. 체코를 먹고 강해진 독일과 싸우느니, 차라리 지금 약간 피를 흘리는 게 낫다. 너무나 합리적인 '강철의 대원수'의 결론은, 자연히 민주정을 칭하는 서구 국가들에 대한 경멸로 이어졌다.

"설마, 우리와 독일을 싸움 붙이려는 셈인가?"

"그렇진 않습니다. 다만, 국내의 반전 여론에 결단을 못 내리고 있는 듯합니다."

"폴란드와 루마니아 중 한 곳이라도 설득해 영토 통과를 허용받는다면, 즉시 붉은 군대가 체코 수호에 투입될 수 있습니다."

"저희도 최선을 다해 교섭 중입니다만, 폴란드와 루마니아 모두 강하게 거부하고 있습니다."

"제길……."

할 수 있는 게 없다. 또 서구 놈들끼리 북 치고 장구 치는 판에서 배제당할지 모른다는 불안감이 똬리를 튼다. 소련은 또 대사건의 방관자가 되고 있었다.

우리 시대의 평화 4

[영국 총리, 평화를 위해 독일로 향하다!]

[평화를 향한 전 세계인의 염원, 과연 이루어질까?]

[체임벌린–히틀러 회담 이것으로 세 번째!]

협상은 연일 최악으로 치닫고 있었다. 하지만 대영제국 총리 아서 네빌 체임벌린(Arthur Neville Chamberlain)의 어깨에는 평화를 지켜내야 한다는 막중한 사명이 걸려 있었다.

"체코인들이 저지르고 있는 저 참혹한 짓거리를 보십시오! 문명사회에서 벌어지고 있는 비극에서 시선을 떼지 마십시오! 주데텐란트의 독일인들을 몰살시키려고 하는, 인간으로서 최소한의 존엄성마저 짓밟으려는 저 체코인들의 악마성을 보십시오!"

파업과 폭동, 진압과 동원령. 지난 대전쟁에서, 사라예보의 총성으로 시작된 전쟁 위기는 마침내 열강 각국이 동원령을 선포하면서 지옥문을 화려하게 열어젖혔다. 여기서 배운 교훈이 있다면, 총동원령이 떨어지는 순간 대전쟁이 격발된다는 사실. 그 누구도 마지막 한 걸음을 내딛지 못했다. 체코를 지켜야 할 의무가 있는 프랑스만이 부분 동원령을 선언하였고, 자국의 운명이 등불 앞에 놓인 체코슬로바키아가 총동원령을 선포했을 뿐, 이미 체코의 안위에는 큰 관심이 없었다. 영국, 프랑스, 독일 중 한 나라가 총동원령을 선포하지만 않으면 대전쟁은 일어나지 않는다.

"대영제국은 체코슬로바키아가 주데텐란트를 평화롭게 포기할 경우, 이 과정을 중재할 의향이 있습니다."

"그럴 수 없소."

히틀러는 끊임없이 요구 조건을 제멋대로 바꾸어댔다.

"당신네들이 회의니 절차니 떠드는 동안 주데텐란트에선 또 독일인들의 피가 흩뿌려졌소! 지금 당장! 당장 독일군이 주데텐란트에 진주하는 것을 용인해야 하오!"

"제멋대로 조건을 바꾸다니, 이건 내가 의회로부터 허가받은 범위 한참 밖이오!"

"제반 사항을 바꾼 건 체코인들이지!"

히틀러의 행동을 모욕적으로 느낀 체임벌린과 내각은 점차 이 협상의 저의를 의심하기 시작했다. 협상이 부결된다면, 1925년에 프랑스와 체코가 맺은 조약에 따라 체코 방위를 위해 프랑스가 개입하고, 영국은 프랑스를 지지하게 될 것이다. 히틀러는 독일인 앞에 나아가 연일 기세 좋게 연설을 이어나갔다.

"저들은 우리의 대의를 의심합니다. 우리가 저 추잡한 식민 국가들처럼 팽창 욕구에 미쳐버린 줄 압니다!"

"우-우-우-우!!"

"우리는 오직 주데텐란트를 원합니다. 그 땅의 독일인들이 체코인들에게 학살당하는 미래를 막고자 할 뿐입니다!"

"히틀러! 히틀러!!"

"나는 영국 총리에게 약속했습니다! 주데텐란트 문제만 해결된다면 더 이상 유럽 땅에서 영토를 요구하는 일은 더 이상 없을 것이라고! 우리는 체코인을 원하지 않습니다! 우린 독일, 오직 독일인을 원합니다! 독일인에게 자유를 주지 않는다면, 우리가 직접 쟁취하겠습니다. 더 이상 1918년은 없습니다! 1918년 11월은! 두 번 다시 반복되지 않을 것입니다!!!"

모두의 이목이 주데텐란트에 쏠리고, 히틀러가 통보한 최종 시한이 하루하루 가까워져 올 때.

'평화를 지키기 위해 중재를 제안할 의향이 있음.'

이탈리아의 또 다른 독재자가 중재자를 자처하면서, 열강의 지도자들이 뮌헨에 모였다.

"어디에 있는지도 모를 땅을 두고 전쟁이란 비극이 일어나선 안 됩니다."

"우리는 평화를 위해 몇 달에 걸쳐 조율해왔습니다. 여기까지 와서, 겨우 며칠의 시간 때문에 전쟁이 일어나는 것은 더더욱 있어서는 안 될 일입니다!"

체임벌린의 호소가 사람들의 마음을 움직였을까. 마침내 독일, 이탈리아, 영국, 프랑스 4개국의 정상이 뮌헨에 모였고, '평화적인 해결'에 합의를 볼 수 있었다.

[체코슬로바키아는 열흘에 걸쳐 주데텐란트를 포함한 다음과 같은 지역을 할양한다.

체코슬로바키아는 할양하는 영토의 기존 시설을 파괴해선 안 된다.

체코슬로바키아 군경에 수감, 억류 중인 주데텐란트 독일인 정치범과 포로를 즉각 석방한다.

체코슬로바키아가 본 협정에 불복할 경우, 프랑스—체코 상호방위조약은 효력을 발휘하지 않는다.

영국과 프랑스는 새로운 국경선이 확정된 체코슬로바키아의 독립을 보장한다.

독일과 이탈리아는 체코슬로바키아 내의 폴란드와 헝가리인 소수민족 문제가 해결된 이후 체코슬로바키아의 독립을 보장한다.]

"배신자들!!"

"체임벌린! 남의 나라를 팔아먹은 이 악마 새끼들!!"

"영국과 프랑스에 저주 있으라! 히틀러가 다음엔 너흴 죽여버릴 거다!"

"하일 히틀러! 대독일 만세!!!"

모두에게 버림받은 체코는 무기력하게 모든 걸 내놓아야 했다. 이 할양은 단순히 소수민족의 문제가 아니었다. 막대한 산업시설, 독일에 맞서기 위해 구축해 놓은 각종 군사시설과 요새가 송두리째 넘어가면서 체코는 스스로를 지킬 모든 능력을 상실했다.

어쨌거나, 평화는 지켰다. 체코인 약간의 슬픔은 세계 평화란 대의에 비하면 훨씬 가벼우니.

"와아아아아아아!!"

"친애하는 시민 여러분. 체코 문제 해결은, 전 유럽에 평화를 가져다주기 위한 첫걸음에 불과합니다."

체임벌린은 그 누구보다 위풍당당하게, 종이 한 장을 팔랑였다.

"저는 오늘 아침에 히틀러 씨와 대화를 나눴고, 이 각서를 받아냈습니다. 여기에 영국과 독일은 결코 전쟁을 치르지 않으며, 독일은 더 이상 영토를 요구하지 않는다고 적혀 있습니다. 여러분! 역사상 두 번째로, 영국 총리가 독일에서 명예로운 평화를 챙겨 돌아왔습니다! 우리 시대의 평화(Peace in Our Time)가 여기 있습니다! 진심으로 감사드리며, 이제 집에 가서 발 뻗고 푹 주무십시오!"

"와아아아아아!!!!!"

세계만방의 언론은 이 놀라운 협상 타결을 속보로 보도했고, 체임벌린은 위대한 협상가이자 맹수 조련사로 그 명성이 정점에 이르렀다. 그 무수한 언론 보도를 보며 분노에 치를 떤 이가 있었으니.

"괴벨스 박사!!"

"예, 각하."

"저 나약해 빠진 놈들이 떠드는 모습을 보시오. 내가 위대한 정복자로 군림할 기회를 훔쳐 간 저놈들이 자화자찬하는 모습을 보라고!!"

히틀러는 진심으로 분개했다. 전쟁을 일으켰다면 알렉산더를 능가하는 대영웅으로 등극했을 텐데!

"즉시 체코의 남은 부스러기도 먹어 치울 준비하시오."

"알겠습니다."

겨우 석 달. 뮌헨 협정의 잉크가 채 마르기도 전에, 독일은 체코를 강제로 합병했다.

* * *

미친 새끼. 빠꾸라곤 없이 직진만 하는 또라이 새끼. 이제 확신할 수 있다. 타임 테이블 자체가 달라졌다.

1938년에 접어들기가 무섭게 히틀러는 슬로바키아 민족주의자들을 선동해 체코를 뒤엎었고, '슬로바키아인의 보호'라는 지나가던 개도 웃을 핑계로 체코는 합병하고 슬로바키아는 괴뢰국으로 삼았다. 당연히 전 세계가 뒤집어졌고.

체코 합병은 보통 사안이 아니다. 기존까지 히틀러는 '민족자결주의에 의거한 독일 민족의 통합'이라는 허울 아래에서 움직였고, 이 탓에 민주주의 서구 열강은 여론전에서 쭉쭉 밀려났다. 영국도 프랑스도, 독일의 명분을 무너뜨릴 순 없었으니까.

하지만 이젠 다르다. 체코인은 누가 봐도 독일인이 아니다. 나치는 합병 직후부터 '체코인들의 보헤미아는 옛날부터 합스부르크 지배하에 있었으니 아무튼 게르만족의 땅임!'이라고 외치고 있었지만, 총통께서 1 더하기 1은 3이라고 교시하면 대가리를 대패로 밀어서라도 그대로 믿는 진성 광신도가 아니고서야 그딴 말을 듣고 아, 사실 저기가 우리 땅이었구나! 할 사람들은 그리 많지 않았다. 이제 애써 현실을 외면하는 몇몇을 빼고는, 각국의 고위 관료들과 정치가들은 모두 히틀러의 정체를 알아차렸다.

"저 미친 전쟁광의 다음 목표는."

"당연히 단치히겠지."

그래서 나 역시 이렇게, 팔자에도 없이 인터뷰를 하고 있었다.

"안녕하십니까, 킴 장군님. 이렇게 저희 《더 선》과의 인터뷰에 응해주셔서 감사합니다."

"뭘요. 일개 군인에 불과한 제 의견이 뭐가 그리 대단하다고 이렇게 인터뷰를 하겠다 하시는지 모르겠군요."

미친놈의 심리를 일반인이 추리하기란 너무나 어려운 일이지만, 적어도 독일산 콧수염이 나를 전혀 의식하지 않는다곤 볼 수 없다. 그러니 나는 속된 말로… 어그로를 미친 듯이 땡길 예정이었다.

"히틀러는 사람들이 생각하는 것처럼 비전을 가진 지도자가 아닙니다.

그는 그냥 정신병자입니다."

"그의 머릿속에선 유대인이 미국도 지배하고 있는데 동시에 영국도 지배하고 있고 스탈린과 공산주의자도 유대인의 하수인이랍니다. 이걸 진지하게 믿고 있어요."

"나한테 잘해주거나 호감 있는 사람이면 아리아인이거나 명예 아리아인이고, 싫은 사람은 유대인의 피가 섞였대요. 무슨 학교에서 음침하게 굴다가 애들한테 처맞는 찌질이 망상 같은 걸 나이 처먹을 대로 처먹은 인간이 진지하게 믿고 있으니 웃길 뿐이죠. 더 무서운 건 그 찌질이가 독재자란 겁니다."

"근데 또 웃긴 게 뭔지 아십니까? 히틀러 씨, 아니, 오스트리아 출신 사생아를 애비로 둔 우리 '시클그루버' 씨가 그토록 애지중지하는 철십자 훈장은 사실 유대인 장교가 추천해줘서 받은 겁니다. '메이드 바이 쥬'를 모가지에 달고 다니는 반유대주의자인 셈이지요."

나의 불꽃 패드립을 맛봐라, 이 사악한 악마야! 내 목표는 간단했다. 꼭지가 돌아서 제발 바다 건너 히틀러 씨가 "저 새끼 죽여!"를 외치게 만드는 것. 그러면 준비 중인 우리 합중국 토착 변태 후버장이 내 모가지를 추수하러 온 독일 간첩을 붙잡고, 이걸 대문짝만하게 신문 1면에 박아버릴 예정이다.

어그로가 안 끌리면 곤란하다. 매일 한기 도는 침대에 홀로 들어가는 것도 이제 좀 많이 슬프다. 무슨 일이 있더라도 독일 간첩단을 전부 사형대로 보내버리고 가족의 품으로 돌아가고 말 테다.

"그럼, 장군께서는 독일이 진심으로 세계정복을 꿈꾸고 계신다고 믿습니까?"

"물론입니다. 제가 직접 만나서 이야기도 나눠봤지 않습니까? 그때 히틀러 씨 본인이 직접 말했습니다. 프랑스, 영국, 소련, 미국 전부 정복하겠다고요. 정복당하기 싫으면 저보고 빨리 군사반란을 일으키라고 권하던데……."

"예?"

"미친 것 같죠? 그래서 제가 계속 강조하는 겁니다. 미친놈이라고."

기자는 신이 났는지 연신 히틀러가 어떤 인간인지 물어보았고, 나는 있는 썰 없는 썰 싹싹 긁어모아 죄다 던져댔다. 애비애미 등골 브레이커에, 짝불알에, 사실은 찐따 샤이 보이에, 미대 합격 못 한 원한은 골수까지 차 있고, 머릿속에 깔린 세계관은 투명드래곤만도 못한 중2병 북유럽 신화 짝퉁이고, 헥헥… 많기도 많다. 이게 정녕 한 명의 인간이냐? 설정 과잉 아냐?

"하지만 걱정 마십시오 여러분! 미합중국 군대는 언제나 미치광이의 야욕 정도는 때려 부술 수 있습니다. 원래 세계정복발작증후군은 독일의 유전병 같은 것이지만, 카이저 빌헬름이 그러했듯 새 짝퉁 역시 미군 앞에 질질 짜게 될 겁니다!"

"미합중국이 참전해야 할까요?"

"영국과 프랑스는 이제 퇴물 노인네잖습니까. 히틀러가 싸이코라는 것과는 별개로, 그 싸이코가 한 나라를 전쟁기계로 개조해버렸습니다. 악당의 손에서 지구를 지킬 수 있는 슈퍼히어로로는 오직 엉클 샘뿐입니다."

목이 메어 물을 마신 뒤, 나는 기자에게 조용히 말했다.

"다른 건 몰라도, 꼭 조만간 개봉할 〈아미앵 전차군단〉 한 문단 넣어주십쇼."

"물론입니다. 편집장님도 크게 신경 쓰고 계시니까요."

"나중에 명함 남겨놓으시면, 제가 꼭 시사회 초대장 보내드리겠습니다! 좋은 기사 부탁드리겠습니다."

다시 거하게 수금 예정이던 영화 〈아미앵〉은 이런 말 하긴 좀 그렇지만… 희대의 국뽕 영화였다. 제발 고립주의 여론에 조금이라도 영향이 갔으면 좋겠는데, 어렵겠지. 기자는 수첩을 품에 넣으며 내게 악수를 청했다.

"앞으로 잘 부탁드리겠습니다. 다음 주 이 시간에 또 찾아뵙겠습니다!"

"물론이죠. 제가 더 잘 부탁드려야 하지 않겠습니까, 허허."

"다음 주엔 일본이었지요?"

"그렇습니다. 일본의 야만적이고 끔찍한 행각들, 그리고 그들의 사고 회로에 대해 이야기해볼까 하는데… 구독자분들이 믿지 않을까 걱정되는군요."

그래, 아무도 안 믿을 거 같단 말이지. 애완동물로 생각하던 잽스가 진주만에 선전포고 없이 꼬라박고 영혼의 한타 걸 것 같다고 하면 누가 믿겠냐고.

루즈벨트 각하. 제게 하사한 짐이 너무나도 무겁습니다. 제가 라스푸틴이 아니라고 그토록 누누이 강조했건만, '루루팡 루루피 얍!' 하면서 이 미국 시민들을 투사로 바꿀 수 있는 건 정말 '진주만' 하나뿐이란 말입니다.

"아, 이건 개인적인 질문입니다만. 혹 괜찮으실지요?"

"네네. 상관없습니다."

"독일이 영국과 프랑스를 적으로 돌려서라도 폴란드를 공격한다는 게 제 생각엔 도무지 설득력이 없는데… 군사적으로 그게 말이 됩니까? 그래서야 지난 대전쟁과 똑같은 상황이잖습니까."

"소련과 불가침조약을 맺으면 해결되니까요."

기자는 오늘 들은 것 중 가장 개소리라는 듯한 표정으로 자리를 떴다. 진짠데…….

7장
폴란드는 무너지지 않는다

폴란드는 무너지지 않는다 1

1938년 3월. 히틀러가 코딱지만 한 소국, 리투아니아를 윽박질러 메멜 지방을 뜯어냈다. 그리고 한 달 뒤인 4월. 마침내 공식적으로 단치히 할양을 요구하기 시작하며, 폴란드 위기가 시작되었다.

이 시점에서, 히틀러가 상상을 초월하는 또라이라는 사실은 이제 일반 대중들까지 눈치챌 당연한 사실이 되었다. 그야 그도 그럴 것이, 저 어디 수천 킬로미터 떨어진 식민지도 아니고 유럽 한복판에서 무력을 통한 강제 합병이 대체 뭔가?

이에 질 수 없다는 듯 이탈리아 역시 발칸반도의 소국인 알바니아를 강제 병합했고, 두 독재자 새끼들이 장군 멍군 불러대며 경쟁의식이라도 불태우는지 그다음엔 히틀러가 루마니아를 윽박지르고 헝가리와 유고슬라비아 눈앞에서 빠따를 흔들어대며 '협조'를 요구했다. 베르사유 조약 이래로 영국과 프랑스가 열심히 가꾼 중유럽 텃밭이 개작살나는 건 1년이면 충분했다.

히틀러의 저 공갈포에 쩔쩔매는 폴란드와 헝가리의 입엔, 겨우 몇 달 전 히틀러의 만찬에 초대되어 같이 뜯어먹은 체코의 피와 살점이 덕지덕지 발려 있었다. 독일이 민족자결의 이름으로 체코슬로바키아 내 독일인을 받아 갔으니, 헝가리도 헝가리인 거주 지역을 요구하고 폴란드도 폴란드인 거주 지역을 요구한 건 배고프면 밥 먹는 것처럼 당연한 일.

물론 내 소박한 일반상식은 '저걸 받아먹는 게 아니라 같이 히틀러에 맞서 싸워야 하지 않을까?'라는 생각을 잠시 떠올렸지만, 어차피 영국과 프랑스가 끼지 않은 이상 조기축구회 아저씨 셋이 모여 손흥민 막는 꼴에 불과하겠지. 그럴 바엔 차라리 개평이나 먹자는 그 막가파식 마인드도 이해는 한다. 하지만 그 대가로 폴란드는 독일의 압력에 시달려야 했고.

"킴 준장님!"

"킴 준장님! 《워싱턴포스트》에서 나왔습니다!"

"《시카고트리뷴》입니다! 킴 준장님, 잠시 시간 내주실 수 있겠습니까?!"

"다 꺼져! 꺼지라고! 킴 준장님은 우리 《더 선》과 독점 계약을 맺었습니다!"

그래. 터져버렸다.

[영국, 폴란드 보호를 천명하다!]

[프랑스, 대대적 군비 증강안 발의!]

[독일─소련 불가침조약 논의 중으로 추정!]

[세계 평화를 파괴하려는 두 독재자의 밀실 합의!!]

내가 아는 스탈린은 합리주의자다. 히틀러가 제 뇌내망상에서 노닐다가 그게 현실이라고 굳게 믿어버리는 내츄럴 본 싸이코라면, 스탈린은 누가 유물론 믿는 빨갱이들 수장 아니랄까 봐 강철처럼 차가운 이성으로 움직이는 인간이다.

당장 내게 공갈칠 때를 생각해 보라. 케이크처럼 쉽게 조선인을 먹을 수 있겠다 싶어서 한번 찔러 보고, 내가 거기서 배를 째버렸더니 곧바로 거기서 다시 아무 일 없던 것처럼 군다. 공갈이야 누구나 할 수 있지만, 거기서 철판 깔고 '허허, 우린 친구친구!' 외치는 건 인두겁을 쓰고 있는 보통 새끼라면 쉽게 할 수 없는 일이지. 그런 인간이니, 영프의 꼬라지가 말이 아니라는 걸 확인한 순간 차선책을 찾는 것도 지극히 당연한 일. 히틀러에 비하면 스탈린은 충분히 추론 가능한 논리로 움직인다.

그러니까 난 오리엔탈 샤먼이 아니다. 진짜 이성과 합리로 예측한 거임. 설마 사람이 미래에서 과거로 왔겠어? 이게 다 분석 능력, 애널라이징이라니까요?

"킴 장군님!!"

"정말 독일과 소련이 불가침조약을 맺으리라고 생각하십니까?"

"장군님 한 말씀 부탁드립니다!!"

나는 개중에서 가장 언론의 자유를 위해 가장 열심히 싸울 것 같은 엄격 근엄 진지하게 생긴 기자를 향해 얼굴을 들이밀었다.

"제가 하고픈 이야기는 전부 《더 선》의 지면을 통해 말씀드렸습니다."

"독일과 일본이 세계정복을 위해 전 세계를 상대로 싸우리란 그… 예측 말씀이십니까?"

"잘 알고 계시네요. 거기서 더 해야 할 말이 있습니까?"

'망상'이라거나 '소설'이란 말을 애써 삼키고 '예측'이란 단어를 쓴 것만으로도 저 사람이 참기자란 사실을 알겠다. 훌륭해.

"독일의 히틀러는 반공을 내세워 집권했고, 스탈린 역시 전 세계 공산주의자의 대부이자 후원자를 자처하고 있습니다. 이 둘이 손을 잡는다는 건 턱없이 명분이 부족한 일입니다!"

"명분은 국민을 설득할 용도로 필요한 게 명분이죠. 그 두 나라는 명분이 필요 없는 나라입니다. 영국과 프랑스가 소련을 끌어들여야만 독일의 팽창 욕구를 억제할 수 있습니다."

물론 이렇게 말해봐야 무리다. 빨갱이 본진에 대한 생리적인 거부감. 현실적으로 준비라곤 되어 있지 않은 군 상태. 게다가 프랑스 같은 경우는 지금도 실시간으로 정권이 무너질랑 말랑 하고 있다지? 하지만 그건 그거고

나 진짜 집에 가야 해 이 사람들아. 우리 집 뽀삐 저녁밥 줘야 한다고.

내가 밤마다 죽부인 대신 술병을 껴안고 울며 잠들자, 우연히 이 꼬라지를 목격해버린 마음씨 착한 부관 에이브럼스는 그날부로 눈깔에서 존경 필터를 빼버리고는 기어이 내 관사에 강아지 한 마리를 데려왔다.

'에이브럼스 소위. 내가 명색이 스타인데 설마 강아지 한 마릴 일일이 다 돌보겠니? 어차피 당번병이나 네가 씻겨주고 밥 주고 다 해야 하는데……'

'그냥 키우십쇼. 애완술병보단 훨씬 키울 맛이 납니다.'

몹쓸 놈 같으니. 따지고 보면 애완전차를 못 키우게 하는 합중국이 잘못되었다. 법과 현실의 괴리를 따라잡지도 못하는 나라 같으니. 애완전차가 없으니 내가 아쉬운 대로 애완술병을 데리고 산 거잖아? 잠시 뽀삐를 찾아 떠났던 내 정신머리는 기자의 질문과 함께 다시 현실로 돌아오고 말았다.

"장군의 의견이 무척 호전적이며, 근거 없는 공포를 조장하며, 군부에 예산을 더 집행하라는 압력으로 비쳐 보일 수 있다는 일각의 의견이 있습니다. 이에 대해선 어떻게 생각하십니까?"

그래. 내가 좀 호전적이고, 공포 마케팅도 핫핫하게 하고, 예산도 더 줬으면 좋겠다고 생각해. 다 맞는 말이구만.

"죄송하지만 조금 불쾌하게 받아들여지는군요."

"그러나……."

"여기서 제가 문제 하나 내겠습니다. 맞히는 분껜 100달러 드리겠습니다."

대답이나 할 것이지 뭔 개소리야, 라는 표정을 하고 있던 기자들이 100달러란 소리에 싹 진지해졌다. 이놈의 캐피탈리즘. 마르크스가 왜 싫어했는지 잘 알겠어.

"아침에는 네 발, 점심에는 두 발, 저녁에는……."

"사람! 사람!!"

"사람입니다!"

"다들 사람이라고 생각하시는군요. 어째서지요?"

"누구나 다 아는 문제잖습니까."

나는 기자들을 슥 돌아보았다.

"굳이 끝까지 다 안 들어도 답이 뭔지 아시겠죠?"

"그렇지요."

"근데 왜 제 입에서는 끝까지 듣길 원하십니까. 이미 문제도 답도 다 알고 있는 분들이."

나는 벙찐 기자들의 틈바구니에 100달러 지폐 한 장을 던지고는 관사로 돌아갔다.

[아침에는 오스트리아, 점심에는 체코, 저녁에는?]

[킴 장군 일갈! "우린 이미 답을 알고 있다."]

["히틀러는 적그리스도이자 666의 짐승!"]

"좀 어떻습니까?"

"잠잠하지. 상식적으로, 어지간히 빡대가리가 아니고선 뻔히 함정이 보이는데 뛰어들겠소?"

후버는 그렇게 내 기대감을 사정없이 즈려밟았다. 조금 빈말이라도 해주면 어디가 덧나.

"히틀러가 만약 내 피를 바싹바싹 말려서 죽이고 싶다면 대성공이네, 시벌."

"수혈이라도 해줄 테니 죽진 마시고."

어떻게든 살려서 부려먹겠단 의지가 느껴진다. 지독한 놈들. 2회차가 과거로 돌아온 거라 다행이지, SF였다면 내 머리 뚜껑을 따서 뇌만 둥둥 띄워놓고도 남았을 인간이야. 뇌둥둥을 떠올렸더니 입맛이 돌지 않는다. 나는 내 앞에 놓인 당근 케이크를 슥 밀어 치우곤 커피 한 잔을 청했다.

"D.C. 근황은 어떻습니까."

"당신이 나보다 더 잘 알지 않소?"

"저처럼 청렴결백하고 나라를 위해 헌신할 뿐인 군인이 대관절 정치인들 상황을 어떻게 알겠습니까."

"공화당이 당신 욕을 아주 찰지게 하고 있지."

화려했던 왕년은 어디로 가고, 이제 FDR의 개헌조차 막기 어렵게 된 공화당. 이런 그들에게 외교 정책은 얼마 되지 않는 존재감 과시의 장이었고, 시민들이 너무나 듣고 싶어 하는 고립주의 정책을 주장하며 다시 세를 끌어모으고 있었다. 근데, 틀림없이 친 공화당이자 반쯤 아군이라 생각하고 있던 내가 갑자기 전쟁이 난다며 쾌지나 칭칭 나네 꽹과리를 신명 나게 두들겨대고 있으니 거슬리나 보다.

"맥아더 의원은요?"

"그래, 그 양반이 공화당과 당신의 연결고리였지. 맥아더 의원도 개입주의를 주장했었는데, 당권 경쟁 탓에 요즘은 몸을 사리고 있소."

당적이 공화당이니 어쩔 수 없나. 당장 민주당 중진들조차 섣불리 유럽 개입을 입에 올리지 못하는데, 원래부터 고립주의 성향이 제법 있던 공화당이면 말할 것도 없다.

"혹시 제가 알아야 할 일 있습니까."

"딱히 특별한 건 없소. 현실을 도피하고 싶은 의원들이 많다는 정도? 내가 오히려 묻고 싶은데."

그래. 내 인생에 또 의사당에 증인 출석을 하게 될 줄이야. 이번엔 우리 상하원 의원 나리들을 죄다 불러 모아놓고 히틀러의 쿠데타 제안을 제대로 폭로할 예정이다.

[합중국 장교에게 건넨 히틀러의 '은밀한 제안'이란?]

[그것이 알고 싶다! 합중국 질서 파괴를 노리는 해외 세력!]

[신대륙을 향한 독일의 적대감? 지난 대전쟁에서의······.]

그동안 언론을 총동원해서 양념을 뿌려 왔고, 사람들의 관심은 집중되고 있다. 물론 이건 자폭이다. 이 짓까지 하면 정말 어그로는 극한까지 땡길 수야 있겠지. 히틀러가 아니라 보통 독재자 정도여도 저 새끼 입 좀 틀어막고 싶단 욕망이 퐁퐁 샘솟을 정도로.

하지만 내 명망에도 스크래치가 난다. 후. 그치만 이러다 진짜 히틀러가 승리하는 올펜슈타인 꼬라지 나버리는 것보단 이 한 몸 화끈하게 불태우는 게 낫지. FDR은 그래도 비즈니스 매너는 있다. 부탁한 대로 명분을 얻기 위해 이렇게 똥꼬쑈를 다 하고 있으니 뭐라도 단단히 챙겨주겠지. 입 닦고 런 한다? 그럼 그날부로 그 휠체어랑 같이 절벽에 처박히는 거야. 프랭클린아, 나도 순정이 있다. 니가 그런 식으로 내 순정을 짓밟으면은…….

"킴 준장님?"

"예."

"시간이 되었습니다. 이리로 가시면 됩니다."

"한 번 가본 길이라 잘 압니다."

나는 피식 웃으며 천천히 발걸음을 옮겼다.

* * *

"이 빌어먹을 원숭이가 밤낮없이 떠드는 꼴 좀 보라지!"

히틀러는 신경질적으로 신문을 집어 던졌다. 눈이 흐릿해진 히틀러를 위해 총통에게 올라가는 대부분의 서류는 특별히 몇 배는 큰 활자로 큼직큼직하게 찍혀 제작되고 있었고, 그 탓에 장내의 나치 고위 인사들은 서류의 내용을 힐끗 보아도 다 알 수 있었다.

"박사! 미국의 언론 동향은?!"

"총통 각하의 말씀대로, 오이겐 킴은 미국을 지배하는 유대인들의 꼭두각시입니다. 그의 입을 빌어 유대인들이 각하를 견제하는 것이 틀림없습니다."

괴벨스를 제외한 모든 부하들은 그 말을 듣자마자 '지랄하고 있네.'라고 속으로 궁시렁댔지만, 위대한 지도자 총통 각하의 세계관에 따르면 괴벨스의 해명은 충분히 그럴듯한 이야기였다.

"역시 유대인 놈들의 음흉한 음모는 항상 뻔하지! 다시 한번 '수정의 밤'을 일으켜서 싹 죽여버리면……"

"각하. 재고를 부탁드립니다."

자리에서 일어서서 서둘러 말을 쏟아내는 것은 SS 총수 하인리히 힘러였다.

"유대인들에게 본때를 보여주는 일은 지극히 옳은 일이었습니다만, 독일 국민들의 반발 여론이 너무 큽니다."

"끄응……"

"한 톨의 자원까지 아끼고 절약해야 한다며 국민들을 독려한 지도 몇 년째입니다. 그 귀한 자원을 유대인 좀 쥐어패겠다고 대체 얼마나 불질러버렸습니까."

그 거대한 박해를 진두지휘했던 괴벨스가 고개를 떨구었고, 히틀러 역시 슬그머니 등을 돌렸다.

"저희 SS에 맡겨 주십시오. 게르만족의 이성을 총동원해 유대인들을 과학적으로 '처리'하겠습니다!"

"그렇게 하시게. 박사는 유대인 일에서 당분간 손 떼시오."

"…알겠습니다."

히틀러는 그렇게 유대인 문제를 정리하고 다시 세계지도로 시선을 옮겼다.

"영국, 영국과 폴란드의 사이를 갈라야 해. 스탈린이 불가침조약에 서명만 해주면 영국인들은 폴란드에서 손을 뗄 거요. 그러면 혼자 나서기 싫은 개구리들이 도망칠 테고, 우린 폴란드를 손쉽게 정복하겠지."

"국방군은 언제든 각하의 명에 따라 폴란드를 파멸시킬 준비가 되어 있습니다."

"좋아. 드디어 국방군의 투쟁 정신이 확립되었군. 절대 서방은 참전하지 않소! 우린 유럽의 패권을 쥐는 그날까지 투쟁할 뿐이오!"

"하일 히틀러!"

히틀러가 옳다. 이미 독일의 운명을 그에게 걸었으니, 그와 함께할 수밖에 없다. 더 이상 그에게 반대하는 무리는 존재하지 않았다.

고증입니다

원 역사의 나치는 1942년에 들어서야 본격적으로 유대인을 학살합니다. 그 이전에도 학살은 벌어졌으나, 42년을 기점으로 나치의 정책 자체가 학살에 포커싱되었습니다.

이 시점까지 본격적인 학살 프로세스가 가동되지 않은 이유 중 하나는 히틀러가 '인질 이론'을 신봉했기 때문입니다. 유대인 비밀조직이 미국을 지배하고 있으니, 유럽의 유대인을 인질로 붙잡고 있으면 미국이 감히 선전포고를 하지 못하리라는 신묘한 논리입니다. 하지만 결국 미국은 참전했고, 유대인 문제는 '최종 해결'로 결론 납니다.

사회경제적인 측면도 있습니다. 기본적으로 독일의 정책은 유대인을 독일 밖으로 쫓아내는 것이었지만 1938년부터 독일이 영토 확장을 시작하면서 관리해야 할 유대인이 기하급수로 늘어났습니다. 쫓아내고 싶어도 쫓아낼 곳이 없는 상황이었죠. 이에 1940년부터 폴란드에 게토를 세우고 유대인들을 가둬 놓고 형편이 되는 대로 쫓아내는 방식이었습니다.

그러나 41년 6월 독일이 본격적으로 소련을 침공하면서 반유대(그들에게는 반볼셰비즘과 동일선상) 정서가 강화되었고, 충성경쟁 또한 심화되면서 엄청난 대량학살이 자행되기 시작했습니다.

폴란드는 무너지지 않는다 2

영국과 프랑스가 머리에 뇌라고는 한 점도 없는 멍청이들은 절대 아니다. 이 제국주의 시대를 이끌어 온 열강 중의 열강이 설마 갑자기 합리적 판단력을 잃고 뇌텅텅으로 변했겠는가? 주데텐란트 위기가 고조될 무렵부터, 영국인들은 당장 전쟁이 발발한다면 자신들이 즉시 동원할 수 있는 군사력이 너무나 제한되었단 사실을 자각하게 되었다.

그래서 부랴부랴 재무장을 단행하고는 있지만, 이번엔 또 우선순위 문제가 부각되었다. 당연히 영국이면 해군이고, 그다음은 공군. 육군은 아무래도 우선순위에서 밀릴 수밖에 없었고 이는 유럽대륙에 직접적인 영향보단 보다 간접적인 영향력밖에 투사할 수 없다는 뜻.

프랑스도 사정은 별반 다르지 않았다. 막강한 대육군을 거느리고 있긴 하지만, 지난 대전쟁 때 어마어마하게 청년들의 목숨을 앗아간 참호전의 충격은 PTSD로 깊게 남아 있다. 그 엄청난 피해에 경악한 프랑스인들이 채택한 답안이 바로 저 유명한 '마지노선'이지만… 원 역사에서 이미 그거 우회당하고 끝났잖아. 이 시기 프랑스의 정치 지형은 혼란을 넘어선 개판 그 자체였고 1년에도 총리가 몇 번씩 바뀔 정도로 혼세혼세가 따로 없었다. 그런 와중, 주데텐란트 위기가 발발하자마자 마지노선 완공을 위해 긴급히 예산을 때려 붓기로 합의를 본 것은 '이것도 다 못 짓고 전쟁 나면 주웃된다.'는 필사적인 몸부림 덕택이겠지.

이들에게 가장 절실한 것은 시간이었다. 그들도 명색이 민주 국가의 정치인들인데, 애꿎은 남의 나라를 팔아먹고도 두 발 뻗고 편히 잘 수 있는 인성은 아니다. 그들은 히틀러가 아니니까. 하지만 어쩌겠는가. 준비되지 않은 전쟁의 불꽃에 자국을 밀어 넣기보단 타국을 팔아먹는 게 낫다고 판단하는 것 또한 민주 국가의 정치인인 것을.

하지만. 그래도 체코를 팔아먹은 대가가 커도 너무 컸다. 단 한 번의 실수로 화려한 도미노가 완성 직전 와르르 엎어지듯, 베르사유 체제가 구축한 질서가 가루가 되어 흩날린다. 체코슬로바키아가 지도에서 사라진다. 체코는 보헤미아—모라비아 보호령이라는 이름으로 독일에 강제합병되었고, 슬로바키아는 독일의 보호를 받는 괴뢰국이 되었다. 신생 슬로바키아는 태어나자마자 헝가리의 침략을 받았다. '주인님'인 독일은 외면했고, 슬로바키아는 땅을 내주어야 했다.

이미 독일이 침을 뱉은 베르사유 조약에 헝가리의 침이 더해진다. 대전쟁의 패전국이던 헝가리 역시 모든 속박을 벗어던지고 팽창주의의 대열에 합류했다. 이탈리아는 프랑스에게 식민지 이권을 요구하고, 거부당한 뒤부터 해군을 이리저리 움직이며 압력을 넣기 시작했다.

구질서가 무너진다. 이들이 고를 수 있는 선택지는 오직 하나, 더 이상 동맹을 버리지 않는다는 액션을 보여주는 일뿐이었다. 무엇보다도, 석 달 만에 약속을 깨는 미친놈을 상대로 둔 이상 더 이상 전쟁은 피할 수 없다는 사실을 깨달아버렸다. 이 강력한 의지가 히틀러를 조금이라도 붙들 수 있었다면 좋으련만.

'독일과 소련은 경제협력을 통해 상호 간 이익 증진을 도모하며, 10년 기한부 불가침조약을 체결한다.'

사악한 동맹이 그 모습을 드러냈다.

* * *

샌프란시스코. 김씨 일가 저택.

— 킴의 예언이 맞아떨어졌습니다!

— 독일과 소련이 10년 기한의 불가침조약을 맺었지만, 당연히 이면에서 무언가 별도의 합의가 있겠지요. 절대 양립할 수 없는 물과 기름 같던 두 독재국가가 유럽을 반분하기로 합의한 것으로 보입니다!

— 《더 선》은 노났습니다. 같은 업계 종사자로서 심심한 유감을 표하는 바입니다. 혹시 그 친구들, 라디오 방송국 설립할 생각은 없을까요?

라디오 떠들어대는 소리가 거실을 꽉 채우고도 남아 복도를 쩌렁쩌렁 울리고 있었다.

— 오늘의 게스트, 유진 킴 준장님을 모시겠습니다.

— 반갑습니다, 장군님.

— 반갑습니다. 오늘 저는 군인이 아닌 한 명의 합중국 시민으로 나왔으니 그 '장군' 칭호는 빼주셔도 됩니다.

"아빠 목소리야!"

"셜리. 라디오에서 아빠 목소리 나와."

"아빠야?"

그 라디오를 둘러싸고, 김씨 집안의 2세대가 옹기종기 모여 있었다. 한 명만 빼고.

"나 왔어."

"지금 막 방송 시작했어."

양반은 아닌지, 저편에서 엔진 소리가 잠시 들리더니 헨리 또한 집에 돌아왔다.

"이거 무슨 냄새야?"

"냄새 이상해."

"야!! 누굴 만났는진 알 바 아닌데 향수 냄새 진동하잖아!"

"이게 어디서 오빠 보고 야야거리고 있어."

"엄마!! 이 인간, 여자랑 노닥대다 와서는… 읍! 읍읍!!"

"네 남자친구도 다 불어버리기 전에 조용히 해. 대화와 타협 하자고. 대화와 타협."

자식들이 듣는지 아닌지 알 길이 없는 유진 킴은 연신 라디오에서 열변을 토하고 있었다.

— 인류 역사상, 단 한 명의 과대망상 정신병자가 이토록 많은 사람들을 지옥의 불가마로 밀어넣으려 시도한 적은 없었습니다. 하지만 이제 유황불은 충분히 달구어졌습니다. 전쟁은 필연이자, 며칠 남지 않은 미래입니다.

— 며칠이라고요?

— 물론입니다. 독소 불가침조약이 발효된 이상 독일은 그 누구도 못 막습니다. 히틀러는 베르사유 조약 파기를 선언한 이래로 국력을 모두 재군비에 투자했고, 영국과 프랑스는 '뮌헨의 배신' 이후에야 재군비를 시작했습니다.

— '배신'이라는 표현은 다소…….

— 그러면 변절이라고 할까요? 우리 시대의 평화라고 으스댔으면 책임을 져야지요. 사실만 봅시다. 우리 눈앞에 닥친 사실은 딱 하나. 하켄크로이츠가 박힌 철모를 쓴 오스트리아인이 체코제 전차에 타고 프랑스를 공격하리란 사실뿐입니다.

"아빠 말 진짜 빨라."

"화난 사람 같은데."

"사람들이 아빠가 하는 말을 잘 안 들어줘서 그래."

"아시안이라서?"

셋째 제임스의 머리를 헝클이던 헨리의 손이 뚝 멈췄다.

"아냐. 아빠가 너무 똑똑해서 사람들이 못 따라온 거야."

"바보 같애."

헨리가 말문이 막힌 사이 앨리스가 대답했지만, 둘 다 동공에 지진 일어나긴 매한가지였다.

— 프랑스 공격이라고요? 마지노선을 두고 전투입니까?

— 글쎄요. 독일인들이 그렇게 멍청하다면 다행이겠지요. 설마 그 자부심 넘치는 프랑스인들이 마지노선 뒤편에서 팔짱 낀 채 폴란드가 멸망하는 모습을 구경하고만 있진 않으리라 믿습니다. 프랑스가 공세를 취하는 모습이…….

— 프랑스가 공세를 취하면, 기껏 마지노선을 지은 의미가 없잖습니까. 이미 참호전의 참상은 모두가 알고 있습니다.

— 그건 체코를 팔아먹은 대가지요.

이야기의 방향은 점차 영국과 프랑스의 어리석음과 그 대가에서, 다른 나라로 옮겨 가고 있었다.

— 저도 전쟁터에서 종횡무진으로 활약했습니다. 전쟁이 얼마나 끔찍한지 누구보다 잘 알고 있습니다. 저는 후방에서 펜대만 굴린 놈도 아니고, 그 누구보다 앞장서서 싸웠었습니다.

— 미스터 킴을 소재로 한 영화는 저도 참 인상 깊게 봤지요.

— 감사합니다. 피할 수 있는 전쟁은 피하는 게 맞습니다. 하지만! 내가 강도에게 관심이 없어도 강도가 내게 관심이 있으면 범죄가 일어납니다. 우리나라는 강도에게 맞서라고 총기의 자유까지 보장하는 참된 나라 아닙니까? 이제 강도가 우리 아이들을 위협하기 전에, 옆집을 구해줘야 합니다.

— 히틀러가 아무리 날고 기어도 대서양을 건너진 못할 텐데요.

— 히틀러가 체코를 합병하리라 생각한 사람도 아무도 없지요! 사람은 누구나 실수에서 배우지만, 현명한 사람은 남의 실수에서 배우는 법입니

다. 우리가 남의 일이라고 프랑스와 영국을 히틀러의 먹잇감으로 내줬다
간…….

"언니. 졸려어."

"그래? 들어가서 잘까?"

"나도 잘래. 안 되겠어."

앨리스가 두 아이들을 반쯤 질질 끌고 화장실로 데려가는 동안, 홀로 남
은 헨리는 소파에 앉아 라디오 소리만 가만히 듣고 있었다.

전장. 아버지가, 아시아인으로선 꿈도 못 꿀 명성과 지위를 손에 넣은 곳.
애국심 같은 요소를 모두 **빼놓더라도**… 할아버지와 아버지의 거대한 유산
을 참전 경력 없이 물려받을 수 있을까? 아무리 생각해도 그건 어려워 보
였다.

* * *

베를린, 괴링가(家) 저택.

명실상부한 나치 독일 제2인자이자, 라이히스탁 의장 겸 의원, 4개년 계
획 전권대표, 루프트바페 사령관, 항공부 장관, 산림청장, 프로이센주 총리,
프로이센주 내무부 장관 등등등… 아무튼 나는 새도 떨어트릴 권력을 가
지고 있고 없으면 권한을 신설할 놀라운 권력자, 헤르만 괴링이 웅거하고
있는 곳. 그곳의 응접실에서는 참으로 타의 모범이 될 만한 아리아인 형제
가 형제애를 불태우고 있었다.

"형."

"왜."

"형이 아무래도 졷된 거 같은데."

동생, 알베르트 괴링이 손에서 카드 몇 장을 내던지자, 헤르만 괴링의 얼
굴은 히틀러가 구겨버린 종잇장처럼 엉망이 되었다.

"이 판 말이냐, 아니면……."

"둘 다."

"각하께서 날 버릴 리 없다. 내가 비록 각하의 뜻에 반하는 충언을 올리긴 했지만, 내 충심마저 몰라보실 리가 없다!"

"전쟁한다며? 형 자존심 센 건 나도 잘 아는데, 이제 슬슬 형이 판돈 건 콧수염이 꽝이라는 걸 인정하는 게 어때."

무능한 부하가 이런 말을 했다면 당장 싸닥션을 올려붙이며 반역도당을 헌병대에 넘겼으련만, 피는 물보다 진한 법이니 이 몹쓸 동생 놈을 빵에 처넣을 순 없잖은가. 위신도 상하고.

"각하께선 독일 민족에 두 번 다시 없을 지도자시다."

"두 번 다시 없을 병신이겠지. 형이 그 새낄 우리 위에 올려놨고."

"말을 말자, 말을."

헤르만은 쥐고 있던 카드를 내려놓고, 대신 옆에 있던 술잔을 집어 들었다.

"어디 가서 함부로 입 놀리지 마라. 내가 너만 보고 있으면 가슴이 철렁거려. 내 앞에서야 뭔 소릴 하든 그러려니 하겠는데, 남들은 그러리란 보장이 없다."

"나도 형 앞이니까 그러지. 이제 유대인을 다 죽여버린다며? 내 친부도 유대인인데……."

"그만! 친부라니. 술 처먹고 혀가 꼬였나 보구나. 대부(代父)님을 잘못 말한 걸 보니."

"그 대부님이 어머니와……."

더 좋알쫑알대려던 알베르트는 흉흉한 기세에 저도 모르게 입을 다물었다.

"누가 내 동생인진 이 제국의 2인자, 헤르만 괴링이 정한다. 넌 내 동생이고, 괴링 가문의 남자다. 끝! 군소리 덧대지 마라!"

"에에, 예에."

"내가 너 때문에 진짜 심장이 남아나질 않는다. 베를린에 있다간 사고 칠 것 같으니, 저기 다른 곳으로 꺼져버려."

헤르만은 한숨을 푹푹 내쉬었다.

"구 오스트리아령과 새 영토… 보헤미아 쪽의 공장을 관리하는 일을 좀 해줘야겠다. 남들도 질질 침 흘려대는 자리, 네 몫으로 챙긴다고 한창 싸우고 왔으니 못 하겠단 헛소리하진 말고."

"아니, 영화 찍던 사람 다짜고짜 이상한 딱지팔이로 만들더니 이젠 공장 감독이야?"

"영화판 가고 싶나? 그 절름발이 새끼랑 한판 붙을 생각 있으면 팍팍 밀어주고."

"그건 좀."

형 뒷배 믿고 괴벨스랑 싸우라고? 농담이지? 알베르트는 아직 죽고 싶은 생각은 전혀 없었다.

"유대인 문제. 거기에 오이겐 킴 문제. 괴벨스, 그 간사한 놈이 제 일 하나 똑바로 못 하고 실수한 게 벌써 두 건이야. 그 와중에 여자 문제까지 터지고."

괴벨스가 영화배우의 목줄을 콱 붙잡고 밤이고 낮이고 여배우들을 불러댄다는 사실을 모르는 나치 고관은 없었고, 모두가 그 꼬락서니를 역겨워했다. 가장 부패했지만 정작 여자는 건드린 적 없다고 잘난 척하는 괴링은 말할 것도 없고.

하지만 아리아인도 아닌 체코 여자랑 몇 년을 붙어먹고, 그 파렴치한 불륜 행각에 분노한 괴벨스 부인이 남편의 직속 부하인 선전부 차관과 맞바람을 피우고 있다는 이야기가 총통 각하의 귀에 들어가자 일이 대차게 꼬였다.

'이 빌어먹을! 나는 지금 독일 민족의 존망을 걸고 일전을 치르려고 하는데, 어떻게 너희가! 너희가 지금 내 등 뒤에서 그 망할 소시지를 휘두르다 싸움질이 나서 기어이 내가 입을 떼게 만드는 거냐?! 너희가 그러고도 사람이냐! 사람이냐고!!'

'살려주십시오!!'

폴란드 침공이 닷새 남은 시점에서 이 무슨 추태인가. 연신 혀를 차던 그는 다시 동생에게로 화살을 돌렸다.

"아무튼! 너도 괜히 헛짓거리하지 말고 얌전히 일이나 하고 있어!"

"…그러지 뭐. 그런데 유대인 문제는 어떻게 하기로 했는데?"

"힘러가 담당하기로 결정 났다. 수용소를 더욱 확대해서 유대인 놈들을 절멸시킨다더군."

"절멸."

"그래. 괜히 신경 쓰지 말고, 뭔가 해보려고 노력하지도 마라. 유대인도 아닌 네가 쓸데없이 덤벼들었다가 자칫 내 발목 붙잡을라."

충격에 빠져 말을 못 잇는 알베르트를 뒤로한 채, 헤르만은 터덜터덜 자신의 침실로 들어갔다. 내일부턴 이 집에 돌아올 날도 그리 많지 않을 테니.

폴란드는 무너지지 않는다 3

　대영제국. 켄트, 웨스터햄. 훗날 비슷한 이름의 축구단 때문에 일부 외국인들의 착각을 불러일으킬 이 조용한 교외에는, 차트웰(Chartwell) 하우스라는 이름의 그림 같은 대저택이 있었다. 각종 관상용 물고기가 우아하게 헤엄치는 연못을 품에 안은 정원. 예술에 조예가 있다고 알려진 집주인이 직접 그린 그림 수십 점. 채광과 온수 공급이 가능한 거대한 수영장까지. 하지만 이 저택의 아름다움과는 정반대로, 저택의 주인 되는 사람은 영국에서 가장 미쳐 날뛰기로 유명한 인물이었으니.

　"답답해 죽겠군."

　전쟁은 피할 수 없다. 그토록 정신 좀 차리라고 일갈했지만, 그는 끽해야 전쟁광 취급이나 받았다.

　'의원님께선 전쟁을 참 좋아하시는 모양입니다그려.'

　'그렇게 맨날 남의 자식들 군대 보내려고 하다가는 다음 하원에선 못 만나겠네요.'

　'독일에는 상륙할 만한 갈리폴리가 없는데 어쩌죠?'

　콰지직!

저번에 들은 말을 떠올리니 순간 욱하는 마음이 치밀어올라 저도 모르게 신문을 구깃구깃 엉망으로 만들어버렸다. 잠시 숨을 고른 윈스턴 처칠(Winston Churchill)은 다시 엉망이 된 《더 타임스》를 대강 테이블에 던져버리고는, 아직 깨끗한 《데일리 텔레그래프》를 집어 들었다. 그는 전쟁광 소릴 듣는다지만 어쨌거나 의원이었고, 주전파의 선봉에 서 있다 보니 들어오는 정보 또한 많았다. 언론 보도와 수면 아래에서 오가는 이야기들을 모두 통틀어 생각해 본다면, 조만간 선전포고와 전시 내각 수립은 확정이라고 봐야겠지.

'너무 늦었지만.'

체임벌린이라면 아마 또 그놈의 대화를 통한 타협을 시도해 볼지도 모른다. 아니, 하겠지. 시간을 벌겠다는 의도는 알겠다. 근데 뮌헨 협정 그것도 석 달밖에 못 벌었잖나. 단치히를 팔아치우면 3주라도 벌 수 있을까? 그는 신문 한쪽에 작게 실린 미국 소식에 시선을 옮겼다.

[킴 준장, 연일 노골적 반독 폭언 이어가.

유진 킴 미합중국 육군 준장이 히틀러의 쿠데타 권유를 증언한 이후 합중국 내 여론이 요동치고 있다. 유진 킴은 유일무이한 아시아인 장성으로, 영화 〈326 전차군단〉으로 잘 알려진 캉브레 전투 참전자로 알려져 있다. 성 마이클과 성 조지 훈장을 수훈하기도 한……]

이놈은 정말 그 상판대기를 좀 보고 싶었다.

히틀러의 그 노란 싹수를 아주 잘 알고 있단 점에서 1점. 미국의 참전을 강력히 주장하는 초강경파란 점에서 플러스 1점. 프랑스의 군사행동을 주장한다는 점에서 또 1점. 대영제국도 저 개구리 놈들과 싸잡아서 병신짓 한다고 매도한다는 점에서 마이너스 3점이지만 체임벌린 내각은 실제로 병신 같으니 1점만 감점. 지난 대전쟁 당시 해군장관으로서 전차 개발을 지시한 그의 업적을 도둑질해 가선 전차의 발명가인 척하고 있으니 또 마이너스 1점. 그래도 옐로 몽키치고는 제법 눈이 트여 있으니, 이리로 불러서 점이라도 좀 쳐달라 하면 좋겠는데.

* * *

1938년 6월 24일.

[할머니가 돌아가셨다.]

폴란드 침공 작전 개시를 알리는 통신문이 전송되면서, 마침내 유럽의 살얼음판 같던 균형이 깨지고 시커먼 무저갱이 그 모습을 드러냈다. 전쟁 명분이던 단치히는 몇 시간 만에 독일군의 손에 떨어졌고, 미리 만반의 준비를 갖추고 있던 독일군은 여러 갈래로 나뉘어 폴란드 영내로 진격해 들어갔다. 그리고 그날 오전.

"폴란드인들의 욕심과 아집, 탐욕과 비타협성이 마침내 대가를 치르게 되었습니다!"

연단에 오른 히틀러는 장기와도 같은 사자후를 거세게 뿜어냈다.

"우리는 많은 것을 요구하지 않았습니다. 단치히의 독일인들이 사람대접을 받을 수 있기를! 저열한 폴란드인의 손에 학살당하지 않게끔 아주 약간의 권리를 요청했을 뿐입니다! 하지만 저 사악한 폴란드인들은, 우리와 대화를 하기보단 끔찍하기 이를 데 없는 무력으로 일을 해결하려 하였습니다. 폴란드인의 저열한 본성이 다시 한번 세상에 모습을 드러낸 것입니다! 오늘 새벽 4시 45분, 폴란드군이 독일 국경을 침범하여 무력을 행사하였습니다. 자랑스러운 국방군은 이 공격을 침략으로 간주, 격퇴하였으며 폴란드를 응징하기 위한 절차에 들어갔음을 알리는 바입니다!!"

히틀러의 이야기는 너무나 상투적이어서, 사실 주데텐란트 위기 때의 레퍼토리에서 달라진 점이라곤 딱히 없었다. 하지만 이미 뮌헨 협정이 마무리되던 시점부터 '폴란드에서 학대받는 같은 민족' 이야기에 흠뻑 젖어있던 독일인들은 너 나 할 것 없이 거리로 뛰쳐나와 히틀러의 통 큰 결단에 환호하고 있었다.

'패배자들.'

아주 오래전부터, 그는 전쟁을 바라왔다. 이번만큼은 결코 영국과 프랑스의 혓바닥에 굴복하지 않으리라 단단히 결심했다. 폴란드, 영국, 프랑스의 고위 외교관과 대사들이 열심히 그의 방을 들락거리며 협상안을 논의했으나, 히틀러의 지시를 받은 독일 외교관들은 비상식적인 외교적 결례도 서슴지 않으며 사실상 협상을 사보타주했다.

하지만 이러한 강짜에도 불구하고 저들은 평화를 애걸했다. 칼날이 목끝에 닿자 화들짝 놀란 폴란드가 이틀 전 총동원령을 선포했으나, '총동원 = 전쟁'이라는 도식을 잊지 못한 영국과 프랑스가 격렬하게 반발하는 바람에 총동원령 취소라는 추태를 보였다. 그 결과, 폴란드군은 총동원령 취소의 후폭풍에서 벗어나지 못한 상태에서 선전포고 없는 강대국의 기습을 맞이하고 말았다.

독일의 요구는 사실상 간단했다. 폴란드가 가진 유일한 항구인 단치히를 내놓고, 앞으로 독일님에게 경제적 목줄을 콱 잡힌 채로 살 것. 이 어이없는 요구에 한 성깔 하기로 유명한 폴란드가 발끈하는 것은 당연한 이야기였겠지만, 고작해야 성격이 더러울 뿐인 일반인이 순도 120% 정신병자를 상대로 움츠러드는 것 또한 당연한 일 아니겠는가. 눈알이 홱 돌아버린 것만 같은 히틀러의 태도에 폴란드 역시 '일단 우리 이야기 좀 해봐.'로 다급히 선회했지만, 히틀러는 드디어 잡은 전쟁의 꼬투리를 결코 놓치지 않았다.

"역시 내 생각이 맞았어."

"이번에도 어김없이 각하께서 내려주신 판단이 적중하였습니다!"

"폴란드 돼지 놈들을 우리 자랑스러운 국방군이 완벽히 도살하고 있습니다."

"내가 뭐랬나. 영국과 프랑스는 개입하지 못한다고 했잖나."

개전 24시간 만에 영국은 처음으로 움직임을 보였다.

[영국, 총동원령 발령!]

[징병제 개시!]

[어린이 소개령 발령 및 도시 등화관제 발령!]

총동원령까지 선포했다면 이제 물러설 수 없다고 생각하는 것이 일반적이지만, 히틀러는 다른 면에 주목했다.

"우리의 동포 영국인들이 보내온 이 전문을 보시오. 하! 얌전히 폴란드 국경선에서 물러나라는군."

"시한을 정해놓지 않았으니 공갈포에 불과합니다."

"그렇지. 역시 저들은 내가 뮌헨에서 본 대로 벌레에 불과해. 입만 살아서 싸울 줄 모르는 버러지들."

그가 원하는 대로 되고 있다. 영국과 프랑스는 이번에도 폴란드를 버릴 것이고, 독일은 마침내 중유럽의 대제국을 건설할 수 있으리라! 영국이 보내온 이걸… 최후통첩이라고 부를 수 있을까? 폴란드에서 '언제까지' 물러나라는 말도 없고, '전쟁'이라는 단어 대신 '폴란드와 약속한 의무를 이행'할 것이라 필사적으로 말을 돌렸다. 병신들.

프랑스 역시 매한가지. 프랑스 외교관들이 비행기를 타고 로마로 달려가 두체 무솔리니의 구두를 핥아대며 중재를 요청하고 있다는 첩보가 들어온 걸 보아하니, 저놈들 역시 전쟁 생각은 전혀 없어 보였다. 독일과 영국이 세상을 반갈죽해 경영하자고 주장했다가, 영국을 파멸시켜야 한다고 했다가, 폴란드를 충실한 따까리로 받아들이자고 했다가, 폴란드인을 말살하자고 말을 바꾸긴 했지만 아무튼 총통의 적중률 100%짜리 미래 예측에 장내의 모든 인사들은 경이로움을 느꼈다.

'총통은 신인가?'

'역시 우리 민족에게 필요했던 건 강인한 지도자였어.'

'이런 총통을 몰아내자니. 안 엮이길 잘했지.'

그리고 다음 날.

"이럴 순 없어. 이럴 순 없어. 이럴 순 없는데. 어째서? 어째서지? 유대인, 유대인의 음모가 틀림없어. 로스차일드가 영국 의회를 매수했구나. 이렇게 일이 돌아갈 리가 없는데."

웅얼웅얼거리던 히틀러의 모가지가 태엽 인형처럼 띄엄띄엄 끼익끼익 돌아가더니, 외무장관 리벤트로프를 향했다.

"리벤트로프!"

"예, 예… 예, 각하!"

"어째서 영국이 선전포고한 거지?"

"그, 그, 그것이, 그게……."

"영국 전문가라며! 절대 전쟁은 없다고 주장했잖나! 어찌 책임질 텐가!! 영국이랑 전쟁이 났잖아!!"

그 모습을 보고 있던 제국 제2인자 괴링은, 몸통은 가만히 둔 채 눈알만 데굴데굴 굴리며 옆 사람에게 속삭였다.

"우리… 좆된 거 같은데 어쩌지?"

대답은 돌아오지 않았다.

1938년 6월 26일. 프랑스와 영국은 독일에 선전포고했다. 두 번째 세계 대전이 시작되었다.

* * *

오랫동안 견고히 쌓아 왔던 무한한 자기확신의 성채. 자신은 언제나 옳다고, 세상만물이 자신을 중심으로 돌아간다고 굳게 믿던 히틀러의 믿음이 와르르 무너졌다. 그 충격을 떨치기 위해 애써 고함을 버럭버럭 지르며 만고에 쓸모없을 책임 떠넘기기가 벌어질 무렵, 베를린의 다른 건물에선 전혀 다른 어조로 이야기가 흘러나오고 있었다.

"전쟁이 터졌지만, 살 사람은 살아야 합니다. 그렇지 않습니까?"

"그렇죠. 우리가 뭐 설마… 굶어 죽기야 하겠어요?"

"제가 누누이 말씀드린 대로, 전쟁이야말로 가장 큰돈을 벌 수 있는 절호의 기회입니다. 금 한 덩이, 빵 한 조각, 지폐 한 뭉텅이의 가치가 제멋대로 바뀌는 지금이야말로 어마어마한 부를 거머쥘 찬스지요!"

이곳에 모인 사람들 상당수는 나치 고관대작들의 부인 혹은 친척들, 혹은 사회 저명인사 혹은 그들의 부인 되는 이들. 어디 가서 결코 찬밥 대우받을 사람들은 아니지만, 그들은 단 한 사람을 응시하고 있었다.

"저는 솔직히 말씀드려서, 돈에 큰 흥미 없습니다. 낚시의 달인이 물고기를 집에 쟁여놓을 필요가 없듯, 저처럼 경제의 흐름을 읽는 사람은 마음만 먹으면 얼마든지 돈을 캐낼 수 있으니까요."

"그럼요, 그럼요."

"선생님 말씀이 참 옳으세요."

"괜히 저희가 선생님께 억지를 부려서 힘드시겠어요."

"하하. 괜찮습니다. 여러분들의 우정이야말로 제게 있어선 그 어떤 재능으로도 얻을 수 없는 값진 보물이니까요!"

샌―프랑코 중유럽 지사장, 까밀로 콘티는 이탈리아인답게 지극히 우아한 몸짓으로 크게 배꼽 인사를 올렸다.

"그런 의미에서, 사회를 이끌어나갈 품격을 갖춘 상위 0.1% 여러분들께 어울리는 상품을 추천해드리기에 앞서서! 오늘 이 자리에, 정말 놀랍게도! 우리 피라미드 컴퍼니에 두 번째 트리플 다이아몬드 회원님이 출현했다는 사실을 알려드립니다!"

"와아아아아!!"

"여러분도 머지않았습니다! 실제로 트리플 다이아몬드 회원의 고지를 눈앞에 두신 분이 제가 알기로 두 분 더 있습니다!"

미합중국과 독일은 지금 이 순간에도 적국은 아니다. 게슈타포가 동네 건달패도 아니고, 작정하고 딥다 파면 까밀로 콘티라는 남자가 사실 FBI와

결탁한 전직 사기꾼 폰지라는 진실에 도달하지 못할까. 따라서 폰지는 시그널을 받기 전까지 베를린 사교계를 휘저으며, 그저 때만 준비하고 있었다. 오랜 연구 끝에 개발한 새로운 비즈니스 모델을 공개할 준비를.

하지만 전직 사기꾼인 인간이 욕심 앞에서 얼마나 오래 참겠나? 그는 그냥 저지르기로 했다.

'돈이 복사가 되는데 어떻게 참냐고!'

나치 고관들이 막! 막 삽으로 돈을 퍼다 주고 있잖아! 킴과 후버라는 두 괴물이 "그 새끼 못 참겠지요?", "참을 거라 기대했나?"라며 대서양 건너편에서 낄낄댔단 사실을 그는 꿈에도 몰랐지만, 모르는 편이 나으리라. 아마도.

폴란드는 무너지지 않는다 4

"영국과 프랑스가 선전포고했습니다!"

"이제 우린 살았어!"

"프랑스가 베를린에 입성할 때까지 우리가 최대한 독일군을 붙들고 있으면 돼!"

오랫동안 웃음을 잃어버렸던 폴란드인들은 올해 들어 처음으로 환호할 수 있었다. 갑작스러운 개전으로 혼란에 빠진 전선이었지만, 그들의 영웅적 투쟁이 하루 더 길어질 때마다 독일의 최후가 하루 앞당겨진다고 생각했다. 그들이 아마 프랑스 의회의 속사정을 들었다면 땅을 치고 통곡했으리라.

"전쟁이 나버렸는데… 어쩌지?"

"영국! 비열한 영국 놈들이 우릴 또 고기방패로 써먹으려 해!"

"섬나라 새끼들을 또 믿다니, 뭘 보고?"

총동원령은 내렸다. 하지만 아직 국가를 총력전 체제로 전환하진 못했다. 갓 집권한 달라디에 내각은 감히 총력전을 입에 올리지 못했으니. 마지노선? 어찌어찌 용케도 완공했다고 윗선에 보고를 올리긴 했으나, 그 어떤 나라의 군대도 피할 수 없는 '가라'의 결정체였다. 쓸 수는 있지만, 멀쩡하다고 말할 수는 없었다.

"대전쟁에서 배운 교훈이 있다면, 이제 전쟁은 무조건 방어하는 쪽이 이긴다는 겁니다."

프랑스의 국운을 짊어진 장군, 모리스 가믈랭(Maurice Gustave Gamelin) 프랑스군 총사령관이 내각에 나아가 당당히 말할 정도로 이 믿음은 확고했다.

"절대, 절대 프랑스의 건아들을 적 기관총 앞에 내몰 수는 없습니다."

"하지만 폴란드가……."

"폴란드와 동맹을 맺은 건 당신들 정치인 아닙니까? 우리 군부는 애시당초 폴란드를 구하기 위해 뛰쳐나가야 하는 사정 따위 추호도 염두에 둔 적 없습니다."

"당신들이 폴란드와의 군사동맹이 득이 될 거라 하지 않았소!"

"그건 우리가 침략자 독일군을 편안히 마지노선에서 격퇴하고 있을 때 폴란드가 뒤를 쳐주는 그림 이야기였지요. 그 반대는 결코 생각할 수 없습니다."

그리고 히틀러라는 인간은, 다른 건 몰라도 약자 멸시 하나만큼은 아주 도가 튼 인간이었다. 영국과 프랑스가 모든 걸 끝장낼 거라 이불에 오줌 싼 어린애처럼 벌벌 떨던 사람은 어디로 갔는지, 며칠이 흐르자 히틀러는 다시 자못 자신만만한 독일의 총통으로 돌아와 있었다.

"역시 내 예상대로야. 놈들은 절대 넘어올 용기가 없지."

"그렇습니다. 잠시 국경을 넘었던 프랑스군이 도로 마지노선 너머로 퇴각하였습니다."

"국방군의 용맹한 반격에 추가적인 피해 확대를 우려한 개구리 놈들이 허겁지겁 도망가는 추태를 보였습니다."

"폴란드의 상황은?"

"이미 끝났습니다. 적군은 무너졌고, 바르샤바에서 부질없는 항전을 준비 중입니다."

다시 자신감이 차오른다. 주제 파악을 못 하던 폴란드인들은 이제 자신들이 태어난 이유, 독일인을 위한 노예라는 올바른 목적을 위해 봉사하게 되리라.

"아, 그리고 국방군도 알아놔야 할 사항이 있소. 스탈린에게 폴란드의 절반을 내주기로 했거든."

"…그렇습니까?"

"대신 우리는 스탈린에게서 막대한 군수물자와 각종 원재료를 지원받기로 했소. 이 정도면 충분히 싼값이지."

히틀러는 지휘봉으로 힘껏 다음 목적지를 가리켰다.

"우리는 지난 대전쟁에서의 교훈을 완벽히 흡수했소. 폴란드를 노예화하고 소련과 불가침조약을 맺어 양면 전선을 회피하였고, 등 뒤에 칼을 꽂을 유대인들을 경계하고 있지! 그렇다면 남은 건 단숨에 프랑스를 물리치는 것뿐!"

독일의 권좌를 거머쥔 직후부터 히틀러는 재무장에 열을 올렸고, 베르사유 조약 파기를 선언한 이후부터는 온 나라의 국력을 군비 확장에만 때려 박았다. 반면, 영국과 프랑스는 작년 뮌헨 협정 직후부터 허겁지겁 재무장을 시작했다.

이 격차. 오직 독일만이 단단히 무장을 갖춘 지금만이 프랑스를 무너뜨릴 찬스였다.

"총통 각하. 하지만 폴란드를 점령하면서 소모한 탄약과 물자가……."

"적들도 준비되어 있지 않긴 마찬가지요. 나중이 된다고 해서 우리에게만 여유가 생길 것 같소? 지금! 아직 프랑스가 총동원조차 마무리 짓지 못한 지금이야말로 기회라니까! 이 벌레 같은 놈들, 너희 융커들이란……."

무슨 일이 있어도 겨울이 오기 전에 폴란드를 끝장내고 전 병력을 서부 전선으로 돌리라는 히틀러의 닦달에, 국방군 장성들은 고개를 숙일 수밖에 없었다. 적어도 틀린 말은 아니니까.

머릿속 꽃밭과 현실의 괴리감 때문에 번민하는 사람은 꼭 히틀러만 있는 게 아니었다. 예를 들면, 지구 반대편의 비슷한 막장 국가라거나.

"총리대신."

"예, 폐하."

"경들은 두 달이면 지나를 정복할 수 있다 하지 않았소이까? 어찌하여 전쟁이 이리 지지부진한가?"

총리대신 고노에 후미마로는 이 화려한 허수아비를 향해 속으로 몇 번이나 욕지기를 뱉었으나, 그걸 입으로 꺼낼 순 없는 노릇.

'빌어먹을. 난 그냥… 똥 치우는 역할이라고! 군부에 대고 물어보셔야지!'

북경 대전차전에서 엄청난 대전과를 거두었을 때만 하더라도, 황국의 대역사가 이루어진 줄로만 알았다. 북경, 상해, 남경에 모두 일장기가 휘날리고 장개석이 빤스 바람으로 도망칠 때까지만 해도 그의 역할은 느긋하게 앉아서 고개를 조아리는 장개석에게 자비를 베푸는 일인 줄로만 알았다.

그런데 왜?

"왜 전쟁이 끝나지 않소?"

예. 그건 저 미친 군인 놈들이 적당히 먹을 거 먹고 싸인하는 대신 '전 중원 완전정복'이라는 정신병자 같은 계획을 실행에 옮기고 있기 때문입니다. 중화민국을 멸망시키고 친일 괴뢰국을 건설하겠대요. 하하. 미친놈들.

이번에도 고노에는 참았다.

"황국은 몇 차례에 걸쳐 지극히 자비로운 조건으로 강화를 제안하였으나, 장개석은 실로 제 나라 사람을 장기말로 보는 흉물인지라 일언지하에 강화를 거절하였습니다."

"허면 장개석이 죽을 때까지 계속 전쟁을 해야 한단 말인가? 장개석 하나 때문에 신민의 목숨이 상하여도 괜찮단 말인가?"

쇼와 천황의 꿍꿍이를 모를 정도로 고노에가 머저리는 아니다. 진짜로 각 잡고 호통을 치고 싶었으면 그 서슬 퍼런 군인들을 불러 질책했어야지. 애초에 만만해 보이는 놈을 불러서 괜히 신민을 아끼는 임금님인 척 구는 것에서부터 저놈도 별반 다를 바 없는 인간이었다. 하지만 어쩌겠는가. 이런 욕 보라고 군인들이 앉혀 놓은 게 지금의 신세인 것을.

"장병들은 폐하께 승리를 바치는 그 순간까지 기쁜 마음으로 싸울 것입니다. 염려치 마시옵소서."

"…알았다."

이 정도면 알현이 끝난 줄로만 알았건만, 천황의 궁금증 보따리는 아직 전부 풀리지 않은 모양이었다.

"요즘 귀축영미 또한 황국의 번영을 시기 질투한다 들었다. 총리대신은 이에 대해 아는 바가 있는가?"

"폐하께 누가 그런 불측한 이야기를 하였습니까?"

"짐이 이 궁에 박혀 있다 한들 귀가 없겠는가."

진짜로 궁금해서 물어볼 린 없다. 이 꼭두각시가 제 의지로 움직이려 한다면 훨씬 음흉하고 간접적으로 의사를 표현했겠지. 그렇다면 이 물음 자체가 다른 누군가의 사주를 받은 행위인데, 그럴 만한 곳은 지금 이 황국에 육군뿐. 내각에서 미국 좀 어떻게 해보라고 육군 놈들이 또 일감 떠밀어대는구나, 라는 결론에 도달하기까진 채 몇 초가 걸리지 않았다.

"…소신이 들은 바로는, 킨유진이라는 조센징이 황국과 미국을 이간질하여 제 배를 채우려 한다 들었습니다."

"그는 아시아의 전쟁영웅 아니던가? 관동대지진 때 그가 황국 신민들을 위해 얼마나 노력했는지 다들 입에 침이 마르도록 떠들지 않았나."

"그것이 벌써 몇십 년 전의 일입니까. 장개석에게 뇌물이라도 받았는지, 그는 명백히 친중으로 돌아섰습니다. 조센징은 신뢰할 수 없는 법입니다."

갑갑하다. 북경 일대, 화북 지방에 친일 괴뢰국을 세우고 전쟁을 끝냈다면 일이 이렇게 꼬일 일도 없었다. 몇 차례 황군과 전면전에서 대패를 맛본 지나인들은 이제 정면 승부를 철저히 회피하고 광대한 대륙 사방에 흩어져 은인자중하고 있었다. 저 드넓은 대륙에 황군을 씨앗처럼 뿌려댔다간 아마 1년도 넘기지 못하고 전부 죽어나갈 터. 결국 황군은 대륙에 점과 선 몇 개를 그어 점령지라 홍보하며 착취에만 열을 올리고 있었다.

어디로 쳐들어가야 장개석의 항복을 받아낼 수 있는가? 어딜 무너뜨려야 국민당을 파멸시킬 수 있는가? 모른다. 출구전략도 없이, 이제 그냥 끝없이 탄약과 물자를 퍼붓고만 있으니 미칠 지경이다. 신나게 지나 잡놈들을 쏴 죽여대고 있으니 군바리들이야 이력란에 전공을 기재할 수 있어서 좋겠지. 그런데 그놈들 전공 세워주려고 나가는 세금으로 나라가 망할 판인 게 어디 정상인가?

알현을 마치고 나오는 길, 고노에는 밖에서 기다리고 있는 관료들을 볼 수 있었다.

"무슨 일인가?"

"몽골과의 접경지대, 노몬한이라는 곳에서 황군과 소련군이 정면충돌했다고 합니다."

미치겠네 진짜.

인터뷰를 마치고 나오는 길, 나는 끔찍한 테러를 당했다.

"내 차! 내 차아아아!!"

역시 운전기사를 써야 했나? 아니지. 애초에 운전기사가 괜히 해꼬지를 당할까 봐 뺐는데… 내 반질반질하던 차가 구정물에, 계란에, 토마토에, 심지어 옆엔 날카로운 무언가에 지이이이익 긁힌 너무나 비참한 모양새가 되어 있는 모습. 게다가 앞 유리창엔 누가 페인트를 처발라놓았다.

'전쟁광'

이 꼬라지를 보니, 절로 다리에 힘이 빠졌다.

"나쁜 새끼들. 차라리 날 쏘고 가라……."

차에 무슨 죄가 있다고 이런 끔찍한 짓을 저질렀냐. 역시 차가 아니라 전차를 타고 다녀야 해. 그래야 감히 이런 끔찍한 범죄를 저지른 놈들에게 불의 심판을 맛보여 줄 수 있지. 나는 지금 만인의 타깃이 되어 있었다.

일단 독일계 미국인들은 당연히 날 싫어했다. 물론 히틀러가 집권하면서 미국으로 도망쳐 온 독일인들은 히틀러를 참교육해야 한다고 주장하긴 했지만, 절대다수의 독일계는 고향이 잘 되는 모습을 보고 싶어 했다.

그리고 아일랜드계. 이들은 히틀러를 응원한다기보단, 미합중국이 영국과 한 편이 되어 참전한다는 걸 끔찍하게 싫어했다. 이거야 뭐 이해해 줘야지.

그리고 빨갱이와 평화주의자들, 반전주의자들. 뒤의 둘도… 나는 너그럽고 착한 사람이니 이해할 수 있다. 비록 그들에게 공감하진 못하겠지만, 이 자유의 나라에서 무슨 주장을 하건 내가 입을 틀어막을 순 없잖나? 히틀러가 유대인을 비누로 만든다는 사실을 알아도 과연 평화와 반전을 부르짖을지 기대가 되긴 하네. 하지만 빨갱이는 도저히 참을 수 없다. 그르르, 못 참겠다 후버. 빨리 저 암세포 같은 놈들을 족쳐 달라고!

간첩 색출과 여론 조성이라는 두 마리 토끼를 다 잡기 위해 이 한 몸 화끈하게 이차돈식 순교 플레이를 진행한 대가가 내 애마의 참혹한 최후라니. 정말 너무해. 물론 이 무수한 증오의 반대편엔 어마어마한… 팬클럽이 있었다.

'위대한 선지자 유진 킴을 보라!'

'킴의 예측은 어디까지인가. 1915년부터 이어져 온 그의 통찰!'

'합중국은 용기가 필요하다! 참전할 용기가!'

동서고금을 막론하고, 주전론은 기득권자들이 좋아한다. 표를 구걸하는 정치인들이야 원래 자기 지역구 따라 손바닥 뒤집는 게 당연한 거고, 전쟁

이야말로 불황 탈출의 황금열쇠라고 믿는 재계 인사들과 미합중국의 더 큰 권익을 위해선 승전이 필요하다 믿는 오피니언 리더들이 죄다 내 등을 떠밀어댔다. 그 말인즉슨, 언제나 미묘하게 느껴지던 아시안 전용 천장이 희미해지고 있단 뜻이고.

이제 전쟁만 나고, 승리하고, 전쟁영웅 타이틀만 달면 된다. 그나저나, 차가 이 모양인데 어떻게 집에 돌아가지?

8장
캐시 앤 캐리

민주주의의 병기창 1

"우린 침략자에게 굴하지 않습니다."

"폴란드인들이여, 결코 희망을 잃지 마십시오."

"바르샤바가 함락되더라도, 폴란드 정부는 루마니아로 옮겨 가 투쟁할 것입니다!"

"폴란드는 우리가 살아가는 한 결코 무너지지 않았으니, 어떠한 외적들이 우리를 침략해도 우린 손에 든 칼로 되찾으리라!"

곳곳에서 울려 퍼지는 폴란드의 국가 가사답게, 수백 년 만에 되찾은 나라를 피로써 지키기 위한 폴란드인의 투쟁은 결코 쉽게 사그라들지 않았다.

하지만 시대가 바뀌었다. 폴란드군 개개인은 실로 용맹하게 침략자와 맞서 싸웠으나, 국력도 외교도 전략도 모두 어긋나버린 시점에서 파멸은 예정되어 있었다. 프로이센, 오스트리아, 러시아가 과거 폴란드를 조각내어 뜯어 먹었듯, 이번에도 비극은 똑같이 반복되었다.

1938년 7월. 소련군이 폴란드 국경을 넘으면서 폴란드의 패망은 기정사실이 되고 말았다.

"스탈린! 스탈리이이인!!"

"어떻게, 어떻게 빨갱이란 놈들이 히틀러와 붙어먹냐!!"

"크흠흠. 폴란드 독재정권은 연방의 구성원인 우크라이나인, 벨라루스인들을 소수민족이라는 이유만으로 탄압하였습니다. 우린 어디까지나 그들의 인권을 지키기 위해……."

소련의 목표는 말 그대로 폴란드를 주워 먹는 것이지, 서구 열강과 전쟁을 치르는 게 아니었기에 그들은 무척이나 조심스러웠다.

"이미 폴란드는 멸망했습니다. 폴란드가 소멸했으니 소련—폴란드 불가침조약도 소멸한 셈입니다! 나치가 폴란드를 통째로 먹느니 차라리 저희가 폴란드인을 보호하는 편이 더 좋지 않을까요?"

고립무원의 신세가 된 바르샤바가 함락당하며 폴란드 전역이 끝났다. 양면 전선에서 해방된 독일의 다음 목표는 단 하나뿐이었다.

* * *

미합중국, 워싱턴 D.C. 백악관.

조지 마셜 미 육군 참모차장은 백악관의 풍경에 눈을 돌리지 않기 위해 애써야 했다. 사실 백악관 입성은 처음은 아니다. 퍼싱 원수의 부관일 적 몇 번 따라 들어온 적도 있고, 참모차장으로서도 몇 번 군 관련 보고를 위해 말린 크레이그 총장을 따라왔으니. 하지만 지금 그는 다른 누구를 호종하여 온 대신, 오직 그 자신만을 보기 위한 대통령의 부름을 받아 이 자리에 나와 있었다. 한 걸음 한 걸음 대통령을 향해 홀로 걸어가고 있자니, 아랫배저 깊숙한 곳에서부터 욕설이 스멀스멀 올라오고 있었다.

'미친 새끼. 이 분위기에서… 밑장을 뺐다고? 미친 새끼, 정말 단단히 미친 새끼!'

다 내 잘못이다. 마셜은 가슴이 미어지는 듯했다. 그 미치광이를 일본이나 필리핀 같은 야생의 땅에 풀어놔선 안 됐다. 그런 곳에 가족도 없이, 성격 이상하기론 오십보백보인 맥아더 같은 인간들과 살다 보니 타잔처럼 자라난 게 아닌가. 역시 올바른 어른으로 자라날 수 있도록 전쟁부에 처박아 놨어야 했다.

마셜이 조금 덜 긴장한 상태였다면 애시당초 '그놈'이 일본과 필리핀에 간 이유가 국회의사당에서 거하게 쥐불놀이를 했기 때문이란 사실도 기억해냈으련만, 그러기엔 그는 너무 신경을 곤두세운 상태였다.

몇 달 전, 이 백악관에서 회의가 열린 적이 있었다. 대통령은 대관절 어느 놈팽이의 아이디어에 홀렸는지, '항공기를 어마어마하게 찍어내서 영국인들에게 팍팍 밀어주면 독일을 막을 수 있지 않겠니?'로 요약되는 전쟁 대비안을 제시했고, FDR의 강력한 똥고집을 느낀 참석자들은 모두 대통령의 놀라운 판단을 칭송했다. 심지어 참모총장조차! 모두의 동의를 얻어 신이 난 루즈벨트는 참석자 중 유일하게 입을 꽉 다물고 있던 마셜을 보았다.

"내 생각이 어떤가, 조지?"

"죄송합니다만 전 동의 못 합니다, 대통령 각하."

위대한 정치가는 표정 관리도 제대로 하지 못했고, 시베리아 칼바람이 쌩쌩 부는 상황에서 아무도 말을 못 잇자 회의는 그대로 어영부영 끝나버렸다. 장내에 있던 사람 모두가 마셜은 군생활 끝났다고 생각했지만, 어찌된 영문인지 옷을 벗기는커녕 그는 또다시 이 백악관에 출두해 있었다. 2층으로의 계단을 다 오른 그는, 텔레토비만큼 환한 미소를 지으며 자신의 컬렉션 바인더를 뒤적대는 대통령을 만날 수 있었다.

"잘 오셨소, 마셜 장군."

역시 대통령은 대통령이다. 저번엔 초면인 주제에 갑자기 조지라고 이름 찍찍 불러대서 더 띠껍게 대답했던 사실을 깨달았는지, 이번엔 마셜 장군이라고 불러주고 있잖나. 마셜 또한 상대가 예의를 갖춰주는 데 구태여 대통령에게 대들 미친놈은 아니었다.

"아닙니다, 각하. 좋은 기회를 제공해주셔서 대단히 감사드립니다."

"내 끝내주는 수집품을 볼 기회는 10년에 한 명 있을까 말까 한 엄청난 찬스요. 하하하."

그 기회가 전혀 아닐 텐데. 대통령은 본론은 입도 벙긋하지 않고, 책상 사방에 널브러진 자신의 바인더를 집어 들며 연신 마셜에게 들이대고 있었다.

"대통령이 되어서 가장 좋은 일이 있다면 내 컬렉션이 마구 부푼단 사실이지. 내가 체신부 장관을 순전히 친분으로 꽂아줬다고 욕하는 사람들이 있는데, 말짱 거짓말이요. 그 양반이 더 많은 종류의 우표를 찍어내겠다고 약속해서 임명했거든!"

"……."

"우표는 별로 관심이 없소? 그럼 카드는 어떻소. 이것 좀 보시오. 장군도 익히 알고 있을 킴 준장을 협박해서 뜯어낸 카드인데……."

"예?"

자신도 모르게 너무 멍청한 외마디 말이 튀어나갔지만, 루즈벨트는 그 멍청한 한 마디를 듣길 원했는지 만면에 미소를 가득 머금었다.

"체신부도 날 위해 끝내주는 우표를 만드는데, 불철주야 국가를 위해 헌신하는 내게 그깟 딱지 한 장 못 만들어준다니 내가 얼마나 가슴이 아팠겠소?"

"…그렇습니까."

"네놈이 FBI 국장이랑 헛짓거리하는 거 다 안다. 까발리기 전에 나를 위한 헌정 카드를 내놓으라고 했더니 아 글쎄, 내 불륜을 폭로하겠다고 도로 대들지 뭐요? 하반신 불구가 바람피운다고 하면 사람들이 믿겠냐 이 등신아, 너희 집안 탈세액이 얼만데 내 앞에서 큰소리냐고 하니 그제서야 박박 빌고 얼마 뒤에 이 카드를 바치더군."

'Fraud Deceit Republican'이라는 악의 넘치는 네이밍의 카드를 쓰다듬고 있는 대통령을 보고 있자니, 이딴 인간들을 믿고 차후의 대전쟁을 치를 수 있을까 하는 불경한 생각이 목 끝에 달랑거렸다.

"지금이 딱 좋소. 이제 좀 인간다움이 얼굴에 나타나는구려."

하지만 그 '불경한' 생각이 FDR에겐 자못 마음에 든 모양이었다.

"만약 장군께서 내 요청을 수락한다면, 우린 아마 몇 년간 꽤 오래 얼굴 보면서 일해야겠지. 너무 딱딱하게 굴지 말라고 농담 좀 해봤소. 그래서, 차기 미 육군참모총장직에 응하시겠소?"

"각하. 다시 한번 상기시켜 드리자면, 저는 제 생각을 굉장히 직설적으로 밝히곤 합니다. 그리고 이 때문에 각하께서 불쾌해하실 수도 있습니다. 그래도 괜찮으시겠습니까?"

"방금 말했잖소. 내 불륜을 폭로하겠다고 협박하는 놈도 멀쩡히 군복 입고 돌아다닌다니까?"

아냐! 그딴 걸 식후땡처럼 아무렇지도 않게 떠들어대는 당신들이 이상한 거라고! 마셜은 당장 이 앉은뱅이에게서 뒤돌아 저 밖으로 뛰쳐나가고 싶은 충동을 억누르며, 눈을 꽉 감고 다시 한번 말했다.

"…저는, 대통령 각하께서 불쾌할 수도 있다는 점을, 마지막으로 당부의 말씀 드리겠습니다."

"하하하. 아무 걱정 마시오. 1년, 아니다, 3년 만근 시에 내 머리에 권총을 갖다 댈 수 있는 기회도 없어드리리다. 그러니 마음껏 말씀하시오. 그게 장군의 일이니까."

아, 물론 말하라고만 했지, 내가 들어준다곤 안 했지만 말야. 루즈벨트의 속마음을 들을 수 있었다면 아마 마셜은 저 환상적인 기회를 가볍해서 썼으리라.

아무튼, 조지 C. 마셜. 미 육군참모총장 취임 및 대장 진급 내정.

됐다! 기적의 마법사 마셜에뭉이 무사히 참모총장에 내정되었으니 이 전쟁은 이겼다!

역시 잘난 놈은 다들 알아본다. 진짜 잘생긴 연예인들은 온갖 패션 테러 수준의 옷을 합성해도 그 잘남이 사그라들지 않는다고 하잖은가. 마셜이 비록 이순신 버금갈 정도로 노빠꾸 포크볼 잘 던지는 선수라고 하지만, 역시 합중국의 고관쯤 되면 사람이 진국인지 아닌지 척하면 척 알아보기 마련.

얼마 전 FDR을 만났을 때만 생각하면 아직도 골이 지끈거린다.

"진 자네, 참모총장 해볼 생각 없나?"

"대통령 각하. 지랄은 거기까지입니다."

누굴 놀리나, 이 인간이. 백악관의 주인께서 가로되, 너는 어찌하여 종일토록 놀고 있느뇨, 얼른 나아가 참전명분을 내놓지 못하느뇨 하니 이 몸 가로되, 이 한 몸 바쳐 쥐불을 돌리오니 제 군생활이 좆되면 너도 곱게는 못 죽나이다 하니라. 아무리 미합중국 군인이 밥 먹듯이 정치인과 유착하고, 정치인과 장성들이 서로서로 똥꼬를 핥아주는 게 미풍양속 취급받는 동네라지만 나는 근래에 좀 심하게 설쳤다.

당장 전직 말성애자 친구들은 퇴근하면 마구간에 숨겨놓은 유진 킴 부두인형에 못을 박고 있을 게 뻔하고, 고립주의자들은 이미 내 차를 박살 냈고, 레이시스트에, 일본계에, 독일계에… 이렇게 어그로를 거하게 끌었는데 참모총장? 소수자의 굴레를 젖혀놓고서라도 지금은 절대 못 하지.

무엇보다 누누이 말하지만 난 마셜보다 잘할 자신도 없고, 야전으로 나가고 싶다. 마셜 옆자리에서 한 그루 분재가 되어 내 인생 마지막 빅 이벤트를 끝내는 꼴은 절대 사절이라고.

"흠흠. 내가 그래서 '부탁'이라고 말했잖나. 구태여 그렇게 무리를 해 가면서……"

"백악관 집주인이 부탁을 하는데 누가 못 하겠다 합니까? 예?"

"솔직히 우리 둘 다 농지거리 수위가 워낙 세다 보니 반신반의하고 있었네. 히틀러를 도발해서 암살 음모를 유도하겠단 말을 대체 누가 진담으로 듣겠냐 말이야! 무슨 은유법인 줄 알지."

그치만 진주만 이전에 무조건 참전해야 하는걸? 상황이 이미 내 추측의 영역을 크게 벗어나고 있다고. 원 역사에서 독일과 영프는 개전 직후부터 약 반년간 '가짜 전쟁'이라 불릴 기나긴 휴식기를 가졌다. 폴란드를 무너뜨린 독일이 병력을 서부 전선으로 돌리고 나니 어느새 11월, 겨울이 되어 악천후로 병력의 기동이 여의치 않았기 때문이다. 그리고 결말엔 그 유명한 낫질 작전으로 프랑스가 '6주'의 전설을 찍게 된다.

그런데 지금, 7월에 폴란드가 무너져버렸다. 원 역사보다 뮌헨 협정에서 개전까지의 간격은 더 짧아졌고, 영프의 전쟁 준비도 당연히 영향을 받았을 터. 온 나라를 병기창으로 개조해버린 히틀러보단 영프의 타격이 더 크지 않을까?

역사가 바뀌어서 낫질 작전 대신 1차대전식 슐리펜 계획의 답습으로 독일군의 공세가 개시된다면 프랑스가 선전할 가능성이 보이지만, 그게 아니라면 정말 재앙이 일어날 수도 있다. 프랑스가 선전한다면 미국의 발언권을 위해서라도 한시바삐 참전해야 한다. 프랑스가 광속으로 탈락한다면 빠른 서부 전선 개막을 위해서라도 참전을 준비해야 한다.

나를 비롯해 요즘 징을 치고 꽹과리를 두들기며 부부젤라를 부우우우부우우우부우우 불어대며 주전론을 마구 설파하는 사람들이 늘어나면서 여론이 움직일 기미는 보이는데 이거론 부족하다. 그러니 제발 그 멍청한 콧수염이 날 한 발만 쏴줬으면 좋겠는데, 아무리 그놈이 망상증 환자라지만… 설마 미국에서 미친 짓을 할까. 그냥 심기나 벅벅 긁어야지.

나는 고민을 잠시 접고, 내 지갑에서 작은 카드 한 장을 꺼내 그에게 내밀었다.

"여기, 각하를 위해 저희 회사에서 제작한 딱지이온데, 혹시……."

"오. 고맙게 받겠소. 내가 딱히 달라고 한 적은 없지만, 크흠. 성의를 무시할 순 없지."

탈세 혐의로 넘기겠다고 협박하던 사람 어디로 갔냐. 알 카포네도 조져 버린 탈세 혐의를 이깟 딱지 하나 얻겠다고 공갈치는 용도로 쓰는 시점에 서 이 양반도 제정신은 아니다.

"내가 선물받았다고 하는 말은 아닌데… 독재 범죄정권의 위협을 받는 자유 세계를 지키기 위해, 의회에서 조만간 중대한 결론을 내릴 모양이오."

"오, 무엇인지요?"

"무기 수출을 금하는 중립법을 약간 손질할 예정이오."

자유의 수호자는 무척이나 근엄한 표정으로 말했다.

"친애하는 진. 포드 트랙터 컴퍼니가 석 달 내로 몇 대의 전차를 유럽에 보낼 수 있겠소?"

"최대한 노력해보겠습니다."

"현찰박치기. 선불."

"딱 기다리십쇼. 포드 회장님한테 말해서 공장 라인 뜯자고 할 테니까."

아, 현찰 선불은 못 참지. 역시 배금주의의 나라 천조국의 황제 폐하셔. 기업인이 뭘 좋아하는지 딱 아시네.

민주주의의 병기창 2

고립주의를 너무너무 사랑하던 미국인들. 이들의 성원에 보답하기 위해, 우리 의사당의 식충이들은 몇 년 전 중립법이라는 희한한 법률을 제정했다. 한마디로 요약하면, 중립법은 '호전적'인 국가에 무기와 군수물자 판매를 금한다. 그런데 여기서 현실과의 괴리가 생겼는데, 중립법에서 일컫는 호전적인 국가라 함은 전쟁 중인 나라를 일컫는다. 쳐들어간 가해자와 침공당한 피해자를 싸잡아 '쟤네 교전 중이니 무기 판매 금지. 삐비빅.' 하는 실로 어썸한 법이 바로 중립법이다. 애초에 제정 목적 자체가 정의구현이 아니라 '가해자고 피해자고 우린 전쟁에 끼기 싫다!'니까.

그래서 중립법이 정말 미합중국의 고립을 지키고 무기 판매 없는 청정 미국을 이룩했느냐? 감히 달러를 탐하는 합중국의 자본가를 고작 법률로 막을 수 있다고 생각하다니. 아, 우리가 무기를 팔아야 기업이 살고 일자리가 늘어난다고!

중일 전쟁이 터지고 무기 수요가 폭등하자, 이 기회를 놓칠 수 없었던 사악한 자본가들은 무수한 법률가들을 동원해 중립법의 빈틈을 찾아냈다.

'일본이 선전포고를 안 했네?'

'아이고, 선전포고가 없으면 전쟁이라 할 수 없지!'

'아, 선전포고했으면 전쟁이니까 중립법 준수할 텐데! 너무 아쉽네!!'

무기야! 팔려라! 꺼어억! 개전한 지 몇 달 만에 어마어마한 손실을 본 장개석은 허겁지겁 '텍 마 머니!'를 외치며 전 세계에서 각종 무기 구입을 타진했고, 뉴딜 정책의 이름으로 사실상 나랏돈으로 뽑은 미제 상선들이 각종 무기와 물자를 싣고 중국으로 향했다. 물론 이 장사하는 모습을 보고 일본이 부들대긴 했지만, 지들이 부들대봐야 어쩌라고. 작은 잽스들, 감히 미국 상선을 나포할 용기 있어요?

내게도 편지가 왔다. 어째서 중국에 탱크를 팔아서 적을 더 강하게 해주느냐, 중립을 지켜라 어쩌고저쩌고하길래 얼른 답장을 써줬다.

'중립법 적용되면 미국 석유 수출도 끊기는데 괜찮지?'

그 뒤론 항의가 뚝 끊겼다. 그러게 나한테 뭐라 해 봐야 부질없다니까. 일본도 그 사실을 깨달았는지, 아예 장개석의 항구를 전부 끊어버리는 형태로 움직여서 장사는 한철로 끝나버렸다. 아쉬워라.

스페인에서 내전이 터지자, 골치 아프고 수금도 어려운 중국 고객님 대신 스페인 코인에 탑승하려는 자본가들이 다시 날뛰었다. 이번에도 어김없이 애완 법률가 집단은 다시 한번 머리를 맞대 기적의 논리를 만들었고.

'중립법에서 말하는 '전쟁'은 국가와 국가의 충돌이네?'

'내전은 국가 내부의 다툼이니 중립법의 규제 대상이 아니구만! 이야, 장사하자!'

그렇게 또 무기와 군수물자를 팔아먹었는데, 빨갱이 냄새 풀풀 나는 공화국 인민전선보단 그 빨갱이를 패겠다고 공약한 프랑코에게 수출이 집중되었다. 미제 무기가 파시스트들에게 흘러가는 꼬라지를 보고 경악한 루즈벨트가 부랴부랴 법을 개정해 내전 중인 국가에도 중립법이 적용되도록 해 수출을 금지했지만, 이미 신나게 결제완료하고 택배까지 받은 프랑코는 그 무기로 승기를 굳혀 가고 있다.

당장 포드 회장님이 팔아먹은 전차만 몇 대냐? 아이고 머리야. 독일 전차와 함께 움직이는 스페인 전차(Made in USA)의 늠름한 자태를 보고 있노라면 골이 지끈거린다. 그 와중에 프랑코한테 기부금까지 쏘신 회장님… 제발…….

그리고 지금. 폴란드가 삽시간에 무너져내리며 유럽에서 전쟁의 불길이 타오르자, 7성 SSR급 파괴신이 된 루즈벨트는 직접 의회에 출석해 고립주의 의원들을 상대로 무쌍을 펼쳤다.

"정신 차리시오! 히틀러의 독일군이 미제 총알로 싸우고 있단 말입니다! 어떻게냐고요? 이탈리아가 합중국의 군수물자를 잔뜩 사들여 히틀러에게 팔아먹고 있단 것도 모르십니까?"

아직 현대 한국처럼 휠체어를 사랑하진 않는 여러 대기업 회장님들도 의회에 출석해 증언했다.

"지난 대전쟁 때도 그러했지만, 독일을 대상으로 한 판매는 결국 영국 해군 때문에 딱히 기대할 수 없습니다. 지리적 여건상 결국 영국과 프랑스를 상대로 장사를 해야 하지요."

"그런데 중립법이 저희의 정당한 상행위를 보장할 수 없다면, 공장을 캐나다로 이전하겠습니다."

이건 못 막지. 디트로이트와 맨해튼이 손을 잡는 이 진풍경을 이길 수 있는 정치인이 어디 있겠나. 기업들의 지원사격을 받은 루즈벨트가 마침내 중립법 개정에 성공했으니, 새 정책의 이름하야 '캐시 앤 캐리(Cash and Carry)' 되시겠다.

1. 너네가 배 끌고 신대륙까지 와라.

2. 현금도 미리 챙겨오시고.

3. 현금 내놓은 만큼 그 배에 필요한 거 실어드릴게.

주의) 그 배가 영국에 가건 용궁에 가건 우린 아무 신경 안 씀.

1차대전에서 배운 교훈에 따라, 새로운 합중국 장사 메타는 우리가 배송

해주는 것도 아니고 각자 알아서 쿠팡맨 데려오라는 똥배짱 장사 되시겠다.

물론 이번에도 독일 놈들에겐 사실상 무기 안 판다는 소리고. 우린 정말 정말 공평하게 무기를 팔아주고 싶은데, 독일 상선이 안 온다니까? 오면 팔 아드릴게 깔깔깔. 로열 네이비 뚫고 왕복할 수 있다면야.

하지만 항상 그렇듯. 나만 때릴 수 있는 신나는 전쟁 같은 게 있을 리 없다.

* * *

"어때, 에젤."

"이미 생산 라인은 깔려있지. 중국에 팔면서 라인 생산성도 검토했었고."

"스페인에도 전차 팔지 않았어?"

"그건 M2 기반. 나도 그 정도 눈치는 있어."

에젤은 떨떠름하게 고개를 끄덕이며 말했다.

"네 말대로, 결국 히틀러가 온 유럽에 불을 지르는 걸 보니, 거참."

"그러게 내 말 좀 들으라고 했잖아."

"글쎄. 독일에 투자한 게 사실 문제가 될 것 같진 않아서."

그야 그렇지. 대마불사의 법칙은 대부분 통용되고, 지금도 마찬가지다. 독일에 투자한 탓에 히틀러의 군비 증강이 빨라졌다? 그거로 빵에 보내긴 무리지. 그치만 선이란 게 있잖아.

"근데 회장님은 투자를 한 게 아니라 기부를 했잖아."

제발 나한테 총 좀 쏘라고 그렇게 기도를 올렸는데, 히틀러도 대가리가 장식품은 아닌지 총알 대신 다른 걸 날렸다.

'독일과 국가사회주의독일노동자당을 위한 귀하의 헌신을 영원토록 기리고자 이 훈장을 수여합니다.'

7월 30일. 회장님의 75세 생일 파티에 참석한 주미 독일 대사는 '독일

독수리 대공로십자장'이라는 끝내주는 훈장을 수여했다. 외국인이 받을 수 있는 훈장으로는 최고 등급이란다. 아이고 머리야.

많은 관람객들의 박수 소리와 함께 포드 회장님은 그 빌어먹을 훈장을 넙죽 받아버렸다. 에젤이 필사적으로 이걸 오프 더 레코드로 파묻으려고 용을 썼지만, 하이에나 같은 언론을 통제할 수가 있나. 다시 한번 펜으로 치르는 전쟁의 악몽이 나와 에젤을 덮쳤다.

[헨리 포드, 콧수염에게 훈장을 받다!]

[나는 독재를 사랑해. 독일과 소련의 물주 포드사!]

[충격! '유대인과의 투쟁에 앞장서는 총통의 노고가 크다'!]

[헨리 포드 답신 파문… 반전주의는 겉치레?]

[레닌, 히틀러, 프랑코까지. 헨리 포드의 독재자 사랑은 현재진행형!]

아프다. 존나게 아프다. 어질어질해 죽겠어.

독일 대사에게 저 이야길 한 건 맞다. 하지만 그 뒤에 전쟁이 얼마나 해롭고 약소국을 침략하는 건 올바른 행위가 아니라고 성토한 건 다 짤라버리고 저것만 부각시키는 건 의도가 너무 명백한데.

무엇보다도, 헨리 포드는 이제 정상이 아니었다. 기억은 깜빡거리고, 했던 말을 또 한다. 과단성은 노인네의 아집이 되었고, 정상인은 안 할 법한 기행을 하기 시작하고, 자신이 손수 키운 의료진 군단을 방치하고 웬 안마사를 끼고 살고… 21세기 기준으로 보면 그는 금치산자나 마찬가지였다. 에젤은 제국을 완벽하게 상속받지도 못한 채, 위대했던 아버지의 노망을 받아줘야 하는 처지에 내몰렸다.

"나는 어렸을 때, 예술이 하고 싶었어."

"예술?"

"그래. 내가 각 잡고 그림의 길을 걸었으면 신대륙의 예술가 하나가 딱 나타났을 텐데."

그게 가능할 리 없다. 이 강철의 제국을 물려받아야 할 후계자가 예술은 얼어죽을. 우리가 먹은 나이가 몇 갠가. 옛날이야기를 꺼내기 시작한다는 건 보통 뭔가 아주아주 꺼내기 힘든 이야기의 서두가 시작된단 소리인데.

"아버진 음… 좋은 아버지였다고 생각은 하는데, 난 저렇게 되진 말아야지 하는 생각도 든단 말이지."

"고생이 많았다."

"다 크고 나서 이제 잔소리 들을 일은 없겠다 싶었는데, 네가 갑자기 나타나면서 저놈만큼만 하라고 또 잔소릴 듣고 말야."

나… 나?? 혹시 쌓인 게 많니? 이게 그 엄마 친구 아들인가 하는 그건가?

다행히 에젤은 날 타박하진 않고, 아버지와 있었던 추억을 쭉 읊어나갔다. 그 추억의 상당수가 사업상 견해 차이로 인한 충돌이라거나 빠따질, 폭언, 바지사장 앉히기 등 행복한 이야기가 아니란 점에서 결말이 아른거리고 있었지만. 이 기나긴 한풀이의 끝에, 에젤의 시선은 다시 헨리 포드를 까내리는 신문 헤드라인으로 향했다.

"우리 아버지, 돌아가시는 것보다 더 비참하게 살고 있네. 말년에 어쩌다 저런 험한 꼴을 보고 있냐."

"그래도 아버진데……."

"그런데… 미치겠다. 아버지가 불쌍하단 생각보다 나랑 회사가 입을 피해 생각이 더 머릿속에 아른거려."

에젤의 입 안에서 으드득거리는 소리가 났다.

"이 노망난 늙은이 좀 봐. 날 억지로 황태자 삼아서, 관심도 없는 회사를 맡겼잖아! 그럼 방해는 하지 말아야지! 이게 뭐야. 한번 쓰러졌다 일어나더니 완전히 돌아버렸잖아!"

"힘내라. 나도 최대한 수습 도와줄게."

"하나, 부탁 좀 하자."

에젤의 눈에서 살기가 뚝뚝 떨어지는 것이 그냥 부탁이 아닌 것 같다. 요즘 내게 부탁하는 사람들 모양새가 하나같이 왜 이렇담.

"그럴 일은 없겠지만, 만약 내가 아버지보다 먼저 죽는다면……"

"재수 없는 소리 좀 하지 말고."

"이딴 기사만 줄줄이 뜨면 진짜 내가 암 걸려 뒈질 것 같아서 그래. 만약에 진짜 내가 아버지보다 먼저 죽잖아? 그럼 절대 애비란 인간이 회사로 못돌아오게 막아 줘. 당연히 내 아들이 물려받겠지만, 너도 알다시피 우리 아버지 정신이 요즘 좀… 망가졌잖아? 괜히 저 퇴물이 다시 지휘봉 잡겠다고 꿈지럭거렸다간 회사가 좆될 것 같다고!"

"알았어 알았어. 너 안 죽어. 세계 최고의 갑부 중 한 분이시면 인생의 단맛을 즐기면서 벽에 똥칠할 때까지 사셔야지, 죽긴 왜 죽어?"

시간이 금인 대기업 회장님답게, 에젤은 딱 5분간 빡세게 아버지 욕을 쏟아낸 후 다시 비즈니스 마인드로 돌아왔다. 두세 달 정도면 영국인들이 갓 공장에서 나온 따끈따끈한 M3 전차 300대가량을 맛볼 수 있다. 이제 저 전차가 유럽으로 향하기 전까지 서부 전선이 무너지지 않길 기도해야 했다.

* * *

상원의원의 활동엔 여러 가지가 있지만, 더글라스 맥아더의 경우엔 의정 활동 외에도 다방면에서 그 명성을 떨치고 있었다.

가장 먼저 그는 위대한 미합중국 군인으로서 미 육군의 가장 강력한 지지자 중 한 명이었다. 미합중국 역사에 영원히 남을 불후의 퇴임사 이후, 끝이 좋으면 다 좋다는 인간세상의 진리에 따라 독불장군 같은 성격은 놀라운 뚝심으로 기억에 남았고 오만한 성격은 드높은 명예로 불리게 되었다. 비록 군복은 벗었지만, 영향력은 참모총장 시절보다도 더욱 커진 건 어찌보면 당연한 일이리라.

그다음으로, 그는 합중국 상원의원 중 그 누구보다 필리핀에 지대한 관심을 쏟는 이였다. 하지만 대공황이라는 전대미문의 시기, 그리고 평생 해오던 직업을 때려치우고 급격한 전직을 하게 되면서 필리핀에 대한 관심은 아무래도 약간 떨어질 수밖에 없었다. 그래서, 필리핀에서 찾아온 손님을 맞이한 맥아더는 아연실색하고 말았다.

"그게… 전부 사실인가? 한 치의 왜곡도, 과장도 없는?"

"그렇습니다."

아나스타시오 퀘베도 베르 필리핀 자치령(Commonwealth of the Philippines) 육군 소장의 브리핑을 듣던 그는, 손을 달달 떨면서 파이프 담배에 불을 붙였다.

"뭔가 착오가 있는 게 아니냐고 묻고 싶네만, 현지인이 훨씬 더 잘 알겠지."

"제가 말씀드린 것보다 상황이 더 안 좋다고 생각하시면 됩니다."

필리핀이 그 정도로 엉망이라면, 합중국의 동아시아 방위 전략은 근본부터 글러먹은 셈이다. 마음 같아서는 당장 직접 날아가서 필리핀 현지 상황을 확인하고 싶지만, 이미 그는 군복을 벗었고 각종 군사 지식 역시 녹슨 지 오래.

"우선 내가 도울 수 있는 일이 있다면 최대한 도와주겠네."

"말씀만이라도 감사합니다."

딱히 도움이 될 것 같지 않다는 뉘앙스가 역력히 느껴지자, 맥아더는 슬쩍 화제를 돌렸다.

"그리고 보니, 킴 준장은 만나보았나? 동기 아닌가."

"공무가 급해 아직 만나보진 못했습니다."

"그래? 그럼 킴부터 먼저 만나세. 킴이라면 뭔가 아이디어가 있을지도 모르겠군."

아나스타시오는 고개를 갸웃했다. 물론 그 녀석이 전차로 유명세를 떨치긴 했지만, 그래봐야 결국 일개 준장 아닌가?

"유진이 잔머리가 잘 돌아가긴 했는데, 지금 이 상황에서 무슨 큰 도움이 되겠습니까?"

"자네 생각보단 훨씬 도움 될 걸세."

이제 정치가로서 만개한 맥아더 의원은 뒷말을 애써 삼켰다.

'아님 말고.'

민주주의의 병기창 3

내가 한창 유럽 정세에 신경을 곤두세우고 있을 무렵, 난데없이 반가운 손님이 불쑥 모습을 드러냈다.

"유진!!"

"이게 누구야! 세상에!"

내가 필리핀에 마지막으로 갔었던 게 1924년이니, 14년 만의 만남이다. 이후 아나스타시오가 전쟁대학에 입학해 1년가량 미국에 체류하긴 했었지만, 그때는 내가 유럽에서 미친 콧수염들과 무규칙 이종격투기 로얄 럼블을 찍는다고 고난의 십자가를 짊어져야 했다. 내 인생이 참 박복하긴 해.

"아이고오 소장님, 신수가 훤하시군요. 역시 투 스타는 뭔가 다릅니다. 잘 부탁드리겠습니다, 하하하."

"놀리지 말고. 필리핀군이 어디 군대냐? 네가 필리핀군 온다고 말만 하면 바로 포 스타 가능한데 올래?"

"아, 그건 좀."

독립 직후 대한민국군에서 오라고 해도 삼 일 밤낮 고민하다가 못 가겠다고 말할 텐데, 필리핀군엘 내가 왜 가. 맥아더도 아니고. 원 역사의 맥가

놈이 미군 퇴역 후 필리핀군으로 이적해서 원수로 취임한 일화는 유명하다. 그때 사람들이 노망났다고 수군댔다던데, 다행히 우리의 곁에 있는 건 맥가놈이 아니라 킹갓엠페러빛아더 의원님이시다.

"이 친구가 필리핀 이야기를 해주던데, 아무래도 자네와 같이 이야기해 보고 싶어 이렇게 불쑥 찾아오게 되었네."

"어우, 의원님이 절 찾으시면 당연히 언제든 시간 내드려야지요. 스테이시, 커피 한 잔?"

"아무거나 내줘."

옛날 같았으면 날 잡고 부어라 마셔라를 하며 몇 날 며칠 알콜로 배를 빵빵하게 채웠으련만, 아무리 운동을 해도 아랫배가 튀어나오지 않는 게 고작이요 머리는 희끗희끗해진 우리가 그때처럼 마실 순 없다. 게다가, 각자 짊어진 일이 너무도 많았다. 그리고 30분 후.

"…좆됐네?"

"응. 좆됐지."

커피가 아니라 술을 꺼냈어야 했나. 나는 들은 내용을 정리하며 골을 싸맸다. 필리핀은 1946년 독립이 확정되어 있었고, 몇 년 전엔 자치령이 설립되어 서서히 필리핀 현지인들에게 정권을 이양하는 절차가 진행되고 있었다. 물론 여기서 착하고 정의로운 미합중국 같은 생각을 하는 사람은 없으리라 생각한다.

필리핀 식민지는 명백히 적자였고, 처음 정복할 때 기대했던 중국 교역의 허브 역할도 무의미했다. 그래서 장사 접는 거다. 독립을 시켜줘도 필리핀에 영향력을 행사할 만반의 준비가 되어 있었고, 이양받는 현지인들도 친미파로 가득하다.

그래도 뭐… 감당 못 하면서 꾸역꾸역 들고 있는 다른 나라에 비하면 손익 계산이라도 대가리가 돌아가는 미국은 '그나마' 낫다고 볼 수도 있겠네. 처맞은 뒤에야 퇴장한 프랑스 같은 나라도 있으니.

각설하고, 필리핀 자치령은 설립되자마자 일본제국의 어마어마한 팽창 압력 앞에 노출되고 말았다. 그리하여 부랴부랴 자치령군을 편성, 미군이나 필리핀 스카우트로 있던 장교들을 근간으로 대규모 벌크업을 시도했는데…….

"나와 비센테 선배가 뜯어말렸는데도, 정치인들은 징병제를 도입했어. 대가리가 일단 많고 봐야 한다나 뭐라나."

"…그래서?"

"그래서는 무슨. 부대 안에 언어가 몇 개 있는 줄 알아? 8개야 8개. 지역별, 섬마다 있는 방언 따지면 90개!"

한 부대에 언어가 90개. 실화냐? 예전의 필리핀 스카우트는 그나마 모병제였으니 영어가 통용될 수 있었다. 하지만 음… 저건 답이 없다. 첫 코부터 망했어. 신생 필리핀군의 현실은 정말 예술적이었다.

1. 90개의 언어로 이루어진 국가에 대한 충성심, 애국심 없는 '끌려온 자들'.

2. 장교 포함 전 장병의 문맹률 20%.

3. 돈 없음.

4. 무기도 없음.

5. 탄약도 없음.

"그럼 대체 뭐가 있는데?!"

"너희가 아무것도 안 줬잖아!!"

아나스타시오 역시 언성이 높아졌다. 아무리 생각해도 필리핀 자치령군을 위한 군사 원조는 국무부 소관일 것 같지만, 대체 어디 사는 어느 귀한 분이 결정하셨는지 놀랍게도 미 육군 예산으로 원조를 진행하게 되었다. 무슨 의식의 흐름인지 안 봐도 DVD다.

'군사 원조요?'

'육군에서 무기 좀 주면 그게 원조 아닐까요?'

'오홍홍, 돈 아끼고 좋네용!'

'그럼 육군에서 책임지시는 걸로 알고 있겠습니다!'

하지만 누구나 다 알고 있지만, 미합중국 육군은 대공황 크리 뜬 이래로 단 한 번도 여유로웠던 적이 없다! 대공황이 29년도에 터졌다. 그런데 미육군의 예산이 최저점을 찍었을 때는 29년이 아니라 35년이다. 정리해서 말하자면, 루즈벨트의 당선, 뉴딜 정책의 집행, 미 육군의 거렁뱅이화, 필리핀 자치령 설립이 모두 동시기에 일어나버렸다. 이건 내 잘못이 아니다. 화가 났다면 백악관에 가서 FDR한테 따지라고. 아니면 의회에 샷건 하나 들고 가거나. 무엇보다도 근본적으로, 지금 미합중국 수뇌부는 필리핀을 지킬 의욕이 영 시들해 보였다. 이미 육군도 해군도, 필리핀 방위가 사실상 불가능하다고 의견이 수렴되고 있다. 맥아더는 속이 타겠지만, 나는 필리핀 방위 같은 비현실적인 발상에 힘을 보태고 싶진 않거든. 힘을 보태고 나발이고를 떠나, 정말 방법이 없다.

수천 개의 섬으로 이루어진 나라. 어마어마하게 길고 복잡한 해안선. 가까운 일본 본토, 머나먼 미국 본토. 일본군이 대동아공영의 깃발을 들고 나타나면 협조해줄 아직도 미국에 불만과 증오를 품은 민간인이 가득. 그리고 가장 중요, 미군이 쓸 장비와 물자도 쪼들린다는 점. 아나스타시오가 직접 찾아와서 이렇게 한탄을 하는 건 참 안타까운 일이지만, 나는 신이 아니다. 필리핀의 험준한 정글에서 게릴라전? 농담이지? 말라리아로 다 뒤질 것 같다는 건 일단 제쳐두고 '식민지' 필리핀에서 미군이 게릴라전을 한다니, 차라리 한반도에서 일본군이 게릴라전을 한다고 해라. 결국 나조차 뾰족한 수가 없다고 몇 번이고 이야기한 뒤에야, 아나스타시오는 슬그머니 다른 이야길 꺼냈다.

"실은, 필리핀 자치령 정부도 가면 갈수록 국방비를 줄이고 있어."

"응? 그게 무슨 소리야?"

"말 그대로야. 군대랍시고 만들어 봤는데 개판인 게 그놈들 눈에도 보인다 이거지."

정치인들이 원래 그렇지. 징병제 도입은 군부의 반발을 씹고 정치권에서 저지른 짓이지만, 어쨌거나 그 결과 군이 더더욱 개판이 되자 정치인들은 앞전의 실수는 매몰비용인 셈 치고 다시 주판알을 튕기는 것이다.

"그래서, 안 그래도 부족한 점투성이인데 예산까지 깎으면?"

"기대 안 한다는 거지."

말할 듯 말 듯 망설이며 담배만 몇 개비를 연달아 태우던 녀석은 마침내 결정한 듯 입을 열었다.

"케손 대통령이 작년에 미국 의회에 요청한 건이 하나 있어."

"뭔데?"

"즉시 독립."

"그건 있을 수 없는 일일세."

맥아더가 정색했지만, 그 대통령이 이 자리에 있는 것도 아니잖나.

"미국은 자치령이랍시고 제약만 걸어놓고, 정작 필리핀 방위는 수수방관하고 있잖아? 요 몇 년 동안 진행된 게 쥐뿔도 없다고."

"그래서… 독립이다?"

"그렇지요, 의원님. 이미 마닐라에서는 진지하게 독립과 중립 선언에 대한 담론이 오가고 있습니다."

여기서 고함을 치지 않은 걸 보니, 정치인 생활에 확실히 적응하긴 했나 보다. 내가 알던 맥아더라면 눈깔이 뒤집혀서 펄펄 날뛰었을 텐데. 그렇게 모두에게 암담한 미래만을 청사진으로 남긴 채 우리의 논의는 끝나버렸고, 아나스타시오는 무기 매입 협상을 진행해야 한다며 곧장 떠나버렸다. 녀석을 배웅해준 뒤에도 맥아더는 돌아가지 않고, 어슬렁어슬렁 날 따라 관사까지 들어왔다.

"멍! 멍멍!"

"오, 강아지인가?"

"네. 뽀삐라고, 요즘 적적해서 한 마리 키우고 있습니다."

아기 코끼리 덤보 같은 귀를 펄럭이며 달려온 뽀삐는 맥아더가 신기했는지 한두 바퀴 빙글빙글 돌며 관람하고는, 곧장 나한테 달려와 헥헥댔다.

"안 돼. 오늘 운동 못 가."

"낑… 끼잉……."

"이따가 에이브럼스도 올 테니까 얌전히 기다려!"

미안하다. 하지만 네가 데려온 강아지니까 책임을 져야지? 이미 나보다 에이브럼스가 훨씬 더 많이 산책을 시켜준 탓에, '에이브럼스'라는 이름을 듣기가 무섭게 곧장 풀쩍풀쩍 뛰어댄다. 하필 많고 많은 강아지 중에서 비글을 준 네 업보려니 하렴.

"강아지 산책을 부관에게 짬때리다니. 나쁜 일은 알려주지도 않았는데 다들 척척 배우는군."

"그 부관이 저 강아지를 저한테 떠넘겼는데요?"

"허?"

"그래야 제가 사무실에 안 처박혀 있고 관사로 갈 것 같다나요."

나는 툴툴대며 너덜너덜해진 작은 공을 뽀삐에게 던져줬고, 녀석은 으르렁 컹컹 끼에에엥거리며 신나게 공을 붙들고 마당을 데굴데굴 굴러다녔다. 아직 여름이라 태양이 하늘에 걸려있지만, 나는 집 안에서 글라스 두 잔과 위스키, 그리고 얼음 한 바스켓을 들고 나와 마당에 자리를 깔았다.

"자. 바쁘신 분이 여기 계속 계신단 건 뭔가 할 말씀이 있단 뜻이겠죠?"

"거 급하긴. 맨정신으로 이야기하긴 좀 그러니 몇 잔 좀 걸치고 하자고."

"그러시죠. 불 필요하죠?"

파이프에 불을 붙여주고, 나도 입에 한 개비 물자 맥아더는 조용히 품에서 사진 한 장을 꺼냈다. 뭔가 엄청난 첩보…….

"어떤가."

"…아기가 참 귀엽네요."

"내 아들일세. 자네에게 보여주는 건 처음이로군."

엄청난, 아들바보가 히죽대고 있었다. 내일모레 환갑인 맥아더는 작년, 나름대로 유명한 정치 명문가의 여식과 재혼했다. 나이 차이가 서른몇 살쯤 났지만, 원래 정치가 다 그렇지 뭐. 적어도 퍼싱의 취미를 공유하는 게 아니니 다행 아니겠나.

"하마터면 자랑스러운 맥아더 가문의 대가 끊길 뻔했지."

"조카는요?"

"조카의 자식들이 죄다 딸이라 말일세, 이 노병이 직접 나서서 막중한 임무를 수행해야 했지. 아이 이름은 당연히 '아서'로 정했네. 이 아이가 바로 맥아더 가문을 이어나갈 아서 맥아더 4세지."

이 양반의 저 굳건한 가문에 대한 자부심은 가끔 존경스러울 때가 있다. 패튼? 패튼은 존경하기엔 좀 무섭고. 조상님들이 막 아른거린다잖아. 고스트 전쟁왕이냐고.

"나는 모든 걸 얻었지. 명예, 명성, 추앙, 추종자, 의원 의석까지… 아무튼 이것저것 많이 얻었네."

"그렇지요?"

"그런데 정작, 필리핀의 친구들에겐 어떠한 도움의 손길도 건넬 수 없었네."

그게 마음에 거슬렸구나.

"필리핀의 위기는, 우리의 친구 프랭클린이 자초한 일일세. 필리핀의 미국 시민과 가엾은 야만인을 수호하는 일은 문명의 수호자, 미합중국의 가장 막중한 책무일진대! 돈이 없다는 이유만으로 그 책무를 헌신짝처럼 내팽개칠 수 있단 말인가!"

그는 파이프를 잘근잘근 씹으며 모락모락 연기를 내뿜었다.

"정말 필리핀 방위에 투자할 돈이 단 1센트도 없었을까?"

"…그렇진 않겠죠."

"그래. 정말 목숨을 걸고서, 그 어떤 합중국의 적도 필리핀엔 발을 들이밀 수 없다는 필사의 각오로 투자를 했냔 말이야. 이래서야 우리가 필리핀을 보호하는 게 아니라… 마치 저 제국주의 열강들처럼 먹고 버릴 식민지를 운영하는 것 같잖아."

'식민지 맞잖아.'라고 말할 순 없었다. 그랬다간 필리핀 현지 게릴라들과 맞선 맥아더 가문의 오색 빛깔 영롱한 무훈이, 한낱 탐욕에 가득 찬 백인들의 원주민 학살로 전락해버리는 셈이니까.

"내가 가야겠네."

"필리핀요? 미쳤습니까?! 군복 벗은 지 한참 됐잖아요!"

"응? 무슨 소린가. 이미 퇴물이 된 내가 필리핀에 가 봐야 별 도움은 안 되지. 내가 필리핀을 도울 수 있는 곳은 다른 곳이야."

설마. 설마설마.

"백악관에 가야겠네. 루즈벨트도 8년 해먹었으니 이제 백악관 방 뺄 차례 아닌가?"

"그, 그렇겠죠?"

아니. 안 빼. 두 번 더 대통령 해먹는다니까요?

"내가 지휘봉을 잡아야겠어."

맥아더의 두 눈은 이제 석양이 아니라, 지평선 건너편에 있을 드넓은 태평양을 응시하는 듯했다.

"후배도 잘 알고 있겠지. 전쟁은 피할 수 없네. 다음 대통령 선거에서 당선될 사람은 태평양과 대서양, 아시아와 유럽을 통틀어 역사상 가장 거대한 전쟁을 치러야 하고."

"……."

"이제야 알았어. 어째서 내가 군복을 벗어야 했는지. 내게 주어진 소명, 맥아더의 이름에 걸맞은 자리."

죄송한데 지금 그… 출마 연설 연습하는 중이십니까? 저는 군인인지라 정치에 중립을 지켜야 할 것 같은데 말이지요.

"백악관."

모르겠다. FDR이라는 검증된 카드를 놓고, 이제 좀 익숙해진 것 같긴 하지만 정치 경력은 10년도 채 되지 않은 맥아더 대통령? 너무 미지의 세계지 않아? 틀림없이 오늘 필리핀 방위에 대해 이야기했던 것 같은 느낌인데, 왜 갑자기 'FDR과 맥아더 중 누구 편에 붙어야 만수무강할까?'라는 살 떨리는 주제로 고민을 해야 하지? 진퇴양난이로다.

민주주의의 병기창 4

　나는 군인인데 어째서 전쟁놀음은 안 하고 자꾸 정치판만 기웃거리게 되는가? 답은 간단하다. 내가 문민통제를 철저히 따르는 착한 어른이라서지. 아니, 진짜로 요상한 나비 효과 같은 거 터져서 미국이 고립주의 만땅으로 찍으면 제대로 주웃되는 거 아녀. 정치판에 뛰어들 생각은 추호도 없다. 하지만 풍향 정도는 알고 있어야 내 바운더리가 결정되지.

　현재 미국은 FDR의 강력한 진보적 정책이 슬슬 저지당하고 있다. 민주당 내 보수파들은 대놓고 공화당과 힘을 합쳐 FDR의 각종 국내 정책을 훼방 놓고 있었고, 경기 악화의 효과로 FDR의 힘은 상대적으로 약해진 상태였다. 대공황으로 똥망해버린 공화당은 차후 어떻게 정권을 잡을 것이냔 문제로 골머리를 썩이는 중이다. 후버가 남긴 거대한 아포칼립스 폐허에서도 나름대로 유망주들이 하나둘씩 나타나고는 있지만, 문제는 공화당 자체가 고립주의 성향이 너무 팽배하다는 거지. 그 말인즉슨, 맥아더가 1940년 대선에 나오려면 일단 당내 경선 과정부터 조오오온나게 힘들 거란 소리다.

　그리고 미합중국에는 전통이 하나 있는데, '전쟁 중에는 대통령을 바꾸지 않는다.'라는 것이다. 그러니까… 아직 미국이 참전하지 않은 상태라면,

내부 고립주의 여론이 팽배한 공화당 내 경선을 뚫고 올라오기가 힘들다. 만약 참전했다면 맥아더의 가치가 훅 뛰겠지만, 대신 전시 버프를 받고 파천황의 기세가 된 최종보스 FDR을 이길 확률이 너무 낮다. 맥아더에겐 참 미안하지만, 역시 위험한 시기엔 안전자산이 최고야. FDR코인 너무 달달하잖아? 그리고 그 양반 대통령 돼 봐야 필리핀에 집착해서 태평양 전선 말아먹을 것 같다. 어쩔 수 없지.

내 상념은 전쟁부 청사 안에 발을 디디면서 끝났다.

"아이고, 참모총장님!!"

"유난 떨지 말고 빨리 앉게."

번쩍이는 네 개의 별. 눈이 너무 부신다. 포 스타의 권능에 무릎이 갈린다!

"시간이 별로 없으니 요점만 말하겠네. 육군을 재무장시키는 것과 영국, 프랑스에 무기를 판매하는 것. 어떤 게 더 급하다고 생각하나?"

"둘 다 해야지요."

합중국의 새로운 정책, 캐시 앤 캐리가 발표되자마자 영국과 프랑스는 준비해 놓은 수송선단을 띄웠다고 통보했다. 사실 정책이 발표되기 전부터 진작 저 두 나라와는 어느 정도의 '교감'이 있었겠지만 그래도 놀랍다.

"프랑스는 항공기를 대규모로 발주했네. 그리고 영국은 자네도 알다시피 전차를 주문했고."

"그렇지요."

영국의 최우선 정책은 육군 재건이었다. 애초에 섬나라니까 육군은 가장 먼저 쪼그라들 수밖에 없다. 그런데도 불구하고 정말 악착같이 육군을 박박 긁어모아 8개 사단 규모의 영국원정군을 창설해 프랑스로 보냈다. 그러니 답은 뭐다? 현질해서 애들 장비 쥐여줘야지.

반면 프랑스야 전통의 육군 강국이다. 걔들은 걔들 나름대로 자기네 전차에 대한 자부심이 있는 건지, 아니면 항공기가 더 급하다 생각한 건지 전차 발주는 딱히 없었다.

"자네는 포드와 친분이 있지 않나. 영국에 전차를 판매하면 혹 우리 군이 쓸 전차가 부족하진 않나 이 말일세."

"묻는 순서가 잘못된 것 같은데요."

"…의회의 승인 말인가? 전쟁이 터졌는데도 육군 증강을 안 해줄 정도로 바보들은 아니라고 믿고 있네. 대통령 각하께서도 적극적으로 나서겠다고 말하셨고."

아아, 그렇구나. 마셜은 아직 FDR이 어떤 인간인지 모르는 프렌즈구나. 저러다 대형사고 한번 터질 것 같으니 빨리 내가 노하우를 전수해줘야겠어.

"총장님."

"듣고 있네."

"정치인들 말은 일단 도장 찍히고 의회 통과한 뒤에야 믿으셔야죠."

"대통령이 한 이야기를 안 믿는 게 더 이상하지 않나?"

"밥 먹고 야부리만 터는 인간 말을 덥석 믿는 게 더 이상하지!"

"그럼 네놈 말을 믿을 사람은 세상천지 어디에도 없어."

와, 이 사람 봐! 눈도 깜빡하지 않고 쌍욕을 하네 아주! 당장 이 자리에서 멱살을 잡고 싶었지만 저 영롱한 4성 견장이 내 분노조절장애를 분노조절잘해로 고쳐주었다. 후, 심호흡하자. 심호흡. 마인드 컨트로오올…….

"몇 달 뒤에 선거입니다."

"알고 있지."

"그리고 경제는 도로 개판이구요."

"…그렇네. 나도 일일이 말해주지 않아도 다 알고 있어. 하지만 나와 대통령은 육군의 재무장과 규모 증강이 시급하다는 데 의견이 일치했단 말일세."

"아니 그러니까! 지금 군비증강 한다고 해서 선거에서 지느니 그냥 몇 달 더 참을 거라니까요?! 정치인들 대가리엔 선거밖에 없다고!"

왜 이 당연한 진리를 모르지? 11월 8일에 투표함 뚜껑 달히기 전까지 정치인 중에서 국방이 어쩌고 떠드는 인간은 무조건 실업자 될 걱정해야 한다고. 아무리 민주당이 무적이고 루즈벨트가 신이라지만 선거 앞둔 정치인은 원래 잠만보 모드가 국룰이란 말이다. 안타깝게도 아직 추잡한 거짓말쟁이 루즈벨트의 진면목을 모르는 마셜 장군께선 인간에 대한 믿음이 약간 남아 있는 듯했고, 우리는 결국 의견의 일치를 보지 못했다. 그래도 할 일은 해야겠지.

"딱 하나만 약속해 주십쇼."

"뭔가?"

"혹시 이상한 놈들이 정경유착이다, 군납비리다 어쩌고 하면 대가리 꼭 깨주세요."

"그건 당연하지."

우리 둘은 잠시 고개를 젖히고 주섬주섬 담배를 꺼내 들었다. 마셜이 약속했으니, M3 전차 라인은 최대한으로 늘린다. 중일 전쟁 때 구축한 생산 라인은 고정비 소모를 감수하고서 약간씩 돌리고 있었고, 나와 에젤의 오더만 떨어진다면 곧장 대대적인 트랙터 생산 라인 변경에 착수할 수 있었다. 내가 이런저런 소리 다 들어 가면서 꼬불쳐놓은 전차 재고는 싹 다 영국인들이 제공해 줄 달달한 현금으로 바뀐다. 이게 연금술이지. 그걸 그대로 재투자하면 최소한의 선순환은 달성할 수 있다.

"그래서, 일단 찍어놓겠다고?"

"재고 남으면 뭐… 로비라도 해야죠."

정 남으면 필리핀에 주면 될 거 아냐, 시발. 이후 나는 기갑부대 편성에 관해 주로 이야기했고, 마셜은 주의 깊고 꼼꼼하게 자신의 체크리스트를 채웠다.

"추후에 다시 보고서 제출을 요구하겠지만, 구두로만 들었을 때 기갑부대의 뼈대는 거의 잡힌 셈이군."

"그렇다고 봐… 야겠죠?"

"잘 됐어. 그럼 기갑군 사령관 자리도 다른 병과처럼 기갑감으로 재편할 테니 그렇게 알게. 채피를 기갑감 자리에 앉히면 되겠군."

기갑군 사령관 보직 자체가 온갖 정치질의 결과물이었으니 당연하다면 당연한 일인가. 그것보다 훨씬 중대한 문제가 날 기다리고 있었다.

"그럼 저는 어디로……."

"아아, 자네. 혹시 가고 싶은 곳이 있나?"

세상에. 참모총장께서 내게 원하는 곳을 물어보시다니. 어디로 가지? 어디로 가야 전장에 뛰쳐나갈 수 있나. 군사령관? 아냐. 태평양이나 유럽 전선에서 야전 지휘관으로 들어가려면 군단장을 노리는 게 가장 유력한가.

"저는 군단ㅈ……."

내 소망이 막 나오려는 찰나, 내 말을 잘라먹으며 부관이 안으로 들어왔다.

"실례합니다, 총장님."

"바로 말하게."

"지시하셨던 사무실 세팅이 끝났습니다."

"알겠네. 자네 할 일 하게."

마셜은 슬그머니 자리에서 일어나더니, 내 어깨를 툭툭 두들겼다. 저 미소. 저 얼음장 같던 얼굴에 슬며시 맺히는 저 미소!

"들었지?"

"뭐, 뭐 말씀이십니까."

"자네 사무실 준비가 끝났다는군."

네? 제 사무실요? 잠시 286 컴퓨터처럼 느릿느릿하게 내 머리가 말뜻을 해석하기 위해 중노동을 했고, 마침내 그 결과가 도출되었다. 아니, 아니 이건 아니지. 아니. 그럼 도당체 왜 물어봤습니까. 왜! 왜에에!!

"그냥 한번 물어봤지. 열심히 고민하는 모습이 보기 좋더군."

씨… 발……. 유진 킴 준장. 새 임지는 전쟁부, 전쟁부 데스크 되겠습니다.

미합중국 육군 제2군 참모장 아이젠하워 대령은 고통받고 있었다.

"거 적당히 좀 할 수 없나?"

"진급 욕심 많은 건 알겠는데, 거참. 누가 보면 혼자 군생활하는 줄 알겠어."

"어이 젊은 친구. 신사답게 행동해, 신사답게. 너무 그렇게 튀지 말라고."

미친 꼰대들, 일하는 사람을 저렇게 싸잡아서 '튀려고 한다.'라고 심플하게 왜곡해버릴 수 있는 저 입을 싹 꼬매버리고 싶다. 미합중국 육군은 나태해졌다. 1918년 이후 끝없이 군축의 칼날을 처맞고, 호전광으로 매도당했으며, 필요성마저 부정당한 군대. 해군은 차라리 낫다. 해군을 부정하는 정신병자들은 드물었으니까. 이렇게 되자, 야망 있는 똑똑한 인재들은 단체로 '탈출은 지능순'이라고 어디서 회의라도 한 건지 너 나 할 것 없이 군복을 벗고 민간으로 나아갔다.

남은 자들은 정말 군에 뼈를 묻을 각오를 한 이들. 아니면 혼신의 힘을 다해 혈세를 빨아먹기로 작정한 복지부동 잉여인간들. 당연한 말이지만, 세상엔 후자가 훨씬 더 많았다.

"흠, 퇴근 시간이군."

"자자. 일어들 납시다."

"오늘 폴로 한 게임 하실 분?"

주섬주섬 하하호호하며 우르르 빠져나가는 스타와 말뚱들을 보고 있자니 가슴 한편에서 살기가 퐁퐁 샘솟는다. 내가 스타였다면… 내가 저 새끼들의 인사권한을 쥐고 있었다면… 모조리 쓸어 버릴까? 아예 입도 뻥긋 못하게 도륙을 내버려…….

'아니지.'

이런 나쁜 생각은 건강에 안 좋다. 적어도 이런 나쁜 생각을 행동에 옮기진 않으니 아직 괜찮다. 아이젠하워는 애써 심호흡하며 다시 서류로 정신을 집중했다. 과로와 격무가 줄을 이으면서 아이젠하워의 모공은 완전히 그를 배신해버렸다. 그들은 모발을 붙들고 있기를 거부하고 전면 파업에 들어가버렸다. 반들반들해진 머리는 그렇다 쳐도… 대상포진은 그를 미치게 하고 있었다. 아파 죽겠지만 그렇다고 일을 안 할 수가 있나. 그때 문이 벌컥 열리고 낯익은 얼굴이 쓰윽 안으로 들어왔다.

"참모장, 퇴근 안 하고 무엇 하나?"

"사령관님."

"어어, 됐네. 일어나지 말고."

인자하고 부드러운 미소를 얼굴에 붙인 채, 제2군 사령관 드럼 소장이 어슬렁어슬렁 다가왔다. 한 손엔 무슨 소책자 같은 걸 쥔 채였지만 제목은 보이지 않았다.

"힘들지?"

"아닙니다. 이것만 마무리하고 저도 들어갈 예정입니다."

"남들 다 퇴근하면 귀관도 그냥 가버려. 왜 굳이 혼자서 끙끙대고 있나?"

"농담이시죠?"

"자네는 성실해서 탈이야. 쯧쯧."

드럼은 태연스럽게 아이젠하워의 복장을 뒤집었다.

"내가 군생활하면서 느낀 게 있다면 말일세, 한 번쯤은 다 같이 좆돼봐야 한단 거야."

"…예?"

"귀관이 하고 있을 생각이야 뻔하지. 의욕 없는 놈들에게 일 시키느니 그냥 내가 다 하겠단 거 아닌가."

드럼은 아이젠하워의 대답을 기다리지 않았다.

"그래서야 저 친구들의 퇴근만 재촉할 뿐이란 거, 자네도 군생활 하루 이틀 한 게 아니니 잘 알지 않나? 아, 내가 놀아도 일은 다 저 부지런쟁이가 다 하는구나! 그럼 더 열심히 놀아야지! 사실상 저 친구들의 태만은 자네가 조장하고 있는 거나 마찬가지야. 참모장은 관리자지, 실무자가 아니니까."

"그러면……."

"던져."

낄낄대던 그는 옆에 있던 의자 하나를 대강 빼내 털썩 앉았다.

"되도 않은 충고는 여기까지 하지. 어차피 귀관도 내게 썩 좋은 감정은 없잖나."

"아닙니다."

"그래, 여기 밖이 아니고 안이지. 나도 알아."

슬쩍 아무도 없는지 주변을 둘러본 드럼은 갑자기 목소리를 나지막하게 깔았다.

"마셜은 전쟁을 염두에 두고 있나?"

"잘 모르겠습니다."

"해치지 않으니 그냥 편하게 말하게. 이제 와서 내가 총장 자리에 욕심을 낼 것도 아니니. 내가 미덥지 못해서 제2군에 마셜이 제 사람을 잔뜩 꽂은 거, 이 드럼이 모르리라 생각했나?"

'오해다, 참모.'라는 말은 나오지 않았다. 마셜에게 그런 말을 대놓고 들은 적은 없었지만, 또 드럼의 말을 들어보니 저도 모르게 '그런가?' 하는 생각이 떠올랐기 때문이다.

두 사람의 대립이야 이미 유명했다. 정확히 말하면 유명했'었'다. 이제 옛 쇼몽파는 사실상 마셜농장으로 간판 바꿔 달았고, 드럼의 친구들은 대부분 군복 벗었다. 대립도 급이 맞아야 대립이지.

"귀관들이 바라보는 장차전… 솔직히 나는 여전히 긴가민가해."

"그렇습니까."

"하지만 뭐, 내가 틀렸다고 봐야겠지. 그래서 이리 나이 먹을 만큼 먹고 부랴부랴 공부하고 있는 거 아닌가."

그는 들고 있던 소책자를 팔랑거렸다. 뭔가 했더니, 기갑군 사령부에서 펴낸 기갑 전술 핸드북이었다.

"총장은 물 건너갔어도, 원정군엔 낄 수 있게 비벼봐야지. 내가 어떤 고생을 하면서 아득바득 세금도둑 노릇을 했는데 참전도 못 한단 말인가."

"…건투를 빌겠습니다."

드럼은 자리에서 일어나 휘적휘적 걸어 나갔고, 다시 홀로 남게 된 아이젠하워의 머릿속은 한껏 헝클어진 실타래처럼 엉망이 되었다.

아, 일하기 싫다.

악의 권세 1

폴란드의 패망 직후, 유럽은 문명인의 규칙이라곤 찾아볼 수 없는 야만의 땅으로 변모해 있었다. 폴란드를 반으로 갈라 털도 안 뽑고 꿀꺽 삼킨 소련은 미리 독—소 불가침조약의 비밀 조항으로 합의해 둔 바에 따라 리투아니아, 에스토니아, 라트비아의 발트 3국을 윽박질러 사실상 괴뢰화했다. 말로는 파시스트들로부터 인접한 '친구'들을 지키기 위함이라지만, 현실은 누가 봐도 제정 러시아의 부활이었다. 러시아의 영광을 재건하는 게 저 빨갱이들의 목표라면, 그다음 목표는 누가 굳이 물어보지 않아도 알 수 있었다. 핀란드 외교사절단이 크렘린궁의 초청을 받아 모스크바로 향하자, 그곳에서는 실로 눈 뜨고 볼 수 없는 공갈과 협박의 대환장 파티가 벌어졌다.

"우리 소비에트 연방은 핀란드 동지들의 협조를 요청하는 바입니다."

"이걸 진심으로 들어주리라 생각하고 제안하고 있습니까?"

"하지만 제국주의 열강들의 괴뢰에 지나지 않는 그대들이 우리의 심장부를 위협하고 있잖소? 혁명의 성지인 레닌그라드를 지키기 위해 약간만 양보해 달라는 요청조차 거부한다면, 우리는 다각도로 자위 수단을 강구할 수밖에 없습니다."

"침략하겠단 말을 굉장히 빙빙 돌려 말하시는군요. 꼭 제국주의 열강의 외교관처럼 말이지요."

소련은 자신감이 넘쳤고, 핀란드는 러시아에서 독립한 지 30년도 채 되지 않아 다시 러시아의 노예가 될 수는 없단 절박함이 가득했다. 국가의 존망을 건 외교관들은 최대한 타협점을 찾기 위해 절치부심해야 했지만… 결국 약소국의 외교란 그 한계가 명백한 법이다. 한편 구 폴란드령에서는 동과 서를 불문하고 피가 비처럼 쏟아지고 있었다.

"폴란드인들은 성정이 난폭하여 공순하지 못하다. 민족주의를 자극하려 하는 폴란드 지도층 인사를 모조리 제거해라."

운이 없는 자들은 카틴 숲에서 개처럼 도살당해 싸늘한 주검으로 식어 갔다. 운이 좋은 자들은 하루아침에 집에서 끌려나와 어떤 가재도구도 챙기지 못한 채 굴라그로, 또는 시베리아로 끌려갔다. 과연 살아남은 자들이 '운이 좋다.'라고 말할 수 있을지는 모르겠지만.

소련에서 벌어지는 상황도 충분히 썩은 악취가 진동했지만, 유감스럽게도 나치의 손아귀에 떨어진 서부 폴란드는 이보다 상황이 더욱 좋지 않았다.

"레벤스라움. 우리 아리아인의 생활 공간을 확보했으니 그 땅에 게르만족을 정착시켜야지."

구 폴란드령 중 일부는 독일의 영토로 합병되었고, 나머지는 총독부령이 되었다. 합병된 땅에 살던 폴란드인은 추방당했고, 그렇게 비운 땅엔 게르만족의 나라를 찾아 이주해 온 해외 독일인들이 속속 새 보금자리를 꾸렸다. 소련과 마찬가지로 독일인들 또한 폴란드 지식인, 성직자, 정치범에 대한 다양한 '조치'를 취했고, 이 과정에서 SS가 사실상 전권을 잡게 되었다.

"여기 오시비엥침(Oświęcim)에 폴란드 기병대의 주둔지가 남아 있습니다."

"폴란드 기병대라."

수백 년 동안 유럽을 쩌렁쩌렁 호령하던 폴란드 기병대의 명성은 제아무리 나치즘으로 단단히 사상 무장한 광신도라 해도 얕볼 수 없었다. 이미 몇 차례 문책을 당한 괴벨스는 이번에야말로 실패할 수 없단 독한 마음가짐으로 폴란드 기병대를 깎아내리기 위한 프로파간다를 준비했고, '멍청한 폴란드 기병들이 전차에 돌격하다!'로 대표되는 세탁 작업에 들어가 있었다. 그러니, SS 역시 기병대 주둔지를 더럽힐 수 있다는 이야기에 마음이 동할 수밖에 없었다.

"폴란드식 지명이 별로 탐탁지 않군. 건의해서 우선 지명부터 전부 독일식으로 바꾸자고 해야겠어."

"네, 알겠습니다."

"주둔지를 개조해서 악질 폴란드 벌레들을 수용할 수용소를 건설한다. 다하우 수용소를 지었을 적 노하우를 살려보자고."

오시비엥침. 독일식으로 아우슈비츠(Auschwitz)라고 읽을 수 있는 곳에, 얼마 지나지 않아 거대한 굴뚝이 그 모습을 드러냈다.

애초에 아돌프 히틀러라는 인간은 '체계적'이라는 단어와 담을 쌓은 유형에 속했다. 그의 판단은 으레 즉흥적이고, 무질서했으며, 충분한 시간과 정지작업보다는 그 순간순간의 임팩트와 대강대강의 막연한 지시로 이루어져 있었다.

틀림없이 그가 《나의 투쟁》을 쓸 때 외쳤던 레벤스라움은 '소련을 멸망시키고 그 땅의 슬라브인을 모두 멸종시켜야만 얻을 수 있는 게르만족의 땅'이었지만, 독—소 불가침조약을 맺고 폴란드를 뜯어먹게 되자 히틀러 머릿속 소련은 어느새 그냥저냥 괜찮은 이웃으로 변모하고 있었다.

"이보시오, 히틀러 총통. 이제 그만 서부 전선을 종결짓는 게 어떻겠소? 내가 다시 한번 평화 협상을 중개해보리다."

"이번 기회는 두 번 다시 오지 않습니다, 두체. 프랑스를 지금 무릎 꿇려야만 우리 국민들은 1918년의 망령에서 벗어날 수 있단 말이오!!"

"우리 이탈리아와 독일은 방공(防共, Anti-Comintern) 협정으로 뭉친 사이 아니오? 한시바삐 저 동방의 빨갱이들을 상대로 십자군을 일으키긴 못할 망정, 왜 애꿎은 영국과 프랑스로 쳐들어갈 궁리 중이란 말입니까? 차라리 프랑스인들과 손을 잡고……."

"으음. 생각해 보십시오. 어차피 저 러시아 야만인들은 누군가의 통제가 필요합니다. 공산주의가 우리처럼 고도로 발전한 문명인들에겐 독약이 될 수도 있겠지만, 저 미개한 슬라브족에겐 스탈린 같은 노예주가 필요할 수도 있지 않겠습니까?"

히틀러는 어디 하나에 꽂히면 거기에만 몰두했다. 지금은 프랑스 정복이라는 테마에 꽂혔고, 자연스럽게 소련에 대한 인식은 뇌내보정되었다. 무솔리니는 미치고 팔짝 뛸 것 같았지만 어쩌겠는가. 국력이 후달리는데.

"두체야말로 빨리 참전하시는 게 어떻겠소? 나야 언제나 파시즘의 선도자였던 두체에 대한 존중을 마음에 품고 있지만, 한 국가의 지도자로서 분명히 말씀드리겠소."

폴란드를 정복하고 선전포고의 충격이 가라앉은 지금, 히틀러는 자못 당당하고 위엄 넘치는 모습을 유지할 수 있었다.

"지금 참전하여 독일의 투쟁에 한 손 보탰을 때, 그리고 우리가 프랑스를 정면에서 격파한 뒤에야 따라붙었을 때. 당연히 두체가 이탈리아인들을 위해 가져갈 수 있는 전리품은 차등이 있을 수밖에 없소."

"우리 이탈리아는 아직 더 준비가 필요하오. 에티오피아 정복에 이어 우리의 동지 프랑코 씨에게도 많이 지원을 해줬으니……."

"아, 프랑코 하니 생각이 납니다. 스페인이 프랑스의 등을 찔러준다면 참 좋을 것 같은데……."

"스페인이 이 전쟁에 참전한다면 우리 이탈리아는 절대! 절대로 참전하지 않겠소!"

펄펄 날뛰는 무솔리니의 속사포 랩을 한 귀로 듣고 한 귀로 흘리며, 히틀러는 생각에 잠겼다. 프랑코를 도와 스페인 내전을 빠르게 끝내고, 스페인군이 프랑스 남부 일대를 찔러준다면 프랑스에게도 양면 전선을 강요할 수 있지 않을까? 국방군의 똥별들은 이 총통의 놀라운 발상에 늘 그렇듯 회의적인 기색이 역력했다.

'총통 각하. 죄송하지만… 몇 년간 내전으로 소모된 스페인의 역량을 고려해 볼 때, 프랑스는 겨우 몇 개 사단만으로도 프랑코를 날려버리고 친프랑스 정권을 세울 수 있을 겁니다.'

'우리도 콘도르 군단을 파병해 프랑코를 도와주고 있지 않나.'

'프랑스는 마음만 먹으면 얼마든지 파병할 수 있지만, 저희는 어렵습니다.'

하지만 프랑코를 끌어들이면 남프랑스와 지브롤터를 타격할 수 있지 않나. 이 엄청난 전략적 이점을 포기해야 하나? 적어도 무솔리니는 포기해줬으면 하는 바람이 역력해 보였다.

"나는 로마의 후예인 우리 이탈리아가 지중해를 다시 '우리의 바다(Mare Nostrum)'로 품게 하겠노라 약속했소. 하지만 내 국민들의 피땀 어린 물자로 연명하던 스페인이 우리와 동등한 대우를 받는다? 그럴 바엔 차라리 끼어들지 않겠소!"

스페인이 좀 쑤셔주는 것보단 차라리 이러니저러니 해도 열강 끝자락에 걸친 이탈리아군을 아군으로 끌어들이는 편이 훨씬 나을 터. 히틀러는 일단 이 선배격 되는 파시즘 지도자를 어르고 달래기로 했다.

"알겠습니다. 항상 말씀드리지만, 저는 이탈리아와 두체의 참전을 언제나 기다리는 입장입니다. 하지만 두체께서 망설이시는 동안 프랑코가 먼저 참전을 약속한다면 제가 두체를 위해 전우를 내팽개칠 수도 없습니다."

"끙……."

"그러니 하루속히 결단해주시기 바랍니다. 저 방대한 프랑스의 아프리카 식민지를 모두 두체의 품 안에 넣을 수 있는 기회는 그리 흔치 않습니다."

세상천지에는 밥버러지들만이 가득하다. 융커 놈들은 세월이 얼마나 지났는데도 그 구태의연한 슐리펜 계획을 먼지만 좀 털어서 재탕 삼탕하고 있었다. 1914년에 실패한 계획이 어째서 1938년에 성공하리라 생각하는 거지? 단단히 불벼락을 내렸으니 개념이라는 게 있다면 이번엔 좀 제대로 된 전략을 수립해서 오겠지. 겨울이 오기 전에 빨리 프랑스를 들이쳐야만 한다.

독일의 가장 큰 문제는 독일 민족의 유일한 영도자, 아돌프 히틀러 그 자신의 수명이었다. 그가 죽고 나면 누가 게르만족의 대업을 이을 것인가. 아무도 없다. 다시 저 멍청하고 우매한 데다가 나태하고 제 욕심만 가득한 융커들이 나라를 다 말아먹겠지.

무솔리니 또한 마찬가지였다. 두체는 하늘이 내린 탁월한 지도자였지만, 이탈리아인들은 안타깝지만 로마의 영광에 기생할 뿐인 삼류 민족 아닌가. 지난 대전쟁 때도 이탈리아는 독일을 배신한 전력이 있었다. 두체가 만약 죽어버린다면, 이탈리아 또한 더 이상 신뢰할 수 없는 나라가 된다. 그러니 두체가 정정할 때 빨리 독일의 편으로 끌어들여야만 하고.

무솔리니의 장광설이 끝난 듯하자, 히틀러는 자리에서 일어나 세계 전도를 가리키며 다시 열변을 토하기 시작했다. 반드시 그에게서 참전하겠단 확약을 받아내기 위해.

* * *

같은 시각. 베를린.

"그, 그, 그게 무슨 말씀이십니까?"

"무슨 말이긴. 다 들켰다고 말했소만."

까밀로 콘티, 아니 폰지의 등 뒤에 온천이라도 뚫린 것처럼 뜨거운 땀이 줄줄 샘솟았다. 겨드랑이고 발바닥이고 아무튼 땀샘이란 땀샘은 죄다 밸브를 열어젖힌 것 같다.

"대체 뭘 믿고 안 들킬 거라 생각했는지 모르겠네. 손님이 왔는데 왜 이리 대접이 빈약하지? 여기 집주인 어디 갔소?"

"그, 그게, 후. 젠장. 마실 거 한 잔 내드릴… 까요?"

"와인이나 하나 주시오. 맛 좋은 놈으로."

알베르트 괴링은 어슬렁어슬렁 실내로 들어와선 눈이 튀어나오게 비싼 고급 소파에 털썩 엉덩이를 부볐다. 알베르트 그도 괴링가의 사람인 만큼 상류층의 돈지랄이 어느 정도까지 가능한가는 잘 알고 있었지만, 이 집은 좀… 졸부짓도 이 정도면 하나의 경지에 오른 게 아닐까 싶었다. 어떻게 돈을 이렇게 처발라놓고도 이리 천박해 보일 수가 있지.

"그대가 운영 중인 신사업. 피라미드 컴퍼니. 실은 내 친척도 거기 끼어 있어서 사업 계획서를 좀 구경했소."

"혹시 문제가 되는 거라도……."

"아무리 계산을 해봐도, 결국엔 한계가 있는 사업이더군. 그걸 당신이 모를 리도 없고, 그 말인즉슨 한탕 해먹고 튀겠단 생각이겠지. 내 말 틀렸소?"

다행이다. '진짜'가 들킨 게 아니구나. 폰지는 다시 마음이 편안해졌다.

"…뭘 원하십니까?"

이미 몇 차례, 비슷한 일이 있었다. 한 번도 아니다. 여러 번이다. 이 나치당 고관이라는 새끼들의 부정부패는 정말 어처구니가 없을 정도였다. 사업이 잘나가자, 그 개같은 하켄크로이츠 완장 놈들이 어슬렁어슬렁 동네 건달처럼 찾아와선 사업체를 넘기라 옥박지르는 꼬라진 아주 하루건너 하루씩 벌어지는 일상이었다. 양지의 사업체뿐만 아니라 그의 인생이 담긴 야심작, 이 피라미드 컴퍼니라 해도 마찬가지였다.

'당신, 뒷배가 필요하지 않소?'

'무슨 말씀이신지······.'

'감히 베를린에서 사기를 치려 하다니, 간이 부었지. 하지만 내게 약간의 대가만 지불한다면 몸 성히 한몫 잡을 수 있소.'

미친놈들. 피라미드식 다단계라 함은 결국 그 민낯을 까발리면 가장 마지막에 달라붙는 놈들의 돈을 최상층부가 쪽쪽 빨아먹는 구조다. 그런데 그걸 방조하는 것도 아니고 은근히 밀어준다고? 그러니까 이 나치라는 새끼들은, 서민을 등쳐먹을 새로운 도구로 자신의 피라미드 컴퍼니를 간택한 셈이다. 현재 단 세 명뿐인 피라미드 컴퍼니의 트리플 다이아몬드 회원 명단만 봐도 뻔하지 않은가. 괴벨스 여사, 힘러의 정부, 그리고 에바 브······.

"내가 원하는 건 돈이 아니오."

"여자입니까? 아니면······."

"참나. 내 형이 누군지 알잖소. 그딴 건 내게 큰 의미가 없소."

그럼 뭔데. 폰지가 입을 다물고 있자, 알베르트 괴링은 두툼한 서류봉투 하나를 내밀었다.

"내가 나가고 나면, 조용히 이걸 봐주시오."

"뭡니까?"

"대답하지 않겠소. 다 보고, 싹 태워버리시오. 며칠 뒤 다시 찾아오겠소."

와인 잘 마셨다는 말과 함께 알베르트는 곧장 나갔다. 폰지는 요즘 협박은 저런 식으로 하는 건가 헛웃음을 터뜨리며 서류봉투를 열어 내용물을 확인했고,

"우웩! 우, 우웩! 웨에엑!! 웨에엑!!!"

그날부로 더 이상 그는 밤에 잠들지 못했다.

악의 권세 2

품위를 갖춘 교양인이 봤을 때, 찰스 폰지라는 인간은 명백히 쓰레기에 해당하는 부류였다. 흔히 이탈리아인을 우아하게 경멸할 때 말하듯, 그는 머리보다는 가슴으로 생각했으며 네 돈과 내 돈의 구분도 희미한 편이었다. 하지만 독일산 소시지를 좋아한다고 해서, 돼지 멱 따는 장면도 좋아하라는 법은 없다.

'아리아인의 혈통을 보호하고 불순 유전자 오염을 막기 위하여, 특별히 지명된 의사는 오염 유전자 보유자의 생명활동을 억제할 권리를 보유한다.'

현대 문명이 쌓아 올린 가장 거대한 광기.

'유대인을 '처리'하는 친위대 장병들이 정신병적 증상을 호소하고 있으므로, 총기를 사용한 처리 대신 자동차 매연을 이용한 대규모 처리 방안을 검토할 것.'

컨베이어 벨트에서 T형 포드가 쏟아지듯 정교하게 구성된 인간 도살 작업.

'총독부 거주 중인 폴란드인을 이용한 유대인 색출 방안 검토.'

장애인, 정신질환자, 유대인, 정치범, 빨갱이, 민족주의자, 간질 환자…….

가스실에서 죽거나, 테이블 위에 올라 인체 실험당하며 죽거나. 안타깝게도, 베를린은 폰지에게 쉬면서 멘탈을 다스릴 시간 따위 주지 않았다.

"사장님, 손님이 오셨습니다."

"미안하지만 오늘은 일이 있어서 예정에 없던 손님의 방문은 조금……."

"죄, 죄송합니다만, 그게, 감히 바람맞힐 수가 없는 분인 것 같습니다."

"누군데?"

"하인리히 힘러… 라고 합니다."

SS. 그리고 게슈타포. 폰지는 거의 반쯤 정신이 나가 혼미한 상태로 힘러를 만나야 했다.

"안녕하십니까, 콘티 선생. 그동안 잘 지내셨습니까?"

"바, 반갑습니다, 각하. 여기엔 어쩐 일로……."

"내 비서가 이 회사에서 큰 수익을 얻었잖습니까? 콘티 선생께 내 고맙단 말씀은 꼭 드려야지요."

꼭 처음 듣는 것처럼 천연덕스레 말하는 힘러를 보며 폰지는 기가 질렸다. 독일에 오게 된 뒤 얼마간, 그는 나치 고위층과 인맥을 다지는 데 집중했다. 샌—프랑코 중부유럽 지사장이라는 자리는 정말이지 놀라웠다. 헤르만 괴링과 하인리히 힘러라는 두 거물이 그가 온 지 얼마 되지도 않아 찾아올 정도였으니. 그러자 욕심이 생겼다. 나치 인사들은 말로 하건 그렇지 않건 모두 탐욕으로 가득 차 있었고, 그가 '좋은 사업안이 있다.'라고 입을 떼기가 무섭게 모두 한 다리 걸치고 싶어 안달이 났다.

하지만 지금은 무서웠다. 이 작자들은 탐욕만 가득 찬 것이 아니었다. 아무리 악랄하고 잔인한 마피아라 해도 이 새끼들처럼 사람을 쉽게 죽여대진 않는데, 대체 어떤 정신머리를 가지고 있길래.

"다 각하께서 음으로 양으로 후원해주신 덕택 아닙니까. 제가 무슨 대단한 일을 했겠습니까?"

"흐음. 정말 그렇게 생각하시는지요?"

"물론입니다!"

힘러의 안경 너머로 그 간사해 보이는 눈이 반짝였다.

"정말 그렇게 생각하신다면, 제가 새로운 제안을 드려도 괜찮겠군요."

"새… 제안이요?"

"그렇습니다. 이제 피라미드 컴퍼니가 제법 궤도에 오른 듯하니, 독일의 경제 부흥을 위해 선생의 그 진취적인 능력을 새로운 도전에 쓰시는 게 어떠실까요? 물론 저희도 대폭 지원을 해드릴……."

힘러의 뒷말은 귀에 잘 들어오지도 않았다. 요약하면, 피라미드 컴퍼니를 통째로 처먹겠단 뜻 아닌가. 아니, 독일 같은 나라를 이끄는 핵심인사란 놈들이 사기꾼이 차린 사기 기업에 큰손으로 있다 못해 이제 회사를 통째로 삥뜯는다고?

얼마 뒤 다시 찾아온 알베르트 괴링을 만났을 때, 그의 얼굴은 반쪽이 되어 있었다. 힘러에겐 일단 '시간을 달라.'라고 말해 놓았지만, 이건 어디까지나 유예에 불과했다. 살아 나가고 싶으면 회사를 갖다 바칠 수밖에 없다. 막말로, 언제 갑자기 게슈타포가 그의 머리통에 바람구멍을 내서 회사를 뺏어 갈지 모르는 노릇 아닌가. 개도 미친놈한텐 짖지 않는다고, 폰지 역시 힘러에게 반항하기보단 알베르트를 향해 짖어댈 수밖에 없었다.

"왜 그런 걸 보여주신 겁니까."

"그야……."

"나더러 양심의 가책을 받으라고요? 싫습니다. 나는 국가권력의 힘을 너무 잘 알고 있습니다. 미안하지만, 나는 당신이 보여준 그 사람들 꼴이 되고 싶진 않아요."

"양심의 소리에 귀를 기울여보면……."

"글쎄! 나는 못 낀다니까! 정신 차리시오. 난 이미 게슈타포에게 주시당하고 있단 말입니다."

그는 마구 손사래를 치며 축객령을 내렸으나, 알베르트는 요지부동이었다.

"대체 왜! 왜 날 이리 괴롭힙니까! 내가 뭘 잘못했다고!"

"오늘은 별로 이야기를 들을 상태가 아니시군요. 진정되면 다시 오겠습니다."

알베르트가 돌아간 후, 홀로 졸부 티 풀풀 나는 방에 남은 폰지는 신경질적으로 술병을 땄다.

죽기 싫다. 죽기 싫다. 그 끔찍한 몰골처럼 비참하게 죽긴 싫다. 육신은 자유로웠으나, 그는 감옥에 있던 시절보다 더 비좁은 곳에 처박혀 있었다.

루즈벨트가 전쟁에 대비하고 있다는 액션은 굉장히 소소한, 정말 주의를 기울이지 않으면 눈에 띄지 않는 부분에서부터 시작되었다. 본래 문민통제 원칙에 따라, 미합중국 육군참모총장은 전쟁부 장관의 아래에서 장관에게 보고를 올리는 것이 원칙이다. 하지만 루즈벨트는 마셜 취임 직후 행정명령을 통해 '일부 군사적 지식이 필요한' 측면에 한해 육군과 해군참모총장이 백악관에 다이렉트로 보고를 올릴 수 있도록 체계를 개편했다. 그러니까…….

"부장님. 총장님께서 빨리 보고서 내놓으라고 하십니다."

"부장님. 총장님께서 아직도 멀었냐고 하십니다."

"부장님. 퀘베도 베르 소장이 면담을 신청했습니다."

"부장님. 총장님께서 이렇게 늦으면 내일 백악관 들어갈 때 너도 같이 따라오라고 한다고…….'"

"우어어어어어!!"

마셜의 채찍은 너무나 매서웠다. 새 보직, 미합중국 육군 일반참모부 전쟁계획부장(Chief of War Plan Division). 한때는 내 밑에 병사들이 드글드글해 엣헴 하면서 권력의 맛에 취했었는데, 워싱턴 D.C.의 마셜 농장으로 끌려 들어 온 순간부터 나는 일개 회사원으로 전락해버렸다. 출세니 뭐니 그런 거 알 게 뭐야. 이대로는 정말 D.C.의 지박령이 되게 생겼다. 제발, 제발 나 좀 보내줘!

일반참모부는 인사, 정보, 작전, 군수, 전쟁계획부의 5개로 나누어져 있다. 원칙상으로 각 참모부의 부장들은 자신들의 부서를 잘 관리하고, 이를 사실상 '참모총장의 참모장' 역할을 하는 참모차장에게 보고하고, 참모차장이 참모총장에게 다시 보고를 한다. 그래, 원칙상으로는.

미 육군 전쟁계획부가 공식적으로 하는 업무를 쭉 열거해 보자면, 평시 기동훈련 계획, 육상 및 해안 요새 관리, 전시 초기 전략 구축과 실제 운영, 주요 전역 계획 수립(필요 시 해군과 연계 준비). 사실상 참모부의 역할 중 알짜란 알짜는 다 들어차 있다. 과일 열매도 이 정도로 꽉꽉 차 있으면 행복해 죽겠는데, 일이 이렇게 밀집되어 있으니 오죽 행복하겠나?

그리고 한 가지 더 난점이 있는데, 전쟁계획부 업무의 특성상 다른 부처의 자료를 받아야 할 일이 많다. 아니, 사실상 다른 4개 참모부의 자료가 전부 다 필요하다. 그러니 마셜은 구태여 참모차장에게 5개 부처의 보고서를 취합해 보고하라고 명하기보단, 그냥 날 쪼아서 쉽고 빠른 답변을 받길 원했다.

쾅쾅쾅!

내가 절대 감정을 싣고 문을 두드리는 게 아니다. 손에 힘이 살짝 들어간 것뿐. 이미 낮과 밤의 구분은 희미해진 지 오래. 조금 있으면 해가 뜰 새벽이지만 나는 지박령처럼 전쟁부를 떠돌고 있었다.

"총장님, 전쟁계획부장입니다."

"들어오게."

오랜 야근과 초과근무로 핼쑥해진 내가 문서쪼가리를 들고 총장실에 들어가자, 퀴퀴한 냄새와 섞인 담배 쩐내가 내 코를 찔렀다. 여기도 사정은 똑같다. 마셜은 적어도 부하를 야근지옥에 처넣고 본인은 퇴근하는 양반은 아니거든.

"지시하셨던 긴급 유럽 파병에 대한 안건……."

"아, 고맙네. 필리핀은 혹시 언제쯤 나올 것 같나?"

"전쟁계획부 친구들 사흘 밤낮을 새웠습니다. 일단 오늘은 재워야 합니다."

"그렇게 하게."

마셜은 파르륵 보고서를 넘기며 몇 군데를 탁탁 짚어 나갔다. 후, 살 떨린다.

"일은 좀 할 만한가?"

"농담이시죠? 저 벌써 군생활 조진 것 같은데요."

참모차장 가세르(Lorenzo D. Gasser) 준장의 시선이 가면 갈수록 따가워지고 있다. 내가 알랑방귀를 껴서 자신을 프리패스하고 있다고 생각하나보다. 억울해. 총장이 콕 집어서 날 끌고 온 데다가 꼬박꼬박 일해라 노예야를 시전하니 어쩌라고. 내가 감히 '절차를 지켜서 참모차장에게 지시해주시면 안 될까요?'라고 말했다간 당장 날 해안포대로 처박을 텐데. 아니나 다를까, 내 불만을 들은 마셜은 무슨 개소리냐는 듯 냉정하게 잘라 말했다.

"고작 그 정도로 조져질 자네 군생활이었다면 진작 옷 벗고 쫓겨났겠지. 몇 년만 더 참게. 어차피 가세르 준장은 내후년에 전역이야."

"2년이면 사람 하나 담그기에 충분한 시간 아닐까요? 참모부 실세네, 제2참모차장이네, 참모총총장이네 별별 소릴 다 듣고 있는데, 이러다 저 멘탈 나갑니다? 빠각빠각?"

"자꾸 헛소리하면 내 손에 먼저 담길 수 있네."

무섭다. 저거 진담이야. 마셜은 '바빠 죽겠는데 그딴 태평한 소리로 사람 복장 뒤집지 말게.'라고 오뉴월 서리 내리듯 냉랭하게 답하고는 다시 서류로 시선을 옮겼다.

"결론만 요약하면, 자네는 파병은 불가하다 생각하는군."

"저는 여전히 그럼에도 불구하고 파병을 해야 한다고 생각합니다. 본토 방위 병력을 떼어내서라도요."

"그건 내가 물어본 게 아니지. 자네의 사견일 뿐. 반드시 본토에 충분한 병력이 주둔한 상태에서 여력만으로 파병이 이루어져야 한다는 게 하얀 집의 의중이야."

그런 의중인데 파병을 검토해보라는 발상 자체가 글러 먹었다. 하나만 하라고, 하나만. 대공황 이후 약 10년. 거기에 루즈벨트의 초고열 예산 감축까지 받고 더.

마셜이 거의 사정사정하다사피 '제발 우리 애들 M1 개런드 소총이라도 사주세요.'라고 통곡을 해 가며 간신히 신형 소총 생산 라인이 돌아가기 시작한 게 몇 년 전의 일이고, 아직도 미 육군 장병의 절대다수는 1917년의 바로 그 총을 쓰고 있다. 총도, 야포도 다 그 모양이고, 그나마 전차는 구형 전차를 팔아먹고 신형을 도입한 터라 약간 비벼볼 만하다. 하지만 몇백 대에 불과한 전차 좀 덜 낡았다고 무슨 영향을 미치겠냐 말이다. 마셜도 다 아는 이야기겠지만, 나는 정말 최선을 다해 꽥꽥댔다.

"필리핀은……."

"전면 철수를 제안드립니다."

육군 일각에서 진지하게 거론되고 있는 주장. 내 전임자가 조용히 검토만 하고 캐비닛에 집어넣은 발상이지만, 나는 이 망할 자리에 착석하자마자 그 끝내주는 문서를 발견하고 곧장 재검토에 들어갔다.

[동경 180도 서쪽의 모든 미군 철수.]

괌도, 웨이크섬도, 필리핀도 모조리 방 빼자! 어차피 태평양 전쟁 개전하자마자 죄다 털린 곳이다. 미합'중국' 육군 꼬라지로는 무슨 짓을 해도 못 지키고 인명피해만 나니, 차라리 튀는 게 낫다.

"자넨 정말이지……."

"이런 거 말하라고 저 앉힌 거잖습니까?"

"그래. 너무 열심히 일해주니 참 고오맙군."

거부될 가능성이 99%다. 하지만 지금 육군의 상태를 고려했을 때, 극동과 태평양에 배치된 미군 장병의 목숨과 그들이 보유한 장비, 각종 물자는 너무나 소중한 자원이다. 그걸 굳이 가오잡겠다고 일본군에게 순차적으로 헌납하느니, 차라리 하와이로 돌리자고. 내 주장을 들으면 아마 비센테 선배나 아나스타시오는 날 쏴 죽이고 싶겠지만, 그렇다고 예정된 비극을 모른 체하는 것도 사람이 할 짓은 아니다. 마셜과 내가 입 꾹 다물고 기싸움을 하고 있을 때, 문이 조용히 열리고 한 사람이 방으로 들어왔다.

"총장님."

"무슨 일인가."

비서실장 아이첼버거(Robert L. Eichelberger) 중령이 잠시 나를 힐끗 보더니, 전문 하나를 마셜에게 내밀었다.

"독일군이 베네룩스 3국의 국경을 넘었습니다."

시작되었다.

악의 권세 3

"좋아, 됐어!!"

새벽의 어둠을 뒤집어쓴 독일군이 벨기에 국경을 넘었다는 소식을 듣자마자, 가믈랭 프랑스군 총사령관은 짤막한 환호성을 내뱉었다.

물론 몇 가지 사소한 사실이 있기는 했다. 독일군은 끊임없이 거짓 정보를 살포하며 프랑스군의 심기를 박박 긁었고, 프랑스군 참모들은 이번에 입수된 침공 정보가 과연 진짜일지 거짓인지를 고민해야 했다. 총사령관을 새벽에 깨웠다가 거짓 정보로 밝혀진다면? 불벼락을 맞긴 싫었다. 벨기에의 다급한 지원 요청은 그렇게 몇 시간이 흐른 다음에야 전해졌다.

물론 프랑스라고 할 말이 없는 것도 아니었다. 벨기에는 그놈의 중립이 무슨 신줏단지라도 되는지, 독일이 전혀 중립을 보장해 줄 생각이 없어 보이는데도 '중립을 지켜야 한다.'라며 프랑스군의 진주를 허락하지 않았다. 그런데 또 정작 프랑스가 벨기에와의 국경에도 마지노선을 건설하려 하자 우리를 버릴 작정이냐며 발작을 일으켰었다. 정말 제 편한 대로 사는 놈들이지만, 너무나 맨파워가 부족한 프랑스 입장에선 저런 놈들이라도 품에 끌어안아야 했다. 이런 소소한 갈등을 뒤로하고, 가믈랭은 마지노선 방위부대와

아주 약간의 예비대를 제외한 거의 모든 전군을 휘몰아 벨기에로 향했다.

프랑스와 독일이 아웅다웅한 세월이 대체 얼마인가. 두 국가는 언제나 서로의 머리통을 으깰 빠따를 갈고닦았고, 자연히 두 나라의 육군 장교라면 자국의 지리는 물론 적국의 지리에도 훤했다.

"최대한 빨리 벨기에군과 합류해 그들의 지휘권을 양도받는다. 그 후 탁 트여서 가장 방어하기 어려운 벨기에 북부에 병력을 집중시킨다."

이것도 모두가 아는 자명한 사실. 프랑스─독일 국경엔 마지노선이 건설되었고, 벨기에 남부는 울창한 숲이 가득한 아르덴 고원. 고로 대군이 움직일 만한 곳은 오직 벨기에 북부뿐! 지난 대전쟁 때 벨기에에서 적을 막지 못해 몇 년간 고향을 짓밟혔던 경험이 아직도 생생하다. 독일에 비해 동원할 수 있는 병력이 적은 프랑스로서는 실리적 측면에서나 정신적 측면에서나 무조건 벨기에로 달려야만 했다. 뮌헨 협정으로부터 만 1년도 되지 않는 짧은 시간 안에 전쟁을 준비해야 했던 프랑스는 이미 개전 전부터 삐그덕대고 있었다.

"각하, 죄송하지만 무어라 말씀하셨는지요?"

"우리 군에 여유가 있다면, 스페인에 파병할 수는 없겠습니까?"

"스페인 공화국에서 프랑코가 독일과 손잡고 있다고 계속해서 말하고 있소. 이대로 있다간 우리가 역으로 양면 전선의 위협에 놓일지 모릅니다."

가믈랭은 태평한 소리만 늘어놓고 있는 총리와 국방장관을 보고 있자니 문민통제의 효용성에 대한 의문이 샘솟았다. 그럴 병력과 물자가 어디 있나! 안 그래도 대가리 숫자에서 열세인데! 결국 정치인들의 불안을 달래기 위해 안 그래도 없는 사단 중 몇 개를 쪼개 피레네산맥에 처박아야 했다.

그러면 나머지 부대는 멀쩡한가? 그럴 리가.

"총동원! 총동원령이 발령되었습니다!!"

"슨배임들! 슨배임들 전부 입영해주셔야 합니다!"

"차량! 전 차량은 군이 징발합니다! 차 키 내놓으세요!"

전쟁 발발 직후, 프랑스의 거의 모든 남자들은 동원령에 따라 입대하게 되었다. 젊은이들은 물론, 1차 세계대전에 참전했던 30~40대 남자들도 모조리. 그러나 프랑스군의 총동원령에는 치명적인 문제점이 있었다.

"당장 제대시켜 주세요!"

"당신네들이 숙련공이고 비숙련공이고 죄다 군에 끌고 가서 공장 라인을 못 돌립니다!"

"이보쇼, 군바리들. 당신들 일주일 만에 전쟁 끝낼 작정으로 이러십니까? 9월에 농촌 장정을 다 쓸어가면 어떡하란 말입니까! 너희들 입에 들어갈 빵은 어디 멀쩡할 것 같아?!"

"잠시. 잠시잠시. 일단 정리 좀 하고, 찬찬히 보내드리겠습니다."

"지금 한시가 급하다니까!"

전시 동원을 면제받는 대상에 대한 관리가 치명적으로 부족했다. 이미 현대전이란 것이 단순한 머릿수 싸움이 아닌, 모든 산업능력을 극한까지 발휘해야 하는 거대한 통계의 싸움이라는 것이 증명되었건만 프랑스엔 이것이 결여되어 있었다. 정치권과 행정부, 군부가 제각기 따로 논 결과가 상상도 못 한 치명타로 돌아온 셈이다.

하지만 프랑스군은 해냈다. 독일군의 파상공세에도 벨기에는 용케 버텨냈고, 성공적으로 벨기에 땅에 발을 디뎠다!

"목표로 했던 딜(Dyle)강에 도달했습니다."

"진지 점령 완료하였습니다."

"좋아. 이제 우린 앉아서 독일 놈들을 썰어버리면 된다!"

"아르덴 숲 방면은 어떻게 할까요?"

"그 숲을 뚫고 몇 명이나 기어들어 올 수 있다고? 벨기에군이 아무리 약해도 거기쯤은 잘 틀어막을 수 있겠지."

약간의 착오.

"프랑스군이 왔으니 우린 살았어!"

"아르덴 숲 방면은 비워놔도 괜찮을까요?"

"무슨 소리야. 프랑스 놈들이 잘 틀어막겠지."

이 불행한 엇갈림은 보통이라면 큰 문제는 되지 않았으리라. '아르덴 숲에 대규모 부대를 쑤셔 넣기란 불가능하다.' 라는 것이 그동안의 통념이었으니까.

"실제 아르덴 숲을 확인해 본 결과 나무가 듬성듬성하고 토질이 단단해 전차의 기동이 생각만큼 어렵진 않아 보입니다."

"좋아. 그럼 한번 해보시게."

그 약간의 착오를 뚫고, 회색빛 파멸이 프랑스의 운명을 갈랐다.

* * *

워싱턴 D.C. 전쟁계획부 사무실.

다른 참모부 사람들은 전쟁계획부를 보며 '자기들이 상전인 줄 아는 건방진 놈들'이란 말을 종종 한다고 들었다. 하지만, 가장 입 가볍고 생각 없는 놈이라 해도 전쟁계획부 사무실의 불이 열흘 넘게 도무지 꺼지지 않았다는 흉흉한 소리 앞에선 한 번쯤은 그 말을 도로 꿀꺽 삼키게 될 거다. 안 삼키면 내가 보쌈해다가 책상 하나 마련해 줄 테니.

초과근무와는 도무지 인연이 없는 이 미합중국 육군에, 근로의욕에 미친 노예주가 나타났다. 그러니 나약한 중간관리자 유진 킴은 어떻게 하겠는가? 설마 내가 대가리에 총 맞았다고 '제 밑의 친구들이 점점 힘이 빠지고 있습니다. 폴로 한 게임 돌릴 여가시간은 보장해주시죠.' 같은 소릴 하겠나?

"자, 어서 일하자 일."

"…살려주십쇼, 부장님."

"불만은 전부 총장실에 가서 이야기해라. 난 아무 잘못 없으니."

우리 후배님, 리지웨이 소령의 눈에 지진이 일어났지만 난 슬그머니 입에 담배 한 개비를 물며 고개를 돌렸다. 뽀삐 닮은 눈동자 하지 말라고, 맘 약해진다. 절대 내가 먼저 이 업무지옥으로 부른 게 아니다. 망태할아범 마셜은 이미 리지웨이를 눈독들이고 있었고, 차라리 이 맘씨 따뜻한 내 품으로 올 수 있도록 손을 좀 썼을 뿐이다. 다른 곳에 갔어도 결국 유능한 인재는 비슷한 업무량에 시달렸을걸?

"검토 부탁드립니다, 부장님."

"예에. 첨삭해서 금방 드리지요."

월튼 워커(Walton Harris Walker) 중령의 묵직한 저음이 내 가슴팍 심장 어딘가에 붙은 양심막을 올리는 듯… 했지만, 이 정도로 굴할 수 없다. 이 자리에 앉아 있노라면 부하 장교들의 마음속 텔레파시가 뭔가 들릴 듯 말 듯 한데, 설마 '검토하실 시간 동안 눈 좀 붙이면 안 될까요?' 같은 나쁜 생각은 아니겠지.

"워커 중령."

"예, 부장님."

"작전에서 받은 로우 데이터 어딨어요?"

"여기 있습니다."

"오케, 오케오케. 검토할 게 생각보다 많네. 오늘은 먼저 내려가세요. 푹 자고, 내가 무슨 수를 써서라도 검토 끝내서 책상 위에 이거 올려놓을 테니 내일 일찌감치 사무실 나와서 확인하세요."

"감사합니다."

꼬마돌같이 생긴 그의 얼굴에 희미한 기쁨이 피어오른다.

"어째서! 어째서 저는 안 풀어주시고!"

"꼬우면… 아시죠?"

"혹시 제가 야구보다 미식축구 좋아했다고 원한 같은 거……?"

"없습니다. 총장님께서 훈시하시길, 헛소리를 하는 사람은 필시 체력이 남은 거라고 하던데."

"후, 닥치고 일하겠습니다."

절대 워커는 풍성풍성하고 리지웨이는 맨들맨들해서 이러는 건 아니다. 그거랑은 아무 관련 없고, 그냥 순수하게 업무분장의 차이 때문이다. 그 모습을 보고 있던 한 사람이 조용히 내게 다가와 귀엣말을 했다.

"밖에 나가서 담배 한 대?"

"콜."

조셉 맥나니 대령, 아니, 점순이는 의자와 물아일체가 되어 있는 나를 끌고 기어이 바깥으로 나갔다.

"야, 유진."

"왜."

"아놀드 장군이 조만간 한번 보자고 하더라."

"사적으로? 아니면 일?"

"일이지, 시발."

"개같네. 나 좀 괴롭히지 말아 달라고 해 봐."

육군항공대는 사실상 육군에서 독립했다. 아직 명패는 '육군' 딱지가 붙어 있지만, 항공대 두목은 이제 항공대 운영을 독자적으로 하며 오직 마셜 참모총장에게만 보고를 올린다. 육군참모차장과 동격이니 말 다 했지.

"태평양은 육항대가 해야 할 일이 좀 많은데, 거기랑 손발 못 맞추면 우리 일 못 한다?"

"나도 알아. 아는데… 하……."

프랑스군이 벨기에로 향했다. 만약 히틀러가 얌전히 1914년식 슐리펜 계획 짝퉁을 돌린다면 유럽 전쟁은 어느 정도 한숨 돌릴 수 있다. 지금부터 서로 참호에서 죽여라, 하고 물어뜯겠지. 그럼 나와 미국이 할 일은 오직 하나뿐이다. 일본을 공격한다. 얼마나 쉽고 간단한 일인가? 영국과 프랑스엔 신나게 무기 팔아먹으면서 일제를 참교육하면 된다.

그런데 그게 아니라, '낫질 작전'이 시행된다면 이야기가 다르지. '6주'의 전설, 엘랑의 전설이 현실화되고 유럽에 오직 영국만이 나치에 맞서 싸우게 되는 모양새가 나오면… 유럽에 먼저 가야 한다. 그땐 태평양이 2순위가 된다.

뭐 할 수 있는 게 없다. 민주주의 국가의 종특, 11월 빅 이벤트인 선거가 끝날 때까지 이 나라는 아무것도 결정할 수가 없다! 물자 지원? 세금이 늘어난다. 파병이요? 미치셨습니까 휴먼?

나는 맥나니에게서 육군항공대에 관한 이야기를 들으며 지금 해야 할 일을 차분히 정리했다. 마셜이 내게 맡긴 최고 핵심 임무는 크게 두 가지.

첫 번째는 기존의 '컬러 코드' 작전계획을 모두 통폐합하는 것. 예를 들어 대일전 전쟁 계획은 '워 플랜 오렌지', 영국을 상대로 한 계획은 '워 플랜 레드', 독일을 상대로 한 '워 플랜 블랙' 등등 다양한 종류의 전쟁 계획에 저마다의 색깔로 코드명이 부여가 되어 있었다. 이걸 기반으로 새로운 계획, '레인보우 1'에서 '레인보우 5'까지 각각 예상되는 다른 상황에 대한 계획을 수립하는 것이 전쟁계획부의 최우선 업무였다.

물론 관료제 조직이 다 그렇지만, 저건 기본 업무일 뿐이고 그 와중에도 숨 쉴 틈 없이 '이거 먼저 해.'라면서 새 과업이 턱턱 하나둘 쌓인다. 그걸 얼마나 빨리 쳐내고 원래 하던 일로 복귀하느냐가 우수한 서류 노예를 판가름하는 기준인데… 업무를 던져주는 사람이 마셜이다! 빠요엔! 빠요엔! 빠요엔! 이러려고 날 끌고 왔냐, 내 전차 돌려줘! 눈치 빠른 사람이라면 예상할 수 있겠지만, 컬러 코드 계획을 개량해 새로운 계획을 짜려면 당연히 옆집과의 협력이 필요하다. 그래, 옆집.

"부장님."

"무슨 일인가?"

"해군에서 전화가 왔습니다."

"후우……."

나와 맥나니는 조용히 담뱃불을 끄고 얌전히 사무실로 복귀했다. 뒷골이 뻐근해지고 수화기를 들기가 무섭다. 솔직히 무섭다. 공황장애 올 것 같거든. 나처럼 여린 사람이 전화통에 대고 핏대 올리면서 고함 지르려면 청심환 정돈 필요하다고.

육군 전쟁계획부장 자리에 앉으면 따라오는 몇 가지 감투가 있다. 그중 가장 빡치는 물건이 바로 육해군 합동위원회 산하 합동계획위원회(Joint Planning Committee of Joint Board) 위원. 왜 이게 짜증 나냐면, 매번 회의 때마다 존나게, 존나게존나게 몸이 바짝 달아 있는 해군의 칭얼거림을 받아주는 고역을 겪어야 했기 때문이다. 드넓은 태평양을 배경으로 사악한 잽스를 신나게 쥐패고 해양대국 미국과 그 동반자 미 해군의 위상을 떨칠 기회! 그 '기회'에서, 육군의 역할은 뭐… 해군이 쏘는 대포알 정도. 그게 니들 잔치지, 우리 잔치냐? 니들은 루즈벨트가 예산 듬뿍 처먹어서 힘이 남아돌겠지만 우린 그냥 거지새끼라고.

"어째서 육군이 이렇게 비협조적으로 나오는지 굉장히 의문스럽습니다. 킴 준장, 혹시……"

"네, 똥꼬에 일본 엔화 꽂으니 똥이 잘 닦이더냐는 소리를 꺼내고 싶다면, 일단 집에 가서 마누라랑 상담한 뒤 질 좋은 틀니 하나 맞추고 오시죠. 사람이 죽만 먹고 살 수는 없으니까."

합동계획위원회의 분위기는 실로 화기애애했다. 빌어먹을. 일본에서 너무 많이 해먹었나?

악의 권세 4

온갖 음해에 시달렸다. 어째서 사람들은 미래를 보지 못한단 말인가? 어째서 장막을 걷고 미래를 내다보는 이 유진 킴을 꼭 카산드라로 몰아 불에 태워야 성에 차는가?

[황화론 마침내 수면 위로! 일본에 매수당한 수상한 이들?]

[위대한 선지자, 합중국의 '명백한 운명'을 논하다!]

[전쟁광 아시안의 끝없는 폭주 행보!]

[서부 화합의 상징! 유진 킴, 그의 거룩한 행보!]

[미국의 힘을 빌어 제 민족의 해방을 꿈꾸다? 유진 킴, 그의 수상한 행적!]

무릇 슈퍼스타가 되려면 악성 까들이 있어야 한다. 어떻게 모두에게 이쁨받을 수가 있어. 예수도 싫어하는 놈들이 기어이 십자가에 매달았는데 내가 뭐라고. 나날이 이 한 몸 바쳐 언론을 화끈하게 불태우고 있었고, 유럽의 서부 전선이 격화되면 격화될수록 나의 인지도 그래프 또한 하늘을 뚫고 치솟아 오르고 있었다.

그치만, 해군 친구들의 저 삐딱한 태도는 참으로 가슴이 아팠다. 그리스

건 좀 신나게 납품한 거? 그건 내가 아니라 유신이가 번 거지. 나는 아아주 약간, 정말 푼돈을 조금 받았을 뿐이다.

탱크? 사람들이 내가 전차의 아버지 소릴 듣는다고 탱크 한 대가 뽑힐 때마다 짤그랑하는 소리와 함께 금화가 뱅크 오브 아메리카의 내 통장 계좌에 입금되는 줄 아는데, 웃기는 소리다. 순이익의 대부분은 저 욕심쟁이 포드 영감탱이와 에젤의 위장에 들어간다고. 나는 국익과 국방을 위해 헌신할 뿐임. 아무튼 그러함.

물론 조금, 정말 조오오금 쪽바리들이 나한테 엔화를 다달이 주고 있긴 하지. 하지만 걔들이 주는 돈은 전국의 코흘리개 애들과 미쳐버린 수집가들이 카드팩을 까면서 갖다 바치는 돈에 비하면 정말 비교할 수도 없는데, 이상하게 해군 놈들은 어디서 이상한 찌라시를 보고 왔는지 모르겠다. 도대체 전쟁을 선동하는 반일주의자가 엔화를 받아먹는다는 게 지금 양립 가능한 논리냐고. 돌아버리겠네. 하나만 해 하나만!

대체 내가 뭐 얼마를 벌었다고? 설마 고작 6천 달러의 연봉에 몇 푼 안 되는 자잘한 추가수당만으로 우리 귀여운 네 삐약이들을 전부 대학 보낼 수 있다고 생각하나? 설마 오오타가 실수로 우리 집에 놓고 간 금괴를 물개 놈들이 봤을 리도 없는데. 해군 작전계획부장, 로버트 곰리(Robert Lee Ghormley) 준장은 그런 점에서 굉장히 갑갑한 양반이었다.

"하나 물어봅시다. 도대체 얼마나 잽스를 강력하게 보고 있길래 이리 수비적인 전략만 고집하고 계십니까?"

"대단히 죄송한 말씀입니다만, 저는 잽스와의 싸움을 무슨 길바닥 노숙자 구타하듯 생각하는 귀하의 의견을 도통 이해할 수 없군요. 혹시 옐로 몽키가 총을 쏘면 총알도 느리게 움직인다고 생각하십니까?"

"말꼬리 잡지 마시지요. 이미 해군은 오랫동안 태평양에서의 전쟁 준비에 매진했고, 언제든 적을 격멸할 준비가 되어 있습니다. 그런데……."

"그러면, 필리핀 지킬 수 있습니까?"

내가 대뜸 묻자 곰리 준장은 갑자기 입을 다물더니, 말을 신중하게 고르기 시작했다.

"필리핀에 최대한 빨리 당도하기 위해서 더더욱 공세적 전략이 필요하지요. 당연한 말씀을……."

"필리핀 지킬 수 있냐고요. 6개월, 아니. 넉넉하게 1년 드리겠습니다. 육군이 1년간 필리핀에서 이 악물고 버틴다 치면 우리 잘난 해군 나으리들, 1년 안에 필리핀에 당도할 수 있습니까? 예스, 아니면 노로 답변해주시죠."

1년은 개나발이. 원 역사만 보더라도 3년은 걸렸다. 아무리 필리핀에 온갖 지랄 부르스를 다 떤다고 해도 3년간 버틸 순 없다. 그러니까 차라리 필리핀을 포기하잔 소릴 꺼내는 거고. 그런데 이 답답이들은 1년 만에 갈 수도 없는 주제에 공세 정신으로 충만해 있네?

"…그럼 반대로 물어봅시다."

"말씀해 보시죠."

"까놓고 말해서, 태평양에서 육군이 할 일이 뭐가 있습니까? 잽스 함대는 저희가 다 때려잡을 테니 그냥 병사들과 비행기만 좀 빌려주면 됩니다. 그게 그렇게 어렵습니까?"

"지금 장병들을 무슨 볼트와 너트로 여기십니까?"

결국 또다시 우리는 서로의 입장 차이만 확인하고 헤어졌다. 그래, 나도 독일이랑 전쟁 안 난다고 확신할 수만 있으면 공세론자로 태세 전환할 거야. 너무 그렇게 화내지 마. 그리고 모두가 꿈에도 생각하지 못한 그 날은 그리 멀지 않았다.

* * *

대참사에는 항상 전조가 따른다. 이번 역시 크게 다르지 않았다.

프랑스군의 문제는 너무 많았다. 총사령관 가믈랭은 북동부 전선 사령관 조르주가 자신의 직위를 탐낸다 여겨 끝없이 견제를 날렸다. 프랑스군은 '신뢰하기 어렵고 품격도 떨어지는' 무전기 대신 유선망을 애용했으며, 별들 중에서는 유선통신조차 혐오해 전령만을 고집하는 이들도 적지 않았다. 프랑스 공산당은 개전 이후 쉴 새 없이 삐라와 선전 작업에 착수해 '전쟁은 개짓거리다.', '죽으면 남의 자식!'이라며 반전운동을 선동했다. 장기전이 되리라 예상한 프랑스군은 비축 물자가 턱없이 부족했고, 최일선 포병대조차 '비축된 포탄이 얼마 없으니 아껴서 쏠 것'이라는 명령을 하달받아 손가락만 빨았다.

"독일군이다!!"

"독일군이 온다!!"

그리고 화룡점정으로, 아르덴 숲을 돌파해 미친 황소처럼 저돌맹진하는 독일군을 막아설 프랑스군은 수십 수백 년이 지나도 영원히 씹힐 끔찍한 판단 착오를 저질렀다.

"아르덴 숲을 뚫고 오다니. 미친놈들!"

"적은, 적은… 마지노선을 우회하려는 생각이다! 마지노선의 후방으로 깊숙이 파고들려는 게 틀림없어!"

"하지만 벨기에로 진출한 아군이……."

"그건 양동이야! 마지노선이 무너지면 파리로 가는 길이 열린다고!"

최일선 프랑스군은 분투했다. 독일군에 맞선 그들은 모든 것이 엉망인 상황 속에서도 최선을 다했다. 하지만 절대다수의 프랑스군은 적의 얼굴 한 번 구경하지 못한 채 대사건의 방관자가 되었고.

— 우린 졌습니다.

아침 7시 반경. 체임벌린 영국 총리는 파리로부터 걸려온 전화를 받고 얼떨떨해졌다.

"무슨… 소리입니까? 지다뇨."

— 우린 완벽히 패했습니다.

"전투가 시작된 지 며칠이 지났다고 그러십니까? 나는 벨기에서 적들을 잘 막고 있다고 보고 받았습니다."

— 벨기에가 아니라 아르덴입니다.

무슨 소리인지 영문을 몰라 멍해진 체임벌린은 멍청하게 되묻는 대신 신사답게 상대의 말을 기다렸다.

— 스당 방면 전선이 무너지고, 아르덴 숲 너머로 독일군의 전차와 차량이 한도 끝도 없이 쏟아지고 있습니다. 당장, 지금 당장 병력, 아니 항공기부터 보내주십시오! 파리가 위험합니다!

"그게, 그게 대관절……."

— 우린… 졌습니다. 그게 다요.

"단독으로 평화협정을 맺지 않고 무조건 함께하기로 확약한 지 몇 달도 채 지나지 않았습니다. 벌써 무너지지 마시고……."

— 이곳 상황을 잘 몰라서 그러시는구려. 파리 함락이 시간문제란 말이오.

체임벌린은 통화를 끝마친 후에도 한참 수화기만 만지작거렸다. 대체 이게 무슨 일이지? 대륙에선 어떤 일이 벌어지고 있는 거지?

세상은 그를 버려둔 채 제멋대로 흘러가고 있었고, 곧 체임벌린의 머릿속엔 끔찍한 현실이 인지되고 말았다. 파리가 함락당하면, 영국의 친구는 단 하나도 없다는 현실.

* * *

물개 놈들과의 합의는 우리 집 뽀삐와의 합의보다도 더 힘들고 지난한 일이었다. 뽀삐가 요구하는 건 언제나 간단하다. 더 많은 밥, 더 많은 산책. 그러면 나는 고심 끝에 이 요구를 수락하거나 단호히 안 된다는 의지를 표명하면 된다. 다만 D.C.로 오면서 조금 힘에 부치기 시작했다. 포트 녹스에 있을 땐 그냥 풀어놓고 내버려두면 됐거든.

그럼 이 맹랑한 녀석이 정문을 슬그머니 밀어 하루종일 부대를 싸돌아다니고, 병사들이나 장교들이 먹을 거 던져주면 그거 받아먹고 재롱 좀 떨다가 해 떨어질 때 돌아온다. 그게 아니면 우아하게 집구석에서 뒷다리로 몸 벅벅 긁다가 에이브럼스랑 같이 나가고. 하지만 이제 에이브럼스도 없고, D.C.는 강아지를 막 풀어 놓기엔 좀 그렇다.

그러니 내가 피 같은 집에서의 시간을 쪼개 뽀삐와 산책을 나가는 건 실로 당연한 일이고, 혹시나 다른 일과 같이 멀티—태스킹을 할 수 있다면 더더욱 좋은 일 아니겠나.

"그래서 지금 날 여기로 불러낸 게요?"

"이 나이 먹고 쉴 수 없는 불쌍한 일생을 조금 동정해 주실 순 없겠습니까?"

"하, 참 나. 이웃집 애들한테 용돈 좀 쥐여주고 산책시키라고 하면 되잖소?"

"애가 은근히 낯을 가려서 말이지요."

뻥이다. 이 새끼는 내 집에 독일 암살자가 들어와도 놀자고 끼잉끼잉댈 새끼지, 절대 주인을 지키기 위해 몸을 던질 놈이 아니다. 얼굴을 바짓단에 비벼대는 뽀삐를 보며, 어니스트 킹은 얼굴을 딱딱하게 굳혔다. 미안합니다. 혹시 세탁비 원하시면 좀 드릴게…….

"얼마 전에 진주만에서 모의 훈련을 진행했소."

"훈련이요?"

"몇 년 전에도 해본 훈련이지. 진주만을 항공기로 폭격할 경우 얼마나 타격이 가해질까를 직접 확인해 본 게요."

킹은 현재 해군의 항공세력을 총괄하고 있다. 충분히 그가 해볼 법한 실험이다.

"결과는… 성공적이었소."

"잘 막아냈단 소립니까? 아니면……."

"완벽한 기습. 육군 하와이 군관구는 물론 우리 해군까지 어쩔 줄 모르고 공황 상태에 빠졌소."

하늘을 가득 메운 미 해군 항공대가 떨어트린 건 폭탄이 아니라 밀가루 포대였지만, 그게 만약 폭탄이었다면 엄청난 재앙이 일어났을 게요. 킹의 말을 듣고 있노라면, 나는 자연히 온갖 영상 매체에서 나오던 1941년 12월 7일이 아른거리고 있었다. 이 훈련이 원 역사에서 없던 훈련이라 진주만의 방비태세가 더 강화될까? 아니면 이런 훈련을 했었음에도 불구하고 진주만은 불바다가 되었던 걸까? 나로서는 모를 일이었다.

"이제 항공기의 중요성은 명백하오. 하지만 항공모함에 탑재된 일부 항공기를 제외하고, 섬 곳곳에 배치할 육군의 항공기가 태평양 방어를 위해 절실한 입장이지. 곰리 또한 그걸 유념하고 있고."

그는 뽀삐를 손으로 살살 밀어내며 말했다. 이 녀석, 가만히 있지 못할까. 지금 얼마나 막중한 이야기 중인데!

"곰리 준장과 의견 불일치가 있다고 들었소."

"아는 분이십니까?"

"똑똑한 친구지."

그의 이글이글 타오르는 눈이 날 응시한다.

"그리고 귀하 또한… 곰리가 말하는 것처럼 귀하께서 사사로운 개인적 친분이나 몇몇 아시아인들이 외치는 아시아인들 간의 폭넓은 '협력', 그런 것들에 정신이 팔려 국익을 해칠 분이 아니라는 걸 잘 알고 있소."

"그거 다행이군요."

"하지만, 귀하께서 육군의 이익이 곧 합중국의 이익이라 확신하고 우리의 일에 어깃장을 놓을 수 있다곤 생각하거든."

예에, 참 감사합니다. 내가 절대 물개들 일에 어깃장을 놓는 게 아니다. 그야 내가 맞고 너네가 틀린걸? 물론 이 해군지상주의자의 면전에다 대놓고 저렇게 말하면 곧장 결투다. 그러니 나 같은 문명인은 우아하게 내 의견을 표출해야 하는 법.

"유럽의 소식 들으셨습니까?"

"전쟁이 한창 벌어지고 있다지."

"프랑스는 조만간 무너질 겁니다."

"그건 무척 참신한 의견인데. 예언이오?"

"예측이지요."

우리는 말 없이 걸었다. 킹에게도 생각할 시간이 필요할 테니. 한참 뒤에야 그는 툭 던지듯 내뱉었다.

"그래서 결정을 미루고 있다?"

"그렇지요. 어차피 지금 합의를 해봤자, 독일이 통째로 유럽 대륙을 다 먹어 치운다면……."

"뭔가 했군. 우선순위 자체가 근본적으로 뒤바뀔 거란 이야기 아니오. 곰리에게 그 말을 하지 그러셨소?"

"안 믿어 줄 것 같아서 말이죠. 얼마나 허황한 이야기로 들리겠습니까?"

킹은 남들처럼 '그럼 나는?'이라고 되묻지 않았다. 대신 은근히 만족한 듯, 괜히 턱을 매만졌다.

"아미앵의 영웅께서 그렇게 말한다면, 대서양의 균형이 무너질 가능성에 대해서 조금 더 심층적으로 검토할 필요가 있겠군."

"벌써 말입니까?"

"만약 정말로 프랑스가 무너진다면 그날부로 정치인들은 지금 당장 준비된 계획이 없냐고 들들 볶을 테고, 리히(William Daniel Leahy) 총장께선 우리를 또 괴롭히겠지. 미리 귀띔 정도는 해 두겠소."

킹은 작전계획 쪽 인사가 아니지만, 출세를 거듭하고 있는 킹의 '귀띔'을 씹고 일 안 할 인간은 없겠지. 어느 날 갑자기 '시키는 건 아닌데, 너네 대서양에서 한판 준비할 연구도 해야 할 것 같은데?'란 말을 듣고 야근 준비를 해야 할 물개 친구들의 원한이 불 보듯 훤하지 않나? 내 업보가 또 늘어나는 느낌이다.

"악의적인 음모를 꾸밀 사람이 아니라고 곰리에겐 잘 말해 두겠소."

"잽스들에게 받은 금괴 하나 드릴까요?"

"거참 집요하군. 절대 매수당한 게 아니라고 단단히 말하겠소. 오해는 꼭 풀도록 하지."

이제 대충 서로 할 이야기는 다 끝난 것 같은데. 이 인간 왜 간다는 말을 안 하고 있지.

"…끝이오?"

"예? 무슨 말씀이십니까?"

"더 논의할 일이 없는지 물어봤소만."

"해군이랑 협업할 일은 대부분 육군항공대 소관 아닙니까? 전쟁계획부 일이라면 곰리 준장과 잘 풀어나가면 되겠고. 혹시 필리핀……."

킹의 얼굴이 찌푸려진다. 이것도 오답인가. 자꾸 선문답하지 말고 그냥 말을 하십쇼, 말을. 동양인은 난데 왜 니가 선문답을 하고 있어.

"플로렌스는 한번 만나 봤소?"

"플로렌스가 누굽니까?"

이 아저씨 눈 좀 봐. 살인 광선이라도 나올 것 같네.

"들은 거 없소?"

"예."

"내 딸이오."

예? 예? 내가 영감님 딸을 왜 만나요, 미쳤어?

"귀하의 아들과… 만나고… 있다 들었… 소만……."

제가 가정을 방치하고 사는 놈이라 잘 몰라요… 죄송합니다.

어니스트 킹

원 역사에서도 1932년, 그리고 1938년 진주만 폭격을 가정한 시뮬레이션이 진행
되었습니다. 이 중 38년에 진행한 건은 어니스트 킹이 주관하였습니다.

9장

거인의 맥동

거인의 맥동 1

캘리포니아 교외. 샌—프랑코 에어로노틱스.

한때 항공기술실증팀으로 불리던 이곳은 시간이 흐르면서 점차 본격적으로 자금 지원을 받아 무럭무럭 자라났고, 어느새 독자적인 그룹의 일원으로 성장했다. 이곳에 설치된 실험기용 비행장에서, 항공기 한 대가 현란한 곡예비행을 하고 있었다.

"크, 잘하네. 잘해."

"어… 잘하는 건가요? 빙글빙글 돌긴 하는데."

"아차 하면 추락하기 딱 좋긴 하죠. 실력 좋은 겁니다. 어디 가서 파일럿 노릇해도 굶어 죽진 않을걸요?"

"쟤가 설마 파일럿을 할 일이 있겠어요?"

불안한 듯 하늘을 올려다보고 있던 젊은 여자의 말에, 엔지니어는 "하긴 그렇네요."라고 중얼거렸다. 집안이 어떤 집안인데 파일럿을 하겠나. 잠시 후 곡예를 마친 항공기가 착륙했고, 조종석에서 한 남자가 어슬렁어슬렁 나와 여자를 향해 다가왔다.

"어땠어?"

"어? 어… 잘하더라."

"그게 끝이야? 막 또 반했다든가, 너무 잘났다든가, 뭐…….'

"위험하다며 그거!"

"아니, 딱히 그렇진 않은데. 아저씨 대체 뭐라고 말씀하신 거예요?!"

"대답 안 해? 그거 위험한 거야 안전한 거야!"

"아저씨!!"

칭찬받으러 달려온 강아지처럼 팔딱대던 헨리 드와이트 킴은 칭찬 대신 받은 무수한 구박의 세례에 어쩔 줄 몰라 했다. 여자친구에게 실컷 시달린 헨리가 집으로 돌아가려고 나올 무렵, 기다리고 있던 직원 한 명이 작은 쪽지 하나를 내밀었다.

"실례합니다."

"이게 뭐죠?"

"킴 사장님께서, 도련님께서 사적으로 비행기 타고 놀면 드리라고 한 메모입니다."

메모를 펼치자, 익숙한 필체로 우아하게 쓰인 짧은 문장이 그를 기다리고 있었다.

[기름 채워놔라. 공짜 아니다.]

"와! 와!! 내가 일했던 건 산학협력이라고 쨌으면서, 비행기 한 번 탄 건 공짜가 아니래! 우와!"

"네가 잘못한 거 아닐까?"

"아니, 어떻게 삼촌이 이럴 수가 있어! 내가 얼마 전까지만 해도 월화수목금금금을 여기서 불태웠는데."

"입사하시면 무료로 처리해드리겠다고…….'

"안 해요. 절대."

옛날엔 용돈 잘 주고 푸근한 줄로만 알았던 유신 삼촌의 정체는 사실 피도 눈물도 없는 스크루지, 악덕 자본가였다. 빨갱이들이 이 나라를 먹어 치운다면 아마 가장 먼저 단두대에 끌려갈 사람 중 한 명이겠지.

오늘은 완전히 망했다. 어디 가서 돈 주고도 보기 힘들 곡예를 단독 공연했는데도 플로렌스의 반응은 영 그저 그랬고, 오히려 머리에 뿔 달린 부르주아지 김유신에게 덜미만 잡혀버렸잖은가. 플로렌스를 데려다주고 집에 돌아오자, 손님들이 기다리고 있다고 해 서둘러 응접실로 나갔다.

"오늘 무슨 일 있나? 왜 다들 우리 집에들 오고."

"청춘사업 한다고 바쁘신 분, 이렇게 눌러앉아 있어야 얼굴 좀 보지 않겠나."

"선배님은 거의 맨날 얼굴 봤잖습니까."

이 선배, 전학삼(錢學森, 첸쉐썬)으로 말할 것 같으면 동양기금이 아니라 미국에서 만든 경자장학회 장학금을 받고 건너온 중국인으로 MIT에서 수학하다 지금은 캘리포니아로 건너와 대학원을 다니고 있었다. 나이는 5년 차가 나는데, 신기하게도 헨리와 생일이 같아 서로 형 아우 하며 지낸 지도 몇 년째였다.

하지만 지금은 얼굴만 보고 있어도 속이 메스껍다. 얼마 전까지 샌―프랑코에서 같이 갈려 나간 터라 보는 것만으로 그때의 악몽이 리플레이될 것 같은 걸 어쩌라고. 헨리가 속으로 이렇게 씹어대는 걸 아는지 모르는지, 전학삼은 웃으며 옆에 우거지상을 하고 있는 두 젊은이를 가리켰다.

"이 친구들이 자네랑 좀 만나고 싶어 하길래."

"세상 참 신기하네. 굳이 전 선배 통하지 않고 저한테 다이렉트로 연락해도 되는데 말이지요."

"아무래도 막 친하고 그 정도까진 아니잖나."

중국인이 조선인에게 일본인을 데려오는 요지경. 사실 미합중국, 보다 정확하겐 이곳 캘리포니아에선 밥 먹듯이 일어나는 일이지만 그래도 뭔가 느낌이 이상했다. 어쨌거나 두 사람을 가리키기 무섭게, 그들이 쭈뼛쭈뼛하며 자리에서 일어나 악수를 청했다.

"오랜만일세, 하하."

"어, 음, 몇 번 뵈었는데, 저 기억하고 계십니까?"

"물론이지. 몇 달 얼굴 좀 안 봤다고 왜 갑자기 공대하고 그래? 오랜만이야."

도조 히데타카. 도조 히데키의 아들. 그리고 고노에 후미타카(近衛文隆). 현 일본 총리대신 고노에 후미마로의 장남.

도조는 전학삼과 동갑이고 고노에는 또 헨리와 고작 한 살 차이이며, 셋 다 동양기금 패거리니 당연히 모르려야 모를 수가 없다. 하지만 시국이 수상하니 어색해하는 것도 무리는 아니었다. 당장 가판대에서 아무 신문이나 꺼내고 망할 이름, 유진 킴이 있나 없나 팔랑팔랑 찾아보면 어딘가엔 그 이름이 박혀 있을 테니. 독일, 일본과 한 판 붙을 준비를 해야 한다고 밤낮없이 외칠 순 있으면서, 어째 집엔 전화 한 통 안 할 수가 있나. 도청? 암살? 만화랑 영화를 너무 많이 보셨나? 서로 영혼 없는 안부 인사를 이리저리 주고받은 후, 잠자코 기다리고 있자니 그들 쪽에서 먼저 용건을 슬며시 꺼내었다.

"헨리. 혹시나 해서 하는 말인데, 킨 장군께서 이제 일본과 연을 끊기로 작정하신 겐가?"

"저는 잘 모르겠습니다."

"내 부탁이니, 살짝 귀띔만 해주면……."

"맨날 하는 이야기지만, 내가 저 핏줄을 물려받긴 했는데 도대체 무슨 생각을 하고 사는지 도통 모르겠다니까요?"

털썩하는 소리와 함께 도조가 냅다 무릎을 꿇었고, 그 모습을 보기가 무섭게 고노에 또한 점핑하듯 무릎을 퍽 소리 나게 꿇었다.

"진짜 왜들 이래! 저는 진짜 나랏일은 아무것도 모르고요, 만약 무슨 일이 터진다 하더라도 뭐 여러분께 해를 끼칠 생각도 없습니다! 왜 무릎을 꿇고 이래요!"

"우리가 할 수 있는 게 이런 일밖에 없잖나!"

"황국과 합중국 사이의 우호를 위해 가교가 될 수 있으리라 생각했는데, 양국이 전쟁을 향해 달려가고 있으니 귀한 집 자식으로서 할 수 있는 도리 라곤 이것뿐일세. 우리 마음을 조금……."

"제발 그만하세요. 제에발."

헨리는 고개를 처박은 둘을 억지로 일으켜주고, 필사적으로 있는 말 없 는 말을 다 동원해 가며 그들을 안심시켜줘야 했다.

"지금 서부 커뮤니티를 보세요. 어느 한 민족이든 떨어져 나갈 수 있을 것 같아요? 이렇게 꽉 매듭을 지어 놨는데 절대! 절대 아무 일도 없을 겁니 다!"

"하지만……."

"저도 나중에 아버지 만나면 잘 말씀드려 보고, 어떤 생각이신지 물어볼 게요! 약속하지요!"

그렇게 몇 번이고 확언을 한 뒤에야 그들은 비로소 자리에서 일어났다.

"헨리."

"정말로 약속드린다니까……."

"그, 내가 전해 듣기로, 장군님께서 이걸 무척 좋아하신다고 들었는데."

전학삼과 도조가 저 앞으로 걸어나간 것을 확인한 후, 고노에는 다시 한 번 눈치를 보더니 품속에서 작은 상자 같은 걸 내밀었다.

"본토에서 지령받은 건 절대 아니고, 내가 좀 들은 게 있어서, 그, 뭐시냐, 나랑 내 친구들이 알음알음 모아서 그… 성의를 마련했네."

"이게 뭡니까?"

"아무튼! 난 가보겠네! 잘 부탁하이!"

셋이 저 멀리 가버린 후, 멍하니 그 상자만 매만지던 헨리는 무신경하게 상자를 열었고. 기다렸다는 듯 영롱한 금빛의 두꺼비가 그 우아한 자태를 드러냈다.

"…아니 씨발, 미치겠네 진짜."

우리 아버지가 뭐가 아쉽다고 코 묻은 돈으로 상납을 받겠어? 이미 코 묻은 돈으로 왕국을 세운 양반이. 그리고 금두꺼비, 원래 중국풍 아닌가? 머리가 터질 것 같아 찬장에 장식되어 있던 유진 킴 비장의 컬렉션 한 병을 꺼내와 자작을 하기 시작했다. 주인이 집을 비운 지도 한참이니, 한 병 정도 없어져도 눈치는 못 채겠지.

동생들은 학교 갔고, 어머니는 모임. 고용인들을 제외하고 이 드넓은 집에 혼자 있자니 알콜의 힘을 빌어 온갖 망상과 상념이 실타래처럼 풀려나왔다. 지금 내 연애질이 문제가 아닌가? 본격적으로 커뮤니티 사교 활동에 매진해야 하나?

이런 것보다 더 중요한 일.

'도대체 아빠는 무슨 생각이지.'

이걸 알아야 뭐라도 할 수 있을 것 같은데. 아직 서른도 안 되고, 제대로 취직도 하지 않은 일개 학생이 '뭐라도 하자.'라고 생각하는 것도 참 웃긴 일이라고 생각했다. 하지만 주변 사람들, 아니 무수히 많은 사람들이 다들 그가 무언가 하길 바라고 있었다. 추측을 해보고 싶어도 아는 게 그리 많지 않았다. 아버지는 자신의 계획에 대해 입 밖으로 잘 꺼내는 사람이 아니었으니.

아버지는 틀림없이 조선 독립을 원했다. 이건 확실하다. 이리저리 저 중국 땅의 임시정부에 막대한 후원을 하고 있었고, 중국인들이 세운 청년군관학교에도 개입한 게 확실하다. 하지만 이곳 미 서부의 아시아인들을 고의적으로 바짝 섞은 것도 아버지다. 제각기 폐쇄적이던 한인, 중국인, 일본인, 류큐인 커뮤니티는 대공황을 기점으로 거의 하나로 합쳐지다시피 했고, 흑인과 히스패닉 등 피부색 다른 이들도 최대한 융화시키고자 했다.

일본과 친하게 지내고 싶었나? 동경 대지진 때 많은 사람들을 구했다고도 하고, 남의 나라 정치에 개입해 불필요한 일을 했다고도 한다. 하지만 지금은 또 그 누구보다 강경한 반일주의자가 되어 조만간 있을 태평양 전쟁을 경고하고 다닌다.

대체, 뭐가 하고 싶단 거야. 아무리 고민을 해봐도 답은 나오지 않았다. 이게 다 아빠라는 양반이 뭐 하나 속 시원하게 말을 안 해줘서다. 내 잘못이 아니다. 진짜다. 그렇게 마음을 굳힌 헨리는 자리에서 일어나, 2층 구석편 굳게 닫힌 아버지의 서재로 향했다.

'서재는 청소하지 마. 환기나 좀 하면 되고.'

'내가 가끔 청소하는 정도는 괜찮지?'

'나중에 불평하기 없기다.'

뭐가 그리 켕기는 게 많았는지, 이 서재에는 누구도 얼씬 못 하게 했다. 어머니가 몇 달에 한 번 청소하러 들어갈 뿐. 하지만 그렇게 출입을 금한다는 것 자체가, 뭔가 생각을 유추할 만한 실마리가 있다는 뜻 아닐까? 전화 통화 하나 못 하게 하는 양반이, 내가 서재에 들어갔는지 어떻게 알겠어. 그때 아래층이 소란스러워지더니, 뭔가 또 심사가 배배 꼬였는지 앨리스가 뿔이 나선 집에 돌아왔다.

"아씨… 야, 너 서재 앞에서 뭐 해?"

"알아서 뭐 하게."

"아빠가 서재 들어가지 말랬잖아! 거기서 왜 어슬렁대!"

"엄마 가끔 청소할 때마다 고생하잖아. 너도 괜히 쿵쿵대지 말고 빨리 와서 청소나 좀 도와."

"미쳤나 봐. 시키지도 않은 걸 갑자기 왜 효자랍시고 하고 그래."

"넌 아빠가 뭔 생각 하고 사는지 안 궁금하냐?"

앨리스는 잠시 고민했다. 한… 3초 정도.

"먼지떨이 가지고 올게."

"걸레도 빨아서 오고."

청소용품을 챙긴 남매가 문을 열자, 퀴퀴한 종이 내음과 꾸득꾸득한 먼지 냄새가 그들의 코를 확 찔렀다.

"우린 청소만 하는 거다. 뭐가 보이면… 청소하다 실수로 봐버린 거고."

"나도 아니까 빨리 창문부터 열어 바보야."

헨리는 창문을 재빨리 열고, 가장 궁금했던 책상 서랍으로 다가가 가장 윗단을 드르륵 열어젖혔다.

"……."

이것저것 잔뜩 적혀 있는 서류더미 위에, 무슨 문진(文鎭)처럼 떡하니 올라와 있는 금괴가 '안녕? 나는 금괴야!' 하고 헨리를 맞이했다. 어찌나 반질반질한지 얼굴이 다 비쳐 보인다. 얼른 서랍을 닫았다.

"뭐 있어?"

"아니, 아무것도."

"뭐 있어?!"

"없다니까!! 청소나 해!"

난 아무것도 못 봤다. 진짜로. 그렇게 한창 청소를 하고 있는데, 아주머니 한 분이 올라오셔서 그에게 말을 걸었다.

"도련님, 전화가 왔습니다."

"누구 전화죠?"

"킴 장군님이세요."

웬일? 도청당한다고 별 푸닥거리를 다 했으면서? 먼지떨이를 내팽개치고 전화기로 달려간 그는 낚아채듯 수화기를 잡았다.

"여보세요?"

— 어, 아들 집에 있네? 마침 아다리가 딱 맞네. 잘됐다.

"이건 도청당해도 괜찮아요?"

— 어쩌겠냐, 급한 일인데. 너 준비되는 대로 바로 D.C.로 와줘야겠다.

이건 또 무슨 소리야. 몇 년 만에 아들한테 전화를 걸어놓고 지금 장난하나? 빈속에 술을 때려 넣었더니 용기가 마구 샘솟는다. 영웅이고 리더고 뭐고 간에, 가족들도 좀 신경 써달라고!

"제가 아빠가 부르면 가야 해요?"

— 헨리야.

"저도 할 일 있어요. 무슨 일인지 설명부터 해주셔야지, 그렇게 대뜸 오라 가라 하시면……."

— 그래. 미안하다. 아빠가 지금 좀 다급해서 경황없이 이야기했더니 네가 짜증이 났구나.

아니, 짜증 났다고 하면 꼭 밴댕이 소갈딱지 같은 불효자가 된 것 같잖아. 뭔가 심경이 굉장히 복잡한데, 수화기 너머로 아버지가 누구랑 무어라 떠드는 이야기가 들렸다.

— 아들 잠시만, 내가 지금…….

— 여보세요.

"누구십니까?"

갑자기 수화기에서 다른 사람의 목소리가 들렸다. 엄청나게 깐깐하고 성격 더러운 노인네처럼 느껴지는데.

— 어니스트 조셉 킹.

"…혹시, 플로렌스 킹 양의……?"

— 아비 된다. 언제쯤 두 사람을 내가 D.C.에서 볼 수 있겠나?

"내일… 내일 찾아뵐 수 있도록 당장 채비하겠습니다."

— 좋군. 둘이서 침대칸 타고 오면 죽여버린다.

"네, 넵."

난 아버지랑 대화를 하고 싶어서 D.C.에 가는 거다. 진짜로.

거인의 맥동 2

1주일 뒤, 워싱턴 D.C.

"나보고 물개라고 외치던 그 꼬맹이가 이제 딸을 훔치러 오다니."

"하하하……."

"세상 참 오래 살고 볼 일이야."

"잘 부탁드리겠습니다."

킹이랑 사돈? 그동안은 일로만 엮였다. 그래서 그러려니 했다. 하지만 사돈이라니, 음, 조금 당혹스러운데. 내일 당장 오라고 으르렁대는 킹을 적절히 설득하고, 과연 저 집안과 사돈을 맺을 만할까 나도 좀 알아봐야 하지 않겠나.

조사를 시작하자마자 킹의 인성에 대한 제보가 정말 끝도 없이 쏟아졌다. 대단하구만. 성격 파탄자인 건 이미 알고 있었다. 그건 아마 얼굴만 봐도 다들 알 수 있을걸? 금주법 조까고 술 처먹다가 경고 먹은 건이야 내가 뭐라 할 말은 아니고. 여자관계가 복잡… 수준을 넘어서 문란한 수준인 것도 사실 신경 쓰지 않는다. 그런 거 신경 썼으면 이 야생의 사바나처럼 교미에 미친 미합중국에서 신경쇠약으로 죽는다.

근데 가정을 내팽개치다시피 한 건 좀 고민이다. 며느리가 제대로 사랑받지 못한 환경에서 자랐다니. 이런 거로 고민하는 내가 나쁜 놈 같지만, 나도 며느리를 맞이하는 건 처음이라고. 솔직히 머리 터질 것 같다. 이런 나의 고민 겸 푸념을 들어주러 우보크로 쫄레쫄레 나온 유신이와 유인이는 정말 간단하게 문제를 해결해줬다.

"어… 그러니까, 가정교육을 못 받았다 그 말이야?"

"아니! 그러면 내가 쓰레기 같잖아. 킹 그 양반, 주말만 되면 딴 년 만나러 쏘다니는 게 거의 일상이었다던데. 그 원래 가정환경이라거나, 그 뭐시기 그런 게 있잖아. 애들은 부모를 보면서 자라고, 어릴 때 부모의 따뜻한 보살핌을 받아야 하는 그런 거."

"나 말고 형이 그냥 교육학 전공하지그래?"

유인이의 얼굴엔 '이 새끼가 지금 뭐라고 개소리를 하고 있지.'라고 빤히 쓰여 있었다. 거참. 21세기엔 체벌 중심의 훈육 대신 꽃으로도 때리지 말라는 풍토가 자리 잡힌다니까?

"아니, 내 말을 좀 들어보라고 이 자식들아!"

"그러니까 우리가 들어주고 있잖아. 어릴 때 부모의 따뜻한 보살핌… 음, 형이 그런 말을 하니까 우리가 입이 뭐라 안 떨어져서 그러지."

나? 내가 왜?

"아니, 형이 집구석에 붙어서 애들 얼굴 본 게 거……."

"우리 한번 날짜 세어볼까? 형보다 내가 더 어른 노릇을 더 한 거 같은데."

두 동생들의 반란에 나는 속수무책이었다. 내가 얼마나 바쁜지, 미친 콧수염이 진짜로 나나 가족들을 해코지할지, 이런저런 사연을 열심히 떠들어대도 이 어리석은 녀석들은 요지부동으로 '바쁜 건 알겠고 딱히 애들한테 못 할 짓을 한 것도 아닌데, 적어도 남의 집 애한테 이러쿵저러쿵할 정도로 가정에 헌신한 것도 아니잖수?'라고 날 마구 때려댔다.

결국 한참 혼만 난 나는 얌전히 입을 다물기로 했다. 솔직히 내가 애들 혼처로 뭐 오지게 장사를 할 생각도 아니고, 정략결혼하듯 어디 귀한 집 자식 데려와 대충 '우리 가문이 더 커야 하니까 너는 재랑 결혼해!'라고 할 생각도 없다. 자기네들이 좋다는데 어쩌겠어. 결국 난 군말하지 않았고, 만남의 자리는 참으로 좋게좋게 끝났다.

문제는 그 뒤였지.

"내가 무슨 생각이냐고?"

"네."

헨리의 얼굴은 자못 비장해 보였다.

"열심히 일하자, 그 정도지. 군인이 뭐가 특별히 생각할 게 있겠니?"

"말도 안 되는 소리 그만하시구요."

헨리는 작은 상자 하나를 내 앞에 내밀었다. 뭔가 해서 열어보니 이게 웬걸, 은혜 참 잘 갚게 생긴 떡두꺼비가 한 마리 몸을 부풀리고 있는 것 아닌가?

"갑자기 이게 뭐냐? 혹시 아빠 생일 선물이니?"

"그럴 리가 없잖아요. 이걸 누가 준 줄 알아요?!"

헨리의 이야길 가만 듣고 있자니 참으로 가관이었다. 오오타 이 인간, 제 소지품 하나 똑바로 못 챙겨서 남의 집에 물건을 놓고 간 거로 모자라 소문까지 흘렸나? 내가 직접 도쿄로 돌아가서 분실물을 돌려주든가 해야겠다. 아, 열받네.

오오타에 대한 잡념은 잠시 뒤로 미루고, 나는 당당해 보이려고 애쓰고 있지만 긴장을 숨기지 못하고 있는 헨리를 바라보았다. 내가 애를 낳은 것도 신기해 죽겠는데, 그 애가 벌써 다 커서 결혼할 사람을 데려오고. 이젠 내가 일구고 준비해 온 것들을 이해하고 싶어 한다. 뭔가, 굉장히 싱숭생숭해졌다.

"이제 저도 다 컸는데, 무슨 생각이신지 정도는 말을 해주셔야죠."

"'저 다 컸어요.'라는 말만큼 아직 애라는 증거는 없는데."

"말장난 마세요."

"다 들으면 감당할 수는 있고?"

"제가 아빠 일에 관심 없으니 제 인생 살러 가겠다고 하면 감당할 수는 있고요?"

이상하다. 내 성격을 물려받은 건가? 할 말이 없어진 나는 머리를 긁적이며, 관사에 있던 세계전도를 꺼냈다.

"대충… 30년쯤 전이구나. 1911년이니, 정확하게 말하면 27년 전이지. 난 그때 웨스트포인트로 진로를 정했고, 도움을 받기 위해 대한인국민회에 있던 여러 선생님들을 찾아뵀었단다."

그때 주고받았던 담론과 일제의 패망에 관한 이야기. 듣고 있던 아들내미는 어처구니가 없다는 듯 "그거 진짜 30년 전 이야기 맞죠?"라고 몇 번이고 되물었다.

"이제 때가 왔지. 20년대? 그때 난 일개 영관이었고, 일본이 외교적 마찰을 감수한다면 얼마든지 날 담글 수 있었단다. 그래서 이왕지사 설설 길 바에, 아예 화끈하게 딸랑딸랑 해주면서 돈도 벌고, 그놈들의 방해도 받지 않을 수 있었고."

나는 항상 일관적이었다고 자부한다. 일본이 정신 차리고 똑바로, 미국과 공존할 수 있는 루트를 골랐다면 아마 유진 킴이란 인물은 정말 친일 인사로 역사에 남았을지도 모른다. 태평양 전쟁을 기대하기 어렵다면 조선 독립 또한 몽상으로 전락해버리니까.

하지만 일본은 일본했고, 태평양과 중국을 모조리 다 해 처먹고 싶어서 2절 3절 뇌절을 거듭했다. 합중국 소시민들의 고립주의 여론과는 무관하게, 미국의 권익과 위신 모두가 흔들리고 있는 지금… 전쟁을 피할 수 있을까? 무리지.

고로 때가 왔다. 내가 그동안 일본과 다양한 방면에서 협력해 왔던 건 어디까지나 미합중국의 권익이 보장된다는 전제하에서였을 뿐이니까. 정화수 떠 놓고 빌던 시나리오대로 역사가 착착 흘러주었으니, 이제 태평양 전쟁을 향해 나아가기만 하면 된다. 내 일련의 계획과 의도를 계속 이야기하고 있자니, 헨리의 질문이나 추임새가 점점 사라지고 있었다. 내가 말했잖냐. 이걸 누가 믿냐고.

애 앞에서는 어지간하면 안 피우려고 했는데, 한참 떠들고 나니 온몸이 니코틴을 갈구하길래 결국 한 개비를 입에 물었다.

"그래, 이 정도면 되겠니?"

"…네. 대충 이해했어요."

"너도 잘 생각해 보면 알겠지만, 이곳 캘리포니아의 아시아인들은 본국과 완전히 뗄 수 없는 이들이란다."

불안불안하던 이들 커뮤니티는 중일 전쟁을 기점으로 분열과 폭력의 소용돌이에 빠질 뻔했으나, 10년이 넘게 부지런히 물도 주고 밥도 주고 돈도 챙겨준 아시아계 오피니언 리더들이 모두 합심해 움직이면서 어느 정도 해소되었다. 정확히 말하자면, 해소라기보단 유예인가. '본국이 아니다. 우리의 본국은 바로 이곳이다.'라는 강력한 캠페인으로 최대한 융화를 돌렸으니.

"일본이 정말 전쟁을 일으키면, 일본계는 굉장히 난처한 상황에 몰릴 거란다."

"네… 그렇겠죠."

"그리고, 우린 일본계를 때려잡을 거야."

"네?"

방금 전까지 화합과 융화 어쩌고 떠들던 내가 갑자기 태세전환을 하니 당혹스럽니? 이미 후버의 집무실 금고 어딘가에 두툼한 블랙리스트가 잠들어 있다. 미합중국보다 일본제국의 이익을 중시하며, 유사시 선전선동이나 간첩활동에 매진했거나 매진할 가능성이 매우 높은 자들.

전쟁이 터지는 순간, 여론이 터지기도 전에 재빨리 그놈들을 싹 다 제물로 집어 던진다. 그리고 아시아인들을 바짝 몰아붙여 입대를 유도한다. 납작 엎드려서 충성 맹세를 하든 전 재산을 바치든, 뭐든 다 해봐야지. 수용소로 보내는 것보단 훨씬 건전하지 않나. 그렇게 한바탕 칼바람이 몰아치고 나면, 아시아계는 아마 완벽하게 재편되어 있겠지. 나는 전쟁터로 나가야 하니 이 과정에서 꿀을 극한까지 빠는 건 유신이 할 일이다.

"더 궁금한 거 있니?"

"…금괴는 왜 받으셨어요."

"금괴는 중요하지 않단다. 중요한 건 메시지지. 내가 그에게서 상납을 받음으로써 그를 쳐내지 않겠단 신호를 준 거야. 한마디로 오오타는 내게 뇌물을 준 게 아니라 돈을 주고 마음의 평화를 구매한 거야."

내가 그 금괴를 거절했다면 얼마나 더 불안해졌겠어. 나는 그가 그렇게 나쁜 놈이라곤 생각하지 않으니 열린 마음으로 금괴를 잠시 맡아 준 거다. 후우, 이 놀라운 배려심 보소.

"그럼 이 두꺼비도……."

"아, 그건 돌려줘 버려. 먹어도 되는 사람과 먹으면 탈 나는 사람을 구분할 줄 알아야 후환이 없단다, 애야."

헨리가 "뇌물 맞잖아……"라고 궁시렁댔지만 거기엔 대답하지 않았다. 역시 미국에서만 키워서 그런가, 오고 가는 금품 속에 싹 트는 정을 잘 이해 못 하네. 그렇게 부자간의 정을 돈독히 하고, 헨리를 잘 다독여서 하룻밤 재우고 다시 샌프란시스코로 돌려보낸 뒤엔 다시 기나긴 데스크워크의 시간이 찾아왔다. 그리고 모두가 예상했다시피.

[프랑스, 휴전협정 단독 체결!]

프랑스가 탈락했다.

* * *

프랑스는 명실상부한 강대국이다. '엘랑'이니 '6주'니 후대인들이 아무리 놀린다 해도, 영국과 쌍벽을 이루던 식민 열강을 약소국이라 비아냥거릴 순 없다.

그 말인즉슨, 마지노선을 포기하고 주둔군을 전부 남프랑스로 돌린다거나. 목숨을 걸고 벨기에 일대에 포위된 프랑스군이 대대적으로 남하한다거나. 어마어마한 피해를 각오하고 '최후의 한 명까지'를 선언한다고 하면 독일도 결코 성하진 않을 게 확실했다.

하지만 말이 좋아 필사의 투쟁이지, 이런 짓을 했다간 프랑스 전 국토가 잿더미가 되는 것은 당연지사. 새롭게 총리 자리를 거머쥔 폴 레노(Paul Reynaud)는 바로 그 투쟁을 원했고, 히틀러의 종놈으로 전락할 프랑스를 볼바에야 차라리 같이 죽자는 투지로 불타고 있었다. 파리 함락은 피할 수 없으니 저 남쪽, 보르도로 정부를 옮겨 죽기 살기로 한판 승부를 벌인다. 우리의 필사적인 투쟁이 하루 더 연장될수록 영국, 그리고 미국이 구원을 위해 달려올 가능성이 더 높다.

야전에서 독일군을 상대로 가장 큰 전과를 거두었던 샤를 드골을 과감하게 발탁했고, 무능한 노인네 가믈랭을 잘라버리고 지난 대전쟁의 영웅들을 다시 불러들였다. 그러니까, 필리프 페탱 같은 이들.

"총리 각하. 귀하의 사적인 감정으로 프랑스의 미래를 송두리째 날려버리려는 생각에 저는 동의할 수 없습니다."

"'저는'이라고 하셨습니까?"

"정정해 드리지요. 프랑스 군부는 귀하의 의견에 동의하지 않습니다."

피레네산맥에서 허송세월 중이던 군대와 함께 올라온 페탱이 차갑게 말했다.

"독일에 지는 거야 괜찮습니다. 프랑스는 보불 전쟁 당시에도 패배했지만 훗날 설욕할 수 있었으니까요."

"그 설욕의 주역 중 한 명이던 당신이! 지금 당신이 어떻게 그런 말을!!"

"이번 패배는 독일군이 강해서가 아닙니다. 나라를 좀먹는 빨갱이 새끼들이 우리 등 뒤에 칼을 찔러서 진 겁니다. 이것도 모르고 정치를 하고 계십니까?"

빨갱이는 전부 교수대에 목을 매달아야 하는데, 그놈의 자유니, 민주니, 인권이니 하는 거지 같은 물건 신경 써주다 나라가 망해버렸다. 프랑스는 언제나 패배에서 교훈을 얻어 부활했다. 독일 또한 지난 패배의 충격에서, 히틀러 같은 걸출한 인물을 발굴하여 저토록 비상하지 않았나? 지금 이 나라엔 극약처방이 필요했고, 그 처방전을 써줄 수 있는 현명한 의사는 단 한 명뿐이었다.

"나는 독일 놈이 싫습니다. 언젠간 놈들을 박살내야지요. 하지만 그 전에 먼저, 나라를 망친 빨갱이들부터 전부 죽이겠습니다."

"미쳤군, 전부 미쳤어!"

"더 대화할 필욘 없겠군. 끌어내시오."

1938년 10월 말. 필리프 페탱은 군인들이 둘러싼 임시 의사당에서 신임 총리로 취임했다. 그의 첫 번째 업무는 독일과 휴전을 타진하는 일이었다.

거인의 맥동 3

페탱은 폴 레노 총리를 결코 나쁘게 보지는 않았다.

"레노를 전범으로 기소할 생각이십니까? 독일로 보낸다거나⋯⋯."

"제정신인가? 그는 애국자일세. 독일 놈들의 침략근성도 꿰뚫어 보고 있었고, 최후까지 싸울 용기도 있었지. 더 이상 그를 비참하게 할 필요는 없네."

아르덴 숲으로 독일군이 쏟아져 들어온 이후에야 총리가 되었다. 누가 봐도 독이 든 성배, 패전처리 그 이상도 이하도 아니었지만, 그는 거리낌 없이 그 성스러운 의무를 받아들였다. 페탱과 그를 지지하는 군부 인사들이 보았을 때, 문제의 핵심은 아주 간단했다.

"빨갱이들이 만악의 근원이지. 그놈들이 스탈린의 지령을 받고 독일에 나라를 팔아치운 거야."

스페인이 불안하니 국경에 병력을 주둔시켜? 웃기는 소리. 지나가던 개도 그딴 말은 안 믿겠다. 내전 중인 나라가 피레네를 건너 프랑스를 침공한다니. 빨갱이들은 항상 국론을 분열시키고, 국력을 허공에 낭비하길 원했다. 누가 봐도 뻔하지 않은가. 만약 독일군이 침공해 오지 않았다면 저 빨갱이 정권은 기어이 스페인 내전에 개입해 그 잘난 인민전선 정권을 세웠으리라. 그것도 프랑스 시민의 피와 땀으로. 반전을 설파하고, 탈영을 적극 지원하고, 군수공장에서 파업을 전개하다 배알 꼴리면 불을 지르고.

독일의 불꽃에 닿은 화상은 시간이 지나면 아문다. 하지만 내장에 가득한 빨갱이라는 암은 시급히 대수술이 필요했다. 아주 강도 높은 절제술이.

"우리의 조국은 끝없이 이용당하고, 배신당하고, 버려졌네."

"장군님의 말씀이 옳습니다!"

"저흰 오직 장군님을 따를 뿐입니다."

독일이 포위망을 구축했다는 소식을 듣자마자 재빨리 손들고 항복해버린 비열한 벨기에 놈들. 늘 그러했듯 기대를 저버리지 않는 추잡함을 선보이는 영국 놈들. 프랑스인의 피를 빨아먹고 돈놀이에만 여념이 없던 악귀 같은 미국 놈들. 이제 프랑스는 그 누구의 편도 들지 않을 것이다. 수술이 다 끝나기 전까지는.

* * *

프랑스의 총리 '교체'와 단독 협상 요청을 접한 영국은 곧장 난리가 났다.

"이게 대체 어떻게 된 일입니까?"

"우리가 납득을 좀 할 수 있게 설명해 보시오, 총리!"

"퇴각하는 군의 수용은 어떻게 되어 가고 있습니까!"

대영제국 국력의 정수, 왕립함대는 여전히 압도적인 제해권을 유지하고 있다. 프랑스와 벨기에 상공에서 벌어진 공중전에서 큰 손실을 입기는 했으나, 루프트바페가 뿔 달린 악마가 아닌 사람 새끼들이라는 사실을 입증한 것만으로도 제 역할을 다했다. 벨기에로 진격해 나간 영국원정군과 프랑스군 일부 또한 필사적으로 퇴각에 퇴각을 거듭, 됭케르크에서 본토 귀국에 성공했다. 하지만 이건 전부, 프랑스와 함께 파멸하지 않기 위한 몸부림에 불과했다.

"우리 노동당은 내각 불신임안을 제출하는 바입니다."

"동의합니다!"

"체임벌린, 당신은 이제 그만 물러나시오!!"

체임벌린은 몇 달 사이에 몇십 년은 더 나이가 들어버린 듯 초췌해져 있었다. 뮌헨 협정 때만 하더라도 최선의 조치였노라 극찬하던 의원들은 그의 사지를 찢어 가를 기세였고, 얌전히 각서에 서명하던 히틀러는 프랑스를 털도 뽑지 않고 통째로 집어삼키고 있었다. 이건 악몽이다. 이제 그는 이 빌어먹을 자리에 앉아 있고 싶지도 않았다.

"해군장관!"

"처칠, 이 급박한 시국엔 당신 같은 인간이 필요하오!"

"우리 당 또한 처칠이 거국내각을 이끈다면 협조하리다."

프랑스인의 싸움은 어처구니없이 끝났지만, 영국인의 싸움은 바로 지금부터였다. 오대양 육대주를 지배하는 브리타니아의 자존심은, 저 빌어먹을 공갈꾼에게 기만당할 대로 기만당하고 넙죽 항복하기엔 너무나 고고했으니까.

무엇보다도 유럽 대륙에 단일 패권자가 나타나면 언제나 브리튼섬 또한 그 자주성을 잃게 된다는 사실을 역사가 증명하는바, 영국의 안녕을 위해 반드시 독일과는 사생결단을 내야 했다. 그것이 설령 대영제국의 종말을 의미한다 하더라도. 며칠 간의 논쟁과 토의 끝에 전시 거국내각의 총리로 우뚝 선 처칠은 곧장 당면한 두 가지 과제에 몰두했다.

"첫 번째, 무슨 일이 있더라도 우린 미국의 참전을 이끌어내야 합니다. 두 번째, 독일 놈들의 장기전 수행 역량을 끝장내고, 놈들을 포위해 말려 죽일 준비에 들어가야 합니다."

처칠 내각의 탄생 자체가 하나의 강력한 시그널이겠지만, 그는 직접 대서양 너머로 건너가 구걸을 하는 한이 있더라도 참전을 요청할 작정이었다. 그리고 군사작전에 관해서라면, 그는 승리를 위해 무슨 짓이든 할 각오가 되어 있었다.

"최고 우선순위로, 프랑스 해군을 무력화시킵니다."

"프랑스는 아직 우리 동맹이… 지 않소?"

"독일 놈들은 영국 정복을 위해 반드시 프랑스 함대를 요구할 겁니다. 적의 손에 떨어지게 내버려 두느니 욕을 먹더라도 불태워야 합니다."

실로 처칠다운 발상에 각료들은 아연실색했으나, 잠시 후 '이게 처칠이지.'라며 해탈해버렸다. 동맹인 프랑스의 함대를 무력화, 혹은 중립국으로 보내버린다는 '캐터펄트 작전'이 입안되자 더 이상 거리낄 것도 없었다.

"스웨덴의 철광산이 없으면 그 잘난 히틀러의 전쟁기계도 무용지물입니다. 그 수입선을 차단합시다."

"스웨덴과 독일의 무역로라면……."

"노르웨이지요. 육군은 현재 재편성을 해야 하니, 핵심 항구인 나르비크 항을 지도에서 지워버립시다."

노르웨이와 스웨덴은 엄연히 중립국이다. 하지만 대영제국의 안위가 위태로운 마당에 뭐 어쩌겠는가? 수단과 방법을 고를 수 있는 품위 있는 전쟁은 이미 뮌헨에서 사라졌으니까. 처칠이 그렇게 상상을 초월한 계획을 하나둘 테이블에 던지며 내각을 길들이는 동안, 저 머나먼 지중해에서 그 처칠의 상상조차 한참을 초월해버린 소식이 들어왔다.

"이탈리아가 선전포고했습니다!"

"빌어먹을 놈들. 그럴 줄 알았지. 어차피 무솔리니야 히틀러랑 다를 바 없는 인간이잖소? 사실 진작 독일 편에 붙지 않은 게 더 신기하지."

"그런데… 프랑스군이 이탈리아의 침공을 격퇴했다고 합니다."

"뭐?"

처칠의 당혹감은 거기에서 그치지 않았다. 아직 대영제국 영역 산지사방에 이탈리아 민간인과 상선들이 깔려 있다는 소식에, 그는 진심으로 두체의 정신 건강을 염려했다.

"저 새끼들은… 병신인가?"

포로 및 적국 민간인 수용이라는 날벼락을 맞은 영국 육군 또한, 딱히 그 말에 무어라 토를 달고 싶지 않았다.

6월 24일, 독일의 폴란드 침공. 7월이 다 가기 전, 소련과 독일은 기어이 폴란드를 반으로 갈라 먹었다. 곧장 병력을 서부로 돌린 독일은 짧은 숨고르기를 끝낸 후, 9월부터 낫질 작전을 시작해 기어이 10월에 프랑스를 무릎 꿇렸다.

약 넉 달에 걸쳐 진행된 독일의 이 미친 군사적 성과는 벌써 괴벨스의 입에서부터 나온 '백일 정복'이라는 근사한 표어를 달고 전 세계 언론에 오르내리고 있었다.

[백일 공세는 더 이상 없다, 이제 백일 정복이 있을 뿐!]

[유럽 지도에 존재하는 단 하나의 국가!]

[아돌프 히틀러, 나폴레옹을 능가하는 금세기 최고의 전략가!]

바다 건너 미국 또한 발칵 뒤집혔다.

[유럽에 어둠이 내려앉다!]

[전쟁기계 독일, 다음 목표는 어디?]

[미합중국, 우리는 과연 안전한가?]

애써 위대한 전략가이자 국가 지도자로 역겹게 포장질하고 있지만, 히틀러와 독일이 저토록 강대해지기까지의 과정이 배신과 기만과 통수와 사기로 가득 차 있다는 사실을 모르는 사람은 없었다. 게다가 독일은 과거의 적국이었고, 영국과 프랑스는 어찌 되었건 우방국이었다. 싹수 노란 독재정권과 블링블링한 민주주의 국가의 차이 또한 있고. 그동안 사람들이 고립주의를 외치던 것은 태평양과 대서양이 미국을 보호해주리라는 희망 때문이었다.

하지만 히틀러는 잘나도 너무 잘났다. 세상에, 폴란드와 프랑스가 100일 만에 망한다고 말한다면 누가 믿었겠나? 독일군이 뉴욕에 상륙하지 못한다는 보장이 이 세상에 어디 있나? 투표장으로 향하는 합중국 시민들의 표정엔 근심과 걱정이 가득했다. 이제 그들은 결단해야 했고, 요즘 들어 점점 시들해지던 인터뷰 요청 역시 폭주했다. 아니, 다 끝나고 나서 한 말씀 해달라고 하면 어쩌라고.

"표정이 별로 좋지 않군그래."

"누가 지금 좋겠습니까?"

1938년에 프랑스가 광탈했다. 역사가 너무 바뀌어서 어디서부터 손대야 할지 감도 오지 않는다. 그래도 연도는 바뀌었지만, 벌어진 일 자체는 생각보다 많이 바뀌지 않아서 다행인가. 아니, 다행 맞나?

"지금 자네가 하고 있는 '레인보우' 계획 준비 말일세."

요즘 들어 한 가지 깨달은 점이 있다. 바로, 마셜은… 엄청나게 진지해 보인다는 사실. 항상 무뚝뚝하고, 일에만 매진하고, 남들에게 엄격하다. 심지어 대통령, 그 FDR에게까지 엄격하다. 그런데 자신에게는 더더욱 엄격하다. 퇴근도 안 한다. 밤이고 낮이고 사무실에 죽치고 일한다. 참모총장이 퇴근을 안 하니 별까지 달 정도로 출세에 욕심 가득한 친구들이 퇴근할 수가 있겠나?

'듣자 하니 귀관이 폴로 게임을 그렇게 잘한다던데. 보다 폴로를 즐기기 편한 곳으로 보직을 옮기는 게 좋겠군.'

휘이익! 스타 하나가 촌구석으로 좌천되는 소리 들리지 않는가? 실제 일어난 일이다. 너무 무섭다. 마셜은 아랫사람의 건의를 안 듣는 타입이 아니다. 그건 킹같이 제 잘난 맛에 사는 유형이지, 마셜만큼 경청하는 사람은 잘 없다.

문제는… 다들 마셜을 무서워한단 점이다. 마셜 농장의 멤버들만 보더라도 '니가 내 말이 고까우면 끽해야 좌천이겠지.'로 거침없이 자기 의견을 던질 수 있는 또라이들이 대부분인데, 반대로 말하면 그런 또라이가 아니고선 도저히 입을 쉽사리 못 뗀단 사실이다.

"내 말 듣고 있나?"

"예, 예에. 물론입죠 주인님."

"안 듣고 있었군."

하지만 마셜 앞에서 목 뻣뻣하던 놈들도, '참모총장' 마셜 앞에선 입을 함부로 못 열게 되었다. 오오, 권력의 힘. 너무 대단해. 총장 자리에 앉고 얼마 지나지 않아 이 사실을 알게 된 마셜은 언로가 막혔단 사실을 개탄하며, 이 바른말 사나이, 목에 칼이 들어와도 불의와 타협하지 않는 착한 어른, 살아있는 미국의 양심 유진 킴을 호출해 육군 참모부의 분위기 메이커로 임명한 것이다…….

"무슨 생각을 그리 열심히 하고 있나?"

"저야말로 미 육군 최고의 양심이자 분위기 메이커라고 생각 중이었습니다, 총장님."

"혹시 내가 야근 많이 시킨다고 대드는 건가? 되도 않은 소릴 당당하게 하는군."

와, 폭언 좀 봐. 그래도 다른 사람들에게 저렇게 감정 실린 이야기는 잘 안 한다. 지금 마셜의 입꼬리가 0.5mm 정도 올라갔거든? 마셜이 방금 마셜식 유모어를 했다는 증거다 저게. 허허, 정말 재미있습니다!! 내 배꼽 다 빠지겠네!

"지금 당장, 독일의 미 본토 침공 예상 시나리오를 준비해주게."

"…독일이요? 독일? 히틀러?"

"그래. 해군도 지금 비슷한 지시를 받았을 걸세."

그러니까, 독일이 미국을 침략하는 시나리오라 그 말이지요. 그 막, 거대 오징어를 세뇌하고 초거대 비행선을 잔뜩 만들어서 쳐들어오는 뭐 그런 거

찾으십니까? 내가 말문이 막혀 입을 다물고 있자 마셜이 달래듯 말했다.

"선거가 끝났네. 새 의회는 조속히 우리 군대가 독일의 침공에 맞설 준비가 되어 있는지 여부를 알고 싶어 하고, 우린 시민들에게 알맞은 정보를 제공해야 해."

"'그딴 건 불가능합니다.'라고는 절대 말 못 하겠죠?"

"하필 절대 침공은 없다고 호언장담하는 사람이 전쟁계획부장이라니, 이건 또 이거대로 골치군."

담배를 한 모금 빤 마셜이 또박또박 끊어 말했다.

"까라면 까게, 킴 장군."

"예, 알겠습니다."

"좋아."

그리하여 당일치기로 해군 전쟁계획부와 미팅을 가진 우리는 두뇌를 풀가동해 가능할 법한 침공 시나리오를 짜기 시작했는데.

"아르헨티나가 친독으로 유명하잖습니까? 남미의 패권을 주겠다고 히틀러가 꼬드기는 겁니다."

"남미에서 비행장을 빌려 파나마 운하를 파괴하고, 카리브해로……."

"프랑스 해군을 접수한 독일군이 북대서양으로 직진해서 뉴욕을 공격할 수도 있습니다."

'프랑스, 스페인, 포르투갈을 완전 병합한 나치 독일은 서아프리카 식민지 일대에 거대한 해군기지를 건설하고, 아조레스를 비롯한 주요 섬을 하나하나 정복해가며 브라질에 상륙하는데……'로 시작되는 이 광기의 시나리오는 대체 뭐냐. 니들 지금 대체역사소설 쓰냐?

무엇보다 내 머리를 아프게 하는 건, 회의에 참석한 인사들이 하나같이 굉장히 진지하다는 점이었다. 그럼 처음부터 내 말 좀 듣던가!! 왜 인제 와서 이 지랄들이야, 지랄은.

"독일이 대서양을 공략하려고 시도할 때쯤, 일본 역시 태평양 패권을 탈

취하기 위해 무조건 움직인다고 봐야 할 겁니다."

"영국이 독일의 패권을 인정하고 신대륙으로 가는 길을 열어줄지도 모릅니다."

"킴 장군은 어째서 말이 없으십니까? 회의에 진지하게 임해 주십시오."

아, 딱 한 대만 패고 싶다 진짜.

원 역사에서는 이렇게 진행되었습니다.

5월 10일: 프랑스 및 베네룩스 침공 개시
20일: 아라스 전투
27일 ~ 6월 4일: 뎅케르크 철수작전
6월 16일: 레노 사임, 페탱 총리 취임
22일: 휴전 협정 체결

'6주'의 첫 열흘 즈음에 포위망 구축이 완료되고 연합군의 돌파 시도가 좌절되면서 승패가 갈렸습니다.

거인의 맥동 4

    독일 전역은 광란의 도가니에 빠졌다. 개전 직후만 하더라도 절망과 불안으로 가득하던 독일 국민들은, 이제 누가 혹시 간첩으로 신고라도 할라제 발이 저린 것처럼 거리로 뛰쳐나와 목 놓아 총통 각하의 영웅적인 대업을 찬양했다.

    "지크 하일!"

    "하일 히틀러! 하일 히틀러!!"

    독일 역사에 이토록 빠르고 신속하게 유럽의 패권을 잡은 적이 있던가? 역시 총통께서, 위대한 지도자께서 틀릴 리가 없다. 그분은 진정 독일 민족을 구원하고자 내려온 메시아가 틀림없다! 이제 히틀러는 살아 있는 신이 되었고, 그 누구도 그분을 부정할 수 없게 되었다. 설령 독일의 지배자라고 자부하는 융커들이라 할지라도.

    "이게 어떻게 성공할 수 있지?"

    "대체… 왜?"

    독일 군부의 히틀러 반대파들은 드디어 때가 왔다고 생각했다. 그 멍청한 상병 놈은 전쟁을 무슨 소설로 여기는지, 누가 봐도 명백히 군수물자가 부족한 데도 공격만을 외쳤다.

'총통 각하. 현재 남은 물자로는 2주도 채 공세를 유지하기 힘듭니다.'

'멍청한 녀석들! 우리가 2주 치밖에 없다면 영국과 프랑스는 1주일분도 채 없을 거라는 생각은 왜 못 하는 거야! 이 패배주의자들! 그러니까 너희가 지난 대전쟁에서 졌던 거야. 지금이다. 5년 동안 전쟁만을 준비했던 우리가 2주 치 남아 있다면, 겨우 1년도 준비하지 못한 저놈들은 얼마나 대단하겠나?'

총통은 펄펄 뛰었고, 군부의 친나치 인사들이 이 허황한 이야기에 영합하자 결국 서부 전선 공세가 확정되었다.

전투 진행은 실로 참담했다. 벨기에와 네덜란드 방면의 조공(助攻)은 적의 주의를 끌기 위해 며칠간 신나게 쏴재낀 후, 침묵해야 했다. 보유 탄약량이 정말 이젠 빠듯해졌으니까. 영혼까지 끌어모아 출격한 아르덴 숲의 주공이 승승장구하면서 승리를 예감했으나, 없는 포탄이 그런다고 튀어나오진 않는다.

그 결과, 네덜란드와 벨기에가 항복하자마자 독일군은 군수물자 탈취에 열을 올려야 했다. 됭케르크에서 영국 주력군이 도망칠 때도 적당히 툭툭 치는 시늉만 하며 사실상 방관했다. 괜히 총공세니 뭐니 헛짓거리했다가 탄약 부족이라는 실상이 까발려지면 대참사가 일어날지도 모르니까.

이러니저러니 해도, 이겼다. 역사에 남을 대승리를 이뤄버렸다. 공갈꾼의 실적에 걸맞은 또 하나의 공갈포 승리였다. 이제 그들의 관심은 새로운 정복지로 향하고 있었다.

"올해는 더 이상의 군사행동이 어렵습니다, 각하."

"영국과 프랑스가 어마어마한 물자를 방기하고 도망쳤다 하지 않았나?"

"물론 그렇긴 합니다만, 그걸 그대로 쓸 수는……."

"왜 못 쓰나! 무기도 그놈들 걸 그대로 쓰면 탄약을 쓸 수 있지 않나?"

히틀러는 노르웨이 공격을 강력하게 희망하고 있었다. 스웨덴에서 철을 공급받으려면 필연적으로 노르웨이가 필요하다. 같은 아리아인인 스칸디나비아를 독일제국의 발밑에 두는 건 지극히 당연한 일이다, 등등.

"영국이 먼저 노르웨이를 치면 어쩐단 말인가!"

"저들은 됭케르크에서 모든 걸 버리고 몸만 내뺐습니다. 최소 몇 달간은 저들도 군사행동이 무리입니다. 곧 겨울이라는 점을 상기해 주십시오."

"흐음… 어떻게 해야 영국을 무릎 꿇릴 수 있을지, 의견들 내보시오."

"10만 정도의 육군만 브리튼섬에 상륙시킬 수 있다면……."

"그게 안 되니 이 고민을 하는 겁니다."

해군도 공군도 모두 난색을 표했다. 껍데기뿐인 해군에 무언가를 기대한다는 게 넌센스였고, 괴링 역시 떨떠름해하는 기색이 역력하다.

"육군이 노르웨이를 정복한다면, 유보트 기지를 설치해 무제한 잠수함 작전으로 영국을 고사(枯死)시킬 수 있습니다."

"내년이나 내후년의 장기 계획이라는 전제하에서라면 육군도 협력할 의사가 있습니다."

"이집트 정복은 어떻습니까? 수에즈를 끊는다면 영국의 식민지 중 캐나다를 제외하고는 거의 모든 물류 이동을 차단할 수 있습니다."

무엇 하나 마음에 들지 않는다. 저 무능하고 아집만 가득 찬 이들과 달리, 이 아돌프 히틀러는 오직 기상천외한 발상과 불굴의 의지만으로 승리를 거머쥐어 왔다.

저들의 의견은 늘 그렇듯, 너무 빤하다. 영국인들도 얼마든지 생각할 수 있는 이야기 아닌가? 실제로 그놈들은 프랑스가 휴전 협정서에 묻힌 잉크가 마르기도 전에 프랑스 함대를 공격하는 미친놈들인 것을. 됭케르크에서 자비를 베풀었는데도 불구하고, 영국인들은 항전을 선택했다. 처칠, 처칠이라? 하! 갈리폴리의 그 병신, 전쟁광을 총리에 앉힐 정도로 전쟁을 하고 싶다니. 그렇다면 이제 매를 들어야지.

참으로 기이하게도, 탄이 부족해서 섣불리 공격할 수 없었다는 현실은 히틀러의 머릿속에서 조용히 짬처리되고 어느새 '자비'로 번역되어 괴벨스의 입을 통해 전 세계에 흩뿌려지고 있었다.

기발한 발상. 전 세계에, 역사서에 영원히 남을 만한 위대한 행적.

"미국."

"미국… 말씀이십니까?"

"미국이 곧 참전할 게요."

생각하고 싶지 않은 단어가 장내 중진들의 머릿속을 채우기 시작했다. 아메리카를 괄시한 대가는 저번 대전쟁에서 뼈저리게 체험해야 했다. 그 끝없는 물량, 그 끝없는 병력!

"미국이 참전하기 전에 영국을 정복하거나, 아니면 평화 협상을 해 전쟁을 끝내거나, 무엇이든 해야 하는데! 태평하게 노르웨이니 수에즈니!"

말을 하다 보니 속에 열불이 차올랐다.

'베를린으로 전차를 끌고 와서 네놈들의 머리통을 다 날려버릴 텐데. 그날만 기다리고 계십쇼, 이 싹수 노란 인간아.'

그 새끼. 그 빌어먹을 노란 유대인! 바다 건너편에서 날마다 전쟁을 선동하는 유대 자본가들의 충직한 개새끼. 그놈은 온다. 아리아인의 승리를 유대인들이 잠자코 볼 리가 없으니 반드시 온다. 그의 뒷목이 뻐근해질 무렵, 외무 장관 리벤트로프가 새로운 의견을 제시했다.

"총통 각하. 미국의 참전을 억제할 가장 손쉬운 방법이 있습니다."

"뭔가?"

"일본제국과의 동맹입니다. 이번에야말로 저들을 동맹으로 끌어들이시는 게 어떻습니까?"

독일과 일본의 교섭은 그야말로 외줄타기와도 같았다. 서로가 서로에게 원하는 바가 명백했고, 서로 달달한 과실은 따먹고 싶었지만 해주고 싶지는 않은 속내가 너무 빤한 협상. 하지만 지금이라면 서로의 의향이 맞아떨어지지 않을까? 유럽을 장악한 독일과 아시아의 맹주인 일본이 힘을 합하면, 양면 전선이 두려운 미국이 섣불리 전쟁에 참여할까?

"좋아. 진행해보게."

"알겠습니다!"

"총통 각하. 미국인들이 염려된다면 제게 한 가지 방책이 있습니다."

조용히 힘러가 입을 열자, 히틀러의 기대감이 더욱 커졌다.

"뭔가?"

"미국인들이 우리 독일의 경제에 농간을 부리고 있다는… 일종의 심증을 잡고 있는 건이 하나 있습니다."

총통의 연이은 재촉에, 힘러가 자세한 설명을 곁들였다.

1938년 11월에 열린 미합중국 상하원 선거는, 민주당의 역대급 패배로 결론 났다. 그 패배가 겨우 하원 50여 석에 상원 7석이라는 게 좀 그렇지만. 아직도 민주당의 패권 시대는 계속될 전망이다. 새롭게 의회가 단장을 마치자, 다가오는 전운을 느낀 이들은 곧장 새로운 법률 통과에 박차를 가했고.

"군대에 가라고?"

"이러라고 너네 뽑은 줄 아냐!!"

"히틀러가 언제 쳐들어올지 모르는데 그럼 군대 가야지!"

정치인들은 원래 선거 때까지만 허리를 굽힐 뿐이다. 선거 끝났으면 다시 허리 쫙 펴고 국익을 위한다는 명분으로 통수를 까는 게 아주 습관이 되신 분들이거든.

[새 징병법, 의회 통과!]

[21세부터 36세까지의 모든 미국인 남성, 병적 등록 의무화!]

그렇지만 지금 내겐 가장 필요한 법안이다. 12개월짜리지만 어쨌거나 병사는 병사다. 17만 명짜리 삼류 열강의 군대가 아니라, 천만 대군을 뽑아낼 천조국의 기상이 마침내 용틀임하기 시작한 것이다. 한편, 유럽에서 대격변이 일어나자 그 여파는 곧장 아시아에도 닿았다. 프랑스령 인도차이나, 한

마디로 베트남과 라오스 일대에 일본군이 들어가 그대로 눌러앉은 것이다.

이렇게 장개석의 생명과도 같던 젖줄이 또 하나 잘려나갔고, 이제 정말 저 맹획의 땅 운남성에 뚫어놓은 버마 로드 정도가 유일한 탯줄이 되었다. 그리고 이는 곧장 미국에도 피드백되었다.

"필리핀 턱 끝에 칼이 들어왔소!"

"우리 군은 필리핀을 지킬 생각이 있는 거요, 없는 거요?!"

중국 해안, 대만, 일본 위임통치령인 태평양의 여러 섬, 이제 거기에 베트남까지. 필리핀은 사실상 포위되었다. 이제 장님이 아니고서야 일본의 위협이 눈덩이처럼 커졌다는 사실을 모르는 사람은 없었고, 그제서야 발등에 불이 떨어졌다. 이렇게 압박을 받자 루즈벨트 행정부는 일본에 경고를 날리길 원했고, 그중에선 각종 물자 수출 금지라거나 중국인들을 돕기 위한 의용군 모집 등 다양한 옵션들이 있었다.

그중 저 '의용군'은 또 나랑 엮일 게 있다. 당장 우리 집안 돈으로 운영되던 학교 중에서는 비행학교도 있었으니. 파일럿 인력을 내놓으면 좋겠다는 뉘앙스의 이야기가 내게도 흘러들어오긴 했는데… 싫다. '플라잉 타이거즈'는 나도 알지만, 귀중한 파일럿 맨파워를 중국에 꼴아박을 순 없다. 태평양 전쟁이면 몰라도. 이제 슬슬 벌여놓은 일들을 좀 정리해야겠다고 속으로 생각하며, 나는 어김없이 총장실로 향했다.

"총장님. 하나만 여쭤보겠습니다."

"뭔가?"

"까라면 까고, 가라치라면 가라칩니다. 어차피 계획이라는 게 실전 들어가면 죄다 망가지는 물건 아닙니까."

"그래서?"

알면서 왜 자꾸 되물으십니까. 제대로 만들어야 하는 거랑, 대강 높으신 분들 구경할 가라 문건이랑 구분은 해야지. 필리핀, 알래스카, 태평양, 미 본토, 그리고 아마… 영국. 미 육군항공대를 어디에 얼마나 배치하느냐. 이

것이야말로 전쟁 발발 후 첫 1개월의 향방을 결정 지을 최우선 사항이었다. 이미 나는 내 밑의 충직한 노예들을 극한까지 갈아 가면서 5가지 시나리오 중 단 하나에만 몰빵하고 있었다.

'영국은 결코 항복하지 않으며, 독일 해군은 강대해지지 않고, 일본은 적극적으로 침략 의사를 드러내지만, 그럼에도 불구하고 독일을 향해 미 육군이 침공해 들어간다.'라는 시나리오. 말해서 무엇 하나. 바로 원 역사 그대로다. 다른 시나리오? 영국이 독일에 항복한다거나, 일본이 참는다거나 하는 시나리오를 내가 왜 날밤 새워가면서 작성해야 하지? 그리고, 마셜 역시 내 의견에 동의해주었다.

"지금 하던 대로만 하면 되겠군."

"알겠습니다."

문제는 역시 그거지. 원 역사대로 '횃불 작전'… 북아프리카 공략전부터 전개해야 할지, 아니면 빠르게 프랑스로 가서 서부 전선을 열어젖히느냐. 이건 내가 결정할 수 있는 물건이 아니라 FDR이 결정해야 할 문제다. 나와 마셜은 이제 잡담을 하려 해도 일 이야기밖에 나오지 않았다. 하지만 무에서 유를 창조하려는데 어쩌겠는가. 모든 것이 다 일감인 것을. 마셜의 부관에게서 커피 한 잔을 뜯어내 홀짝이며 잠시 빈둥대고 있자니 노예주님의 눈이 샐쭉해졌다.

"자네, 가서 일 안 하나?"

"커피는 다 마시고 가야지요. 아깝잖습니까."

"그러든가."

정말 있든 없든 상관없다고 생각하는 건지, 대뜸 라디오를 켜는 총장님이셨다. 저 병풍 아니거든요!

— 독일 정부에서 발표한 바에 따르면, 샌—프랑코 중유럽 지사장 까를로 콘티 씨가 경제사범으로 긴급 수배되었다고 합니다.

"푸우우우웁!!"

"괜찮으십니까 준장님?"

"휴, 휴지, 휴지. 아니 수건 좀."

나와 부관이 혼비백산하는 사이에도, 라디오는 기세 좋게 떠들어대고 있었다.

— 까를로 콘티는 이탈리아계 미국인으로, 우리에게도 친숙한 트레이딩 카드 게임 업체인 샌—프랑코 출판사의 지사장이었습니다. 그는 현재 사기, 횡령을 위시한 8가지 법령 위반으로 독일 사법당국의 수배를 받고 있습니다. 독일 측 공식 발표에 따르면, 현재 조사 중인 본 사건은 개인의 일탈이 아닌 샌—프랑코 전사 차원에서의 범죄로 추정된다고……

정신 차리자. 수배라고 하면 아직 잡힌 건 아니다. 그리고 잘 들어보면 도대체 뭘 했다는지, 왜 수배가 떨어진 건지에 대해선 말을 돌리고 있다.

— 지금 독일 정부에서 주장하는 바에 따르면, 반독일 주전론자인 유진 킴이 자신의 회사를 이용해 독일 경제에 사보타주를 가했다는 것으로 추측되는데요. 어떻게 생각하십니까?

— 글쎄요. 아직 정확한 전말을 공개한 것이 아니라 무어라 말씀드리긴 참으로 어렵습니다만, 장난감 만드는 회사가 무슨 수로 경제범죄를 일으킨다는 것인지…….

그래. 바로 그거야. 잘하고 있어. 히틀러 이 새끼, 어지간히 쫄리나 보네. 샌—프랑코 그거 압류하라고 해라. 딱지가 그렇게 탐나면 그냥 가져가라고. 나중에 베를린 가서 돌려받으면 되니까. 그리고 얼마 후.

[충격적인 대사기극! 피라미드 컴퍼니의 실체!]

[서민의 피와 땀, 사기꾼의 손으로!]

[미국의 경제 공격? 전쟁의 서막인가?!]

"킴 장군님, 이번 일에 대한 해명을 부탁드립니다!"

"샌—프랑코 지사장이 일으킨 사기극에 대해서 한 말씀을……."

"여러분. 다들 아시다시피 저는 회사와 일절 관련 없는 군인에 불과합니다. 회사의 의견이 궁금하시다면 제 동생에게 인터뷰를 신청하시지요."

"장군님! 장군!!"

내 업무는 마비되었고, 나는 기자들을 피해 긴급히 휴가를 써야 했다. 당혹스럽긴 했지만, 유럽에서 폰지 그놈이 무슨 일을 하다 덜미가 잡혔는지는 얼마 지나지 않아 알 수 있었다.

"어떻습니까, 국장님."

"그 사기꾼 자식이… 월척을 건졌소."

에드거 후버는 담배에 불을 붙이려고 했지만, 오늘따라 손이 영 말을 안 듣는 모양이었다. 그는 결국 포기하고는 내게 사진 몇 장을 내밀었다.

"이런 걸 건졌으니 나치 새끼들이 지랄발광을 다 떨지."

악마도 진저리를 칠 학살의 현장. 그토록 찾던 명분이 우리의 손에 있었다.

거인의 맥동 5

38년 겨울. 넓디넓은 대서양을 사이에 두고 역사에 길이 남을 여론전이 시작되었다. 외팔이 장님 둘을 콜로세움에 던져두고 죽음의 검투사 경기를 시키는 것처럼, 이 지독한 싸움은 한 치 앞을 알 수 없는 안개 속에서 전개되었다. 후세 역사가들의 연구 결과를 미리 빌려 보자면, 독일에서 벌어진 일은 다음과 같았다.

"힘러가 또 한 건 올린 모양이더군."

"또 뭔데 그렇게 죽상이야?"

"미국 간첩 하나를 잡았다고 총통께 아양을 다 떨더군. 그게 진짜 간첩일지 아닐지 어떻게 알겠어?"

"미국 간첩?"

"그래. 그… 나랑 딱지 같이 팔던 그 사람."

샌―프랑코에서 라이센스를 받아 독일 내에서 다채로운 사업을 진행하던 헤르만 괴링은 힘러의 '고발'로 인해 뜬금포로 궁지에 몰렸다. 샌―프랑코가 사실 사악한 전쟁광, 오이겐 킴의 앞잡이로서 독일 경제 파괴에 앞장섰다니. 이래서야 마치 괴링 그 자신도 공범처럼 들리잖는가? 어쨌든 괴링은 이 이야기를 동생에게 해주었고, 경악한 알베르트는 그날부로 곧장 움직였다.

"당장 떠나야 합니다."

"또, 또 뭡니까!"

"당신, 빨리 솔직하게 말하시오. 미국이랑 끈 있소 없소? 당신을 간첩죄 혐의로 잡으려고 게슈타포가 움직이고 있단 말이오!"

"어, 어어, 으어어!"

의협심인지, 아니면 미국과 협상할 아이템인지 모르겠지만 폰지는 알베르트가 제공해 준 증거를 챙겼다. 그는 증거물과 약간의 금붙이만을 가진 상태로 헤르만 괴링의 스페인행 밀수품 열차에 몰래 올라탔다. 뭔가 이상한 것 같지만, 맞다. 돈 벌어먹는 데 환장한 괴링이 본인 전용으로 운용한 밀수품 열차.

괴링의 이름이 서류에 대문짝만하게 박힌 이 광기의 밀수열차는 그 누구의 검역이나 터치도 받지 않은 채 프랑스를 지나쳐 아직도 내전 중인 스페인에 도착했고, 증거물은 몇 사람의 손을 더 거쳐서 스페인 주재 미국 대사관으로 보내졌다.

그런데, 폰지가 증발했다. 증거물은 왔는데 사람은 나타나지 않았다. 남미 같은 곳으로 도망쳤는지. 사실 폰지가 사기꾼이란 사실이 까발려지는 게 두려웠던 후버의 졸개들이 강바닥 밑에 담가버렸는지. 베를린 지하실로 끌려가 게슈타포에게 코로 사우어크라우트를 먹는지. 이 폭탄을 감당할 수 없게 된 프랑코가 쥐도 새도 모르게 처리해버렸는지. 그도 아니면 눈먼 총에 맞아 길바닥에서 뒈졌는지.

아무도 모른다. 정말 폰지는 저 증거물만을 전달한 채 영원히 사라져버렸다. 그러나 저 인간이 증발했는지 어쨌는지 우리가 대관절 어떻게 알겠나. 우리와 히틀러는 서로 상대방이 폰지의 신변을 확보하고 있다 여기고 기나긴 쉐도우복싱에 몇 달을 소모했다.

[피라미드 컴퍼니, 금세기 최악의 사기 범죄! 울부짖는 서민!]

[국민을 대상으로 사기 치는 범죄 정권! 나치 수뇌부, 피라미드 컴퍼니 핵심에 자리해!]

[적반하장 미국! 범죄자 신병 인도 거부!]

[사라져버린 미국 시민, 독일에 인권이란 어디에 있나?]

[미국, 선량한 독일 시민의 돈을 들고 나르다!]

[그 많은 마르크는 누구 뱃속으로 갔나? 피라미드 컴퍼니, 일방적 청산!]

나치 놈들이 국민을 등쳐먹는 건 원 데이 투 데이 해본 일이 아닌데, 대표적으로는 폭스바겐 저축우표 건이 있다. 5마르크짜리 적립우표를 모아 1,000마르크를 채우면 국민 자동차 폭스바겐을 주겠다고 공약했지만, 전쟁을 빌미로 죄다 꺼어억해버리고 자동차 공장은 군수공장으로 전환해버렸다.

마찬가지로 피라미드 컴퍼니 또한 나치 고관들의 지원사격을 등에 업고 온갖 시시껄렁한 생활필수품에 피라미드 브랜드 로고 좀 박아선 웃돈을 얹어 팔아먹었는데, 거기에 다단계 구조를 섞어 넣었으니 레전드급 다단계 판매 회사가 된 모양이다.

그런데 일이 커지자, 나치 놈들은 허겁지겁 피라미드 컴퍼니를 일방적으로 폐쇄하고는 '까를로 콘티, 그 미국놈이 먹고 날랐다! 걔 FBI 요원이지?'라고 대뜸 배를 째버렸다. 이쯤 되면 솔직히 폰지보다 더 악질인 건 저놈들인 것 같은데.

나는 매번 그러했듯 또오 언론에 끌려 나와 국내의 친독 인사들과 고립주의자들에게 신명나게 쥐어터졌고, 빨리 폰지 새끼가 미국이나 아니면 다른 중립국으로 무사히 몸을 피했다는 연락만을 하염없이 기다렸다. 하지만 폰지는 종적이 끊겼고, 그 대신 스페인 대사관에서 지급으로 보낸 폰지의 증거물이 도착했다.

"정말 고생이 많군, 진."

"하. 하하. 하하하하……."

"이놈들은 정말이지 미쳤어. 이게 보도되는 순간 독일은 끝장이고."

천하의 후버와 FDR마저 할 말을 잃게 만든 이 끔찍한 물건이 일제히 모든 언론을 타고 보도되기 시작했다.

[다하우, 살인 공장!]

[가장 효율적인 인간 도축 프로그램]

[T—4. 독일이 구축한 노약자와 장애인 학살 시스템!]

[아우슈비츠로 들어간 유대인 일가족의 비참한 최후!]

신문팔이 소년들이 전국적으로 정신병 증세를 호소하고, 아침을 먹으며 신문을 보려던 어른들이 식사를 거르게 되고. 드디어 미국인들은 바다 건너편에 도사리는 적이 사람이 아닌 사탄이란 사실을 깨달았다.

"킴 장군님! 장군님!!"

"이번에야말로 한 말씀 부탁드립니다!"

"나치 정권의 이 끔찍한 행각을 인지하고 계셨습니까?"

"흠흠. 저는 항상, 히틀러가 게르만족 외의 모든 민족을 절멸시키겠다고 떠들어댔다고 각종 언론을 통해 말씀드렸습니다. 하지만 저로서도, 그게 단순히 어떤 수사법인 줄 알았지… 진짜로 저런 참극을 일으킬 줄은 몰랐습니다."

내 눈시울은 잔뜩 붉어졌고, 연신 눈에선 한 줄기 물이 주르륵 흘러내렸다.

"후회스럽습니다. 어째서 더 강하게 외치지 못했는지, 어째서 나치의 사악함을 조금 더 강조하지 못했는지 가슴이 미어집니다. 저 학살을 알고도 외면한다면 과연 죽은 뒤 주님께 무어라 말할 수 있겠습니까? 저는 죄인입니다. 저는 죄인입니다……."

나는 또 일을 못 하게 되었다. 이제 경제테러니 뭐니 하는 말은 싹 사그라들고 유진 코인은 다시 상한가, 연일 상한가를 갱신하며 믿음과 신뢰의 아이콘으로 도약해버렸다. 내 예상을 살짝 빗나간 게 있다면.

"이 개자식! 이 빌어먹을 개자식이 더 이상 떠들지 못하게 입을 막아버려! 당장!! 전부 죽여버리라고!!"

히틀러도 아우슈비츠가 수치스러운 일이라는 자각 정도는 있었던 모양이다.

* * *

캘리포니아.

"할애비가 데리러 와서 많이 화났니, 우리 손녀?"

"…아뇨, 그렇게 화 많이 난 건 아녜요."

"화가 나긴 났다는 게로구나, 욘석."

어쩐다. 파티에서 잘 놀고 있던 손녀를 다짜고짜 픽업해서 데려가고 있는데, 애써 참고 있는 모습이 참 용하기도 하다.

"할아버지가 뭔가 이유가 있어서 이러는 거라고 생각해요. 그러니까 합당한 이유만 말씀해주세요."

"이유 말이냐. 그냥 이 할아버질 믿어 주면 안 되겠니?"

"안 돼요. 저도 다음에 그 친구들을 만났을 때 뭐라 변명할지 정도는 생각해 놔야 하니까요."

악역은 익숙하지만, 손녀한테 미움받는 역할은 도저히 맡기 싫은 상준옹이었다. 하지만 대체 뭐라고 말한단 말인가? '네 아버지랑 친구들이 살생부를 썼는데, 일본과 전쟁이 나는 대로 그 파티장에 있던 친구들 중 대여섯 명은 가족과 함께 거꾸로 매달린 시체가 될 거란다.'라고 말하리?

아니면 'FBI가 예의주시하고 있는 젊은 빨갱이들이 있는데, 네가 옆에서 빨간 물이 들기 전에 그 친구들을 바다에 처넣기로 했단다.'라고 할까? 이제 다 컸다고, 아빠한테 인정받았으니 그냥 다 말해달라고 쪼르르 달려온 헨리한테 진짜로 '다' 이야기했더니 애가 듣다 말고 방을 뛰쳐나갔었다. 이 어린 것이 이야길 듣는다고 이해해줄까?

"할아버지."

"오냐."

"저는 집안을 물려받을 수 없나요?"

뭐? 애가 요즘 새초롬하던 게 사춘기가 아니라 그… 권력투쟁인가? 상준은 뭐라 섣불리 대답하지 못하다가, 나지막이 한마디 했다.

"네 오빠가 있잖니."

"단지 오빠가 나이 조금 더 먹었단 이유로요?"

"유진이 고 녀석이 맨날 싸돌아다니는 동안 헨리가 널 업고 다닌 건 기억 못 하지? 다섯 살 차이면 조금 더 먹은 게 아니지."

아니면 옆에 있는 그 빨간 놈들이 앨리스 귀에 대고 쓸데없는 소릴 불어넣었나. 역시 진작에 담갔어야 했다. 싹퉁바가지 없는 것들. 제 애비애미들이 린치와 폭동, 멸시 속에서 죽을 각오로 집안을 일으켜 세웠더니 그 피땀을 받아먹고 큰 주제에 사회정의니 혁명이니 집안 결딴낼 소릴 지껄이고 다닌다. 이 민족 배반자 같은 새끼들을…….

"그치만… 기회 정도는 있어도 되잖아요? 제가 여자라서 그런 거면."

"내가 머리털이 다 허예지도록, 유진이 그놈만큼 남녀 구분 없이 자식 키운 녀석은 못 봤다. 어디 꽉 막힌 여학교에 보내길 했느냐, 아니면 대학엘 안 보내준다더냐?"

딸내미가 공대에 가겠다 선언해도 피식 웃으면서 '나는 문과인데? 어째서? 어째서엇?!' 같이 실없는 소리나 하지, 말리는 말 한마디도 안 하는 놈이다. 오히려 앨리스가 떨떠름하게 좀 더 생각해 보겠다며 물러날 정도인데.

며느리도 방학철이면 애들 데리고 저 오두막 별장으로 가서 몇 날 며칠 사냥하고 돌아오곤 했다. 나이 먹을 만큼 먹어서 애가 넷인 부부의 교육방침에 뭐라 딴지를 놓기는 싫지만 거… 좀… 명색이 사회 지도층인데 무슨 백정 집안도 아니고…….

"그런 게 아니라요."

"일단 아범이 집에 오면 같이 이야기해 보자꾸나. 우리 귀여운 앨리스한 테 기회가 있어야 한다면, 제임스나 셜리도 기회가 있어야 하겠지? 그럼 그 애들이 다 클 때까지 기다려줘야겠구나."

"셜리는 아직 열 살도 안 됐는데요?!"

"걔는 김가의 피를 안 타고났다더냐? 네 권리를 보장받고 싶으면 걔들의 권리도 챙겨줘야지."

"…그렇네요. 할아버지 말이 맞아요."

모르겠다. 이제 이 늙은 머리로는 따라가기 힘들 정도로 세상이 바뀌고 있었다. 그의 상식에 따르면 장남이 집안을 다스리는 데 이유 같은 건 전혀 필요 없었으니까. 말을 하면서도 이게 맞는 말인지, 혹여 아범의 생각과 틀리진 않을지 저어 염려되었다. 그때, 차가 갑자기 브레이크를 밟으며 급제동 했다.

"꺅!"

"뭔가?!"

"차도에 사람이 서 있습니다. 잠시……."

탕! 운전수는 더 이상 말을 잇지 못했다. 연기가 피어오르는 총을 그대로 겨눈 채, 흉수는 천천히 차 뒷좌석으로 다가왔다.

"사, 살려주게! 돈, 돈이라면 얼마든지 있네. 우리 몸값은 후하게 받을 수 있을 게야!"

"하, 할아버지……."

"얼마, 얼마면 되겠나. 아시아인은 효를 중시하니, 내가 더 인질로 값어치 있네. 계집애는 돌려보내고, 나만 데려가게."

"일단 차에서 내려."

"지, 지팡이 좀, 짚어도 되겠나?"

괴한이 대답하는 대신 잠자코 차문을 열자, 상준은 지팡이에 의지한 채 천천히, 덜덜 떨면서 하차했다.

"유진 킴의 애비, 맞나?"

"마, 맞습니다. 목숨만은 살려주시오. 제발, 제발 부탁이니……."

상준이 털썩 주저앉으며 애걸하자 총을 쥔 괴한의 손이 떨렸다. 그리고 그때, 울면서 연신 빌던 노인이 갑자기 지팡이를 겨누었다. 타앙!!

"커, 커어……."

"동양의 삼강행실도에, 노인네 핍박하는 호로새끼는 죽어도 싸다고 적혀 있다네."

'그리고 난 지팡이 안 짚고 다녀도 돼.' 노인의 비웃음 섞인 말은 이미 괴한의 귀에 잘 들리지도 않았다. 잠깐 기다리고 있노라니 요란한 차 소리와 함께 몇 대의 차량에서 경호원들이 우르르 쏟아져 내렸다.

"어르신!!"

"어르신?!"

"근접 경호를 유지할걸 그랬네."

경호를 둘둘 말고 있어서 그놈들이 안 움직이나 싶었다. 그래서 멀찍이 떨어져서 따라오라고 하자마자 대번에 참사가 일어났다. 애꿎은 운전수만 생목숨을 날린 셈 아닌가.

"뒈진 놈 몸을 좀 뒤져봐. FBI에도 곧장 연락하고."

"알겠습니다."

"나랑 손녀는 먼저 가 보겠네."

안에 들어 있던 총탄을 모두 뺄어내 쓸모없어진 지팡이, 그리고 두 시신의 수습을 경호원들에게 맡긴 상준 옹은 앨리스와 함께 다른 차량에 탑승해 귀가해야만 했다. 하지만 그들이 집으로 돌아왔을 때.

"하, 할아버지! 집이!!"

"…오늘이 그날인가 보구나."

김씨 집안의 승리. 아메리칸드림을 상징하던 저택이 거대한 불꽃이 되어 불타오르고 있었다. 곳곳에서 소방수들이 물을 뿌리고, 온 동네 사람들이 전부 나와 저택이 불타는 모습을 보며 절규하고 있었다.

"어르신! 외출하셨었습니까, 다행입니다!"

"혹시 안에 사람이 있소?"

"없습니다."

"그거 다행이구려. 아무도 다치지 않았으면 그거로 됐지."

앨리스는 그의 조부를 힐끗 바라보았다. 불길에 기이하게 음영이 진 노인의 얼굴은 그 어느 때보다 굳어 있었다.

"할아버지, 괜찮으세요?"

"괜찮을 리가 있겠니? 억장이 무너지고 있단다."

"그런데 너무… 평온하신 것 같아요."

"옛날, 우리의 고향 조선 땅에는 봉화라는 게 있었지. 오랑캐가 쳐들어오면 거기에 불을 붙여 머나먼 땅까지 적의 침략을 알렸단다."

그는 손녀에게 옛날이야기를 하듯, 다소 뜬구름 잡는 말을 꺼냈다.

"봉화의 불길로 잠든 거인을 깨울 수 있다면, 저택이 아니라 이 늙은이 목숨이라도 땔감으로 쓸 수 있으련만. 역시 거기서 총 맞고 죽어야 했나."

"할아버지……?"

너무나 초연한 조부.

"독일 놈들이 킴 장군의 저택에 불을 질렀다!!"

"독일 간첩이 캘리포니아에 방화를 저지른다!!"

"히틀러가 김씨 집안을 암살하려 했다!!"

불타는 집을 바라보고 있던 군중들 사이에서 터져 나오는 고함소리까지. 앨리스는 뭔가 알면 안 되는 걸 알아버린 느낌이 들었다.

거인의 맥동 6

유럽 땅에서 전쟁이 터진 이래로, 독일계 미국인들은 승천하는 모국을 보며 가슴속 한켠이 뜨거워지는 것을 느껴야 했다. 나치의 비민주성, 독재에 대한 혐오가 강렬하지 않은 사람들은 자연히 그 놀라운 경제성장이나 끝없는 연승 행진을 보며 뽕맛에 찰 수밖에.

한번 역지사지로 대입해 보자. 내가 한국에서 미국으로 이민을 왔는데, 한국의 독재자가 전쟁을 일으켜 한 달 만에 북한을 무너뜨리더니 두 달이 더 지나자 도쿄에 태극기를 꽂네? 이게 실화냐? 주모, 국뽕 한 사발 말아주소!

그리고 뒤이어진 일도 가관이다. 나치 놈들 논리에 따르면, 독일의 성장을 시기 질투한 이 유진 킴과 사악한 미 제국주의자들은 선전포고도 안 한 주제에 까를로 콘티… 그러니까 폰지를 보내 독일 경제에 어마어마한 타격을 주려 했다. 정말 추잡한 나라가 아닐 수 없다. 그 결과, 이 더러운 배금주의의 나라를 떠나 독일로 자원입대하려는 게르만족의 대이동 20세기 버전이 시작되었다.

그러나 이제 그것도 끝이다. 독재야 뭐 그러려니 하자. 아직 이 시대는 민주주의가 절대적인 선으로 확고히 자리 잡을 때가 아니니까. 하지만 만천하에 폭로된 홀로코스트는 그냥 넘어갈 수 없지.

독일은 앵무새처럼 모든 것이 날조라고 외쳤다. 지금도 아마 증거인멸에 여념이 없겠지. 그렇지만, 나치가 아무리 단단히 돌았다지만 더 이상 절멸 수용소 같은 사탄도 도망칠 발상을 다시 한번 실천에 옮길 수는 없을 것이다. 이 전쟁에서 승전하면 또 모를까. 명분도 얻었고, 사람도 살렸다. 그거면 됐다.

아무튼 내가 부지런히 히틀러를 씹고 다닌 보람이 있는지, 마침내 암살 시도가 있었다. 하지만 내 머리통에 총질을 하려 들 것이라는 나나 후버의 예상과는 다르게, 나치는 먼저 샌프란시스코에서 수작을 부렸다. 가족 누구 하나 다치지 않은 게 정말, 정말 천만다행이다. 내 집에 불은 왜 지르려 했던 거야? KKK인가?

물론 정 안 되면 이판사판으로 집에 불 좀 지를 준비를 해놓긴 했다. 어디까지나 준비만. 그도 그럴 것이, 자작극은 걸리면 정말 뒷감당 안 되잖아. 후버조차 '이거 걸리면 우리 둘 다 남은 일생을 알카트라즈에서 보낼 거 같은데?' 소리 할 정도면 끝났지. 그런데, 불을 질러줬다. 아니 이렇게 감사할 수가. 스파시바. 셰셰. 아리가또우.

'혹시 큰불이 일어나면 독일 놈들이 불 질렀다고 바람 좀 잡자.'라고 당부해 놓은 놈들은, 진짜 우리 집에 불이 나자 바람잡이 수준이 아니라 눈이 뒤집혀서는 낙지 새끼들이 김가에 불을 질렀다고 사방팔방에 대고 떠들었다. 정말이지 뭐 하나 예상대로 흘러가는 일이 없다. 이게 그 전장의 안개인가 그거구만.

총통 각하께서 이렇게 희대의 똥볼을 걷어차 주셨는데, 우리가 그걸 받아먹지 못할 정도로 멍청하진 않다. 이미 FBI의 감시를 받고 있던 독일 간첩 프리츠 듀케인(Fritz Joubert Duquesne)이 곧장 체포되었고, 그 뒤를 이어 수십 명 규모의 초대형 독일 간첩단이 줄줄이 체포되었다.

[사상 최대의 독일 간첩단 체포!]

[현장에서 사살된 독일계 미국인, 간첩단 일원으로 밝혀져!]

[나치의 촉수, 우리 사회 어디까지 뻗어 있나?!]

[유진 킴, FDR 등 저명인사 암살 준비!]

[충격! 나치의 신대륙 절멸수용소 건설 계획!]

날마다 날마다 끊이지 않고 새로운 뉴스가 장작처럼 던져졌다. 절대 이 불이 쉽게 꺼지게 할 생각은 없으니까. 나는 당장이라도 FDR이 휠체어 타고 의회에 출석해 우렁찬 선전포고문을 낭독할 줄 알았는데, 그 양반의 생각은 좀 달라 보였다.

"어서 오시오, 유진 킴 준장."

"각하의 환대에 감사드립니다."

펑! 퍼벙!! 무수한 기자들이 연신 플래시를 터뜨리며 우리의 만남을 열심히 사진으로 남겼고, 눈시울이 붉어진 각하께서는 내 손을 꼭 붙잡았다.

"이번 폭거는 나치 독일이 민주주의와 언론의 자유를 존중할 생각이 전혀 없다는 사실을 세계만방에 보여준 중대한 사태입니다. 이 나라의 수장으로서, 결코 이 일을 좌시하지 않을 것입니다."

"감사, 감사드립니다."

찍어. 많이들 찍어. 플래시 때문에 내 안구도 푹푹 자극된다. 좋아, 눈물 나온다. 나온다! 기자들 쓰기 좋으라고 다양한 각도와 그림을 연출한 다음은 비공개 일대일 면담이었다.

"미친놈."

"죽을 위기 넘겼더니 왜 욕이십니까?"

"집에 불을 질러? 가족 목숨도 걸고? 제정신인가 진짜! 하늘 아래 영원한 비밀이란 없는 법인데, 세상엔 엄연히 금기라는 게 있어."

나는 잠시 이게 무슨 소린가 멍하니 있다가, 한마디 툭 던졌다.

"자작극 아닙니다."

"뭐?"

"진짜 나치 새끼들이 저질렀습니다, 각하."

"…전부? 전부 다? 암살과 방화 다?"

"예. 후버에게 물어보시면 될 일 아닙니까."

루즈벨트는 잠시 창밖의 하늘을 올려다보았다.

"미치겠네."

"그러게 말입니다. 죽을 고비를 넘겼는데 국가원수에게 몸소 욕이나 먹고……."

"거, 너무 마음에 담아 두지 말고."

대통령을 핍박해 봐야 얻을 건 없으니, 나는 너그러이 FDR을 용서해 주기로 하고 곧장 본론에 들어갔다.

"선전포고는 언제 할 계획이십니까?"

"진, 한두 달 정도는 좀 느긋하게 기다려 보게. 정치는 그렇게 하는 게 아니라고."

그는 책상에 있던 신문 1면을 번쩍 들어 내게 보여주며 말했다.

"국론이 끓어 넘친다고 보이나? 천만에. 아직 대중은 충분히 자극받지 않았어."

그는 스크랩해놓은 신문 사설란 몇 개를 가리켰다.

"서부, 그리고 아시안. 반대로 말하면 뉴욕에 사는 동부 백인들에겐 그 파장이 그리 크게 와닿지는 않아."

"그게 또 그렇게 되는군요."

틀린 말은 아니네. 미국이 하도 넓어야 말이지. 장군이고 나발이고, 옐로 몽키 집에 불 좀 났다고 우리 꽉 막힌 친구들이 전쟁터로 가고 싶어 하면 진지하게 마인드 컨트롤을 의심해 봐야 한다.

"물론 개전은 할 거야. 지금이 아니면 못 하지. 동부 친구들도 자기 발밑에 불이 피어오르고 있다는 사실을 똑똑하게 각인시켜 준 다음에 말일세."

하긴, 이게 진주만급은 또 아니다. 사실 진주만이 어디 보통 전쟁명분인가? 최고의 꼴통 고립주의자조차 네 발로 백악관에 기어와서 끼잉끼잉 루즈벨트 님 충성충성을 외치게 만드는 SSS급 전쟁명분인데, 이거랑 비교하기엔 좀 그렇지.

"선전포고만 안 한다 뿐이지, 이미 실질적으로는 그에 준해서 움직이고 있네. 영국인들과도 본격적으로 논의해야 할 테니 자네도 할 일이 많아지겠군."

"노력하겠습니다……."

아니, 그렇게 꼭 일이 많아지겠다고 콕 집어 주실 필요는 없는데요. 어째서 목숨 걸고 싸운 결과가 '더 일해야지?'로 돌아오는 걸까. 더러워서 공무원 때려치우고 싶다.

"왜 아직 있나? 얼른 가서 일 안 하고. 경호는 넉넉하게 붙여주겠네."

주인님… 정말 이 배금주의 나라의 두목다우시군요. 상상을 초월하는 노동 착취에 이 유진 킴, 할 말을 잃었습니다. 정말 나빠. 의자야 항상 앉아 있으니 이제 푹신한 고양이 한 마리만 쓰다듬으면 완벽한 악의 조직 두목이 될 수 있으련만, 안타깝게도 FDR은 굳건한 댕댕이파다. 그리고 그런 코디 따위는 4선의 대마왕에게 필요 없다는 듯, FDR의 여론 자극을 위한 스킬은 잔대가리 좀 굴리는 군바리에 불과한 유진 킴의 상상 따위 가뿐하게 초월했다.

"입대를 신청하러 왔소."

"서, 서, 성함과, 생년월일을 말씀해주시고, 이, 이, 이 서식을 작성해주시면, 가, 감사하겠습니다."

"존 조지프 퍼싱. 1860년 9월 13일생."

팡! 파바방! 팡!! 이번에도 다시 기자들은 퍼싱이 서류를 작성하는 모습을 미친 듯이 찍어댔고, 곧장 호외로 뿌렸다. 내일모레 여든을 바라보는 퍼싱이 차에서 내려 모병소에 들어가고, 입대를 신청하는 이 광경은 신문뿐만 아니라 라디오로 생중계되면서 전국을 발칵 뒤집어 놓았다.

"장군님! 어째서 입대를 신청하셨습니까?!"

"수십 년 전, 우리 미합중국 시민은 야만스러운 전제주의자들로부터 인류 문명을 수호하기 위해 떨쳐 일어났었습니다."

늙은 군인이 천천히 말을 고르자, 제아무리 악랄한 기자라 하더라도 감히 입을 놀릴 수 없었다.

"하느님을 따르는 우리 미국인들 앞에, 전제주의자들은 무릎 꿇었습니다. 하지만 저들은 이제 악마에게 영혼을 팔고, 더욱 독기를 품은 채 다시한번 문명을 무너뜨리고자 움직이고 있습니다. 명심하십시오. 인종의 순수성을 외치는 저들이 대서양을 건너는 날, 우리는 모두 가스실에 들어갈 운명입니다."

"장군님! 장군님!!"

"그럼 우리가 전쟁을 일으켜야 한다는 소리입니까? 장군님!"

사회 지도층이 솔선수범해 입대를 하나의 붐으로 조성하는 동안, FDR의 혓바닥은 재계로 뻗어나가고 있었다.

"유진! 이게 대체 어떻게 된 거야!"

"자자, 진정하고. 릴랙스, 릴랙스. 뭐가 그리 문젠데?"

사색이 된 에젤은 어쩔 줄 몰라 하며 위스키를 벌컥였다.

"FDR이 칼을 들이밀었어."

"응? 대통령이 갑자기 왜?"

"포드사가 독일에 투자해서 나치의 재무장이 앞당겨졌으니, 전쟁 준비에 협조하든가 부역자로 좇되든가 하나 고르라던데."

"그건 네 업보잖냐. 잘됐네. 우리 에젤 화이팅."

"야! 야!!"

포드사를 이렇게 조지는 걸 보면 아마 어지간한 중공업 기반 업종들은 전부 탈곡당했겠구만. 항공기 엔진으로 유명한 프랫 앤 휘트니(Pratt &

Whitney)는 BMW와 합작했고, 스탠다드 오일과 몬산토, 듀퐁 등은 아우슈비츠에서 화학약품을 열심히 만드는 이게파르벤(IG Farben)과, 제너럴 모터스는 오펠(Opel)을 인수해 독일군 차량화에 아주 혁혁한 공을 세웠다. 그리고 이들은 전부 백악관으로 불려가 줄빠따를 맞는 신세가 되었다.

역시 FDR이야. 성능 확실하구만.

세상은 극도로 흉흉했다. 아직도 차 타고 조금만 움직이면 잿더미가 된 킴의 저택을 볼 수가 있고, 거리 곳곳에서 피의 복수를 부르짖으며 입대를 권유하는 학생들을 만날 수 있었다. 독일이 사실상 유럽을 정복하고. 그 독일과 야합해 세상의 민주주의를 모두 말살하기로 작정한 듯한 소련은 이제 핀란드를 침략하기 시작했다.

자유와 민주주의, 나아가 이 나라를 지키기 위해서라면 전쟁을 피할 수 없는가? 언론은 그렇게 확신하는 듯했다.

[체임벌린의 실수, 알고도 저지르면 머저리!]

눈 감고 귀 막은 채 체코를 버렸던 영국과 프랑스는 이제 온몸으로 그 대가를 치르고 있다. 마찬가지로, 눈 감고 귀 막은 채 미합중국이 영국을 버린다면… 그 대가는 얼마나 끔찍하겠나? 신문에서 보았던 그 참극이 아른거리자 속이 불편해진다.

"어이, 리처드. 자네 괜찮나?"

"아아. 네. 괜찮습니다."

"독일 간첩들이 변호사를 요청했다던데, 세상 참 말세야."

"그런 놈들에게도 변호사는 필요하니까요."

"그렇지. 변호를 맡으면 돌 맞아 죽겠지만 말야."

하지만 먹고살려면 일해야 한다. 신인 변호사 리처드는 사무실 책상을 대강 정리하고는 아침 신문을 펼쳤다.

입대라, 입대. 찢어지게 가난한 촌에서 여기까지 기어 올라왔는데, 눈먼 총알에 맞아 죽기는 싫다. 변호사가 병역 대체복무되는 직종도 아니니 짤없이 현역 입대 확정 아닌가. 하지만 아직도 저편에 보이는 시꺼먼 연기를 볼 때마다, 그의 가슴이 울렁이고 있었다. 신문에서 본 유대인 태우는 연기가 겹쳐 보였다.

잿더미로 변한 그 저택을 보라. 적어도 이 캘리포니아에서 김가의 의미는 여러모로 컸다. 교회 쪽 일이든, 무료급식 같은 자선행사든, 아니면 그 역시 받아먹은 장학금이든. 대공황이 터진 후, 김가는 돈 벌 생각이라곤 없는 건지 어마어마한 돈을 자선에 때려 부었다. 냉소적인 부류는 그걸 보면서도 '옐로 몽키가 주류 편입되고 싶어서 돈으로 밀어붙인다.'라고 평했지만, 그 자선이 거의 10년 가까이 지속되자 입을 다물게 되었다. 당장 오늘 독일 간첩의 손에 억울하게 명을 달리한 운전수의 추모식이 예정되어 있었다. 추모로 끝날지, 복수를 다짐하는 결의대회가 될진 모르겠지만.

"리처드, 클라이언트 오셨네. 자네가 맞이하게."

"알겠습니다!"

손님이다 손님! 리처드는 신문을 대충 던지고는, 서둘러 대기실로 달려갔다. 스마일. 스마일. 프로페셔널하게.

"안녕하십니까. 변호사 리처드 닉슨(Richard Milhous Nixon)이라고 합니다. 무엇을 도와드릴까요?"

음, 좋아. 만족스러워. 악센트 좋고.

거인의 맥동 7

　캘리포니아 로스앤젤레스. 밤이 되면 소수 유흥가를 빼면 조용해지는 것이 당연한 일이건만, 이 외곽에 있는 작은 집은 밤만 찾아오면 시끌시끌해지곤 했다.

　"여러분은 이 미국 땅에서 공부할 수 있는 몇 안 되는 아시아인입니다. 여러분이야말로 아시아를 이끌어나갈 미래입니다! 비록 태어난 곳도, 살아온 곳도, 사회적 신분도 모두 다르지만 배움에는 귀천이 없는 법이니 여러분들이 더욱 열심히 배우고 익히길 바랍니다."

　비록 얼마 없는 전구는 깜박깜박거리고 지붕 위에선 쥐 돌아다니는 소리가 다 들리지만, 이들의 향학열을 끌 수는 없었다.

　여전히 두꺼운 차별의 벽. 여전히 극복할 수 없는 인종의 낙인. 배울 만큼 배운 청년들이 부딪히는 현실은 너무나 아팠고, 그럴수록 이들의 가슴속 열망은 더더욱 달아올랐다.

　"자본론에 적힌 대로, 대공황은 자본주의 체제 모순을 이기지 못하고 붕괴하려는 증거입니다. 하지만 자본가들은 전쟁을 일으켜 세계혁명을 저지하려 합니다. 루즈벨트 또한 마찬가지입니다! 우리가 더더욱 반전운동에 나서야 하는 이유가 바로 여기에 있지요. 백인들의 싸움에 우리가 피 흘릴 이유가 없습니다!"

그리고 명쾌한 답이 여기에 있었다. 이곳에서는 조선계도, 일본계도, 중국계도, 류큐계도 아닌, 프롤레타리아 혁명가들만이 있을 뿐이었으니까. 한편 강의실과 분리된 작은 방에서는, 몇몇 중진급 인사들이 모여 회의를 하고 있었다.

"모스크바에서의 지령이오. 무슨 일이 있어도 미국의 참전을 늦추라고 하는군."

"선전에 더욱 박차를 가하겠습니다."

"하지만… 김가 저택이 저렇게 불타버리면서 반전 여론을 조성하기 무척 어려워졌습니다."

김가 이야기가 나오자 자리에서 가장 높은 인물로 보이는 사람의 심기가 불편해졌다.

"그 극우 제국주의자, 민족의 배신자가 대체 뭐길래?"

"여기선 인망이 제법 있으니까요."

"그놈의 자선은 모두 프롤레타리아를 착취했기에 가능했던 거요, 동무들. 인심 쓰는 척하지만, 애초에 그의 것이 아니었소. 우리의 것이었지."

"우매한 대중들은 그 사실을 모르니 갑갑할 뿐입니다."

그리고 그의 심기를 캐치한 이들은 얼른 고개를 조아렸다. 여기선 저놈이 두목이었으니까.

"하, 이거 참."

김유진의 저열한 민낯을 까발릴 수만 있다면 단숨에 공산당의 세를 떨치고 서부를 해방구로 만들 수 있을 텐데. 박헌영의 고심은 깊어져만 갔다.

* * *

　숙련된 의사가 고름을 짜내고 피와 살 밑에 파묻힌 고름 주머니까지 꼼꼼하게 도려내듯. 제갈량이 제단을 차리고 제를 올려 장강에 동남풍을 불러내듯. 루즈벨트의 작업은 신속하고도 과감했다.

　"우리 공화당은 자성해야 합니다. 대공황은 문제가 아닙니다. 우리의 문제는 바로 승리, 승리를 얻겠다는 마음가짐의 결여였습니다."

　"맥아더 의원의 말이 정확합니다! 링컨 대통령의 거룩한 뜻을 이어받은 우리 공화당이, 언제부터 자유의 적과 싸우는 것을 두려워해 쪼그라들어 있었습니까?!"

　평화가 아니라 굴종. 반전(反戰)이 아니라 매국. 엊그제까지 미국의 평화를 위해서는 고립주의를 지켜야 한다고 외치던 자들은, 인민재판에 끌려 나오듯 썩은 눈을 한 채 연단에 올라선 자신이 얼마나 신실한 기독교인인지, 그리고 얼마나 나치의 비윤리적 악행에 경악했는지 기나긴 간증을 해야만 했다. 그러고도 청중들의 반응은 싸늘했고, 그들에게 남은 선택지는 하나뿐이었다.

　"저는 평화를 원했습니다! 하지만 저들이 전쟁을 원하는 한, 우리 또한 맞서야만 합니다!"

　"평화를 얻고 싶으면 무기를 준비해야 하는 법! 지금이야말로 자유의 이름으로 싸워야 합니다!"

　전향. 180도 턴! 공화당 내에서 벌어진 이 칼부림에서 칼자루를 쥔 건 너무나 당연히 맥아더였다.

　"얼마 전까지 전쟁을 선동하는 자들을 경계해야 한다고 하지 않으셨습니까? 실례지만 혹시 독일로부터……?"

　"그게 무슨 말씀이십니까! 오해입니다!"

　캔자스 상원의원에 당당히 재선한 맥아더는 물 만난 물고기마냥 펄떡대며 회개한 탕아들의 신앙심을 판별하였고, 그동안 잘근잘근 씹어 왔던 굴욕을 말끔히 털어버릴 수 있었다. 당권을 장악하고, 기존 공화당 지지자뿐만 아니라 그동안 공화당에 마음이 떠나 있던 옛 지지자들도 다시 끌어들이고. 2년 남은 1940년 대선을 목표로 숨 가쁘게 달리던 맥아더는 어느 날, 백악관의 부름을 받았다.

"전시 거국내각?"

"더글라스. 자네밖에 없잖나."

이제 대통령 노릇 한 지 6년이나 된 옛친구는 사람 좋은 미소를 지으며 말했다.

"나더러 2년간 전쟁을 미루란 이야긴 아니겠지? 이번 기회에 독일은 물론 일본까지 싹 끝내버려야 해. 이미 잽스 놈들의 수작질은 위험수위니 말이야."

"그건 그렇네만."

"총력전이 되어야 해. 유럽 대륙을 석권한 독일과 아시아 대륙을 석권한 일본에 맞서려면 우리 역시 아메리카 대륙의 모든 힘을 끌어 써야 하네. 사실 전쟁은 자네의 전문 분야 아닌가."

'그런 의미에서, 자네가 전쟁부 장관이 되어주면 그야말로 최고의 인선 아니겠나.' 루즈벨트는 부드럽게 말했지만, 이미 정치판에서 제법 오래 구른 맥아더는 그 속내를 빤히 읽을 수 있었다.

"물론 내가 전쟁부 장관에 어울리긴 하지."

"오! 그렇다면……"

"하지만, 대전쟁을 앞둔 지금 백악관이야말로 전쟁부보다 더 어울리는 거처라고 생각하네."

"젠장."

끼익거리는 휠체어 소리가 요란히 울려 퍼지고, 루즈벨트는 어느새 맥아더의 곁에 바짝 붙었다.

"1940년 11월 5일에 선거하고, 다음 해 1월 20일에 취임하고. 가장 전쟁이 격화되어 있을 시기에 대통령을 교체하자고? 다른 누구도 아니고 자네가?"

"이상한 소릴 하는군, 프랭크. 어차피 자네는 백악관에서 나갈 예정 아닌가? 민주당의 새 후보가 당선되나 내가 당선되나 어차피 정부수반 교체는 당연한 일인데."

맥아더는 거기서 말을 끊었다. 스스로 가능성이 희박하다 생각해 머릿속 구석에 밀어놓았던 판단이 다시 용틀임 쳤으니까.

"자네, 워싱턴 이래로의 전통을 짓밟으려고 하나!"

"그건 어디까지나 암묵적인⋯⋯."

"암묵적이지! 당연하지! 아무도 그딴 발칙한 생각은 안 했으니까!"

"그야 전 세계를 두고 수천만 대군을 동원한 전쟁 따위 여태까지 없으니까 그렇지!"

루즈벨트는 신경질적으로 팔을 휘저으며 외쳤다.

"우리 당에 지금 사람이 있는 것 같나? 안정적으로 거국내각을 유지시키고, 뉴딜에서 손을 놓지도 않으면서, 전쟁 지휘에 내분 중인 당까지 관리할 수 있는 인간이 있으면 나도 핫 스프링스 온천으로 돌아갔어! 뜨뜻하게 몸이나 지지면서 살면 되니까!"

"야당으로 돌아가면 아무 문제 없네, 프랭크."

"의사당에서 사람 웃기는 법은 잘 배웠군 이 친구가. 입만 열면 나더러 공산주의자라고 까대던 공화당 친구들이 참 잘도 뉴딜을 유지하겠어. 솔직히 말해보게. 그거 다 폐지하고 싶어서 막 드르렁드르렁하지 않나?"

맥아더는 답하지 않았지만, 표정만 봐도 다 알 수 있는 일이었기에 루즈벨트는 그러려니 고개만 끄덕였다. 그리고 그 모습을 볼수록 그의 의지는 더더욱 확고해지고 있었다.

"나는 3선에 도전할 걸세. 4년 더 해먹고 싶어서가 아니야. 지금 이 나라의 키를 잡아야 하는 건 그 누구보다 정치적인 인간이고, 내 생각에 자네보단… 내가 좀 더 잘할 것 같거든."

"그래서, 나더러 장관이나 해라?"

"다른 걸 원하면 뭐든 말하게. 몇 자리 정도는 더 내줄 수 있어."

"전통을 깨는데 두렵진 않나? 후세가 자넬 어떻게 평가할지?"

"내 평가 기준은 오직 미국 시민의 표뿐이네. 후세는 알 바 아니고. 그보다 자네, 낙선할까봐 벌써 쫄리나 보군."

맥아더는 정곡을 찔렸는지 할 말을 잃었고, 그 모습을 본 루즈벨트는 더욱 어깨를 폈다.

"자네의 의사를 기다리고 있겠네. 하지만 빨리 결정해주게. 선전포고문을 의회에서 읽을 때 새 각료진도 공개하고 싶거든."

"이렇게 멋대로 움직여 놓고 협조를 구하다니, 뻔뻔스럽군."

회담은 결렬로 끝났고, 잔뜩 성이 난 맥아더는 곧장 D.C.에 따로 마련한 집으로 향했다.

다음 날 새벽. 여전히 수십 년 군인 생활의 습관이 몸에 밴 맥아더는 해가 뜰 즈음 일어나 마당으로 향했다. 간단하게 몸을 좀 움직이고, 구독 중인 신문을 읽고, 우체통을 확인하는 정해진 루틴. 하지만 우표도, 소인도 일절 없는 황색 봉투를 우체통에서 꺼내는 일은 전혀 정해진 루틴이 아니었고.

"이, 빌어먹을……."

봉투 안에 들어 있는 한 젊은 여성의 사진을 보자 맥아더의 얼굴에서 핏기가 싹 가셨다.

[친애하는 맥아더 의원께,

이자벨 로자리오 쿠퍼(Isabel Rosario Cooper) 양 기억하시지요? 당신이 총애했던 16살짜리 정부 말입니다. 귀하께서 필리핀에서 데려온 그 아가씨가 참 예쁘게 크지 않았습니까? 지금 이분이 생계에 곤란을 겪고 있는데……]

"이 개자식! 이따위로 협박질을 한다고?! 빌어먹을 앉은뱅이가!"

뒷목이 뜨뜻미지근한 것이, 어찌나 세게 뒤통수를 처맞았는지 얼얼할
정도였다. 사진 뒤에 적힌 누군가의 글귀를 정신없이 읽던 맥아더는 빡 돌
아버린 나머지 사진을 북북 찢어버렸다.

공화당 중진인 자신을 상대로 금품 협박? 웃기는 소리. 루즈벨트다. 무조
건 루즈벨트야. 대선 때 뿌려버리겠단 거지. 이걸 막아낼 만한 수단? 맞서면
되나? 내가 가진 패, 망할 앉은뱅이의 약점. 그 모든 것들을…….

"이 개자식이 진짜. 좋아. 한 판 붙자. 어디 네놈 뜻대로 되는지 한번 보
자고."

맥아더가 투쟁을 결심한 그다음 날, 봉투가 하나 더 꽂혔다.

[의원님. 너무 정정하신 것 아닙니까? 여자가 너무 많으신데…….]

한두 건이 아니네? 전시에 여자 문제로 이렇게 많이 언론을 탔다간 강인
한 지도자상은 개뿔, 그냥 나잇값 못 하는 추잡한 노인네로 낙인찍히겠지.
이래서야 도저히 선거에서 이길 각이 안 보인다. 그날 오후, 맥아더가 이끄
는 공화당이 대통령의 '대국적 결단'에 물밑으로 동의하면서 정계도 정리
가 완료되었다.

* * *

베를린.

"이 빌어먹을 작자들! 뭐 하나 마음에 드는 게 없어!"

콰당탕탕!!

책상 뒤엎어지는 소리가 작렬하고, 자리에 있던 고관들이 모두 대가리를
박았다.

[독일 간첩단, 사형 선고!]

[주범 등 9명 사형, 기밀 누출 등 모두 합쳐 총 300년 형 이상!]

"이게 말이나 되는 일인가? 유대인들이 선량한 아리아인을 사법 살인하려 하고 있어!"

히틀러는 손을 덜덜 떨며 엉망으로 구겨진 종이쪼가리를 바닥에 툭 던졌다. 독일의 입장은 단순명료했다.

'홀로코스트나 대규모 학살은 모두 날조이며, 유대인들이 또 전쟁을 일으키기 위해 선동을 하고 있다.'

'유진 킴은 예전부터 일관적인 극우 반독 활동을 해온 인물이며, 이번에도 선동과 날조를 저지르다 애국심 넘치는 사람들에게 '의거'를 당한 것.'

'독일 당국은 결코 테러를 용납하지 않는다. 우리는 일절 지령을 내린 바 없음.'

이래놓고 분위기가 영 좋지 않자 '폭력은 나빠요' 수준의 성명을 발표하긴 했다.

"대체 왜! 어째서! 오이겐 킴, 또 그놈이 추잡한 짓거리를 하는 게 틀림없어!"

나치 독일의 체제란 건달패 조직이나 일반인 계모임 꼬락서니에 비견될 만해서, 총통의 명령은 문서화되는 것도 물론 있었지만 암시나 구두 멘트 정도로도 얼마든지 하달될 수 있었다. 이로 인해, 히틀러가 "저 원숭이 새끼 죽었으면."이라고 한마디 했다고 첩보조직이 풀가동되어 알아서 명을 이행하려 드는 일도 당연히 밥 먹듯이 벌어지곤 했다. 일이 잘되면 총통의 결단, 망하면 아랫것들의 과잉충성. 나치의 구조라는 것이 대개 이런 모양새였다.

"미국인들이 선전포고를 하기 전에 빨리 일본을 끌어들여야 합니다."

"교섭은 잘 되고 있나?"

"더욱 박차를 가하겠습니다."

"총통 각하. 프랑코가 참전을 거부했는데 어쩌면 좋을까요……?"

"이 배신자! 배신자들! 은혜도 모르는 배신자!!"

지브롤터 공략을 위해 끝없이 구애를 펼쳤던 프랑코는 끝끝내 독일의 손을 뿌리쳤다. 아무리 프랑코가 내전으로 나라를 피범벅으로 만든 인간백정이라곤 해도, 히틀러의 트루 광기 앞에선 고개를 절레절레 흔들 수밖에 없었기 때문이다. 물론 미국의 외교관들이 찾아가 '석유와 식량 수출 금지'라는 카드를 내민 것도 큰 영향을 미쳤지만.

"이렇게 된 이상 방법은 하나뿐이야."

독일 민족의 메시아가 또다시 천재적인 발상을 번뜩이자, 모두의 이목이 그에게 쏠렸다.

"우리 국가사회주의의 이념이 무엇인가. 바로 반공이야. 그런데 애먼 프랑스를 때려잡았으니 반응이 별로 안 좋은 거야. 이제 우리가 하나 된 유럽의 힘을 모아 소련 볼셰비키들을 쳐부수면 미국도 감히 끼어들진 못하겠지."

"예……?"

"총통 각하의 혜안에 감탄했습니다!"

"러시아를 정복해 레벤스라움을 이룩하면 미국을 조종하는 유대—볼셰비키들도 필시 실각할 겁니다!"

미국이 본격적으로 전쟁에 끼어들려면 2년 정도는 준비해야 할 터. 2년이 뭔가. 하등종족 슬라브인쯤이야 1년이면 너끈히 정복할 텐데. 신조차 모독하는 사상 최대의 천재는 자신의 놀라운 발상에 두려움마저 느꼈다.

거인의 맥동 8

    히틀러의 발상이 완전히 돌아버린 것이냐고 묻는다면, 또 그렇지만은 않았다. 물론 히틀러가 그런 결론을 도출하기까지의 과정은 광기 그 자체였지만, '소련을 침공한다.'라는 결론 자체는 오히려 프랑스 공세 때보다 더 순순히 받아들여졌다.

    '러시아인들의 전투력은 실로 무능할 정도다. 놈들은 밭에서 병사를 캐오지만, 숙련된 독일 장병들이라면 슬라브 놈들을 상대로 교환비 10:1 정도는 아무렇지도 않게 달성할 수 있다.'

    프랑스와 싸울 때까지만 하더라도 독일 군부는 사타구니가 홍건해지지 않은 게 신기할 정도로 패닉에 시달렸다. 아무리 계산해도 이길 가능성이 도무지 보이질 않았으니. 하지만 프랑스를 정복한 지금, 독일 군부는 속된 말로… 뽕에 가득 차 완전히 나사가 풀려 있었다.

    "우리, 혹시… 세계 최강 아닌가?"

    "힘이 넘쳐흐른다! 아아, 이것이 아리아인의 힘인가!"

    운빨을 운빨이라고 올바르게 판단하는 대신 중2병에 빠져버리면 피를 본다는 사실은 하다못해 수능 준비하는 학생들조차 알고 있는 사실. 하지만 군부가 그 뽕에 취해버렸으니 이미 답이 보이지 않았다. 물론 나사가 좀 풀린 것은 어디까지나 육군 한정이었다.

"각하, 막강한 우리 루프트바페는 영국 놈들의 공장과 시가지를 모조리 불태울 수 있습니다. 어째서 출격 명령을 내려주시지 않습니까?"

"몰라, 시발. 지금 그게 급해?"

공군은 개점 휴업 상태였다. 사유는 공군 두목 헤르만 괴링 님의 원인 모를 히스테리. 원래라면 '서부 전선의 주역은 육군 놈들이 아니다! 이 괴링 님의 루프트바페다!'라며 의기양양했을 괴링은 그저 얌전히 파일럿 확보와 신형기 양산 같은 업무만 조용히 처리했다. 동생이 무슨 짓을 저질렀는지 뒤늦게 알게 된 괴링으로서는 밥을 먹어도 소화가 되지 않고, 술을 마셔도 취기가 올라오질 않고, 도무지 사는 게 사는 것 같지가 않았다.

그렇다면 해군은?

"우린 멋지게 죽는 일만 남았다."

가진 게 없다. 전함 비스마르크라도 진수했으면 뭔가 해봤을지도 모르겠지만, 가진 게 쥐뿔도 없는데 뭐 어쩌겠는가. 한때 세계를 주름잡던 독일 대양함대의 꿈은 저 멀리 날아가버리고, 해군은 눈물을 머금고 그냥 유보트나 뽑을 수밖에 없었다. 현재 주적인 영국을 공격할 만한 해군과 공군이 모두 무력하고, 육군은 힘이 남아도는 상황.

"영국이 항전 의지를 불태우는 이유는 역시 소련과 미국을 믿기 때문 아니겠습니까."

"그렇지."

"하지만 미국은 전쟁 준비에 시간이 소요되고, 더군다나 대륙으로 오려면 상륙전을 해야 합니다."

상륙전, 즉 갈리폴리. 백만대군이 드랍되면 뭐 하겠는가? 전부 해안에서 갈려나가는 시체가 될 텐데. 따라서 모스크바를 함락시키고 스탈린의 머리통을 따면 영국 또한 굴복하리라는 논리가 비단 히틀러뿐만 아니라 배울

만큼 배웠다는 사람들의 입에서도 진지하게 거론되었다. 그러니 히틀러가 소련 침공 준비를 명령하자 육군 모두가 희희낙락해선 얼른 동부 전선 준비에 착수하는 것도 당연한 일.

"핀란드도 못 이기는 병신들쯤이야, 반년이면 충분하지."

"안 그래도 병신인 러시아가 이제 빨간 물까지 들었다? 볼 장 다 봤지요."

독일이 피라미드 컴퍼니와 홀로코스트로 인한 내부 혼란을 정리하는 사이, 핀란드를 침공한 소련은 모두의 예상과 달리 처참한 전투력을 선보이며 온갖 추태를 전 세계에 보여줬다. 러시아야 지난 대전쟁에서도 독일에 영혼까지 털린 놈들 아닌가. 이러니 소련을 두려워하는 장군이 있을 리가 없었다. 참으로 드물게도 나치와 군부의 생각이 맞아떨어진 찰나.

"총통 각하. 영국군이 노르웨이를 침공했습니다."

"이 섬나라 잡놈들이!"

동부 전선 개전은 잠정 연기되었다.

* * *

"지난 1939년 1월 15일, 미합중국은 독일 간첩들의 조직적인 암살, 방화 및 테러 음모에 공격당했습니다. 미합중국 시민 1명이 미국 본토에서 독일인의 손에 목숨을 잃었으며……."

마침내 미국이 독일에 선전포고하자, 처칠을 비롯한 영국인들은 그야말로 얼싸안고 춤을 출 기세였다. 처칠은 몇 번이고 선전포고문을 낭독하며 행복에 젖었고, 관료들은 미국에 식량과 연료 중 무엇을 가장 먼저 요청해야 할지 열띤 토론을 벌였다.

"좋아. 지금이 기회야. 이제 반격할 때가 왔다고!"

"반격이라고 하셨습니까?"

하지만 그들은 다우닝가 10번지의 불독을 아직도 잘 이해하지 못하고 있었다.

"그래. 반격해야지. 언제까지 우리가 수세에 몰려 있어야 하나?"

대영제국의 총리는 오대양 육대주를 모두 주시해야 한다. 아시아에서는 일본의 압력이 갈수록 거세지고 있었고, 지중해는 이탈리아가 꽉 잡은 상황. 아무리 이탈리아가 이상한 짓거리를 한다고 해도… 해군마저 엉망일 리는 없잖은가? 해군이야말로 국력의 정수인데, 그 해군마저 머리통에 뇌 대신 파스타 면발이 들어있을 리도 없고. 따라서 지중해나 북아프리카에서 본격적으로 교전하기보다는, 만만한 독일 해군 강냉이나 신나게 추수할 수 있는 북해야말로 최적의 싸움터라고 처칠은 판단했다.

"사악한 전체주의자들, 민주주의를 혐오하는 두 콧수염 놈들이 이제 핀란드마저 짓밟았네. 남은 노르웨이와 스웨덴은… 우리의 '보호'가 필요하지 않겠나?"

"육군 재편은 어느 정도 완료되었습니다."

"국제법상 중립국을 공격한다는 문제만 제외한다면, 공격 자체엔 큰 어려움이 없습니다."

국제법 위반? 어차피 벨기에와 네덜란드도 중립국인데 짓밟혔으니 대충 뭐, 쌤쌤으로 치면 되지 않겠나.

"그럼 스웨덴과 노르웨이에… 우리 대영제국의 정중한 권고를 날려주자고. 제리 놈들에게 철광석 팔지 말라고 조언을 해주게. 아, 그리고 수출을 금지하면 제리들이 쳐들어올 테니 우리가 대신 지켜주겠다고도 전하고."

"…알겠습니다."

중립은 무슨 얼어죽을 중립. 런던에 있는 벨기에와 네덜란드 망명정부 친구들이 들으면 웃다가 배꼽이 다 터져버릴걸?

얼마 후, '중립국 일에 신경 끄셔.'라는 답변을 전달받은 처칠은 쿨하게 스칸디나비아 철광 수출의 핵심, 나르비크 항구 폭격을 지시했다.

"스웨덴과 노르웨이는 돈에 눈이 어두워져 히틀러의 무기가 될 철광석 수출에 여념이 없습니다. 선량한 이웃 핀란드가 짓밟혀도 그들은 개의치 않습니다. 황금만능주의, 여차하면 히틀러가 한 민족으로 받아주겠지 하는 그 알량한 심보로 독일의 탱크와 총으로 바뀔 물자를 팔아먹고 있는 셈입니다. 저들을 보십시오. 저 추악한 자본 논리를 보십시오! 노약자와 유대인을 학살한 뒤 금니를 뽑아 모은 금은보화를 받고 철을 내어주는 저 추악한 자들을 똑똑히 보십시오! 이 전쟁에 중립은 없습니다! 저들 또한 학살의 공범입니다!"

홀로코스트는 정말 만능 명분이었다. 유대인이 핍박받는 일이야 사실 영국이든 프랑스든 그 나물에 그 밥이었지만, 아무튼 학살공장은 안 돌렸잖은가? 물론 때린 놈이 명분 있다고 히히덕대더라도 처맞은 놈까지 '아, 내가 악인이었다니!'라고 반성할 리는 없다. 노르웨이군의 저항을 뚫고 나르비크에 영국군이 상륙하자, 노르웨이는 결국 독일에 도움을 청했다. 물론 독일군은 노르웨이의 요청이 접수되기도 전에 이미 북진하고 있었다.

구주천지가 기괴망측하다. 1939년 봄에 접어들자마자 대영제국 최고의 싸움닭 처칠은 쿨하게 노르웨이를 침공했다.

이에 맞서는 청코너, 원조 미친개 히틀러는 노르웨이에 영국군이 발을 디디자마자 구원병을 보냈다. 이거 그 청일 전쟁인가 그거지? 한순간에 남의 나라 전쟁터가 되어버린 노르웨이에 애도를 표한다. 물론 '노르웨이는 건너가기 까다롭다.'라는 이유만으로 5시간 만에 점령당한 덴마크가 들으면 어이가 없겠지만서도.

"뭐 해?"

"히이익!"

아, 깜짝이야. 내가 소스라치게 놀라자 덩달아 놀라버린 도로시가 황당해하고 있었다.

"뭐 하냐고 한마디 했는데 왜 그렇게 놀라?"

"익숙해지질 않아서 그래."

집에 사람이 있다니. 집에 사람이 있다니!! 감격에 눈물이 막 북받치는 걸 어떡해. 그렇다. 이제 히틀러의 졸개들이 죄다 이승 하직하거나 빵에 처박혔으니, 나 역시 기러기 아빠 생활을 청산할 때도 되었지.

"아빠 울어?"

"아빠아아."

"아냐, 애들아. 너희 볼 수 있어서 너무 좋아서 그래."

제임스와 셜리는 잠깐 낯을 가리는 둥 마는 둥 하더니 금세 적응했다. 거참 다행이로다.

"아빠."

"아니, 내 새끼들 왜 죄다 몰려왔어. 오구오구. 오구오구구."

"아, 절로 가!! 수염 따갑다고!"

여자애들은 원래 사춘기 일찍 오지 않나? 내일모레 대학 들어갈 애가 저리 아빠를 밀어내면 어쩌란 거니. 그래. 이게 가족이지. 숨만 쉬고 있어도 엔돌핀이 팡팡 분비되는 느낌이다. 헨리? 헨리 그놈은 이제 뭐… 장가도 갔으니 분가해야지. 강하게 크럼, 우리 장남. 내가 지금 걔 나잇적엔 프랑스 건너가서 탱크 몰고 다녔는데 다 컸지 뭐. 하지만 안타깝게도, 선전포고가 떨어지고 전시태세에 접어든 이상 내가 가족의 정을 느낄 시간이 썩 많지 않았다. 개같네 진짜. 출근하기가 무섭게 나는 마셜의 호출을 받았다.

"자네 의견을 듣고 싶네."

"회의가 아니라 따로 불러내신 걸 보니, 제 주관을 떠들란 말이지요?"

"그렇지. 잘 아는군."

작두 한번 좀 타보라는 저 강렬한 마셜의 권유. 근데 또 사람 심리라는 게 멍석 깔아주면 괜히 머뭇머뭇하게 되지 않나.

"이미 병기국이나 다른 곳과는 의견 교환을 끝냈네. 본격적으로 서부에 전선을 열려면 아무리 짧게 잡아도 2년, 대강 3년 정도는 시간이 걸린다고 예측하고 있더군."

"3년이라."

원 역사의 미국은 41년 12월, 진주만을 처맞고 2차대전에 뛰어들었다. 독일을 상대로 처음 전투를 치른 건 북아프리카에 입성한 '횃불 작전'. 이게 대강 42년 연말쯤이었다. 1년 만이다.

하지만 횃불 작전에 동원된 병력은 10만은 무슨, 5만도 되지 않았다. 이걸 어디에 붙이란 말인가. 본격적으로 서부 전선을 열어젖힌 뒤 백만 대군을 꼬라박은 게 44년 6월 6일. 2년 반 만이니까 정말 딱 중간이구만. 그치만 2년 반 동안 손가락만 쪽쪽 빨라고? 이러다 손가락이 뼈밖에 안 남겠는걸?

"그럼 그동안 열심히 애들 훈련시키고, 편제하고, 파병할 준비 갖추면 되는 거 아닙니까? 거기에 제 의견이 들어갈 부분이 어디 있는지……?"

"이미 독일은 유럽의 지배자가 되었어. 우리가 준비를 갖출 동안 독일은 얼마나 더 강해져 있겠나? 게다가 필시 상륙전이 될 텐데."

"음."

나는 마셜의 고민을 완벽하게 해결해주기로 했다.

"독일이라면 당연히, 소련을 침공하지 않겠습니까."

"……."

"…왜 그런 눈으로 보십니까?"

"자네, 얼마 전엔 독일과 소련이 불가침조약을 맺을 거라 하지 않았나."

"그땐 그랬죠."

거참. 히틀러랑 스탈린이 손잡고 노니는 게 얼마나 오래 간다고 그래. 왜 이래 아마추어처럼.

"근데, 인제 와서 조약을 깬다고?"

"뮌헨 협정도 아직 잉크 안 말랐거든요?"

역시 선입견은 참 무섭구만 무서워. 어째서 조약을 준수하리라 생각하는 거지? 상대는 히틀러다. 당연히 깬다고 간주하고 판단해야 한다고.

"그럼, 독일과 소련이 싸우는 틈을 타 우리가 뛰어들면 된다?"

"정확하십니다."

"일본은?"

"반드시 우리가 독일과 싸우는 틈을 타 뒤통수를 때리겠죠."

"하."

내가 열변을 토하자 마셜은 머리가 지끈거리는지 이마를 꽉 누르며 고개를 돌렸다. 아니, 미래를 보고 온 이 유진 킴 레이너가 다 스포일러를 해드렸는데 왜 박수를 치기는커녕 한숨을 쉬세요.

"근거는 있나?"

"없지요."

"당당해하지 말고! 뭐가 자랑이라고!"

"그렇지만 여태 제가 예언… 아니, 예측하면 적중률 100%였지 않습니까? 어떻습니까, 이번에도 이 아시안 카산드라 열차에 탑승해 보시죠."

마셜은 연신 "미친놈… 내가 어쩌다가……."라고 뭐라 혼자 꿍얼대더니 대뜸 입을 열었다.

"너… 자네… 귀관. 그래, 귀관."

"혹시 노망나셨습니까?"

"조용히 해. 귀관의 그 예측, 이번 주 안에 충분한 근거자료를 갖춰서 보고할 수 있도록 하게."

"알겠습니다."

"그리고 그거, 영국인들 앞에서 발표해야 하니까 같이 준비하고."

네?

"대통령 각하와 영국 총리 앞에서 잘 설명해보게나."

마셜은 더 이상 꼴도 보기 싫다는 듯 손사래를 쳤다. 근거라, 근거. 이걸 어떻게 근거를 마련해. 나는 이 무거운 짐덩이를 떠안은 채 전쟁계획부 사무실로 터덜터덜 돌아왔고.

"부장님 오셨습니까."

"아, 리지웨이 소령."

니가 좀 만들어야겠다. 화이팅.

10장
거인의 포효 Ⅰ

거인의 포효 1

"시민동의! 없는전쟁! 웬말이냐! 웬말이냐!"

"대통령은! 물러나라! 물러나라! 물러나라!"

"제국주의! 정실정치! 선전포고! 웬말이냐!"

"대통령은! 물러나라! 물러나라! 물러나라!"

1939년 봄의 워싱턴 D.C.는 흉흉하기 짝이 없었다.

"대통령이 당내의 반대에도 불구하고 선전포고를 강행했습니다! 어떻게 대통령이라는 사람이 날치기로 입법도 아니고, 선전포고를 할 수 있단 말입니까? 그것도 야당과 손을 잡고!"

"우우우우우!!"

"따라서 저는 주지사로서 헌법이 보장하는 주의 권리를 행사하여, 우리 주의 주방위군을 결코 아메리카 대륙 바깥으로 보내지 않겠습니다!"

"와아아아아!!"

개판. 개판 5분 전이라는 말만큼 이 상황을 잘 설명해주는 것도 없으리라. 얼굴이 푸르죽죽해진 채 백악관에 온 마셜이 걱정을 다 할 정도로 말이다.

"준비가 잘 되고 있다니 정말 다행이군요."

"각하, 외람되지만 한 가지 질문을 해도 되겠습니까?"

"물론이지요. 말씀하십시오."

"저는 군무(軍務)를 담당하는 사람으로서 정치가 제 본연의 임무가 아니라는 점을 잘 알고 있습니다. 하지만 국내의 혼란이 군의 사기에 영향을 끼칠 가능성에 대해선 반드시 말씀드려야 합니다."

그 말만 듣고도 루즈벨트는 마셜이 하고자 하는 말이 무엇인지 알 수 있었다.

"나라 꼬라지가 이따위인데 밖에 나가서 전쟁 어떻게 하냔 말씀이시군요."

"그렇습니다."

아니, 여기서 고개 끄덕거리면 어떡해. 보통은 겸양하거나 어쩔 줄 몰라 하는 게 정석 아냐? 본의 아니게 FDR의 명치에 스트레이트로 한 방 먹인 마셜은 대통령의 심기를 아는지 모르는지 요지부동이었다.

어차피 지금 주지사나 소장파 의원들이 하는 짓거리는 전부 표심용 쑈에 불과하다. 이 나라의 상위 1% 중에서 정말 고립주의가 아무 문제 없으리라 믿는 사람은 아무도 없다. 당장 유럽이 전쟁터가 되면서 미합중국 제1의 수출 시장이 통째로 증발해버렸는데 문제가 없을 리가? 다 알면서도 저러는 거다. 어차피 목숨 걸고 군대 가야 하는 건 항상 서민들이니까.

"독일에 선전포고를 하면서, 징병된 이들의 의무복무 기한 또한 2년으로 상향되었습니다."

"그랬지요."

"그리고 지금, 입대한 병사들의 분위기가 무척 불온합니다."

"어쩔 수 없습니다. 내가 더 민심을 다독여 보겠으니, 군에서도 노력해 주시기 바랍니다."

지금이다. 오직 지금밖에 선전포고를 할 타이밍이 나오지 않았다. 히틀러가 초대형 로켓을 뉴욕에 쏴준다거나, 또 멕시코를 꼬드겨 전쟁을 사주한다거나, 해군기지에 폭격이라도 해주지 않는 이상 절대 전쟁에 돌입할 타이밍이 나오지 않는다. 따라서, 약간이라도 명분이 생긴 지금 무슨 일이 있어도 개전해야만 했다. 물론 그 대가는 한껏 흉흉해진 민심이었다.

'히틀러가 유대인을 비누로 만든다고? 그거 엄청 훌륭한 일 아닌가?'

'역시 총통이야! 인간쓰레기를 폐기하다니, 사회진화론의 최선두를 달리니 독일이 융성하고도 남지!'

미국 서부의 모병소가 자원입대를 신청하는 청년들의 행렬로 몸살을 앓는 사이, 동부의 모병소 앞에서는 콧수염을 갖다 붙인 시위대가 나치식 경례를 하는 퍼포먼스를 벌이며 '니가 가라 독일!'을 외치는 진풍경이 벌어지고 있었다. 물론 전시이니만큼 기마경찰을 풀어 다 쥐패면 수습된다. 하지만 그 짓을 했다가 우드로 윌슨처럼 훅 갈지 어떻게 아는가. 민주당 대통령이 또 전쟁놀음에 미쳐버렸다고 공격당하면 뒷맛이 영 개운치 못하다. 조금 더, 여론을 바짝 조일 필요가 있었다.

* * *

"이걸 못 해? 왜?"

대관절 언제부터 미군의 기강이 이리도 해이해졌단 말인가. 통탄스럽다.

"부장님의 결론은 저희도 잘 알겠습니다. 하지만 머리 꼬리 없이 다짜고짜 결론만 던져주시면 어떡합니까?!"

근거를 마련하라니. 스탈린과 히틀러를 정신 상담이라도 해야 하나? 내가 정신과 박사나 심리상담사 자격증 하나 딴 다음에, 두 인간 말종 콧수염을 불러다 심리클리닉을 진행하는 거다.

'어떻게 오셨어요?'

'네, 자꾸 가슴이 답답하고, 막… 레벤스라움을 만들고 싶어져요.'

'비대한… 자아… 네, 그러시군요.'

생각만 해도 뇌가 녹아내리는 기분이다. 5초만 더 떠올렸다간 정말 벽에 똥칠하겠네. 아무튼 전쟁부 사무실에서 부하들에게 총 맞아 인생 하직하는 미래는 좀 불편하기에, 나는 높으신 분들을 설득할 만한 '근거'를 만들어야 했다. 진짜 콧수염 심리클리닉을 할 수도 없으니, 내가 협력해야 할 곳이 한 군데 있었다.

"안녕하십니까, 킴 준장. 근래에 벌어진 일에 대해 심심한 유감의 말씀 먼저 드리겠습니다."

"신경 써주셔서 정말 감사드립니다. 유진 킴입니다."

내가 찾아온 곳은 바로 국무부. 군부의 전쟁계획을 작성하기 위해 국무부와 의견을 교환하고자 한다 한마디 던져놓았더니, 그 굳건하던 문이 '어서 옵쇼~' 하고 열리는 것 아닌가. 내가 만난 사람은 벤자민 섬너 웰즈(Benjamin Sumner Welles) 국무차관으로, 루즈벨트 대통령의 신임을 듬뿍 받아 국무부의 실세로 불리는 인물이었다.

"이렇게… 군부에서 사람이 나올 줄은 몰랐습니다. 그것도 킴 장군 같은 분이 말이지요."

"조금 얼떨떨하신가 보군요."

"놀랍지요. 군부에서 무얼 준비하고 있는지 저희가 아무리 궁금해해도 알려주질 않으니까요."

그건 국무부도 매한가지 같은데. 이 시대엔 국가안전보장회의 같은 것도 없고, 각 조직의 폐쇄성은 굉장히 드높은 편이다. 정보 공유? 역적 소리 듣기 딱 좋지. 하지만 나는 뭐… 이미 많은 걸 내려놨잖나. 미친놈 소리 듣는 게 하루 이틀도 아니고. 이제 익숙해졌다.

"사실 저도 밀쳐야 본전이라고 생각했습니다. 거절당하겠거니 생각했는데 이렇게 환대를 해주시니 놀랍군요."

"그야 킴 장군님이잖습니까. 그 망할… 흠흠. 킴 장군이 웨스트포인트에서 저술한 그 페이퍼는 국무부 관료들도 굉장히 유심히 읽어 보았습니다."

아니 그게 왜 국무부에 가 있어? 내 표정이 잘 관리가 안 되었는지, 웰즈는 영업용 미소를 지으며 덧붙였다.

"그 레포트에서 다루는 각종 군사무기에 관해서야 저희는 잘 모르지요. 다만 거기서 개발 필요성이 있다고 다룬 무기들이 결국 전부 등장했다고만 알고 있습니다. 우리에게 중요한 건 사실 레포트의 전반부였지요. 거기 담겨 있던 열강과 국제사회에 대한 통찰을 알아보지 못하면 국무부가 아닌 다른 직장을 알아봐야 할 테고요."

"너무 띄워주시니 얼굴이 화끈해지는군요, 허허. 일개 생도의 치기일 뿐이었는데."

"치기라뇨. 이후로도 몇 번이고 뛰어난 외교적 판단력을 보여주셨잖습니까. 국무부 관료 중에서 장군과 한번 의논해 보고 싶다 생각하는 사람이 한둘은 아닐 겁니다."

역시. 그동안 열심히 선행을 쌓아 왔더니 이렇게 보답받는구나. 참으로 가슴이 따뜻해진다. 우리는 유럽과 태평양에 대해 서로 간략하게 의견을 교환했고, 예상대로 이견은 거의 없었다.

"소련을 칠 것 같다고요?"

"육군의 주류 의견은 아니고 제 사견입니다."

"이유를 듣고 싶군요."

나치 독일이 아무리 강력해 보여도, 그 하드웨어를 굴리는 소프트웨어가 스파르타나 아틸라 훈족 수준의 정치체제에 불과하다. 군비 확장에 몰빵한 북한식 경제. 후달리는 자원과 노동력? 약탈과 노예노동으로 충당. 이제 영국 놈들이 전열 정비하면 본격적으로 폭격기가 이륙할 테니 제공권도 잡아야 한다. 그리고 항공기는 원래 희귀금속 빨아먹는 괴물이고. 거기다 아무리 나치가 정신 나간 독재정권이라도, 집권 명분이던 빨갱이를 타도하긴커녕 개들이랑 손잡고 춤추고 있으면 욕먹는 건 당연한 일. 레벤스라움만 이룩하면 모든 문제가 다 해결되리란 마약 같은 생각에 손을 안 대면 나치가 아니라 높은 성의 사나이지.

"이제 완충지대도 사라졌으니 갈수록 관계가 나빠지리란 말씀이군요."

"그렇습니다. 히틀러 입장에선 특히나 목에 칼을 겨눈 형국이 여기, 루마니아 일대에서 벌어지고 있거든요."

소련—핀란드 평화협상이 체결되며 겨울 전쟁은 끝나고, 소련은 간신히 체면치레를 할 수 있었다. 하지만 원래 개쪽 다 판 놈은 괜히 성을 내는 게 세상의 이치 아닌가? 스탈린 역시 이번엔 루마니아를 붙잡고 '야, 땅 내놔.'를 시전했다. 그렇게 루마니아 북동부인 베사라비아 지방을 뜯어냈고, 그 결과 소련은 루마니아의 플로에슈티 유전을 사정거리 안에 넣게 되었다. 그리고 저 유전은 히틀러의 유일한 기름 공급처. 우리 센티멘탈한 낙지 콧수염 새끼가 자다가도 플로에슈티 불바다 될까 걱정에 잠 못 이룬다에 1달러 정도 걸 수 있다.

"저 역시 빨갱이에게 좋은 감정은 없지만, 일단 독일을 물리치는 게 급선무 아니겠습니까?"

"소련이라… 정말 두 독재자가 전쟁을 벌인다면 최고의 상황이겠죠."

그때, 문이 벌컥 열리고 한 남자가 안으로 저벅저벅 들어왔다.

"여긴 어쩐 일이십니까."

"왜 군부에서 사람이 나왔는데 내게는 아무 보고가 없었지?"

차관인 웰즈를 향해 저토록 세게 말할 정도면 당연히 상급자겠지. 그의 윗사람이면 딱 한 명뿐인데…….

"이렇게 처음 뵙게 된 자리에서 언성을 높여 죄송합니다. 본래라면 제가 나와야 하는데… 착오가 있던 모양이군요."

"군부와의 협상이 아니라 개인적 방문이었기에 제가 나왔을 뿐입니다."

"그걸 왜 당신이 멋대로 판단하는지 이해할 수 없군."

그는 웰즈를 짜증스럽게 한번 훑어본 뒤 내게 손을 내밀었다.

"코델 헐(Cordell Hull) 국무부 장관입니다."

"유진 킴 준장입니다."

두 사람 사이가 별로 안 좋다더니, 이건 '안 좋다' 수준이 아니라 그냥 최악이잖아? 눈에서 살기가 뚝뚝 떨어지는 것이 당장 어디서 도끼 하나씩 챙겨 들고 서로 머리통을 깰 기세였지만, 다행스럽게도 양복 잘 차려입은 아저씨들이 막고라를 벌이는 일은 일어나지 않았다.

"내가 지시했던 일은 어떻게 됐나?"

"미팅 이후에 바로 보고를……"

"서면으로 하나 올려주게. 킴 장군은 내가 응대하도록 하지."

네? 네?? 이야기하다 말고 선수 교체는 또 뭐냐고. 웰즈 차관 역시 기가 막힌 듯 무언가 따지고 싶은 기색이 역력했지만, 빨리 나가라는 헐의 재촉에 마지못해 내게 인사말을 남기고 떠났다.

뭔가… 뭔가 여기도 장난 아니구만.

"불편을 끼쳐드려 죄송합니다."

"아닙니다. 혹시나 해서 다시 말씀드립니다만, 오늘 제가 국무부를 찾아온 것은 어디까지나 제 개인적인 용무 때문입니다."

"잘 알고 있습니다. 저 또한 이번 회동을 군부 측 공식 입장으로 규정하고자 하는 생각은 추호도 없으니 안심하십시오."

헐은 국무부 장관이 되기 전엔 테네시의 상하원 의원을 오래도록 지냈고, 그 탓에 민주당 내에도 강력한 네트워크를 구축하고 있다. 요컨대, FDR의 완벽한 부하는 아닌 셈이다. 그러니 루즈벨트 그 귀신 같은 양반도 국무부를 반토막 낼 작정을 하고 웰즈를 밀어주고 있겠지. 나는 다시 정신을 다잡고 웰즈와 나눴던 유럽에 대한 이야기를 똑같이 앵무새처럼 반복했고, 헐은 거기에 대해 "흠, 그렇게 생각하시는군요." 정도로 추임새만 넣을 뿐 가타부타 별 반응이 없었다.

"혹시, 뭔가 문제라도 있으십니까?"

"아닙니다. 장군의 의견은 저 또한 신중히 검토하겠습니다."

정치인이 저렇게 말한다는 건 한 귀로 듣고 한 귀로 흘리겠단 뜻이라던데. 조금 빡친다.

"유럽에 대해선 잘 들었습니다. 시간이 괜찮으시다면 다른 분야에서 장군의 '전문성'을 의지하고 싶습니다만."

"군사 분야 말씀이신지요?"

"아뇨. 아시아입니다."

코델 헐. 아시아. 이러면 사실 떠오를 건 하나밖에 없다. 하지만 헐 장관의 뒤이은 말에 나는 경악했다.

"장개석이 특사를 파견했습니다. 합중국이 적극적으로 개입할 의사가 없다면 일본과 타협을 볼 수밖에 없다는 강력한 의사를 전달해왔습니다."

"타협이라고요?"

"사실상 항복이지요. 이미 독일과 개전하게 된 이상, 아시아는 잠시 일본에게 음… 맡겨둬야 하지 않겠냐는 일각의 의견 또한 있습니다."

"미친 소립니다, 그건."

일본이 중국을 먹는다고? 무슨 개같은 소릴. 다행히 내 격한 언사에도 헐은 고개를 끄덕일 뿐이었다.

"대통령께선 추호도 이를 용납하지 않을 것입니다. 조만간 일본에 최후통첩을 전달할 계획인데, 일본과 가장 긴밀한 파이프라인을 보유하고 있는 킴 장군의 협조가 필요합니다."

혹 떼러 왔는데 왜 혹 붙인 것 같지. 내 몸이 세 개였으면 좋겠다.

고증입니다

코델 헐 국무장관은 UN 설립에 공헌하여 노벨평화상을 수상한 인물입니다.
태평양 전쟁 시점에서는 '헐 노트'로도 유명합니다. 일본 우익들은 오늘날까지 '미국이 일본에 헐 노트를 강요해 전쟁을 유도했다.'라는 주장을 지속적으로 해오고 있습니다.

오랜 기간 국무장관을 지냈지만 FDR은 헐보다 그 아래 차관인 섬너 웰즈를 더욱 총애하고, 그의 의견을 중시했습니다. 웰즈는 국무부의 실세로 불렸으며, FDR 집권 기간 내내 헐과 웰즈는 국무부를 양분하고 치열한 권력 싸움을 벌였습니다.

원래라면 대통령이 지지하는 웰즈가 헐의 후임 장관이 되는 형식으로 헐이 밀려났겠지만, 웰즈가 흑인 짐꾼에게 성매매를 제안했다는 역대급 스캔들이 터지면서 국무부 내전은 헐의 승리로 끝났습니다. 무슨 개소리냐구요? 써놓은 저도 정신이 혼미하지만 읽으신 그대로입니다. 동물의 왕국 미합중국을 얕보지 마세요.

거인의 포효 2

　　아시아 태평양 지역, 그리고 유럽에서 벌어진 파국을 눈앞에 두고, '앞으로 미합중국이 나아가야 할 세계전략이란 과연 무엇인가.'를 놓고 벌어진 국무부의 분열상과 두근두근 파벌싸움, 장대한 암투에 대해서는 얼마든지 5,500자가량의 이야기를 풀어놓을 수 있겠지만… 어차피 권력 놓고 중년 아저씨들이 테이블 밑에서 괜히 구두 끝으로 남의 다리 툭툭 건드려대는 진부한 이야기라면 이미 육군 내에서도 신나게 떠들었잖은가?

　　고로, 더 이상의 자세한 설명은 생략한다. 어차피 결과는 딱 하나. 선량한 마음씨의 소유자인 내가 혹 떼러 갔다가 혹 붙이게 되었고, 입맛이 싹 가신 채로 나의 행복한 집으로 돌아와야만 했다는 거지.

　　그래. 집이다. 그것만 생각하면 된다. 비록 늦은 저녁이지만, 가족과 함께할 수 있다는 게 어디냐. 가서 같이 밥도 먹고, 애들한테 오늘 뭐 했나 이야기도 좀 걸어보고…….

　　"나 왔어."

　　이젠 뽀삐한테 말하지 않아도 된다. 이 얼마나 행복한 일이냐.

　　"일찍 왔네?"

"일찍이라니. 지금 시간이 몇 신데……."

"거의 자정은 돼서야 오곤 했으니까 그렇지."

하지만 가족과 함께 저녁을 먹는 일은 일어나지 않았다. 8시가 지난 지금, 당연히 애들은 진작 저녁 먹고 제 방에 들어가 있었던 것이다. 나는 다 식어빠진 빵쪼가리를 저녁 삼아…….

"난 아직 안 먹었으니까, 빨리 씻고 앉아. 간단하게 뭐라도 차려줄게."

"어? 혹시 이미 먹어놓고 괜히 그러는 거 아니지?"

"혼자 몇 년을 살더니 애가 다 됐네. 머리는 허예져 놓고 어째 가면 갈수록……."

"이 넘치는 가족애를 그렇게 표현하다니, 너무하네."

뱃속이 시꺼먼 아저씨들이랑 어울린다거나, 수백만 대군을 전쟁터로 내보낼 계획 같은 걸 짜다가 퇴근했으면 좀 쉬어줘야지. 이게 다 그 뭐냐, 멘탈 케어의 일종이라고. 일본이 다시 화두로 떠오르면서, 요즘 들어 계속 고민하게 된 일이 하나 있었다. 진주만 기습이 일어날까? 일어난다면, 그걸 막아야 하는가? 이제 이 질문에 답을 해야 한다. 당연히 나는 답을 내렸다.

막아선 안 된다. 내가 별별 짓거리를 다 하면서 잠든 미국을 깨우려고 해봤지만, 여전히 국론은 어수선하고 대중의 반응은 뜨뜻미지근하다. 오직 진주만 기습만이, 미국을 내가 아는 원 역사의 천조국으로 만들 수 있다. 어쩌면 안 일어날지도 모르는 일이고. 내가 뒤튼 역사가 어디 한둘인가?

"아 맞다. 나 3일 뒤에 출장이야."

"어디로 가는데?"

"캘리포니아."

"기껏 우리가 왔더니 이제 또 서부 출장이야?"

도로시의 얼굴이 샐쭉해진다. 그치만 이번엔 진짜로 내가 가야 한다. 어쩔 도리가 없어. 왜냐면…….

'애국 청년이여! 조국이 그대들을 부른다!'

'유색인종의 힘을 증명하라!'

"킴 장군님께서 직접 나와주실 줄은 몰랐습니다!"

"뭘요. 내가 당연히 와야지."

얼마 전, 우리 캔자스의 든든한 상원의원이던 맥아더 장군께서 거국내각의 전쟁부 장관으로 합류했다. 개나 소나 의원 금뱃지 달고 장관을 겸임하는 한국과 달리, 미국에서는 의원과 공직의 구분이 아주 칼 같다. 재선된 지 몇 달도 채 안 되어 의원직에서 물러난 맥아더가 좋아할지 싫어할지는 잘 모르겠지만… 그 양반 성격상 아무래도 좋아하지 않을까?

전쟁부의 신임 장관으로 취임한 우리 맥아더 의원께서는 유럽 침공의 원대한 대전략을 수립하는 대신 저조한 병력 수급에 골머리를 싸매야만 했고, 지극히 공화당스러운 카드를 제일 먼저 꺼내고 봤다.

'킴 준장, 바쁜 와중에 이런 지시를 내려 유감이군.'

'히틀러라도 만나고 와야 합니까?'

'아니. 전쟁부 장관 나리께서 지시를 하달하셨네. 93사단을 다시 창설하게.'

그래. 정치인, 그것도 흑인이 강력한 지지기반인 공화당의 정치인이라면 숨 쉬듯 당연한 발상이지. 그리하야 아미앵의 영웅인 이 유진 킴이, 고향과도 같은 땅 캘리포니아로 돌아가, 93사단의 군기를 뒤에 흩날린 채 입영을 독려하게 된 것이다. 돌고 돌아 20년 만에 채권팔이 캡틴 아메리카의 악몽이 부활해버리다니. 어떻게 이럴 수가 있지? 이러다 정말 런던에서 수정 구슬을 들게 되는 날도 오는 건가? 그리고 캘리포니아답게, 나의 인기는 하늘을 찔렀다.

[제너럴 킴, 93사단을 다시 소집하다!]

[아미앵의 영웅들 다시 한자리에!]

[부자가 나란히 모병소로!]

[유진 킴의 아들들은 어디에 있는가? 충격적인 진실!]

마지막 신문 기사 뭐냐. 죽여버린다. 제임스는 26년생, 아직 코딱지만 한 애니까 아무리 피도 눈물도 없는 기레기라 해도 설마 애를 입대시켜야 한다는 소리는 하지 않을 터. 결국은 헨리가 입대 신청 안 한다고 저딴 기사가 나도는데, 절대 절대로 내 자식은 군대 안 보낸다. 내 눈에 흙을 넣어도 안 되는 건 안 되는 거다. 샌—프랑코에 취직시키고 대충 연구직으로 처박아 두면 되겠지.

킹이 아무리 사적으로는 쓰레기 같은 인간이라도 제 사위를 전쟁터에 밀어 넣을 정도의 쓰레기는 아니겠지. 만약 그랬다간 제독이고 나발이고 그날이 킹 얼굴가죽 벗겨지는 날이다. 내 전차에 킹의 해골을 악세사리로 부착할 테니 말이다. 남의 자식 전쟁터로 보내고 내 자식 챙긴다고 뭐라 하지 마라. 쓰레기 같은 짓인 건 알지만, 적어도 아들더러 '애비가 떳떳해지기 위해선 네가 전쟁터로 나가야겠다. 내 명예와 권력을 위해 목숨을 좀 걸어다오.'라고 말하리?

쓰레기 장군과 쓰레기 아빠 중 하나를 고르라면 나는 주저 없이 전자를 고르겠다. 내가 자식들 잘 먹고 잘살라고 이 짓거리 하고 있는데, 애 전사통지서 받아 들고 무슨 부귀영화를 누리겠다고? 물론 헨리를 빼낼 계획을 하면서 입대를 독려하고 있다니 보통 캥기는 것이 아니다.

"장군님! 장군님!!"

"밀러 씨, 오랜만입니다!"

밀러는 누가 못 알아볼까 봐 영락없이 자신을 빼다 박은 친구를 옆에 끼고 있었다. 유전자의 힘, 정말 대단해. 약간 하얀 거 빼곤 아주 판박이야.

"여기, 장남인 존 밀러 주니어입니다."

"이번에 입대 예정입니다! 아버지께서 장군님 이야기 많이 해주셨습니다!!"

"아드님이 무척 자랑스러우시겠습니다."

"하하! 제 아들놈이 저보다 떡대도 훨씬 좋으니, 더 많은 전공을 세울 수 있을 겁니다!"

그러지 마. 내 양심의 가책이 터져버릴 것 같잖아. 밀러 부자와 나란히 기념사진 한 컷도 박고, 악수도 해주고, 실로 모범적인 아메리칸 가정이라고 기자들과 구경꾼들 앞에서 번쩍 손도 좀 올려주고.

이어지는 행사와 의전도 대개 그 모양새였다. 캘리포니아의 선출직 양반들과 우아하게 스테끼 좀 썰어주고, 서로 허례허식 가득한 립서비스 신나게 해주고, 주방위군을 빌려주네 마네부터 해서 좀 더 많은 훈련소를 캘리포니아에 유치해 달라 어쩌고저쩌고… 저 같은 말단은 그런 걸 정할 힘이 없어요, 이 아저씨들아.

내 포근한 집이 온갖 서류들과 함께 모두 잿더미가 되어버린 탓에 나는 시내의 한 호텔에서 묵었는데, 당연한 말이지만 공식 일정이 종료되었다고 해서 진짜 '일'이 모두 끝난 것도 아니므로 내 호텔 방은 거의 응접실 수준이 되었다. 전쟁을 나가면 최소 몇 년간은 미국 국내의 일에선 손 떼야 한다. 아버지도 있고 유신이도 있고 유일한 박사도 있지만, 내가 매듭지을 일이 있다면 전부 끝내 놔야지.

"장군님, 이제 정말 때가 온 겁니까?"

"일본은 반드시 참전합니다. 오래도록 갈망해 온 독립의 때가 온 겁니다."

대한인국민회 역시 그중 하나였다. 주름 가득한 노인들은 내 이야기를 듣더니 눈물을 주륵주륵 흘려댔고, 그보다 조금 덜 나이 든 사람들은 일본과의 한판 승부가 기다리고 있다는 말에 너 나 할 것 없이 주먹을 꽉 쥐며 이를 갈아댔다. 상해임시정부, 지금은 피난 간 중경(重慶, 충칭)에서 보냈다는 사람들 역시 바짝 굳어 있긴 매한가지.

"일본이 중원을 초토화시키고 있고, 밤낮으로 곡소리와 비명소리가 울려 퍼지고 있습니다. 그런데… 일본이 미국 또한 공격한단 말씀이십니까?"

"임정은 어떻게 행동할 예정입니까?"

"저희는 의열 활동을 전개하는 동시에 중국에 거주 중인 조선인들을 최대한 피난시키고 있으며……."

"군사력은 있습니까?"

"2개 연대 가량이……."

2개 연대라. 망국의 망명정부치고는 많지만, 수백만 명이 동원될 이 대전쟁 앞에선 정말 입도 뻥긋 못 할 숫자다.

"다른 건 더 없습니까?"

"임정의 주력 사업이, 장군께서 알선해준……."

"알선이라니. 전 들은 바가 없군요."

쓥. 어디서 큰일 날 소릴 함부로 떠들어대고 있어. 내가 정색하자 얼른 임정의 밀사는 말을 바꾸었다.

"아아! 그렇지요. 그렇지요. 저희가 다방면으로 그… 농업용 기계 사업을 전개했었기에, 관련된 숙련공들을 제법 많이 보유하고 있습니다."

"그게 훨씬 좋지요. 차라리 진작에 그 방향으로 갔으면 어땠을까 싶은데. 정비인력 말고 전차를 운용할 수 있는 인력은 없습니까?"

말은 배배 꼬았지만, 까놓고 말하면 전차부대를 서포트해줄 수 있는 정비인력이란 소리. 보병 2개 연대보다 저게 훨씬 더 가치 있다. 보병은 뭐… 중국군 보병은 논밭에서 무럭무럭 자라나니까. 2개 보병연대면 장개석이 관심 없어도 할 말이 없지만, 2개 기갑연대를 굴릴 수 있는 훈련된 맨파워라면 어떨까?

"운용인력이라뇨. 큰일 날 말씀이십니다. 저희도 당연히 처음에는 막강한 기계화 전력을 갖춰 쪽바리들에게 맞서면서 발언권도 강화하는 방안을 모색했습니다만……."

"뭔가 문제가 있었던가요?"

"정비인력은 사실상 외판원이나 마찬가지기에 큰 터치는 받지 않았습니다만, 운용인력을 길렀었다간 진작에 군벌들이 머리에 총을 겨눠서라도 데려갔을 겁니다."

이게 그 대륙의 기상인가 그건가. 지난 북경 대전차전 이후 군벌이고 장개석이고, 기갑전력은 거의 0이 되고 말았다. 그런데 남들은 탱크가 없는데 나만 탱크를 굴릴 수 있다면? 무슨 짓을 해서라도 확보했겠지.

"음… 하긴, 그렇겠군요. 그러면 지금부터라도 양성을 해야죠. 교관을 좀 수배해 봐야겠군요."

"하지만 이제 전차를 수급할 수단이 없습니다. 일본군이 월남에까지 입성했는데 미국에서 어찌 전차를 보냅니까?"

장개석의 마지막 생명줄은 영국이 뚫어 놓은 버마 로드뿐이지만, 그리로 전차를 보낼 수 있는지 없는지 나도 잘 모르겠네. 일단 나는 거기에 대해선 따로 확답을 주지 못했고, 미국 내 한인 사회에서는 임정으로 자원입대하기보다는 차라리 미군 입대를 독려하자는 방향으로 논의를 매듭지었다.

시간은 벌써 자정이 넘어 새벽이 되었지만, 나의 스케줄은 여기서 끝이 아니었다. 동행하던 경호원들까지 전부 돌려보낸 난 사전에 미리 약속해 두었던 어느 술집으로 들어왔다.

"안녕하십니까, 킴 장군님."

"베트남에서 이 먼 곳까지 찾아오셨다 들었습니다. 유진 킴입니다."

호치민. 내가 예전에 미리미리 팔아먹었던 그리스건을 신나게 매입해 가셨던 분의 정체를 알았을 땐 깜짝 놀랐다. 내가 베트남에 대해 아는 바는 없지만, 적어도 호치민이 현대 베트남의 국부로 불린단 사실 정도는 알고 있다. 빨갱이고 뭐고, 미리 투자해 놔서 손해 볼 건 없지 않겠나.

프랑스가 맛탱이가 가버려서 비시 프랑스가 되고, 황인종에게 열강이 식민지를 빼앗기는 이 전대미문의 사태 속에서 뭔가 꿈틀거리지 않는다면 식민지인이 아니다. 호치민이 이끄는 이들 빨갱이들은 이제 대대적인 무장봉기를 준비하고 있다는데, 혹시 중국으로 탱크를 보낼 밀수 루트를 개척

할 수만 있다면 최고의 결과 아니겠나. 그런 내 생각을 아는지 모르는지, 저 구석에 있던 한 인물이 조용히 다가와 내 손을 덥석 잡았다.

"정말 오랜만에 뵙습니다. 호치민이라 합니다."

"어… 혹시 절 아십니까?"

"제가 추적을 피한다고 계속 이름을 바꾼지라, 장군께서도 헷갈릴 수 있겠군요."

그가 고개를 들자, 전구 불빛 아래로 낯선데 어디선가 본 것 같은 사내의 얼굴이 드러났다.

"그, 혹시……."

"프랑스에 계실 적에 찾아뵀었습니다. 그땐 응우옌아이꾸옥이라는 이름으로 활동하고 있었는데."

"그, 그때!"

"주신 여비는 잘 썼습니다. 이번엔 저희도 무언가 도와드릴 수 있으면 좋겠군요."

내 투자는 아무래도 초장기 투자였나보다.

거인의 포효 3

호치민. 베트남 독립의 아버지 겸… 빨갱이. 단순히 빨갱이를 믿어도 되냐의 문제는 아니다. 원 역사에서 소련이 아프가니스탄을 침공했을 때, 소련 엿 먹이는 일이라면 무엇이든 할 수 있던 미국은 아프간 무자헤딘들을 먹여주고 재워주고 훈련도 시켜주고 무기와 탄약도 듬뿍듬뿍 챙겨줬다. 그리고 그때 무럭무럭 자라난 무자헤딘들은 알라의 이름으로 쌍둥이 빌딩에 비행기를 꽂았고, 미국의 중동 전략에 짙은 먹구름을 끼얹어버렸다.

내가 지금 호치민에게 투자를 하면 훗날 이게 돌고 돌아 빅─투자대박은커녕 업보로 되돌아오진 않을까, 하는 걱정이 앞서는 것도 당연하지 않겠나? 내 머릿속은 복잡하기 그지없었지만, 꼴에 짬 좀 먹었다고 혓바닥은 알아서 노닐고 있었다.

"미리 분명히 선을 그어 놓겠습니다. 오늘 이 자리에서 조선인 김유진과 미국인 킴 준장은 별개의 인물이며, 미국인 킴 준장의 입장은 절대 미합중국 정부의 의사가 아닙니다."

충분히 불편해질 수 있는 말을 해놓았음에도, 그는 허허 웃기만 할 뿐이었다.

"잘 알고 있습니다. 그러면 저 역시 두 사람을 분리시켜야겠군요. 예전에 장군을 뵀던 공산주의자 응우옌아이꾸옥과 현재 베트남 무장독립단체를 이끌고 있는 애국자 호치민 또한 별개의 인물입니다."

이건 환영할 만한 이야기네. 이러면 이야기가 편해지지.

"그러면 여기에 네 사람이 있는 셈이군요. 어디 한번 서로의 의견을 잘 조율해봅시다."

"하하. 모두가 웃을 수 있으면 좋겠습니다."

"저는 복잡하게 머리 쓰는 일엔 소질이 없으니 제가 필요한 것들 먼저 쭉 말씀드리겠습니다. 킴 장군은 쪽바리들과 싸우고 싶지만, 아마 단기간 내에 미 육군이 직접 투입되는 일은 없을 겁니다. 따라서 중국의 장개석을 위시해 일본과 싸울 '친구'를 찾고 있습니다. 반면 김유진 씨는… 일본과의 싸움에서 조선인의 임시정부가 무언가 공을 좀 세웠으면 좋겠다고 여기고 있죠. 혹시 이 둘에게 뭔가 도움이 될 만한 일이 있겠습니까?"

내 물음에 호치민은 가만히 무언가를 생각하기 시작했고, 나는 답답한 마음에 담배를 꺼내 물었다.

"우선 저희는 프랑스건, 일본이건, 아니면 중국이건 관계없이 베트남의 자주독립을 억누르는 세력이라면 모두 타도 대상입니다. 그 과정에서 이이 제이 또한 하나의 수단으로 이용할 수 있고요."

"프랑스를 물리치기 위해 일본과 손잡을 수 있단 뜻입니까?"

"그 반대가 될 수도 있지요."

벌써 머리가 아파진다. 나만 올 게 아니라 국무부 사람이라도 하나 데려와야 했나? 하지만 의외로 복잡한 정치 논리 따위는 없었다. 어차피 내가 원하는 건 중국으로의 군수물자 지원이었고, 가능하면 그 지원의 형태가 '임정에 전차 택배 부치기'면 더더욱 좋겠다 정도. 내가 랜드리스의 향방을 결정할 수 있는 것도 아니니, 남은 건 민수시장에서도 얼마든지 구할 수 있는 총기와 탄약. 그리고 포드 트랙터 컴퍼니를 통한 일부 구형 기갑장비 정도뿐.

하지만 내가 개인적 입장에서 제공해 줄 수 있는 것들이 바로 호치민이 가장 원하는 것이었으니, 서로 '좋다, 좋아~' 소리만 죽죽 나오고 모든 일이 일사천리로 풀렸다. 시발, 내가 언제 프랑스뽕이 가득했다고 프랑스를 챙겨주겠냐. 어차피 걔들 원 역사에서도 영혼까지 탈곡당한 뒤에 미국에 똥덩어리 토스한 놈들이잖아. 호치민이 구형 전차 몇 대 좀 갖고 논다고 해서 달라질 게 뭐가 있겠어?

나는 일본제국이 착취나 강압 없이 평화롭게 동남아시아에서 공존 공영할 거라는 기대는 정말 눈곱만큼도 하지 않았기에, 혹시나 호치민이 일본과 한패가 되어 총부리를 돌리리라는 가정 따위 하지 않았다. 그게 되면 일본이냐? 갓본이지? 다만 문제가 있다면,

"아무리 생각해도 전차를 중국으로 보낼 방법이 없습니다."

"땅굴 같은 거라도……."

"말씀드린 대로, 아직 저희는 그럴 여력이 부족합니다."

베트남전 이야기에 항상 언급되곤 하는 '수백 수천 킬로미터에 달하는 베트콩 땅굴'은 아직 존재하지 않았다. 프랑스인들이 베트남에 정성껏 지었던 항구는 전부 쪽바리들이 낼름 다 먹었고, 밀수 역시 어렵다. 나는 지도를 보다 문득 아직 일본의 마수가 닿지 않은 지역에 시선을 옮겼다.

"태국은 어떻습니까?"

"태국은 중립을 지킬 것 같습니다만……."

"그건 제가 한번 이야기해 보지요. 만약 태국에 전차를 보낼 수 있다면, 거기에서 북상해 수운이나 육로로 전달을 한다거나……."

"정확한 루트만 나온다면 한번 확인은 해보겠습니다."

이웃나라가 으레 그렇듯 호치민 또한 태국에 대해 '와! 친한 이웃!' 같은 감상은 딱히 없는 모양이었지만, 일단 써먹을 수 있는 건 전부 써먹어야지. 물론 영국령 버마로 보내는 방법도 있지만, 바로 그 버마 로드는 지금도 일

본의 압력에 시달리고 있는 상황. 어지간하면 피하고 싶다.

"태국 측에 문의를 해본 뒤 즉각 연락드리지요. 이와 관계없이 지원은 해드릴 예정이니 그 부분은 걱정 마시지요."

"감사합니다. 제 동지 몇을 남겨놓고 가겠으니 그들에게 말씀해주시기 바랍니다. 저 또한 최대한 빨리 확인해 보겠습니다."

우리는 서로 웃으며 악수를 나눈 뒤 헤어졌고, 얼마 후 미국 국적의 화물선들이 분주히 태국을 향해 출발한다는 소식을 전할 수 있었다. 일이 이렇게 풀리기까지는 여러 과정들이 있었다.

나와 태국 사이의 인연은 있다면 있고 없다면 없는 정도. 대전쟁, 아니, 이제는 당당하게 제1차 세계대전이란 표현을 써도 되는구만. 1차대전이 끝나고 한번 가서 의전 좀 뛰어주고, 훈장도 하나 받았었다. 사실 전쟁 끝나고 아시아 각국과 온갖 단체에서 받은 게 어디 한 트럭이어야지.

하지만 꼴랑 훈장 좀 받았다고 쫄레쫄레 태국 대사관에 달려가서 '제 전차 택배배송에 협조해주시면 안 될까요?' 같은 소릴 할 순 없다. 호치민의 말로는 태국도 요즘 친일 테크트리를 타느라 분주하다고 하더라고. 따라서 내 움직임은 당연히 민간 영역에 집중되어야 했다.

혹시 기억할지 모르겠지만 옛날 옛적, 내가 일본에 파견 나가기 전 임정과 연락할 때 썼던 한 상사가 있다. 비센테 선배의 친구가 근무하다던 곳. 내 직급도 올라가고 봐야 할 눈치도 늘어 자연스럽게 연락은 흐지부지되었었는데, 오랜만에 그곳과 다시 접선해 태국으로의 무기 수출을 의뢰했고.

"이만한 물자를 수송하려면 결국 당국의 눈을 피할 수는 없습니다."

"그래요? 역시 어렵나⋯⋯."

"어렵다뇨? 뽀찌 좀 주면 해결될 듯합니다."

도대체 무슨 딜이 있었는진 잘 모르겠지만, 태국의 몇몇 높으신 분들과 태국군이 운송될 물자의 '일부'를 스리슬쩍하는 형식의 기적의 계약이 성립되었다. 정리하면.

1. 미국에서 화물을 보낸다.

2. 태국 항구에 화물이 하역된다.

3. 세관을 위시한 태국의 높으신 분들이 살짝 맛을 본다.

4. 태국군은 싱싱한 부릉이 몇 대를 좀 챙긴다.

5. 호치민 씨와 그 친구들이 태국 국경에서 프랑스령 인도차이나를 거쳐 중국으로 밀수를 해주고 또 한몫 챙긴다.

6. 임정이 물자를 수령한다. 와!

이게 대체 무슨 다국적 신디케이트냐. 누가 보면 아편 장수 같잖아. 아무튼 택배는 부칠 수 있게 되었다. 택배가 아니라 무슨 기나긴 뽀찌열차 꼬라지가 되고 말았지만, 원래 배송 중 손상이 일어날 수 있으면 포장도 좀 과다하게 하고 물량도 주문받은 10개가 아니라 12개를 보내고 다 그러는 법이다. 태국이 완전히 일본 편에 붙는 날이면 이 장사도 접어야겠지만, 안 보내는 것보단 낫지 뭐. 다만 마셜에게 걸리면 백퍼 혼난다. 아니, 혼나는 게 아니라 쪼인트 까인다… 숨겨야지, 꼭꼭.

유진 킴이 캘리포니아에서 홍보대사 임무는 마음이 콩밭에 가 슬렁슬렁하면서 밤거리는 열심히 싸돌아다닐 무렵.

"군에 가겠다고? 네가?"

김유신은 드물게도 조카를 향해 목소릴 높이고 있었다. 평소와 무척 다른 삼촌의 반응에 당황할 수도 있으련만, 헨리는 제 아버지한테 배웠는지 사뭇 뻔뻔스럽게 얼굴을 굳히고 있었다.

"네."

"어째서?"

"가야 하니까요. 아버지가 저토록 거리에서 입대를 독려하고 있는데, 제가 안 가면 얼마나 우습겠어요?"

[유진 킴의 아들들은 어디에 있는가? 충격적인 진실!]이라는 헤드라인이

굵게 박힌 신문을 만지작거리며 헨리가 말했다.

"그 망할 신문은 저리 치우고 이야기하자. 그런 건 신경 쓸 필요 없다."

"이게 문제의 핵심이잖아요?"

"정말 그렇게 생각하니? 그러면 입대를 해도 좋다."

유신의 말에 헨리가 깜짝 놀라려 할 때, 그가 덧붙였다.

"네 아버지랑 상의해서, 워싱턴 D.C.의 행정 업무를 보는 보직으로 입대하면 되겠구나."

"싫어요."

"왜? 설마 후방 근무하는 군인은 군인답지 못하단 소릴 하고 싶은 게냐?"

헨리가 대답하기도 전에 유신은 속사포처럼 쏘아댔다.

"우리가 괜히 널 샌―프랑코 에어로노틱스에 몇 달이고 처박아 둔 줄 아니? 네가 모병소에 들어가 봤자 네가 총 들 일은 없어. 국가 방위에 필수적인 연구를 하는 연구인력으로 분류될 거거든. 연구자가 되든 행정가가 되든 징집을 피해 도망가는 게 전혀 아냐."

"그럼 그때 절 부려먹은 게……."

"일개 학부생이 대관절 뭐 얼마나 도움이 된다고 회사에서 써먹었겠니? 네 아버지랑 내가 서로 상의해서 준비한 일이다."

도대체 이 사람들은 왜 남의 진로를 저들끼리 알아서 다 세팅해 둔단 말인가. 한번 물어보지도 않고.

"그렇게 그냥 간판만 걸어두면 향후에 문제가 생길 것 같은데요."

"죽는 것보단 훨씬 나으니까. 집안 물려받을 장남이 사지로 나아가면 대체 어쩌란 말이냐?"

"아버지는 잘만 나가지 않았습니까."

"네 아버지는 가진 게 없으니 몸으로 때워야 했고! 그때가 벌써 이십하고도 몇 년 전인데 그때랑 비교를 하고 있나! 그리고 김유진이가 어디 보통 인간이냐? 저승사자가 찾아와도 좆이나 까 잡수라고 할 인간인데."

다른 건 모르겠지만 마지막 말엔 확실히 동감할 수밖에 없었다. 아버지는 좀… 좀 많이… 아무튼 그랬으니까.

"하지만 전 그 저승사자한테 가운뎃손가락 치켜들 사람의 뒤를 이어야 합니다. 후방에서 탱자탱자 놀면… 과연 제대로 이어받을 수가 있을까요?"

"……."

유신이 대답하지 않자 장내엔 묵직하게 침묵이 내리깔렸다. 그는 대신 위스키를 잔에 가득 따라 쭉 들이켜더니 담배 한 개비를 입에 물었다.

"너는 왜 우리 집안이 싸움 하나 없이 잘 굴러가는지 모르겠니?"

"네?"

"다른 집안은 보면 유산 싸움이네 경영권이네 하면서 형제자매끼리 등에 칼 꽂는 일이 비일비재한데, 어째서 우리 집안은 이렇게 조용할까 생각해 본 적 없니. 우리 집안 장손?"

없었다. 그냥 윗대 분들끼리 다 알아서 정리했겠거니 했지, '왜'를 생각할 겨를은 없었다. 애초에 이 집안을 이어받아야 한다는 그 중압감을 떨쳐내는 것부터가 어마어마한 일이었으니까.

"망할 형이 웨스트포인트에 갈 때… 아니지. 조선에서 혈혈단신으로 건너온 부모님이 샌프란시스코 항구에 발을 내디뎠을 때부터, 우리 집은 이미 왜놈들과 목숨을 걸고 싸우고 있었다."

"…네."

"왜놈들만큼 이간질에 능한 종자는 이 세상에 없어. 지난 대전쟁이 끝날 무렵 우린 독립에 뜻을 둔 조선인 중 가장 부유한 집안이 되어 있었고, 놀랄 만큼 찬란한 명예 또한 쥐고 있었지. 그러면 어디 뻗어오는 마수가 한둘이었겠느냐?"

유신은 수십 년 전의 과거를 떠올리며 지그시 눈을 감았다. 하루하루가 작두 타는 것처럼 살벌하던 날들. 도저히 기회를 걷어찰 수 없었기에, 그 어떤 조선 사람도 이런 천우신조를 손에 쥔 적은 없었기에 아득바득 전진해 나가야만 했던 나날들. 그렇게 동네에서 주먹다짐으로 유명하던 애는 전쟁 영웅이 되었고, 학교나 열심히 다니던 애는 수많은 종업원을 거느린 기업가가 되었다.

"이 집안의 분열은 조선인이 잡은 마지막 기회 또한 날아간다는 걸 뜻했다. 싸워? 재산을 다퉈? 죽어서 역사 앞에, 선현들 앞에 무슨 면목으로 서려고 그런 짓을 하겠냐. 다른 건 몰라도 쪽바리들 좋을 짓은 결코 할 수 없었으니 말이야."

"그랬군요."

"그래서 나는 무심코… 형이 그토록 노래를 불러대던 미일 전쟁이 정말 목전으로 다가왔으니, 조선이 독립할 수 있으리라 생각했다."

너무나 길고 긴 싸움이었다. 인생을 다 바친 싸움이 이제 절정으로 향하고 있었다. 유신은 마시다 죽기로 작정이라도 한 듯 쉴 새 없이 잔을 채웠다.

"조선이 독립되면 그거로 끝이라고 무심코 생각했다. 정말 무심코 말이야. 소파 선생 구연동화도 아니고 그럴 리가 없는데. 우리의 목표는 달성될지언정 너희들의 인생은 이제 시작일 텐데 말이야."

"그러면……."

"정 목숨 걸고 싶거든, 네 알아서 해라. 내가 말려봐야 몰래 강행할 것 같으니."

"감사합니다!"

"대신, 너무 죽을 장소로 가진 말고. 네가 죽는 순간 네 동생들과 조카들이 이 집안을 토막토막 낼 미래가 뻔하지 않느냐."

헨리는 그 말에 멈칫했다. 그냥 물러야 하지 않을까? 역시 최전방은 조금 그런가? 그 고민이 얼굴에 다 드러났는지, 유신은 키득댔다.

"장손의 무게가 묵직한가 보구나. 잘 생각해보고 결정하거라."

헨리가 떠난 후, 유신은 술잔을 만지작거리며 생각에 잠겼다. 옛말에 씨

도둑질은 못 한다고, 정말 부자가 아주 똑같구만. 솔직히 김유진도 커티스 의원이 전쟁터 못 가게 막는데도 아득바득 기어나갔잖아. 업보려니 생각해야지, 누가 누굴 막아?

"밖에 누구 있나?"

"예, 회장님."

"우리가 지원하던 항공학교 말일세."

"예."

"거기 졸업자들에게 전부 연락 돌려서, 파일럿으로 종군할 의향이 있는지 확인 좀 해보게."

기왕 군에 간다면 혼자 보낼 순 없지.

거인의 포효 4

    노르웨이에서 벌어진 영국군과 노르웨이—독일군의 대결은 독일군의 전술적 승리로 끝났다. 독일군은 노르웨이를 동맹, 사실상 괴뢰화시켰으며 노르웨이를 영국의 침략에서 방어해준다는 명분으로 대규모 육군 주둔 및 활주로와 유보트 기지의 신설 허가를 받아냈다. 하지만 노르웨이 확보의 제1 목표였던 나르비크 항구는 영국군의 지독한 파괴공작으로 너덜너덜해진 상태. 참으로 지독한 영국맛이 아닐 수 없었다.

    한편, 대영제국의 긴 팔은 지구 반대편에도 뻗어나가 전쟁의 불꽃을 퍼뜨리고 있었다. 정확히는, 남이 던진 불씨에 어쩔 줄 몰라 하고 있었다. 로마제국의 부활을 야심 차게 선언하며 참전한 무솔리니의 이탈리아는 그 원대한 출사표의 첫 발걸음으로 남프랑스를 공격했었다.

    여기서 유럽 지리를 다시 보면, 이탈리아에서 프랑스로 공격해 들어가려면 약간 길이 험하다. 알프스산맥이라는 조오금 험한 길을 이미 추워진 10월에 준비 덜 된 군대가 지나가려 시도한 결과… 이탈리아군은 한니발이 아니라는 사실만 배우게 되었다. 어마어마한 숫자가 싸움 한 번 못 해보고 산속에서 동태가 되었으니.

하지만 고작 이런 일에 두체의 야망이 꺼지면 트루 파시스트, 우리 두체가 아니다. 무솔리니의 꿈을 이루기 위해 뺏어야 하는 땅은 영국령 이집트를 위시한 광대한 아프리카와 그리스, 유고슬라비아 등 발칸반도의 여러 국가들.

이미 겨울을 얕봤다가 엄청난 쓴맛을 본 무솔리니는 봄까지 만반의 준비를 갖출 것을 명령하고 부지런히 전쟁을 준비했고, 전선을 넓히기 싫었던 영국군과 서로 손발이 척척 맞아 아프리카 일대에선 이른바 '가짜 전쟁'이 벌어졌다. 그리고 그 겨울을 보내는 동안, 무솔리니는 바짝 독이 올라버렸다.

"오스트리아 촌놈이 세계를 정복하고 있는데! 어째서 이탈리아는! 우리 로마의 후예는 대체 왜!!"

"조금만 더 기다려 주십시오. 국력을 모두 끌어모아 최후의 전쟁을 준비 중이니, 겨울만 지나면 로마의 고토가 회복될 것입니다."

"충분한 준비 없이는……."

"웃기는 소리! 내가 집권한 이후 얼마나 군에 신경을 많이 썼는가! 그런데 입만 열면 준비, 준비! 이 버러지들!"

이대로는 정말 죽 쒀서 개 주는 꼴이 된다. 그를 가장 초조하게 만드는 미래는, 독일이 이대로 유럽의 절대강자로 부상하고 거기서 유럽의 체제가 고정되는 사태였다.

"그러면 하다못해 그리스 침공은 연기해 주십시오. 영국과 먼저 일전을 치러야 합니다."

"안 돼! 그리스 놈들이 독일과 동맹을 맺기 전에 우리가 빨리 정복해야 하네!"

"네……?"

그리하여 마침내 봄이 오자, 두체는 위풍당당하게 전쟁을 선언했다. 그리스에.

"급보입니다! 이탈리아군이 움직이기 시작했습니다!"

"언제 이 기묘한 대치가 끝나나 했네. 어디로 오고 있는가?"

"그것이… 이탈리아군이, 그리스 침공을 개시했다고 합니다."

"뭐? 우리를 내버려 두고 중립국을 친다고?"

히틀러조차 극구 피하려고 용을 썼던 게 양면 전선이건만, 무솔리니는 위풍당당하게 이집트의 영국군을 내버려 둔 상태에서 친독 중립을 유지하고 있던 그리스에 선전포고했다. 온통 산과 언덕으로 이루어진 희대의 똥 땅 그리스. 드넓은 사막이 펼쳐진 영국령 이집트. 거기에 영국 식민지 한가운데 포위되어 있는 이탈리아령 동아프리카, 구 에티오피아까지. 무려 삼면 전선을 힘껏 열어젖힌 이탈리아는, 너무나 당연한 말이지만 광속으로 파멸의 고속도로를 달렸다.

"이걸 어쩌죠?"

"포로들에게 먹일 식수가 부족합니다!"

"이들을 데리고 수백 킬로미터 사막을 돌아가야 합니다. 너무… 포로가 많은데 무언가 다른 수단을."

"거기까지."

그리고 무솔리니는 삼면 전선을 연 것으로 그치지 않고, 세 전선 모두에서 일제 공세를 명령했다. 이탈리아 장군들이라고 파멸을 즐길 줄 아는 변태들은 아니었던 탓에 최대한 공세를 늦추려고 노력은 했으나, 결국 두체의 명에 따라 이집트로 쳐들어온 이탈리아군은 순식간에 영국군 포로로 직종을 전환했다.

"대체 이놈들은 무슨 속셈이지? 우리 보급 능력을 저하시키려는 건가?"

"지금이라도 다 사막에 파묻어버리면 됩니다."

"미친 소리 그만하고 수용소나 준비하게."

물론 무솔리니 입장으로선 어쩔 수 없는 선택이었다. 한시바삐 이집트를 점령하고 수에즈 운하를 활짝 열지 못하면, 두체의 가장 큰 치적인 이탈리아령 동아프리카, 구 에티오피아는 말라 죽을 판이었기 때문이다.

보통 사람이라면 '아, 우리 식민지는 수에즈가 목줄이니까 영국이랑 싸우면 주웃되겠구나.'라거나, 하다못해 '아, 그리스는 좀 나중에 공격해야겠구나.'라고 생각하겠지만, 유감스럽게도 무솔리니는 대영제국이 망한다는 데 전 재산을 걸고 곱버스에 탑승해버렸다.

노르웨이 전역을 마치고 숨을 고른 채 소련 침공 계획에 착수하려던 독일은, 어느 날 미니맵을 봤더니 온 세상이 불바다가 되어 있는 꼬라지를 목격하게 되었다. 이탈리아령 동아프리카. 100% 영국군에 점령. 리비아로는 영국군이 신나게 부릉부릉 달려오는 중. 나쁘지 않은 관계였던 그리스는 연합국에 가담해 이탈리아와 전쟁 중. 심지어 쳐들어간 이탈리아가 졌네?

"이게… 이게 대체 어떻게 된 일이지?"

"총통 각하. 영국 본토의 산업 능력을 소모시켜야 합니다."

"더 많은 유보트가 필요합니다. 지금이라도 유보트 생산에 예산을 더 할당해 주신다면……."

"괴링! 괴링!"

구석에서 입 꾹 다물고 찌그러져 있던 괴링이 총통의 채근에 자리에서 일어났다.

"우리 자랑스러운 루프트바페로 런던과 그 인근 산업시설을 폭격하면 아프리카에서 이탈리아에 가해지는 압력을 뺄 수 있을 듯한데, 공군의 의견은 어떻소?"

"어렵습니다."

괴링의 단언에 총통의 눈살이 찌푸려졌지만, 그는 아랑곳하지 않았다.

"작년 서부 전선에서, 우리 공군은 영국 놈들보다 약간의 우위를 갖고 싸웠으며 교환비 또한 결코 나쁘지 않았습니다."

"그러면 된 것 아닌가?"

"문제는 파일럿입니다, 각하. 자랑스러운 독일의 파일럿은 기체를 버려도 살아남기만 하면 부대로 돌아와 새 기체를 받을 수 있었습니다. 하지만 영국인들은 본국으로 돌아갈 수 없으니, 얌전히 우리의 포로가 되었습니다."

히틀러 역시 그 뒷이야기까지 구구절절 듣지 않아도 괴링의 의도를 알 수 있었다.

"우리가 영국으로 날아가면, 급격히 파일럿이 소모되리란 말이군."

"현재 루프트바페가 보유한 기체의 항속거리 문제도 있고… 총통 각하의 웅대한 대전략에 따라 공군의 희생이 필요하다면 따르겠습니다. 하지만 이 경우 소련을 침공할 때 공군의 힘이 대단히 크게 떨어집니다."

잠시 고민하던 히틀러는 한숨을 쉬었다.

"영국 공습은 포기하지. 대신 아프리카에 적당히 지원군을 보내줘야겠소."

1주일 뒤, 서부 전선에서 전설을 쓴 한 장군이 아프리카 군단을 이끌고 지중해를 건넜다. 북아프리카 전역에 독일이 참전하며, 새로운 전선이 열리기 시작한 것이다.

* * *

짧은 출장이 끝나고 나는 전쟁부로 돌아왔다.

"다들 오랜만~ 먹을 거 좀 사 왔는데 다들 입 심심할 때 좀 먹으… 면… 서……."

이게 뭐야. 왜 나의 화사하고 열정 넘치던 사무실이 좀비와 스켈레톤 가득한 울펜슈타인 성으로 뒤바뀌어 있지? 아무리 봐도 진작에 과로사했지만 사악한 술법으로 안식마저 얻지 못한 채 일하는 인간들마냥, 전쟁계획부 용사들의 얼굴은 하나같이 못 봐줄 정도로 초췌해져 있었다.

"괜찮나? 다들 왜 말라비틀어진 미라가 되어 있어?"

"부장님, 와주셔서 감사합니다."

"부장님이 없어서 저흰 너무 힘들었습니다."

"앞으로, 어디 나가지 마시고, 꼭 사무실을 지켜 주세요. 더 열심히 일하겠습니다."

이 눈물의 간증은 또 뭐야? 나이 먹을 대로 먹어서 이제 숨만 쉬어도 겨드랑이 냄새에 아재 냄새가 섞여서 분출되는 놈들이 내 곁에 들러붙어 흐어엉대고 있으니 화생방 공격이 바로 이거구나 싶었다. 이놈들을 어르고 달래며 대관절 무슨 일이 있었는고 파악을 해보니.

"부장님께서 안 계시니까, 더 위에서 지시가 다이렉트로 내려오는데."

"아."

"너네 답변이 좀 부족하니 뭐 좀 하나만 물어보자고, 총장님께서……."

"아아아."

"그런데 겨우 이거 가지고 무슨 논의를 하겠냐면서, 더 준비해 오라고 막 차갑게 말씀하시는데!!"

"아아아아아. 그만. 거기까지."

"그날부터 야근이! 야근이 막!!"

내가 지금 듣고 있는 게 부재중 업무에 관한 이야기인지, 크툴루의 부름인지 구분이 잘 안 간다. 마셜의 채찍 맛이 좀 우주적 공포긴 해. 그동안 나라는 보호막을 한 겹 지나야 했던 탓에 매운맛을 덜 봤던 우리 부서원들이 다이렉트로 마셜 농장을 체험하니 멘붕해버리는 건 당연지사.

"근데 리지웨이. 넌 이미 한번 맛본 적 있잖아?"

"그땐 참모총장도 대장도 아니었잖습니까. 그때보다 훨씬 살기가 넘치는 게……."

"살기까진 아닐걸? 그냥 요즘 피곤해서 그런 거 같은데."

"조금 더 피곤해지면 피의 축제라도 열겠습니다."

어쨌거나 마셜은 마지막 한 방울까지 쥐어짜내는 국세청 직원처럼 내 부하들을 극한까지 갈아 넣었고, 그 피와 살은 모조리 따끈따끈한 보고서와 각종 계획들로 등가교환되어 내 책상에 가지런히 올려져 있었다. 내 할 일까지 다 해버리시다니… 마셜… 당신은……. 애들 너무 험하게 쓰지 말라고 징징대러 가려던 내 계획은 책상 위 보고서를 다 읽을 때쯤 완전히 파기되었다. 마셜이 원 역사 지식 같은 거 없다는 점을 고려하면 정말 완벽하게 정제된 알짜만 그득그득한 보고서가 완성되어 있었다. 역시 이게 프로 노예주의 위엄인가. 출장보고 겸 커피나 한 잔 얻어 마시려고 쫄래쫄래 총장실로 향했더니, 얇은 문 너머로 곡소리가 들렸다.

"한 번만, 한 번만 봐주시면 안 되겠습니까?"

"안 되네. 군수부장이라는 사람이 이렇게 눈이 어두워서야……."

들으면 안 될 것 같아 나는 얼른 빠져나왔고, 얼마 지나지 않아 옆의 군수부 사무실에서 와장창하는 집기 개박살나는 소리가 울려 퍼지는 것까지마저 들은 뒤에야 난 다시 총장실로 향했다.

"왔나?"

"제가 없는 동안에 제 부하들을 조지셨던데, 군수부까지 털 여력이 있으십니까?"

군수부를 조지면서, 신무기 개발을 병기국보다 빠삭하게 알면서 그놈들을 닦달해 각종 개발 작업을 독촉하고, 미국 곳곳에서 벌어지고 있는 징병 및 훈련 현황을 체크하고, 기동훈련을 계속 돌리면서 지휘능력이 무능하다고 판단되면 바로바로 한직에 처박고 새로 싹수 보이는 놈을 앉히고. 그 와중에 내 일까지 해? 정녕 사람인가? 하지만 마셜은 너무나 초연하게 답했다.

"군수부가 계산한 탄약 소요량이 조금 문제가 있어서 말일세. 하마터면 내가 잘못된 자료를 가지고 의회에 출석할 뻔했거든."

"저런."

아, 그러면 죽을죄가 맞지. 의회 참 무섭거든. 피라냐 같은 의원 나리들 앞에서 개쪽 당하면 반역자가 되거나 자살희망자가 되거나 둘 중 하나다. 마셜 1세가 신성미합제국 갓—파라오로 즉위하면 자못 볼만하겠지만 그건 지구—3에 맡기자.

"내가 전쟁계획부를 잠깐 다루면서 귀관이 메이드하고 있던 계획안을 나름대로 발전시켰네만, 혹 무언가 상의하고픈 이야기가 있던가?"

"없습니다."

"보내준 국무부 의견도 추가했네. 독일의 소련 침공 가능성은 우리에게 큰 이익이니 일단은 고려치 않는 것으로 하고. 풍향이 우리에게 일방적으로 좋기를 바라면서 전쟁을 준비하면 그게 무슨 계획이란 말인가?"

역시 돌다리도 두들겨 보고 건너는 마셜다운 말이다. '제멋대로 유리한 상황 가정해서 행복회로로 돌릴 거면 계획을 왜 만드냐'라는 말은 참으로 옳지만, 세상에는 그 행복회로에 의지해 세계를 상대로 전쟁을 거는 미친 나라가 있거든요? 근데 그 미친 나라가 세상에 딱 둘인데 개들이 전부 우리 적이다. 정말 어썹하기도 하지.

"그럼 이제 준비는 다 되었겠지?"

"어… 물론입니다, 총장님."

영국인들이 온다. 맹세컨대, 그놈들이 나한테 수정구슬 던져주면 그게 총리든 국왕이든 그 구슬로 머리통 깨고 만다. 진짜다.

"근데 왜 얼굴에 살기가 돌고 있나?"

"아무것도 아닙니다."

"불안해 죽겠군."

믿음을 좀 가져주세요, 주인님. 그리고 얼마 후, 마침내 윈스턴 처칠을 비롯한 영국군 고위 인사들이 도착했다. 저런 자리에 끌려나가 봐야 나는 말단 신세일 뿐인데, 진짜 차라리 일이 하고 싶은데.

"준장 유진 킴, 전쟁계획부를 맡고 있습니다."

"아. 이야기 많이 들었소."

윈스턴 처칠. 그 인성에 대해선 여러 말들이 있지만, 히틀러도 스탈린도 다들 그러했듯 한 국가의 수반 자리에까지 오른 사람들은 특유의 카리스마가 있다. 처칠 또한 마찬가지로, 영국 최대의 위기에 맞서면서도 결코 굴하지 않는 악과 깡이 어마어마하게 느껴지는데…….

"귀관을 만나게 되면 한번 꼭 묻고 싶은 게 있었소."

"네. 말씀해주시면 최대한 답변토록 하겠습니다."

"전차는 엄연히 자랑스러운 대영제국 해군의 발명품인데, 어째서 귀관은 스스로를 전차의 발명가라고 주장하고 있나?"

수정구슬이 차라리 나았네.

고증입니다

작중 아프리카-지중해 전선 상황

이탈리아, 보급 단절

마사와

수단
(영국)

아덴

아디스아바바 ○ 에티오피아
(이탈리아)

소말릴란드 점령

이탈리아군, 케냐 침공

우간다
(영국)

소말리아
(이탈리아)

케냐
(영국)

100km 진군
공세종말점

독자 여러분들의 편의를 위한 지도입니다.
물의백작 님께서 제작해주신 지도를 기반으로 제작했습니다! 감사합니다!

거인의 포효 5

　내 입으로 이런 말을 하긴 뭣하지만, 정말 나는 칭찬을 받아야 한다고 생각한다. 내가 그놈의 전차 때문에 얼마나 온갖 고생을 했는가. 그런데 이젠 영국 놈이 와서 시비를 걸고 있네? 뭐지, 자기과시? 아무리 그래도 정치인은 정치인. 내가 너무 당황스러워서 할 말을 잃었다는 걸 눈치챘는지, 분위기가 이상해질 것 같아 수습을 위해서인지 처칠은 어깨를 활짝 펴고 다시 말을 이어나갔다.

　"당혹스럽나 보군. 손바닥으로 하늘을 가릴 수는 없는 법. 대영제국의 걸작을 탈취하고도 감히 이 자리에 나오다니 그 용기는 가상하다만……."

　죽일까? 수습하려던 거 아니었어? 이 정도면 죽여도 무죄 아닐까? 오랜만에 내면의 친구들에게 자문을 구하고 싶지만, 내면의 패턴이든 내면의 맥가든 전부 죽이라고 할 게 뻔하잖은가. 내가 손을 꼼지락거리며 쓸데없이 위풍당당한 잉글리시 불독의 모가지를 꺾을까 말까를 고민하고 있을 때, 옆에서 강렬한 시선이 느껴졌다.

　'참아! 참아!!'

　FDR의 옆에 붙어 무언가 말을 하던 마셜이 고개를 엄청난 속도로 도리

도리 도리질 치며 입을 뻐끔거린다. 정말? 정말 참아야 해? 정말 죽이면 안 돼? 그 옆의 FDR을 바라보자 무엇이 그리도 재밌는지 실실 웃고 있다. 저 양반이 하여간 제일 나쁜 사람이야. 여기서 처칠의 어금니를 수확했다간 이 자리는 싸늘해질 테고 전쟁부로 돌아간 나는 마셜에게 흑룡대차륜을 당하겠지. 그건 좀 무섭다.

"영국제 전차라면 그 마크 시리즈 말씀이십니까? 그거 저보다 늦게 만들었던 거로 알고 있습니다만……."

"아니, 무슨 소린가. 모르는 척하지 말고! 그 전에 시제품이 이미 나와 있었는데 어어딜! 리틀 윌리(Little Willie)라고 엄연히 대영제국 최초의 전차가 있었단 말일세. 아무튼 자네의 거짓을 겸허히 인정하고!"

큰소리로 쩌렁쩌렁 온 사람들이 다 바라보도록 고함치던 처칠이 볼륨을 급격하게 낮추었다.

"신형 전차의 연구 개발에 대해 진정한 전차의 종주국인 대영제국과 함께 보조를 맞추세."

"……."

"자네의 노력은 가상하지만 진정한 전차의 나라 영국의 도움이 슬슬 필요하지 않나? 그리고 기생산된 차량을 조속히 영국 본토와 이집트로 좀 보내는 데 협조해 주면 내 너그러운 마음으로 과거를 묻고 공동 발명 정도로 봐줄 용의가 있네."

아, 용건은 그거셨습니까. 그러니까, 엄, 어엄, 총리가 너무 대놓고 구걸하면 쪽팔리니까 일단 내지르고 보셨다 그거군요. 이해한다. 대영제국의 총리가 아쉬운 소리 하려면 입이 어디 잘 떨어지겠나. 하지만 서울역 노숙자도 적선하는 사람한테 그렇게 윽박지르진 않는데 말이지.

조금 전까지 위세 좋게 소리 지르던 잉글리시 불독은 어디로 가고, 지금 내 앞에 있는 건 '내가 이 나이 먹고 남의 나라 와서 뭐 하는 짓인가, 난 어디고 여긴 누군가.'라는 회한에 가득 찬 배 나온 영감 하나뿐.

나는 어쩐지 이 사람이 문득 불쌍하단 생각이 들었다. 내가 처칠을 동정한다는 게 참으로 우스운 일이지만, 망하기 직전의 나라를 건사하려고 대서양 건너 옐로 몽키한테까지 저런 구차한 말을 하려니 얼마나 괴롭겠나.

이제 FDR의 저 염화미소를 해석할 수 있다. 그래, 저 은은한 미소는 바로 '어이구, 머슴에 불과하던 동양인이 별 달고 있으니 적응 안 되지? 우리 처칠이 잘도 짖는다!'라는, 마치 내가 육포를 앞에 두고 힘껏 재롱부리는 뽀삐를 바라볼 때의 바로 그것이었다. 태풍처럼 출렁이던 내 멘탈이 삽시간에 고요해지고, 나 또한 오욕칠정과 분노에서 벗어나 해탈을 맛볼 수 있었다.

저 모습을 좀 보라. 본인도 쪽팔리는 건 아는지 막 눈동자가 흔들리고 있잖아. 아무것도 모르면 저럴 수가 없다. 원래 세상에서 가장 병신 같은 건 제가 맞다고 굳게 믿는 병신이지, 틀린 걸 아는데도 발광하는 병신은 어딘지 모르게 티가 난단 말야.

"총리님, 파시스트들의 침략에 홀로 당당히 맞서는 영국과 영국인들의 노고에 실로 존경과 찬사를 보냅니다."

"어, 응?"

"영국의 동맹 미합중국의 장성으로서, 저 또한 제가 도울 수 있는 일이라면 기꺼이 최선의 노력을 경주하겠습니다."

미안. 내가 해줄 수 있는 거 딱히 없어. 어차피 군수물자 관련은 군수부가, 아니면 랜드리스 관련으로 정치인들이 해야 할 일이지 내 일이 아니다. 회사? 회사가 유신이 명의지 언제부터 내 명의였다고. 카드게임은 내가 대주주니까, 원한다면 딱지는 좀 랜드리스 해드릴 수 있겠는데? 하나 만들어드릴깝쇼 깔깔깔. 하지만 나의 정성이 이 완고한 인간에게도 닿았는지, 그가 내게 손을 뻗으며 싱긋 웃었다.

"그건 미국 대통령께서 할 일이고, 자꾸 혓바닥 굴리지 말고 얼른 인정이나 하라니까? 따라해보게. '최초의 전차는 영국제 리틀 윌리다.'"

"리틀 윌린지 리틀 갈리폴린지 별 잡스러운 거 자꾸 들이밀고 있네, 치매가 오셨나."

순식간에 처칠이 뻗은 손으로 내 멱살을 잡았고, 장내는 아수라장이 되었다.

* * *

"참으라고 했지 내가! 뻔히 보고선 무시를 해?"

"아아니, 아메리칸 스피릿의 상징인 전차를 훔쳐 가려는 해적 놈들의 음모를 막았는데! 왜 제가 쪼인트를 까여야 합니까!"

"진짜로 구둣발로 까이고 싶나? 안 맞고 군인 노릇하니 살만한가?"

"아뇨."

대전쟁 이후 나를 발로 깔 정도로 간이 배 밖에 나온 인간은 없었다. 아시안 주제에 20대 장성이라는 남북 전쟁 시절의 정신나간 커리어를 찍은 놈을 팬다고? 군 생활 괜찮으신가? 하지만 그 정신나간 놈보다 더 위엄찬 커리어를 달성한 노예주께선 뺨에 연신 달걀을 문질러대고 있는 나를 한심하다는 듯 쳐다봤다.

"자알 한다, 잘 해."

"전 억울합니… 아! 아아! 아아아!!"

멍든 곳을 사정없이 꾹꾹 눌러대는 냉혈한이 육군참모총장이라니. 정녕 미군에 미래란 없나?

"빨리 가세. 해야 할 일이 많으니. 그 달걀 내려놓고."

"예에."

처음엔 멍에 반창고나 거즈라도 붙일까 했지만, 그게 더 추해 보여 관뒀다. 우여곡절 끝에 대서양 건너편에서 온 이들과 드디어 회의 테이블에 착석했는데, 나는 '감히 우리나라를 무시하다니!'라면서 화가 치밀어오른 영국 군바리들을 만나게 될 줄 알았건만.

"속이 다 시원합니다그려."

"외국인에게 욕먹는 꼴을 보니 조금 불쌍하기도 하지만, 업보려니 해야지요."

"아, 우리랑 총리는 구별해서 봐 주십쇼. 안 그래도 자기가 무슨 나폴레옹인 줄 알아서 짜증 나 죽겠습니다."

이 블랙 유머의 달인들은 총리 씹기를 하나의 스포츠로 승화시켰는지, 자신들이 처칠을 못 씹어서 안달이었다. 정작 똥 씹은 표정을 짓고 있는 건 자랑스러운 미합중국 해군의 대표, 킹 제독이었고. 거… 사돈, 그러지 맙시다. 내가 원해서 멍든 게 아니란 말야. 어째서 그냥 친분 있는 사이인 아놀드가 당신보다 더 눈빛이 따뜻한 거냐고. 영국 육군을 대표해서 나왔다는 에드윈 모리스(Edwin Logie Morris) 소장은 내 마음을 아는지 모르는지 아주 싱글벙글이 따로 없었다.

"저는 솜의 지옥에서도 살아남았고 이프르도 맛봤지만, 솔직히 우리 총리님의 대국적 안목이 그리 좋냐고 묻는다면 글쎄요… 모두가 알지만 차마 앞에서는 말 못 하는 '그 작전'만 생각하더라도 좀 그렇지 않습니까?"

"하, 하하하."

이걸 웃어야 해 말아야 해.

"이번에 노르웨이 침공도 제발 하지 말자고, 하면 안 된다고 군부에서는 기를 쓰고 뜯어말렸는데도 결국 강행해서는 애꿎은 적만 하나 늘리고 말았습니다. 우리 병사들은 스칸디나비아에서 눈이나 퍼먹다 불귀의 객이 되었구요."

"…애도를 표합니다."

"그래서 여러분의 도움이 필요하지요. 우리의 힘만으로 저 제리 놈들은 역부족입니다."

그는 담담하게 자아성찰하듯 말했다.

"대영제국은 이미 아비시니아(에티오피아의 옛 이름)에서, 리비아에서, 노르웨이에서 파시즘에 맞서고 있습니다."

"북해와 대서양도 포함해 주셔야죠."

"프랑스 상공도 부탁드립니다."

옆에서 태연스레 추임새를 넣는 걸 보니, 영국군의 군기 역시 미군에 비견될 정도로 보통이 아닌 모양이다. 모리스 소장은 아무렇지도 않게 고개를 끄덕였다.

"그러니, 이제 앵글로―아메리칸 동맹의 대전략을 함께 논의해봅시다."

정치인들과는 별개로, 실질적으로 군을 이끌어나가는 인사들끼리 빠르게 정보 교환의 장이 열렸다. 핵심 관건은 간단했다. 미군은 대체 언제 오는가. 미군이 당장 오지 못한다면, 무기는 언제 더 보내줄 텐가.

음. 둘 다 내가 할 일은 아니다. 정말 다행이야. 랜드리스는 이미 진즉 시작되었지만, 이제 본격적으로 참전을 하게 되었으니 영국인들은 마치 어미새를 바라보는 아기 새처럼 입을 짜악 벌리고 갓메리카의 선물을 기대하고 있었다. 그건 군수부장에게 넘기면 될 일이고…….

"킴 장군."

"예, 무슨 일이신지요?"

"귀국의 제식 전차인 M3가 큰 효용을 발휘하고 있습니다. 한 번쯤 고맙다는 인사는 드려야 할 것 같더군요."

그래, 이게 오고 가는 우정이라는 거지. 빌어먹을 처칠에게선 느낄 수 없었던 가슴 따뜻함에 절로 미소가 피어난다.

"아직 저희는 실전 경험이 없어서 말이지요. 혹 실전에 투입되었을 때의 피드백은 어땠습니까?"

"목이 안 돌아가는 걸 빼면 모두 좋다고 하지요."

M3 '리' 전차야 뭐, 정말 응급용 병기니까 어쩔 수 없다. 지금 시점에서 차체에 박아 놓은 75mm 주포면 어지간한 적 전차는 죄다 족칠 수 있을 터. 비범한 떡장갑과 화끈한 주포. 전차에 필요한 것만 꽉꽉 눌러 담은 최고

의 선택이라고.

이제 채피의 지휘하에 분주히 최종 롤아웃을 앞두고 있는 M4 '셔먼'이 쏟아져 나오기 시작하면 이 고생도 끝이다. 압도적인 셔먼의 물량으로 나치 새끼들이건 쪽바리들이건 파묻어 버리면 만사형통 아닌가. 실제로 영국군의 사용 소감 역시 별반 다르지 않았다. 적을 때려잡기에 충분한 화력에 어지간해선 잘 터지지 않는…….

"다만 아쉬운 점으로는, 적 또한 서서히 화력이 증강되는 추세라고 합니다."

"그렇습니까?"

"노르웨이 전역에서 M3 전차를 적극적으로 기용하였는데, 스칸디나비아 특유의 지형 탓에 적의 대전차포 운용이 무척 유리했습니다. 그 탓인지……."

후. 전차 간의 대결인 줄 알았는데 대전차포라면야. 독일군의 상징, 88mm를 끌고 나왔다면 솔직히 M3가 아니라 M3 할애비가 와도 못 버틴다. 그걸 어떻게 감당하라고. 우리가 이렇게 화기애애하게 이야기를 하고 있을 때, 해군의 모양새는 자못 볼 만했는데.

"참으로 미안한 이야기지만, 태평양에서 불온한 움직임이 보이는 동안 대서양에 집중할 수는 없는 노릇입니다."

"이보시오. 당장 독일 유보트가……."

"언제부터 대영제국 왕립함대가 저희 도움을 필요로 하셨는지? 저희의 의견으로는, 영국 또한 아시아 함대를 더 증강하여 일본의 위협에 조금 더 신경을 쓰셔야 되는 게 아닌가 싶은데."

으음. 살벌하구만. 저긴 쳐다보기만 해도 내 수명이 깎이는 기분이다. 내 사돈 아니라고 해 줘. 괜히 엮여서 좋을 게 없는 것 같다. 공군이야 뭐, 말할 것도 없다.

"어떻게 조금 더 기체를 보내주시면 안 되겠습니까?"

"이미 의용병 명목으로 알음알음 파일럿 보내드리고 있잖습니까. 저희도 얼른 재무장해야지요."

육군항공대를 대표해서 나온 아놀드는 정말 미안한 기색이 한가득이었다. 어디 함대 맡겨놓은 것처럼 구는 킹과는 역시 천지 차이다.

"그러면 혹시, 귀국에서 도입하지 않은 기체를 생산하는 다른 항공기 업체를 소개시켜 주실 수 있겠습니까?"

"가능은 합니다만, 애초에 그 기체의 성능이 좋았다면 당연히 저희에게 납품을 시도하지 않았겠습니까. 스핏파이어처럼 명품 기체를 운용하는 왕립공군의 입맛에 맞는 항공기가 있을지……."

"상관없습니다. 유럽의 상공을 커버하는 건 스핏파이어도 있지만 숫자로는 단연 허리케인이니까요. 허리케인을 대체할 만한 기체 정도라면 충분히 구할 수 있지 않을까요?"

저기도 역시 내가 신경 쓸 곳은 아닌 것 같다. 내가 고개를 돌리려는 순간, 아놀드와 눈이 스윽하고 마주쳐버렸다.

"킴 장군!"

"부르셨습니까?"

"물론이지. 저 친구 집안이 항공기 메이커도 갖고 있습니다. 굉장히 실험적인 연구를 많이 하는 편인데, 어떻습니까? 한번 카탈로그라도 보시는 게?"

어? 샌—프랑코? 거기 뭐가 있던가? 내가 이런 말 해서 미안하지만, 애초에 거긴 그… 헨리의 방산업체 취직을 위해 마련한 곳이라고. 처음엔 나도 야심 차게 미래지식빨로 기술 치트를 실컷 쳐서 전 세계의 하늘을 씹어먹어 주마… 라고 생각하던 시절이 있었다. 하지만 대공황 시기에 아무리 두 눈 시퍼렇게 뜨고 찾아도 먹을 만한 곳을 모르겠는 걸 어떡하나. 게다가 나 또한 칼날 위를 걷는 어메이징한 인생을 산다고 도무지 항공산업에 관심을 기울일 틈이 얼마 없기도 했고.

친구 회사의 매출을 올려주고픈 아놀드의 마음 씀씀이는 정말 고맙지만, 애초에 근본부터가 망해가던 포드 항공사업부다. 물론 다른 곳 몇 군데를 인수해서 덩치를 키우긴 했는데… 좋은 거 뽑았으면 나한테 연락 왔겠지? 차마 인수할 만한 회사까지 점찍어 보내줬던 사람 앞에서 '미안해요. 우리 회사엔 딱히 좋은 거 없어.'라고 말하지 못한 채 영국 공군과 아놀드, 그리고 맥나니에게 샌—프랑코 에어로노틱스 건을 토스했고.

얼마 후. 워싱턴 D.C. 인근.

"유진! 이 나쁜 자식! 이런 걸 만들었으면 진작 나한테 말을 해줬어야지!!"

"아니, 아니 저도 진짜 몰랐다고요!"

"지금 당장 계약하겠소! 500대, 500대부터 일단 합시다! 저 시제기는 내가 타고 돌아가겠으니 한 대라도 당장 넘겨주시오!"

요즘 들어 내 멱살을 잡는 사람들이 왜 이렇게 많아. 아놀드 장군이 내 멱살을 짤랑짤랑 흔들고 영국인들이 광분하며 입에서 침을 튀기는 가운데, 샌—프랑코 에어로노틱스에서 개발했다는 신형기가 사뿐히 지상으로 내려왔다. 기체에서 내린 테스트 파일럿을 상대로 앵글로—아메리칸의 장성들이 심문 아닌 심문을 벌이는 사이, 나는 회사에서 나온 기술진과 경영진에게 다가갔다.

"저런 걸 개발해 놓고 왜 저한텐 아무 말씀이 없으셨습니까?"

"열흘 전에 막 나온 시제기입니다. 아직 생산 라인도 없고 뭣도 없습니다!"

"아니, 그건 돈으로 해결하면 될 일이고요. 저 황당한 성능은 뭡니까? 저런 게 우리가 개발한 거라고요?"

내 물음에 기술진들은 입을 다물었고, 지켜보고 있던 유신이가 조용히 내 귀에 대고 속삭였다.

"저거 엔진 말야."

"어. 왜?"

"형이 그때 훔쳐 온 그… 멀린 엔진, 그걸 포드에서 또 개량했는데."

"훔쳐 오다니. 빌린 거라니까. 아무튼 포드 꺼면 된 거 아냐?"

"실은 그걸 또 우리가 몰래 좀 빌려서 따로 개량을 했는데……."

"걸리지만 않으면 돼. 괜찮아."

에젤이 알면 죽으려고 들 것 같은데. 원래 회장님이란 사람들은 다 내로
남불이 극에 이른 인간들이거든. 하지만 유신이는 너무나 덤덤하게 말했다.

"걸렸지."

"하이고."

"뭐 여차저차해서… 잘나가는 기체가 있으면 포드사의 차종 명을 따서
이름 붙이기로 했어. 홍보용으로라도 써먹겠다나."

나는 어쩐지 썩 낯설어 보이지 않는 신형기를 다시 한번 바라봤다.

"그래서 이름을 뭐로 해주기로 했는데?"

"머스탱."

그래. 암만 봐도 익숙하더라고. 근데 왜 그게 우리 회사 제품이지?

1951년 한국 상공을 나는 머스탱

브래들리가 대총통이 된 어떤 만화에 나오는 불꽃의 연금술사는 이 전투기, P—51
의 이름을 땄습니다.

거인의 포효 6

도대체 어떤 오묘한 원인이 있었기에 샌—프랑코 에어로노틱스에서 머스탱이 튀어나왔는지는 나도 잘 모르겠다. 내가 카탈로그 스펙을 달달 외운 밀덕도 아니고, 외형만 비슷하다뿐이지 진짜 그 원 역사의 P—51 머스탱이 맞는지도 모르겠으니 말이다. 애초에 엔진부터가 원래 역사에 있던 물건이 아닌걸? 아마 원 역사에 이름을 남긴 동종의 기체와는 성능 차이가 있을 듯하다. 어쩌면 이름만 같을 수도 있고.

"너! 저런 게 있으면 말을 좀 해줬어야지!"

"나도 몰랐다니까? 내 회사가 아닌데 뭘 자꾸 말을 해달래?"

"나쁜 놈! 이런 좋은 걸 꿍쳐뒀다가 영국 놈들에게 먼저 주다니!"

하지만 맥나니에겐 조금 다른 문제 같다. 놈은 아주 멱살을 잡을 듯이 펄떡펄떡 날뛰어댔다. 요즘 왜 이리 내 멱살을 탐내는 놈들이 많아? 이렇게 기강이 해이해져서야 대체 어떻게 전쟁을 치르려고.

"저거 아직 시제기밖에 없거든? 양산 착수하려면 시간이 더 걸린데."

"돈으로 다 해결한다며! 테스트고 나발이고 적당히 스킵하면서 그냥 찍어낸다며?! 나도 귀가 있거든?"

다 들어버렸네. 영국군은 허리케인 대체용으로 머스탱을 사고 또 사고 라이센스해서 생산하고 끝없이 뽑아낼 계획인 듯했으나, 그러려면 우선 처음 판매될 제품이 정말 제 성능을 뽑아내야 가능한 일. 하지만 어지간히 급하긴 한지, 나보다 더 몸이 달아선 허겁지겁 대량생산을 준비하고 있었다. 돈 대줄 테니 라인 깔자고 하는데 어찌 거절하리오. 아무튼 문제는 맥나니다. 이 녀석에게 뭘 주면 좀 입을 다물까.

"좋아. 그럼 영국 놈들보다 먼저 너한테……."

내 말은 들은 척도 안 하던 맥나니가 뭔가 받아먹을 것 같으니 좋아가지고 귀를 쫑긋댄다. 소원대로 좋은 걸 던져주자.

"일거릴 듬뿍 줄게. 아놀드 장군님이 하고 싶은 일이 참 많더라고?"

"야! 야!!"

"이렇게 일을 좋아하다니, 우리 노예주님께서도 정말 좋아하겠어."

영국인들이 찾아온 지금 매듭지어야 할 일이 어디 한둘인가? 야근은 확정인데 자발적으로 일하고 싶다는 친구가 있다니. 나는 정말 친구운이 좋은 것 같아. 맥나니의 반란 시도를 가뿐히 진압한 뒤, 나는 전천후로 데굴데굴 구르며 향후 대전략에 관해 열심히 떠들고 다녀야 했다. 그 정도야 가뿐하지. 마셜에게 특훈까지 받은 몸이다. 처칠을 앞에 두고서도 열심히 입을 털 수 있을 정도로.

"2년 반. 2년 반은 필요합니다."

"그 이전엔 절대! 절대! 네버! 서부 전선 못 엽니다!"

"상륙작전이 얼마나 힘든 일인지 잘 아시잖습니까. 프랑스 탈환 물론 좋지요. 근데 문제는 이겨야 하잖습니까. 지금부터 준비해야 할 일이 산더미입니다."

노르망디 상륙작전이 어디 하늘에서 뿅하고 튀어나온 줄 아나. 갈리폴리 해본 놈들이 상륙하자고 하니까 더 빡치네. 같이 죽자고?

상륙이라는 말을 듣자마자 자나 깨나 해군 생각에 여념이 없는 킹이 슬그머니 와서는 엣헴거리며 제 목소리를 내려고 했고, 영국 측에서는 '아 우리 왕립해군이 제해권 문제 다 해결해 줄 테니까 빨리 유럽 상륙 일정부터 잡자고!'라며 빼액거리고, 어디 육군에 프락치라도 심어놨는지 해병대 애들까지 와서는 '상륙! 상륙! 그것은 우리의 일!' 하며 시끄럽게 굴고. 다만 내가 이렇게 고통받으며 미처 예상하지 못한 점은, 계획 따위는 언제나 완성된 그 순간부터 찢어진다는 것이다.

샌—프랑코와 포드 트랙터 컴퍼니의 무기 생산 일정이나 납품 일정에 대해서는 유신이에게 죄다 토스해버리고, 향후의 대전략에 대해 어느 정도 합의점에 이르렀다고 생각했을 때였다.

"이집트에서 보고가 왔습니다."

모리스 소장의 얼굴은 당혹감과 절망감이 어우러져 엉망이 되어 있었고, 처칠은 아예 대놓고 시가를 피워대고 있다. 이집트에서 날아온 급한 소식이라면…….

"이탈리아를 지원하기 위해 온 독일군이 리비아 인근에서 아군을 완파했습니다."

"완파라면 어느 정도요?"

"세 명의 장성이 실종되었으며 아군은 전진하였던 만큼 다시 뒤로 물러나고 있습니다."

사막에서 실종이면 사실상 죽었다고 봐야 한다. 포로가 되면 차라리 감지덕지, 대체 사막 한가운데를 홀로 떠돌아다녀서 어떻게 부대로 돌아온단 말인가? 이런 대참사가 원 역사에서도 있었다. 그리고 이 어마어마한 전공을 세운 장군은, 역사에 관심이 없는 문외한도 이름은 한 번쯤 들을 정도로 불멸의 명성을 얻게 되었고. 바로 어제까지 아프리카에선 승승장구하고 있단 보고를 들었던 루즈벨트는 어이가 없는 듯 계속해서 질문을 던져댔다.

"독일군이 전쟁을 잘하긴 잘하나 보구만. 그래서, 그 잘난 적장은 누구랍니까?"

"독일 측 발표에 따르면 에르빈 롬멜이라고 합니다."

"서부 전선에서도 들어본 이름이네. 거참, 명장이란 사람들은 참 신기하군."

마침내 사막의 여우 전설이 시작되었다. 롬멜이 거품인지 아닌지, 전략이 유효한가 아닌가를 떠나 승승장구하던 영국군을 순식간에 쌍코피 터뜨렸으니 FDR과 처칠의 상태가 영 안 좋아지는 것도 당연지사. 자국 군대의 참담한 패배 소식을 이미 먼저 접했을 처칠은 목이 뻐근한지 연신 뒷목을 주물러대다가, 딱딱하게 굳은 루즈벨트의 얼굴을 힐끗 보더니 곧장 180도 태세를 전환했다.

"루즈벨트 대통령. 너무 걱정하실 필요는 없습니다. 이미 이탈리아 해군의 모항인 타란토를 급습해 크나큰 타격을 줬습니다, 허허허. 지중해의 제해권을 확고히 굳혔으니 롬멜이 날뛰는 것도 얼마 가지 못할 겁니다."

"타란토라."

"이곳, 이탈리아의 핵심 군항입니다."

킹이 곧장 유럽의 한쪽, 지중해에 장화처럼 튀어나온 이탈리아반도 어드메를 가리키며 첨언했다.

"이제 해군에서도 항공 세력의 중요성이 날로 커져 가고 있습니다. 영국에서 제공한 자료에 따르면 타란토 공습으로 이탈리아 해군을 크게 꺾었다고 볼 수 있습니다."

"그건 좋은 일이군. 그러면 그 롬멜인가 하는 놈을 굶겨 죽일 수 있나?"

킹은 따로 대답하기도 전에 처칠이 다다다 쏘아붙이듯 달려들었다.

"그 정도까진 아닙니다. 물론 대영제국의 건아들이 합심한 이상 롬멜을 때려잡는 건 시간문제지요. 하지만 그 시간과 노력, 젊은이들의 피와 땀을 돈으로 해결할 수 있다면 훨씬 좋은 일 아니겠습니까."

"그야 그렇지요."

"귀국의 전차가 절실합니다. 항공기도요. 물론 롬멜이 수에즈에 당도하는 날 같은 건 올 리가 없지만, 북아프리카 전역에서 추축국을 완벽히 일소할 수 있다면 대단히 전황이 유리해지리라 예상합니다."

하나만 해라 하나만. 저 자존심은 정말이지 굽힐 틈이 없다. 아무튼 자력으로 롬멜을 밀어낼 수 있지만 그래도 도와줬으면 좋겠다니. 음… 내 솔직한 소감으로는, 아직 롬멜한테 덜 처맞아서 저런 말이 나오는 것 같다. 하긴 1라운드 스파링 파트너가 이탈리아였으니 자신만만할 법도 하지.

"조… 마셜 장군?"

"예, 각하."

"북아프리카 전선의 변화가 우리가 준비 중인 작전에 중대한 변수가 될 수 있나?"

"아무 일 없을 겁니다. 어차피 북아프리카 전선은 금방 종결날 게 뻔합니다. 안 그런가?"

"다각도로 검토해 보도록 하겠습니다."

모리스 장군이 애써 표정을 관리하고 있는 동안 마셜이 무덤덤하게 답했다. 우리 처칠 양반이 저토록 자신 있게 이야기하는데, 미군 참전 전까진 어찌어찌 밀어낼 수 있지 않겠나. 원 역사에서도 엘 알라메인 전투는 미군이 북아프리카에 오기 전에 일어났고.

사막이라니. 낮엔 덥고 밤엔 춥고, 입엔 계속 모래 들어가고 어디 한 군데 편히 쉴 곳도 없는 똥땅이잖아. 설마 내가 모래 씹을 일이 있겠어? 사막엘 가느니 차라리 D.C.에서 서류 만지고 만다. 미군 장성 중 최고의 피부결을 유지하고 있는 유진 킴이 그런 데 갔다간 피부 다 망가진다고.

그런 덴 패튼 선배나 가라고 해야지. 그토록 원하는 분노의 질주 실컷 할 수 있으니 이게 윈—윈이지. 아암, 그렇고말고. 아암!

* * *

북아프리카. 이탈리아군을 유린하며 승승장구하던 대영제국 육군 서부 사막군(Western Desert Force, WDF)은 하루아침에 재앙을 맞닥뜨렸다. 이탈리아군은 보병 위주였으며, 전차는 열등했고, 공군력은 형편없었으며, 보급은 개차반인 데다가, 때마침 제해권마저 빼앗겼다.

이래도 못 이기면 군복 벗어야. 무선 감청을 통해 독일의 지원군 도착 소식을 알았을 때까지만 해도. 지원군의 적장이 아라스(Arras)에서 영국군에게 쓴맛을 본 롬멜이라는 사실을 알았을 때만 해도. 심지어 롬멜이 맡은 임무가 '얌전히 이탈리아 패잔병이나 수습하면서 수비나 잘하고 있을 것'이라는 것까지 알아냈으니 더 거칠 것도 없었다. 딱 하나 예상 못 한 게 있다면.

"수비? 수비를 하라고? 지형지물이라고는 고작 모래언덕이 고작인 사막에서 수비를 하라니, 하하. 하여간 꽉 막힌 융커 새끼들은 농담도 잘해."

"하지만 상부의 명령입니다. 보급도 여의치 않다는 이야길 듣고 오셨잖습니까."

"아, 명령 지켜야지. 수비해야지 수비. 그러니까 예하부대에 기름이랑 탄약 쭉 배분하고 공세를 준비하도록."

적을 늘씬하게 두들겨 패서 더 이상 공세는 엄두도 못 내도록 만들어버리면 그게 바로 이상적인 수비 아닌가.

그리고 1주일. 단 1주일 만에 오직 앞만 보고 달리던 WDF는 흠씬 처맞은 후 전력으로 도망치기 시작했다. 어떠한 사전계획도, 치밀한 준비도 없이 결정된 즉흥적인 공세. 준비라 해봐야 롬멜이 직접 항공기에 올라탄 채 전황을 확인한 정도가 전부였건만.

"장군님, 대승입니다!"

"이제 병력을 수습해 철군하시지요!"

참모들이 모두 이 까탈스러운 상관을 향해 공치사를 건넸음에도 불구하고, 롬멜은 참으로 심드렁했다.

"자네들은 대체 무슨 소린가?"

"적은 패주했고 우리는 성공적으로 적 공세를 격퇴했습니다. 총사령부의 명령은 충분히 이행한 듯합니다만……."

"저걸 좀 보게."

롬멜이 가리킨 곳에선 병사들이 노획한 각종 장비를 신나게 뜯어보고 있었다. 개중에서도 가장 늠름하게 번들거리는 강력한 전차.

"저 미제 전차를 보라고."

"그래 봐야 모가지도 안 돌아가는 반푼이 아닙니까?"

"저 반푼이 손에 터져나간 아군 전차가 들으면 기함을 하겠어."

총통 각하의 구두라도 핥을 정도로 가장 열렬한 나치 지지자이자, 히틀러의 개인적인 호의까지 받고 있는 비―융커 출신 인사. 롬멜은 자신의 처지를 십분 활용해 아프리카에 건너오면서 최신형 '4호 전차'를 최대한 박박 긁어 왔고, 저 악몽 같은 M3 리 전차를 상대로 손쉽게 우위를 점할 수 있었다. 하지만 문제는 언제나 물량이었다.

"저 목깁스한 놈을 때려잡으려면 4호 전차가 필수적인데, 4호보다 저놈이 훨씬 더 많잖나."

"그건… 그랬지요."

"그러니 승기를 잡은 지금 바짝 몰아쳐야 해. 최소한 이탈리아 머저리들이 빼앗긴 토브룩(Tobruk) 정도는 탈환해야 수지가 맞지."

뭐라고 하는 거지 지금? 애초에 영국군을 상대로 거둔 이 승리도, 골판지로 만든 가라 전차로 요컨대… 사기 쳐서 따낸 판 아닌가. 여전히 영국군에 비하면 현저히 열세인 군을 이끌고, 적의 요새를 공격하겠다니. 하지만 롬멜은 정반대로 생각하고 있었다.

"총통께서 이 북아프리카 전선에 얼마나 더 투자할 것 같은가?"

"…크게 중요한 전선은 아니지요."

"그래. 현란한 전과가 없으면 우린 당장 보급도 제대로 못 받을 판이란 걸 명심해야 하네."

이탈리아군이 심기일전해서 영국 지중해 함대를 물리치고 제해권을 되찾아 오지 않는 이상, 북아프리카로 보내는 보급의 일부… 상당수는 영국의 견제로 바다에 퐁당퐁당 처박힐 게 뻔한 일. 100을 보내면 60을 받을까 말까 한데, 그 전장이 딱히 중요한 곳도 아니라면. 과연 보내고 싶을까?

"따라서 지금이 가장 유리할 때지. 우리가 아무리 증원을 받아도 영국의 증원을 따라잡을 순 없다. 고로 지금이야말로 공격한다."

아무것도 없는 사막을 두고, 두 나라의 물러설 수 없는 대전투가 이렇게 막을 올렸다.

(5권에 계속)

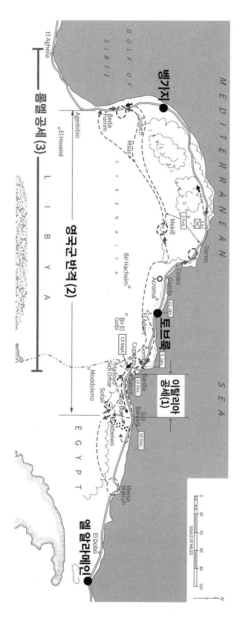

원 역사에서 진행되었던 아프리카 전역의 간략한 지도입니다. 아프리카 전역은 전부 지리와 연관되어 있습니다. 지도에서 보듯이 전선이 매우 좁았고, 도로가 없어 해안도로로만 이동해야 했습니다. 소형 차량부대들만 사막 안으로 들어가 후방을 공격하는 작전을 펼칠 수 있었고 단일 해안도로가 봉쇄되면 사실상 보급이 끊기는 상황이었습니다.